I0595353

ENTER THE BLACK

DAS VERMÄCHTNIS DER ZWIELICHTGEBORENEN
BAND 1

T.K. ALICE

Impressum

© 2017 Alice, T.K.

Veröffentlichung:
TWENTYSIX – Der Self-Publishing-Verlag
Eine Kooperation zwischen der Verlagsgruppe Random House
und BoD – Books on Demand

Herstellung und Verlag:
BoD – Books on Demand, Norderstedt.

Umschlaggestaltung:
CoverDesign by T.K. Alice / tka-coverdesign.weebly.com /
t.k.alice@web.de

ISBN: 9783740732028

Bibliografische Information der Deutschen Nationalbibliothek: Die Deutsche Nationalbibliothek verzeichnet diese Publikation in der Deutschen Nationalbibliografie; detaillierte bibliografische Daten sind im Internet über http://dnb.d-nb.de abrufbar.

*Für meine Schwester Nisha
und meine Tante Ursula.*

Prologue

Huntsville, Florida, USA
6. September 2006

Regen.

Es regnet bereits seit Tagen. Ungebremst fallen die kalten Tropfen auf mich herab. So als würde mich der Himmel verspotten wollen., ohne mir auch nur eine kleine Verschnaufpause zu gönnen.

Ich weiß nicht, wie ich überhaupt noch hier sein kann. Die Kälte durchdringt meine Haut wie eine scharfe Klinge; sie betäubt das Fleisch und schält es langsam von meinen Knochen. Es fühlt sich zumindest so an.

Der Schmerz in meinen Gliedern ist zeitweise unerträglich. Ich sehe blaue Linien an der Oberfläche. Kein gutes Zeichen?

All das, während ich keine Ahnung habe, wo ich mich befinde.

An einem einsamen Ort. In einer kahlen Gasse.

Ein plötzliches Scheppern durchschneidet das beständige Prasseln und bringt mich dazu, die Hände schützend an den Kopf zu halten. Schwarze Vögel steigen zu meiner Linken in den Himmel empor. Die Dunkelheit umgibt sie, als sie verschwinden.

Erschrocken beginne ich zu rennen, geradeaus auf einige Lichter zu. Lichter, die aus dem Dunkeln zu mir scheinen.

Ich friere so sehr.

Und dann sehe ich sie wieder; die Massen.

Ich bin so winzig und die so groß. Kein Wunder, dass sie mich immerzu zu übersehen scheinen.

Allein ihre Anwesenheit lässt meine Knie vor Angst schlottern.

Mit kleinen, unsicheren Schritten, stapfe ich hinaus auf die

Straße. So viele Geräusche, Gerüche und *Lichter*. Dinge, die mir Angst machen.

Meinen eigenen Oberkörper mit den Armen umschlingend, sehe ich mich um. Jemand rempelt mich an und ich taumle einen Meter zurück.

Kaum stehe ich sicher, werde ich erneut gestoßen.

Das weiße Kleid das ich trage ist mittlerweile von Schmutz übersät, nass vom Regen und zerrissen von den Mauern und dem Müll an diesem unheimlichen Ort.

Und dann … ist es plötzlich still. Die Tropfen bleiben einfach aus.

Verwundert sehe auf; schaue hoch in den Himmel, erwarte die Sterne zu sehen, doch dem ist nicht so.

Stattdessen wurde über mir eine dunkle Blockade errichtet. Und da ist einer von *ihnen*.

Eine Frau. Sie bleibt einfach vor mir stehen.

So fremdartig für mich; so wie all die anderen auch.

Ist sie wie ich? Oder bin ich wie sie? *Sind wir gleich?*

Ich erkenne das Objekt über mir, das das Wasser vom Himmel abhält, nicht wirklich wieder. Ist es eine Art Schutzschild, den sie über uns beiden ausbreitet? Magie?

Dann geht sie vor mir in die Knie, beschmutzt den hellen Mantel mit dem feuchten Dreck am Boden, um mich genauer ansehen zu können. Doch diese Nähe erschreckt mich.

»Was ist denn los mit dir, Kleine? Wo ist deine Mutter?«

Für mich könnte die Dame genauso gut ein Monster sein. Eine zähnefletschende Bestie, die mich jeden Moment zu verschlingen droht. Innerlich sehe ich bereits vor mir, wie das nett anmutende Lächeln zu einer verzerrten Fratze der Bosheit verkommt.

Doch ich laufe nicht davon … denn sie wirkt wie ich; irgendwie verloren. Ziemlich einsam. Ob sie sich wohl auch verirrt hat? Nicht mehr weiß, wo sie hingehört?

Ich schüttle den Kopf und weiche doch ein paar Schritte zurück.

»Sie ist nicht hier«, flüstere ich mit hörbarem Unmut, »nicht hier …«, so lange, bis ich es selbst erkenne.

›Nicht hier‹, doch …

Wo ist ›hier‹ überhaupt?

Chapter 1

And the Sky is Distant

Huntsville, Florida, USA
23. Oktober 2014

Finsternis.

Finsternis und *Schatten* um mich herum.

Ja, obwohl der Schatten selbst doch auch Finsternis ist, oder nicht? Es fühlt sich an, als wäre es hier anders. An diesem geheimnisvollen Ort.

Als gäbe es nur hier einen feinen Unterschied; einen, den ich weder zuordnen, noch auf irgendeine Art benennen kann.

Ich kann ihn aber doch ganz klar spüren. Ist das nicht seltsam?

»...«

War dort ein Geräusch?

Ich kann nichts verstehen, würde am liebsten einfach weiterhin gar nichts hören; gar nichts sehen. Man könnte sagen, es sei fast unheimlich, wie geborgen ich mich hier fühle.

Es wäre zumindest mit Sicherheit unheimlich für mich, wenn ich den Nerv hätte, mich darum zu scheren.

»*Wa ... au ...*«, vernehme ich es erneut, diesmal deutlicher.

Spricht da etwa jemand? Ich kann nicht entziffern, ob es eine Frau oder ein Mann ist. Nicht einmal, ob es eine junge Person ist, oder eine Alte. Die Laute wirken überlagert und schrill.

»*Wach auf ...!*«

Die letzte Aufforderung durchzuckt mich wie ein stummer Schrei, während die seltsame Stimme in Wahrheit nur gedämpft, wie durch dicke Watte oder tief unter Wasser, an meine Ohren dringt. Endlich öffne ich langsam die Augen.

»Wer ist da?« Desorientiert versuche ich zu antworten.

Doch als ich den Mund öffne, klingen die Worte seltsam dumpf.

Wie, als würde man einen Radiosender hören, der nahezu

keinen Empfang hat. Mein nächster Impuls ist, die Augen aufzureißen und zu schreien.

Aber diese Augen sind bereits geöffnet, sie sehen bloß nichts.

Meine Ohren hören – vernehmen nichts.

Ich spreche … doch ich sage nichts.

So schreie ich lauter, bis meine Kehle vor Anstrengung schmerzt.

Kein Ton will mehr meine Lippen verlassen, obwohl ich fühlen kann, wie die Stimmbänder in meinem Hals vibrieren. Alles ist so taub, während das Flüstern um mich herum immer lauter wird; das wirre Summen sich in meinen Verstand bohrt. Das Gefühl der Geborgenheit ist wie weggeblasen; als hätte es nie existiert.

Stattdessen trifft mich eine Welle aus Gefühlen, die nicht Meine sind. Sie durchströmen mich auf eine Weise, die mir gänzlich unbekannt ist; drohen mich zu ersticken.

Gefühle, geprägt von Einsamkeit. Von Dunkelheit. Von Kälte. Angst. Trauer. Wut.

Von *Schmerz.*

Ohne Vorwarnung ruckelt es plötzlich unter mir; alles, was mich hält, ist auf einen Schlag fort.

Und wie mein Klagen unaufhörlich von der tiefen Dunkelheit in diesem bodenlosen Abgrund verschlungen zu werden scheint, *beginne ich zu fallen.*

Erschrocken spüre ich einen plötzlichen, dumpfen Aufprall, dessen Resonanz durch meinen gesamten Körper vibriert.

Hämmernder Schmerz breitet sich binnen Millisekunden in Schulter, Hüfte und Hinterkopf aus. Letzteres bringt mich dazu, gar nicht erst die Umgebung und Situation erfassen zu wollen, sondern mich einfach wie ein kleines Kind in Embryonalstellung zusammenzurollen, um Linderung abzuwarten.

Es dauert entsprechend eine ganze Weile, bis ich mich betont langsam aufraffe. Die an meinen kurzen, rosa Haarschopf gepressten Hände nutze ich, um mich auf dem Boden unter meinem Schreibtisch, wie ich verwirrt feststelle, hochzustemmen und ächzend wieder auf meinen Stuhl zu hieven.

Nur knapp lande ich darauf, ehe er ein Stück zur Seite rollt. »Verdammte Scheiße«, murmle ich zerknirscht.

Offenbar bin schon wieder am Tisch eingepennt.

Der nächste Gedanke, der mir verworren durchs Gehirn zischt, lässt mich für einen Moment wie gelähmt zurück. Meine nächste Amtshandlung ist ein schneller Blick zu meinem Wecker.

»Oh, verdammte Scheiße!«

Ich stürme los, reiße dabei noch fast die Staffelei neben mir zu Boden und sprinte auf die weiße Tür meines Zimmers zu. Wäre ich besonders sportlich, würde das bestimmt weniger dämlich aussehen.

So oder so ist das Ergebnis aber dasselbe, weshalb ich kurz darauf im Badezimmer lande. Ich lasse den Pyjama in hellem Rosé einfach auf den Boden segeln und springe unter den Strahl der Dusche, welcher bereits voll aufgedreht ist, noch bevor ich die Kabine hinter mir schließe. Der Schlafanzug ist mein Liebling, jedoch muss ich gerade daran denken, nicht zu viele Gedanken daran zu verschwenden, dass ich auf dem weiten

Oberteil einige rote Farbkleckse verteilt habe. Und eigentlich verschwende ich die Gedanken damit ja bereits … zählt das?

Egal. Ich hoffe einfach, man bekommt das wieder raus.

Es dauert glücklicherweise keine zehn Minuten, bis ich blitzsauber vor dem Spiegel stehe und seufze. Oder besser gesagt: Ich bin so sauber, wie man sich in zehn Minuten eben schrubben kann.

Alles klar … unerheblich. Nach der Zahnbürste in meinem auffällig violetten Becher greifen wollend, sehe ich mich kurz um. Irgendetwas irritiert mich.

Die Uhr auf der Ablage neben dem Waschbecken, die dort immer nur für mich zu stehen scheint, zeigt mir eine etwas schockierende Wahrheit; ein Horrorszenario am Morgen, sondergleichen.

Ich nehme die Uhr zur Hand, schüttle sie durch und durchbohre sie mit mordlüsternen Blicken. »Ist das dein verdammter Ernst?!«

Schnell lege ich das Teil zurück und stapfe genervt in den Flur, in dem sich eine weitere Uhr befindet. Und Überraschung, sie bestätigt es.

Um ehrlich zu sein kam ich mir schon lange nicht mehr so früh am Morgen schon so dämlich vor.

Wieder zurück im Zimmer, ein letzter Check. Jep, eine andere Zeit. Malerisch.

»Ein Fehlalarm, hm? Mistkreatur. Ich werde dich töten, verbrennen und vergraben, das hast du nun davon«, drohe ich ihm, doch dummerweise scheint ihn das gar nicht zu kümmern.

Schlimmer noch: es ändert auch rein gar nichts an meiner Situation.

Mein Vater liebt Uhren, ich dagegen … eher weniger. Aus ganz offensichtlichen Gründen, möchte ich meinen.

»Also manchmal … hasse ich mein Leben wirklich.«

Scheint, als hätte ich noch ein wenig mehr Zeit als angenommen. Wenigstens ein kleiner Trost für die sarkastische Stimme in meinem Kopf, die sich lauthals über mich kaputt lacht.

Immerhin werde ich so ausnahmsweise mal nicht zu spät kommen …

Naja, oder zumindest denke ich das.

Die Vögel zwitschern vor den offenen Fenstern; ich höre sie bis zu mir auf den Flur.

Müde und von leichter Schwermut erschlagen, schlurfe ich mit meinem misshandelten Schlafanzug unter dem Arm und einem großen Handtuch um den Körper geschlungen zurück, wo ich schließlich vor dem Kleiderschrank zum Stehen komme.

Alles klar soweit.

»Wenn ich jetzt wüsste, was ich nehme, dann wär ich wohl nicht ich, schätz ich mal …«, mutmaße ich und beiße mir auf Lippen, als ich das massive Zedernmonster vor mir betrachte.

Sollte ich ausziehen, erinnert mich daran das Ding nicht selbst vom Fleck bewegen zu wollen.

Seufzend öffne ich eine der Türen und krame dann wahllos eine Hose und ein Shirt daraus hervor, denn nur ein Blick aus dem Fenster verrät, dass das Wetter sich gebessert hat.

Selbst wenn es nachher wieder regnen sollte, wieso das Risiko eingehen? Es ist schon Oktober, aber immer noch warm, dank des Klimawandels vermute ich, aber was ist, das ist eben. Und einem geschenkten Gaul guckt man bekanntlich nicht ins Maul.

Selbst wenn der Gaul dir vom Teufel persönlich überreicht wird … Okay, dann vielleicht schon, aber ihr müsst zugeben, der Vergleich hinkt auch gewaltig.

Den Kopf über meinen eigenen Unsinn schüttelnd, besehe ich mir die vermutlich fragwürdig ausgefallene Wahl. Zu einer Art lachsfarbenem Oberteil gesellen sich eine sehr kurz und unsauber abgeschnittene Latzhose aus verwaschenem Jeansstoff und eine Strumpfhose, die in Rot, Orange und Braun von oben bis unten quer gestreift ist.

Wieso ich überhaupt so etwas besitze? Keinen Schimmer. Es gefällt mir irgendwie.

In gewisser Weise sind die Farben ein Zeichen von Freude. Und bereits als ich noch jünger war, hatte ich realisiert, dass andere Menschen fröhliche Mitbürger einfach viel seltener schief ansehen.

Also zumindest dann, wenn nicht gerade irgendwo ein Turm in die Luft gesprengt wird oder bei dreißig Grad im Schatten überall in der Stadt der Strom ausfällt. Letzteres hatten wir hier jedenfalls schon.

In so einem Fall sollte man besser überhaupt gar keinem mehr begegnen, egal mit welcher Laune.

Mit einem Lächeln auf den Lippen und neuerlichem Kopfschütteln, diesmal wegen der Erinnerung an diesen heißen Tag im Juni letzten Jahres, schlüpfe ich in frische Unterwäsche und ziehe mein zusammengewürfeltes Outfit darüber, woraufhin ich ein weiteres Mal im Familienbad lande.

Mein nicht einmal ganz schulterlanges Haar ist noch immer klatschnass; tropft dunkle Flecken auf den Stoff der meine Schultern bedeckt. Als ich es spielerisch nach vorn und wieder zurückwerfe, in dem ich den Kopf schüttle, spritzt das Wasser nur so gegen die, ohnehin noch von der vorigen Dusche beschlagene, Scheibe.

Mit einem Handtuch wische ich also über den Spiegel, da ich mich ja so und so gegen das Trocknen meiner Haare entscheide; ich mag sie unordentlich. Der Film weicht langsam den dünnen Striemen von Wasser, die ich immer nur weiter zu verteilen scheine, anstatt sie abzutragen. Und auf einmal halte ich inne.

Ich halte den Atem an und wische nur noch ganz langsam. Es wirkt, als wäre ich tief in Gedanken, doch mein Puls rast.

Aus den Augenwinkeln nehme ich etwas wahr; eine Bewegung. Im Spiegel erkenne ich den Schatten. Nicht meiner. Die Dusche hinter mir ist halb verdeckt durch den Vorhang, das Licht der Lampe neben mir an der Wand beleuchtet ihn schräg.

Schluckend jagt ein Gedanke den Nächsten; Gedanken, die unangenehme Schauer über meinen Rücken huschen lassen.

Plötzlich zucke ich zusammen, als der Schatten sich hastig bewegt, und drehe mich blitzschnell herum. Ich reagiere auf ein flinkes Etwas hinter mir an der Badezimmerwand, um dort … bloß meinen Schatten zu sehen?

Einen Moment starre ich stur zur Wand. Ich blinzle und sehe über meine Schulter zurück in den Spiegel. Nichts.

Was?

Verwirrt gucke ich mich mehrfach in dem kleinen Raum um, ehe ich ratlos zurück in reflektierende Glas sehe.

»Eindeutig zu wenig Zucker im Blut …«, schlussfolgere ich nüchtern und kann nicht glauben, was hier gerade geschehen ist.

Oder war es einfach zu wenig Schlaf?

So muss es sein, entscheide ich, während ich die Achseln zucke und erleichtert den Atem entweichen lasse, den ich zuvor ungewollt zurückgehalten habe. Das Handtuch, das ich immer noch fest umklammere, werfe ich derweil über den Haken.

Im Sinne der zurückgekehrten Normalität, bestaune ich meine kleine, zerzauste Haarpracht. Und das ohne Hilfsmittel, immerhin!

Es mag kein Kunststück sein, aber bei kurzen Haaren ist sowas wirklich schwerer, als es in all den Magazinen aussieht, das könnt ihr mir glauben.

Eigentlich war ich immer der Meinung, Dinge wie diese seien nicht besonders anspruchsvoll, doch so gesehen … Mann, wenn Liv das gerade hören könnte, dürfte ich mir ihre Sticheleien deswegen vermutlich noch anhören, bis die Hölle zufriert.

Tja, ich hasse es jedenfalls, wenn sie glatt herunterhängen. Denn dann sieht es irgendwie so aus, als seien sie tot.

Vielleicht ist es ein innerer Antrieb. Auffällig, könnte man meinen, obwohl ich paradoxerweise eigentlich nur ungern auffalle.

›Rebellion‹ wurde es zudem bereits genannt, doch das ist ebenfalls lächerlich.

Eine Rebellion ist etwas anderes. Wenn man wirklich rebelliert, dann fließt für gewöhnlich Blut.

Und eine Menge Tränen.

Das was ich tue, ist keine Rebellion, sondern einfach mein eigenes Zeichen. Es ist mein Zeichen an die Welt, dass ich noch lebe; dass ich *nicht* tot bin.

Und das ist alles, was ich möchte.

Noch ein letzter Blick in mein eigenes Gesicht, dann zucke ich ein weiteres Mal gleichgültig die Achseln und wende mich ab.

Mit einer leisen Melodie auf den Lippen, springe ich, mit der Schultasche aus meinem Zimmer, buchstäblich die Stufen hinunter ins Erdgeschoss.

Mal sehen, wer noch da ist.

»Mom? Dad? Ist jemand zu Hause?«

Ich rufe es zwar aus, so allein im Gang stehend, doch kann mir im Prinzip schon denken, was ich zur Antwort erhalten werde.

Stille.

Irgendwie habe ich ein komisches Gefühl und will dem gerade Nachgehen, als mich ein kleiner Zettel am Kühlschrank anlächelt.

Wie immer am selben Platz.

Auf dem Weg dorthin komme ich an einem Glas auf der Anrichte vorbei, aus dem etliche kleine, weiße Stiele in die Luft ragen. Ich greife mir ein paar davon, reiße von einem die Schutzfolie ab und lasse die restlichen dann in den Känguru-Beutel an meiner Hose gleiten.

Gleichzeitig danke ich meiner Mutter im Geiste, dass sie immer an all das denkt, was ich selbst vergesse. Wie zum Beispiel daran, die Lutscher im Haus nachzufüllen.

»Das Essen für heute Abend steht im Backofen; das für die Schule auf der Anrichte. Wir kommen heute beide spät, wegen einer Konferenz, aber morgen sind wir zum Frühstück wieder anwesend, versprochen.

Wir lieben dich«

Sogar mit einem kleinen Herzchen verziert. Ganz klar von meiner Mutter. Und das, obwohl ich bald siebzehn werde, also im Prinzip offiziell schon fast eine junge Frau sein sollte. Erwachsen … zumindest auf dem Papier.

Obwohl ich mich selbst oft noch als Kind betrachte, was in dieser Gesellschaft nicht besonders gern gesehen wird.

Ob es mir also etwas ausmacht, das meine Eltern so drauf sind? Nein, eher nicht.

Es erfüllt mich mehr mit einer gewissen Wärme, zu sehen, dass ich noch immer ihr kleines Mädchen sein darf und bin. Obwohl sie davon ja eigentlich nie allzu lange etwas hatten, zumindest nicht so lange wie die meisten Eltern von ihren Kindern.

Gleichzeitig muss ich gestehen, dass es mir manchmal doch ein wenig peinlich ist. Nicht unbedingt, weil mich die Meinung anderer interessiert; vielleicht würde ich es nicht einmal wirklich als ›peinlich‹ bezeichnen.

Nein, eher als … *unangenehm*. Weil ich nicht als die Erwachsene angesehen werde, die ich sein sollte. Und man mir so den Freiraum lässt, das Kind zu sein, das ich gerne noch wäre.

Es ist eben schwer, der Versuchung zu widerstehen. Besonders, da mir so viele Jahre meiner Kindheit fehlen, dass ich manchmal das Gefühl habe, diese Extrajahre stünden mir zu, was aber natürlich Quatsch ist.

Jeder muss irgendwann erwachsen werden – das sollte, bei Gelegenheit, vielleicht auch mal jemand meinen Eltern mitteilen.

Wenn ich *mal* zu lange weg bin, rufen sie mich noch immer sofort an und machen sich Sorgen, sobald etwas außerplanmäßig aufkommt und ich mich nicht im selben Moment bei ihnen melde. Außerdem … *Oh*.

Mit der flachen Hand gegen meine Stirn schlagend, wird mir bei dem Gedanken auch klar, dass ich noch einmal nach oben muss.

Mit eiligen Schritten nehme ich die Stufen nach oben, bis ich in meinem Zimmer stehe. Dort schnappe ich das Handy von seinem Platz, um es zusammen mit den Kopfhörern einzustecken. Ich wusste, etwas war komisch.

Auf dem Weg sehe ich nochmal zu dem unordentlichen Schreibtisch in der Ecke. Ich habe immer noch ein seltsames Gefühl. Hab ich noch mehr vergessen, oder was?

Doch ich kann nichts dergleichen entdecken, egal wie konzentriert ich mich umsehe. So groß ist der Raum ja nun auch nicht und die Stellen, an denen ich wichtige Dinge bunkern könnte, sind stark begrenzt.

Am Ende zucke ich nur resignierend die Schultern und packe meinen Kram an. Was soll‘s.

»Es wird schon alles in der Tasche sein«, entscheide ich nach einem Blick auf das Display meines Mobiltelefons.

Denn so langsam wird die Zeit wirklich knapp, wie ich erkenne, und so mache ich mich ein weiteres Mal auf den Weg nach unten, schnappe meinen kleinen Rucksack, mit den vielen Buttons an der großen Lasche, und verlasse damit schließlich das Haus.

Nur noch die Stöpsel in die Ohren und die Playlist auf meinen aktuellen Lieblingssong von *The Ready Set* stellen.

Mein violettes Fahrrad steht wie immer neben der Einfahrt zur Garage, auf der Wiese unseres Vorgartens, als ich es mir schnappe und mich direkt auf den Sattel schwinge. Ich lasse mich auf die Straße rollen, um mich in den langsamen Tagesablauf meiner kleinen Stadt einzugliedern und ein Teil davon zu werden.

Im Hintergrund höre ich dabei einer euphorischen Männerstimme dabei zu, wie sie über den ›besten Song aller Zeiten‹ und natürlich irgendein schönes Mädchen sinniert. Wie sollte es auch anders sein?

Zwar lächle ich bei dem Gedanken in mich hinein, doch lasse meinen ausdruckslosen Blick schweifen. Diese Sorge von heute Morgen will mich irgendwie nicht recht loslassen. Wenn es nicht das Handy war, was dann? Geht es überhaupt um einen vergessenen Gegenstand?

Habe ich denn abgeschlossen, als ich das Haus verlassen hab? Ja, ich denke schon, außerdem hatte ich das Gefühl ja bereits *bevor* ich gegangen bin. Was könnte es sonst sein?

Und warum stört mich das überhaupt so sehr? Es ist zum Haare raufen, denn normalerweise hätte ich es längst abgehakt.

Es ist als ob ich gar nicht anders könnte, als-

Mit einem Mal schlage ich den Rücktritt ein, als ein ohrenbetäubendes Hupen mich geschockt zusammenfahren lässt. Zeitgleich ziehe ich die Handbremsen an, da ich automatisch die Finger verkrampfe; wodurch das Fahrrad mit all seinem Schwung auch noch um Haaresbreite vorn über kippt.

Meine Augen sind weit aufgerissen und ich atme rasant vor Schreck, mein Lutscher fällt mir dabei mit einem stummen Ploppen aus dem Mund, was mir jedoch nur am Rande auffällt. Das Herz schlägt mir von einer Sekunde zur Nächsten bis zum Hals.

Ich kann nicht anders als zu zittern und mit leicht schwitzigen Händen hastig die Kopfhörer aus meinen Ohren zu reißen, um mich, noch immer orientierungslos, umzusehen.

Es kam so plötzlich, dass ich mich völlig aus der Bahn geworfen fühle; gleichzeitig fühle ich mich aber auch total dämlich. Wie ein schreckhaftes Huhn, das bloß dumm herumsteht. Mitten auf der Straße.

Eine Gänsehaut überkommt mich. Ich drehe mich nervös in alle Richtungen herum – bei dem Versuch, den Ursprung des

Lauts zu ermitteln – und schlucke. Mein Mund ist wie ausgetrocknet.

Ein roter Wagen, der just in diesem Moment hinter mir zum Stehen kommt, müsste der sein, der auch gehupt hat.

Doch weshalb?! Ein anderes Fahrzeug kann ich bei aller Liebe nirgends erkennen. Aber er *muss* es gewesen sein.

Dort ist ansonsten bloß ein weiterer Mensch, am Rande des Feldes zu meiner Rechten. Ich denke mal nicht, dass diese Person mit den Arschbacken hupen kann.

Scheinbar verändert der abwegige Gedanke gerade meinen Gesichtsausdruck. Besagter Passant jedenfalls, starrt mich nun seinerseits äußerst verwirrt an. Großartig, wird ja immer besser.

Gleichzeitig wirkt alles um mich herum so normal, egal wie ich es betrachte.

So, als wäre ich die Einzige, die diesen Lärm vernommen hat. Die einzige, die erschrocken ist. Wie zum Teufel soll das möglich sein?

Als ich wie angewurzelt dastehe, offensichtlich im Weg, hupt der Rote erneut. Mein erster Instinkt ist, herumzufahren und ihn aggressiv anzufauchen, was ihm denn einfiele, hier so sinnlos Welle zu machen.

Doch ich tue nichts dergleichen, denn im selben Augenblick wird mir wird etwas klar, das mir alle Haare zu Berge stehen lässt.

Der Fahrer tuckert seinerseits nur langsam an mir vorbei, während er mir den Mittelfinger zeigt und sich meine Chance zur Rache mit ihm verabschiedet. Ich reagiere nicht einmal darauf. Es ist mir ehrlich gesagt völlig gleichgültig.

Denn dieses Hupen eben war vollkommen anders. Und diese Erkenntnis lässt nicht viele Schlüsse zu. Keine, wenn sie einen Sinn ergeben sollen.

Ich verstehe ja nicht wirklich viel von Autos, das gebe ich offen zu, doch das Gefühl und der Klang …

Nein, rückblickend schien es, als käme es von einem viel größeren Fahrzeug, nicht von einem solchen Flitzer. Außerdem derart laut, dass es durch die Musik noch mehr als deutlich hörbar war. Nicht nur einfach hörbar, so wie sonst, sondern eben vollkommen klar.

Dröhnend und deutlich, als hätte ich in dem Moment gar nichts anderes gehört – oder als käme es direkt aus meinen Kopfhörern! Der Lärm ging mir ja nicht umsonst durch Mark und Bein.

Unsicher greife ich nach dem kleinen Gerät in meiner Tasche und den Kopfhörern. Ich spule unsicher durch den Song. Schluckend.

Nein, was erwarte ich hier zu finden? Die Musik in kleinen Abschnitten spielend, zappe ich die Minutenzeile hindurch. Nichts.

Ich würde erleichtert aufatmen, doch das würde voraussetzen, dass ich irgendetwas erwartet habe. Habe ich das? Nein, nicht wirklich. Doch es schadet auch nichts, Dinge zu überprüfen, wenn sie einem seltsam erscheinen, nicht wahr?

Das Hupen *muss* einfach von Außerhalb gekommen sein. Aber woher? Es ist kein ansatzweise passender Wagen in der Nähe.

Mein gesamter Rücken kribbelt und das Gefühl lässt mich erneut erzittern.

Wie kann ich einen Wagen hupen hören, der überhaupt nicht existiert?

»Alles klar, Annie … Du siehst Gespenster«, will ich mich im Stillen selbst beruhigen.

Ich atme etwas ungleichmäßig ein und schließe dabei die Augen. Vielleicht ein besonderer Tinnitus? *Gott, das ist so dumm.*

Noch einmal versuche ich das mit dem Durchatmen, als ich mich etwas entspannter zurück in den Sattel setze. Gleichzeitig hole ich ein Bonbon aus meiner Tasche hervor.

Seufzend, jedoch langsam wieder ruhiger, sehe ich einen weiteren Autofahrer langsam an mir vorbeifahren. Er sieht mich an, doch scheint nichts zu entdecken das ihn interessiert. Ich stehe nur so da, auf meinem Fahrrad. Kein Unfall oder Ähnliches. Er fährt einfach weiter. Offensichtlich errege ich hier etwas mehr Aufsehen, als mir lieb ist. Ich sollte weiterfahren, es bringt doch nichts, hier zu stehen und mich verrückt zu machen.

Die Kreuzung vor mir liegt ansonsten absolut ruhig da. So wie jeden anderen Morgen auch.

Tief einatmen und wieder ausatmen. Alles ist gut.

Die Kopfhörer platziere ich jetzt ordentlich dort, wo sie meiner Meinung nach hingehören.

Ich sollte endlich früher ins Bett gehen. Wahrscheinlich bin ich auf dem Rad kurz eingenickt. Anders kann ich es mir nicht erklären. So oder so darf sich das auf keinen Fall wiederholen.

Ich hätte eben vielleicht fast einen Unfall verursacht, wer weiß? Der Schrecken den diese Einsicht allein in mir auslöst, ist weitaus schlimmer als das Hupen. Ich meine, einschlafen auf dem Fahrrad … Das ist echt ein neues Level.

Doch trotz der zittrigen Hände und wackeligen Knie, setze ich mich langsam in Bewegung, nachdem ich sicher bin, dass kein Fahrzeug meinen Weg kreuzen wird.

Wenn ich doch nur nicht so ein mieses Gefühl dabei hätte.

Ich möchte eigentlich nur noch an der Schule ankommen; mich in die Klasse setzen und meine Gedanken auf den Schulstoff konzentrieren.

Und Gott weiß, das will wirklich etwas heißen.

Eine leichte Brise pfeift mir um die kurzen Haare, als ich nach oben sehe. Das Fahrrad rüttelt mich einmal kräftig durch, während ich auf dem Gehweg auffahre, der sich direkt vor meiner Schule erstreckt.

Erst an den Ständern steige ich schwungvoll von meinem alten Drahtesel herunter. Gerade noch rechtzeitig, wie mir ein Blick auf die große Turmuhr in der Nähe verrät.

Doch der Gedanke an eine Verzögerung lässt mich wieder abschweifen. Das vorhin war wirklich verdammt merkwürdig. Aber ich sollte es einfach vergessen und dafür sorgen, dass es nicht noch einmal geschieht.

Mit einem erneuten Seufzen schiebe ich meinen violetten Freund bis zur Mauer, an der sich die Haltestangen zum Festketten der Räder befinden. Ich schenke der Handlung meine gesamte Aufmerksamkeit, bis mich eine Hand auf der Schulter dazu bringt, überrascht herumzufahren.

»Was«, beginne ich zu fragen, da ich mir nicht sicher bin, wer mich hier ansprechen würde, doch staune nicht schlecht, als ich mich umsehe.

Prima.

Das leere Nichts um mich herum scheint mich geradewegs zu verspotten. Wieder einmal friemle ich die Hörer aus meinen Ohrmuscheln. So langsam fühle ich mich verarscht. Doch wer wäre in der Lage, mich auf diese Weise hereinzulegen? Abgesehen von meinem eigenen Verstand.

»Was soll das, verdammt?!«, fluche ich lauthals.

Völlig verwirrt sehe ich mich ein ums andere Mal um, doch es scheint nicht einmal jemand in meiner *Nähe* zu sein. Gut, es könnte vielleicht Einbildung gewesen sein. Nur mein Oberteil, das sich bewegt hat. Aber die Zufälle heute … Erst das Bad, dann die Sache auf der Fahrt und nun *das?* Wenn es denn nur heute wäre. Alles was heute geschieht, scheint mir sagen zu wollen, dass ich heute Morgen am besten im Bett hätte bleiben sollen.

Musik dringt noch immer aus den kleinen Lautsprechern in meinen Händen, als erneut ein eigentlich angenehmer Wind aufkommt. Ich nutze die Gunst der Stunde, um meine Gedanken zu ordnen, während die Brise in meinem Haar spielt und einige Strähnen davon über meine Wangen bläst.

Ich bestaune, wie so oft, die alten Eichen um mich herum. So ruhig und doch so unheilvoll, wenn ich sie so betrachte. Als würden auch sie mir sagen wollen, dass ich für heute lieber nach Hause gehen sollte.

Aber erklär das mal einem Lehrer. Ich bezweifle, dass sie das als Entschuldigung akzeptieren.

Die Zweige der Bäume, die noch immer einige grüne Blätter tragen, scheinen mir etwas zuflüstern zu wollen.

Flüstern …

Ein Gedanke, der mich an die Träume erinnert, die ich in letzter Zeit so oft habe. Doch kann ich auch hier kein Wort verstehen. Erkenne nur die Krähen, die dort sitzen.

Auch auf der Mauer hinter mir; auf der großen, steinernen Mauer, die meine Schule umgibt.

Die Luft um mich herum scheint zu knistern und die Hände, nahe an meinem Kopf, in denen ich noch immer meine Ohrstöpsel halte, sind wie versteinert. Ich bin praktisch gelähmt, als ich so dort stehe und sich immer mehr der verheißungsvoll schwarzen Vögel um mich auf herum auch in den Baumkronen versammeln.

Eine ist ganz nah. Wie hypnotisiert schaue ich in die kleinen, pechschwarzen Perlen, die ihre Augen darstellen. »Hallo«, sage ich, doch es klingt wie das Wispern des Windes, als der Laut in der Atmosphäre verschwindet.

Unverständlich. Wie in einer längst vergessenen Sprache.

Es ist, als gäbe es in diesem Moment nur mich und sie.

Woher ich weiß, dass es kein ›Er‹ ist? Bloß so ein Gedanke.

Ich strecke die Hand nach ihr aus, doch plötzlich scheint der Abstand immer größer zu werden. *Komm, nur noch dieses kleine Stück ...*

»Hey!«

Erschrocken mache ich beinahe einen Satz. Und wenn nicht äußerlich, dann auf jeden Fall innerlich. Mein Kinnlade klappt unwillkürlich ein Stockwerk tiefer und die Hand schnappt automatisch zu.

Mein Herz hat derweil einen solch hastigen Sprung gemacht, dass ich es gerade sogar in meinem Hals pochen spüre.

Noch einmal sehe ich zu der Krähe auf, die eben noch so nah schien, doch ich realisiere jetzt, wie fern sie doch in Wahrheit ist. Weit oben sitzt sie auf der Mauer, sieht zu mir herab.

In diesem Augenblick empfängt uns ein erschlagendes Konzert aus Kreischlauten, zusammen mit Flattergeräuschen und dem leichten Aufwind etlicher, schlagender Flügel. Ich nehme schützend die Hände vor mein Gesicht, doch als ich aufsehe, bietet sich mir ein majestätischer Anblick.

In einem kleinen Wirbel aus Federn und Flattergeräuschen heben diese erhaben anmutenden Wesen wie auf Kommando ab und verschwinden in einer schwarzen Wolke gen Himmel.

Einen Moment sehe ich ihnen noch nach, dann wird mir klar weshalb ich eigentlich hier bin.

Unverwandt schüttle ich den Kopf und versuche mich endlich wieder zurück in die Realität zu ziehen. Mit diesem Gedanken wende ich mich blinzelnd an den Störenfried, der diesen besonderen Augenblick gerade so glorreich ruiniert hat.

»Ja ...?«

Diesmal steht sogar tatsächlich jemand vor mir, als ich das tue, allerdings nicht einfach irgendwer. Und in dieser Sekunde wünschte ich, es wäre wieder nur der Heilige Geist gewesen. *Ehrlich.*

»Oh, Mr. O'Farrell, Sie ... Was tun Sie hier?«

Ich fühle mich plötzlich erleuchtet und dumm wie ein Huhn, dafür dass ich so eingenommen war, dass ich nicht einmal seine Stimme erkannt habe.

Ich könnte mich ohrfeigen und würde am liebsten im Boden versinken.

»Das fragen Sie *mich*? Ich habe Sie hier stehen sehen, während alle anderen bereits im Gebäude sind. Warten Sie zuerst auf schöneres Wetter oder wollten Sie die erste Stunde etwa schwänzen, Ms. Dowell?« Er wirkt belustigt.

Doch ich sehe mich erst einmal verwirrt um. Eben hatte ich schließlich noch genug Zeit, also kann ich doch jetzt nicht schon zu spät dran sein, oder? Das glaube ich einfach nicht.

Als ich allerdings erneut auf die große Uhr sehe, welche nur einige Meter zu meiner Linken in den Himmel aufragt, bekomme ich fast einen Infarkt, nach all dem was heute bereits war.

»Oh, verdammt! Wann ist es denn so spät geworden?!«

»Nun, ich denke, das ist schleichend passiert. Vermutlich hat es vor einigen Millionen von Jahren begonnen. Doch die Zeit fliegt nun mal, wie sie eben fliegt. Und ich rate Ihnen, sich ein wenig zu beeilen, sonst *fliegt* dem lieben Professor noch vor Wut das Toupet davon. Und das wollen Sie doch nicht, oder?«

»Nein«, entgegne ich mit leichter Verzögerung und ein wenig langgezogen, »also bis später, Mr. O'Farrell.«

Woher weiß er eigentlich, welche Stunde ich jetzt habe? Zugegeben, er ist auch ein Lehrer, er wird es vermutlich irgendwo gesehen haben. Viel wichtiger ist doch wohl, dass diesem verschrobenen alten Zausel nicht tatsächlich noch das Haarteil explodiert.

Ich will heute echt noch nicht sterben.

»Wirklich nett, dass Sie uns auch noch mit Ihrer Anwesenheit beehren, Ms. Dowell«, wird eine kratzige Stimme in der Umgebung laut, als ich gerade versuche, mich unbemerkt in den Klassenraum zu schleichen.

Ich lokalisiere den Ausgangspunkt sofort und blicke in eine wutverzerrte Miene.

Mist! Hätte ja klappen können …

»Tut mir leid, Professor Dura. Wird nicht wieder vorkommen.«

»Oh, meinen Sie? Gehen wir jetzt unter die Hellseher? Ich hoffe doch sehr für Sie, das Sie diesmal richtig liegen. Anders als das letzte Mal etwa. Oder das davor«, meint er, »Geschichte wiederholt sich nämlich meist nur auf negative Weise. Denken Sie an meine Worte, wenn Sie diesen Kurs im nächsten Jahr noch einmal besuchen müssen, weil Sie von nichts eine Ahnung hatten.«

Darf ich vorstellen? Professor Kegan Jo Dura. Der schlimmste und langweiligste Lehrer der Schule, möchte ich wetten. Auf jeden Fall der mit dem schlimmsten Namen.

Und er unterrichtet Geschichte, das sagt wohl alles.

Wortlos lasse ich mich auf meinen Stuhl fallen und seufze; dabei setze ich die Tasche zu meinen Füßen ab zücke daraus und einen Stift plus Papier.

Das Thema ist der kalte Krieg. Und wenn man bedenkt wie oft ich dieses Thema bereits durchgekaut habe, könnte man meinen, dass die Geschichte der Welt doch nicht so lang ist wie alle immer meinen. Denen scheint hier jedenfalls gewaltig der Stoff auszugehen. Also, entweder das oder die Geschichtssäle sämtlicher Lehranstalten der Welt stecken kollektiv in einer nie endenden Zeitschleife fest.

Wie das Schicksal es so will, zwingen sie einem schließlich jedes Jahr aufs Neue auf, sich denselben Kram wieder und wieder anzuhören, bis man ihn schon schnarchen kann.

Vielleicht heißt der Mist ja deshalb ›kalter‹ Krieg – wie in ›kalter Kaffee‹. ›Abgestanden‹ würde vermutlich genauso passen.

Ich schwöre, noch ein einziges Mal, und ich zettle höchst persönlich einen neuen Krieg an, nur damit sie endlich mal was anderes zu Berichten haben.

Genervt wende ich mich ab, ohne weiter darauf zu achten, was vor sich geht. Meine Augen beginnen zu wandern; gedankenverloren. Bis sie letztlich am Fenster zu meiner Linken kleben bleiben. Der blaue Himmel scheint so weit und friedlich.

Wie schön meine Welt doch wäre, wäre ich ein Vogel.

Apropos … Ich verstehe noch immer nicht wirklich, was da vorhin geschehen ist.

Mit zusammengezogenen Augenbrauen, führe ich den Kugelschreiber in der Hand an meine Lippen.

Seltsam war es auf jeden Fall. Aber diese Krähen … Sie waren so schön.

Ihre tiefschwarzen Flügel schienen das Licht der Sonne geradezu zu verschlucken und die Augen waren wie kleine, endlos tiefe Ozeane.

Was sie wohl für einen Grund hatten, sich alle an der Schule zu versammeln? Braucht es für so etwas überhaupt einen Grund?

Ich merke gerade, dass ich absolut nichts über diese Kreaturen weiß. Vielleicht sollte ich bei Gelegenheit mal ein wenig

Recherche betreiben.

Zu schade, dass mir deshalb jedoch nicht ebenfalls Flügel wachsen werden. Egal was passiert, ich bleibe hier unten.

Ich werde sie also wohl nie *wirklich* verstehen können. Die Freiheit dieser Tiere.

Mein Blick fällt aus den Wolken herab, zurück auf den Boden; in den Garten vor der Schule, genau genommen. Den begrenzten Raum, der mir zur Verfügung steht. Ich, die nicht fliegen kann.

Am Ende bleibe ich so doch noch an dem Ort hängen, an dem ich sonst immer hängen bleibe, wenn ich hier sitze.

Der große Hof innerhalb der Schulmauern. Direkt vor dem Gebäude.

Die *Wolfen Crest Academy* steht ganz im Zeichen ihrer Namensgeber, und das sieht man auch.

Atemberaubend schöne Wolfsstatuen zieren den Vorhof. In der Mitte ein Brunnen, dessen Zentrum ebenfalls Wölfe darstellen.

Das Wappentier der Gründerfamilie unserer Schule.

Schon bei der Ankunft auf dem Grundstück grüßen einen zwei mit der Schnauze zum Heulen in den Himmel gereckte Wölfe, wenn man durch das hoheitsvolle Tor in den Hof schreitet. Die beiden steinernen Statuen sitzen direkt auf den Säulen, die die großen Torflügel halten.

Es ist, als würde man sich auf heiligem Grund befinden, wenn man einen Fuß auf das Gelände setzt. Das alte Gemäuer scheint einem dabei die Geheimnisse der vergangenen Jahrhunderte zustecken zu wollen.

Ich habe diese Tiere schon gefühlte hunderte von Malen gezeichnet, seit ich diese Schule das erste Mal von außen bestaunen durfte.

Doch noch nie hatte ich das Gefühl sie so eingefangen zu haben, wie es sein sollte. Es ist zum verrückt werden.

Aber irgendwann …

Irgendwann werde ich es schaffen.

Es tönen die Pinsel, die sanft über die Malgründe gleiten. Seufzer von jenen, die nicht weiterwissen. Wispern überall um mich herum und der Geruch von Farbe hängt in der Luft, wie ich ihn am liebsten mag, auch wenn ich dabei lieber allein wäre.

Ich selbst sitze wie gelangweilt an meinem Platz vor der ausgewählten Leinwand. Dabei langweile ich mich aber gar nicht.

Die Kunst ist das Einzige, für das ich aktuell wirklich lebe. Ich würde mich mit ihr nie langweilen.

Sobald sich Mr. O'Farrell jedoch an die Klasse wendet, kann ich nicht anders, als von meinem unfertigen Werk aufzusehen, wie die meisten anderen Anwesenden auch.

Er läuft zwischen den Staffeleien hindurch, um die Arbeiten von uns, seinen Schülern, mit klarem Blick zu erfassen.

»Ms. Hinkle, bitte achten Sie darauf, dass das Helligkeitsverhältnis stimmt. Sie ist eine Tänzerin, nicht wahr? Dann schenken Sie ihr doch ein wenig Rampenlicht!« Er gestikuliert dabei wild mit den Armen. »Bei Ihnen ebenso, Mr. Foley!«

Freie Kunst. Wir malen, was auch immer uns Freude bereitet. Das grobe Thema lautet: ›Träume‹.

Man hört das Getuschel deutlich. *»Eine Tänzerin? Wie alt ist diese Stacey eigentlich? Sechs?«*

Einige lachen daraufhin, was jedoch schnell verstummt, als sie dafür einen mahnenden Blick von O'Farrell ernten.

Ich für meinen Teil finde es niederträchtig. Träume sind das, was jedem von uns selbst gehört. Sie sind unser Schatz. Wir müssen ihn nicht teilen. Und wenn wir es tun, dann sicher nicht um ihn zerstört zu sehen.

Natürlich hat jeder das Recht darauf, zu träumen, von was auch immer er möchte. Die Gedanken sind schließlich frei.

Ohne diesen Gänsen weiter Beachtung zu schenken, male ich weiter. Das hier wird schön. Es wird … etwas. Auch wenn ich noch nicht sicher weiß was.

Ich male konzentriert, bis mich ein weiterer Ausruf meines Lehrers zusammenfahren lässt, beinahe hätte ich auch noch das Bild verhunzt.

»Auch Sie …!«

Ich erschrecke, während ich gespannt seiner Stimme lausche, als diese plötzlich laut neben mir zu hören ist und dann in einer merkwürdigen Pause abbricht.

Unsicher kaue ich auf einem Bonbon herum, das ich seit geraumer Zeit von einer Wange in die andere schiebe. Zum Glück ist mir der Mund nicht wieder aufgeklappt.

Für heute habe ich aber auch echt genug. Mein Herz macht das so nicht mehr lange mit.

»Ja, Mr. O'Farrell?«

Ich frage nur leise, als ich realisiere dass es *mein* Bild ist, auf das er so fixiert ist.

Auch das noch.

»Nun, ich würde Sie ja fragen, ob Sie nicht ein wenig Licht in die Sache bringen wollen, doch mir scheint, mehr Licht wird es in dieser Szene wohl nicht geben.« Er legt eine Hand an sein Kinn und vermisst mein bisheriges Ergebnis, als würde er es in einem Museum sehen und seinen Wert einschätzen wollen.

Mir rutscht derweil vor Angst das Herz in die Hose, was mich verzweifelt schlucken lässt, wobei ich mich auch noch beinahe an meinem Kirsch-Bonbon verschlucke.

»Was sagen Sie dazu?« Ich hüstele ein wenig beim Sprechen.

Eine kleine Weile vergeht in der er nichts sagt, ehe er monoton das Wort an mich richtet, doch ohne mich dabei direkt anzusehen. Er antwortet dabei mit einer Gegenfrage, welche mich dazu bringt, vor Scham im Erdboden versinken zu wollen.

»Was genau soll das darstellen, Ms. Dowell?«

»Äh …« Die richtigen Gedanken wollen einfach nicht kommen, als ich nach ihnen fische. »Flügel, Mr. O'Farrell.«

Über diesen dürftigen Hinweis muss ich ehrlich selbst die Stirn runzeln.

»Das stimmt auffallend. Doch wo ist ihr Himmel?«

Die Frage trifft mich zugegeben unerwartet.

»Bitte?« Verwirrt sehe ich ihn mit glühenden Wangen an.

Peinlich. Nicht einmal seine eigenen Werke erklären zu können … Es ist leider nicht das erste Mal.

Ein leises Kichern hinter uns ist zu hören. Es würde mich nicht einmal stören, wüsste ich nicht, dass auch *er* mich nun für eine Idiotin halten muss.

»Der Himmel«, stellt er fest. »Flügel brauchen doch Freiheit und Wind, wo ist also der Himmel, in dem diese großen Flügel sich ausbreiten können?«

»Es- Es gibt keinen … Himmel in diesem Bild, Mr. O'Farrell«, stammle ich meinen Salat zusammen.

Einen Moment herrscht Stille.

»Mhm«, ist danach alles was ich von ihm vernehme. Wieder starrt er das Gemälde an.

Die Dunkelheit, aus der zwei Flügel wachsen.

Diese wunderschönen, schwarzen Flügel ... wie die der Krähen; wie heute Morgen.

Flügel, die aus der Finsternis entstehen. Ein Gedanke, der mich nicht mehr loslassen will.

Einen Himmel gibt es auf der Erde nicht. Die Flügel die hier unten wachsen, wachsen nicht in den Himmel. Sie müssen ihn erst mit Mühe erreichen.

»Ist das deine Antwort?« Er scheint nicht überzeugt.

Doch diesmal schlucke ich nicht aus Nervosität, sondern um die Nervosität komplett zu verjagen. Ich bleibe so selbstbewusst, wie ich kann, als ich ihm in die Augen sehe.

»Ja. Diese Flügel haben keinen Himmel. Sie müssen ihn sich erst erkämpfen. Sie gehören zu keinem Vogel.« Eine Antwort die mich selbst überrascht.

Wenn es nicht um einen Vogel geht, um was geht es dann? Ein fixer Gedanke, so schnell verschwunden, wie er gekommen ist.

Daraufhin sieht er mich recht skeptisch und mit hochgezogener Augenbraue an; das Getuschel im Raum wird mir langsam doch zuwider.

»Ein Vogel? Was haben denn plötzlich Vögel damit zu tun?«

»Naja ... nichts, offensichtlich.« *Gott, was plappere ich hier eigentlich schon wieder für einen Mist?*

Einen Rückzieher kann ich jedoch auch nicht mehr machen. Meine Stimme bebt mit leichter Verunsicherung, doch ich versuche sie im Zaum zu halten.

»Den Vögeln gehört der Himmel, schon von klein auf können sie zu den Wolken fliegen. Meine Flügel gehören keinem Vogel. Sie müssen erst wachsen und sich ihren Himmel verdienen. Ihnen gehört nur die Dunkelheit.«

So wie jedem von uns von Geburt an. Alles andere müssen wir uns erst erkämpfen.

Zu meiner grenzenlosen Verwunderung nickt er. Ich denke, ich war selten so erleichtert.

»Ja, genau so will ich das hören! Glaubt an euer Bild und eure Wünsche, egal was es ist oder was man euch erzählt.« Er kommt meinem Ohr näher, um leise Worte hinzuzufügen.

Worte, nur für mich bestimmt.

»In gewisser Weise sind wir doch alle wie diese Flügel. Geboren in der Dunkelheit; alles andere müssen wir uns erst erkämpfen … Nicht wahr?«

Sekunde … *Wie bitte?*

Mit einem Zwinkern, auf das ich nie und nimmer schnell genug reagieren könnte, tritt er zurück vor die Klasse.

»Erinnert euch an das, was ich euch immer zu sagen pflege«, beginnt er laut. »Eure Träume sind *wichtig*. Ihr seid *Künstler*. Und Kunst ist nichts anderes, als Träume wahr werden zu lassen; euer Bild kann nur so gut sein, wie ihr glaubt, dass es ist. Also glaubt auch daran, dann kann gar nichts schief gehen. Merkt euch das: Träume sind immer das, was unerreichbar scheint und genau *das* soll euer Ziel sein.«

»Also sollen wir uns Dinge wünschen, von denen wir wissen, dass wir sie so und so nie erreichen werden? Ist das nicht deprimierend?«

Die Schülerin, die diese verwirrte Frage in den Raum wirft, heißt glaube ich Mandy.

»Guter Einwand, doch ihr sollt ja auch gar nicht denken, dass ihr es nie erreichen werdet. Im Gegenteil. Ihr sollt euch eure Ziele so hoch stecken, dass ihr sie nur mit viel Arbeit erreichen könnt. Denn das ist es, was einen Traum zu einem Traum macht. Und nur so ein wahrer Traum kann auch wahre Freude bringen, wenn er endlich erfüllt ist«, verkündet er. »Denkt immer daran: Die reine Vorstellung von dem, was ihr vielleicht tun *könntet*, ist noch immer nicht das Limit von dem, was ihr wirklich tun *könnt*. Also seid bereit, über die von eurem Verstand und der Gesellschaft gesetzten Grenzen hinaus zu gehen; findet dort den Traum, für dessen Erfüllung ihr alles geben würdet, sogar euer ganzes Leben. Noch seid ihr jung, ihr habt die Zeit, also findet es heraus…«

Und da schlägt auch schon der Gong, der das Ende dieser Stunde mehr als deutlich einläutet.

Sein Vortrag ist damit für so ziemlich jeden Schüler im Raum beendet, was ihn etwas entmutigt.

»Also gut, das war's für heute. Vergesst hier nichts. Und vergesst bitte niemals das Gesetz von Licht und Schatten, okay? Ohne Licht und Schatten funktioniert einfach nichts. Nicht nur Bilder, sondern alles auf der Welt folgt dieser Regel. Kein Licht ohne Schatten und ohne Schatten auch kein Licht, alles klar?«

Leider hört ihm tatsächlich bereits keiner mehr zu, als er noch weiter spricht. Es ist zu schade, da ich so gut wie alles was er sagt, für wichtig halte.

Selbst wenn es das einmal wirklich nicht sein sollte.

Dennoch beeile ich mich ebenfalls, all meine Sachen zusammen zu raffen, ehe ich meine Staffelei abräume und durch das Zimmer husche, auf dem Weg zur Tür.

»Warten Sie bitte noch einen Augenblick, Ms. Dowell«, werde ich dabei jedoch von meinem Lieblingslehrer unterbrochen, was mich zu einem jähen Halt bewegt.

»Wir müssen etwas Wichtiges besprechen.«

Chapter 2:
As I Watch You Burn

Etwas nervös sehe ich ihn an. Dann entscheide ich, dass der Boden unter meinen Füßen doch interessanter ist und senke beschämt den Blick.

Was könnte er wollen? Hab ich irgendwas verbockt?

Als sein ohnehin schon ernster Gesichtsausdruck sich noch verstärkt, bin ich bereits dabei all meine Verfehlungen der letzten Wochen vor meinem geistigen Auge zu sehen. Ach du je …

Bedächtig setzt er die schmale Brille ab, die seine Nase ziert, womit er meine Aufmerksamkeit auf sich zieht. Ich komme nicht umhin, seine Mimik zu verfolgen und ihn dabei zu bewundern. Er ist gutaussehend, das ist nicht zu leugnen.

»Ich wollte nur nachfragen, ob Sie denn bereits angefangen haben. Es wäre jedenfalls besser so.«

Ein wenig irritiert von seiner Aussage wandert eine meiner Augenbrauen wie von ganz allein nach oben, gefühlt bis in den Haaransatz. Mir bleibt kaum etwas anderes, während ich einen Moment darauf warte, dass er noch etwas sagt. Eine Pointe beispielsweise oder wenigstens irgendetwas, das mir klar macht, was er gerade meinen könnte.

Doch leider warten bleibt vergebens.

»Was … äh, was genau meinen Sie? Mit was soll ich angefangen haben? Hab ich was nicht mitgekriegt?«

Nun ist er es, der irritiert wirkt. Er sieht mich geradewegs an, als wäre ich irgendwie begriffsstutzig.

»Na, die Bilder«, meint er gleich darauf, als müsse ich doch genau wissen, worauf er damit hinaus will.

Klar gesagt: dem ist nicht so. Aber wie mache ich ihm das am besten deutlich, ohne dumm dazustehen? Offensichtlich *sollte* ich ja wissen, worum es geht.

Die Nervosität steht mir sichtlich ins Gesicht geschrieben. Eine Hausarbeit vielleicht? Doch dann liefert er mir schließlich die Erlösung.

»Für die Ausstellung auf der großen Halloweenparty«, stellt er monoton fest.

Statt erleichtert aufzuatmen, verschlucke ich mich auf diese Anmerkung jedoch am Rest meines Bonbons, was mich für einige Sekunden in einen so extremen Anfall von Husten verwickelt, dass mir die Tränen kommen.

Es dauert einen Augenblick, dann erkenne ich, wie mich Mr. O'Farrell ein wenig besorgt mustert.

»Geht es Ihnen gut?«

Ich schlucke und wische hastig über mein Gesicht; versuche mich wieder zu fangen.

»Ja, alles in Ordnung. Ich lebe noch«, krächze ich, ehe ich mich räuspere und zum Thema zurückkehre.

Es gibt Wichtigeres zu bereden, als meine Überlebenskünste.

»Mr. O'Farrell, was haben Sie damit eben gemeint?«

»Na, die Ausstellung«, wirft er ein, wirkt jedoch weiterhin in Sorge, »Geht es Ihnen tatsächlich gut?«

Letzteres stellt er dabei ganz sachlich infrage und beobachtet mich dabei kritisch.

Bei jedem anderen würde mich das sicher ankotzen. Hier schüttle ich jedoch nur den Kopf.

»Aber ich dachte, das wäre bloß ein Scherz gewesen!« Es kann nur ein Scherz gewesen sein.

Ich starre ihn mit unverhohlenem Schock an.

Er nickt erst, schüttelt dann aber den Kopf, als könne er sich nicht entscheiden.

»Oh nein, das war keineswegs ein Scherz«, versichert er, weiter recht tonlos – sodass es beinahe witzig erscheint – und erwidert meinen Blick dabei stoisch, wie gewohnt. »Ich würde Ihre Bilder sehr gerne auf dem Hauptgang im ersten Quadranten aushängen sehen. Direkt bei der großen Tür.«

Junge … Zerknirscht muss ich mir eine Antwort überlegen, die nicht allzu dumm klingt.

»Aber«, beginne ich, zupfe dabei abwesend am Stoff meiner Jeans, »ich bin nur eine von Vielen. Meine Bilder sind für sowas nicht bestimmt, glauben Sie mir.«

Mein Gegenüber seufzt zur Antwort und legt mir eine Hand auf die Schulter. Ich widerstehe dabei dem Drang, bei der Berührung zusammenzuzucken oder aus Nervosität zurückzuweichen.

»Ms. Dowell, Sie sind nicht hier in meinem Kurs, weil *ich* denke, dass Sie gut sind«, beginnt er und seine Worte versetzen mir einen leisen, aber schmerzhaften Stich, noch bevor sie ganz ausgesprochen sind.

Eine kleine Pause entsteht, ehe er weiterspricht.

»Ich habe für Ihr Stipendium meine Stimme gegeben und Sie mit offenen Armen willkommen geheißen, weil Sie *selbst* daran glaubten, dass Sie gut genug dafür sind. Und weil Sie der Kunst den Respekt entgegen bringen, der ihr gebührt. Wo ist diese Person gerade? Sie ist doch hier, oder nicht? Ihr Talent steckt nicht nur in Pinsel und Farbe, es steckt viel tiefer. Sie müssen es der Welt nur zeigen! Und wo beginnen, wenn nicht direkt hier, auf der großen Halloween-Ausstellung? Von der ich übrigens, unter uns gesagt, keinen wüsste, der passenderes Material bereitstellen könnte, wenn ich mir Ihren Stil ansehe.«

Ich mache große Augen und lasse erneut einige Sekunden ins Land ziehen. Es scheint eine Ewigkeit zu vergehen, bevor ich wieder in der Lage bin, zu antworten. Mein Mund und Rachen sind wie ausgetrocknet, darum räuspere ich mich vorsichtig.

Die Hand, die noch immer auf meiner Schulter ruht, strahlt dabei eine Wärme ab, der ich mir von Sekunde zu Sekunde bewusster werde.

So ein großes Lob war das doch gar nicht, also komm mal klar, Annie.

»Okay«, versetze ich schnell, während ich Angst habe, dass meine Stimme brechen könnte. Ich trete einen Schritt zurück, wobei seine Hand automatisch von meiner Schulter rutscht.

Schnell zieht er sie weg.

Kommt es mir bloß so vor oder ist er für einen Wimpernschlag wirklich ein wenig verlegen gewesen? Sicher bloß Einbildung.

»Ich werde darüber nachdenken. Zwar weiß ich nicht, ob meine Bilder wirklich dem Anlass gerecht werden können, aber ich denke darüber nach und gebe Ihnen dann Bescheid. Ist das in Ordnung?«

Der Schwarzhaarige nickt großmütig und räuspert sich dann seinerseits.

»Das klingt fair. Ich gebe Ihnen noch Zeit bis in einer Woche, wenn Sie sich denn dafür entscheiden. Die Entscheidung sollte allerdings schnell fallen, immerhin ist heute bereits der Vierundzwanzigste und sollten Sie doch absagen, müssen wir

Ersatz auftreiben.« Lächelnd sieht er auf seine Uhr, als könne sie ihm beim Datum behilflich sein, dabei ist es eine einfache Quarz-Uhr. »Und Sie sollten in drei Tagen besser bereits angefangen haben, immerhin brauche ich mindestens zehn Bilder, wenn nicht mehr, um ein bisschen Auswahl zu haben.«

Ich beiße mir auf die Unterlippe, während ich hin und her überlege, ob ich das Folgende sagen soll, doch es ist schon raus, ehe ich es verhindern kann.

»Glauben Sie wirklich, dass ich dafür ausreiche?«

Er seufzt und sieht sich dann um, zu den Bildern an der Wand hinter sich. Besonders dieses eine, das einen Gang aus einem der schönsten Museen der Welt zeigt: der *Eremitage.*

»Weißt du, auch *Pablo* war einst nur ›einer von Vielen‹«, merkt er wie nebensächlich an, sieht dann jedoch mit einem vielsagenden Blick in meine Richtung.

Es dauert eine Sekunde, ehe ich kapiere wen er damit meint.

»War er nicht seiner Zeit voraus?«

»Ja, doch er war dennoch nur ein Mensch mit Talent, wie viele andere auch. So lange, bis jemand erkannt hat, dass etwas an ihm herausragend war und er letztlich zu *Picasso* wurde.«

Er macht eine kurze Pause, als würde er überlegen was er als nächstes sagen soll.

»Annie … fast jeder Mensch hat irgendetwas Besonderes. Man muss es nur erkennen und fördern, damit es nicht verwittert und verloren geht. In der Vergangenheit wurden diese Besonderheiten meist erst dann für andere sichtbar, als der Künstler längt gestorben war. Doch das muss nicht sein.«

Schweigend bleibe ich vor ihm stehen und denke über die Aussage nach, die seinen Worten folgt.

Ich weiß nicht, was ich dazu sagen soll. Aber ich denke …

»Müssen die Bilder denn sehr neu sein?«

Für einen Augenblick überlegt er und lächelt mit einem leichten Glanz von Selbstzufriedenheit und, wenn ich mich nicht irre, sogar ein bisschen Stolz. Er lehnt sich dabei an den Rand seines Pults und verschränkt die Arme vor der Brust.

»Es sollte noch nicht jeder kennen, mehr erwarte ich gar nicht.«

Schnell schenke ich ihm ein Lächeln und umgreife den Gurt meiner geschulterten Tasche etwas enger.

»Okay … vielen Dank.«

»Schlafen Sie drüber, dann sehen wir uns morgen wieder«, gesteht er mir zu, wendet sich jedoch bereits ab. »Haben Sie noch einen schönen Tag und überlegen Sie gut, was Sie tun wollen. Es würde sogar eine Note für alle Ausgestellten herausspringen. Die vor ein paar Tagen angesprochene Projektnote, die für jeden im Laufe des Halbjahres fällig wird.«

Ich nicke und drehe mich um. »Ich werde darüber nachdenken, vielen Dank. Ihnen auch noch einen schönen Tag .«

Nur einen Atemzug lang verharre ich in der Bewegung, ehe ich mich doch noch einmal zu ihm herumdrehe. »Und nochmal vielen Dank für … Für diese Chance.«

Erst in diesem Moment realisiere ich endlich, dass er mich vorhin bei meinem Vornamen genannt hat. Und diese Erkenntnis treibt mir eine spürbare Röte ins Gesicht.

Ungewollt wie ein Frosch lächelnd, verlasse ich daraufhin fluchtartig den Kunstraum, da mir dieses Verhalten bereits nach drei Atemzügen lebensbedrohlich peinlich ist. Verhalten, das ich von mir eigentlich gar nicht kenne, doch mein Herz schlägt schneller als es sollte. Vielleicht ist es das Adrenalin, doch meine Schritte werden automatisch noch schneller, ohne dass ich es zunächst bemerke.

Erst draußen, bei den Fahrradständern, komme ich wieder zum Stehen.

Und muss dort erst einmal eine Runde nach Luft japsen. Verdammt …

Schande über mein Haupt.

Meine Nervosität und die Aufregung von vorhin, für die ich mich jetzt schon wieder ohrfeigen könnte, haben mittlerweile nachgelassen. Die Fahrt ist ruhig und angenehm, auf der gähnend leeren Straße zwischen den Maisfeldern.

Doch meine Gedanken sind verwirrt, von allem was heute war und ich will nichts, als einfach nur zu Hause ankommen. Meinen Frieden finden und dann so schnell ich kann ins Bett gehen.

Okay, Letzteres vielleicht nicht zu früh, immerhin muss ich noch über das Angebot von Mr. O'Farrell nachdenken. Besonders weil ich ihn ja nicht enttäuschen will.

Von all dem Stress heute kribbeln sogar meine Handflächen wie verrückt. Zumindest glaube ich, dass das der Grund ist.

Unwillkürlich umfasse ich die Griffe meines Rades enger, um das Gefühl zu betäuben und seufze. Ich höre das Rauschen des Windes, der sanft an mir vorbeizieht. Ziemlich ungewöhnlich, wenn man bedenkt, dass ich in solch einem Moment normalerweise Musik hören würde. Doch nicht heute.

Ich konnte es einfach nicht. Plötzlich war da diese Angst … als würde etwas Schlimmes geschehen, wenn ich auch nur ein wenig unaufmerksam bin.

Durch die Erfahrung heute Morgen muss ich unterschwellig ein bisschen traumatisiert sein. Dieser Gedanke über das berühmte ›was wäre wenn‹ lässt mich einfach nicht mehr los, besonders jetzt, da ich wieder in derselben Lage bin wie zuvor.

Außerdem habe ich Hunger und wünschte, ich hätte wenigstens noch einen Lutscher in der Tasche.

Im einen Augenblick atme ich noch tief ein, im Nächsten bleibt mir alle Luft weg, als ein lautes, markerschütterndes Hupen mein Trommelfell attackiert.

Mit einem heftigen Donner rast mein Puls erneut; ein Déjà-vu. Daraufhin erfasst mich unwillkürlich eine Angst, die mir den Hals zuschnürt. Sie erschüttert mich in den Grundfesten und zwingt mich, anzuhalten.

Es geht dabei alles so schnell, dass ich kaum realisiere was ich tue, geschweige denn, was gerade überhaupt geschieht.

Alles was ich weiß, ist, dass ich stillschweigend dastehe, so wie heute Morgen, während mein Blick automatisch nach vorn fällt, um das Grauen zu bezeugen.

Die Kreuzung liegt erneut vor mir, nur diesmal von der anderen Seite aus.

Mit lähmender Panik in den Gliedern beobachte ich, wie ein großer, schwerer Lastwagen zum Bremsen gezwungen wird, es jedoch nicht rechtzeitig schafft. Eine kleine schwarze Limousine wird damit über mindestens fünf Meter auf der Straße vor dem großen Ungetüm her geschoben, nachdem dieser in dessen Seite hineingeprescht ist.

Stahl ächzt; Glas zerbricht. Die metallene Karosserie schlittert kreischend über den Asphalt, als wäre sie nicht mehr als ein Spielzeug.

Wie ein Pulsschlag in der Atmosphäre fegt die leichte Druckwelle des Aufpralls über mich hinweg und nimmt mir mit einem Mal erneut den Atem. Das Nächste was ich hören kann, ist das schrille Pfeifen einer angesprungenen Alarmanlage. Ein bisschen zu spät, wie ich feststelle. Es ist so surreal, dass ich fast das Gefühl habe, lachen zu wollen.

Die Sirene bringt nun auch nicht mehr viel, schätze ich.

Doch meine Ohren klingeln so sehr, dass ich sie mit zittrigen Händen zu verschließen versuche, nur ganz kurz, gerade lange genug, um das Rauschen meines eigenen Blutes zu hören.

Ist das gerade wirklich geschehen?

Binnen eines Wimpernschlags züngeln erste, kleine Flammen im Heck des zerdrückten PKW und ich zucke erneut zusammen. Ein Anblick wie aus einem Alptraum, den ich nie erleben wollte.

Ich schlucke trocken, während ich äußerlich zu schwitzen beginne.

Der Fahrer ist nicht zu sehen. Die Beifahrerseite wurde völlig zerquetscht. Es lässt das Auto in einer unförmigen, schon fast bananenartigen Gestalt an der Schnauze des Trucks zurück und nur der dicke Rauch vermag dieses groteske Bild ein wenig zu verschleiern.

Im Lastwagen scheint der Mann ebenfalls bewusstlos. Leider sehe ich ihn kaum und hören kann ich auch nichts, abgesehen von dem Zischen der heißen Materialien und anderen, nervenaufreibenden Nebengeräuschen.

Wie ferngesteuert schwinge ich mich von meinem Zweirad, auf dem ich lächerlicherweise noch immer sitze, werfe es in das Feld neben mir und renne so schnell ich kann. Das Mobiltelefon reiße ich indes von meinen Kopfhörern los und wähle dort die Nummer des Notrufs.

Polizei? Krankenwagen? Feuerwehr? Ich weiß es nicht. Die Nummern wollen mir nicht einfallen.

Keine Ahnung was ich mache oder was ich tun soll. Alles ist irgendwie schwarz. Alles ist plötzlich so leer.

Ich weiß nur, dass ich dort hin muss. Dass ich wenigstens versuchen muss ... was zu tun? Selbst das weiß ich nicht. Helfen vielleicht. Was könnte ich schon zu geben haben?

Darüber denke ich nicht einmal eine Sekunde nach.

Das Auto qualmt noch immer stark, als ich es endlich erreiche und das Telefon in meiner Hand gibt ein Freizeichen; tutet quälend lange vor sich hin, ehe sich endlich eine Frauenstimme zu Wort meldet.

»Notdienst. Was ist Ihr Problem?«

»Ich brauche Hilfe«, rufe ich ihr entgegen, als wäre das nicht bereits von vornherein klar gewesen. »Hier sind ein Lastwagen und ein Auto zusammenkracht. Aus dem Auto tropft irgendwas und ein kleines Feuer ist ausgebrochen. Ich weiß nicht was mit den Fahrern ist. Ich weiß nicht was ich tun soll ...!« Den Tränen bitter nah, warte ich eine Meldung ab.

»Okay, beruhigen Sie sich erst einmal. Wo genau sind Sie gerade?«

»Ich bin in Huntsville, an ... an einer Kreuzung.« Scheiße, ich hab nie darüber nachdenken müssen, ob es hier eine bestimmte Adresse gibt. Ich bin einfach hier lang gefahren und hab mir über solche Trivialitäten keine Gedanken gemacht.

»An- An der Hauptstraße aus dem Zentrum führt eine asphaltierte Landstraße, über die man zur Akademie kommt. Da ist normalerweise nie viel los. Es gibt bloß eine Kreuzung ...« Nervös stammle ich vor mich hin, in der Hoffnung, dass ich ihr irgendetwas Nützliches vermitteln kann.

»Ganz ruhig, Miss. Keine Sorge, ich weiß wo das ist und ich schicke sofort Hilfe. Wichtig ist, dass Sie jetzt Ruhe bewahren, abwarten und sich nicht in Gefahr begeben«, bestätigt sie, vielleicht versucht sie mich aber auch nur zu beruhigen.

Ich will gerade etwas erwidern, da höre ich ein lautes Geräusch. Ich kann nicht zuordnen ob es ein Knacken war oder eher ein Schlag, doch er lässt instinktiv das Blut in meinen Adern gefrieren.

Nach einem Moment, der sich wie ein Jahrtausend anfühlt, höre ich sie erneut sprechen.

»Sie werden bald Hilfe bekommen. Bleiben Sie so lange da wo Sie sind. Wie ist Ihr Name?«

»A- Annie«, antworte ich mit einknickender Stimme. »Annie Dowell.«

»Okay, Annie...«

Sie sagt noch irgendetwas, doch meine Aufmerksamkeit wird abgelenkt, was mich dazu bringt, das Handy in die Tasche zu schieben und näher an den Wagen heranzutreten. Vielleicht ist das kein guter Zug gewesen, doch es ist schon beendet, als mir klar wird, dass ich damit aufgelegt habe.

Was soll ich jetzt nur tun? Noch einmal anrufen? Nein, das wird ohnehin nicht viel bringen.

Gestresst und mit Tränen im Gesicht fahre ich mit beiden Händen durch mein Haar; würde sie mir dabei am liebsten ausreißen.

»Gott, was mach ich hier nur …«

Gerade würde ich sehr gerne beten, wenn ich denn wüsste wie es richtig geht. Dabei glaube ich nicht einmal an Gott.

Aber ich meine, soll ich wirklich einfach abwarten?

Wer weiß wie lange das dauern wird. Die Notfallstationen liegen allesamt am anderen Ende der Stadt, von hier aus gesehen. Huntsville ist zwar eine Kleinstadt, aber doch nicht *so* klein.

Genau in dieser Sekunde trete ich, entgegen dem Ratschlag der freundlichen Dame, näher an den kleineren Wagen heran und sehe, wie sich etwas darin bewegt.

Unbedacht greife ich nach vorn, nach der Tür, doch schrecke im letzten Augenblick zurück. Überrascht von etwas, das mit leisem Aufschlag auf dem schwarzen, verbeulten Dach vor mir auftrifft.

Ich kann nicht anders, als sie erschüttert anzuglotzen. *Die Krähe*. Sie ist es.

Nein, das stimmt nicht. Das ist nicht real.

Wie könnte sie auch einfach so dort sitzen? Bei all dem was hier los ist?

Dann fällt mein Blick wieder nach unten, wo mir klar wird, was ich fast getan hätte.

Fader Qualm steigt von dem schwarzen Blech in den Himmel auf. Die Wolke mag nicht mehr so dicht wie vor wenigen Minuten sein, doch sie ist noch lange nicht verschwunden.

Eine extreme Hitze strahlt in meine Richtung aus.

Mein Kopf schwirrt bei dem Gedanken, dass sie mich gerade vielleicht gerettet hat. Ich hätte es sicher einfach so angefasst.

Nichtsdestotrotz ist das hier ganz klar eine Fata Morgana.

Unmöglich, dass dieser Vogel einfach so dort sitzen kann. Sie *kann* nicht echt sein.

Mir wird schlecht.

Auch diesmal ist es, als würde sie mich anstarren. Mich kennen. Als wäre es dieselbe wie zuvor, dabei ist das doch eigentlich dumm oder nicht? Ich meine, wie sollte das erkennbar sein. Sie ist … eine Krähe. Eine von Vielen und alle sehen gleich aus, nicht wahr? Ich halluziniere.

Leider fühle ich mich eher, als müsse ich mich selbst davon überzeugen, was kein so gutes Zeichen ist.

Und dieser Blick, der mich zu durchdringen scheint und von innen beruhigt … fast wie eine Hypnose. Wie ein klärender Bach. Als wüsste sie, dass alles gut wird. Viel mehr als ich.

Nein, *besser* als ich.

Und dabei vollkommen gelassen.

»Du«, beginne ich, doch meine Stimme bricht ab.

Stattdessen öffne ich wie ferngesteuert die Schnallen meiner Latzhose und greife in meine Schultasche, um dort eine Wasserflasche zu bergen, die ich fast komplett über den Jeansstoff leere.

Durch den getränkten Stoff erst, fasse ich jetzt endlich an den Griff, um daran zu rütteln. Die sengende Hitze zieht sofort durch alle Fasern; heißer Dampf steigt mir ins Gesicht. Die Haltung die ich dazu einnehme, schmerzt auf Dauer im Rücken.

Ich beiße die Zähne zusammen, um weitermachen zu können, während sich in meinen Augenwinkeln Flüssigkeit sammelt.

Meine Hände brennen wie blankes Feuer. Es fühlt sich an, als würde Haut am Stoff kleben bleiben, als ich daran verrutsche und allein der Gedanke treibt mir die Übelkeit in die Kehle.

Nach einer Weile sehe ich nach oben und bemerke, wie mich die Krähe noch immer mustert, so als würde sie meine Bemühungen bloß belächeln; mich beurteilen.

»Komm schon«, richte ich das jammernde Wort an die Tür und schüttle dabei langsam und widerwillig den Kopf. »Das kann doch nicht dein Ernst sein.«

Das Material beginnt zwar langsam unter dem Aufwand zu Knirschen, doch es dauert viel zu lange. Kostet viel zu viel Kraft.

Auf einmal gibt es eine weitere Druckwelle. Es scheint meinen Herzschlag aus dem Rhythmus zu stoßen, so sehr geht es mir unter die Haut. Ich kann nicht anders, als einen Moment inne zu halten.

Bis ich mir plötzlich einbilde, die Flammen seien gar nicht mehr so heiß.

Als wären sie auf einmal … geringer.

Die Tür scheint mich kaum noch zu verletzen, obwohl die Hitze sich bereits durch den Schutz gefressen hat. Ich zerre weiter und weiter an dem verbeulten Wrack.

Bis sie mit einem Mal nachgibt und ich, zusammen mit der Tür, taumelnd zurückfalle; ungläubig und verklärt, wie ganz weit entfernt.

Zwar kann ich nicht klar denken, doch schließe fahrig eine der Schnallen, um meine Hose nicht gänzlich zu verlieren. Unterdessen kämpfe ich mich verzweifelt zurück auf die Füße und stolpere hinüber zu dieser brennenden Karre.

Es ist so heiß, doch ich schwitze kaum noch. Bilde ich mir das wirklich bloß ein? Bin ich kurz davor, zusammenzubrechen?

Ich sehe klarer als ich denke und das trotz des beißenden, heißen Rauches um mich herum. Sogar besser als ich glaube zu sehen und dabei verstehe ich selbst nicht genau, was ich damit meine.

Ich weiß jedoch noch, dass dieser Mann dort Hilfe braucht. Und das nicht erst in zehn Minuten. Oder Fünf … wie lange wird die Ambulanz wohl noch brauchen?

Sein Gurt ist noch immer da. Ich sehe keinen Sinn darin, Zeit zu verschwenden, stattdessen greife ich nach einer Schere aus der Tasche, die verwaist auf dem Boden liegen geblieben ist, und schneide das graue, breite Sicherheitsband einfach durch. Gegen den Rauch hustend, versuche ich dabei noch zu atmen.

Er sollte eigentlich viel schlimmer sein, jetzt, da der Wagen endlich offen ist. Doch er ist erträglicher als erwartet.

Unsicher, ob ich den Mann herausziehen sollte, einfach so, mit meinem gerade mal vorhandenen Halbwissen in erster Hilfe, tätschle ich ihm etwas panisch die Wange. Meine Hände spüre ich kaum noch; zu dem Dreck auf seinem Gesicht, gesellt sich mein frisches Blut. »Wachen Sie auf, bitte!«

Mit kratzender Kehle flehe ich und schlucke desorientiert, während ich mich immer wieder nach dem Rettungswagen umdrehe.

»Bitte … nicht aufgeben!«

Soweit es mir möglich ist, packe ich den mittelalten Mann unter den Achseln seines Jacketts und ziehe so fest ich kann. Die Wunden an den Handflächen schmerzen unter dem Kraftaufwand; so sehr, dass es mir noch mehr Tränen in die Augen treibt.

Ich würde am liebsten weinend auf dem Boden liegen.

Einfach zusammensacken und heulen, wie ein kleines Kind, damit meine Mutter kommt und mich in den Arm nimmt; mir sagt, dass alles in Ordnung ist.

Doch sie wird nicht kommen und die Erkenntnis schmerzt beinahe schlimmer als meine Hände. Mit diesem Gedanken nehme ich meine letzte Energie zusammen, als ich eine Überraschung erlebe.

Der Mann rührt sich beinahe unmerklich durch meine Anstrengungen, doch ich merke es gerade so. Millimeter um Millimeter, schaffe ich es endlich ihn über eine Schwelle zu ziehen.

Und dann geht es plötzlich ganz schnell. Er rutscht mir quasi entgegen, als sein Hintern endlich vom Sitz gehoben ist und die Beine etwas Freiheit haben.

Leider bringt es nichts. Ich weiß nicht, was dort tropft, doch wenn man sich die Beifahrerseite und den Motor des Wagens ansieht, könnte es so ziemlich alles sein. Mich wundert, dass er noch nicht explodiert ist.

Um ein Haar breche ich in panisches Gelächter aus, als ich diesen Gedanken noch einmal in meinem Kopf wiederhole.

Ich könnte hier in die Luft fliegen. Dann ist es aus mit mir.

Egal wie schnell ich ihn auch schleppe, ich werde ihn nie weit genug weg bekommen, wenn es so weit kommt. Es ist hoffnungslos.

Schluchzend rutscht mir der leblose Körper letztendlich aus meinen völlig verbrannten Händen. *Großer Gott, wieso ...?*

Erst das jaulende Geräusch von unüberhörbaren Sirenen, welche über die noch immer im Hintergrund schrillende Alarmanlage hinweg tönen, lässt mich mit großen Augen herumfahren. Auf die Beine strampelnd, hebe ich die Hände.

»Hier sind wir!« Meine Schreie verhallen im Lärm.

Als wäre dieser Trümmerhaufen nicht ohnehin unübersehbar.

Ich schreie dennoch. »Wir brauchen Hilfe!«

Auch das ist vermutlich nichts Neues.

Doch in dieser Situation fühlt es sich an, als wäre das alles was ich noch tun kann.

Es dauert noch einen Moment, ehe eine ganze Schaar an Männern in Uniformen die Kreuzung stürmt. Von einem werde ich unsanft zur Seite gestoßen, ein anderer beugt sich nach unten, zu dem Mann im Anzug, den ich noch vor wenigen Augenblicken aus dem brennenden Wrack gezerrt habe.

Oh mein Gott, ich habe es geschafft.

Die Erkenntnis lässt mich erzittern und einige Schritte zurückweichen. Ein eiskalter Schauer jagt über meinen Rücken und die Fingerspitzen kribbeln selbst unter den stechenden Brandwunden.

Wie aus Reflex, als wäre es irgendein neu entdeckter Instinkt, schnappe ich meine Tasche. Dabei ignoriere ich sogar den dadurch entstehenden, gleißenden Schmerz, als der Stoff in die Wunden eindringt.

Die Krähe ist längst verschwunden. Wahrscheinlich weil sie nie existiert hat.

Zumindest sagt mir das mein nun klarer sehender Verstand. Alles andere versuche ich auszublenden, während ich mich vom Ort des Geschehens entfernen will.

Meine Bewegungen sind seltsam langsam, wie im Zeitraffer. Die Beine schlottern unter meinem Gewicht; alle Muskeln und Sehnen scheinen wie Drähte; zum Zerreißen gespannt und quietschend.

Jeder stockende Schritt ist ein Kraftakt.

Das Herz in meiner Brust hört endlich auf zu pumpen, dafür weicht das rasante Schlagen mit einem Mal einer betäubten Stille. Als wäre ich plötzlich ausgegangen.

Abgeschaltet.

Defekt wie ein Roboter dem der Sprit ausgegangen ist und ich fühle mich auch so; *nutzlos.*

Gelähmt in meinen Reaktionen, sehe ich noch einmal zurück. Sehe zu, wie die gerufenen Männer auch den Fahrer aus dem Lastwagen befreien, der seinerseits ebenfalls nicht bei Bewusstsein ist, während ich einen Träger meiner Tasche mit blutigen und wundnässenden Fingern umklammere, als würde mein Leben davon abhängen.

Es braucht eine Weile, bis beide auf dem Weg zum Krankenhaus sind, das kleinere Auto gelöscht ist und die ersten Helfer bereits aufatmen.

Ich sehe das alles jedoch bloß aus der Entfernung. Am Rande nehme ich wahr, wie ein Mensch sich mir nähert. Ein Polizist.

Er redet bestimmt zehn Minuten lang auf mich ein, doch ich bin nicht in der Lage ihm zu Antworten.

Stattdessen beobachte ich weiter stumm das Treiben. Vermutlich hält er mich nun für so etwas wie traumatisiert oder schlichtweg nicht ganz dicht.

Schließlich packt er mich an meinem Oberarm und zieht mich einfach mit sich, außer Reichweite des regen Geschehens. Nicht einmal der Gestank nach verschmortem Gummi, der sich langsam in meinen Geruchssinn einprägt, folgt uns bis hier her. Das liegt jedoch eher an dem leichten Wind, den ich erst jetzt spüren kann.

Selbst der vorher so penetrante Qualm verflüchtigt sich bereits.

Doch man sagt, nur weil ein Feuer erloschen ist, verschwindet der Rauch nicht sofort. In diesem Fall ist dies so wahr wie nie zuvor. Das Grauen lauert noch immer an diesem Ort.

Bis ein Abschleppdienst gerufen werden kann, muss noch geprüft werden, dass auch wirklich alles gesichert ist. Sonst fliegt denen das hier wirklich noch völlig um die Ohren.

Auch sie sagen, es sei ein Wunder, das *noch* nichts explodiert ist. Es war Benzin; Diesel, genau genommen. Diesel und Kühlerwasser, die aus der Karosserie geflossen sind, nachdem das halbe Fahrzeug zu moderner Kunst verarbeitet wurde. Autos, die ich jetzt erst sehe, stehen zu allen vier Seiten der Kreuzung bereit. Keine Ersthelfer oder Notfalldienste. Nur ganz normale Zivilisten.

Vereinzelt sind die Menschen bereits ausgestiegen und glotzen hier her. *Schaulustige.*

In dieser Sekunde wird mir bewusst, wie sich ein Tier im Zoo fühlen muss.

Ich wünschte, ich könnte einfach so ins Nichts verschwinden; würde am liebsten mein Gesicht verstecken, als hätte ich etwas zu verbergen. Stattdessen stelle ich mich nur kerzengerade auf und marschiere weiter, das ist meine einzige Option.

Zumal sie noch nicht einmal hier sind, um *mich* zu beobachten, sondern eher den Trubel um mich herum. Weil sie wahrscheinlich bloß vorbei wollten, es jedoch nicht konnten. Es war so ein normaler Tag gewesen und jetzt das. Etwas, auf das keiner hätte vorbereitet sein können.

Keiner? War wirklich keiner darauf vorbereitet?

Nein. Ich schüttle so hastig den Kopf, um den Gedanken zu verdrängen, als wäre es möglich ihn physisch abzuschütteln. Ein Fehler, denn nun melden sich meine schmerzenden Ohren und ein stechender Schmerz in meinen Schläfen zu Wort, was mich zusammenfahren und gequält durch die geschlossenen Zähne zischen lässt.

Zur selben Zeit höre ich einen Mann von der Seite sprechen.

Er klingt besorgt. »Junge Dame?«

Es dauert eine kleine Weile, bis ich realisiere, dass ich gemeint bin und wie ich gerade wirken muss.

»Ja …?« Meine Stimme klingt belegt und gebrochen.

Der Mann mustert mich sorgfältig von oben bis unten, während ich ihm meinerseits mit einem leeren Blick begegne.

»Sind Sie die Passantin, die den Unfall beobachtet hat? Die, die den Notdienst gerufen hat?«

»Ja«, bestätige ich tonlos.

Zuerst wartet er, doch als er sich offenbar sicher ist, dass ich nichts weiter sagen werde, nickt er verstehend. »Okay, vielen Dank.«

Kurz sieht er über seine eigene Schulter hinweg, zu den anderen Menschen auf dem Platz, dann wieder zurück zu mir. Er legt eine Hand vorsichtig an meinen Oberarm.

»Wären Sie dazu bereit, mir einige Fragen zu beantworten, während einer der Notfallärzte Sie untersucht?«

Für einen verwirrten Augenblick, muss ich überlegen, was er damit wohl meinen könnte.

Ein Arzt? Einer der Krankenwagen? Weshalb ich?

»Was meinen Sie?« Die Worte klingen leicht gefaselt.

Mein Mund ist staubtrocken. Wenn ich doch nur wüsste, wo meine Flasche hin ist …

Für den Notfall hab ich noch ein bisschen was von dem Wasser aufgespart, doch jetzt weiß ich nicht mehr, was ich mit ihr gemacht habe, nachdem ich meine Hose damit benetzt hatte.

Ich schlucke erneut, während er mich weiter mit seinen Blicken taxiert.

»Sind Sie in Ordnung? Ihre Hände sehen nicht gut aus. Haben Sie das Wrack angefasst?« Er sagt diese Worte betont langsam.

Das heißt, er spricht *deutlich*. *Zu* deutlich. Als würde er mit einer Minderbemittelten reden, doch vermutlich denkt er auch, dass er genau das gerade tut.

So räuspere ich mich und versuche meinen vernebelten Verstand wieder ein wenig gerade zu rücken. Wenigstens für den Moment.

»Ja, aber … aber nur durch den Stoff. Ich musste ihn öffnen … *es*. Das Wrack … meine ich«, stammle ich doch mehr als gewollt.

Er nickt langsam, leider noch immer so, als wäre ich nicht bei Sinnen. Tja, das bin ich wohl auch nicht.

Aber zu meiner Verteidigung: Ich hatte in meinem Leben noch nie wirklich gute Ideen, weshalb hätte ich ausgerechnet *heute* damit anfangen sollen? Würde gar nicht zu mir passen.

Immerhin ist mir mein Sarkasmus geblieben.

»Also gut«, wirft er ein und lenkt damit meine Aufmerksamkeit wieder auf sich, »Sie haben das wirklich toll gemacht, Sie waren mutig, okay?«

Er versichert mir dies mit Nachdruck und unterstreicht die Aussage noch mit seiner Gestik, als hätte ich das nun unbedingt hören müssen.

Dabei glaubt er doch selbst nicht daran, dass ich wirklich richtig gehandelt habe; ich sehe ihm an, dass er mich eigentlich am liebsten dafür rund machen würde. Himmel, ich weiß ja selbst nicht, wieso ich das getan habe, aber sicher nicht aus reiner Nächstenliebe.

»Bitte lassen Sie sich jetzt in einem der Krankenwagen untersuchen.«

Mein Einverständnis zeigt sich lediglich durch ein Nicken.

Alles was ich will, ist von hier zu verschwinden, doch weit komme ich nicht, ehe mich bereits ein anderer Mann mit Uniform in Empfang nimmt.

»Hier entlang, bitte.«

Aha, einer der Notfallärzte. Meine Gedanken kreisen; um alles und doch nichts.

Eigentlich war das vorher gelogen. Ich weiß sehr wohl, weshalb ich es getan habe.

Klar, der Mann tat mir leid. Und sicher, ich wollte ihm wirklich helfen … ich meine, ich war *schockiert* über das was ich gesehen habe; bin es auch jetzt noch irgendwie.

Der wahre Grund für mich, so weit zu gehen war jedoch, dass die Flammen mir *Angst* gemacht haben. Mehr als alles, was ich bisher je gefühlt habe. Mehr noch, als dieser Unfall.

Weil ich eine Schuld verspüre, die tief in mir verborgen liegen.

Vorhin fiel es mir überhaupt nicht auf. Obwohl es die ganze Zeit da war. Dieses Streben nach … Vergebung?

Vergebung von *wem*? Und für *was*?

Ich könnte mir aus Frust die Haare raufen, doch meine Hände sind mittlerweile fast steif; mit Sicherheit entzündet und außerdem geschwollen.

Es ging mir die ganze Zeit nur um den Mann im Feuer. Doch weshalb? Ich kenne ihn nicht. Wieso ging es mir ausschließlich um diesen Mann im Feuer?

Ich weiß nicht wieso oder woher diese Schuldgefühle kommen; kann mich nicht erinnern.

Es wirkte nur so vertraut. Vertraut und schrecklich. Als hätte ich das Ganze schon einmal erlebt … und nicht gehandelt. Als hätte ich bereits eine ewigwährende Last auf mich geladen.

Als hätte ich … bei etwas versagt. Ohne zweite Chance. Ein seltsam *endgültiges* Gefühl.

So schwer, als würde es mich innerlich zerquetschen.

Und dieser Schmerz, ob real oder nicht, war und ist für mich nicht zu ertragen.

Nicht *nochmal*.

Genau dieses Gefühl ist der Grund, aus dem ich weiß, dass das hier kein Mut oder das reine Pflichtbewusstsein eines guten Bürgers war.

Keine innere Möchtegern-Heldin und auch keine einfache Schnapsidee im Eifer des Gefechts.

Es war purer Egoismus.

Chapter 3

With What Binds Us to the Past

Der Wind pfeift immer unsanfter über uns hinweg. Ein Unwetter wird kommen. Vielleicht nicht heute, doch in ein paar Tagen bestimmt.

Und es wird schrecklich werden.

Ich war schon immer gut darin, solche Dinge vorherzusagen. Es brachte mir eine Weile lang den Spitznamen ›Wetterfrosch‹ ein, doch irgendwann habe ich einfach den Mund gehalten und der Name geriet in Vergessenheit. Dennoch weiß ich es immer noch.

Naja, aber vielleicht ist das Gefühl, das ich jetzt habe, auch einfach ein ganz anderes; eines, das gar nichts damit zu tun hat.

»Wir gehen das Ganze noch einmal durch, um zu überprüfen das alles stimmt. Okay?«, spricht der Polizist langsam und deutlich aus. »Der Lastwagen ist also einfach in die Limousine hineingeschlittert?«

Ich nicke abwesend.

»Einer von den beiden konnte also nicht mehr bremsen. Welcher es war, werden wir erst wissen, wenn die beiden wieder aufwachen, was hoffentlich bald der Fall sein wird. Spätestens wenn wir die Karosserien untersuchen. Können Sie diesen Hergang bestätigen?«

»Ja.«

»Mhm«, murmelt er. »Und dann sind Sie zur Unfallstelle gerannt, haben den Notruf abgesetzt und versucht den Wagen zu öffnen?«

»Ja«, wiederhole ich und höre ihn daraufhin seufzen.

»Also gut. Dann lassen Sie sich jetzt weiter verarzten. Sollten noch Fragen aufkommen, melden wir uns. Ich wünsche Ihnen noch eine gute Genesung.«

»Ja.« *Danke?*

Er will sich bereits abwenden, doch hält im letzten Moment noch einmal inne.

»Ach, und eins noch«, meint er, so sehe ich ihn wie aufs Stichwort erwartungsvoll, doch wortlos an. »Ich bin mir sicher, der Mann aus dem Wagen, den Sie befreit haben, wird Ihnen auf ewig dafür dankbar sein. Es war wirklich mutig, was Sie heute getan haben, aber ebenso gefährlich. Sie hatten bereits den Notruf abgesetzt, also hätten Sie nichts weiter tun müssen. Niemand hätte Sie in dieser brenzligen Situation verurteilt, denn ein Ersthelfer soll schließlich nicht zum Kollateralschaden werden, nur um unbedingt geholfen zu haben. Bitte überlassen Sie die Rettungsaktion beim nächsten Mal den Profis, wenn die Sachlage so aussieht wie es heute der Fall war.«

Ich nicke, als er mir erneut einen guten Tag wünscht und eine Geste des Abschieds zeigt. Dabei weiß ich selbst, dass das Ganze eine Dummheit war.

Ich wünschte … ich hätte jetzt etwas Süßes bei mir.

Schweigend und regungslos sitze ich stattdessen aber auf der Ladefläche des Krankenwagens, während ein junger Mann vor mir steht und ebenfalls wortlos meine Wunden versorgt.

Ein paar Schnitte an den Armen und im Gesicht, die aber halb so wild sind. Ich habe sie nicht einmal bemerkt, bis sie gereinigt wurden und zu schmerzen anfingen.

Rückstände des Rauchs und des Drecks, die noch überall an meiner Haut kleben, brennen in den offenen Stellen. Die Hände sind jedoch am schlimmsten dran, obwohl es noch viel schlimmer hätte sein können.

»Das wird schon wieder«, vernehme ich eine Stimme.

Es dauert kurz, ehe ich verstehe von wem sie stammt.

»Die Hände, meine ich«, sagt der junge Arzt, der zu meinen Füßen in einem übergroßen Verbandskasten kramt und mir dabei hin und wieder ein Lächeln zuwirft.

»Ach so …«, murmle ich halb.

»Ja«, bestätigt er überschwänglich begeistert in Anbetracht der Situation, »ich habe echt noch nie erlebt, dass ein Wagen der so schlimm aussah, noch so lange vor sich hin gequalmt hat, ehe der Tank Feuer gefangen hat und einem alles um die Ohren geflogen ist.«

Auf seinem Namensschild steht ›O. Pierce‹. Das ist interessant, denn ich kenne eine Person, die fast denselben Namen trägt.

Ich wünschte, sie wäre jetzt hier.

»Dann hatten wir wohl alle nochmal Glück«, antworte ich ungewollt monoton.

Ehrlich, ich *will* sein Lächeln erwidern. Es ist so nett und warmherzig. Aber ich kriege es nicht hin.

Er dagegen lacht herzlich und grinst noch, als er mich ansieht.

»Ja, das können Sie aber laut sagen.« Ein letztes Mal prüft er den Verband an meiner Linken und richtet sich dann auf. »Auch diese beiden Hände sind ein kleines Wunder. Sie mögen einiges abbekommen haben und in der Schule können Sie damit sicher ein paar Tage keine Abhandlungen mehr schreiben ... Sie sollten auch besser keine Leichtathletik damit ausüben, aber ansonsten ...«, schweift er sichtlich vom Thema ab.

Seine Art bringt mich tatsächlich beinahe zum Grinsen, doch dann spricht er weiter und mein Gesicht gefriert in der Bewegung.

»Nichtsdestotrotz hätte das Auto viel heißer sein müssen. Ein bisschen feuchter Jeansstoff hätte da nicht so viel ausgerichtet. So glimpflich kam bisher, glaube ich, noch niemand davon. Sie müssen etliche Schutzengel mit Überstunden auf sich sitzen haben, darauf wette ich.«

Seufzend nicke ich ab und senke den Blick zu Boden, während ich mir nervös über die Lippen lecke. Noch so eine Sache, die ich gerne vergessen würde. Ist das alles real gewesen?

Es scheint so absurd. Besonders jetzt.

Dennoch versuche ich erneut ein Lächeln zusammen zu kriegen. Als würde es mich ebenso freuen, wie es ihn offenbar freut. Einfach dafür, dass er mich ganz klar aufzumuntern versucht, obwohl ich ihm doch fremd bin.

Und ich weiß, dass er Recht hat. Genau das ist es, was mir irgendwie Angst macht. *Ich* war jedenfalls sicher nicht dafür verantwortlich, dass der Fahrer noch lebend aus dem Wrack gekommen ist.

»Dabei hoffe ich nur, dieser Mann hatte wenigstens halb so viel Glück wie ich ...«, weiche ich dem Thema stattdessen mit etwas belegter Stimme aus.

Er wirft mir einen Blick zu, von dem Ort aus, an dem er gerade seine Sachen zusammenpackt. Die Unfallopfer sind bereits weg; bestimmt schon im Krankenhaus.

»Er hatte auf jeden Fall Glück, dass *Sie* da waren. Das war wirklich mutig«, meint er bewundernd und es versetzt mir einen feinen Stich, direkt in die Wunde meines schlechten Gewissens.

Anerkennung, die ich nicht verdient habe.

»So toll war das auch nicht. Viel hab ich nicht geleistet.« Und das stimmt, wie man es dreht und wendet.

Seine Mimik verrät jedoch Unverständnis. Als wüsste er nicht, was mein Problem ist, aber nicht im negativen Sinne. Er versteht mich nur offensichtlich nicht. Fragt sich in diesem Augenblick vermutlich, was mir auf der Seele liegt. Doch das könnte ich ihm nicht sagen.

Niemandem könnte ich es sagen.

Wie auch? Ich kann es mir ja selbst nicht erklären. Für jeden anderen wäre diese Geschichte vermutlich noch viel lächerlicher.

Wenn sie mich nicht sogar einweisen lassen.

Nein, das kannst du niemandem sagen, Annie. Vergiss es.

Der Gedanke schnürt mir die Brust zu, doch mein lieber Sanitäter spricht bereits weiter.

»Mehr als viele anderen, falls Sie das meinen«, entgegnet er schlicht. »Ich glaube nicht, dass Sie die ganze Zeit allein waren. Einige der Schaulustigen standen schon da, als wir mit dem Trupp angerollt kamen. Aber *Sie* waren ganz allein auf dem Schlachtfeld. Sie waren vielleicht nicht die Einzige, die uns über einen Unfall an dieser Kreuzung benachrichtigt hat, aber Sie waren völlig allein am Ort des Geschehens und haben nicht nur aus sicherer Entfernung zugesehen, weil sie ohnehin nicht vorbei konnten, um zu verschwinden. Also stellen Sie Ihr Licht nicht so unter den Scheffel; ›Ehre dem, dem Ehre gebührt‹, heißt es nicht so?«

Noch ein wenig mehr lachend, trotz dieser unwirklichen Ereignisse, klopft er mir in anerkennender Geste auf die Schulter. Vermutlich ist das alles gar nicht so außergewöhnlich für ihn, wie für mich. Nicht normal, aber auch nichts, das er noch nie gesehen hätte.

Und er kennt *meinen* Teil der Geschichte schließlich noch nicht … doch das muss er ja auch niemals erfahren.

Tatsächlich entlockt es mir diesmal ebenfalls so etwas Ähnliches wie ein Lächeln, ein halbwegs ehrliches, sodass ich geschlagen nicke.

»Okay. Vielen Dank, Mr. Pierce.«

»Sag ich doch. Und nennen Sie mich doch Owen.«

Er scheint zufrieden mit sich, ehe er ein paar Schritte geht, um sich noch einmal bei den Polizisten umzuhören. Daraufhin weist er seine Kollegen am Krankenwagen an, einzusteigen.

Ich steige derweil von der Ladefläche. »Na dann noch einmal vielen Dank, *Owen*; für die Versorgung und alles«, sage ich und schenke ihm dazu noch ein schiefes Zucken mit dem Mundwinkel.

Im selben Moment, greife ich auch wieder nach meinem kleinen Rucksack, wenn auch diesmal vorsichtiger.

»Wie kommen Sie denn nun nach Hause?«

Ich werfe ihm einen überraschten Blick zu.

»Naja, mein Fahrrad liegt noch irgendwo auf der anderen Seite der Kreuzung. Ich sollte aber ohnehin besser laufen …«

Der letzte Teil kommt mir in den Sinn, als mein Blick sinkt und auf die dick bandagierten Klötze zu meinen Seiten fällt. Es ist jedoch eher gemurmelt und mehr an mich selbst gerichtet, als an irgendjemanden sonst.

Dennoch hat er es offenbar gehört. Und eine Meinung dazu hat er ebenfalls parat.

»Das sollten Sie besser nicht tun. Sie sollten sich ausruhen, ehe Sie wieder voll loslegen.«

»Nein, es geht schon, keine Sorge«, will ich einwenden, »so weit ist es ja auch gar nicht.« Denke ich zumindest.

In diesem Augenblick wird mir klar, wie wacklig ich eigentlich auf den Beinen bin. Weswegen ich unsicher von einem Fuß auf den anderen trete, um nicht so sehr aufzufallen.

Meine Knie sind ein wenig wie der Pudding meiner Mutter, bloß nicht ganz so standhaft.

»Denken Sie das wirklich?«

Bei seiner unverhohlenen Skepsis, fällt mein Augenmerk leicht verlegen gen Erde

»Würden Sie mich dann … tja, vielleicht ein Stück mitnehmen?«

Er sieht hinüber zu den Polizisten, dann zu mir, die ich da stehe, mit meiner Tasche, die ich nun wieder mit mir herumschleppe, und das alles getragen auf zwei zittrigen Knien.

Ich muss ein recht fragwürdiges Bild abgeben.

»Wenn Sie an einer Hauptstraße wohnen und wir nicht sofort zu einem anderen Vorfall gerufen werden, können wir Sie sogar direkt vor ihrer Tür absetzen. Ansonsten müssten Sie einen der Polizisten fragen, die noch hier sind«, antwortet er ernst und lehnt sich dann etwas zu mir, »aber unter uns: ich würde Sie jederzeit mitnehmen.«

Alles klar …

»Sicher«, entgegne ich rasch und überlege ob ich etwas zu seiner Ergänzung sagen soll, doch lasse es lieber.

Es sind tatsächlich noch ein paar Polizisten vor Ort, die aber scheinbar gerade noch den weiteren Verlauf koordinieren; was mit den Wrackteilen passiert und wann man endlich wieder sicher die Straße überqueren kann, zum Beispiel. Die kann ich vergessen, glaube ich.

Verzweifelte Zeiten, erfordern verzweifelte Maßnahmen.

»210 Riverpark Way. Direkt an der Straße und ich würde Stopp sagen! Ginge das?«

Kurz überlegt er, nickt dann jedoch eifrig.

»Alles klar, das sind ja nur ein paar Minuten.«

»Wirklich? Und das ist wirklich in Ordnung?«

»Keine Sorge, da können wir auf dem Weg zum Krankenhaus vorbeifahren; der Wagen ist ja sowieso leer, also hat es auf die Art wenigstens einen Sinn. Steigen Sie ein.«

Ich tue wie mir geheißen und schon kurz darauf startet der Motor. Es fühlt sich seltsam an, wenn man bedenkt was gerade vor meinen Augen mit einem Fahrzeug passiert ist. Doch ich habe Vertrauen, dass diesmal nichts geschehen wird.

Das erste Mal am heutigen Tag, habe ich kein schlechtes Gefühl bei einer Sache.

Es fühlt sich wirklich so an, als wäre es endlich vorbei.

Müde mustere ich die trostlose, weiße Zimmerdecke über mir. Alles ist so still in diesem Raum. Der Wecker wird bald klingeln, doch ich bin weder richtig müde, noch hellwach.

Wie eine Art Trancezustand, irgendwo dazwischen. So müde, aber doch nicht fähig die Augen zu schließen. Weil ich mich vor dem fürchte, was ich dort sehen könnte.

Wie ein Kind, das am Vorabend heimlich einen Horrorfilm gesehen hat. Und genau so kommt es mir vor.

Als wäre das alles nie wirklich passiert. Als wäre es nur ein Traum gewesen; wie ein Film.

Doch dann fällt der Blick auf meine Hände und es wird wieder zur Übelkeit erregenden Realität.

Und dabei habe ich die ganze Nacht wachgelegen und den Gedanken vorgezogen, von dem ich ursprünglich angenommen hatte, er würde mir den Schlaf rauben ... die Sache mit der Ausstellung. Jetzt brauche ich das schon, um mich von noch unangenehmeren Erinnerungen abzulenken. *Welch Ironie.*

Das war eben *bevor* der Tag gestern noch viel schlimmer geworden ist.

Immerhin kann ich so zumindest sagen, dass ich eine Entscheidung getroffen habe, was diese andere Sache anbelangt, da ich schließlich lange genug darüber nachdenken konnte.

Abwesend hebe ich eine Hand in die Luft und betrachte sie mir einmal genauer. Als könne ich durch den Verband irgendetwas erkennen; als würde mir die Hand irgendwie bei meinen Problemen helfen können.

Sie tun zumindest nicht mehr so sehr weh, zumindest, wenn ich keinen Druck auf sie ausübe.

Seufzend erhebe ich mich von der Matratze und betätige mit einem meiner Fingerknöchel den Knopf am Deckel des Weckers.

Wenn ich schon wach bin, dann kann ich auch gleich nach unten gehen. Anziehen kann ich mich später immer noch, denke ich. Ich habe keinen Elan mich zu bewegen, ehrlich gesagt.

Aber ich will nach unten gehen; endlich meine Eltern sehen. Ich weiß, dass sie ihr Wort gehalten haben, nach Hause zu kommen, da ich sie gestern Abend spät habe zur Tür hereinkommen hören. Ein Vorteil davon, die ganze Zeit wach zu liegen.

Der Zettel am Kühlschrank wirkt jetzt so weit entfernt. Wie der gesamte gestrige Morgen. Als wäre seitdem ein Millennium ins Land gezogen.

Dennoch hatte ich gestern noch nicht zu ihnen gehen können. Ich war noch nicht bereit dazu gewesen.

Bereit für die Fragen, die Vorträge ... das Schweigen. Wie werden sie wohl reagieren?

Mit einem Ächzen hieve ich bleischwere Beine über meine Bettkante. Der Schrecken von gestern steckt mir noch immer in den Gliedern und die schlappe Müdigkeit tut ihr Übriges.

Ohne mir die Mühe zu machen, in meine Hausschuhe zu schlüpfen, tapse ich barfuß durch den Raum und nehme im Flur die Treppe nach unten.

Vielleicht kann ich ja etwas essen, denn gestern war das nicht mehr möglich. Wenn ich jetzt wieder nichts esse, werde ich den Schultag nicht überstehen, darauf wette ich.

Schon auf dem Weg kann ich das Klappern des Geschirrs vernehmen, das von den Wänden zu mir getragen wird, sowie die Gerüche von frisch gemachtem Frühstück, Pancakes und anderen Leckereien, die in meine Nase dringen.

Ich bin vermutlich an noch kaum einem Tag so froh gewesen, wie heute, dass meine Mutter morgens zu Hause gewesen ist. Und gleichzeitig ist da diese Angst, die sich immer deutlicher bemerkbar macht, je näher ich der Küche komme.

Ihre Stimmen erreichen mich bereits inmitten des Treppenabsatzes, doch die Worte die gesprochen werden, vermag ich von hier aus nicht zu verstehen.

Als ich am unteren Absatz ankomme und den kurzen Gang durchquere, treffen mich unmittelbar zwei Paar Augen und taxieren mich, wie ein kleines Insekt unter einem Mikroskop.

Ich kann nicht anders, als wie angewurzelt stehen zu bleiben und zurück zu starren.

»Äh … Guten Morgen«, sage ich gedehnt und meine Augen zucken dabei von einem Elternteil zum Anderen. »Ist was?«

Also, abgesehen vom Offensichtlichen, meine ich.

Einen Moment länger mustern sie mich noch, dann kommt plötzlich meine Mutter auf mich zu und schließt mich in die Arme. Es kommt so überraschend, dass ich mich unwillkürlich versteife und überrumpelt stehen bleibe.

»Wir sind ja so stolz auf dich, meine Kleine!«

Toll? Ich kann ihre Euphorie nicht ganz nachvollziehen.

»*Unsere*«, verbessert mein Vater, als wäre das unbedingt nötig.

Aber das ist immer noch das Harmloseste an dieser Situation.

Irritiert sehe ich mich um. »Was ist hier los?«

Bin ich vielleicht im falschen Haus aufgewacht? Oder wurden die Menschen der Erde über Nacht durch Alien-Klone ausgetauscht?

Wie lange habe ich nicht geschlafen?

»Na, deine Heldentat von gestern, Dummerchen. Wieso hast du uns nicht angerufen, wenn etwas so Außergewöhnliches passiert? Mal ganz davon abgesehen, dass du verletzt wurdest!«

»Immerhin hast du eine Nummer für den Notfall und wenn *das* bitte kein Notfall war, dann weiß ich auch nicht was als einer definiert werden könnte«, ergänzt der Mann im Haus wieder und das ausnahmsweise recht streng.

Seltsam, da Mom in dieser Beziehung die Hosen anhat, versteht sich. Buchstäblich.

»Aber wieso denn? *Ich* hatte den Unfall ja nicht. Und es kam mir eigentlich so vor als hätten die Sanitäter, die Feuerwehr, sowie die Polizei und der Abschleppdienst auch so alles im Griff, da kam ich nicht darauf, euch auch noch dazu zu rufen«, versuche ich mich mit etwas ironischem Tonfall herauszureden, »oder wolltet ihr ihnen vielleicht eine Werbetafel aufstellen?«

Meine Mutter verdreht dazu nur die Augen, während mein Vater tatsächlich schmunzelt.

»Wir verstehen dich ja, aber wir hätten es einfach gerne gewusst. Ist das nicht nachvollziehbar? Wir machen uns immerhin Sorgen um dich.«

»Ja, ich weiß. Tut mir auch leid, ich wollte euch wirklich anrufen, aber dann war ich so müde …«, lüge ich.

Ehrlich gesagt habe ich nicht einmal an sie gedacht. Und als ich endlich zu Hause war, wollte ich mich einfach nur waschen und ins Bett gehen. Ob schlafend oder nicht.

Ich wollte mich auf der Matratze einrollen und die Welt aussperren, was auch geklappt hat, wie man sieht.

Die Frau, die sich seit Jahren schon um mich kümmert und mich abends zu Bett gebracht hat, bedenkt mich mit einem Ausdruck, den ich nur allzu gut kenne und der so viel bedeutet, wie, dass sie dennoch nicht versteht, weshalb ich sie nicht sofort angerufen habe. Ein leichter Vorwurf schwingt darin mit.

Es scheint ihr wohl einfach unerklärlich.

Mein Vater schnaubt dagegen bloß und stimmt sich damit wohl erstmal versöhnlich.

»Naja, Schatz, immerhin ist ihr nichts passiert, nicht wahr?«

Ich lehne mich ein wenig zu Seite, um ihm mit den Lippen eine Botschaft zu senden.

»*Danke*«, für die Unterstützung.

Lächelnd nickt er und sieht dann nach unten, in die Zeitung vor ihm.

»Das sagst du auch nur, *weil* nichts passiert ist, außerdem ist ja sehr wohl etwas passiert. Du hast es doch selbst schon gesagt!«, meckert sie. »Sieh dir ihre Hände an!«

»Mom, Dad, das ist nicht so schlimm. Ich hab mich nur ein bisschen verbrannt. Das ist schon bald wieder gut, hätte viel Schlimmer kommen können.«

»Ich weiß«, seufzt sie. »Aber ich mach mir nun mal Sorgen um dich, gerade *weil* es auch hätte schlimmer kommen können.«

»Wir beide tun das.«

»Das weiß ich doch«, entgegne ich beruhigend und steure nun endlich den Tisch an. »Was mich aber viel eher interessiert, wäre, wie ihr überhaupt von dem Ganzen erfahren habt.«

Ich werfe es wie beiläufig ein, während ich mich auf einen Stuhl sinken lasse, doch je länger ich mit dem Gedanken spiele, desto interessierter werde ich, was die Antwort betrifft.

Für einen Augenblick sehen sie mich verdutzt an, bevor sie sich gegenseitig ansehen und der Brillenträger der Familie dann sein Tagesblatt an mich weiterreicht.

»Du bist in aller Munde, Kleines.« Er verweist dabei auf den riesigen Artikel ganz vorn auf der Titelseite.

»Sie haben zwar nicht deinen ganzen Namen abgedruckt und auch kein Bild, ich vermute, weil sie keine Erlaubnis von dir hatten und du noch Minderjährig bist, aber deine Hände waren für mich Zeichen genug.«

»Für *uns*«, ist es diesmal meine Mutter die ihn ergänzt, »und für die hiesigen Lokalnachrichten ist das nun mal etwas anderes als jeden Tag. Der Mann ist wieder aufgewacht; der, den du rausgezogen hast, meine ich. Er hat von einem Schutzengel gesprochen und bei all dem Glück, das ihr gestern hattet, findet man das Wort circa zwanzig Mal auf der ganzen Seite.«

Der schwarzhaarige Mann lacht zu meiner Rechten.

»Ja, als hätten die Journalisten der *Hunting Post* über Nacht zu Gott gefunden. Besonders im Vergleich zu dem, über was sie sonst so berichten. Oder *wie* sie es tun.«

Ich überfliege den Artikel der besagten Schlagzeile mit Schrecken, nur um festzustellen, dass meine Eltern leider nicht übertreiben. So viele Leute mit dem Namen *Annie D.* in meinem Alter, die auf die Wolfen Crest gehen, gibt es hier einfach nicht.

Schon gar keine mit Verbänden an beiden Händen, will ich mal vermuten.

Und tatsächlich steht hier in jedem zweiten Satz spätestens das Wort ›Schutzengel‹ oder wenigstens die Floskel der ›göttlichen Fügung‹.

Jedes Mal, wenn ich eines dieser Worte lese, erscheint vor meinem geistigen Auge eine schwarze Feder. Unaufhörlich, eine nach der anderen. Nervös versuche ich meine Arme zu kratzen, doch der Verband erschwert das Unterfangen erheblich.

Hiernach wäre der Mann entweder verbrannt, in die Luft geflogen und verbrannt oder am Rauch erstickt und *dann* verbrannt ... und vermutlich am Ende trotzdem in die Luft geflogen.

Er selbst wurde wie durch ein *Wunder* nicht gar so sehr verletzt, nur der Beifahrer, der glücklicherweise nicht existiert hat, wäre mit Sicherheit zu Brei verarbeitet worden.

Denn im Gegensatz zu der schwarzen Limousine war der Truck noch in der Lage gewesen, zu bremsen, auch wenn sein hohes Ladegewicht ihn aus voller Fahrt nicht hat auf den Punkt stoppen lassen. Sonst wäre von dem Wagen sicher schon bald nichts mehr übrig geblieben.

Doch zu all dem Glück kam auch ein *definitiv echtes* Wunder. Die Flammen im Fahrzeug hatten kaum Schaden angerichtet. Der Mann war zwischendurch nur halb bewusstlos gewesen und hatte seine ›Retterin‹ dann auch noch als Engel mit rosa Haar beschrieben.

Und schon war die Schlagzeile perfekt: ›Überirdisches Glück rettet Unfallfahrer‹

Aber ehrlich, bei all dem hätten sie nicht nur meinen Namen, sondern am besten gleich ein Foto abdrucken können. Sind sie da nicht etwas *sehr* sorglos mit meinen Daten umgegangen?

Für mich ist dieses ›D.‹ kein wirklicher Trost, offensichtlich erkennt man mich dennoch ziemlich leicht und das ›Wieso?‹ ist ja wohl auch keine Frage mehr, wenn ich das so sehe.

Muss denn unbedingt jeder davon wissen? Gott, ich hab keine Lust, am Ende von irgendeinem Fremden darauf angesprochen zu werden; ansonsten kann ich nur hoffen, dass das wohl natürliche Desinteresse von Huntsvilles *Ureinwohnern,* gegenüber seltsamen und neuen Dingen, stark genug ist, mich einfach zu ignorieren. Allerdings bezweifle ich das fast, zumindest in der Schule.

Ich würde mich sicher aufregen, wenn ich noch den Nerv dazu hätte, doch neben dem Lesen, nehme ich mir erst einmal die Zeit mir einen Berg Pancakes auf den Teller zu stapeln, den ich anschließend mit einer schier unnatürlichen Menge an Schokoladensoße abrunde.

Überraschenderweise sagt meine Mutter nichts dazu. Ich sehe sie an, doch sie lächelt nur ganz stolz. Auch von meinem Vater ist kein Wort des Protests hörbar.

Dabei wurde damals, wenn ich denn mal einen Babysitter brauchte, sogar *diesem* eingeschärft, dass ich nicht zu viel Süßes essen dürfe.

»Es macht ja doch irgendwann dick, krank und zerstört die Zähne«, hat Mom dann immer gesagt.

Leider ist Zucker eines meiner Grundnahrungsmittel und das hat sie noch nie gerne gesehen. Das Paradoxe ist, dass sie dennoch immer dafür sorgt, dass zumindest genügend Bonbons, Lutscher und Gummistangen im Haus vorhanden sind.

Eine gewisse Menge war immer okay, aber ein ganzer Pool an Schokolade gleich zum Frühstück, noch bevor ich meinen morgendlichen Zuckerbedarf noch anders abdecke, übersteigt für gewöhnlich ihre Grenzen der Kulanz.

Dezent verwirrt, aber dennoch positiv überrascht, lege ich das Schundblatt zur Seite und beginne mit dem Essen. Kaum habe ich einen Bissen im Mund, steigert sich mein Appetit ungefähr um das Zehnfache.

Die Gabel sticht zwar ein wenig in den Händen, doch es ist überraschend annehmbar, wenn ich sie so halte, dass ich nur ein *bisschen* motorisch behindert wirke, den Druck auf die Handflächen so jedoch zumindest reduziere.

Hier ist schließlich keine Präzisionsarbeit gefragt.

Wie ein hungriger Bär schlinge ich meine Portion in kürzester Zeit zur Hälfte herunter, unter dem wachsamen Auge meiner beiden Aufpasser.

Irgendwie ist es interessant, aber hauptsächlich bedrückend, als mit einem Schlag die Erinnerungen daran wiederkommen, weshalb ich das Wort ›Heldin‹ nicht besonders gerne höre.

In meiner Handlung stockend, was bestimmt ein sehr fragwürdiges Bild abgibt, halte ich inne. Das plötzliche Gefühl des Unwohlseins, das sich sehr schnell in eine ausgeprägte Übelkeit wandelt, unterbricht mich kurz darauf endgültig.

Entschieden schlucke ich ein wenig verlegen und schiebe dann den mittlerweile fast leeren Teller von mir.

»Ich geh mich dann mal fertig machen.«

Die Frau mit dem braunen Haar, die neben mir sitzt und gerade eine Hand auf meine legt, sieht mich dabei überrascht an.

»Aber wieso denn? Es ist noch immer früh. Du bist vorzeitig aufgestanden.«

»Was an sich ja schon ein Wunder ist«, hängt mein Vater kleinlaut an, wofür er sich einen strafenden Blick seiner Frau einfängt und verstohlen hinter seiner Zeitung in Deckung geht.

»Ich ... will heute einfach ein wenig früher in der Schule sein«, lüge ich wieder und fühle mich dabei ein bisschen schlecht.

Besonders jetzt, da ich wieder Zeit zum Denken und neue Energie habe, weckt es auch andere Gedanken, die ich so schnell ich kann wieder verdränge.

Sie sehen mich so stolz an, doch die Gründe für mein Handeln waren nicht so rein wie sie glauben. Als würden sie mich für das Handeln eines anderen Loben.

Eine ganz andere Form der Schuld, wie ich feststelle.
Und ich hasse dieses Gefühl einfach.

Die Wolken am Himmel ziehen schon seit Stunden gen Osten. Sie hinterlassen ein klares Blau für uns, soweit das Auge reicht, trotz der Jahreszeit.

Es ist ein wenig frisch. Die Hose die ich trage ist zwar nicht die von gestern, doch sie sieht fast genauso aus. Mein Oberteil dagegen hat lange Ärmel, anders als gestern.

Der linke Träger meiner Hose hängt schlaff herunter. Die Schnalle ist offenbar kaputt, was ich aber erst gemerkt habe, als ich sie schon an hatte ... und ehrlich, dann hatte ich einfach keinen Nerv mehr, mir eine andere anzuziehen.

Man könnte wohl eigentlich meinen, ich sollte meinen ganzen Bestand an Latzhosen sowieso vergraben und nie wieder ansehen wollen. Und ehrlich, so fühle ich mich auch, nach alldem, an das sie mich erinnern, doch ich tue es nicht.

Allein der Gedanke an den gestrigen Vorfall lässt mich erschaudern.

Ich weiß noch immer nicht, an was ich mich da gestern erinnert habe. Das Gefühl dieser unerträglichen Hitze; die Intensität der Flammen. Es hat etwas in mir ausgelöst, das ich nicht erklären kann.

Und nun will ich es nicht mehr vergessen, denn ich weiß … ja, ich weiß, dass es mich irgendwann einholen wird. Was auch immer damals war. Und ehe es mich einholt, will ich es selbst einholen. Erkennen, was es ist.

Mag ja sein, dass es am Ende vielleicht nichts ist; dass da nie etwas war.

Aber dann will ich es wenigstens sicher wissen.

Abwesend starre ich von meinen Bandagen auf, aus dem Wagenfenster nach draußen, und hebe langsam eine meiner Hände.

»Hier irgendwo liegt es im Feld«, lasse ich verlauten.

»Alles klar.« Meine Mutter schenkt mir nur einen flüchtigen Blick, da sie gerade am Steuer sitzt, lächelt jedoch. »Ich werde dein Fahrrad auf dem Rückweg einsammeln. Du wirst mit den Händen sowieso erstmal entweder mit dem Bus fahren oder mit einem von uns beiden im Auto sitzen.«

»Klar«, erwidere ich tonlos, während meine Augen wieder an meinen Händen kleben.

Immer wieder fällt die Aufmerksamkeit auf diese beiden halbwegs unbeweglichen Klötze.

Wenn ich es wirklich wissen will, werde ich nicht daran vorbei kommen, die erste Hürde zu überwinden; die offensichtlichste Frage zu stellen. Und zwar der Person, die sie mir auch am ehesten beantworten können wird. Doch leicht ist es nicht.

Ich nehme all meinen Mut zusammen, ehe ich das Wort erneut an meine Mutter richte.

»Mom, ich muss dich was Wichtiges fragen.«

Interessiert sieht sie für einen kleinen Augenblick zu mir. Ich muss verdammt gestresst klingen.

»Ja, natürlich. Wenn ich dir denn helfen kann.«

Ich falle ihr so schnell ins Wort, dass ich mich beinahe selbst überschlage. »Wie war ich damals? Als ich herkam, meine ich«, platze ich heraus und ernte dafür einen verwirrten Seitenblick.

Verwirrt und überrumpelt.

Da ich auf offensichtliches Unverständnis stoße, versuche ich es noch einmal von vorn.

»Du weißt ja, die ersten Jahre hier waren recht schwierig. An viele Dinge kann ich mich nicht erinnern. Lücken, die ich mir nicht erklären kann.«

»Ja«, gibt sie schlicht zurück. »Aber das ist lange her. Was ist denn plötzlich so wichtig?«

»Nichts! Ich bin nur … Ich würde gerne wissen, ob ich damals vielleicht … irgendetwas gesagt habe.«

Unsicher umschiffe ich das Thema so vorsichtig, als sei es ein komplexer Sprengsatz, der bei der ersten falschen Bewegung in die Luft fliegen könnte und uns alle mit in den Abgrund reißt.

»Habe ich zum Beispiel … vielleicht irgendwann von einem schlimmen Ereignis gesprochen? Oder von jemandem, der verletzt wurde? Eine Art Unfall oder sowas?«

›Sowas wie ein Feuer?‹

Doch diese letzten Worte kann ich nicht laut aussprechen. Das würde es zu real werden lassen. Und ich weiß nicht, ob ich das bereits ertragen kann.

Noch kann ich umkehren.

Meine Mutter scheint ihrerseits jetzt erst wirklich perplex.

»Nein, was-«, beginnt sie, unterbricht sich dabei jedoch selbst.

Es dauert eine kleine Weile, in der nichts gesagt wird, bevor ich langsam misstrauisch werde und sie durch den Rückspiegel mustere, der mir ihr Gesicht zeigt.

Die mittelalte Frau, die ich nun schon mehr als mein halbes Leben lang kenne, sitzt weiter am Steuer und fährt, doch der Ausdruck den ich dabei in ihren Augen erkenne, ist mir vollkommen fremd.

Eine Art Glanz, als wäre sie an einem ganz anderen Ort. Weit entfernt von mir und ganz sicher nicht in diesem Wagen.

Vorsichtig hake ich nach. »Mom …?«

Doch sie reagiert nicht.

Erst einen Moment später, als plötzlich die Mauern der Schule in Sichtweite rücken, schüttelt sie den Kopf und holt sich damit offensichtlich selbst zurück ins Hier und Jetzt.

»Nein, keine Ahnung «, versetzt sie dann schlicht, ohne jede Vorwarnung.

Eine Aussage, so glaubwürdig, als würde sie sagen sie wisse nichts von einem Hasen, während sie ihn gerade für das Abendbrot schlachtet.

»Aber...« Ihre seltsame Reaktion wirft Fragen auf, welche ich nicht mehr stellen kann, da wir schon da sind und der Wagen zum Stehen kommt.

»Reden wir einfach später nochmal darüber, okay Süße? Zusammen mit deinem Dad.«

Ich nicke etwas irritiert. Meine Mutter hat mich noch nie belogen ... zumindest nicht so, dass ich es bemerkt hätte. Doch da war etwas. Sie hat sich an etwas erinnert, und sie hat es verschwiegen. Nein, nicht bloß verschwiegen.

Sie hat *gelogen*, zwar wirklich unfassbar schlecht, aber sie hat definitiv gelogen.

Und das schlechte Gefühl das ich bei dieser ganzen Sache bereits hatte, wird gerade mit einem Schlag noch viel, viel schlimmer. Ich bin zu geschockt um zu reagieren.

Dennoch schnappe ich mir wie ferngesteuert den kleinen Rucksack vom Platz neben mir auf der Rückbank und lehne mich nach vorn, um einen Kuss auf die Wange zu drücken.

»Okay, bis nachher dann ...«, murmle ich.

Ich höre noch, wie sie mir ebenfalls ein Wort des Abschieds nachruft, als ich die Tür hinter mir sanft zuschlage.

Noch während sie anfährt, marschiere ich in Richtung Innenhof, mit dem inneren Antrieb, nicht stehen zu bleiben. Angefeuert durch dieses beunruhigende Gefühl, herausfinden zu wollen, was ich in Wahrheit doch gar nicht wirklich wissen will.

Die Tore auf meinem Weg sind bereits geöffnet, aber viele Schüler sind noch nicht hier. Meine Schritte führen mich wie von selbst zum Zentrum des Geländes vor dem Schulgebäude. Dem großen Brunnen mit diesen unsagbar schönen Wölfen. Ein Ort für freie Gedanken; einer der wenigen Plätze auf dieser Welt, an denen ich wirklich klar denken kann.

Zu diesem Zweck und zur Beruhigung, öffne ich die Lasche meines Rucksacks und krame darin nach meinem lebensrettenden Anker; einem Lutscher mit Kirschgeschmack.

Eine Weile schaue ich mir die Statuen über mir nur an, während ich unruhig mit den Zähnen auf den gehärteten Zucker schlage, dann will ich sie am liebsten Zeichnen. Doch noch ehe ich den Block und meinen Bleistift zücken kann, macht mir bereits das Brennen beim festeren Zupacken der Tasche einen Strich durch die Rechnung. Ich zische durch die Zähne, soweit die Süßigkeit es zulässt.

Einen Pinsel werde ich vielleicht noch führen können, aber einen Stift sicher umfassen?

Ein schweres Seufzen kommt mir über die Lippen, sodass ich meine Schultasche sinken lasse und einen Moment die Augen schließe. Während der Lutscher über meine Zunge rollt, lasse ich meine Gedanken kreisen.

Ich kann nicht zeichnen.

Meine Mutter lügt mich an.

Und meine Vergangenheit ist soeben noch undurchsichtiger geworden, als sie es ohnehin schon war.

Das sind doch prima Aussichten. Ich weiß gar nicht, was ich für Probleme haben könnte.

Ich schüttle den Kopf und merke kaum, wie sich ein leichtes Gewicht auf meiner Schulter bemerkbar macht. Erst ein Klopfen auf dieselbe Stelle, lässt es mich erschrocken realisieren.

Schnell drehe ich mich um, mit der leisen Erwartung, wieder einmal niemanden vor mir zu sehen.

Doch dem ist nicht so. Anstatt in gähnende Leere, blicke ich nun geradewegs in ein grinsendes Gesicht, welches mich seinerseits schief mustert.

»Wie ich sehe, bist du dein kleines Laster immer noch nicht los geworden, was?«

Viel zu überrascht um irgendetwas darauf zu erwidern, kann ich sie lediglich wie ein Fisch anstarren, bis sie mich mit einem Schlag gegen die Schulter wieder aus meiner Trance holt. Ich blinzle ein paar Mal perplex.

»Was denn, *du*?«

Ihr Grinsen wird darauf noch ein wenig breiter. »Ja, *ich*.«

Fassungslos starre ich sie an.

»Aber ...«

»Wie zum Teufel kommst du hier her?!«

Ungläubig stehe ich dort auf dem Hof. Von allen Sachen, die mir just in diesem Moment durch den Kopf gehen, bringe ich es lediglich fertig, ausgerechnet diese eine zu sagen:

»Und das ist auch kein ›Laster‹. Ich brauche den Zucker einfach um zu überleben, das weißt du.«

Es ist schon über meine Lippen, noch bevor ich etwas dagegen tun kann.

»Jaja, schon klar. Das sagen Crackjunkies auch«, witzelt sie und schlägt mir dann spielerisch leicht gegen den Oberarm. »Und was gibt's denn hier eigentlich so schwer zu seufzen, du *Heldin*?«

Ich verdrehe unbedacht die Augen, als ich das hören muss.

»Nenn mich nicht so, ich kann das nicht ausstehen.«

»Wow«, gibt sie erstaunt zurück. »Ist das etwa alles, was du mir nach zwei Jahren der Trennung zu sagen hast?«

Sie tut, als sei sie gekränkt, doch wenn man sie näher kennt, erkennt man locker das schlechte Schauspiel hinter dem Schmollmund.

»Willst du mich denn gar nicht in den Arm nehmen? Mich fragen wie es mir geht? Ehrlich, ich hatte einen herzlicheren Empfang erwartet.«

»Also daran bist du ja wohl selbst schuld«, gebe ich glatt zurück, lasse mich von ihrem Theater mitreißen.

Wie zurückgeworfen in alte Zeiten, komme ich ihrer Aufforderung dennoch ohne zu zögern nach und schließe sie fest in die Arme.

»Aber nein, im Ernst … Du hast mir ehrlich gefehlt, Liv.«

Ich höre sie lachen, als sie mich fester an sich drückt. »Du mir auch, Süße«, höre ich die vertraute Stimme.

Und entgegen der Tatsache, dass mir eben noch so unwohl zumute war, fühle ich mich nun erleichtert. Als wären all die Sorgen mit einem Mal ganz weit entfernt, so lange, bis mein

Realitätssinn zuschlägt und ich mich von ihr löse, um sie mit gerunzelter Stirn anzublicken.

»Im Ernst jetzt«, fordere ich in nüchternem Ton. »Wie kommst du hier her?

»Na, mit dem Flugzeug, du Hirni, wie denn sonst?«

Sie sieht mir unbeeindruckt entgegen, während ihre perfekten hochgesteckten, mittelbraunen Locken in der leichten Brise zu tanzen scheinen.

»Komm schon, du weiß genau was ich meine! Wir dachten alle du wärst noch für eine ganze Weile länger in Europa. Was machst du plötzlich wieder hier in Florida?«

»Ich weiß nicht … Irgendwie hat es mich heimwärts gezogen. Also hab ich mich hier gemeldet und ich weiß echt nich' wieso, aber sie haben mir tatsächlich zugestanden das Jahr ein bisschen später zu beginnen, damit ich in Paris noch meine Arbeiten beenden kann. Und nun bin ich eben hier. Ich dachte, wenn ich es dir sage, ohne zu wissen ob es wirklich klappt, würde ich nur Hoffnungen wecken, also hab ich es verschwiegen. Und *Überraschung*«, sie streckt die Arme in die Luft und sieht mich auf eine zerknirscht unsichere Weise, erwartungsvoll an, »hier bin ich?«

Perplex sehe ich mich um. Diese Schule steckt doch voller Überraschungen. »Ist nicht dein Ernst, oder?«

»Tja …«

Mit einem Seitenblick, der mir sagt, dass sie darüber vermutlich selbst noch nicht so richtig nachgedacht hat, bleibe ich sprachlos zurück.

»Naja, sieh es doch mal positiv«, meint sie munter, »also, jetzt hast du immerhin was zu erzählen, wenn du nach Hause kommst, oder nicht?«

»Wow, das … das ist unglaublich, Olivia, unbeschreiblich«, entgegne ich mit unfassbar viel Elan und schüttle ungläubig und langsam mit dem Kopf.

Aber ein kleines Lachen kann ich mir auch nicht verkneifen, also sehe ich kurz zu Boden und wechsle dann unauffällig das Thema.

»Und, du Fluchtnudel, wirst du denn denselben Unterricht haben, wie ich?«

»Was zum Deckel ist denn bitte eine ›*Fluchtnudel*‹? Hältst du mir immer noch vor, dass ich dir damals nicht gesagt habe, dass ich nach Frankreich gehe? Und ich hab mich doch echt tausend Mal dafür entschuldigt!«

Aufgebracht halte ich dagegen. »Ja, am *Telefon*!«

Scheinbar gehen ihr dazu die Ideen aus, da sie erst den Mund öffnet und ihn dann wieder schließt. Ich für meinen Teil sage nichts dazu, schenke ihr jedoch einen vielsagenden Blick, auf welchen sie erstmal bloß die Augen verdreht und seufzt.

»Was auch immer. Vermute jedenfalls eher nicht, was das andere betrifft. Es sei denn, du interessierst dich plötzlich für Modedesign. Ein paar normale Kurse werden wir allerdings zusammen belegen, hoffe ich doch.«

Langsam setzen wir uns in Bewegen, Richtung Brunnen, wo ich mich auf dem steinernen Rand niederlasse und meine Tasche auf meinen Schoß lege, kaum dass wir da sind.

»Setz dich erstmal, wir müssen, glaube ich, reden, bevor wir rein gehen. Ich hab in der ersten Stunde … Französisch, denk ich. Da bin ich nicht besonders gut drin, wie du weißt. Die Lehrerin ist die Hölle.«

Sie lässt sich neben mir fallen und wirft mir einen Seitenblick zu.

»Super, das hab ich auch. Nur hab *ich* kein Problem mit Französisch.«

Ich ignoriere den leicht stichelnden Unterton, den sie immer drauf hat, wenn sie mich gerade ärgern will.

»Das ist ja wohl auch kein Kunststück. Du warst schließlich gerade zwei Jahre da drüben«, wehre ich mich, »bei mir war das ein bisschen anders.«

»Und dabei dachte ich immer, Sprachen würden dir gut liegen«, merkt sie an und kramt in ihrer eigenen Tasche, wo sie ein paar Sekunden später einen kleinen Lippenstift hervorholt.

»Sprichst du nicht auch irgendwie Russisch, ohne es gelernt zu haben?«

»Rumänisch.«

»Ist doch alles dasselbe.«

»Ist es nicht«, bemerke ich trocken. »Außerdem heißt es nicht, dass ich es nicht gelernt hätte, nur weil ich mich nicht daran erinnern kann, dass ich es gelernt hab. Vielleicht waren meine leiblichen Eltern Rumänen, schon mal daran gedacht? Das heißt aber noch lange nicht, dass ich mit Sprachen gut kann. Ich hab es außerdem wieder verlernt, das sagt doch schon alles.«

»Is' ja schon gut, wie du meinst«, stimmt sie recht lustlos zu, »aber wenn du Hilfe brauchst, musst du mich einfach nur fragen.«

Ich nicke, ehrlich erleichtert über das Angebot, und lege den Kopf in den Nacken, sehe dabei jedoch nicht in den Himmel, sondern schließe bloß die Augen. Ein Gedanke durchzuckt mich.

Wir sitzen hier und streiten uns kindisch, als wäre sie nie weggewesen.

Und ich kann so tun, als wäre immer noch alles wie vor zwei Jahren und wenn es auch nur für ein paar Minuten ist.

»Irgendwie fühlt sich das Ganze hier an wie ein Traum«, merke ich gedankenlos an.

Die letzten Wochen waren so seltsam und jetzt ist alles irgendwie so, wie es einmal gewesen ist.

»Ich wünschte dieser Moment würde ewig anhalten.« Meine gemurmelten Worte werden noch weiter durch die störende Süßigkeit in meinem Mund gedämpft, aber sie hört es problemlos.

Das hübsche Mädchen neben mir seufzt darauf nur theatralisch, was immer schon ein Zeichen dafür gewesen ist, dass sie etwas einzuwenden hat.

»Du solltest nicht so ehrlich mit deinen Wünschen sein, sonst gehen sie nicht in Erfüllung«, merkt sie in einem für sie merkwürdig ernsten Tonfall an und ich schiele zu ihr hinüber.

Wodurch ich ihr gerade noch dabei zusehe, wie sie den beigen Stift fertig nachzieht, dessen Farbe auf ihren Lippen ein wenig an Glanz verloren hat. Perfekt wie immer.

Aber so kenne ich meine beste Freundin, und anders würde ich sie auch nicht wollen, denn das ist eben einfach ihr Ding.

»Oder schlimmer«, hängt sie ein paar Sekunden darauf bedeutungsvoll an, während sie die Farbe verteilt.

»›Schlimmer‹?«

»Ja.«

Es weckt doch mein Interesse. »Inwiefern denn?«

Sie wirft mir einen Seitenblick zu, als sie den Schminkstift wieder zurückdreht und ihn zusammen mit einem kleinen Spiegel in ihrer Tasche verschwinden lässt.

»Sie könnten wirklich in Erfüllung gehen.«

Ich verdrehe die Augen und lache über diese platte Aussage.

Was für ein Klischee.

»Aber nochmal zu der Sache mit der Heldin. Ich hab davon gehört, weil hier nun mal alles schnell die Runde macht. Stimmt's denn nicht?«

Sie wirft das wie nebensächlich ein, während sie mit einem Finger über die schmalen Stellen an ihren Mundwinkeln streicht und die Lippen dann gegeneinander reibt, um die Farbe darauf zu verteilen.

Der Themenwechsel trifft mich zugegeben unerwartet, wodurch ich mich beinahe verschlucke und eine Augenbraue nach oben ziehe.

»Was?«

»Na, das mit dem Unfall.«

Kopfschüttelnd will ich das Gespräch eigentlich umlenken, aber wohin bloß?

»Doch, schon, aber-« Nicht das noch.

»Warum hast du deswegen dann vorhin gleich so übertrieben? War doch bloß ein kleiner Scherz«, bohrt sie weiter nach.

»Weil es eben dumm ist, was die Zeitung schreibt; was die Leute daraus machen. Einfach alles. Ich will nichts davon hören. Es nervt mich und mehr ist da nicht dabei. Können wir es nun wieder gut sein lassen?«

Daraufhin straft sie mich mit einem Blick, welchen ich noch allzu gut kenne. Ein Blick, der durch einen hindurch zu sehen scheint. Man traut sich einfach nicht, zu lügen.

Oder überhaupt etwas zu sagen ...

»Eigentlich haben wir erst vor Kurzem telefoniert. Worüber sollen wir sonst reden? Es gibt sonst nichts mehr Neues. Abgesehen davon, dass die Schule neu ist. Aber wie ich dich kenne, bist du so antisozial gewesen, während ich nicht hier war, um auf dich aufzupassen, dass du mir ohnehin niemanden vorstellen kannst, oder?«

Sie erläutert das in dieser ihr eigenen, unumstößlichen Art, gegen die ich mich nicht recht zu behaupten weiß.

»Und nun höre ich etwas so Unglaubliches über dich und sehe dich da stehen, mit deinen zwei verbundenen Händen und etlichen Pflastern im ... *überall* und du? Meckerst, als hätten sie dir einen Mord angehängt. Du musst mir nichts vormachen. Was ist wirklich los?«

Geschockt kann ich nur dasitzen und unruhig von links nach rechts sehen, während ich auf dem mittlerweile gebröckelten

Stück Zucker zwischen meinen Zähnen herumkaue und den Stiel dann in einer Tüte innerhalb meiner Tasche verschwinden lasse.

Fluchtweg ausgeschlossen, hm?

»Ich denke bloß«, beginne ich, doch breche den Satz ab, um unsicher zu schlucken.

Da ich ohnehin nicht weiß, was ich sagen soll, sage ich einfach nichts mehr.

»Du denkst *was*?«

Ich seufze; sehe hinab zu meinen Schuhspitzen.

»Ich weiß auch nicht«, gestehe ich wahrheitsgemäß. »Es fühlt sich einfach so an, als hätte ich es nicht verdient. Meine Absichten, als ich den Mann retten wollte, waren einfach nicht wirklich ›heldenhaft‹. Also bin ich es nicht wert, dass man denkt ich sei ein Engel oder so ein Quatsch.«

»Na und?«

Sie lässt es einfach so fallen und der Ausdruck in ihren Augen bleibt weiter fragend, als hätte sie kein Wort von dem, was ich gerade gesagt habe, gehört oder verstanden.

»Trotzdem hast du dir für ihn den Arsch aufgerissen, und dir buchstäblich die Hände verbrannt. Macht dich das nicht trotzdem zur Heldin? Ganz egal was für zwielichtige Gründe du gehabt haben willst. Zumal ich mir das bei dir ohnehin nicht vorstellen kann, aber dein schlechtes Gewissen kommt sicher nicht von ungefähr, also werd' ich das so hinnehmen, bis du selbst darüber sprechen willst.«

Immerhin kommt sie mir entgegen.

»Aber wenn ich ihn nicht um seinetwillen rette, verdiene ich auch keinen Dank, oder?«

»Junge, ich fühl mich, als wär ich deine Therapeutin. Also gut, warte … wen interessiert denn bitte, für wen du es getan hast, wenn du keinem Dritten damit schadest? Den Mann? Sicher nicht. Der ist nur froh, dass ihm der Arsch nicht auf Grundeis gegangen ist … oder eher, dass er nicht *gegrillt* wurde«, für einen Moment hält sie inne, dann zuckt sie die Achseln, »wie man's nimmt.«

Sie scheint das wirklich abzuwägen, schüttelt den Gedanken dann jedoch offenbar ab.

Mit einem ordentlichen Hieb gegen meine Schulter, erhebt sie sich von der Mauer. Um uns herum versammeln sich immer mehr

Schüler, was ein deutliches Zeichen dafür ist, dass der Unterrichtsbeginn nicht mehr allzu fern ist.

»Und jetzt komm schon, du musst mir noch die Zimmer zeigen, nicht wahr?«

Zwinkernd richtet sie die Tasche über ihrer Schulter und zieht die leichte, grüne Bluse straff, die sie eigentlich nur mag, weil sie so gut zu ihren braunen Augen passt.

Ich lächle ihr zu und versuche mich auch zu erheben, wobei mir etwas einfällt.

»Hey, du kommst doch nachher sicher mal rüber, oder nicht?«

»Klar. Wenn du willst?«

»Meine Eltern würden sich bestimmt freuen. Außerdem musst du mir da bei was helfen.«

Um meine Hände etwas zu entlasten, schlüpfe ich in die Träger und ziehe meinen Rucksack dorthin, wo er normalerweise hingehört, während sie den Kopf schief legt.

»Das kommt drauf an, bei *was* ich dir helfen soll.«

»Ich muss aus den Bildern im Keller welche aussuchen. Mein Kunstlehrer will ein paar davon während der Halloweenparty hier in der Schule ausstellen, aber ich weiß nicht, wie viele ich neu malen kann, mit diesen Händen«, bemerke ich und halte die beiden Übeltäter kurz hoch, nur um das Gesagte noch einmal zu unterstreichen, » also musst du mir bei der Auswahl helfen. Ich wäre nach dem Unterricht zwar erst noch hier und versuche zu malen, einen Pinsel halten können sollte ich ja eigentlich schon, aber es wird wehtun. Also keine Ahnung ob es für zehn Arbeiten ausreicht. So oder so bin ich spätestens um fünf zu Hause. Da kannst du vorbei kommen und wenn du willst, kannst du mit uns essen. Meine Mutter hat sicher nichts dagegen, sie macht sowieso immer viel zu viel.«

»Ich weiß, ich kann mich noch gut erinnern.« Zusammen schlendern wir in Richtung Eingang. »Aber mich wundert ja ehrlich, dass du dich dazu bereiterklärt hast, deine Bilder ausstellen zu lassen. Früher hast du dich vor sowas doch immer gedrückt.«

»Keine Ahnung. Ich dachte, ich versuche einfach mal eine neue Taktik, jetzt, da ich hier auf der Schule bin. Außerdem wollte ich Mr. O'Farrell auch nicht enttäuschen ...«

»Ah«, lässt sie mehrdeutig verlauten, als wäre ihr nun alles klar.

Wobei ich jedoch nicht so genau weiß, was dieses ›alles‹ genau sein mag.

»Und wie ist dieser ›O'Farrell‹ so?«

»Hä? Äh … sehr nett? Er ist ein guter Lehrer«, wende ich ein und spüre wie meine Wangen zu glühen beginnen.

Gesicht, hör auf damit, das ist peinlich.

Leider will es nicht auf mich hören. Und Liv übrigens auch nicht.

»Aha«, lässt diese in bedeutungsschwerem Unterton verlauten.

»Was denn?«

»Gar nichts.«

»Im Ernst, was ist?«

»Nichts, nichts …«

»*Liv*«, ermahne ich sie.

»Was? Ich hab mich nur gefragt, was für ein super Typ das sein muss, wenn er dich so schnell dazu bekommt hier eine Ausstellung zu sponsern. Das ist alles«, erzählt sie mit geheuchelter Unschuld und spielt weiter die Unwissende.

»Ich sagte doch, dass das einfach so war. Ist ja nichts Besonderes. Ich muss meine Kunst so und so irgendwann zeigen, wenn ich etwas erreichen will.«

»Hab ja auch nichts gesagt. Ich schweige wie ein Grab, siehst du?« Um die Aussage abzurunden macht sie noch eine Geste, die wohl zeigen soll, dass ihre Lippen versiegelt sind.

Ich schüttle darüber nur den Kopf.

»Ja, sicher …«, und ein seltsam vertrautes Gefühl der Genervtheit steigt in mir auf, gemischt mit etwas ebenso Vertrautem, das ich nicht benennen kann.

Es ist so lange und so viele rätselhafte Ereignisse her, dass ich es beinahe vergessen habe.

Und ich habe nicht einmal bemerkt …

Wie sehr ich das hier vermisst habe.

Seufzend starre ich in die Leere vor mir. Wie so oft am heutigen Tag. Der Unterricht war ein bisschen zäh, bloß zuhören; hin und wieder angesprochen werden.

Nicht viel los. Nur dieses schlechte Gefühl war immerzu an meiner Seite gewesen, seit ich heute Morgen an der Schule angekommen bin. Erst war es kaum auffällig, wegen des merkwürdigen Gesprächs mit meiner Mutter direkt davor. Über den Tag wurde es dann jedoch stärker.

Mein Magen dreht sich wie eine Waschmaschine. Das kann wohl kaum an meinem Frühstück liegen.

Es ist nicht diese gewöhnliche Übelkeit, sondern mehr ein Übelkeit erregendes Gefühl, das jedoch einen anderen Ursprung hat, als meinen Magen. Ein wirklich seltsamer Gedanke.

Ich atme einige Male tief ein und aus, um mich ein wenig zur Ruhe zu rufen. Vielleicht liegt es ja am Schlafmangel, obwohl ich seltsamerweise gar nicht mal so müde bin. Und das, wo ich es doch eigentlich sein sollte.

Verwirrt, aber doch noch immer am Malen interessiert, richte ich meine Werkzeuge.

Dieser Raum hier steht uns offen, wenn wir malen wollen, dafür müssen wir aber jedes Jahr Materialgeld an die Schule entrichten.

Den Rest erledigt das Stipendium, weswegen meine Eltern viel Geld sparen konnten und mir dafür ein wenig entgegengekommen sind, was andere Dinge anging. Sie waren stolz. Das volle Programm, sogar mit Freudentränen für mich und allem. Ich habe sie nicht enttäuscht und das werde ich auch jetzt nicht tun.

Es wäre doch gelacht; bloß ein paar Bilder für eine Ausstellung und dafür eine wichtige Note sichern. Ein super Geschäft.

Ich wollte unbedingt hier her. Diese Schule hat mich schon seit jeher wie magisch angezogen und es gibt so viele Bereiche. Die Kunst ist nur einer von ihnen.

Und dieser Raum, in dem heute niemand Unterricht hat, hat einen wundervollen, klaren Blick auf den Hof. Ich öffne eines der großen Fenster zu meiner Linken, ehe ich mich zentral im Zimmer platziere und den Pinsel zur Hand nehme.

Ich weiß gar nicht, was ich malen soll, doch normalerweise kommt mir die Idee, wenn ich schon begonnen habe, also lasse ich mich einfach treiben.

Langsam und vorsichtig drücke ich ein wenig schwarze Farbe auf die Mischpalette. Dann ein wenig von dem deckenden Weiß.

Ein kleines bisschen tunke ich den Pinsel erst in die helle Masse, dann in die Dunkle, nur so weit, dass ich einen kleinen vermischten Punkt habe. Grau. Meine Augen brennen ein bisschen. Muss eine Folge von gestern sein, irgendwie musste sich das ja auswirken.

Dumpfer Druck in meinem Schädel lässt meine Konzentration wanken. Ich bewege leicht den Kopf und halte ihn in der Schräge, das seichte Wimmern, das in einen tauben Schmerz umschlägt, scheint so ein wenig gedämpfter; so als könne ich es einfach so vertreiben.

Daher versuche ich es zu ignorieren, bis es sich von selbst verflüchtigt. Auch wenn es noch ein wenig stärker wird.

Ich reibe mit einem bandagierten Handrücken über meine Augen. Tränen verwischen auf den Lidern. *Ignorieren.*

Mit der grauen Farbe setze ich endlich an, doch die Linie verschwimmt vor meinen Augen.

Bin ich das? Nein, so habe ich es nicht gemalt, aber ansonsten ist das-

Alles wirkt plötzlich so breit; so schwammig auf dem Malgrund. Auf eigenartige Weise *weich.*

Kopfschüttelnd blinzle ich mehrere Male, doch es wird nicht besser. Im Gegenteil.

Meine Augen bleiben derweil immer länger geschlossen; werden immer schwerer.

Bis ich die Lider auf einmal nicht mehr öffnen kann.

Und meine Welt schwarz bleibt.

Die Vorsicht. So seltsam. Es ist kalt. Nass. Das schwarze Haar bläst mir um die Nase; so lang, dass es sich verheddert.

Und ich strecke meine Hand ins Nichts. Greife nach etwas, das schon lange fort ist.

Etwas, das mir entglitten ist, als ich einen Moment nicht aufgepasst habe.

Mein Herz schlägt wie ein Vorschlaghammer gegen meinen auf einmal viel zu engen Brustkorb. Verzweiflung kämpft gegen Angst.

Die Tränen vermischen sich mit der salzigen Brise in der kühlen Luft und die Dunkelheit heißt mich willkommen.

»Warte!«

Ich schreie blind in die Leere und genau in dem Moment trifft das Licht auf meine Pupillen, sodass ich die Lider erschrocken zusammenkneife. Einige Tränen lösen sich und kullern vergessen über meine Wangen.

Was? Was war das? »Wo bin ich?«

Atemlos frage ich alles und nichts, noch ehe ich denken kann. *Mit wem zur Hölle spreche ich überhaupt?*

Ich sehe mich um. Ein Klassenraum?

Nein, ein *Kunstraum*. In der Schule. *Meiner* Schule.

Aber ja, ich war in der Schule … denke ich. Meine Sohlen stehen zittrig auf dem Boden. Der Rücken zieht unangenehm von der nach vorn gebeugten Haltung.

Ein stechender Schmerz durchzuckt mich, als ich meine um den Pinsel verkrampften Hände zu lockern versuche.

Verdammt, bin ich etwa schon wieder eingeschlafen, während ich gemalt habe? So müde war ich doch nicht, dachte ich … Tja, ich habe mich wohl gewaltig getäuscht, wie es scheint.

Gott, was habe ich da überhaupt geträumt. Schwarzes Haar? Wasser?

Was für ein… »Au!«

Mein Schädel tut so dermaßen weh, dass ich am liebsten weinen möchte, doch immerhin unterbricht er meine Gedanken, die alles nur noch schlimmer machen würden.

Und zumindest lässt auch das Herzklopfen nach, jetzt, da ich wieder bei klarem Verstand bin.

Mein Atem reguliert sich dennoch nur langsam.

Weiterhin nicht richtig auf meine Umgebung achtend, will ich mich auf meine wackligen Beine erheben. Ich habe jedoch nicht die Kraft, also öffne ich stattdessen endlich richtig die Augen, um ordentlich zu sehen.

Und was ich sehe, verschlägt mir erneut den Atem.

»Du …«, flüstere ich ungläubig.

Ich sollte verängstigt sein; *wütend* sein. Immer wenn etwas Seltsames geschieht, ist *sie* da. Warum jetzt? Warum *hier*?

Und wieso fühlt es sich in diesem Moment so an, als würden wir uns näher stehen, als irgendjemand sonst? Als wüsste sie genau, was ich gerade denke, während ich sie so ansehe? So vertraut. So *passend*.

Doch ist es eigentlich eine Beziehung, die gar nicht existieren kann. Reine Einbildung; eine Täuschung. Und Zufall. Oder werde ich einfach nur langsam wahnsinnig?

Ist sie vielleicht eine Halluzination? Vielleicht eine Art … posttraumatisches Syndrom?

Nein, unmöglich. Wie denn? Ich habe sie doch bereits *vor* dem Unfall gesehen. Das passt nicht zusammen.

Die Krähe starrt mich unterdessen bloß unerbittlich an. Zuckt nicht einmal einen Millimeter.

Mein erster Impuls ist es, etwas zu suchen das ich nach dem Vieh werfen kann. Vielleicht den Pinsel in meinen Händen? Doch ich kann es nicht.

Mit einem leichten Wink ihres Schnabels, scheint sie auf etwas zu deuten. Ich fühle, dass sie mir etwas mitteilen will.

Ich *weiß* es einfach.

So folge ich ihr mit dem Blick nach rechts, gegen den Rat meines gesunden Menschenverstands.

»Das darf nicht wahr sein«, hauche ich in die Stille.

Diesmal erleide ich einen Schreck, von dem ich mich nicht so schnell erholen werde.

Werde ich also wirklich langsam verrückt? Oder will mir etwa jemand einen Streich spielen? Nein, das glaube ich nicht. Ich kann erkennen, dass es mein Werk ist. Dennoch lehne ich es ab.

Ich erinnere mich nicht daran, doch ich weiß es. Ich fühle, es ist meins. *Aber ich habe es nicht gemalt.*

Die Pinselstriche. Die Art der Formen. Die Atmosphäre. Ja, selbst das Motiv scheint mir bekannt, auch wenn ich es jetzt noch nicht zuordnen kann.

Gemalt habe ich es aber *nicht*. Jedenfalls nicht, dass ich davon wüsste. Und doch halte ich, wie mir siedend heiß bewusst wird, den farbbefleckten Beweis in meinen Händen. Der Pinsel und die Hand voller Farbe.

Die Schlucht auf dem Bild in denselben Nuancen.

Etwas panisch komme ich auf die Beine, um den Spiegel über dem Waschbecken im Raum aufzusuchen. Farbe klebt auf meiner Haut, in meinem Gesicht, ja, sogar in meinen Haaren. Wie, wenn ich hoch konzentriert male und dabei mit den verschmierten Händen ein paar Strähnen hinter die Ohren streiche, ohne an die Konsequenzen zu denken.

Ich *habe* aber nicht gemalt. Ich habe doch kaum mit dem Bild angefangen. Wann soll das entstanden sein?

»Was soll das …?«

Beinahe hysterisch drehe ich den Hahn auf, aber bleibe doch seltsam ruhig, zumindest für das, was ich gerade fühle.

Dabei starre ich unsicher in mein eigenes Antlitz.

Als wäre es nicht ich selbst, die mir da entgegenblickt.

Sehe daran vorbei zu der Krähe auf der Fensterbank; sehe sie hinter mir sitzen.

Wie sie mich von dort hinten anstarrt, als wäre sie in der Lage meine Gefühle zu verstehen, was aber selbst dann dumm wäre, wenn dem wirklich so sein könnte. Immerhin trägt sie mit Sicherheit mindestens eine Mitschuld an diesem ganzen Drama, das hier gerade abgeht.

Das Licht wird in ihren Augen reflektiert, als ich hineinsehe. Einen Moment bleiben die winzigen Perlen einfach nur schwarz, dann werfen sie einen kleinen Teil davon zurück.

In wunderschönem Violett.

Meine Lieblingsfarbe, wie ich völlig absurd feststelle.

Dieses beklemmende Gefühl in der Brust kehrt mit einem Mal zurück. Da ich nicht weiß was ich tun soll, kneife ich die Lider zusammen, halte mir mit den bandagierten Händen die Ohren zu, so fest ich kann, und lege die Stirn an das kalte Glas des Spiegels.

Es ist alles in Ordnung, Annie. Es ist alles in Ordnung.

Was soll schon sein? Alles in Ordnung.

Erst ein lautes Flattergeräusch, das ich trotz des Schutzes meiner Ohren vernehme, lässt mich heftig zusammenzucken und danach langsam, *auf der Hut*, zum Fenster sehen. *Weg*.

Abgehauen. Einfach so.

Ich zittere am ganzen Leib, schüttle ein ums andere Mal meinen hämmernden Kopf und versuche einen klaren Gedanken zu fassen, was mir jedoch nicht gelingen will.

Alles was ich tun kann, ist vor dem Waschbecken auf dem Boden zusammenzusinken und die eigenen Knie zu umschlingen, bis das Zittern endlich nachlässt.

Danach stehe ich wie ferngesteuert auf, wasche mir sorgfältig die Finger ab, ohne auf die Verbände zu achten.

Ich reinige so gut es geht auch mein Gesicht und räume meinen Platz auf, ehe ich das Bild mit einer weißen Plane abdecke und mit einem Schild markiere, damit es nicht verschwindet.

Für heute habe ich genug. Ich will hier weg. Weiß nicht recht, ob ich *nach Hause* will, aber es ist mir auch vollkommen egal. Hauptsache hier weg. Ich will nicht mehr darüber nachdenken, was gerade geschehen ist.

Sonst verliere ich endgültig meinen Verstand.

Über mir wird es langsam etwas schattiger. Der Abend bricht bald an, schließlich haben wir bereits Oktober.

Bei dem Gedanken wird mir bewusst, dass der Oktober eigentlich mein Lieblingsmonat sein sollte. Doch davon merke ich diesmal nichts.

Dieser Oktober hat wirklich nicht besonders erfreulich angefangen.

Schweren Herzens steige ich aus dem Bus, an der Haltestelle in der Nähe unseres Hauses. Es dauert nicht lange, selbst in meinem derzeitigen Tempo, bis ich die zwei Stufen zu unserer Haustür erklimme und aufschließe.

»Ich bin zu Hause«, rufe ich mit wenig Elan, da ja ohnehin niemand antworten wird, während ich auf die Uhr sehe.

Fast sechs.

Die ›Uhr‹ ist dabei mein Mobiltelefon, welches mir auch sagt, dass ich zwei unbeantwortete Anrufe gespeichert habe. Beide schon vor einer ganzen Weile eingegangen.

Ich habe keine Musik gehört, also habe ich nicht auf das Handy geachtet. Ein Anruf kam von meinen Eltern.

Der andere von Liv.

Mist. Schnell rufe ich das Feld für eine Nachricht auf, um meiner Mutter eine SMS zu tippen.

»Tut mir leid, dass ich nicht geantwortet hab. Ich hab das Handy nicht gehört, weil ich noch am Malen war.«

Als ich das habe, stecke ich das Telefon wieder weg und schließe für einen Moment die Augen.

Wenigstens sind meine Kopfschmerzen beinahe verschwunden.

Ich seufze, während ich noch richtig eintrete und meine Schuhe abstreife. In der Nachricht erwähne ich dabei ganz gewiss nichts von dieser ›interessanten‹ Erfahrung der letzten Stunde … besser, wenn ich das überhaupt nie jemandem berichte.

Meine Handflächen brennen wie die Hölle in Spe.

Es wäre besser, wenn ich den Verband vor dem Duschen abnehme und mir dann einen ganz Neuen anlegen lasse. Der hier ist ohnehin mittlerweile ruiniert.

Besonders von der Farbe dieses Bildes, wie mir klar wird. Mir wird schon wieder schlecht.

Dieser Abgrund will mir einfach nicht aus dem Kopf. Er jagt durch meine Gedanken, immer wenn ich versuche ihn zu verdrängen, taucht er umso deutlicher auf. Und er beschert mir eine unangenehme Gänsehaut.

Wenn ich nicht das Gefühl hätte, dass er nur für mich allein etwas Unheimliches an sich hat, würde ich glatt behaupten, diese Schlucht sei *perfekt* für Halloween. Der Gedanke amüsiert mich auf verquere Weise und bringt mich zu einem absurden Lächeln, das sich wie ein Fremdkörper in meinem Gesicht anfühlt.

Doch meine Augen weiten sich erheblich und die Gedanken von eben rücken irgendwo in den Hintergrund, als ich sehe, wie meine Mutter plötzlich um die Ecke gestürmt kommt.

»Wo warst du denn?!«

Sie sieht in der Tat ... *etwas* gestresst aus.

Leicht perplex starre ich ihr entgegen. »Mom? Was machst *du* denn hier? Solltest du nicht auf der Arbeit sein, oder so?«

Doch sie interessiert sich gar nicht für meinen Einwand.

»Ich weiß, wir hatten mal darüber gesprochen, dir nun, da du sechzehn bist, deine Freiheiten zu lassen. Und in ein paar Tagen wirst du ja auch bereits siebzehn. Dennoch kannst du nicht abstreiten, dass du gestern in eine sehr gefährliche Situation gestolpert bist, ich bitte dich also anzurufen, wenn du länger in der Schule bleiben willst. Du hast Glück, dass wir nicht zu den Eltern gehören, die bei solchen Dingen sofort durchdrehen!«

Ja, welch ein Glück dass sie nicht zu ›diesen‹ Eltern gehören, nicht wahr?

Das sage ich aber lieber nicht laut, stattdessen nicke ich hastig. Ich kann froh sein, dass sie nicht die Polizei gerufen hat, schätze ich mal.

»Ja, tut mir echt leid, kommt nicht wieder vor.«

Die wie zur Schlacht gestrafften Schultern lockern sich bereits ein wenig und sie atmet erleichtert auf, während sie mich von oben bis unten mustert.

»Okay, ich bin erst einmal froh, dass es wohl heute keine neuen Katastrophen in der Umgebung gab. Du siehst unversehrt aus, jedenfalls soweit das vorher schon der Fall war.«

Mit einer Hand Gän meinem Oberarm, führt sie mich in die Küche. So, als wäre ich dazu nicht selbst imstande, was durchaus ein wenig befremdlich ist.

»Dein Vater und ich haben heute Vormittag lange miteinander gesprochen und da wir immerhin unser eigenes Unternehmen führen, haben wir uns dazu entschlossen, heute ausnahmsweise etwas früher zu Hause zu sein. Wir wollten etwas Wichtiges mit dir bereden. Du bist jetzt immerhin alt genug.«

Neugierig, aber auch mit einem Mal ein wenig skeptisch, sehe ich die beiden an, die sich an den Tisch setzen und offensichtlich erwarten, dass ich es ihnen gleichtue.

Und genau das mache ich auch, schließlich will ich ja ebenfalls wissen, was sie zu sagen haben.

»Was ist denn los?«

Ein wenig nervös blicke ich zwischen meinen Eltern hin und her, die sich gegenseitig vielsagende Blicke zuwerfen.

»Nun, es ist eigentlich gar keine so große Sache, wie es jetzt vielleicht den Anschein haben mag, aber ...«, beginnt mein Dad vorsichtig.

Als er ins Stottern gerät, übernimmt meine Mutter das Ruder.

»Du hast heute Morgen eine Frage gestellt, erinnerst du dich? Im Auto, als wir beide allein waren.«

»Sicher«, bestätige ich, weiß aber noch nicht genau, worauf das hier hinaus laufen soll.

Oder doch? Irgendwie will ich es gar nicht wahrhaben.

»Wir beide haben darüber gesprochen; deine Mutter und ich. Sie hat mir von eurer kurzen Unterhaltung erzählt und meinte, wir sollten dich einweihen, da du es selbst offensichtlich, zusammen mit anderen Dingen, verdrängt hast. Du hast das Recht es zu erfahren.«

Von meinem Vater wechsel das Wort zu meiner Mutter.

»Wir wussten eben nicht, ob es gut ist, die Vergangenheit aufzuwühlen, meine ich. Denn als du zu uns kamst, da warst du immerhin erst acht Jahre alt – das vermuteten zumindest die Ärzte damals. Schlimm genug, dass du das selbst nicht einmal sagen konntest. Und du konntest dich ja auch an sonst nichts erinnern«, erklärt sie mir was ich eigentlich bereits weiß. »Bilder, die du gemalt hast und dabei anderen in deinem Alter um Längen voraus warst; die Motive, an die du dich später nicht mehr erinnern konntest; es gab Dinge, die du gesagt hast, Träume und Erinnerungsfetzen, noch bis in dein spätes dreizehntes Lebensjahr. Es wurde zuerst über Jahre weniger, dann hörte es plötzlich ganz auf. Und du schienst alles davor zu vergessen.«

Bei allem was sie sagt, frisst sich nur ein Teil der Aussage in meinen Verstand. Das kann einfach nicht möglich sein.

»Bis ich *dreizehn* war? *So* lange?« Panisch denke ich nach.

Ich kann mich nicht daran erinnern. Doch wenn ich ehrlich bin, habe ich auch nie darüber nachgedacht. Die ersten Jahre hier waren immer verschwommen, das habe ich einfach so hingenommen. Wahrscheinlich *wollte* ich es in Wahrheit gar nicht wissen.

Beruhigend legt meine Mutter eine Hand auf meine Schulter, welche ich allerdings nur nebensächlich wahrnehme.

Ich wusste, dass ich in dieser Zeit Dinge getan habe, an die ich mich nicht erinnere, da ich mich eben an kaum etwas erinnere.

Aber ich wusste nicht, dass es *solche* Dinge waren, die ich gesagt und getan habe. Der Gedanke schockt mich.

Es ist, als hätte ich mich daran gewöhnt ... zu *vergessen*. Mich selbst zu verlieren.

Dieser Gedanke stimmt mich traurig und ich bin entsetzt über meine eigene Situation.

Mehrere Minuten sitze ich nur da und starre ins Nichts, die beiden anderen sagen kein Wort.

Erst meine tonlose Stimme, bricht letztendlich das Schweigen.

»Was ist nun mit meiner Frage?«

Ich erwarte dabei die Antwort von meiner Mutter, die mich entschuldigend ansieht.

Dabei ist es ja nicht ihre Schuld. Warum sollte sie mir auch alles wieder vorkauen, wenn ich selbst es einfach so verworfen habe? Ist doch meine eigene Verantwortung, oder etwa nicht?

»Schatz, ich weiß nicht ob ich dir damit wirklich helfen kann, aber deine spezielle Frage hat mich tatsächlich an etwas erinnert. Es tut mir leid, dass ich dich heute Morgen belogen habe«, entgegnet sie und ich kann hören, dass sie diesmal vollkommen ehrlich zu mir ist.

So wie sonst auch.

»Aber in diesen ersten fünf Jahren bei uns, da hattest du, besonders am Anfang, sehr oft Alpträume. Du hast von einem Feuer geschrien, Annie. Und nach deiner Mutter. Bei Letzterer hast du sicher nicht mich gemeint.«

Mit ausdrucksloser Miene, starre ich weiter geradeaus. Lasse nur hin und wieder einen kurzen Seitenblick in Richtung meiner Mutter zu.

Feuer. Das einzige Wort, das mir gerade durch den Kopf geht.

Als ich nicht reagiere, fährt sie mit ihrer Geschichte fort.

»Du hast gesagt, dass du Hilfe bräuchtest und es hat jedes Mal eine halbe Ewigkeit gedauert, bis du wieder zur Ruhe gekommen bist. Du warst so lange traurig und verstört, ein Kind voller Sorgen und Kummer, deren Ursprung wir nicht kannten.«

Die Trauer in ihrer Stimme ist nicht zu überhören, so legt der Mann neben ihr eine Hand auf ihre und schenkt ihr dabei ein aufmunterndes Lächeln.

»Es schien, als ob du den Ursprung selbst nicht kanntest, ihn aber verzweifelt zu finden versucht hast. Es tat weh, dich so zu sehen. Der Gipfel war dann dieses *Selbstporträt*, das du damals von dir gemalt hast. Es steht noch immer bei den anderen Bildern im Keller, aber … ich habe es gehasst. Am liebsten hätte ich es entsorgt, in dem Moment, in dem ich es das erste Mal gesehen habe.«

Ich kann mich an kein solches Porträt erinnern.

»Du musst wissen, dass wir wirklich nicht wollten, dass du dich schlecht fühlst, weil du dich nicht an deine Vergangenheit erinnerst«, fügt mein Vater nach einigen verstrichenen Sekunden hinzu. »Doch ich war auch nicht traurig, als du plötzlich alles zu vergessen schienst und endlich der Sonnenschein wurdest, der du immer hättest sein sollen. Du warst endlich glücklich, ohne diese ganze Last. Wieso hättest du sie weiter mit dir herumschleppen sollen?«

Es war aber nicht eure Entscheidung.

Eine kleine, giftige und von Wut erfüllte Stimme in meinem Kopf, wirft ihnen genau das vor; *hasst sie dafür*. Will ausrasten und sie beide anschreien.

Doch das ist nicht wirklich das, was *ich* will. Und es macht so auch keinen Sinn.

Ja, sie haben eine Entscheidung gefällt, aber man kann ihnen dafür keinen Vorwurf machen; *ich* kann das nicht.

Sittsam nickend, lasse ich mir stattdessen ihre Geschichte durch den Kopf gehen. Das war eigentlich alles was ich wissen wollte. Wieso fühlt es sich dann nicht gut an?

Vielleicht sollte ich meinen Blickwinkel ändern. Nicht an das denken, was ich verloren habe. Nicht an das denken, was mich traurig macht.

Sondern an das, was mir diese Erkenntnisse sonst vermitteln. Zwischen den Zeilen lesen.

Okay, es gab nicht allzu viele Informationen.

Aber nun weiß ich, dass da etwas war. Ich *weiß* es. So, wie ich es wollte.

Auch wenn ich als Kind vielleicht lediglich Alpträume hatte. Ich glaube es nicht. Seit ich hier war, habe ich kontinuierlich alles vergessen, was geschah, bevor ich herkam. Und nachdem ich anfangs weiterhin Erinnerungsfetzen hatte, habe ich die Zeit mit diesen Erinnerungen ebenfalls wieder verloren.

Etwas Ausschlaggebendes musste geschehen sein, bevor ich hier gelandet bin und glücklich wurde.

Ehe ich meine Eltern und das Nachbarskind, Liv, kennen und lieben gelernt habe.

Ehe ich ... *ich* wurde.

Es war nicht bloß Einbildung.

Und ich muss wissen, was es damit auf sich hat.

Chapter 5:
And Got to Portray Sadness

Es hat sich nichts verändert. Ich bin immer noch dieselbe wie zuvor.

Nur weiß ich jetzt mehr, als ich noch vor zehn Minuten wusste, na und?

Meine Familie wird es nicht verändern. Meine Eltern, die mich offenkundig lieben und mit sanften Händen großgezogen haben, werden deshalb nicht verschwinden.

Also sollte ich ihnen nicht noch mehr Sorgen bereiten. Nicht, wenn ich es verhindern kann.

Daher werde ich das hier beenden. Allein auf das kommen, was noch fehlt. Sie nicht weiter behelligen. Ich schenke ihnen stattdessen ein neues, halb aufgesetztes Lächeln.

»Danke, dass ihr mir die Wahrheit gesagt habt. Ich liebe euch, das sag ich euch viel zu selten.«

Eine Hand streicht federleicht über mein Haar, zu meiner linken Wange hinab.

»Aber immer doch, mein Schatz.« Daraufhin erhebt meine Mutter sich von ihrem Platz.

Mutter. Ich schlucke das seltsame Gefühl bei diesem Gedanken und verdränge jegliche Zweifel an meinem Entschluss sobald sie aufkeimen. Ich lasse es gut sein.

Die Atmosphäre wirkt noch immer ein wenig schwer, doch sie versucht sie wohl ebenfalls zu lockern.

»So, ich geh jetzt mal nach dem Essen sehen, sonst gibt's heute Abend nämlich nur noch Kohlebriketts.«

»Im Vergleich zu manchen ihrer *besonderen* Kreationen, wäre das zumindest eine Verbesserung«, wirft mein Vater beiläufig von der Seite ein.

Ich lache noch, während meine Mutter vermutlich bereits die Messer wetzt und Mordpläne schmiedet, als mir bei diesem Thema siedend heiß klar wird, dass ich etwas vergessen habe.

»Verdammt!«

Aufgeschreckt sehe ich zu meiner Mutter auf, die verwirrt zurück in den Raum tappt. Doch für lange Erklärungen bleibt möglicherweise keine Zeit, hatte ich doch jemanden zum Abendessen eingeladen und vergessen, hier Bescheid zu geben!

Verdammt, das habe ich eigentlich längst mit einfließen lassen wollen …

Ich dachte aber auch, dass ich Zeit hätte. Liv wird bald kommen, wenn sie mich hat anmarschieren sehen und deshalb hat sie vorhin wohl auch angerufen, nehme ich an.

Scheiße, wie kann man nur so verschlafen sein?!

Und ausgerechnet heute waren meine Eltern schon vor mir da, das Essen ist somit bestimmt.

Meine beiden Erziehungsberechtigten wirken derweil dezent überfordert mit meinem Verhalten, weswegen ich mich zusammenreiße, um ihnen Rede und Antwort zu stehen.

»Du, Mom, ich hoffe du hast wieder ein bisschen zu viel gemacht …« Schuldbewusst setze ich eine zerknirschte Miene auf.

»Also … Vermutlich wird es schon ein wenig zu viel sein, aber warum interessiert dich das? Hast du so großen Hunger?«

Auch mein Vater betrachtet mich mit großem Interesse, was das angeht.

»Naja, ehrlich gesagt hab ich-«, beginne ich und unterbreche mich einen Moment, »ich hab jemanden eingeladen und möglicherweise auch gesagt, dass sie mit uns essen kann, weil du immer so viel machst?«

Ich schließe meine heruntergeratterte Beichte in fragendem Unterton und mit einem seltenen Hundeblick, den ich mir immer für Notfälle aufspare.

Notfälle wie diesen hier, um mal ein Beispiel zu nennen.

Angesprochene stemmt die Hände in die Hüften und sieht einen Moment aus, als würde sie wütend werden … doch stattdessen fängt sie an zu *lachen*?

»Tja, wenn du endlich mal wieder jemanden hierher einlädst, wollen wir ihn lieber nicht vertreiben, was? Aber beim nächsten Mal wäre ich dir sehr verbunden, wenn du mich vorher einweihen würdest, das hilft mir jedenfalls sehr.«

Damit verzieht sie sich ohne großes Trara um die Sache zu machen in die Küche hinter uns und ich kann ihr bloß ungläubig nachsehen; und natürlich erleichtert aufatmen.

»Wer ist es denn überhaupt?«

Durch die verspätet in den Essbereich gerufene Frage, schrecke ich zwar erneut auf, doch bei dem Gedanken an die Antwort, lächle ich in mich hinein.

»Das wirst du gleich sehen.«

Mit mehr oder weniger guter Laune berge ich das Mobiltelefon aus meiner Tasche und sehe die Kontakte durch, wo ich nach der sinnbildlichen Schwester meines Herzens suche, um dieser eine kurze SMS zu verfassen.

Da sie mit Sicherheit wieder zu Hause lebt, ist sie schließlich keine fünfzehn Meter von meinem jetzigen Standort entfernt, will ich meinen. Es ist schließlich bloß ein Haus weiter.

Damals war sie die einzige Person gewesen, die mit mir hatte sprechen wollen. Sie war zu der Zeit ebenfalls traurig, selbst wenn ich ungern zugebe, dass ich mich auch an sie nur wenig erinnere. Seltsamerweise aber besser, als an viele andere Dinge.

Auch an meine Eltern erinnere ich mich noch. Aber alles zwischen einzelnen Gesprächen oder Momentaufnahmen mit ihnen zusammen … ist einfach weg.

Wie gelöscht. Eine Art Festplattenvirus.

Weshalb ist mir das vorher nie bewusst gewesen? Ich muss in diesen Jahren doch irgendetwas getan haben. Wieso habe ich nicht gemerkt, dass ich viel zu wenige Erinnerungen habe?

Okay, ich habe es schon gemerkt, aber kaum. Die meiste Zeit habe ich es ignoriert.

Seufzend nehme ich meinen Rucksack auf. Ich eile damit nach oben in mein Zimmer, wo ich ihn achtlos auf das ungemachte Bett werfe. Gerade rechtzeitig. Denn kaum drehe ich mich wieder in Richtung Flur herum, läutet es bereits an der Haustür.

»Ich komme schon!«

Als ich den Fuß der Treppe erreiche und kurz darauf schließlich unseren erwarteten Gast hereinbitte, scheinen die anderen ebenso sprachlos wie ich es gewesen bin, als sie heute Morgen einfach hinter mir aufgetaucht war.

Mein Vater steht sogar auf, um meine jahrelange Freundin kurz zu drücken.

»Aber, aber«, wirft meine Mutter von hinten ein, »verscheuch sie nicht gleich wieder, sonst verschwindet sie beim nächsten Mal direkt bis nach China.«

Der Witz ist zwar tatsächlich dezent beunruhigend, sie lachen aber trotzdem darüber.

»Schön dich wiederzusehen, Lauren«, wird meine Mutter von meiner besten Freundin gegrüßt.

Sie hatte schon früher immer gesagt, sie würde mich um meine Mutter beneiden, da ihre Stiefmutter eher zu wünschen übrig ließ. Wer weiß ob sie das noch immer so sieht.

Auch meine Mutter schließt sie in die Arme.

»Wir haben dich alle vermisst. Seit wann bist du wieder im Lande?«

»Erst seit gestern Nacht. Ich wollte, dass es eine Überraschung wird.«

»Ja, und was für eine!«

»Tut mir ehrlich leid, ich dachte, es macht so einfach mehr Eindruck. So wie … ein paar Minuten zu spät auf einer Party zu erscheinen, um den glanzvollen Auftritt des Abends zu erhaschen.«

Sie reden noch eine kleine Weile so weiter, einfach über Gott und die Welt, weswegen ich sie eigentlich nur ungern unterbreche, als sie eine kurze Pause einlegen.

»Also … gehen wir dann?« Ich lege dabei eine Hand auf ihre Schulter.

Sie sieht zur mir herüber und nickt. »Klar, wieso nicht?«

Damit richte ich den Blick wieder auf meine Mutter. »Wir sind bis zum Essen oben, okay?«

»Sicher«, erwidert diese lächelnd. »Tut was ihr nicht lassen könnt. Ihr habt euch immerhin lange nicht gesehen.«

Oh ja, da hat sie Recht.

Der würzige Duft von Mutters berühmtem Nudelauflauf erfüllt mittlerweile bereits das gesamte Untergeschoss, als wir auf dem Treppenabsatz stehen. Das Haus ist recht klein und geschlossen, so kann alles bequem durchziehen.

Das Haus ist eben eher hoch, als breit, darum sind die Wohnräume alle hier im zweiten Stock oder im Stockwerk darüber.

Manche Leute fragen uns, warum wir ein Wohnzimmer so weit oben eingerichtet haben, neben dem Schlafzimmer meiner Eltern im dritten Obergeschoss. Doch das ist eigentlich ganz einfach zu beantworten.

Es ist, weil wir es so selten nutzen – zumindest als das, wozu es wohl gedacht wäre.

Wenn meine Eltern nicht da sind, bin ich schließlich in meinem eigenen Zimmer.

Wir essen im Essbereich und der ist unten. Ich selbst habe sehr selten Besuch. In den letzten beiden Jahren … Tja, eigentlich gar niemanden mehr.

Wir haben auch keine wirklichen Verwandten, die zu Besuch kommen könnten. Manche sagen, dass meine Eltern und ich uns ›gefunden‹ hätten, weil wir alle drei das sind, was man als *allein auf der Welt* bezeichnen könnte. Und es natürlich viel schöner ist, zusammen allein zu sein, als für immer einsam zu bleiben.

Doch das ist vermutlich eher Blödsinn. Wir hatten einfach nur Glück. Allein sind so viele Menschen auf dieser Welt, manche sogar dann, wenn sie eigentlich Familie haben.

Genau deshalb bin ich auch froh, Liv gefunden zu haben. Nicht, weil ich nicht zufrieden mit meiner gefundenen Familie wäre; nein, ganz im Gegenteil! Sondern deshalb, weil sie sonst ebenfalls niemanden hätte.

Jedenfalls nicht bei sich zu Hause. Ich will nicht eingebildet klingen, in dem ich andeute, sie hätte neben mir niemals Chancen, andere Freunde zu finden. Doch ihre Familie war immer ich. Darauf bin ich auch irgendwie stolz.

Und auch wenn das hier nicht ›ihr‹ zu Hause sein mag, so ist sie doch jederzeit willkommen.

»Ich weiß, ich hab es dir bisher vermutlich nur nebensächlich oder sogar gar nicht wirklich gesagt, aber du musst wissen, dass ich ehrlich froh bin, dich wieder hier zu haben«, meine ich mit einem Blick zur Seite, als ich mit ihr die Treppe ins obere Stockwerk erklimme.

»Ach was, ich bin doch auch froh, wieder hier zu sein, obwohl ich eigentlich fern bleiben wollte. Aber ihr werdet mich jetzt auch nicht mehr so schnell los. Zwei Jahre im Ausland, und mein Heimweh hätte mich fast umgebracht.«

Zwei Schritte vor meinem Zimmer, hält sie dann jedoch inne.

»Das erste Mal in über zwei Jahren, dass ich diese Höhle von innen sehe«, stellt sie dort an Ort und Stelle fest.

Wie angestochen sehe ich sie erneut von der Seite an.

»Es ist ein wenig unaufgeräumt, schätze ich«, gestehe ich jedoch und kratze mich verlegen am Kopf, was meine ohnehin nicht gemachte Frisur auch nicht weiter stört.

»Naja ...«

Direkt nach mir tritt sie ein und die Unordnung, die ich normalerweise für mich ausblende, nein, in der ich mich sogar eigentlich sehr *wohl* fühle und die ich so mag, wie sie ist, wird mir mit einem Mal etwas peinlich.

»Wie gesagt: Nicht unbedingt aufgeräumt.«

»›Nicht unbedingt aufgeräumt‹ ist gut.«

Der leicht sarkastische Unterton ihrer Worte entgeht mir nicht.

»Aber immerhin weiß ich jetzt auch ganz sicher, dass du kein außerirdischer Klon aus dem Weltall bist, wenn ich das hier so sehe. Es sieht exakt genauso aus wie damals«, stellt sie fest. »Ist das eigentlich eine Kunstform die man an der Akademie vorzeigen kann? Mit so wenig Gegenständen wie möglich das maximale Chaos zu generieren, meine ich.«

Trotzig stapfe ich an ihr vorbei ins Zimmer, werfe meine Tasche demonstrativ an ihren angestammten Platz und lasse mich auf mein Bett fallen. Sie folgt mir auf dem Fuße und lacht dabei noch, während ich weiter schmolle.

»Mach bitte die Tür hinter dir zu.« Grummelnd rücke ich mich auf dem Bett zurecht.

Sie tut wie ihr geheißen und lässt sich dann bei mir nieder.

»Also, wie ist das mit dieser Halloweenparty, von der du gesprochen hast?«

Überrascht sehe ich sie von meinem Platz auf der Matratze aus an, von der ich rücklings meinen Kopf gen Boden baumeln lasse.

»Was meinst du genau?«

»Naja, wann ist sie? Wo genau findet sie statt? Solche Sachen eben.«

»Oh«, rutscht es mir heraus und ich sehe geradeaus.

Dorthin wo ich die Beine meines auf dem Kopf stehenden Schreibtischs sehen kann, an dem meine Schultasche jetzt lehnt.

»Guck mal da rein. Da müsste ein Flyer drin liegen.«

Ich zeige auf den erspähten Rucksack und sie kommt der Aufforderung nach.

Nach einigen Sekunden des Wühlens, lässt sie sich zurück auf das Bett fallen, direkt neben mir, und zieht einen kleinen Papierfetzen hervor.

»Der Fresszettel hier?« Sie sieht das Ding mit hochgezogener Augenbraue an.

»Ja, genau der«, bestätige ich und kämpfe mich dann auch endlich wieder in die Senkrechte zurück. »Wir haben wegen Allerheiligen den Freitag nur halb.«

»Keine Ferien?«

»Nö.«

»Das is' ja mies.« Sie betrachtet den bedruckten Zettel etwas genauer. »Aber die ganze Party findet in der Schule statt, oder wie?«

»Nicht ganz. Der Flyer ist zugegeben irgendwie ungenau, aber besser erklär ich dir das Ganze später.« Langsam drehe ich mich auf der Matratze herum. »Ich soll jedenfalls für den offenen Empfang eine Ausstellung bestücken und das kann ich vielleicht nicht, weil ich nicht weiß wie viel ich malen kann, in einer Woche.«

Eigentlich könnte ich es vielleicht. Aber allein der Gedanke an den letzten Versuch lässt meine Nackenhaare zu Berge stehen. Ich schüttle mich beinahe unmerklich und spreche weiter, als ich realisiere wie lange meine Pause bereits anhält.

Ich schüttle den Kopf und rutsche an die Bettkante, wo ich meine Füße wieder auf den Boden bringe.

»Also nehm' ich eben Bilder aus dem Kellerzimmer, das Mom mir damals ausgeräumt hat. Die hat auch noch kein Außenstehender zu Gesicht bekommen. Sollte glaube ich auch keiner, aber wen kümmert das heute noch?«

Verwirrt blickt sie mich an.

»Stimmt was nicht?« Sie guckt, als hätte ich einen Popel im Gesicht.

»Nein, ist schon alles klar, aber warum bist du jetzt wieder aufgestanden?«

»Hä?« Sie hat Recht, ich stehe.

Warum bin ich eigentlich aufgestanden?

Ich zucke zusammen, als ich einen Wimpernschlag später meine Mutter von unten rufen höre. »Kommt runter, das Essen ist fertig!«

»Wow, als könntest du in die Zukunft sehen«, witzelt Liv von der Seite.

Sie erhebt sich nun ebenfalls, was aus ihrer Position allerdings auch weitaus leichter ist, als aus meiner zuvor. Ich versuche derweil das Gefühl los zu werden, dass das eben ziemlich seltsam war.

Gleichzeitig tue ich es ab, da es auch eigentlich nichts Besonderes gewesen ist, im Vergleich zu allem anderen, was in letzter Zeit vor sich geht.

»Haha, ja …«, pflichte ich dennoch bei, als würde ich es ebenfalls als Witz empfinden.

Gemeinsam machen wir uns auf den kurzen Weg nach unten, wo meine Eltern am bereits gedeckten Tisch warten.

»Setzt euch, ich hol schon mal das Brot«, höre ich die Anweisung meiner Mom.

Liv stößt mir leicht den Ellenbogen in die Seite, als wir uns auf den Stühlen niederlassen.

»Und wie ist es nun eigentlich mit Leuten an der Schule? Irgendjemand den wir von früher kennen?«

»Warum zu Hölle flüsterst du? Du darfst hier frei reden, falls du das noch nicht bemerkt hast«, merke ich irritiert an und denke dann über das nach, was sie gesagt hat.

»Aber ja, einen dürftest du schon kennen. Fragt sich nur, ob dich das sonderlich glücklich machen wird, denn-«

Mit einem breiten Lächeln kehrt meine Mutter aus der Küche zurück, mit einer Schale Brot in der Hand, die sie neben der Auflaufform im Zentrum des Tisches platziert, ehe sie sich zu uns setzt.

»Nehmt euch ruhig was ihr wollt«, sagt sie dazu, womit sie mich erfolgreich unterbricht.

Ich nicke und sehe zu Liv hin. »Aber willst du denn überhaupt schon zu der Party gehen?«

»Eigentlich schon, ja. Ich meine, wo können wir unseren Einstand besser feiern, als zu deinem Geburtstag auf einer Halloweenparty? Du *liebst* doch Halloween.«

»Ja, schon, aber … Ist das nicht noch zu früh?«

Bei meinem eigenen Einwand kann ich spüren, wie meine Augenbrauen automatisch eine tiefe Furche in meinem Gesicht bilden.

Ich dachte eigentlich, ich freue mich auf diese Party, wenn ich ehrlich sein soll. Lag ich da falsch? Wie seltsam.

Ich will sie ihr schlecht reden, aber warum? Diese Situation ist irgendwie … paradox.

Und nach dem Blick, mit dem mich meine Freundin gerade bedenkt, zu urteilen, bin ich nicht die Einzige an diesem Tisch, der dieser Umstand auffällt.

»Was denn für eine Party, wenn ich fragen darf?«

Der Einwurf meiner Mutter kommt von der Seite, wo sie gerade überdeutlich auf das Essen vor uns weist, von dem wir uns auch endlich etwas auf die Teller häufen.

»Unsere Schule veranstaltet am Einunddreißigsten eine große Feier. Wir haben dafür kaum Unterricht und werden selbst den, den wir haben, vermutlich mit Vorbereitungen verbringen. Ich wollte euch eigentlich auch einladen, zumindest zum offenen Empfang.«

»Ein offener Empfang?« Mein Vater sieht mich interessiert an.

»So eine Art … Tag der offenen Tür. Alles ist geschmückt und auf den Gängen werden Schülerwerke präsentiert. Von mir wird auch was aushängen. Zumindest wenn ich genügend Bilder zusammenkratzen kann.«

»Aber das ist doch großartig! Warum wissen wir nichts davon?!«

Der Ausdruck meiner Mutter wirkt beinahe erschüttert, als sie mich ansieht und ich fühle mich, als würde ich in meinem Sitz schrumpfen.

»Naja, irgendwie war ich noch nicht sicher, ob ich mitmachen würde …«

»Ach komm, das wird toll! So kannst du deinen Siebzehnten wenigstens gebührend feiern. Bisher hat das ja nie recht funktioniert, weil du niemanden außer Liv hierhaben wolltest …«

Man kann an ihrem Gesicht ablesen, wie sie sich gerade an all die geplatzten Geburtstagspartys zurückerinnert, zu der sie meine Mitschüler eingeladen hatte. Wobei sie nicht wusste, dass ich sie in der Schule immer wieder ausgeladen habe, sobald ich darauf angesprochen wurde.

Am Ende kam jedenfalls nie jemand, abgesehen von Liv.

»An Halloween haben die Leute sowieso Besseres zu tun als einer Außenseiterin zum Geburtstag zu gratulieren, Mom«, wende ich ein.

Sie zieht eine Grimasse, was ich jedoch nur mit einem Schulterzucken abtue und dann nach der Gabel greife, die neben meinem Teller ruht.

»Jedenfalls stehen danach noch private Partys an. Die Schüler dürfen sogar im großen Stil Werbung machen, wenn sie wollen.«

»Also, ich weiß ja, sie wird erst siebzehn, aber dürfen wir trotzdem die Nacht über bleiben? Oder zumindest spät? Sonst macht es doch kaum Spaß.«

Diese Frage stellt Liv mit ihrem süßesten Lächeln, dennoch bleiben die beiden Erwachsenen erst einmal nur wenig mitteilungsfreudig.

Kopfschüttelnd schiebe ich mir ein bisschen von dem Essen in den Mund, während ich das Spektakel beobachte, das sich sicher bald anbahnen wird.

Meine Eltern lassen sich ja zu Vielem erweichen und sie lassen mir auch meinen Freiraum, aber so etwas? Wohl eher nicht. Der Gedanke allein ist fast schon *lächerlich*.

»Okay, aber nur wenn ihr spätestens um Mitternacht hier anruft und euch bei einem Notfall *sofort* bei uns oder den Piercens meldet.«

Geschockt verschlucke ich mich heftig an einer Nudel. Die drei Wackelköpfe um mich herum starren mich dafür jedoch nur fragend an. Als wäre ich die einzige, die sich gerade verarscht vorkommt.

»Was?!«

Ich krächze, als hätte ich Lungenkrebs im Endstadium und könnte jede Sekunde abkratzen, beachte sie jedoch nicht weiter, als mein Anfall zu einem Ende kommt.

Mal beiseite, dass ich mich schon wieder dabei ertappe, diese Aussicht auf ein wenig Spaß zu vereiteln, ohne so Recht zu wissen, was ich eigentlich wirklich will, bin ich viel überraschter darüber, dass sie das wirklich zulassen würden.

Nur Liv scheint das Ganze vollkommen kalt zu lassen. Sie fährt stattdessen einfach fort, als wäre die Erlaubnis überhaupt nicht unerwartet gekommen.

»Naja, meine Eltern interessiert das ohnehin recht wenig«, räumt die gute Olivia ein und erntet dafür den strengsten Blick meiner Mutter, den sie überhaupt zustande bekommt.

»Mag sein, aber *mich* interessiert es. *Du* interessierst mich auch. Immerhin hast du uns in den ersten Jahren mehr das Gefühl gegeben, ein Kind im Haus zu haben, als unser Eigenes.«

Mit einem Zwinkern in meine Richtung steht sie auf und geht noch einmal in die Küche, aus der sie kurz darauf mit einer Karaffe und ein paar ineinander gestapelten Gläsern zurückkehrt.

Noch immer zu perplex um etwas zu erwidern, lasse ich es einfach geschehen.

»Ich finde, wir sollten dir das erlauben. Immerhin könntest du so ein paar neue Freunde finden«, schaltet sich nun auch mein Vater in das Gespräch ein, der bisher stumm zugesehen hat.

Muss er das ausgerechnet *heute* tun? Ausgerechnet Dad? Okay, ich denke, er fällt mir hier nicht absichtlich in den Rücken. Er denkt glaube ich eher, dass er das Gegenteil tut …

Ich fühle mich irgendwie in die Ecke gedrängt. Was ist hier los?

»Nicht, dass wir mit Liv unzufrieden wären, aber wir haben gesehen, wie du dich ohne sie zurückziehst. Und das wäre eine super Gelegenheit. Als Geburtstagskind hättest du sogar einen prima Grund dich einzubringen«, schlägt er vor und zuckt vielsagend mit den Augenbrauen.

Verstörend.

Und meint er damit gerade ernsthaft, ich soll da auch noch die Geburtstagskarte ziehen …?

Die beiden müssen mich wirklich für sozial verarmt halten, wenn sie mit so billigen Tricks einverstanden sind, Aufmerksamkeit zu ergattern.

Das ist traurig. »Also schön, dann wär das ja geklärt«, versetze ich leicht gekränkt.

Mein Vater zuckt die Achseln und ich kann nur lachen. »Was denn? Ein Versuch wär es ja wert.«

»Danke, Papa, aber so sozial unfähig bin ich dann doch nicht«, verteidige ich meine versteckten Talente.

Nähe nicht suchen zu wollen und es überhaupt nicht können sind immerhin zwei verschiedene Paar Schuhe.

Ich bekomme dafür einen kleinen Klaps auf den Rücken von der sogenannten besten Freundin links neben mir.

»Keine Sorge, das wird toll. Ich weiß sogar schon, als was wir gehen werden.«

»Ach ja?«

An Dinge wie Kostüme habe ich bei diesem ganzen Thema noch nicht einmal einen einzigen Gedanken verschwendet, wenn ich ehrlich sein soll.

Ich habe die Verkleidungen und Dekorationen immer gerne angesehen, aber verkleidet habe ich mich selbst überraschenderweise nie.

Ich habe es bisher immer darauf geschoben, dass ich später zu alt dafür war. Dass ich es nicht so gerne mochte, das fünfte Rad am Wagen zu sein, als ich etwa dreizehn war und Liv mit Freunden, die ich nicht wirklich kannte, noch ›um die Häuser gezogen‹ ist.

Und als Kind war es einfach nicht mein Ding. Obwohl ich es bei anderen toll fand.

Aber vielleicht ist das alles am Ende doch nie das Problem gewesen. Vielleicht bin ich die ganze Zeit schon das Einzige, was mich davon abhält, Dinge wie diese zu tun.

Genervt von mir selbst drehe ich meinen Kopf zur Seite.

»Okay, ich bin dabei«, entscheide ich kurzerhand, als hätte ich da noch irgendwas zu sagen gehabt.

Dann hebe ich eine Augenbraue in Richtung Liv. »Und was schwebt dir so vor, wenn ich fragen darf?«

»Oh, natürlich darfst du!«

Ein verschlagenes Grinsen umspielt ihre Lippen und plötzlich frage ich mich doch, ob ich die richtige Wahl getroffen habe. Jedenfalls werte ich das hier als böses Omen an sich.

»Wir gehen als Hexen dahin.«

Das Brummen des Heizkessels hallt von den steinernen, kalten Wänden wieder, auf dem Pfad nach unten in den Keller. Das Essen liegt noch immer etwas schwer im Magen und ich kann Liv hören, wie sie sich nochmals bei meiner Mutter bedankt, dafür, dass sie so gut kochen kann, ehe sie mir endlich folgt.

»Weißt du, du solltest entweder bei uns einziehen oder meiner Mutter weniger Komplimente machen«, lasse ich trocken in den leeren Raum fallen. »Als du nicht da warst, hat sie die nämlich von *mir* erwartet, weil ihr deine gefehlt haben.«

Ich höre sie hinter mir gackern und drehe mich genervt herum.

»Ich mein das ernst. Hör auf zu lachen.«

»Aber genau deshalb ist es doch so witzig«, kontert sie, als wäre es selbstverständlich.

Überflüssig zu sagen, dass sie schon immer so war. So rolle ich einfach stumm mit den Augen und knipse das Licht an, als wir unten sind.

»Wow …«, vernehme ich die erstaunte Stimme der Braunhaarigen. »Ich war noch nie in eurem Keller, fällt mir jetzt erst auf. Der is' echt krass.«

»Es is'n Keller, Liv. Wir sind hier im Prinzip so gut wie nie. Wie du siehst, steht er hauptsächlich leer.«

Einen Augenblick brauche ich, um den richtigen Weg auszumachen.

»Hier«, stelle ich fest und zeige in eine Richtung vor uns. »Ich bin eigentlich die einzige, die überhaupt noch hier runter kommt, wenn ich meine Bilder herbringe, die sich im Sommer meist auf dem Balkon stapeln … und in meinem Zimmer. Und im Wohnzimmer. In der Garage …«

»Okay, schon verstanden. Ich kenn deinen Sinn für Ordnung.«

»Hm« Nachdenklich kratze ich mich am Kinn und runzle die Stirn, dann zucke ich jedoch die Achseln. »Jedenfalls sind die wirklich Alten, die keiner kennt, glaube ich hinter der Tür links vorne.«

Zu ihrer anderen Anmerkung muss ich ihr allerdings Recht geben. Anders als das Haus selbst, ist der Keller überhaupt nicht schmal, sondern recht groß, er reicht sogar bis unter den Hof und die Garage. Dabei ist er nicht flächig, sondern in einzelne Räume unterteilt. Im Prinzip also wie eine eigene Wohnung.

Leider kann man hier nicht besonders komfortabel leben, obwohl mein Vater durchaus mal versucht hat, hier unten einen Hobbykeller einzurichten. Dann hat es angefangen zu tropfen.

Es passiert zwar immer nur, wenn es regnet, aber hier in Florida kommt es manchmal, wenn auch nicht oft, zu wirklich heftigen Regenfällen.

In einem der trockenen Räume stehen nun nur noch ein alter Fernseher, eine Kommode und eine Schlafcouch, neben irgendwelchem Altlast-Gerümpel. Die Couch ist traurigerweise wirklich bequem, aber zu klein für ein Wohnzimmer-Sofa und für alles andere wieder zu platzaufwendig, daher bleibt sie hier unten.

Leider weiß keiner wo genau das Leck ist, durch das das Wasser ins Fundament läuft. Ich meine, diese Räume sind ja nicht irgendein Witz. Wäre es nicht für die meisten so ungemütlich, aufgrund der selten anzutreffenden Fenster, hätte hier noch ein Stockwerk sein sollen, das wir weitervermietet hätten. Es war hier sogar schalldicht gebaut worden. Ich frage mich ehrlich, wieso es dann nicht auch wasserdicht ist.

Aber wenn ich ehrlich sein soll, bezweifle ich leider gar nicht, dass das Gemäuer erst undicht wurde, als Dad die Isolierung angebracht hat. Er schafft die unmöglichsten Dinge, wenn er gerade wieder glaubt, der *geborene* Handwerker zu sein.

Leider schafft er das nicht im positiven Sinne.

Seine Kunden können sich glücklich schätzen, dass er ein Unternehmen für Werbung führt.

Traurigerweise kann ich Liv nicht davon abhalten, sich neugierig umzusehen, auch in den anderen Räumen.

»Das ist so cool! Richtige Mini-Katakomben. Hier gibt's sogar ein richtiges Badezimmer. Habt ihr hier auch irgendwo Leichen versteckt?«

Ich verdrehe bloß die Augen und ignoriere ihren letzten Kommentar.

Aber ja. Auch ein Klo gibt es hier, das sogar funktionstüchtig ist. Als das Obere mal eine Weile kaputt gewesen war, haben wir das hier genutzt, weil es im Prinzip besser ausgestattet ist, als das Gäste-WC im Erdgeschoss.

Zu unserem Leidwesen war es hier unten mit der Ventilation etwas dürftig gewesen und Dad hatte Magenprobleme gehabt … keine schöne Erinnerung.

Ich schüttle den Kopf, um es zu verdrängen »Hast du's dann bald?«

Sie scheint gerade dabei, die Hand nach genau dem Henkel des Hobbyraums zu strecken, den mein Vater verkorkst hat und der darum unbrauchbar ist.

Etwas verwirrt bin ich jedoch, als ich erkenne, dass die Tür bereits einen Spalt weit offen steht. *Wieso …?*

Vermutlich mein Vater. Egal.

Die Hände in die Hüften gestemmt, blicke ich ihr entgegen.

»Äh … Ja.«

Mit einem Mal schließt sie die Tür, anstatt hineinzusehen, und stellt sich kerzengerade vor mir auf.

Das alles in alter Pfadfindermanier, bei denen allerdings keine von uns jemals Mitglied war.

»Auf zu den Bildern!«

Ich schnaube und schüttle den Kopf, kann jedoch das verräterische Grinsen nicht unterdrücken, als ich dann die Tür zu dem Zimmer öffne, das ich zuvor noch ausgemacht habe.

Die muffige Luft aus dem Inneren schlägt mir entgegen und beißt sowohl in der Nase, als auch in den Augen, sodass ich den dringenden Impuls verspüre, mir eine Hand vor den Mund zu schlagen.

Staubkolonien und kleine Wölkchen in rauen Mengen grüßen uns liebevoll, als ich das Licht einschalte. Abgelagert auf weißen Plastikplanen, die all das abdecken sollen, was mir und auch meinen Eltern seit Jahren wichtig ist.

»Dann mal los«, sage ich an, noch während ich ein wenig Staub aus der Luft zu wedeln versuche, was es jedoch nicht wirklich besser macht.

Am Ende schnappen wir beide beinahe gleichzeitig nach jeweils einer Ecke der Plane.

Bis es plötzlich auf Livs Seite rumpelt.

»Igitt, Spinne!«

Das plötzliche Kreischen bringt mich dazu, mich, wie aus Reflex, wieder aufzustellen, um zu ihr hinüber zu sehen.

Als ich jedoch realisiere was sie da so aufregt, kann ich nicht anders, als erneut die Augen zu verdrehen. Mein Herz wäre eben beinahe stehen geblieben.

»Keine Sorge, die sind bestimmt nicht giftig«, lasse ich belustigt verlauten, als sie angewidert ein weiteres Stück zurückspringt.

Ich kann es mir aber nicht verkneifen, noch einen drauf zu setzen.

»Aber falls ich doch falsch liege, verspreche ich dir, dass ich dir diesen Satz in deinen Grabstein meißeln lasse.«

Etwas pikiert starrt sie mich von ihrer Seite aus an.

»Sehr witzig, Charlie Chaplin.«

»War der nicht Stummfilmstar?«

»Du weißt, was ich meine.«

»Nein. Nein, nicht wirklich.«

Scheinbar hat sie meine Entgegnung entweder nicht gehört oder aber sie geflissentlich ignoriert.

Kopfschüttelnd bücke ich mich letztendlich nach der Plane, um sie ein wenig anzuheben.

»Jetzt pack schon mit an.«

»Na gut …«

Die widerwillige Zustimmung kommt nur langsam, nachdem sie ein wenig an einem Ende ihrer Seite schüttelt, um das ihr unangenehme Tierchen zu vertreiben.

»Aber wenn ich wegen dir gebissen werde, gibt das ganz mieses Karma, nur dass du's weißt«, jammert sie weiter. »Dann werde ich deine unsterbliche Seele verfluchen und dich heimsuchen, bis zu deinem Tod und darüber hinaus.«

»Jaja, ich werde es mit Würde tragen«, erwidere ich tonlos und verdrehe mal wieder die Augen. »Fertig?«

»Ja.«

Ich zähle auf Drei, worauf wir dann die Abdeckung mit einem Schwung zur Seite werfen und dabei den schon zuvor bemerkten Staub aufwirbeln. Dieser raubt uns für einen längeren Moment sowohl Sicht als auch Atem.

Hustend flüchten wir zurück in den steingrauen Gang.

»Oh mein Gott, was für eine Dunstwolke«, krächze ich nach etwa einer halben Minute.

»Vermutlich ein Fluch oder sowas«, scherzt sie dagegen … vermute ich.

»Es legt sich schon wieder. Wir brauchen ja nur ein paar Bilder.«

Langsam stapfe ich zurück, doch vorsichtig, wegen des anderen Ungetiers, das wir hiermit vielleicht aufgeschüttelt haben.

Eine Spinne geht ja noch, aber man muss auch nicht gleich von ihnen überrannt werden.

Noch immer mit den Händen etwas Staub beiseite wedelnd, rückt unser Ziel somit zumindest in Sichtweite.

»So, und welche von den gefühlt Einhundert willst du dir zur Auswahl mitnehmen?«

»Am besten alles, was irgendwie *düster* ist«, mutmaße ich. »Ihr habt immer gesagt, dass ich schon immer finster gemalt hätte. Es reicht, wenn wir von denen die mitnehmen, die etwas unheimlich wirken.«

»Alles klar. Du willst also alle«, sagt sie schlicht und ich nicke ab, ehe ich realisiere, was sie gesagt hat.

»Warte, was?«

»Gar nichts. Ich such hier und du suchst da, okay?« Sie sieht mich nur unschuldig an.

Ihre Rettung war zwar jetzt eher mittelprächtig, aber ich gehe dennoch nicht weiter darauf ein.

»Ich glaube, das hier wäre ganz gut«, teile ich ihr leicht zerknirscht mit, als bereits der erste Griff etwas hervorbringt, das zumindest in düsteren Farben gehalten ist.

Naja, wirklich unheimlich ist wohl eher keines davon, immerhin war ich ja auch nur ein Kind, aber die Farben allein sollten doch zu Halloween passen, oder nicht?

Ich meine, die Farben und die Atmosphäre sind doch auch mitunter das, was ich an diesem Fest am liebsten mag und was es für die meisten ausmacht.

»Ich glaub, ich hab hier auch einen Kandidaten«, vernehme ich von der anderen Seite des Raumes.

Zwar weiß ich nicht, was genau sie sich da ansieht, weil es mir leider mit der Rückseite zugewandt ist, doch kann ich das konzentrierte Gesicht sehen, mit dem Liv das Bild bedenkt.

Schnell schnappe ich mir zwei Körbe, die zur Lagerung in der Ecke bereitstehen.

»Stapel alles was du für interessant hältst, einfach hier rein.«

Dann sehe ich mich noch einmal um.

Wow, das wird Arbeit.

Es dauert gar nicht lange, bis wir mindestens das Doppelte von dem zusammen haben, was gebraucht wird.

Schwieriger als ich dachte wird dabei eher das Schleppen der Bilder, wobei uns jedoch mein Vater hilft, sobald wir oben sind, da die vollen Körbe in meinen Händen schmerzen.

Oben bleiben sie dann einfach auf dem freien Platz vor meinem Bett stehen.

»Vielen Dank«, richte ich an meinen Dad, der jedoch abwinkt.

»Ist doch kein Problem.«

Er wendet sich ab und will gerade die Tür hinter sich schließen, als er sich noch einmal zu uns dreht.

»Wenn ihr noch Hilfe braucht, sagt einfach Bescheid. Wir sind beide oben und bereiten eine Präsentation für nächste Woche vor.«

»Klar. Danke.«

Kaum ist er verschwunden, schnappt sich Liv die erste Leinwand. Diese liegt ziemlich weit unten, wenn nicht sogar *ganz* unten. Es muss das erste Bild sein, das sie vorhin noch so lange angestarrt hat.

Neugierig schiele ich an ihr vorbei, um zu sehen was sie denn da entdeckt hat.

»Eins muss man dir schon lassen … du bist echt krank«, lässt sie neutral fallen und verzieht die Mundwinkel in anerkennender Geste.

Das Bild zeigt ein kleines Mädchen. Vielleicht acht oder neun Jahre alt. Allein auf einem viel zu großen Thron, umgeben von Finsternis. Zumindest würde ich es als einen Thron bezeichnen. Keine Ahnung wieso.

Er ist nicht prunkvoll oder golden. Einfach dunkel. Schwarz. Groß. Aber doch … protzig.

Imposant auf seine eigene, eindrucksvolle Weise, ganz ohne zu glänzen.

In ihren Augen sieht man eine große, schwarze Leere und das schwarze, glatte Haar fällt über das schlichte, schwarze Kleid. Blasse Haut und dürre Glieder. Keine Mimik. Trostlos.

»Oh Mann …« Ich *weiß* was das ist.

Obwohl ich mich nicht daran erinnere. Es ist immerhin von mir, außerdem hat Mom es ja vorhin noch erwähnt.

»Mein ›Selbstporträt‹«, nehme ich schlichtweg an.

»Dein *was*?«

»Das ist ein Bild, das den Künstler selbst darstellt«, erkläre ich langsam und überdeutlich.

»Ich weiß, ich bin ja nicht bescheuert«, beteuert sie und ist nun selbst dabei, mit den Augen zu rollen. »Allerdings ist das hier echt … Ich meine, ja, ich erkenne dich. Sie hat dein Gesicht und so, aber …«

»Sie wirkt recht … *depressiv*«, mutmaße ich.

»Eher *gruselig*, wenn du mich fragst.«

Irgendwie verwirrt blickt sie dieses Alter Ego meines Selbst weiter an, als würde sich mehr daraus ergeben, wenn sie nur wartet.

»Schon wie die Alte einen anstarrt … echt unheimlich«, stellt sie sachlich fest.

Oder vielleicht veranstaltet sie auch einfach einen Anstarr-Wettbewerb.

»Hey, das bin immer noch ich!«

Ich versuche mich zu verteidigen, kämpfe aber offenbar auf verlorenem Posten.

Sie schüttelt nach dieser Aussage nur den Kopf und legt das Bild beiseite.

»Egal. Jedenfalls passt es perfekt in diese Ausstellung, würde ich sagen. Außerdem hat deine Mutter wirklich Recht. Was die Kunst anging, warst du anderen Kindern um Längen voraus, als du hier ankamst. So viel steht fest.«

»*Wieso?*«

Ich nehme ebenfalls eines der infrage kommenden Bilder und blicke es an, während ich nebenbei weiter mit ihr spreche.

»Erst neulich habe ich ein Kind in einer TV-Sendung auftreten sehen, das war glaube ich erst sechs Jahre alt und konnte verdammt realistisch malen. Total verrückt.«

»Ja, aber Kinder malen in meiner Welt noch keine ›Selbstporträts‹. Vielleicht ein Familienbild, á la ›Das bin ich, das daneben ist mein Daddy und das da an der Seite ist unser Hamster Stinkie‹ …«

Sie imitiert bei ihrer Vorstellung auf seltsame Weise ein Kind, wie sie sich ein Solches offenkundig vorstellt und wedelt dabei überdeutliche Anführungszeichen mit den Fingern.

»Aber die malen doch kein Depri-Abbild von ihrem mentalen und physischen Zustand, falls du verstehst was ich meine. Das ist *deep … aber* auch gruselig.«

»Was weiß ich? Keine Ahnung … Für alles gibt es doch ein erstes Mal, schätze ich.« Die Achseln zuckend, wende ich den Blick ab. »Ich denke, ich wollte mir damals mit all den Bildern nur Luft machen. Das hat damals sogar eine Kindertherapeutin meinen Eltern erklärt, auch wenn ich mich selbst nicht an die Frau erinnern kann. Deshalb ist mir die Kunst doch auch so wichtig!«

»Ja sicher, ich weiß das, aber trotzdem …«

Seufzend sieht sie sich etwas anderes an. Dann das Bild, das gerade direkt neben mir liegt.

»Hey, gehören die da zusammen?« Ihre Frage kommt praktisch aus dem Blauen heraus.

»Also…« Ich folge verwirrt ihrem Blick.

Ich kann mich an keine ›Reihen‹ in diesem Sinne erinnern, doch dann fällt mir wieder ein, dass das ja nicht unbedingt viel zu sagen haben muss.

Dann wird mir allerdings klar, was sie meint. »Oh.«

»Was ›Oh‹?«

»Ich habe einige davon. Sie sehen alle anders aus, nur bei manchen sieht man, dass sie irgendwie zusammen gehören. Ich weiß nicht wieso, aber ich hab ihnen allen denselben Namen gegeben und sie alle aus demselben Impuls heraus gemalt. Das ist alles, was ich dir dazu sicher sagen kann.«

»Aha«, erwidert sie monoton, »und der wäre?«

Etwas betrübt sehe ich das Bild an, das sie insbesondere meint.

Es ist einer der Gründe, weshalb ich manchmal meine eigene Mutter nicht als solche bezeichnen kann. Der Grund, warum es mir oft komisch erscheint, sie so zu nennen.

Eine kleine Hand aus einer Ecke des Bildes und eine Größere aus der anderen. Es ist recht schlicht. Beide kommen aus der Dunkelheit und greifen nacheinander, doch erreichen sich nie.

»Diese Gemälde tragen alle den Namen ›Mutter‹.«

Chapter 6:
As We Made Ourselves at Home

Im Raum herrscht bereits einige Minuten Stille. Liv hängt derweil ausschließlich über drei bestimmten Bildern.

Sie scheint sie so genau zu betrachten, dass ich absurderweise die Befürchtung hege, sie könne hinein fallen, wenn sie nicht aufpasst.

»Hast du's bald?« Langsam werde ich unruhig. »Oder hast du da unten was verloren?«

»Nein, ich will mir das hier nur genauer ansehen.«

»*Noch* genauer und du wirst ein Teil davon, glaub's mir«, werfe ich ein.

Aber sie sieht nur genervt zu mir auf und verdreht die Augen.

»*Du* hast doch immer gesagt, dass du dich an deine leibliche Mutter nicht erinnern kannst, prinzipiell an *gar* nichts. Aber nun erzählst du mir, dass du dich damals wohl doch an manches erinnert hast, auch wenn du keine Ahnung hattest, was es bedeutet.«

»Und was ändert das nun für dich?«

Da sollte man denken, das alles hätte eher Einfluss darauf, wie *ich* meine alten Taten und Bilder betrachte. Doch seltsamerweise ist alles, wie es vorher schon war. Als wäre es sinnlos.

Vielleicht wusste ich ja immer schon, dass mehr dahinter steckt. Vielleicht war das auch der wahre Grund, warum ich diese Bilder jahrelang habe versauern lassen, ohne auch nur einmal hineinzusehen.

»Nicht viel, jedenfalls nicht für mich persönlich, aber trotzdem«, meint sie und sucht scheinbar weiter nach weißen Mäusen.

Ich kann sie einfach nicht verstehen. Wieso interessiert es sie so viel mehr als mich? Ich kann *mich* nicht verstehen.

»Hier könnte doch theoretisch der Schlüssel zu deiner Vergangenheit verborgen liegen, oder nicht? Lässt dich das etwa kalt?!«

Ich seufze geschlagen. »Nein. Natürlich nicht.«

Doch ich glaube nicht, dass ich ihn heute entziffern könnte, wo ich doch schon nicht daraus schlau wurde, als sich die Erinnerungen dazu noch in meinem Kopf befunden haben.

»Also, hier sehen wir zwei Hände, die sich aber nicht treffen. Ich denke also, deine Mutter hat dich nicht freiwillig aufgegeben. Sie wollte dich bestimmt nicht gehen lassen, aber du wurdest ihr brutal entrissen«, stellt sie mit viel Dramatik und Gestikulation ihre erste Vermutung auf.

Jetzt geht's wieder mit ihr durch …

»Das zweite Bild ist auch wieder in Dunkelheit gehüllt; man sieht eine Frau, denke ich. Also, entweder das, oder deine ›Mutter‹ war eigentlich dein Vater. Das würde aber auch einiges erklären …«

»Wie bitte?!«

»Ach, nichts, nur so ein Gedanke«, winkt sie geschwind ab, »ihr Gesicht ist jedenfalls kaum zu erkennen, also macht sich das wohl eher nicht so super als Phantombild, hm? Und sie lächelt auch ziemlich traurig … was ist das da eigentlich um ihren Hals?«

Ich sehe hin, nur um es ihr recht zu machen, und zucke dann gleichgültig die Achseln.

»Keine Ahnung. Irgend ein Kreuz mit einer Schlaufe oben dran, nehm ich an.«

»Es sieht komisch aus, aber ich könnte schwören, ich hab sowas schon mal irgendwo gesehen. In einem Film, bestimmt, oder an einem anderen Ort … Wieso trägt sie überhaupt ein so großes Kreuz als Kette um den Hals? Wenn mich die Farbe nicht täuscht, ist das bestimmt Silber«, stellt sie weiter ihre Vermutungen an. »So groß ist das bestimmt irgendwie wertvoll, meinst du nicht?«

Wieder ein Achselzucken meinerseits.

»Mann, dafür dass es hier um *deine* verlorene Erinnerung geht, fehlt es dir aber ganz schön an Elan«, schimpft sie plötzlich, weiter wild gestikulierend, als hätte ich heute ihre Katze angefahren, und bedenkt mich dabei mit vorwurfsvollem Blick.

Ich wende mich ab.

Irgendetwas regt sich in mir. Trotz. Aggression.

»Was erwartest du denn, du Westentaschen Sherlock Holmes?!«

Mit einem Mal steigt eine seltsame Wut in mir auf, die ich nicht recht fassen kann. Sie ist nicht wirklich gegen Liv gerichtet. Aber ich weiß auch nicht, gegen wen sonst.

»Wenn ich in neun Jahren keine Ahnung hatte, was in den acht Jahren vorher mit mir gewesen ist, wer ich bin oder wo ich überhaupt herkomme, ja sogar irgendwelche dahergelaufenen *Ärzte* mich besser kennen wollen, als ich mich selbst, dann können ein paar Bilder mir auch nicht viel bringen. Ich müsste die Geschichte kennen, damit die Bilder Sinn ergeben, aber die Bilder allein bringen mir rein gar nichts! Verstehst du das nicht?!«

Noch während ich rede, werde ich immer lauter; merke erst im Nachhinein, wie wenig Sauerstoff ich noch habe und hole erst einmal tief Luft. Demonstrativ verschränke ich dabei die Arme vor der Brust, als ich höre, wie sie sich hinter mir vom Boden erhebt und sich nähert.

»Komm schon, sei nicht gleich so sauer«, redet sie mir gut zu. »Ich will dir doch nur helfen!«

»Ich hab dich aber nicht darum gebeten!« Nun drehe ich mich doch zu ihr herum. »Hast du mal daran gedacht, dass ich das Leben hier vielleicht mag? Ich will nicht laufend darüber nachdenken müssen, was hätte sein können oder was vielleicht irgendwann mal gewesen ist!«

Zugegeben, nach dem letzten Gespräch mit meinen Eltern, das vermutlich nicht einmal ganz drei Stunden her ist, entspricht diese Aussage wohl nicht mehr ganz der Wahrheit.

Aber das hier ist einfach deprimierend.

»Okay, dann lasse ich es für heute gut sein«, kommt sie mir versöhnlich entgegen, »trotzdem finde ich es interessant, dass du solche Bilder gemalt und sie dann ›Mutter‹ genannt hast. Ich meine, dieses Dritte da, mit dem vermoderten Baum, zum Beispiel.«

Genervt überlege ich einen Moment ob ich sie ignorieren soll, lecke mir dann unschlüssig die Lippen, ehe ich die Neugierde gewinnen lasse.

»Was ist damit?«

»Naja, ein Baum ist bestimmt auf die ein oder andere Weise mit dem Wort zu verbinden, aber meine Mutter selbst, würde ich jetzt nicht gerade mit einem labbrigen alten Holzlager wie dem da vergleichen. Als Bild sieht es ja cool aus, aber so als Mutterfigur ...«

Sie wirkt sichtlich irritiert und ich muss zugeben, der Vergleich hinkt gewaltig.

Meine Arme sinken wieder, doch ich sehe weiter nur zu meinen Bildern hin.

»Vermisst du deine Mutter auch manchmal?«

Es war zu schnell gesagt, als dass ich es hätte verhindern können.

Einen kurzen Augenblick hält sie inne. »Welche? Sylvia, *oder* ...?«

Ich erhebe mich langsam vom Boden. »Deine Leibliche, meine ich.«

Und mit diesen Worten lasse ich mich rücklings auf das Bett fallen.

Liv folgt mir nur eine Sekunde später. »Aber sicher. Klar, ich hab sie kaum gekannt bevor sie gestorben ist, aber ich vermiss sie trotzdem. Das weißt du doch eigentlich.«

Stimmt, ich weiß es genau. »Geht mir auch so«, entgegne ich, während ich abwesend an dem noch immer verdreckten Verband meiner linken Hand nestle.

»Und solche Momente wie die hier, die ... machen das nur noch schlimmer«, gestehe ich.

Für eine Sekunde schweigt sie, dann spüre ich ihre Hand an meinem Oberarm.

»Hey, ich versteh das. Aber was, wenn sie noch da draußen ist? Was, wenn sie auch nach dir sucht? Glaubst du nicht, dass du das wissen wollen würdest? Oder, wenn nicht, dann was damals wirklich passiert ist?«

Es fühlt sich an, als würde ich innerlich verkümmern. Ich weiß nicht, was ich denken soll.

»Liv, meinst du ... man kann wirklich jemanden vermissen, von dem man nicht einmal beweisen könnte, dass er je existiert hat?«

Fragend blicke ich zu meiner Freundin hinüber, die einen Augenblick zu überlegen scheint.

»Ich denke schon«, beantwortet sie recht schnell und schenkt mir einen aufmunternden Blick. »Und immerhin gibt es doch einen sehr guten Beweis dafür, dass sie existiert hat.«

»Ach ja? Welchen denn?«

Augenrollend stöhnt sie auf und schlägt mir gegen die Schulter, als wäre das eben die dümmste Frage der Welt gewesen.

»Na *du*, du Vollpfosten! Ohne deine Mutter würdest du nicht existieren, ganz egal wo auf der Welt sie sich auch immer herumtreiben mag, ob sie tot ist oder noch lebt; und wenn sie die dicke Schwester von Godzilla wäre: *du* bist hier, also hat sie irgendwann, vor siebzehn Jahren, ebenfalls gelebt. Wie schwer kann das zu verstehen sein?«

Blinzelnd wende ich meinen Blick erneut ab, diesmal klebt er an der Decke.

»Liv?«

»Hm?«

»Danke.«

»Kein Ding.«

Es dauert eine Weile, in der wir beide nur die Zimmerdecke anstarren, bis wieder etwas zu hören ist.

Seufzend hievt sich die Braunhaarige ein wenig hoch, um ihren Oberkörper auf die Unterarme zu stützen.

»Annie … du weißt ja, ich war hier nie zu Besuch während ich weg war, weil ich erstens kein Geld für den Flug bekommen hab und zweitens nicht hier sein wollte.«

»Ja, ich weiß. Ich bin immer noch sauer deswegen.«

Ich lasse jedoch nicht fallen, dass ich glaube, dass sie in Bezug darauf nicht ganz ehrlich zu mir ist. Sie wird schon ihre Gründe gehabt haben, aus denen sie nicht hatte herkommen wollen, also bohre ich nicht nach.

»Im Prinzip liebe ich diesen Ort, irgendwie hat er etwas … *Magisches*. Wir sind damals wegen meiner Mutter und ihrer Familie hergezogen. Sylvia findet es jedoch grauenhaft. Sie wollten sogar umziehen, doch das Haus ist im Familienbesitz.«

»Ja, das hattest du mir mal erzählt.«

Ich überlege kurz, um mir die Einzelheiten wieder ins Gedächtnis zu rufen.

»Es gehört deiner Großmutter mütterlicherseits. Sie versuchen sie schon seit Jahren als unzurechnungsfähig einstufen zu lassen, damit sie über ihre Habe verfügen und das Haus verkaufen können«, gebe ich schlussendlich ihre damalige Erklärung wieder.

»Genau. Es ist traurig. Und ich hasse es. Zugegeben, sie ist etwas seltsam, sagte, dass ihre Mutter damals ›aus dem Meer‹

kam und ihr Vater ›aus der Dunkelheit, die ein Feuer hinterlässt‹. Sie wurde ja auch adoptiert, wie du, weil ihre Eltern verschwunden sind. Man sagt, dass sie sich in diesem Wahn verkrochen hat, damit es nicht so wehtut. Irgendwie verstehe ich das sogar.«

Während sie spricht, zupft sie die ganze Zeit an der Uhr herum, von der ich weiß, dass sie sie immer trägt, selbst wenn sie nicht zu ihrem Outfit passt; ein Fauxpas, den sie normalerweise niemals zulassen oder bei anderen tolerieren würde, wenn es nach ihr ginge.

Diese Uhr gehörte ihrer Mutter. Sie ist alt, aber funktioniert noch, was an sich ein kleines Wunder ist.

Es muss schön sein, etwas so Schlichtes zu besitzen, an dem man hängen kann.

Aber ich weiß, dass ich mit meinen Zieheltern viel mehr Glück hatte, als Liv mit ihrem Vater und Sylvia.

»Du kannst jederzeit zu uns kommen, das weißt du. Im Gästezimmer nebenan ist immer Platz für dich.«

»Ich weiß. Und dafür bin ich wirklich dankbar.« Sie atmet einmal tief durch.

Dann lacht sie kurz auf; kein sehr fröhliches Lachen.

»Und das werde ich vermutlich bald brauchen, denn mein Vater hat es angeblich fast geschafft, Grandma einweisen zu lassen. Jetzt ist es nur noch eine Frage der Zeit, bis er sie völlig entmündigt hat. Und da dachte ich schon, es wäre schlimm genug, dass ich immer den Drang hatte, hier zu bleiben, aber auch Angst hatte, ich würde bei ihnen fest sitzen. Jetzt soll ich mit denen auch noch an einem Ort festsitzen, der nicht *hier* ist. Und das kann ich nicht.«

Sie sieht zu mir herüber und der Blick in ihren Augen lastet schwer auf meiner Brust.

»Ich werde mit meinen Eltern reden. Ich lass nicht zu, dass du am Ende auf der Straße sitzt.«

Ein wenig ungelenk richte ich mich auf, um sie eine Weile in die Arme zu schließen.

Bis sie sich von mir entfernt. »Ich sollte besser gehen, nicht, dass ich wirklich die komplette Laune ruiniere«, merkt sie mit einem weiteren, kurzen Lachen an.

Wobei ich jedoch eine Träne sehen kann, wie sie von ihrer Wange perlt, ehe sie sich diese schnell aus dem Gesicht wischt.

»Okay«, stimme ich zu, auch wenn mir nicht sehr wohl dabei ist, sie jetzt gehen zu lassen.

Aber so ist es wahrscheinlich besser. Sie war schon immer zu stolz, um vor anderen zu weinen. Selbst vor mir geschah das bisher erst dreimal.

Das erste Mal am Hochzeitstag ihrer neuen ›Eltern‹. Beim zweiten Mal ist ihre geliebte Katze Penny von einem Auto überfahren worden. Und das letzte Mal hat sie es getan, als sie herausgefunden hat, dass ihr Vater schon jahrelang mit dieser Hexe fremdgegangen ist, als ihre Mutter noch gelebt hatte.

Danach hat sie in meiner Gegenwart nie mehr geweint.

Ich schließe sie noch einmal fest in die Arme, bevor ich sie nach unten begleite, achte jedoch akribisch darauf, dass sie auf dem Weg nach draußen nicht noch meinen Eltern über die Füße stolpert. Einfach, da diese sich nur Sorgen machen würden, wenn sie sie so sehen. Und würde sie vor anderen weinen, wäre es noch schlimmer, also lasse ich ihr den Freiraum, den sie braucht.

Etwas träge finde ich erst nach einigen Minuten den Weg zurück nach oben. Ich muss noch immer die Bilder aussuchen … entscheiden, ob ich mehr brauche. Es ist eine gute Ablenkung.

So setze ich mich in meinem Zimmer auf den Boden und beginne zu sortieren. Ich habe noch nicht alle Bilder gesehen, die Liv selbst ausgesucht hat, so breite ich sie vor mir aus.

Als meine Aufmerksamkeit auf eines der Gemälde fällt, weiten sich meine Augen schlagartig im Schock.

Erst jetzt erkenne ich das Werk, das weiter vorn liegt. Eines, das noch immer in dem Korb ruht, den Liv genutzt hat.

Man sieht etwas, das mir eine Gänsehaut über den ganzen Körper jagt und mir geradezu Angst einflößt, ohne dabei beängstigend zu sein.

Ein Gefühl der Kälte breitet sich in mir aus.

Frost, der mich erzittern lässt; bibbern lässt. Innerlich wie äußerlich. Ich kann es nicht glauben.

Eine große, wunderschöne, majestätische Krähe, herausstechend aus einer Reihe von anderen Krähen.

Und diese sieht verdammt vertraut aus.

Gott, ich brauche dringend etwas Süßes.

Die Morgensonne ist bereits vor einer ganzen Weile der trägen mittäglichen gewichen und ich gähne ausgiebig, mit meinem

Laptop auf dem Schoß. Es ist ein relativ schöner Samstag, doch ich habe die Nacht kein Auge zugetan.

Die ganze Zeit hatte ich an Liv denken müssen, und das, was sie gesagt hatte. Auch an dieses Bild …

Genauso wie all die anderen, verwirrenden Dinge. Es belastet meinen Verstand.

Dabei kann ich mir das gar nicht erklären. Ich hatte vorher zum Beispiel nie eine besonders starke Bindung zu Krähen. Jetzt sehe ich sie praktisch überall. Ich werde noch wahnsinnig, wenn ich es nicht bereits bin. Das würde so viel erklären.

Freiheit war mir zwar immer wichtig, doch ich mochte eher Wölfe oder Katzen, als irgendwelche Vögel.

Und dann diese eine *bestimmte* Krähe; sie ist etwas Besonderes, das spüre ich einfach.

Unruhig lasse ich meinen Finger auf den Rand der in das Gerät eingelassenen Tastatur fallen. *Tipp. Tapp.*

Was soll ich ihm schreiben? Sowas wie ›*Ja, ich habe mich für die Ausstellung entschieden und zehn Bilder für Sie ausgewählt*‹? Ich meine, was, wenn er sie jetzt doch nicht mehr möchte? Oder wenn sie zu alt sind?

Obwohl er durchaus gesagt hatte, er würde sich nur dafür interessieren, dass sie noch keiner zuvor gesehen hat, außer vielleicht meine Eltern. Letzteres hat er dabei vielleicht nicht *explizit* gesagt, aber ich gehe doch davon aus, dass er es so *gemeint* hat.

Wieder muss ich gähnen und strecke mich, um meinen Rücken ein wenig knacksen zu lassen.

Naja, ich sollte es einfach hinter mich bringen. So schlimm ist es ja nicht. Wie schwer kann eine solche Nachricht schon sein? Wenn man es objektiv betrachtet, meine ich.

Doch allein der Gedanke an den Mann, der hinter diesem Pseudonym steht, das wir am Anfang des Jahres von ihm erhalten haben, beginnt mein Herz wie wild zu schlagen und ich weiß nicht, wohin mit meinen Gedanken. Was soll ich tun?

Großer Gott, das ist sowieso Blödsinn. Ich tue gar nichts. Was auch schon? Er ist schließlich mein Lehrer. Auch wenn er noch nicht sehr alt ist …

Schnell schüttle ich den Kopf. *Lassen wir es gut sein.*

Getippt ist die Mail schnell und mit einem Klick auch schon versendet, das passt. Ich hab sogar extra Bilddateien angehängt;

Schnappschüsse von den Leinwänden, die ich mit meinem Smartphone aufgenommen habe, damit er sie einmal sehen kann.

Seufzend klappe ich daraufhin den kleinen Computer zusammen, ohne ihn richtig abzuschalten, und ziehe das besagte Telefon aus meiner Hosentasche.

Als ich meine Hände so sehe, bin ich froh. Bald kann ich wieder am Unterricht teilhaben.

Ich hätte nie gedacht, dass Schule noch langweiliger werden kann, wenn man nicht einmal die Möglichkeit hat, mitzuschreiben … oder mit einem Bleistift Karikaturen auf das Blatt zu kritzeln, um der Langeweile zu entfliehen.

Einen Bleistift fest zu umgreifen hat anfangs wirklich wehgetan, aber es wird langsam leichter. Gestern habe ich es gesehen, als ich den Verband ausgewechselt habe.

Ich werfe einen kurzen Blick auf das Display. *Eine Nachricht.*

»Komm mit dem Bus zum Geschäftsviertel. Ich warte auf dich bei der Bank an der Haltestelle, sobald du hierauf antwortest.«

An der Nummernkennung kann ich feststellen, dass diese Nachricht von Liv kommt.

Aber weshalb? *»Was ist denn los?«*

Ich tippe so schnell ich kann und sehe dann auf den Zeitstempel. Es ist erst etwa zwanzig Minuten her. Ich sollte endlich daran denken, die Stummschaltung zu deaktivieren.

Aber es nervt mich immer so, wenn es klingelt.

»Wir müssen uns doch noch immer um die Kostüme für nächste Woche kümmern. Freitag kommt schneller als du denkst, also beweg deinen faulen Arsch.«

Ich kann sie praktisch zetern hören.

Schwerer seufzend als je zuvor, lasse ich mich also erweichen.

»Also gut. Ich sitz im nächsten Bus.«

Sie hat Glück, dass ich sowieso angezogen bin.

»Du bist doch wahrscheinlich eh schon ausgehfertig, also jammer nicht so viel.«

Blinzelnd betrachte ich die SMS. *Okay …*

Statt etwas zu erwidern, schüttle ich ungläubig den Kopf und stecke das Handy zurück, nachdem ich die Kopfhörer daran befestige und eine Handtasche schnappe, in die ich mein Portemonnaie und ein paar andere Kleinigkeiten fallen lasse.

»Mom? Dad …?! Ich geh in die Stadt, also wartet nicht mit dem Essen!«

Ein paar Sekunden halte ich inne, bis ich meine Mutter rufen höre. »Alles klar!«

Ich lächle, während ich meine Kopfhörer in die Ohren schiebe und einen Song aufdrehe.

Dann mal ab ins Getümmel.

Der Bus lässt mich wieder heraus, etwa zehn Minuten nachdem ich eingestiegen bin. Mit dem Geld in der Tasche, das ich eigentlich von meinen Ersparnissen abgehoben hatte, um mir damit eine Menge neuer Malutensilien zu kaufen, sehe ich mich um.

Dabei schiebe ich mir abwesend eine rote Gummistange zwischen die Zähne, während ich nach meinem Handy fische, um Liv anzuklingeln.

»Da bist du ja endlich!«

Womit sich *das* Vorhaben schon einmal erledigt hat.

»Von wegen ›endlich‹«, nuschle ich unbeeindruckt durch meine Gummistange hindurch, als ich mich zu ihr herumdrehe.

Dann richte ich mein Augenmerk auf den Himmel. Klar und blau; die Luft ist warm, aber nicht abgestanden.

Auch heute kein Anzeichen von Regen, dabei steht er jetzt schon Ewigkeiten aus.

»Ich hab dir vielleicht vor zwanzig Minuten gesagt, dass ich kommen würde, wenn überhaupt.«

»Ach, wer zählt schon mit«, höre ich sie dagegen mosern, während ich nur die Augen verdrehe.

Mit festem Griff packt sie mich an meinem Arm und schleift mich im nächsten Augenblick die Straße entlang, als wäre ich ein Sack Kartoffeln.

»Ich hab hier vor einiger Zeit ein paar süße, kleine Lädchen entdeckt. Die existieren offenbar immer noch, also hab ich extra Geld abgehoben und gewartet, damit wir sie zusammen unsicher machen können.« Sie scheint völlig aufgeregt und überdreht.

Ganz anders als gestern.

Ich traue mich ehrlich gesagt nicht wirklich, sie zu fragen, wie es ihr heute geht. Bin nur froh, dass sie ehrlich fröhlich ist. Sie mag nicht vor mir weinen, doch sie spielt mir auch nichts vor.

Auf jeden Fall nicht erfolgreich, soweit es mich betrifft.

»Okay, wenn du meinst«, antworte ich meinerseits eher verhalten und blicke mich dabei um.

Ich kaufe mir doch meist alles im Internet. Die Läden habe ich hier noch nie wirklich gesehen, auch wenn es traurig klingen mag, da ich ja schon ewig hier lebe.

Ich war früher manchmal mit Liv in Kleidergeschäften, aber wenn sie die hier vor zwei Jahren erst ›entdeckt‹ hat, kann ich mir denken, weshalb ich sie nicht kenne.

Die Lebensmittelgeschäfte sind an einer anderen Stelle und was sollte ich sonst hier?

Unseren ersten Halt machen wir vor einer großen Tür, hinter der offensichtlich … Kosmetik verkauft wird? Schätze ich. Auch hieran kann ich mich nicht erinnern.

Ich nutze allerdings auch fast kein Make-Up, was bereits einiges erklären würde.

Kaum sind wir durch die Tür, steigt mir der beißende Geruch irgendeiner Chemikalie in die Nase, welche ich nicht ganz zuordnen kann. Ich halte lediglich eine Hand vor mein Gesicht.

»Ammoniak und Profi-Haarfärbemittel«, stellt die Modebegeisterte neben mir nüchtern fest und beantwortet damit meine unausgesprochene Frage.

Ich rümpfe bloß die Nase.

»Aber hier gibt es schon eine recht gute Auswahl an … *Oh. Mein. Gott!*«

Erschrocken fahre ich zusammen. »Was ist passiert? Ist jemand gestorben?!« Es riecht auf jeden Fall danach.

Könnte schon sein, dass jemand versucht hat die Verwesung damit zu überdecken. Bringt nur nichts, wenn es dann dennoch stinkt wie in Satans Achselhöhle.

»Quatsch, nichts ist passiert.«

Sie schleift mich einige Regale weiter und verdreht dabei die Augen.

»*Die* hier brauchen wir einfach!«

Scheinbar sind hier die Perücken und Haarteile angesiedelt. Sie zieht zuerst einen der kleinen Warenkörbe von einem Stand an der Seite heran und beginnt dann, einzelne schwarze Haarsträhnen, die man später offensichtlich in eine Frisur stecken würde, hinein zu legen. Erst dann blickt sie hochachtungsvoll in Richtung einer vollständigen Perücke.

Das Bild das sich mir bietet, gibt mir jedoch ein seltsames Gefühl. Es ist eine glatte, gerade geschnittene und dazu noch pechschwarze Langhaar-Perücke.

Der Schnitt und der Fall der Haare ... es sieht fast aus, wie das Ebenbild meiner Haare, als ich noch ein Kind war. Der gerade Pony nur knapp über den Augen; ordentlich, glatt und strack in sicherlich über fünfzig Zentimetern Länge herabhängend.

Das Haar, welches mir immer fremd erschien; der Grund, warum ich es mir irgendwann einfach selbst abgeschnitten und damit alle um mich herum schockiert habe.

Liv hebt sie von ihrem Sockel aus dem Regal und betrachtet sie eingehend, während ihr Korb auf dem Boden ruht.

»Die Strähnen sind für mich, aber *die* hier ...« Sie macht eine bedeutungsvolle Pause.

»Die ist für dich.«

Chapter 7:
In This Wide and Open World

Es fahren vereinzelt Autos durch die verschlafenen Straßen, während wir über die Gehwege an ihnen vorbei schlendern und in der Ruhe einen Moment verschnaufen.

Ich gähne ausgiebig. »Also, was brauchen wir noch?«

Schließlich scheint Liv, so wie die meiste Zeit über, einen ganz klaren Plan zu verfolgen, dem ich besser nicht im Wege stehe, wenn ich weiß, was gut für mich ist.

»Jetzt, da wir Make-Up und Haare haben, sind unsere neuen Persönlichkeiten im Prinzip schon bereit«, lässt sie mich großzügig an ihrem Wissen teilhaben. »Wir müssen sie nur noch passend einkleiden. Und ich denke, ich weiß auch schon wo.«

Unsere neuen Persönlichkeiten ...? »Und ich dachte immer, ich hätte bereits ein Gesicht und Haare auf dem Kopf«, merke ich beiläufig an, werde dafür aber mit einem scharfen Seitenhieb bedacht.

»Du meinst die Haare, die du schneidest und färbst? Eigentlich geb' ich dir mit dem Teil bloß deinen natürlichen Look zurück. Zufall, dass er sich perfekt für das Image einer Halloween-Hexe eignet.« Sie überlegt eine Sekunde. »Das heißt, wenn man nicht gerade als die grünhäutige, hakennäsige Warzenfratze gehen möchte.«

Ich lache nur und schüttle den Kopf. *Die Zauberer von Oz,* oder was?

Doch alles was sie gekauft hat, waren ein bisschen dunkles Make-Up, schwarzer Nagellack, die Perücken ... reicht das bereits, um von einer völlig neuen Persönlichkeit zu sprechen?

Plötzlich nimmt sie mich an der Hand und zieht mich ein weiteres Mal hinter sich her.

Diesmal führt es uns zu einem Bekleidungsgeschäft, wie mir scheint. Ein ziemlich Düsteres.

Wobei ich zugestehen muss, auch wenn ich selten Schwarz trage, dies hier doch für sehr angenehm zu halten. Es hat etwas Heimeliges.

Zumindest solange, bis wir einen Schritt hinein wagen.

Ein sonderbar muffiger Geruch schlägt uns bereits entgegen, als die Tür aufgeht. Dieser Ausflug ist eine Vergewaltigung meiner Sinne … besonders für meine Nase.

Liv steuert derweil bereits einen großen Kleiderständer an, als ich noch dabei bin, den ganzen Laden zu sondieren. Erst danach folge ich ihr langsam an die Auswahl.

»Was hast du da?«

»Die hab ich hier schon mal gesehen«, antwortet sie kryptisch, während ihr ganzer Kopf im Aushang verschwindet.

Mittlerweile sieht sie aus, wie ein seltsamer Kobold im Kleiderschrank.

»Ich hab's gleich.«

»Dann hoffentlich schnell«, meine ich nur verlegen und sehe mich einmal kurz um, »die Verkäuferin schaut schon ganz komisch.«

»Ich werd' schon nichts mitgehen lassen.«

»*Ich* weiß das.«

Schnell rücke ich ein klein wenig näher an sie heran, um sie an ihrer Bluse aus dem Kleiderhaufen zu ziehen.

»Aber *sie* doch nicht!«

Mit den Augen mache ich bei dem Stichwort eine deutende Bewegung zur Seite, wo die Kasse steht. Und wo eine mittelgroße, streng wirkende Dame, ihre Brille auf der Nase zurechtrückt, während sie uns argwöhnisch mustert.

»*Oh*«

Mehr scheint der Braunhaarigen dazu nicht einzufallen.

»Komm mir nicht mit ›*Oh*‹«, versetze ich aufgebracht flüsternd, »die beobachtet uns mit Adleraugen, also denkt sie *offensichtlich*, wir sind nicht ganz koscher. Ich bitte dich daher inständig: verhalte dich *normal*.«

Doch sie zuckt nur die Achseln, als wäre das alles eine Lappalie.

»Tu ich doch immer.« Dann sieht sie zur besagten Verkäuferin. »Und eigentlich ist es ja sogar ganz praktisch, dass wir schon mal ihre Aufmerksamkeit haben.«

Gerade will ich nachhaken, was sie damit meint, da geht sie auch schon schnurstracks auf die betagte Dame zu und stellt sich kerzengerade vor ihren Tresen. *Jetzt kommt's ...*

»Schönen guten Tag«, grüßt sie etwas überschwänglich, »könnten Sie mir vielleicht helfen ein bestimmtes Kleid zu finden? Ich weiß, dass es das hier mal gegeben hat, aber ich kann es nicht finden.«

Moment ... sofern ich das richtig verstanden habe, war sie hier zuletzt vor über *zwei Jahren,* oder etwa nicht? Wie kann sie erwarten, dass es das jetzt noch gibt? Unglaublich.

»Und was könnte das wohl für ein Kleid gewesen sein?«

»Ein langes, dunkles Bauernkleid. Sehr schlicht.«

»Davon haben wir hier jede Menge«, gibt sie zurück, »neuere und ältere Modelle. Wollen Sie, dass ich Ihnen ein paar der Stücke zeige?«

Die Frau zieht fragend eine Augenbraue nach oben und sieht uns, über den Rahmen ihrer schmalen Brille hinweg, an.

»Das wäre jedenfalls sehr freundlich.«

Lächelnd wartet Liv darauf, dass die Angestellte hinter dem Tresen hervortritt und in den Hauptteil des Ladens marschiert.

»Ich mag diese Kleider hier einfach, weil man an der Art so viel verändern kann. In erster Linie wirken sie wie Bauernkleider oder Kleider für Dienstmägde aus dem Mittelalter, nur etwas dunkler, wenn nicht sogar komplett schwarz. Da lässt sich sehr viel raus holen, besonders für unsere Zwecke.«

»Aha«, lasse ich schlicht fallen. »Ich hab wenig Ahnung von Mode, aber das weißt du ja.«

Mich schockt noch immer der Fakt, dass sie so sicher ist, hier zwei Jahre alte Kleider zu finden, die dazu auch noch aussehen sollen, als wären sie Jahrhunderte alt.

Wenn das nicht mal bittere Ironie ist ... okay, nicht ganz so bitter, wie unser Totengräber, der sich letztes Jahr ausversehen selbst erschlagen hat, nachdem er in sein selbst gebuddeltes Loch gefallen ist.

Das war irgendwie tragisch, aber auch unvorteilhaft witzig. Vor allem schwer zu vergessen.

Als ein freudiges Jubeln zu vernehmen ist und ich deshalb aufblicke, fällt mir wieder ein, weshalb ich eigentlich hier bin.

Was ich vor mir sehe, ist Liv, die offenbar Recht behalten hat, mit ihrer vorigen Annahme.

Das nennt man in Fachkreisen wohl … *traditionell*?

Vielleicht ändern die hier ja einfach niemals ihr Sortiment. Daher auch der muffige Flair.

»Ich sag doch, die gab es hier schon immer! Warum sollte es jetzt nicht mehr so sein?«

Weil … normale Läden ihre Auslagen hin und wieder ändern? Oder weil ich hier noch nie jemanden eines habe tragen sehen, was die Nachfrage doch etwas einschränken sollte und somit vielleicht auch das Angebot?

Ich meine, ich bin ja kein Experte, aber … *zwei Jahre?* Ist das euer scheiß Ernst, Leute?

Okay, ganz richtig ist das dann auch wieder nicht. Sie kommen mir durchaus verdammt bekannt vor. Doch das rührt wohl eher daher, dass selbst *ich* bereits Filme und Serien gesehen habe, die im Mittelalter spielen. Und ich weiß sicher, dass ich noch nie jemanden von hier in einem solchen Aufzug habe herumspazieren sehen. *Nicht einmal* zu Halloween.

Ich lehne mich unauffällig zu meiner Freundin herüber. »Sind wir uns sicher, dass das hier keine Scheinfirma für Geldwäscher-Geschäfte ist?«

»Wieso denn das?«

»Weil es nicht so aussieht, als würden die hier jemals etwas einnehmen. Es gibt ja nicht mal Kunden. Und ich könnte schwören, einige der Kleider sind bereits Mottenfutter geworden. Von was *lebt* dieser Laden denn bitte? Von Spenden, oder was?«

Wieder zuckt sie bloß die Schultern. »Na und? Keine Ahnung«, entgegnet sie schlicht. »Nimm es einfach als gegeben.«

Eigentlich will ich noch eine Kleinigkeit erwidern, doch da kommt auch schon die Angestellte zurück, mit einigen Lagen Stoff auf den Armen. Sie legt sie vor uns beiden auf einem Tisch ab und sieht uns dann erwartungsvoll an.

Selbstverständlich muss sie meiner Freundin keinerlei Anweisung geben, ehe diese sich auch schon hindurch wühlt. So viel zum Thema ›Motten‹.

Glücklicherweise dauert es nicht lange, bis diese, zufrieden lächelnd, zwei Stücke auswählt.

»Das eine hat genau deine Größe, das andere ist für mich«, legt sie fest.

Skeptisch mustere ich ihre Wahl. »Bist du dir damit sicher?«

»Ja, total!«

Mit diesen Worten schiebt sie mich vor zur Kasse und die Frau, welche eigentlich dahinter sitzen sollte, folgt uns auf dem Fuße. Wir werden sie gar nicht anprobieren, aber das macht eigentlich Sinn, da Liv ja ohnehin daran herumschnippeln wird.

Was nicht passt, wird passend gemacht. Das war schon immer ihr Motto.

Außerdem ist es das erste und einzige am heutigen Tag, das ich für wirklich einleuchtend halte, wenn ich ehrlich sein soll, das wollen wir mal nicht kaputt machen.

Wir bezahlen brav unsere Einkäufe und stapfen dann auch schon wieder nach draußen, in den regen Nachmittagsbetrieb den Huntsville zu bieten hat.

»Schon ein seltsames Geschäft, finde ich«, merke ich gedankenlos an, während ich einen letzten, länger andauernden Blick riskiere.

»Weiß auch nicht. Solange er Kleider führt die ich kaufen will und sie mich die Sachen auch kaufen lassen, hab ich kein Problem damit.«

»»Black Mirror‹«, lese ich den schlicht gehaltenen, passenderweise schwarzen Schriftzug im Schaufenster über meiner Schulter hinweg. Bei dem Namen habe ich ein komisches Gefühl, aber vielleicht ist es auch nur irgendein Goth-Trend.

Alles an dem Laden ist irgendwie merkwürdig. Von innen wie von außen, hat er eine ungewöhnliche Atmosphäre. Doch das ist jetzt wohl auch nicht mehr so wichtig.

Es ist ein Bekleidungsgeschäft und irgendwie habe ich mich in solchen einfach noch nie so wirklich wohl gefühlt. Das wird's wohl gewesen sein.

Dazu wird meine Aufmerksamkeit ohnehin anderswo verlangt, als ich das Mädchen neben mir lautstark seufzen höre.

»Was denn? Du hast doch jetzt dein Kleid.«

»Ja«, gibt sie zurück, doch sieht gar nicht mal so glücklich aus, »aber es ist ja deshalb noch lange kein perfektes Halloween-Kostüm. Ich muss sie aufmotzen, aber wie ich das sehe, werd' ich mich dazu den ganzen morgigen Tag in meinem Atelier, auch bekannt als *Keller,* verbarrikadieren müssen. Nein, sobald wir hier fertig sind, kann ich vermutlich heute schon anfangen und werde trotzdem die ganze verbliebene Woche bis zur Party dafür brauchen!«

Durch ihr lautes Klagen drehen sich sogar vereinzelte Passanten nach uns um, die ich stumm ignoriere.

»Aber wenn das so schwer ist, dann lass es doch einfach sein. Ich verlange ja auch gar nicht, dass du das für mich machst. Wenn es nur deins ist, ist die Arbeit viel geringer!«

Doch mein Vorschlag wird mit einem Augenrollen einfach abgeschmettert.

»Red keinen Stuss. Ich will dass dieser Abend unglaublich und vor allem *unvergesslich* wird – *für uns beide*. Und ohne dich wäre es nicht mal halb so lustig.«

Nun bin ich es die seufzt. »Wie du meinst. Aber übernimm dich mal nicht damit.«

Ich hab nämlich kein Geld für deine Beerdigung.

Immer auf meine beste Freundin hörend, die schließlich auch vorhat, die Kleider neu zu gestalten, kaufen wir zusammen den restlichen Tand für Halloween. Handschuhe, Schmuck, Haarnadeln, ein bisschen Stoff, anderer Schnickschnack … dekorativen Kram eben, mit dem ich selbst, bei all meiner vermeintlichen Kreativität, überhaupt nichts anzufangen wüsste.

Und nun sind wir hier, an dem Ort, der schon immer nur uns gehört zu haben scheint, und blicken in den klaren, blauen Himmel empor. Vereinzelte, für den klaren Tag kein bisschen bedrohlich wirkende Wölkchen, ziehen dabei hoch über unseren Köpfen vorüber.

Ich atme die frische Brise ein, die vom Meer landeinwärts zieht, direkt zu uns nach oben und schließe für einen Moment die Augen.

»Dieser Ort ist noch immer so magisch wie vor zwei Jahren«, schwärmt die Braunhaarige, welche neben mir in der Wiese liegt und es mir gleichtut, wie ich bemerke.

»Ja«, gebe ich nur knapp zurück.

Als ich allein war, kam ich immer noch sehr oft her. Es hat mich klar denken lassen. Vielleicht ist es ja der Ausblick. Außerdem ist man hier immer für sich.

Eigentlich ist es eine Lichtung ganz am Rande des Waldes, der Huntsville umgibt.

Sie liegt sogar außerhalb des Jagdgebiets. Weil sie für unaufmerksame Besucher oder Jäger, gerade nachts oder bei starkem Regen, mit ihren Klippen zur Todesfalle werden kann.

Prinzipiell ist es eine ansteigende Felsspalte über dem offenen Meer und damit ohnehin in gewisser Weise gefährlich. Viele, viele Meilen, diesen großen Spalt entlang, senkt er sich ab, bis er zu einem richtigen Fluss wird.

Doch an dieser Stelle hier, weit über dem Meeresspiegel, ist der Fluss nicht gerade einer, in den man seine Füße baumeln lassen könnte. Zumindest nicht, sofern man nicht gerade zehn Meter lange Unterschenkel hat.

Ich stehe auf, klopfe ein wenig Dreck von meiner Kehrseite und den Schulterblättern, und stapfe nach vorn, an den Rand der Schlucht. Bei einem kleinen Erdrutsch, nachdem es stark geschüttet hatte, hat es hier vor einiger Zeit die Brücke aus den Angeln gerissen. Seitdem kommt gar niemand mehr her, weil es auch einfach keinen Grund mehr dazu gibt.

Dabei ist es hier wunderschön. Ich blicke hinab in den mindestens vier bis fünf Meter breiten Abgrund. Die Brandung, die vorn gegen die felsige Außenseite der Klippen schellt, scheint hier gegen einen reißenden Fluss zu kämpfen; der vorher wiederum gegen diese kleineren Felsen am Boden seines Weges schlägt, zu welchen ich nun hinabsehe.

Auf einmal wird mir siedend heiß bewusst, wo ich hier stehe.

Das Gemälde, das ich scheinbar im Schlaf gemalt habe, taucht dabei unwillkürlich vor meinem geistigen Auge auf. Kein Wunder, das mir dieser Ausblick so bekannt vorkam.

Ich runzle die Stirn, als ich mir ein Bild ins Gedächtnis rufe und schlage mir dann reflexartig und unvorteilhaft mit der Hand gegen das Gesicht. Gleichzeitig lache ich erleichtert auf.

So lächerlich und einfach. Morgens treffe ich noch auf Olivia, die ich ewig nicht gesehen habe. Einen Tag vorher hatte ich ein traumatisches Erlebnis gehabt und kaum geschlafen.

Kein Wunder, das es in einer so verwirrten Zeit, eine so komische Situation ausgelöst hat. Vermutlich habe ich mich nach diesem Ort gesehnt, nachdem so viel los war, und Liv hat mich daran erinnert. Das war alles.

Eine so einfache Antwort. Nach all den Stunden in denen ich mich damit abgeplagt habe. *Es hätte so einfach sein können ...*
»Was ist?«
Ich vernehme die besorgte Stimme meiner Freundin und zucke überrascht zusammen, ehe ich ihr einen Blick über die rechte Schulter zuwerfe und sehe, wie sie sich aufsetzt.

»Ist alles in Ordnung?«

Das muss eben wirklich verdammt bescheuert ausgesehen haben. Doch überraschenderweise, kann ich das ausnahmsweise leicht beantworten.

»Ja… Ja, alles okay. Besser denn je, ehrlich gesagt. Keine Sorge. Mir ist nur gerade was Wichtiges eingefallen.«

»Aha«, meint diese trocken, mit vielsagendem Unterton. »Du solltest da übrigens vorsichtig sein. Ich find es nicht sicher, da runter zu sehen. Schließlich kann bei sowas der Höhenrausch bewirken, das man einfach runter fällt, weil einem schwindelig wird. Hör auf mich, ich bin immerhin ein Jahr älter als du.«

Ich kann nicht anders, als zu lachen während ich von der Kante zurückweiche.

»Ach ja? Das wurde vielleicht so geschätzt, aber ich glaub nicht dran, bis es mir einer beweist.« Erst jetzt drehe ich mich vollständig zu ihr herum. »Und dazu müsste man schon meinen Geburtsschein ausfindig machen.«

Ich nehme es mit Humor, doch Liv wirkt plötzlich, als hätte ich sie damit an etwas erinnert.

»Oh, verdammt! Ich wollte dir ja noch was zeigen.«

Mit diesen Worten klopft sie auf die freie Stelle neben sich, wie um mir zu bedeuten, mich wieder zu ihr zu setzen.

Ratlos tue ich einfach wie mir geheißen.

»Was denn?«

Ihr Blick hat etwas Merkwürdiges an sich. Ich kann es allerdings nicht richtig in Worte fassen.

»Hör mal, ich weiß, du sagtest es interessiert dich nicht wirklich. Trotzdem hab ich mich gestern, nachdem ich abends noch Zeit hatte, ein bisschen für dich schlau gemacht.«

»Ob ich interessiert bin oder nicht, kann ich erst sagen, wenn ich weiß, inwiefern du dich denn ›schlau gemacht‹ hast«, gebe ich mit unverhohlener Skepsis zurück.

Das leichte Gefühl von eben weicht einer unangenehmen Art von Anspannung.

Ein wenig auf dem Hintern herumrutschend, zieht sie umständlich ihr Handy aus der Hosentasche und ruft dort irgendetwas auf den Screen.

»Das Teil hier war auf einem der Bilder von gestern zu sehen, nicht wahr?«

Ich ergreife das Telefon sofort, um es mir näher anzusehen. Obwohl ich sagte, es würde mich nicht interessieren, ist da in mir diese seltsame Aufregung, als ich das Bild vor mir sehe. Nur das Bild. Keine Beschreibung oder Bezeichnung dazu.

Aber ich weiß, dass es das richtige ist. Unsicher schluckend, wäge ich meine folgenden Worte ab.

»Was ist das?« Ich weiß nicht, ob ich es wirklich wissen will.

Manchmal ist Unwissenheit viel beruhigender als Gewissheit, aber manchmal auch nicht.

Es zu wissen könnte für mich alles bedeuten oder aber gar nichts. Was, wenn es nutzlos ist?

Doch klar ist auf jeden Fall eines: Wenn ich es erst einmal weiß, dann kann ich es nicht rückgängig machen, selbst wenn ich es dann tatsächlich nicht mehr wissen will. Und das macht mir Angst.

Wird das ab jetzt immer so sein, wenn ich etwas über meine Vergangenheit erfahren könnte?

»Siehst du? Es interessiert dich doch!«

Triumphierend scheint sie meine stillen Sorgen nicht zu bemerken und ich verdrehe bloß die Augen, als sie ihr Eigentum zurückfordert.

»Ich hab einfach nach sowas wie ›Schlaufenkreuz‹ oder Ähnlichem gesucht. Man nennt es ›Ankh-Kreuz‹. Ist so'ne Art altägyptisches Symbol für das Leben«, weiht sie mich endlich ein.

Überrascht blinzelnd lasse ich mir diese Information durch den Kopf gehen.

»Für das Leben? Bist du dir sicher?«

Ich hatte dieses Kreuz immer anders in Erinnerung. Verbunden mit dem Tod.

Doch wieso? Ich wusste bis eben ja nicht mal wie es heißt, geschweige denn, wo es herkommt oder für was es stehen soll.

»Naja, als Gegenstand oder Symbol steht es wohl für sowas wie ›das Weiterleben im Jenseits‹, und als Hieroglyphe bedeutet es in ungefähr so viel wie ›das körperliche Leben‹. Ich bin mir demnach ziemlich sicher, dass es ein Zeichen für das Leben ist.«

»Hm ... Und sonst bedeutet es wirklich nichts?«

»Nein. Was denn? Passt dir was nicht?« Sie wirkt ein wenig enttäuscht.

»Keine Ahnung. Ich hätte es eher nicht mit dem Leben verbunden, auch wenn ich es jetzt so höre ... Für mich bedeutet es eher genau das Gegenteil, in vielerlei Hinsicht.«

Sie runzelt die Stirn ein wenig und legt dann eine Hand an meinen Arm.

»Annie, es klingt vielleicht bescheuert, aber ich sagte ja, wenn das alles Erinnerungen waren, kannst du daraus vielleicht ableiten, was damals geschehen ist.«

Sie atmet einmal tief aus und ich erkenne einen traurigen Ausdruck in ihren braunen Augen. Beinahe bedauernd. Und ich will nicht, dass sie mich bedauert.

»Ich sagte ja, die Hände die sich nicht treffen und dieser verdorrte, schwarze Baum, welchen du ebenfalls mit deiner Mutter assoziierst ... Könnte es nicht sein, dass du sie das letzte Mal gesehen hast, kurz bevor sie starb?« Sie wählt ihre Worte mit Bedacht. »Das würde viel erklären. Die Art, wie du dieses Symbol siehst oder, zum Beispiel, auch das Verdrängen deiner Erinnerungen.«

Da ich nicht weiß, was ich ihr darauf antworten soll; nicht weiß, wie ich das Gesagte widerlegen könnte, bleibe ich stumm.

Es ist egal, da sie weiter spricht. »Ich fand ohnehin immer, dass du ein zu guter Mensch bist, um von einer Frau abzustammen, die es schafft, ihr Kind acht Jahre lang bei sich zu behalten, um es dann wegzugeben. Bei aller Liebe und Mitleid, wenn das Geld knapp wird ... das kann man doch nach einer so langen Bindung nicht mehr einfach so bringen«, schlussfolgert sie weiter. »Und da du ihr nicht weggenommen wurdest, weil die Ämter dich sonst doch irgendwo auf der Welt suchen müssten, hätte sie dich selbst aussetzen müssen, damit es so endet, wie es eben geendet hat. Das fand ich nie vorstellbar, wenn ich ehrlich sein soll.«

Vermutlich will sie mich damit aufmuntern, obwohl überall auf der Welt Kinder verschwinden und Ämter kaum hinterher kommen. Die Version ist also sehr wohl möglich.

Unsicher nicke ich jedoch, als sie beginnt vorsichtig über meinen Rücken zu streicheln.

Sie hat sich diese Mühe um meinetwillen gemacht, also sollte ich sie auch wahrnehmen.

Eine unangenehme Stille entsteht, bis ich sie nach einigen Minuten des Schweigens breche.

»Lass uns gehen«, lasse ich mit einem Lächeln fallen, von dem ich selbst nicht so genau weiß, was es darstellen soll.

Am Ende ist die Sache doch keine so große Enthüllung gewesen; kein Zeichen von beispielsweise irgendeiner dubiosen Sekte, aus der meine Mutter mich erretten wollte, indem sie sich aufgeopfert hat, um mich weg zu bringen. Auch kein Symbol irgendeiner Kirche, nach der ich suchen könnte, um sie dort als Nonne lebend zu finden. Kein Lebenszeichen.

So viele Dinge, die ich mir beim Anblick dieser Kette insgeheim ausgemalt habe, sind mit einem Schlag nichtig geworden.

Damit ist es bloß noch ein altes Symbol. Es müsste so viel mehr dahinter stecken, aber das scheint nicht der Fall zu sein.

Und wenn doch, sehe ich es nicht. Aber ich kann das Gefühl dennoch nicht ablegen, dass es wichtig ist. Etwas so Unwichtiges.

Nicht nur Liv, sondern auch ich dachte irgendwann mal, dass es sicher wichtig ist. Nun stellt sich heraus, dass es symbolisch auch nicht aussagekräftiger ist, als ein Anhänger mit dem chinesischen Schriftzeichen für ›Ausschlag‹? Einfach nur ein willkürliches Schmuckstück?

Keine Ahnung ob mich das nun enttäuscht, weil ich dadurch keine wirkliche, neue Spur erhalten habe, wie ich es immer irgendwie unterbewusst vermutet habe … oder ob es mich aus demselben Grund sogar beruhigt.

Beides macht mich nicht gerade fröhlich.

»Stimmt.«

Offenbar versucht auch sie die Stimmung weiter zu lockern, was ich ihr hoch anrechne. Auch für den Rest, selbst wenn ich sie nicht gebeten habe. Vielleicht war das einfach nötig.

»Wir müssen noch unsere Einkäufe nach Hause bringen, damit ich daran arbeiten kann.«

Sie meint, sie würde aus all dem etwas ›Unglaubliches‹ zaubern, das mich ganz sicher ›schockieren‹ wird. Wie ich sie kenne, ist das vermutlich auch noch im Rahmen des Möglichen. Sie hat wirklich Talent. Ein Händchen für solche Dinge.

Ganz anders als ich.

Darum bin ich es auch, die noch immer unsicher ist. So wie immer.

»Wollen wir wirklich auf eine dieser Halloweenpartys gehen? Wir können doch nach dem offenen Empfang auch einfach nach

Hause«, schlage ich vor. »Ich meine, unsere Kostüme müssen dann auch nicht so glanzvoll sein, dann hast du weniger zu tun. Und tragen können wir sie irgendwie trotzdem, immerhin trägt jeder schon auf dem Empfang ein Kostüm. Laut der anderen ist das praktisch *Pflicht*.«

»Nein, nein und nochmals *nein*. Fängst du schon *wieder* damit an?«

Sie schmettert meine Aussage so schnell ab, dass ich sogar etwas beleidigt wäre, würde ich sie nicht schon ewig kennen.

»Ich sagte doch, dieser Abend wird einmalig-«

»Und *unvergesslich*«, beende ich ihren Satz. »Schon verstanden. Aber der offene Empfang kann doch ebenfalls schön sein, oder nicht?«

»*Kann er nicht*, glaub mir. Da sind dann ein Haufen Eltern und alles wird irgendwie so ... *langweilig* und *formell*. Ich kenn das, ehrlich. Das müssen wir uns nicht geben.«

»Was ist so schlimm an ›langweilig und formell‹?«

»Wow, hörst du dir eigentlich selbst zu?« Sie scheint ehrlich schockiert.

»Ich meinte ja nur. Ich hab irgendwie ein komisches Gefühl bei der Sache ...«

Und das wahrscheinlich nur, weil sie noch immer nicht weiß, welchen ›besonderen‹ neuen Mitschüler sie ab jetzt haben wird, zwei Klassen über uns.

Ich hab's ihr immer noch nicht gesagt.

»Du, da ist noch was, was ich dir sagen sollte«, gestehe ich, während ich mich zurück auf die Füße hieve und sehe, wie sie es mir nachmacht.

Zu meiner Anmerkung verdreht sie jedoch nur genervt die Augen.

»Komm schon, du hast doch in letzter Zeit bei allem ein schlechtes Gefühl. Bei der Party, bei dem Kostüm, bei dem Kleidergeschäft ... Das ist bestimmt nur so, weil du nervös bist. Weil du so selten unter Menschen gehst. Aber das wird toll, vertrau mir«, redet sie auf mich ein.

Obwohl es gar nicht das ist, was ich eigentlich sagen wollte.

»Und jetzt will ich nichts mehr davon hören, klar?«

»Aber...«

»Nichts!«

Sie unterbricht mich mit Nachdruck, sodass ich verstumme.

»Komm, gehen wir nach Hause, jetzt, wo wir haben was wir wollten.«

»Was *du* wolltest, meinst du wohl«, werfe ich dazu nur ein, während ich einen Satz in Richtung Rückweg mache.

»Jaja …«

Als ich bereits weg bin, eilt sie mir nach. »In einer Woche wirst du mir dafür dankbar sein!«

Ich wage es zu bezweifeln, doch mit diesen Worten treten wir dennoch die Rückreise an, es dauert gar nicht lange, dann sind wir bereits wieder in der Zivilisation.

Und alle Sorgen, die man gehabt hat, brechen wieder auf einen ein; werden ein weiteres Mal wahrhaftig.

Und trotz aller schlechter Ahnungen, die ohnehin ziemlich haltlos scheinen, und all der Dinge, wegen derer ich mir Sorgen machen müsste, komme ich nicht umhin, Aufgeregt zu sein. Ja …

Ich bin gespannt, was mich dort erwarten wird.

»Noch ein bisschen weiter nach rechts«, höre ich die Stimme unserer Hilfestellung am Boden, um das große Willkommensband zentral im Eingangsbereich der Schule anzubringen.

Tony, der Mitschüler der auf der anderen Seite des Bandes steht, schnaubt dagegen.

»Das macht sie doch mit Absicht! Soll *sie* sich doch mal hier rauf stellen, während *ich* unten stehe und sie herum kommandiere.«

Lachend kann ich ihn von meiner Position aus nur zu beruhigen versuche.

»Ist doch okay. Stacy will auch nur, dass es perfekt wird. Wie wir alle, oder nicht?«

Er sieht mich jedoch an als sei ich bescheuert. »Nicht wirklich. Mir ist egal wie es hier läuft, ich geh danach sowieso nach Hause. Dieses ganze Fest nervt mich jetzt schon.«

»Oh«, ist alles was ich dazu sagen kann.

Stimmt, nicht jeder kann Halloween so sehr lieben wie ich. Für mich ist es eben besonders.

Als ich herkam, war es damals gerade Oktober. Ich war einfach so irgendwo aufgetaucht. Und stand plötzlich vor all diesen Fremden.

Ich kann mich selbst nicht mehr so gut daran erinnern, doch dieses Gefühl, wird mir ewig erhalten bleiben. Es war ein kaltes Gefühl der Angst, der Panik und der Einsamkeit.

Meine Haare stellen sich auf, wenn ich nur daran denke, wie ich damals weinend im Regen stand. Mehr ist nicht mehr da; bloß dieser Moment. Aber das ist mehr als genug.

Es fühlt sich an, als wäre es nicht einmal meine Erinnerung, so lange ist es schon her, aber die Wirkung bleibt. Ich war wie eine ausgesetzte Katze. So wehrlos.

Und dann traten Lauren und Gideon Dowell in mein Leben. Es ging ganz schnell, weil Lauren damals ehrenamtlich für soziale Dienste mit Kindern tätig war.

Erst war es nur vorübergehend, sozusagen als Pflegefamilie, damit ich nicht in ein Heim musste. Dann war jedoch klar, dass niemand für mich kommen würde; dass ich ganz allein auf der Welt war. Und ich wurde adoptiert.

Sicher war es ein langer Kampf, aber irgendwie haben sie es geschafft, mich dabei die ganze Zeit bei sich zu behalten. Doch auch bei ihnen war ich zuerst nur eine Fremde und habe mich vor so gut wie allem gefürchtet.

Laut meiner Mutter war ich die meiste Zeit verwirrt. Bestimmte Dinge kannte ich zwar, andere dagegen waren mir völlig fremd und machten mir dementsprechend Angst.

Ich wusste was Besteck ist, aber nicht wozu ein Fernseher gut war.

Ich konnte einen Stift benutzen, aber der brummende Kühlschrank brachte mich zum Weinen.

Und dann kam Halloween. Ich war an diesem Tag so glücklich, dass mein Vater sagte, ich wäre praktisch neu geboren worden; dass dieser Tag von da an mein Geburtstag sei.

Heute weiß ich, dass ja eh niemand wusste, wann ich geboren worden bin. Damals war es mir jedoch egal. Ich habe nur verstanden, dass dieser besondere Tag ein ganz besonderer Tag für mich allein ist. Es hat mich einfach froh gemacht.

Ja, wenn es nach mir ginge, könnte das ganze Jahr lang Halloween sein.

Lächelnd befestige ich das große Band. »Passt doch so«, meine ich und sehe nach unten, wo Stacy die Achseln zuckt und etwas in Richtung *Wenn ihr es nicht besser hinkriegt* murmelt.

Mit diesen Worten dreht sie sich einfach um und zieht von dannen, vermutlich um an einer anderen Stelle für ›Perfektion‹ zu sorgen.

Ich kann sie nur belächeln und den Kopf schütteln, während ich von der Leiter steige und der kleine Tony es mir gleichtut.

»Wirst du dich auch nicht verkleiden?«

Es dauert eine Sekunde, ehe ich begreife, dass er mich angesprochen hat.

Leider verstehe ich den Hintergrund nicht ganz. »Hä?«

Verwirrt blicke ich an mir herab, dann wird mir auch klar was er meint.

»Ach so, nein, also, doch, natürlich. Ich verkleide mich noch, nur jetzt noch nicht. Damit ich mich freier bewegen kann.«

Außerdem würde Liv den dritten Weltkrieg ausrufen, wenn es jemand schafft, mir bei den letzten Vorbereitungen noch Farbe, Kleister oder Sonstiges aufs Kostüm zu schmieren; oder wenn ich es schaffen würde, etwas zu verlieren, zu zerreißen oder sonst wie zu beschädigen.

Da bin ich mir absolut sicher.

Schmuckkleider wie diese, sind einfach nicht zum Arbeiten geschaffen, auch wenn ich Liv in jedem Fall Qualitätsarbeit zutraue.

Ich sehe auf die Uhr, um zu prüfen, wie viel Zeit noch bleibt, während ich ein kleines, in Folie gewickeltes Bonbon aus meiner Tasche ziehe, es auspacke, und in den Mund schiebe.

Was für ein stressiger Tag.

Die ganze Woche verging viel schneller als erwartet. Alles ging total fix über die Bühne, die Schule wurde schon vor drei Tagen von Grund auf gereinigt, damit sie für den Empfang nur so blitzt. Alles nur, damit es einen guten Eindruck macht.

Obwohl diese Schule von Natur aus schön ist, wie ich finde. Sie braucht keine Tricks.

Am Stand mit den Flyern über auswärtige Programme und Clubs sind ebenfalls Neuzugänge eingekehrt. Partyflyer von Schülern, die im Anschluss zu sich einladen.

Ich bin mir nicht sicher, wie viele Halloweenpartys es heute Nacht noch geben wird, aber wir sind in jedem Fall bedient. Man muss nicht einmal Angst haben, alle einzuladen.

Da es so viele Möglichkeiten gibt, wird es sich schon verteilen und wer wirklich nicht will, dass sein Haus explodiert, der muss ja keine Flyer verteilen. Private Partys gibt es ja auch.

Schade ist nur, dass die Schule dann hauptsächlich für die Eltern der Schüler reserviert bleibt. Die waten hier sogar mit einem riesigen Buffet auf, das vermutlich kaum einer anrühren wird.

Seufzend will ich gerade einen anderen Brandherd ausfindig machen, da sehe ich erneut auf die Uhr, und realisiere erst diesmal wirklich, was dort eigentlich steht.

»Was denn, schon so spät?!«

Wie es scheint, vergehen hier nicht nur die Wochen sehr schnell …

»Annie«, höre ich wie mein Name in etwas atemloser Art und Weise ausgesprochen wird und drehe mich um.

»Liv«, beginne ich, doch stocke, als ich ihre Misere erkenne. »Äh, brauchst du vielleicht Hilfe?«

Sie stößt die beiden aufeinandergestapelten, großen Pappkartons in ihren Händen mit dem Knie auf, als sie sich umständlich durch die Flügeltüren drückt.

»Geht schon«, raunzt sie halb abgewürgt. »Wo sind hier die Umkleiden?«

Ohne zu zögern, zeige ich hinter mir den Flur entlang.

»Da hinten ist die Sporthalle, in der auch der Empfang beginnt und das Buffet steht. Die Umkleiden sind direkt daneben und-«

Mit schnellen Schritten hechtet sie in Richtung meines Fingerzeigs.

»Komm schon!«

Ich kann ihr nur folgen. »Sind da etwa unsere Kleider drin?«

»Und das Make-Up, die Perücken und die Accessoires«, ergänzt sie abgehetzt. »Ja, da sind unsere Kleider drin.«

Kaum erreichen wir die Umkleide, die Gott sei Dank offen steht, flitzen wir auch schon ungesehen hinein und verriegeln die Tür, woraufhin Liv die Kisten einfach so fallen lässt.

»Du weißt, alles was in der Kiste mit dem schwarz-violetten Kram ist, gehört dir. Das mit dem schwarz-grünen Zeug ist meins.«

»Verstanden.«

Im Akkord ziehen wir zuerst die Kostüme an. Die Kleider, die Strumpfhosen und die Schuhe.

»Wow, das ist ja wirklich schön geworden«, lasse ich zwischendurch fallen, als ich an mir herabsehe.

»Hör auf zu schleimen und zieh dich schneller an, sonst kommen wir noch zu spät und das wär bescheuert.«

»Ist es nicht Sitte, dass man ein bisschen zu spät kommt, um mehr aufzufallen?«

»Nein, nicht heute. Tendenziell ja, aber nicht heute«, wiederholt sie sich. »Eltern und Lehrer reagieren nicht so gut auf sowas, hab ich die Erfahrung gemacht.«

Es war ja ohnehin nicht ernst gemeint, doch meine Hexenfreundin scheint so gar nicht zu Scherzen aufgelegt. Ich sollte wohl aufpassen.

Die Dauerarbeit an den Kleidern muss sie nervlich mehr mitgenommen haben, als sie zugeben würde. Zum Glück ist das Ganze jetzt vorbei und wir können das Ergebnis bewundern.

Das war es allemal wert … hoffe ich.

Als ich meine passenden Handschuhe überstreife und mir so nur noch Perücke und Make-Up fehlen, beobachte ich neugierig, wie Liv ihr Haar steckt. Sie steckt es hoch, wie meist, die Frisur mutet etwas altertümlicher an als sonst und dazu unsauberer, obwohl der Schein trügt.

So unwirsch wie sie danach noch ein paar zusätzliche, schwarze Haarsträhnen hineinsteckt, erkennt man, wie fest dieser Knoten in Wahrheit sein muss. Er rührt sich nicht vom Fleck.

Kaum hat sie das erledigt, sieht sie mich an. »Warum hörst du auf? Es ist nicht gut, wenn du aufhörst«, stellt sie erschrocken fest.

Ihre Anmerkung bleibt nervös, während ich nur die schwarzen Kunsthaare ins Licht halte.

»Ich kann sowas nicht«, gestehe ich schlicht.

»Oh Mann … lass mich mal ran.«

Etwa eine Viertelstunde, und eine Menge verlorenes Echthaar später, hat sie mich auch tatsächlich fest und sicher in diesen dunklen Wischmopp gedrückt und wir beide haben nun ein wenig von der schwarzen Schminke im Gesicht.

Nun sammeln wir nur noch die verstreuten Kleider ein, werfen sie zurück in die Kisten und flüchten damit durch den Hinterausgang, wo, wie auf die Sekunde genau, meine Eltern auf dem großen Parkplatz vorfahren.

»Hey«, grüße ich sie und meine Mutter staunt bereits nicht schlecht, als sie uns sieht.

»Na, meine kleinen Hexen?«

Ich verziehe das Gesicht bei dieser Aussage. »Mom ...«

»Wir sind doch keine kleinen Kinder mehr«, wird sie dabei jedoch von Liv erinnert. »Können wir unsere Sachen in eurem Wagen unterstellen?«

»Klar ... Sicher«, entgegnet meine Mutter noch ein wenig perplex, doch da huscht besagte Freundin bereits an ihr vorbei in Richtung Autotür.

Schulterzuckend tue ich es ihr gleich, um meine Sachen auf die Rückbank zu laden.

»Danke, wir müssen nämlich gleich wieder rein. Geht ihr bitte durch die Vordertür?«

Wir haben eigentlich Glück, dass sie immer überpünktlich erscheinen, der Parkplatz der Schule ist nun nicht gerade übermäßig groß und immerhin gibt es auch reservierte Lehrerplätze.

Ansonsten hätten sie vielleicht nicht hier, sondern irgendwo einen Kilometer entfernt in einem Parkhaus gestanden.

Ich weiß ehrlich nicht, wie ich diese Situation gerade zusammenfassen sollte.

Denn ›Chaos‹ trifft es einfach nicht so ganz.

Und bei Gott, ich hoffe der Abend endet nicht genauso hektisch, wie er gerade anfängt.

Oder ich brauche wirklich mehr Zucker.

Chapter 8

Wir hasten zurück ins Gebäude, durch die Hintertür, so als wären wir nie weggewesen.

Vorbei an meinem Vater, der sich gerade noch die Brille richtet … er sollte sie endlich mal anpassen lassen, das sagen wir ihm schon seit drei Monaten.

Aber darum kann ich mich nicht kümmern, als wir den Korridor durchqueren. Ein Lehrer kommt uns auf dem Weg entgegen, keine Ahnung, wer das ist; habe ihn noch nie zuvor gesehen.

Wir lächeln nur und sagen höflich »Guten Abend«.

»Okay, ich hab einen Termin bei den Leuten die ein kleines Geisterhaus zusammengestellt haben. Wir sehen uns später, okay?«

Mit diesen Worten meldet sich meine Freundin letztlich ab und ich halte abrupt an.

»Warte, *was?*« Irritiert sehe ich mich noch um.

Doch ich suche vergeblich. Sie ist bereits durch einen der Gänge verschwunden. Na sowas …

Also lege ich meinen Pfad ab jetzt allein zurück. Wo will ich denn überhaupt hin? Ich nahm an, wir würden zusammen zum Empfang gehen, aber nun kann ich auch am Eingang darauf warten, dass meine Eltern zur Vordertür hereinspazieren.

Was für eine Zeitverschwendung.

Seufzend gehe ich einige Schritt in den Korridor bei unserem Haupteingang und sehe noch, wie jemand ein letztes Bild aufhängt.

Ich staune nicht schlecht, als ich erkenne, worum es sich bei diesem bestimmten Bild handelt.

Noch ist es ganz ruhig, nur vereinzelt verklingen einige Laute in den Hallen der Schule. So macht es diesen Moment irgendwie noch ein wenig spezieller.

Diese Bilder, die ich so lange nicht beachtet habe; über die ich in den letzten Tagen jedoch mehr nachdenken musste, als je zuvor. Sie nun so zu sehen, ist ein seltsames Gefühl.

Es reißt mich ein wenig aus der Konzentration, als ich einige Sekunden später eine Hand auf meiner Schulter spüre.

Als ich mich umdrehe, verschlucke ich beinahe meine eigene Zunge.

»Es sieht wirklich toll aus«, höre ich seine vertraute Stimme sagen und mein Herz macht wie auf Kommando einen Satz. »Es hat hier eine unglaubliche Wirkung, nicht wahr?«

»Äh«, mache ich, ohne dabei wirklich klug zu klingen. »Ja. Vielen Dank für diese Chance.«

Für einen Moment dachte ich aus irgendeinem Grund, das Kompliment sei an mich gerichtet. Wie konnte ich das denken?

»Nein, *ich* habe zu danken. Nicht, dass es hier nicht viele begabte Schüler gäbe, doch irgendwie haben all Ihre Bilder diese besondere«, er macht eine Pause und scheint nach den richtigen Worten zu suchen, »*Atmosphäre*. Zu diesem Fest passt das ganz hervorragend. Ich bin dementsprechend froh, dass Sie mein Angebot nicht ausgeschlagen haben.«

Ich nicke wie ein Wackeldackel. Wieder nicht sehr vorteilhaft, aber immerhin eine Reaktion.

»Auch dafür danke.«

Nervös überlege ich hin und her, um irgendetwas sagen zu können. Etwas Intelligentes. *Jetzt.*

»Wie geht es denn mit dem Empfang voran, sollten Sie die anderen Lehrer nicht unterstützen, Mr. O'Farrell?«

Sehr intelligent, Annie …

Mach ihm Schuldgefühle. Bezeichne ihn als faul. *Perfekt.* Was will man mehr?

Warum bringt mich dieser Mann nur immer so durcheinander? Er ist ein Lehrer, wie falsch ist das bitte?! Er könnte mein … naja, Bruder sein, oder so. Keine Ahnung. Cousin?

Großer Gott, selbst wenn er siebzehn wäre, er ist *Lehrer!*

»Ach, die kommen schon eine Weile ohne mich zurecht, die machen das ganz hervorragend«, versetzt er, doch dieses Kompliment durchschaue ich recht einfach als Ausrede dafür, nicht helfen zu müssen.

Aber ich darf mich nicht beschweren, da ich ja auch nicht gerade der produktivste Mensch im Gebäude bin.

»Ich habe gehört, dass Sie heute Geburtstag haben«, lenkt er stattdessen vom Thema ab.

Und ich werde umso nervöser. »Ja, ich werde heute offiziell siebzehn.«

»Herzlichen Glückwunsch. Wie schon bemerkt, sehen Sie wirklich toll aus. Was stellt das Kostüm dar?«

Während ich versuche, mein Gesicht durch pure Willenskraft dazu zu bringen, nicht offensichtlich zu erröten, nicke ich erneut.

»Vielen Dank ... für beides«, stammle ich meine Antwort, realisiere jedoch, dass das gar nicht die Frage war. »Also, das Kostüm stellt eine Hexe dar. Die Kreation einer Freundin.«

Ich räuspere mich verlegen, als durch seinen Kommentar die Aufmerksamkeit auf sein eigenes Outfit gelenkt wird. Ein schlichter schwarzer Anzug, recht formell, aber er steht ihm sehr gut. Die dunkle Farbe bringt seine stahlblauen Augen zur Geltung, welche mich einen kurzen Moment zum Dahinschmelzen bringen ... ich sehe schnell wieder zu den Bildern.

Dann herab zu meinen Händen. Eine nervöse Angewohnheit der vergangenen Tage.

»Eine Hexe also? Wirklich interessant. Apropos«, vernehme ich seine Stimme erneut. »Wie geht es eigentlich Ihren Händen? Keine Verbände mehr?«

»Oh, denen geht's gut. Gut ... danke«

Selbst in meinen eigenen Ohren wirke ich überdreht, doch diese peinliche Erkenntnis lässt mein Herz nur noch schneller schlagen.

»Naja, sie tun gar nicht mehr weh, daher auch keine Verbände mehr. Alles heile; bleiben nicht mal Narben. Ich war gestern bei einem Arzt deswegen, aber der sagte nur, ich sei ein ›kleines medizinisches Wunder‹ und hat mich nach Hause geschickt. So geht's«, plappere ich weiter und weiter, bis ich mich mit Gewalt verstummen lasse.

Mir fällt geradewegs ein Stein vom Herzen, als ich zwei mir sehr bekannte Gestalten erblicke, die *endlich* den Weg gefunden zu haben scheinen und mir winkend entgegentreten.

Die Erleichterung währt jedoch nicht allzu lange.

Kaum sind sie bei mir, betrachtet mich meine Mutter besonders sorgfältig.

»Wow, du siehst ja wahnsinnig toll aus, Schatz«, staunt sie und strahlt bis über beide Ohren.

Dann fällt ihr Blick auf den Mann neben mir.

»Und wer sind Sie? Ich hoffe doch nicht, dass Sie ihre Begleitung darstellen.«

Er lacht über diesen schlechten Scherz meiner Mutter und am liebsten würde ich dabei einfach im Boden versinken.

Klar, das könnte ja auch nur als Scherz gesehen werden.

»Nein«, versichert er.

Zuerst streckt er meiner Mutter die Hand entgegen, dann meinem Vater.

»Ich bin ihr Kunstlehrer, Darren O'Farrell. Ihre Tochter ist wirklich sehr talentiert, ihre Bilder haben alle eine gewisse … *Seele*. Trotz all meiner Erfahrung, sehe ich so etwas nur sehr selten. Sie könnte es mal weit bringen.«

Das immer heller werdende Leuchten in den grünen Augen meiner Mutter, beginnt so langsam mich zu blenden. Beinahe hätte ich eine Hand vor mein Gesicht gehalten, um es abzuschotten.

»Ja, wir sind auch *so* stolz auf sie. Schon als kleines Kind hatte sie diese Fähigkeit und sie freut sich immer so auf den Kunstunterricht. Ich wollte schon lange Mal herkommen und ›Hallo‹ sagen, so wie sie immer von Ihnen schwärmt.«

Alles klar, es wird Zeit für einen strategischen Rückzug.

»*Okay*«, unterbreche ich, schneller als ich darüber nachdenken kann.

Außerdem auch viel lauter als geplant, sodass mir nun die Aufmerksamkeit von drei Augenpaaren sicher ist und zusätzlich etwa fünf Weiteren, die eigentlich nur an uns vorbeigehen wollten.

»Mom, Dad, ich glaube es wäre besser, wenn wir langsam zum Empfang gehen. Kommt ihr?«

Hoffentlich treffen wir dort auf Liv.

Ich brauche dringend Verstärkung.

Irritiert sehe ich mich um. All diese Eltern. Einige von ihnen, würde ich wirklich gerne mal unter vier Augen sprechen. Diese arroganten, anmaßenden Bratzen.

Andererseits sollte ich mich in diese Art Dinge eigentlich auch nicht einmischen; nicht in die Erziehung anderer. Das gibt nur

Probleme. Daher konzentriere ich mich lieber auf meine eigenen Eltern und auf Liv, die noch immer nicht hier ist.

Der Saal ist wirklich aufwendig geschmückt, das Büffet ist besonders ›schaurig‹ gestaltet worden und die Musik im Hintergrund wirkt angenehm bis unterhaltend.

Manche der Anwesenden tanzen sogar … was allerdings schon etwas merkwürdig ist.

Eine Ansprache gab es auch schon. Die hat meine ›Modeberaterin‹ bereits verpasst.

Allerdings wusste ich ja vorher schon, dass sie dieser ›Elternabend‹ nicht sonderlich interessiert. Sie sagte jedoch, sie wolle nicht zu spät erscheinen. Und das macht mir irgendwie doch Sorgen. Andererseits … was kann ihr in der Schule schon Schlimmes zustoßen?

Jetzt mal abgesehen von all den Eltern und Lehrern, die hier auf engstem Raum praktisch dazu *genötigt* werden, sich zu unterhalten, damit sie sich nicht zu langweilen beginnen.

Das ist jedenfalls das, was ich aktuell als das Schlimmste wahrnehmen würde und davor scheint Liv sogar noch gefeit.

Tatsächlich reden einige Lehrer mit den Anwesenden und glücklicherweise halten sich die, die davon zu mir gehören, so weit von meinem Kunstlehrer fern, wie der freie Raum es ihnen nur möglich macht.

Das will ich ihnen aber auch geraten haben, wenn sie nicht wollen, dass ich sie heute Nacht im Schlaf ersticke oder einfach vor Scham an Ort und Stelle explodiere – die Sauerei würde ich dann jedenfalls nicht mehr aufwischen …

»Hey, wie läuft's bisher …?«

Leicht erschrocken von der plötzlichen Stimme zucke ich zusammen und fast zeitgleich steigt mir ein unangenehmer Geruch in die Nase. Ich kenne diesen Gestank, selbst wenn ich ihm nicht häufig ausgesetzt bin.

Als ich mich nach dessen Ausgangspunkt richte, stehe ich vor meiner besten Freundin und ziehe eine angeekelte Grimasse.

»Sag mal, hast du getrunken?«

»Ja, die Leute vom Geisterhaus hatten Wodka«, erwidert sie ehrlich; offenkundig angeheitert.

Ich hoffe das hat noch keiner der Lehrer gesehen, denn egal was auch immer nach dieser Feier passieren mag, das Trinken auf dem Schulgelände ist für Schüler strengstens untersagt.

Auch auf einer Party. Und das zu Recht, meiner Meinung nach. »Aber warum?«

Ich weiß ziemlich sicher, dass sie nicht gerne trinkt. Also was soll das?

»Rate mal, wen ich gerade gesehen habe«, stellt sie mich auf die Probe.

Oh nein ... »Liv«, ich schließe die Augen und versuche es mit ruhigem Tonfall.

Scheinbar ist meine Reaktion so deutlich, dass sie selbst in ihrem Zustand genau weiß, was ich gerade denke.

»Ich kann nicht fassen, dass du mir das verheimlicht hast!«, unterstellt sie mir wütend.

Doch da habe ich auch noch ein Wörtchen mitzureden.

»Warte mal, ich *wollte* es dir sagen, auch wenn ich mir nicht sicher war, wie du es aufnehmen würdest! Aber du hast mich einfach abgewürgt und seitdem warst du kaum noch ansprechbar. Er geht nun mal nicht in unsere Klasse, also hatte ich gehofft, dass ...« Keine Ahnung.

»Was?« Plötzlich klingt sie wieder so nüchtern. »Dass ich ihn nicht sehen würde, auf einem Event, das die ganze Schule organisiert und zu dem so ziemlich jeder erscheinen musste?«

Mist ... »Hör zu, es tut mir leid, okay?«

Ich weiß nicht recht, was ich jetzt tun soll, also greife ich nach ihrem Arm und ziehe sie ein wenig zur Seite, ehe wir zu viel Aufmerksamkeit auf uns ziehen. Aufmerksamkeit ist das Letzte, was diese Fahnenstange gerade gebrauchen kann.

»Aber es hätte auch nichts geändert. Ich wusste es selbst nicht, bis vor einer Weile.«

Sie scheint einen Moment darüber nachzudenken, in ihrem vermutlich ziemlich verklärten Zustand.

Fahrig streicht sie sich mit den Fingern durch das gemachte Haar und kann dabei nur froh sein, dass sie einen so haltbaren Knoten fabriziert hat.

Vielleicht nüchtert sie ja noch ein wenig aus, bevor wir hier verschwinden können.

»Okay, warte«, lallt sie leicht und sammelt offenbar ihre verbliebenen Gedanken. »Okay ... is' mir jetzt auch egal. Komm, verschwinden wir von hier ...«

Verwirrt sehe ich erst zu ihr, dann zu der Menge um uns herum.

Warum dieser plötzliche Sinneswandel? »Wieso denn?«

»Weil's hier eben langweilig is'«, entgegnet sie zuerst und lehnt sich dann zu mir, wie um mir etwas zuzuflüstern, wobei sie aber irgendwie nicht richtig flüstert und mich sogar ein bisschen anspuckt, während sie spricht.

Ich werde das jetzt mal als Unfall betrachten.

»Ich weiß aus sicherer Quelle, dass dieser Idiot heute auch eine Privatparty schmeiß'. Schleichen wir ihm nach.«

Ihr Vorschlag klingt nach einem absoluten Katastrophenplan.

»Nein! Du bist bet...« Einer der Eltern läuft gerade an uns vorbei.

Ich lächle und tue so, als sei alles ganz normal, um zumindest ein wenig Ärger abzuwenden.

Dann richte ich das Wort erneut an die Schnapsdrossel. »Mann, du bist betrunken!«

»Na und?«

»›Na und‹?!«

Ich versuche meine Stimme so gedämpft wie möglich zu halten, was zunehmend schwerer wird. Zumindest scheint uns niemand zu beachten.

»Du kannst jetzt nicht einfach gehen, es könnte etwas passieren. Was dann, hm?!«

Sie rollt genervt mit den Augen. »Mein Gott, du bis'so ein übervorsichtiger Angsthase, Annie ...«

Unwirsch lässt sie den Blick durch den Raum gleiten, scheint alles anzusehen und doch nichts wirklich zu beachten.

»Ich hau je'enfalls ab. Mach doch was'su willst.«
Shit.

Und sie tut, wie sie es prophezeit hat. Sie verschwindet. Doch da ich das nicht zulassen kann, eile ich ihr natürlich hinterher.

Diese verdammte Party ...

Es brauchte einige Meter, ehe ich realisiert habe, dass ihr wütendes Abdampfen nicht in eine wahllose Richtung geführt hat. Gemeinsam haben wir zwar durchaus quer über den Hof, scheinbar wahllos die Schule verlassen, doch ein paar Schritte vor uns sehe ich, seit einiger Zeit schon, immer denselben Rücken. Scheinbar verfolgt sie diese bestimmte Person.

Zwar kann ich es nicht beweisen, aber daher kam vermutlich der übereilte Abgang von vorhin.

Ich habe derzeit allerdings nicht die geringste Ahnung, wem wir da genau hinterherlaufen.

Erst nach einer gefühlten Ewigkeit, in der ich hinter ihr her stapfe und sie mich nicht einmal eines Blickes würdigt, bekomme ich so langsam ein Gefühl davon, wo dieser Kerl hin möchte.

Er besucht die Party. *Seine* Party.

Meine Güte, Liv weiß doch wo Peter wohnt, auch ohne einen Wegweiser.

Was genau geht eigentlich gerade in ihrem Schädel vor? Hält sie sich vielleicht für eine Art Ninja auf geheimer Mission?

Mit einem genervten Laut sehe ich mit an, wie sie in dem Haus verschwindet. Dieser Mistkerl hat ihr vor zwei Jahren den Laufpass gegeben. Das war mitunter einer der Startschüsse für ihre Reise nach Europa, abgesehen davon, dass Paris nun einmal das Mekka der Modebewussten und Modekreierenden darstellt.

Liv war schon immer eine romantische Person. Und ihr Vater, auch wenn er sie liebte, hatte mit Sylvia eine Frau an seiner Seite, die ihre Gegenwart nicht ertragen konnte.

Ich weiß auch nicht, vielleicht war ich nicht genug für sie da, aber offensichtlich hat es jedenfalls nicht gereicht.

Damals haben wir uns das erste Mal gestritten. Das einzige, echte Streitthema, das wir je hatten. Dieser Vollidiot.

Sie hat ihn damals mit fünfzehn Jahren kennengelernt. Ich war damals vierzehn und sie sagte mir, ich würde es nicht verstehen.

Doch ich verstand nur, dass er sie nicht wirklich geliebt hat, was sie jedoch nicht sehen wollte. Ich habe ihn mit einer anderen gesehen. Als sie sechzehn und ich fünfzehn war, hat er sich sogar an *mich* rangemacht.

Weil er sie nicht haben konnte. Und er hat so lange gedrängt, bis sie ihm ihre Jungfräulichkeit geopfert hat. Danach hat er sie fallen lassen. Einfach so.

Und sie hat wochenlang geweint, selbst wenn sie sich dafür verkrochen hat, wusste ich es.

Sie hat sich sogar an die tausend Mal dafür entschuldigt, dass sie nicht auf mich gehört hat, doch das konnte nichts von dem rückgängig machen, was geschehen ist. *So ist das Leben.*

So sehr habe ich ihn dafür gehasst. Dafür, dass er ihr so wehgetan hat.

Allerdings frage ich mich durchaus …

»Hey«, spreche ich sie an, als wir endlich im Haus sind.

Umzingelt von feiernden und trinkenden Jugendlichen.

»Was hat er eigentlich getan, dass du so durchdrehst? Ich meine, ja, du bist wütend und das ist auch okay. Aber warum plötzlich diese Explosion und das Trinken?«

Scheinbar überfordere ich damit kurzfristig ihre Aufmerksamkeitsspanne, ehe sie ihre Gedanken ordnen kann und mich dann todernst ansieht.

»Weil er es schon wieder tut. Hab's gesehen«, stellt sie todernst, aber irgendwie auch kindlich niedlich fest, als sie mich ansieht.

»Was?«

Leicht schockiert brauche ich nicht lange zu überlegen, um zu wissen, was sie wohl meint.

»Er hat wieder Eine? Aber … Kann man das nicht zur Anzeige bringen? Er ist doch mittlerweile über zwanzig!«

»Keine Ahnung … Aber wenn man's anzeigen kann, iss'es für gewöhnlich schon zu spät und vorher macht ja keiner was.«

»Das stimmt«, gebe ich schweren Herzens zu. »Aber was willst du tun? Ihn auffliegen lassen?«

Der Ausdruck auf ihrem Gesicht verändert sich, ehe mir klar wird, was ich da gerade angerichtet habe.

»Nein, das wirst du nicht tun, das wird nur Probleme geben! Wenn er dich raus wirft und das die Runde macht … Mensch, du bist *betrunken*! Das kann Riesenärger geben!«

Ich stemme die Hände in die Hüften und sehe sie streng an, doch sie scheint mich nicht einmal wahrzunehmen.

»Na und? Bin volljährig …«

Ich ziehe eine Augenbraue nach oben und sehe sie mit verschränkten Armen an.

»Wo denn bitte das?!«

»Frankreich.«

»Aber wir sind hier nicht in *Frankreich*!«

Sie sieht nicht einmal mehr in meine Richtung, weswegen ich nach ihrer Schulter greife.

»Hey, hörst du mir überhaupt zu?!«

Doch sie schüttelt die Hand wieder ab.

»Jaja«, faselt sie nur und verzieht sich dann. »Falls du ihn nicht mehr wiedererkennst … Er meinte, er würde als Vampir rumlaufen, aber das Kostüm hab ich noch nich' gesehen …«

Na, wenn das mal gut geht.

Teilweise kommt sie mir echt hagelbreit vor, aber dann wieder völlig normal. Es ist so trügerisch. Ich weiß nicht, wie potentiell gefährdet sie gerade ist, wenn ich nicht aufpasse. Andererseits will ich auch, dass sie ihre Probleme regeln kann, sonst kommt sie nicht richtig darüber hinweg.

Dazu kenne ich sie zu gut.

Außerdem ist da in mir diese kleine Stimme, die sich wünscht, dass niemand mehr so enden muss, wie Liv damals. Es hat ihr Erinnerungen gegeben, die wirklich schön hätten sein sollen und sie in etwas Schmerzhaftes verwandelt.

Also lasse ich sie ziehen.

Wollen wir hoffen, dass ich das nicht noch bereuen muss.

Ich streiche das falsche, schwarze Haar zurück und sehe mich etwas nervös um. Irgendein Kerl kommt derweil vorbei, legt mir einen Arm um die Schulter und drückt mir dabei einen Becher in die Hand. Offenbar will er mit mir trinken.

Aber ich wimmle ihn einfach ab.

Den Becher aus Nervosität dennoch weiter in Händen haltend, starre ich in die Richtung, in die meine mindestens angetrunkene Freundin vor ein paar Minuten verschwunden ist.

Komm schon … *komm schon!* Sie sollte längst wieder hier sein.

Normalerweise setzt sie sich irgendwelche Flausen in den Kopf und zieht sie durch – es sei denn sie realisiert, dass sie eigentlich nicht durchführbar sind. So male ich mir gerade alle möglichen Theorien aus, was da drüben los sein könnte. Wo auch immer sie jetzt ist.

Doch noch ehe ich weiter überlegen kann, vernehme ich einen lauten Schrei. Ein Mädchen, etwas derangiert, ein wenig jünger als wir und ziemlich aufgewühlt, kommt aus der Richtung gestürmt, aus der ich Liv erwartet habe.

»Oh verdammt …«, murmle ich zu mir selbst.

Ich setze zu einem Schritt an, um nach der gesuchten Übeltäterin zu sehen, wobei ich mir das jedoch sparen kann. Diese kommt nur einen Atemzug später wütend und nicht weniger aufgewühlt, aus derselben Tür gestampft; hinter ihr lallendes, genervtes Gezeter von irgendeinem Kerl.

Ich werde mich mal ganz weit aus dem Fenster lehnen und davon ausgehen, dass es sich hierbei um keinen Geringeren als unseren alten Kumpel Pete handelt.

In dem Moment rennt eine weitere Gestalt in die Braunhaarige hinein, wobei sie einen Schwall rote Flüssigkeit aus dessen Glas abbekommt, das sich über ihr halbes Dekolleté ergießt. Beschämt, beschwipst und sowieso komplett aus der Bahn geworfen, eilt sie damit in irgendeine Richtung des Hauses. Vermutlich in ein Badezimmer.

Doch hier sind überall Menschen die im Weg stehen. Ich muss dringend zu ihr!

Entschlossen stelle ich meinen eigenen Becher, welchen ich noch immer sinnlos mit mir herumtrage, auf einen Beistelltisch in meiner Nähe. Mich auf dem Absatz umdrehend, renne ich dabei jedoch noch mit voller Wucht in eine weitere Person, welche dort wie aus dem Nichts auftaucht.

»*Uff*« Etwas perplex blinzelnd, versuche ich den Wegblocker zu erkennen.

»Hey, pass doch auf, du Trampel …!«

Kurz zucke ich zusammen, als mein Blick auf einen altertümlichen, adlig anmutenden Aufzug fällt … komplett in Grün. Und dann wird mir plötzlich klar, wen ich da vor mir habe.

»Wow«, entfährt es mir mit einer gewissen Ungläubigkeit in der Stimme, »geiles Kostüm. Was ist das? Ne Gurke mit Fangzähnen? Muss ne Spezialanfertigung sein.«

»Ach, halt doch die Klappe. Es wurde bloß in der falschen Farbe geliefert«, jammert er, ehe er mich fahrig von oben bis unten mustert.

Was mir ehrlich gesagt, auf mindestens zehn verschiedene Arten, vor Ekel mein vergangenes Frühstück in den Rachen zurücktreibt.

»Und tu nich so, als wär dein Kostüm besser, du verdrehter Grufti«, meint der Partykönig mit der vermutlich halben Alkoholvergiftung im Blut; und das noch vor zweiundzwanzig Uhr.

Was ist er nur für ein Charmeur …

Ich glaube auch nicht, dass er sich noch an mich erinnert, zumindest macht er nicht den Anschein. Vielleicht kommt es durch die Perücke und das dunkle Outfit. Vielleicht ist es aber auch der Alkohol und die Tatsache, dass er mich nie rumgekriegt hat, was für ihn blamabel ist.

Aber mir soll es ohnehin egal sein. Ich hätte ihn vermutlich auch nicht sofort erkannt, wäre mir nicht schon durch Liv bekannt gewesen, dass er als Vampir rumläuft.

Theatralisch verdrehe ich vor ihm die Augen und wedle den Dunst vor meinem Gesicht zur Seite. Wobei mir jedoch mit Schreck meine eigentliche Mission bewusst wird. Denn ich sehe, wer da gerade nur ein paar Schritte entfernt die Tür durchschreitet und somit Reißaus nimmt.

Hey, du wolltest doch unbedingt auf diese Party, nun hau gefälligst nicht ohne mich ab!

Schade, dass sie das nicht hören kann … Ich muss ihr wohl wieder hinterher laufen.

Allerdings steht mir dabei noch immer eine gewisse Wand in der Farbe einer Seegurke im Weg, als ich einen Schritt mache.

»Wohin denn so eilig?«

Genervt stöhne ich auf. »Okay, jetzt spitz mal die Ohren, Graf Rucola, ich hab Besseres zu tun, als mich mit dem Vakuum in deinem Schädel zu messen, also steh mir nicht im Weg!«

Mit diesen Worten drücke ich mich auch schon an Peter vorbei und eile hinter meiner Freundin her.

Toll, jetzt hab ich sie wegen diesem Deppen entkommen lassen.

Mal hoffen, dass ich sie noch erwischen kann, auf jeden Fall glaube ich, dass ich weiß, wo sie hin möchte.

Wenn ich falsch liege, sehe ich allerdings alt aus ...

Ich habe wirklich ein mieses Gefühl hierbei.

Chapter 9

And Whatever Pain May Come

So schnell ich kann, laufe ich nach draußen. Über mir scheint es in den letzten Minuten einen Wolkenbruch gegeben zu haben, welchen ich jedoch nicht mitbekommen habe. Weiß der Geier wieso, denn es gewittert auch. Ich war wohl viel eingenommener, als ich gedacht habe.

Nun weiß ich es besser.

Doch was soll ich tun? Der Regen wird immer stärker, als er sich über unsere Köpfe ergießt und mir unablässig die Sicht nimmt. Dieses Gefühl erscheint mir so unangenehm vertraut.

So sehr, dass mir schlecht davon wird. Doch ich ignoriere das Gefühl, Liv zuliebe.

Ich bin bereits völlig durchnässt, als ich die große Straße überquere.

Wo ist sie hingegangen? Links? Rechts? Einfach den Weg entlang?

Mir bleibt nicht mehr, als meinem Instinkt zu folgen und an den Ort zu gehen, an dem ich sie schon zuvor vermutet hatte. Bleibt nur zu hoffen, dass ich mit diesem dumpfen Gefühl auch wirklich richtig liege, denn die Gefahr, dass ihr etwas zustößt, besonders in ihrem jetzigen Zustand, ist mit dem Regen nicht unerheblich gestiegen.

Dem Verkehr auf einer anderen Spur ausweichend, eile ich ans rettende Ufer, denn die betonierten Pfade sind bereits zu kleinen Bächen mutiert. Ein Fakt, der es den Autos immens erschwert, im Halbdunkeln zu navigieren. Ich kann praktisch zusehen, wie es immer weniger werden, die sich trauen, los zu fahren.

Und das, obwohl ich kaum Zeit habe, überhaupt einen Blick zu riskieren.

In gefühlt einem Wimpernschlag ist meine Umgebung wie ausgestorben. Das Tosen über den Baumkronen, als ich in den Wald renne, was sicher auch keine gute Idee darstellt, macht mir beinahe Angst.

Doch nicht, weil ich Angst vor Gewittern hätte. Es macht mir Angst, weil es jederzeit einer dieser Schläge sein könnte, der ankündigt, dass irgendetwas Schreckliches geschehen ist. Ich glaube daran, dass solche Dinge immer als schlechte Omen fungieren.

Und wenn ich es vorher nicht hätte, dann ganz sicher heute Nacht.

Die Wiese unter meinen Füßen fühlt sich sumpfig an, als ich mich hindurch schleppe.

Noch einen Tick schneller renne ich. Ein kurzer Seitenblick auf die von Wasser überlaufene Uhr an meinem Handgelenk, zeigt mir, dass ich schon über zehn Minuten auf dieser Spur bin.

Ich hoffe dabei, dass sie nicht bereits vor zehn Minuten stehen geblieben ist, da ich für mehr nicht die Zeit und nicht den nötigen ›Durchblick‹ habe. Ich vertraue auf das Glück, das mir bis heute meist zur Seite gestanden hat, wenn ich es am meisten gebraucht habe.

Meine Augen brennen schrecklich; ich muss immer wieder blinzeln, um überhaupt etwas sehen zu können. Es ist so dunkel und überall nur Bäume vor mir.

Das Kleid ist klatschnass und hindert mich daran, ordentlich einen Fuß vor den anderen zu setzen.

Auch die ohnehin schweren Stiefel an meinen Füßen, laufen immer weiter mit Wasser voll. So sehr, dass ich mich fühle, als würde ich durch einen zwanzig Zentimeter tiefen Tümpel waten. Jeder Schritt ist ein schmatzendes, nasses Unterfangen.

Wenn ich Liv so nicht finden kann, schwöre ich, drehe ich ihr den Hals höchst persönlich um.

»Liv?«

Ich schreie wahllos in den Wald hinein, doch nichts, bis auf das laute Tratschen des Regens auf meinem Haupt, auf die Blätter und Zweige der Bäume, Büsche und den Boden um mich herum, soll meine Antwort sein.

Einen Augenblick bleibe ich stehen. Bin ich überhaupt noch richtig?

Es sieht alles so anders aus, in diesem Unwetter. Gott, ich will eigentlich einfach nur umkehren und nach Hause gehen. Aber das kann ich nicht tun.

Ich kann es einfach nicht. Nicht, wenn ich weiß, dass sie vielleicht genau in diesem Augenblick *dort* ist. Und solche

Regenfälle machen diesen Ort gefährlich. Sie könnte stürzen und sich verletzen.

Vielleicht liegt sie in diesem Augenblick irgendwo dort auf der Lichtung oder sogar noch hier im Wald, auf dem Weg dorthin, und kann nicht aufstehen. Oder schlimmer … vielleicht hat sie sich den Kopf angeschlagen und ist bewusstlos.

Bei diesen Widrigkeiten reicht es aus, in der Wiese zu liegen, um zu ertrinken. Ein Szenario, das ich mir eigentlich gar nicht ausmalen will, aber es ist zu spät.

Allein der Gedanke an all die Dinge, die ihr zugestoßen sein könnten, gibt mir den Antrieb, noch einmal los zu rennen. Ich denke, ich habe die richtige Richtung gewählt. Denn ich kann den Mond sehen, wie er durch die einzelnen Baumstämme hindurch zu mir herab scheint.

In der Ferne kann ich das fahle Licht eines Leuchtturms erkennen, das sich durch die Regendecke zu kämpfen versucht und matt auf der unruhigen Meeresoberfläche schimmert.

Ich sehe die Klippe, welche unverkennbar über dem Wasser aufragt … und bin erleichtert.

Außer Atem und völlig verwirrt, erreiche ich beinahe auf allen Vieren das Gelände, da ich auf dem letzten Meter über eine Wurzel stolpere und nach vorn falle.

Das laute Geräusch scheint mich deutlich angekündigt zu haben, denn die Person, die ich ohnehin suche, und die zu meinem Glück auch tatsächlich vor mir steht, dreht sich nun zu mir herum.

Sie sieht mich an und ihr Blick ist kälter als der Regen, der auf uns herabfällt. Ich kann erkennen, dass sie geweint hat, obwohl das Wetter eine solche Unterscheidung unmöglich machen sollte. Es sind ihre Augen, die es klar verraten.

Ihre Arme sind wütend vor der Brust verschränkt und kaum, dass sie mich sieht, wendet sie sich auch schon wieder ab.

»Bitte geh. Ich will allein sein«, schreit sie und klingt dabei beruhigenderweise klarer als vorhin.

Die kalte Dusche muss sie ein wenig zurückgeholt haben, aber ihre leicht unstete Haltung gibt klar zu verstehen, dass sie noch lange nicht über den Berg ist. Und dazu ist sie auch noch emotional beansprucht.

Ich sollte sie von hier wegbringen. Nur wie?

Auch sie ist selbstverständlich völlig durchnässt, es könnte eine Möglichkeit sein.

»Hey, Liv«, rufe ich ihr durch den Lärm der Welt über unsere Entfernung zu und kämpfe mich zurück auf die Füße.

Was bei diesem rutschigen Gras unter meinen Sohlen nicht gerade ein Leichtes ist, wie ich feststellen muss.

Doch ich lasse mich nicht kleinkriegen. »Lass uns nach Hause gehen, dort können wir so lange reden, wie du willst. Ich kann dich auch so lange in Ruhe lassen, wie es dir passt. Aber komm bitte mit, du wirst dir sonst den Tod holen, in den nassen Sachen.«

Bei jedem Mal, wenn ich den Mund öffne, fließt ein Schwall Wasser über meine Lippen, der meine Stimme dämpft und die Worte undeutlich macht, doch ich bin mir sicher, dass sie mich sehr wohl verstehen kann.

Bloß *will* sie einfach nicht reagieren.

Unschlüssig darüber, was ich nun tue soll, sehe ich mich um.

Keine Hilfe in Sicht. Mein Handy habe ich auch nicht dabei, wie ich mit einem genervten Stöhnen bemerke. Ich bin wohl kaum in der Lage, sie nach Hause zu *tragen*, also muss mir etwas anderes einfallen.

»Komm schon. Ich weiß, dass er ein Arschloch sondergleichen ist. Was er mit dir gemacht hat, das hätte er nicht tun dürfen. Auch mit niemandem sonst.«

Sie zuckt beinahe unmerklich zusammen. Ich bin mir nicht einmal sicher, ob es nicht doch Einbildung war oder wirklich passiert ist.

»Aber das ist doch kein Grund dich in Gefahr zu bringen!«

»Weißt du, was das Schlimmste ist?«, wirft sie plötzlich einfach so ein.

Und nein, sie schreit nicht. Weswegen ich auch besonders gut hinhören muss, um sie durch das Rauschen meines eigenen Blutes und den vielen Nebengeräuschen herausfiltern und verstehen zu können.

»Was denn?«

Vielleicht hilft es ja, wenn sie sich von der Seele redet, was sie gerade so stresst. Deshalb ist sie ja hergekommen. Gerade ist nur einfach nicht der beste Zeitpunkt dafür, wie ich finde.

Sie scheint das jedoch nicht so ganz zu sehen.

»Er war die ganze Zeit schon ein Arschloch.« Langsam dreht sie sich wieder zu mir um. »Er war es die ganze Zeit schon, aber ich habe es nicht gesehen. Du schon, aber *ich* nicht. Und wieso? Weil ich naiv und geblendet war. Weil er mich verarschen konnte. Und genau deshalb hat er mich ausgewählt.«

»Nein, das…«

Ich versuche ihr diesen Gedanken abspenstig zu machen, doch sie unterbricht mich bereits.

»Und weißt du was ich da heute gesehen habe?«

Seufzend gebe ich mich geschlagen. »Nein. Was?«

»Dieses Weib.« Sie kommt einen Schritt auf mich zu. »Sie war genau wie ich, nur blond. Sie hat genauso reagiert wie ich, als ich in ihrem Alter war. Als du versucht hast, mir die Augen zu öffnen und ich so saudumm war, ihm mehr zu vertrauen als dir, weil ich dachte, du seist einfach eifersüchtig. Sie war *genauso*.«

Ja, das war absehbar. »Aber das hat doch damit nichts zu tun! Er war bereits achtzehn und hat dich nur benutzt. Du hast an die Liebe geglaubt und das ist doch nichts Schlimmes, oder? Das tue ich auch.«

Ich fühle mich selbst schlecht, als ich bei diesem Gespräch an eine ganz bestimmte Person denken muss. Ebenfalls eine wirklich sehr, sehr schlechte Idee für eine Beziehung.

Und diesmal bin ich es, die sich als unbelehrbar herausstellt. Welch Ironie.

Auch wenn aus diesem Zwist zumindest keine Beziehung entstehen kann, die mir zum Verhängnis werden könnte, so wie bei ihr …

Mit beinahe flehender Stimme wende ich mich erneut an sie.

»Na und? Das ist doch trotzdem nicht deine Schuld. Ich versteh, dass du wütend bist. Echt jetzt, ich versteh das! Ich bin genauso wütend wegen der Sache, aber ich will nicht, dass du dich verletzt, weil irgendein Spinner etwas getan hat, was er nicht hätte tun dürfen.«

Wenn das so weitergeht, ertrinken wir bald noch im Stehen. Selbst der Meeresspiegel scheint anzuschwellen.

Ich stehe weiterhin mindestens vier Meter von ihr entfernt, so wage ich ein paar erste Schritte in ihre Richtung. Allerdings stellt sich das als offenkundiger Fehler heraus.

»Bleib einfach wo du bist«, wirft sie mir entgegen.

Ich bekomme beinahe einen Herzinfarkt, als sie auf wackeligen Beinen noch weiter zurückweicht, in Richtung Kante. Sie dürfte jetzt genau da stehen, wo es einst die Brücke gegeben hat. Die Brücke zur anderen Seite, welche nun nicht mehr ist und das aus durchaus gutem Grund.

»Ich brauche einfach ein bisschen Abstand, okay?«

Sie fasst sich fahrig an den Kopf und zieht dort an einigen der unechten Strähnen. Dabei murmelt sie irgendetwas, das ich mit ›Gott, ich hab Kopfschmerzen‹, übersetzen würde, doch ich könnte es so nicht unterschreiben. Sinn machen würde es jedoch.

Ich weiß zwar nicht genau, was sie sagt, doch ich lasse sie einfach einen Moment in Ruhe.

»Weißt du«, beginnt sie nach ein paar Sekunden erneut. »Für jemanden wie dich, die sowieso nie Freunde finden will, mag das alles ja nur ein Witz sein, aber ich bin nun mal nicht so. Ich bin nicht so eiskalt gegenüber anderen und es ist mir auch nicht egal, was andere über mich denken. Anders als dir.«

Ich gehe beinahe einen Schritt zurück, da mich ihre Worte für den Moment genauso hart treffen, wie ein Schlag mit der Faust.

»Was meinst du damit?«

»Was ich damit meine?« Sie lacht seltsam hysterisch. »›Hallo, ich bin Annie und ich schaffe es volle zwei Jahre lang nicht, auch nur einen einzigen anderen Freund zu finden oder überhaupt einen anzusprechen‹«, schreit sie laut durch die Gegend und ich zucke zusammen.

Etwas sagen kann ich jedoch nicht.

Auf die Stille hin, blickt sie mich an. »Ich weiß nicht, aber klang das gerade vielleicht nach jemandem, den wir beide kennen?«

»Ich weiß zwar nicht, ob du immer noch betrunken bist, aber es tut mir ehrlich leid, wenn du mich wirklich so siehst. Falls du es genau wissen willst, ich hab auch Gefühle, auch wenn du das vielleicht nicht glauben kannst.«

Sie verstummt kurz. Bleibt nur stehen und sieht mich schweigend an, dann reibt sie sich über Gesicht und Augen, ehe sie ein paar Mal hin und her tapert.

»Okay«, meint sie. »Das war hart. Tut mir leid.«

Ich kann nichts dazu sagen. Ich weiß, dass ich nicht gut darin bin, Freunde zu finden oder mich zu binden. Das war ich eben noch nie.

Ehrlich gesagt war es Liv, die mich anfangs wohl auch für sehr skurril hielt, aber nicht locker ließ, bevor ich mich ihr endlich irgendwann öffnen konnte. Ohne dass ich es gemerkt habe, entstand ein Band zwischen uns.

Ich selbst bin dafür allerdings nicht verantwortlich. Bei meinen Eltern war es ganz ähnlich.

Und nein, ich habe in diesen zwei Jahren wirklich keinen einzigen neuen Menschen kennen gelernt, den ich als so etwas wie einen ›Freund‹ bezeichnen würde. Habe mich mit niemandem getroffen oder bin auf Partys gegangen.

Selbst als mich noch keiner kannte und ich eingeladen wurde, habe ich es ausgeschlagen. Früher war ich immer nur Livs Anhängsel und sonst nichts, auch wenn sie mich hat fühlen lassen, als wäre das ganz normal. Als wäre ich *besonders*.

Dennoch bin ich nicht *kalt*. Oder gefühllos.

»Aber ich bin eben anders als du, Annie. Ich war jung und verliebt; *zu* jung vielleicht, aber ich hab ihn wirklich geliebt. Anders als dir, sind mir solche Sachen schon immer schwer gefallen.«

Sie atmet einmal tief durch, was sich, aufgrund dieses Wasserfalls aus den Wolken, noch immer nicht allzu leicht gestaltet. Selbiger wird so langsam jedoch zu einem gleichmäßigen Spiel im Hintergrund, an das sich zumindest mein Gehör gewöhnt.

»Du erinnerst dich sicher an die Sache in diesem Kleidergeschäft? Da, wo wir diese bescheuerten Teile her haben.«

Ich sehe an mir herab und nicke. »Ja«, rufe ich zurück, als mir klar wird, das solch kleine Gesten im Moment kaum richtig zu erkennen sein werden, wenn sie nicht besonders darauf achtet.

Jedenfalls nicht auf diese Distanz.

»*Überraschung*«, kommt es von ihr und für eine Sekunde bleibe ich verwirrt zurück. »Ich war da. Erst vor kurzem. Deshalb hat mich die Frau so angeschaut … weil ich ihr beim letzten Mal eingeschärft hab, so zu tun, als wär ich noch nie da gewesen. Verstehst du?«

»Nein, ich-«

»Ich war *hier*.« Ihre gesamte Haltung verrät ihren mentalen Zustand. »Innerhalb der letzten zwei Jahre, war ich hier in der Stadt. Aber ich konnte euch nicht besuchen, weil ich Angst hatte. Ich wollte nie hierher zurück, weil mein Vater mich nicht mehr wie früher angesehen hat. Ich konnte auch nicht riskieren, allein zurück zu bleiben, also wollte ich mich selbst abschotten. Aber es hat nicht funktioniert.«

»Okay«, sage ich, doch schüttle den Kopf. »Ist doch okay. Das macht nichts. Es ist völlig in Ordnung, wenn du so bist, ich weiß es doch.«

»Nein, du weißt gar nichts!«

Würde es nicht so regnen, würde ihr Schrei vermutlich durch den ganzen Wald schallen, so laut und durchschneidend scheint es mir.

»Es ist *nicht* alles in Ordnung. *Gar nichts* ist in Ordnung.«

Jetzt bin ich mir sogar *ziemlich* sicher, dass da der Alkohol aus ihr spricht. Vielleicht auch aufgestaute Wut gegenüber ihm, gegenüber ihrem Vater, gegenüber mir, und vermutlich jedem gegenüber, der ihr je irgendwie geschadet hat.

Ob es mir wehtut, dass es ausgerechnet so herauskommt? Ja, vermutlich.

Aber ich denke, dass es sie viel mehr verletzt hat, das alles über Jahre in sich rein zu fressen. Selbst wenn ich über kleine Teile bereits im Bilde war, nagte doch offensichtlich viel mehr an ihr, das sie nicht einmal *mir* je gezeigt hat.

Weil sie zu stolz dazu ist oder es zumindest war. Genau deshalb bin ich mir auch so sicher, dass sie noch immer nicht bei klarem Verstand ist, auch wenn sie fast so klingen mag.

Das ist es, was mir die Kraft gibt, hier weiterhin zu stehen und ruhig zu bleiben.

»Alles klar … Nur, bitte komm jetzt wieder rüber, okay?«

Es dauert eine ganze Weile, in der wir einfach stumm da stehen, ehe sie sich zu mir umdreht und nickt. Und ich atme erleichtert auf, als ich erkenne, dass sie wirklich in meine Richtung marschieren will.

Bei dem Versuch stolpert sie ein wenig über den matschigen Boden und noch ehe ich irgendwie reagieren kann, löst sich ein Stück der gelagerten Erde unter ihren Füßen.

Und es trägt sie über den Rand der Schlucht.

Die Realisierung dessen, was gerade geschieht, scheint sich ein Jahrtausend hinzuziehen, in dem mein Herz stehen bleibt. In dem alles stehen bleibt. Doch in Wahrheit ist es nur der Bruchteil einer Sekunde, in der ich zur Salzsäule erstarre.

Mit einem Satz, ohne nachzudenken, werfe ich mich nach vorn. Erst dort verstehe ich wirklich, dass sie noch immer an der Klippe hängt und mit dem Oberkörper langsam nach unten rutscht. Dass sie noch hier ist.

Dass ich sie noch retten kann.

Als ich mich zu ihr in den Dreck werfe, um nach ihr zu greifen, fällt sie bereits etwas weiter zurück. Geschockt über diese Situation, versuche ich dem Wasser zu trotzen und sie im Auge zu behalten, wie sie sich an einem Vorsprung festhält.

»Nimm meine Hand«, versuche ich ihr mitzuteilen.

Doch ich weiß nicht, wie man so etwas macht. Ich war weder jemals bergsteigen, noch etwas Ähnliches. Ich habe solche Szenen bisher nur in Filmen gesehen und sie sagen einem leider nicht, wie man die Nervosität, den Schock und die Panik überwindet. Und die Gedanken.

Wenn die Hände zittern und jedes Rädchen in deinem Hirn rattert, während du darüber nachdenkst, wie du vielleicht etwas verhindern kannst, dass sich kaum verhindern lässt.

Aber im Film funktioniert es doch immer, oder nicht? Es geht?

Ich schluchze panisch, als ich sie da hängen sehe. Mit der anderen Hand versucht sie nach mir zu greifen, doch die Finger sind feucht und teilweise matschig.

Noch einmal reiche ich ihr die Hand. Der laufende Niederschlag über uns macht das Ganze nur immer schwerer und auch ich beginne langsam ein wenig zu rutschen, obwohl ich eigentlich mit dem ganzen Körper auf dem Boden liegen sollte.

Ich bekomme einfach keinen festen Halt, so kann ich sie nicht hochziehen.

Wieder greift sie nach mir und diesmal kann ich sie erwischen.

Mit Tränen in den Augen, lächle ich sie an. »Es wird wieder ... Alles wird gut«, sage ich, als könne sie das jetzt beruhigen.

Sehr wahrscheinlich hat sie mich nicht einmal gehört.

Doch es gibt mir ein gutes Gefühl, also ist es mir gleich, während ich versuche, sie mit aller Kraft nach oben zu ziehen und sie mit den Füßen nach Halt an der Felswand sucht, um mir das Ziehen zu erleichtern. Das Zappeln macht es jedoch nur schwerer.

Ihr Gewicht zusammen mit dem vielen Nass ist größer als gedacht, doch ich habe sie. Ich muss sie nur hochziehen.

Mit der anderen Hand, versuche ich nach der aufgeweichten Erde zwischen dem platten Gras zu fischen, um meine Finger darin zu verhaken.

Unterdessen schleppe ich mich mit aller Kraft nach hinten. Doch ich rutsche immer wieder über das glatte, schlammige Gras zurück.

Plötzlich spüre ich, wie einige Bänder mein Handgelenk einschnüren.

Der Handschuh, welcher verhindert, dass Liv mir wegen all der Feuchtigkeit buchstäblich durch die Finger gleitet, schneidet in meine Haut. Der Schmerz zieht bis in meinen Ellenbogen und schwächt meinen Griff.

Und dann ist er plötzlich verschwunden.

Erschrocken sehe ich nach unten und erkenne, wie der Gerissene Handschuh einfach abrutscht.

Und Liv mit ihm.

Ich krabble so schnell ich kann, wie gelähmt zurück an den Rand, während mir das schwarze, nasse Haar, im Sturm gegen das Gesicht schlägt.

Es dauert eine ganze Weile. Ich kann mich nicht rühren und eine Träne nach der anderen fällt ziellos in den Abgrund vor mir.

Völlig hilflos gegenüber dem, was eben geschehen ist, bleibe ich stumm und zucke nicht einmal mit einem Muskel. Die Felsen unter mir stehen fest.

Das Wasser schlägt unnachgiebig dagegen und die kalte Luft um mich herum lässt mein Blut zu Eis gefrieren.

Wie ein Schalter, der umgelegt wird, beginne ich plötzlich zu schreien.

Ich schreie immer wieder ihren Namen. So als müsste mich jemand hören. Doch scheinbar komme ich nicht gegen das Unwetter an, da mich nicht einmal die Menschen zu bemerken scheinen, die hinter dem Wald darauf warten, dass sie endlich weiterfahren können.

Es scheint so unwirklich. Wie ein Traum.

Ja, wie der Traum von vor einer Woche.

Das hier ist einfach noch einmal derselbe Traum. Dieselbe Angst. Dasselbe beklemmende Gefühl. Dieses Gefühl, etwas Unersetzbares für immer verloren zu haben.

Es ist nicht echt.

Weiter starre ich einfach nach unten. In das Nichts, von dem sie einfach verschluckt worden ist.

Ich habe gesehen, wie sie darin verschwunden ist, doch es wirkt so absurd. Als wäre sie nicht wirklich gefallen.

Und ich nicht wirklich hier.

Unverwandt starre ich nach unten in die Leere. Ich fühle mich, als hätte ich keinen einzigen Knochen mehr im Leib; kann nicht aufstehen und mich nicht rühren.

Dabei kommt mir immer wieder dieses Bild in den Sinn. Dieses Bild, das ich im Schlaf gemalt zu haben schien. An diesem Tag, der sich jetzt so weit entfernt anfühlt.

Der Morgen, an dem ich Liv endlich wiedergesehen hatte. Es hätte so schön werden können.

Doch seitdem war da all diese Furcht; all diese Vorahnungen, das schlechte Gefühl bei dieser Party. All das strömt nun auf mich ein und hindert mich daran, einen klaren Gedanken zu fassen.

Es ist, als hätte es mir genau das hier sagen sollen.

Sollte am Ende vielleicht alles nur hierauf abgezielt haben? Schön blöd.

Ich weiß nicht, ob ich daran glaube. An das Hellsehen. Ich glaube an Karma. Böse Omen.

Aber Hellseherei? Keine Ahnung.

Das ist nicht der Zeitpunkt, über solche Dinge nachzudenken. Für was ist es denn der Zeitpunkt? Ich weiß es nicht.

Dafür ist mein Kopf zu leer. Zu ausgelaugt.

Langsam stemme ich mich auf den Armen nach oben, wie in Zeitlupe. Mein Gesicht ist eingefroren und taub; die Hände zittern wie Zweige, die jeden Moment abbrechen könnten.

Wenn ich nicht aufpasse, falle ich auch hinunter …

Beinahe hätte ich bei diesem Gedanken gelacht.

Es wirkt so falsch. ›Auch‹. So als wäre es nicht gerade Olivia gewesen, die hinuntergestürzt ist. Sondern nur irgendein dummer Gegenstand.

Wackelig komme ich wieder auf die Beine. Voller Matsch auf dem halblangen Kleid. Die schwarze Spitze ist verklumpt und es erinnert mich daran wie wütend Liv darüber wäre.

Ich stehe noch weitere Minuten dort, weiß nicht wie lange.

Vielleicht ist es falsch, noch mehr Zeit zu vergeuden, anstatt Hilfe zu rufen. Doch wenn ich an ihren Gesichtsausdruck denke, den sie hatte, als sie realisiert haben muss, dass ich sie nicht halten kann …

Mir wird schlecht.

Ich habe das Gefühl ich muss warten. Hier auf sie warten.

Nur für den Fall, dass sie wiederkommt.

Doch an dieser Stelle ist es mein Wunschdenken und mein Geist, der glaubt, dass das möglich wäre, während mein Verstand sich dagegen stellt.

So drehe ich mich herum; wende ihr den Rücken zu und gehe einen Schritt nach dem anderen zurück. Durch den dichten, dunklen Wald. Ohne Taschenlampe oder Restlicht.

Nur der Mond scheint mir den Weg, so lange, bis ich die Lichter der Straße von der anderen Seite hindurchscheinen sehe.

Eine Nacht in der Zivilisation ist eben nie wirklich dunkel.

Ich spüre etwas Warmes auf meiner Haut, zwischen dem kaum mehr spürbaren Regen; verstehe erst nach einer geschlagenen Minute, dass ich erneut weine. Und diesmal bin ich froh, dass der Himmel es mir gleichtut. Das Donnern übertönt ein Schluchzen und ich muss ein seltsames Bild abgeben.

Ein Mädchen in einem dummen Kostüm, befleckt mit Matsch bis unter das Kinn und vollkommen durchnässt. Durchquert dabei einen finsteren Wald, während eines Wolkenbruchs, wenn jeder Zeit der Blitz in einen der Bäume einschlagen könnte.

Selbst *ich* finde das lächerlich.

In meinem Kopf höre ich ein Pfeifen. Sonst ist alles so still, trotz des noch immer strömenden Regens. Auch daran habe ich mich gewöhnt.

Wie viel Zeit wohl vergangen ist?

Ob die Party noch immer andauert?

Vielleicht hat dieser Mistkerl sogar schon wieder ein neues Opfer gefunden … Auch wenn er dazu vermutlich doch zu betrunken sein sollte.

Ich wische mir unsinnigerweise über die Wange, als ich langsam erkenne, wie nahe ich der Straße komme. Zu dem Pfeifen gesellt sich nun ein Rauschen, das alles andere überschattet.

Dennoch gehe ich einen Schritt schneller, denke ich. Meine schweren, seltsam plumpen Beine, sind dennoch so langsam wie die einer Schildkröte.

»Hey«, rufe ich aus, doch niemand scheint mich zu hören.

Überhaupt scheint niemand zu bemerken, dass ich existiere.

Ob sich meine Eltern wohl Sorgen machen?

Ob Livs Vater sich wohl Sorgen macht?

Sie hat ihm nie Bescheid gegeben, wie mir erst in diesem Moment klar wird. Es ist irgendwie absurd, doch ich wünschte mir, ich hätte sie daran erinnert; dass sie ihm Bescheid geben soll.

Doch zu dieser Zeit habe ich daran überhaupt nicht gedacht. Alles andere war so viel wichtiger. Und jetzt …?

Was ist jetzt noch wichtig?

Sylvia wird vermutlich Luftsprünge machen. Denn egal wie sehr Harvey von ihr eingenommen war, Liv war und blieb immer ein Teil seines Lebens.

So lange, bis sie selbst kein Teil mehr ihres eigenen Lebens gewesen ist.

Was für ein bescheuerter Gedanke.

Wankend stapfe ich über das letzte Stück des Randes. Kleinere Büsche, die den Wald von der Straße abgrenzen, liegen auf meinem Weg und ich stolpere über den Gehweg direkt in den Lichtkegel einer einsamen Laterne.

Die Straße ist noch immer sehr dürftig befahren. Kein Wunder, bei dem noch immer andauernden Regenfall. Auch wenn einige Menschen dennoch fahren müssen, weil sie vermutlich denken, dass sie das Glück gepachtet haben.

Oder weil sie denken, dass ›solche Dinge‹ doch immer nur ›den anderen‹ passieren. Was für ein Scheiß.

Ohne nachzudenken, laufe ich weiter, lande dabei platschend in der Zentimeterhohen Wassermasse über dem Zement. Das Rauschen in meinem Kopf ist mittlerweile so laut, dass ich meine eigenen Gedanken nicht mehr zu hören vermag.

Vielleicht ist das auch gut so.

Ich bemerke einen grellen Schein aus dem Augenwinkel, der meine Aufmerksamkeit erhascht, wodurch ich zur Seite sehe und erkenne, wie etwas auf mich zu schlittert. Außerstande, richtig zu reagieren, falle ich durch einen aufgeschobenen Schwall Regenwasser rücklings zu Boden.

Alles was ich tun kann, ist weiter zurückzuweichen, während das Auto über den nassen Boden rutscht, unfähig gegen den Strom zu bremsen oder zu navigieren.

Ich halte den Atem an und schließe bereits mit dem Leben ab, als die Seite des Wagens nur einige Zentimeter vor mir zum Stehen kommt.

Nach einigen Sekunden der Schockstarre, steigt der Fahrer besorgt, aber auch offensichtlich rasend vor Wut, aus seinem Vehikel, um zu mir zu eilen.

»Geht es dir gut, Mädchen?«

Er bückt sich ein wenig und zieht mich an einem Arm nach oben.

Ich nicke. Doch als er mich so ansieht, scheint ihn etwas zu stören.

»Was ist los? Hab ich dich getroffen? Was sollte das eben?!«

Stumm blicke ich ihn an. Kann nichts sagen, obwohl ich doch weiß, wie das aussehen muss.

In dem Moment, als ich den Mund aufmache, beginne ich zu weinen.

Der Mann beobachtet mein Verhalten ratlos, ehe er in seinen Wagen steigt und dort, nun ebenfalls komplett durchnässt von diesem kurzen Moment allein, sein Handy zückt.

Er weiß vermutlich nicht, dass es genau das ist, was ich brauche. Dennoch bin ich ihm dankbar, dass er es einfach tut. Hilfe holen.

Hilfe für mich. Hilfe für Liv.

Ich weiß nicht mal ob Hilfe noch etwas nutzt.

Aber es ist alles, was ich jetzt tun kann.

Mein Atem geht so laut, ich kann gerade so das leise Wimmern der Tür im Scharnier wahrnehmen, während jemand auf leisen Sohlen eintritt. Warum schleicht diese Person?

Das Licht ist eingeschalten, also ist klar, dass ich noch wach sein muss.

Es mag sein, dass ich einfach keine Energie mehr hatte, um mich zu erheben und das Licht vorn auszuknipsen, aber andere wissen das schließlich nicht. Für andere bin ich wach.

Ich kann spüren, wie das Bett am Fußende, unter dem Gewicht eines Menschen, nachgibt. Dabei steigt mir der sanfte Geruch von

Lavendel in die Nase, der mir sonst so vertraut erscheint, dass er mir kaum noch auffällt.

»Mom«, flüstere ich.

Sie legt eine Hand auf meine Schulter und streicht sanft darüber. »Ja, was ist?«

»Ich weiß es nicht.«

Einen Moment lang starre ich ins Nichts, dann schließe ich wieder die Augen, wie vor einigen Minuten schon. Nicht etwa um zu schlafen.

Bloß, um die Realität um mich herum auszublenden.

»Was weißt du nicht?«

»Nichts. Ich denke, ich wollte einfach etwas sagen. Um zu sehen, ob du wirklich da bist.«

»Keine Sorge«, entgegnet sie ruhig. »Wenn du mich brauchst, werde ich immer da sein, egal wo du bist.«

»Sag das nicht.«

Erschlagen vergrabe ich das Gesicht im Laken unter mir. Solche Versprechungen können niemals wahr werden, weil das so leider nicht funktioniert.

Wenn sie nicht da ist, kann sie mir auch nicht helfen. Punkt.

Es ist ein einfaches Schwarz und Weiß und nichts dazwischen. So wie die Welt normalerweise nicht ist. Dennoch ist sie manchmal eben so schlicht.

Und in ihrer schlichten Art auch gleichzeitig sehr endgültig und brutal.

Fakten tun manchmal mehr weh, als ein Schlag in die Magengrube und sie entscheiden sich innerhalb eines Wimpernschlags. Es war mir vorher nur nie so klar gewesen.

Es war eben einfach etwas … das immer nur anderen passiert. Sagt man das so? Ich denke schon.

Wenn in Büchern oder Filmen ein Satz wie dieser Fällt, dann denkt man sich als geneigter Betrachter doch meist, wie dumm und einfältig die Menschen sein müssen, um solch naive Dinge zu sagen.

Doch am Ende ist es in Wirklichkeit wahr. Man glaubt nicht daran, dass unglaubliche Ereignisse geschehen können, bis sie vorkommen und man von ihnen überrollt wird, wie von einem zehn Tonnen schweren Bulldozer.

Ich seufze in meine Matratze hinein. »Irgendwie ist es bescheuert, aber … Ich wollte euch die ganze Zeit etwas fragen.«

»Was denn?«

Ich drehe den Kopf aus meiner Grube und sehe sie aus den Augenwinkeln an. Wie sie ganz still da sitzt, mit einem traurigen Gesicht, doch nicht zu traurig. Als würde sie das allein mir überlassen wollen.

»Ihr Vater will das Haus verkaufen. Aber sie wollte nicht weg, also hab ich ihr gesagt, sie könne bestimmt hier bei uns bleiben. Ich hab mich nicht getraut zu fragen, weil ich euch wieder nicht eingeweiht habe, bevor ich etwas versprochen hab.«

»Ist schon okay, das hätten wir verstanden.«

Ich weiß, dass sie vermutlich nicht ganz so ruhig wäre, wäre es nicht ohnehin null und nichtig, was ich *ihr* gesagt oder versprochen habe. Und wäre ich nicht gerade so … *so* eben.

Aber ja, am Ende hätte sie eingewilligt. Wie soll ich sagen?

Sie waren hier eben schon immer gut zu Streunern … ich bin der lebende Beweis.

Sie hört geduldig zu, dann höre ich das leise Rascheln, das es macht, wenn sie ihren Kopf bewegt und das Haar über ihr Oberteil streift.

»Ich bin niemandem eine Hilfe. Stattdessen bring ich immer nur Unglück.« Ohne mich wären sie besser dran.

»Wieso glaubst du das?«

Ich kann spüren, wie sie ihre Position ändert.

»Wenn ich nicht gewesen wäre, wäre das bestimmt nicht passiert. Und … wem hab ich bisher je wirklich geholfen?!«

Mein tränennasses Kissen klebt unangenehm an meinem Gesicht, als ich versuche mich darin zu verstecken.

»Ich bin schuld«, nuschle ich in den glatten Stoff.

»Woran?«

»Daran, dass sie zu der Lichtung gelaufen ist.«

»Aber sie ist selbst gegangen. Du hast sie auch nicht gestoßen, oder?«

»Nein«, sage ich schlicht und es fühlt sich an, als würde ich lügen, »aber ich bin schuld daran, dass es ihr so schlecht ging. Und ich habe sie auch nicht aufgehalten, als ich es noch konnte. Dann wäre all das nicht passiert.«

Ihre letzten Worte an mich liegen noch immer in meinen Ohren. Sie hat sich entschuldigt, aber das klang nur halb so wahr, wie das, was sie zuvor gesagt hatte.

Ich bin deshalb nicht sauer auf sie. Nur traurig. Darüber, dass wir nicht darüber geredet haben, bevor alles so ausarten musste. Ich weiß nicht, ob es einfach nur schnell ging.

Es ging alles so plötzlich und vielleicht hätte ich etwas tun können, wenn ich vorher mit ihr gesprochen hätte.

»Du bist nicht schuld daran. Du sagtest, sie hat getrunken, nicht wahr? Es gibt Leute, die das bezeugen können, weil sie ihr den Alkohol gegeben haben.«

Sie beugt sich nach vorn und streicht mir einige meiner Haare aus dem Gesicht.

Als ich mich bewege, realisiere ich meine Situation. Ich stecke bereits in einem warmen Pyjama, während sie noch immer da draußen ist.

Und dieser Gedanke versetzt mir erneut einen Stich.

»Was du mir erzählt hast, klingt nach einem Teenager, der zu viel getrunken und sich dann übernommen hat. Sie hatte einen Gefühlsausbruch, doch dabei ging es vermutlich kaum um dich, sondern um alles, was sie über Jahre belastet hat. Und der Erdrutsch war ebenfalls nicht deine Schuld. Sie wollte sich schließlich nicht das Leben nehmen. Es ist eben einfach ...« Sie unterbricht sich selbst, ehe sie den Satz vollenden kann.

Ich beende ihn an ihrer Stelle. »Einfach so passiert?«

Es klingt, wie wenn dir ein Ei auf den Boden fällt. Dann ist das eben ›einfach so passiert‹.

Ein lächerlicher Vergleich.

Ich weiß was sie meint, doch es klingt so falsch. Als würde sie damit sagen, dass das eben mal geschehen kann. Als wäre es ganz normal.

Die Hand meiner Mutter liegt auf einem meiner Beine und klopft leicht darauf, als ich ihr hörbares Seufzen vernehme.

»Weißt du ... du darfst nicht so hart mit dir ins Gericht gehen. Es stimmt nicht, dass du noch nie jemandem geholfen hast oder immer nur Schlechtes bringen würdest. Du hast *mir* geholfen. Und deinem Vater auch. Genauso wie Liv, die ohne dich so oft allein gewesen wäre.«

Ich warte eine Sekunde, ehe ich etwas erwidere.

Etwas daran macht mich hellhörig.

»Dir und Dad? Wie denn?«

Sie haben mir geholfen. Oh ja. Aber anders herum?

Auch wenn sie immer sagt, dass ich ihr Leben ›erleuchtet‹ hätte, so kann ich mir nicht denken, wie das all die Zeiten wettmachen sollte, in denen ich schwierig oder launisch war. Auf ein Kind acht zu geben, das nicht einmal das eigene ist, muss so schwer sein, besonders in solchen Zeiten. Zeiten wie jetzt gerade.

Sie ist derweil still. Bereits so lange, dass ich fast denke, sie sagt gar nichts mehr.

»Ich habe es dir nie erzählt, aber damals haben ich und dein Vater oft gestritten; damals, bevor du zu uns kamst, meine ich«, bricht sie dann mit einem Mal das Schweigen.

Verwirrt blicke ich auf. »Was? Wirklich?«

Sie zuckt nur die Schultern. »Ist das so schwer vorstellbar? Wir sind auch Menschen, Annie.«

Etwas beschämt drücke ich mein Gesicht zurück in die Kissen.

»Ich weiß, aber … es wirkt irgendwie so falsch. Warum habt ihr gestritten? Es ist wirklich schwer vorstellbar.«

»Es waren eigentlich ganz schlichte Gründe, die in einer langjährigen Beziehung eben auftreten können. Ich wollte ein Kind, dein Vater nicht so sehr. Als ich nicht schwanger wurde, habe ich ihm an den Kopf geworfen, dass er irgendetwas getan hätte, um es zu verhindern«, erzählt sie endlich, als sei sie selbst schockiert über das Ganze, »ich war wie im Wahn. Erst eine ganze Weile später war ich dann schließlich bei einem Arzt.«

Wieder sagt sie eine Weile nichts. »Und was dann?«

»Es war Krebs. Etwas, das man nicht so leicht bemerkt. Es war einfacher und gesünder, die Gebärmutter einfach zu entfernen, als vergeblich zu versuchen, schwanger zu werden. Ein Kind bekommen? Das hatte sich damit auf einen Schlag erledigt.«

Die Bitterkeit, die in ihrer plötzlich schwankenden Stimme zu hören ist, lässt mich fast ein Stück zur Seite weichen, so fremd wirkt sie in diesem Moment. Doch ich halte mich davon ab.

Stattdessen schlucke ich bloß unsicher und sage nichts. Mir wurde gesagt, dass sie gerne ein Kind wollte, daher habe ich es bisher nie angesprochen. Ich wurde jedoch nie in den Fakt eingeweiht, das sie keine Kinder kriegen könnte, selbst wenn sie es wirklich versuchen würde.

»Dieser Diagnose erhielt ich an dem Tag, als ich dich auf der Straße gefunden habe. Ich war außer mir und bin aus der Praxis gerannt wie gejagt.«

Blinzelnd setze ich mich im Bett auf, um sie anzusehen, dabei runzle ich jedoch die Stirn.

Ein Zusammenhang erschließt sich mir; es ist, als würde die ganze Welt plötzlich einen Sinn ergeben. Ich weiß noch genau, wie traurig sie an diesem Tag ausgesehen hatte. Und ich weiß noch, wie seltsam sie auf mich wirkte.

»Ich war fertig mit der Welt. So sehr, dass ich mich an diesem Tag umbringen wollte«´, gesteht sie mit verheißungsvollem Unterton und senkt den Blick auf den Fußboden.

Wieder weiß ich nicht, was ich sagen soll, bis sie plötzlich aufsieht um mich anzulächeln.

»Und dann hab ich dich gesehen«, meint sie, wieder ganz die Lauren, die ich als meine Mutter kenne, und streicht mit ihrem Daumen sanft über meine Wange, »da wusste ich, dass ich vielleicht doch eine Aufgabe habe. Wenn du also nicht gewesen wärst, wäre ich heute vermutlich auch nicht mehr hier.«

Leise rutsche ich auf dem Bett zu ihr nach unten, um mein Gesicht an ihre Schulter zu drücken und sie von der Seite zu umarmen.

»Vielen Dank dafür, *Ani*«, flüstert sie an mein Ohr, als sie beginnt, simultan meinen Rücken zu streicheln.

Die Art, wie sie meinen Namen sagt, weckt ein seltsames Gefühl in meiner Brust; ein Gefühl der Vertrautheit. Wie eine Erinnerung.

Doch diese Erinnerung ist wie weggespült. Ich verstehe gar nichts mehr.

Daher entscheide ich, es für heute zu ignorieren. Nur jetzt.

Dabei kommt mir urplötzlich ein völlig absurder Gedanke, den ich sofort ausspreche, als ich ihn forme.

»Und es tut mir leid, dass ich nicht angerufen habe, als es einen Notfall gab. Ich hatte es versprochen …«

Die Schulter unter mir vibriert; erschüttert von einem kurzen Lachen.

»Ist schon okay. Das nächste Mal wirst du sicher daran denken«, sagt sie ruhig.

»Ich hatte mein Handy gar nicht dabei«, gestehe ich.

»Ich weiß«, erwidert sie. »Ich habe dich angerufen, als der Sturm begonnen hat. Auf einmal hat einer der Kartons im Auto zu singen angefangen. Mit Livs war es übrigens dasselbe Prinzip.«

»Wir haben sie ausversehen mit zu unseren Klamotten geworfen«, stelle ich fest.

Das erklärt warum es nicht da war. Doch ich war viel zu aufgelöst, um mich an triviale Dinge wie diese zu erinnern.

Sie seufzt und drückt mir einen Kuss auf die Stirn, ehe sie über mein Haar streicht und mich genau ansieht.

»Du solltest jetzt schlafen. Es ist schon fast Mitternacht.«

Nach einem kurzen Augenblick nicke ich, dann lege ich mich zurück auf die Matratze.

»Gute Nacht, Mama.«

»Gute Nacht, mein Schatz.«

Sie schenkt mir noch ein letztes Lächeln, bevor sie das Licht löscht, das die ganze Zeit noch gebrannt hat, und die Tür hinter ihr leise im Schloss einrastet.

Kaum ist sie verschwunden, ist mein eigener Atem wieder so laut, dass er jeden Zentimeter des Raumes auszufüllen scheint. Ich glaube, er ist so laut, weil sonst alles so still ist. Weil ich allein bin.

Ich bilde mir nur ein, dass er so laut ist. So wie das Ticken der Uhr an meiner Wand, die ich sonst nicht hören kann.

Plötzlich vernehme ich ein bekanntes Geräusch, das mich jedoch zu Tode erschreckt. Es ist die Klingel an der Tür und sie summt so lange, dass ich beinahe Angst bekomme. Aus irgendeinem Grund schlägt mir das Herz bis zur Brust. Nicht aus Nervosität.

Aus *Angst*. Doch vor was?

Mir ist manchmal unwohl dabei, wenn es klingelt und ich nicht weiß, wer es ist. Doch diesmal ist es anders. Es ist viel schlimmer.

Schon kurz darauf kann ich eine laute Männerstimme hören.

Es ist die Stimme von Harvey Piercen, der gerade irgendjemanden anbrüllt. Von dem was ich vernehme, vermutlich meinen Vater.

Ich kann nicht jedes Wort verstehen, doch was ich verstehe, ist, dass er mir die Schuld gibt.

Die Schuld an allem.

Daran, dass sie damals die Idee hatte, nach Paris zu verschwinden. Daran, dass sie auf diese Halloweenparty wollte, für die sie eine Woche an den Kostümen saß.

Daran, dass sie an dieser Klippe stand und niemand davon wusste. Weil er wohl herausgefunden hat, dass das unser geheimer, besonderer Ort gewesen war. Dass ich davon wusste, aber niemandem Bescheid gegeben hatte, ehe ich selbst alles vermasselt habe.

Daran, was nun mit ihr geschehen ist.

»Die Küstenwache und die Polizei waren eben bei mir. In meinem Wohnzimmer. Sie haben mir gesagt, sie könnten nicht nach der *Leiche* meiner Tochter tauchen, weil das Unwetter zu stark ist, während *Ihre* Göre sicher in ihrem Bett liegt und schläft!«

Mittlerweile brüllt er laut genug, dass ich ihn deutlich verstehen kann. Ich kann nicht mehr atmen.

Endlich ist dieses laute Geräusch verstummt. Unterbewusst wünschte ich, es würde auch nie wieder einsetzen. Dann wäre es vorbei. Alles.

Für die Dauer eines Pulsschlags, will ich dann einfach auf die Beine springen, zur Treppe laufen und ihn anschreien; ihm sagen, dass ich das nicht gewollt habe und dass es einfach so geschehen ist. Dass ich nichts tun konnte.

Dass ich nicht schuld bin, so wie meine Mutter es gesagt hatte.

Doch da ich selbst nicht wirklich daran glauben kann, was ich da denke, kann ich auch nicht aufstehen. Ich kann ihm nicht in die Augen sehen; die Augen, die *ihren* so ähnlich sind.

Ich kann ihm nicht ins Gesicht sehen und sagen, dass er falsch liegt. Weil er wahrscheinlich gar nicht falsch liegt.

Sie können nicht einmal nach ihr suchen … Und sie sind sich bereits sicher, dass sie tot ist.

Vermutlich, weil es schwer ist, einen Fall aus zehn Metern Höhe, wenn nicht sogar mehr, zu überstehen, wenn unten bloß ein reißender Fluss auf einen wartet? Wegen all der Felsen, die sie nur mit viel Glück hätte verfehlen können?

Wegen der Kälte? Oder weil sie ins Meer gespült wurde und vermutlich ertrunken sein wird, bevor die Kälte auch nur an ihr nagen konnte?

Das alles sind Möglichkeiten. Und so wenige Chancen, dass dem nicht so ist.

Langsam schließe ich die Augen in dieser Gewissheit. Mein Kopf schmerzt und ich bin erschöpft. Erst die unumstößliche

Sicherheit, nichts mehr ändern zu können, lässt mich hoffnungslos fallen.

Bin ich ein schlechter Mensch? Eine schlechte Freundin? Weil ich es nicht leugne, oder so tue, als würde ich es nicht verstehen?

Vielleicht bin ich nicht so traumatisiert, wie ich sein sollte, wer weiß? Ich kann nicht länger darüber nachdenken.

Bevor ich jedoch von der Schwärze mitgerissen werde, höre ich etwas. Ich höre ein Lied.

Gesungen von einer glockenhellen Stimme. Sanft und schön. Wie ein Schlaflied, das mich einzulullen versucht.

Ob sie wohl auch eines gehört hat? Vielleicht.

Was für ein absurder Gedanke.

Da ist es wieder. Dieses Schlaflied. Es ist so seltsam. So wunderschön. Doch ich verstehe kein Wort.

Dort vor mir liegt ein Strand. Ich kenne diesen Strand.

Er ist voller Müll, doch der Sand dort ist weich und weiß.

Ich kann die Jagdhütte sehen. Unsere Hütte.

Ich weiß wo das ist.

Langsam drehe ich meinen Kopf zur Seite. Warum eigentlich? Ich sehe dort, wie die Sonne langsam den Horizont erhellt. So früh am Morgen.

Die Strahlen kriechen langsam über den Sand unter meinen Füßen. Er kribbelt zwischen den Zehen.

Dann fällt mein Blick auf etwas, das dort auf der Erde liegt. Dort, wo der ganze andere Müll angeschwemmt wird.

Ein schwarzes Bündel. Ein Netz?

Ich trete näher, um es besser betrachten zu können und erstarre, als die Details vor mir klarer werden.

Liv! Ich rufe ihren Namen, doch meine Stimme verhallt. Sie rührt sich nicht; liegt bloß dort, als würde sie schlafen.

Ganz allein in der Kälte.

Neblige Schwaden steigen von ihren Lippen auf, wie kondensierender Atem.

Moment ... Atem?

Mit einem Ruck schrecke ich auf. Meine Brust hebt und senkt sich schnell unter hastigen Atemzügen, während mein Puls rast. Wie beim letzten Mal ...

Beim letzten Mal? Welches letzte Mal?

Völlig verwirrt sehe ich mich um. Es ist kühl. Mutter muss das Fenster geöffnet haben, ohne, dass ich es gemerkt habe. Der Himmel klart bereits auf; kein Regentropfen mehr zu sehen.

Ein Gefühl von Angst macht sich in mir breit. So stehe ich auf und eile zum Fenster, wobei ich wieder inne halte.

Nein, bitte nicht …

Auf dem Vorsprung, der sich direkt zur anderen Seite der Scheibe auf dem Dach erhebt, sitzt eine Krähe. So, dass ich sie direkt ansehen kann. Und ich weiß, dass *sie* es ist.

»Bist du das gewesen?«

Selbst in meinen eigenen Ohren klingt die Frage wie die einer geistig Verwirrten. Aber vielleicht bin ich ja auch genau das.

Wie schon gesagt: Es würde sehr viel erklären.

Ich schüttle den Kopf. »Schickst *du* mir diese merkwürdigen Träume?«

Sie sieht mich noch eine Weile an, so wie sie es immer tut. Danach erhebt sie sich, einfach so, und verschwindet ins Nichts. Gen Himmel, der noch immer im Dunkeln vor mir liegt, doch schon bald von der Morgensonne geküsst werden wird.

Bei dem Gedanken an eine Morgendämmerung, dämmert es mir jedoch ebenfalls. Der Traum! Diesmal war es viel deutlicher, als die Male zuvor.

Doch die gewollte Erinnerung ist dennoch nicht leicht. Erneut sehe ich das blasse Gesicht vor mir, wie sie dort im Dreck liegt. Ohne Hilfe. Aber sie atmet.

Dumm ist vielleicht nicht mehr das richtige Wort für das, was ich tue, doch ich kann nicht anders, als mich anzuziehen. Schnell schlüpfe ich in geeignete Kleidung, steige auf den Fenstersims und sehe nach unten.

»Es ist gar nicht so hoch, das geht schon«, rede ich mir ein, als ich so dort hocke.

Komm schon, ich habe mich entschieden. Selbst wenn es nur Einbildung sein mag. Selbst wenn es nur eine Ahnung ist, oder nicht einmal das.

Selbst wenn es die Hirngespinste einer Irren sein mögen … ich *will* sie zurückholen.

Und ich werde dabei nichts unversucht lassen.

Chapter 11

For When This Sun Comes Up

Für einen Moment bleibe ich still sitzen. So hoch ist es nicht.

Okay, es ist schon ein Stück, aber das schaffe ich bestimmt.

Paranoid sehe ich mich um. Hab ich denn alles? Ich bin jedenfalls angezogen.

Schnell greife ich an die Tasche meiner Hose. Mist!

Den Raum sondierend, halte ich noch einmal kurz inne und es dauert auch nicht lange, ehe ich das erspähen kann, nach dem ich suche. Mein Mobiltelefon auf dem Schreibtisch.

Einen Augenblick überlege ich, während ich mit einem Satz vom Sims zurück auf dem Boden gleite, ohne dabei einen Heiden Lärm zu veranstalten und das ganze Haus zu alarmieren. Ich ziehe es schnell von seinem Kabel ab.

Da ich es wohl kaum da platziert habe, muss meine Mutter auch hierfür verantwortlich sein. Vermutlich ebenfalls, nachdem ich eingeschlafen war. Vielleicht aber auch schon vorher, als ich noch nicht klar genug gewesen bin, um zu verstehen, was um mich herum geschieht. Ich weiß, sie hat gestern noch das Haus aufgeräumt. Sie lenkt sich mit solchen Dingen immer ab, wenn ihr etwas schlimm zusetzt.

Nur dass sie das letzte Mal lediglich einen dummen Streit mit meinem Vater hatte. Zu der Zeit war es so schlimm, dass ich den ganzen Tag keinen Appetit hatte. Heute wirkt es dagegen völlig trivial.

Nun, bis gestern Abend war ein Streit zwischen den Beiden auch etwas, das einfach nicht vorkam. Aber heute weiß ich, dass dem wohl nicht immer so war.

Der Gedanke an meine Eltern jedoch, erinnert mich auch daran, dass ich eigentlich nicht einfach gehen sollte. Doch ich muss. Wie sollte ich so etwas auch erklären?

Wenn das hier nur eine Spinnerei ist, dann komme ich zurück und schleiche mich wieder herein, ohne dass mein Verschwinden überhaupt jemandem auffällt. Ich weiß, wie man unauffällig durch den Hinterhof in den Keller einsteigen kann.

Sollten sie mich dort erwischen, sage ich einfach, ich habe auf der Couch unten geschlafen, weil es mir nicht gut ging. Sie werden keine Fragen stellen. Nicht jetzt. Nicht *deswegen*.

Aber wenn das hier keine Spinnerei ist, dann … dann werde ich später darüber nachdenken, was kommt. Wenn es soweit ist und wirklich darauf ankommt.

Unsicher stecke ich endlich das Handy weg, das ich die ganze Zeit unbewusst in einem Klammergriff gehalten habe. Die schwitzigen Hände reibe ich solange an meinem Sweatshirt ab.

Also gut, jetzt werden wir sehen, wie gut meine Sprunggelenke *wirklich* sind.

Erneut klettere ich auf das Brett am unteren Rand meines Zimmerfensters und von dort zuerst auf den Vorsprung des Daches, das davor ein wenig aufragt. Noch mehr aufschieben kann ich es nicht. Beim nach unten Sehen muss ich schlucken.

Oi …

Es ist noch immer rutschig, da dieses nasskalte Wetter den heftigen Regenfall von gestern offensichtlich nicht beseitigen konnte. Mit den einfachen Schnürschuhen versuche ich ein wenig Halt auf den Ziegeln zu finden, doch schaffe es nicht.

Wie gestern auch.

Als Ausgleich versuche ich daher einfach langsam das Gleichgewicht zu regulieren, um einen festeren Stand zu haben. Okay, vielleicht kann ich versuchen über den Stützbalken zu klettern. Es ist ja nun kein fünf Meter Sprung.

»Es ist nur ein Stockwerk, Annie, das schaffst du«, rede ich mir weiter ein, während mir das Herz in die Hose rutscht und meine zittrigen Beine sich wie Wackelpudding anfühlen. *Jetzt bloß nicht nachlassen …*

Ich mache einen Schritt nach vorn und dann passiert es auch schon. Mit einem Knick rutsche ich zur Seite.

Einer der Dachziegel kommt mit mir herunter, als ich mit der Hüfte voran erst gegen den Untergrund schlage und dann ungehindert hinab schlittere.

Panisch versuche ich nach allem zu greifen, das sich mir bietet, doch ich bekomme nichts zu fassen. Ich bin so erschrocken, dass sich nicht einmal ein Schrei von meinen Lippen löst.

Der von mir heruntergestoßene Ziegel landet, in der Deckung der noch immer fernen Dämmerung, sanft im Gras unter mir, als ich mich geradeso aus Reflex am Rand festklammern kann.

Es mag nicht optimal sein, doch erst einmal versuche ich durchzuatmen.

Als ich dort so baumle, erscheint mir der Boden allerdings immer weiter entfernt, je länger ich nach unten sehe. Verdammter Altbau und seine hohen Wände ...

Zwar versuche ich, wieder nach oben zu klettern oder anders meinen Halt wiederzufinden, doch es klappt nicht.

Die Regenrinne beginnt unter meinem Gewicht Geräusche zu machen und ich habe Angst, sie am Ende noch ganz herunter zu holen.

Weswegen ich die Zähne zusammenbeiße und dann einfach los lasse.

Ich warte auf den Schmerz, der auch früh genug kommt. Meine Füße federn den Sturz nur dürftig ab, dafür rolle ich sofort zur Seite, wo ich ein weiteres Mal auf der Erde aufpralle.

Meine Hüfte mit einer Hand haltend, krümme ich mich kurz gequält auf dem Boden. Es dauert dementsprechend ein Weilchen, ehe ich humpelnd und hinkend auf die Beine kommend, in Richtung meines Fahrrads stolpere. Nichts wie weg.

Verdammt nochmal.

Als ich hastig und zittrig an einen der Griffe packe, durchzuckt mich erneut ein stechender Schmerz.

Verwirrt sehe ich auf meine linke Hand.

»Verdammter Scheiß«, murmle ich beinahe weinerlich, bereits ein wenig hysterisch werdend.

Wie zum Teufel ist das passiert? Ein großer, tiefer Schnitt ziert meine Handfläche. Wieso habe ich das nicht vorher gespürt? Ich öffne die Hand etwas weiter und helles Fleisch quillt aus der Wunde hervor. Ein ekelerregender Anblick. Dreck ziert die Wundränder und weckt den Gedanken an eine Blutvergiftung.

Nicht schon wieder meine Hand ...

In meiner derzeitigen Verzweiflung versuche ich, wie ein Neandertaler oder Möchtegern-Überlebenskünstler, ein Stück von meinem dazugehörigen Ärmel abzureißen. Mit den Zähnen zerre ich daran, doch es will nicht funktionieren. Der Stoff ist einfach zu dick.

»Komm schon«, jammere ich mit ein wenig Nachdruck.

Mittlerweile bin ich einfach nur noch wütend. Wütend auf mich. Wütend auf diese Situation.

Mit einem gewaltigen Ruck ziehe ich ein letztes Mal an dem Gewebe und staune nicht schlecht, als ich ein lautes Ratschen vernehme.

Ab da geht es dann auf einmal ganz leicht, das Stück zu entfernen und provisorisch um meine Hand zu wickeln, sodass ich sie zumindest nicht mehr sehen muss ... und vielleicht ist sie auch ein wenig vor weiterem Schmutz geschützt.

Zugegeben, es ist *weitaus* schwerer als es in Filmen aussieht. Doch mit der nötigen Motivation geht es scheinbar. Also, entweder das, oder ich habe Zähne wie ein Tier.

Ich werde jedoch um keinen Arzt herumkommen. Der Ziegel wäre ja noch zu erklären, indem ich einfach nichts sage und Dad von sich aus vermuten lasse, dass es während des heftigen Sturms passiert sein muss. Doch das hier?

Nein, ich bin tot. Ich weiß ja nicht einmal genau, wie es wirklich passiert, wie soll ich da eine Entschuldigung erfinden, die man mir abkauft?

Nun, vermutlich ist es an der Rinne passiert, als ich mich festkrallen musste. Doch das kann ich schon einmal nicht sagen.

Noch weiter aufgebracht von all dem, versuche ich mich nicht weiter darum zu kümmern, schwinge mich stattdessen auf das Rad und verlasse den Hof. Unterdessen ignoriere ich tunlichst das fürchterliche Stechen in meiner Hand.

Immerhin ist es nichts mehr Neues für mich.

Wieder und wieder sehe ich dabei über meine Schulter zurück, wie um zu prüfen, dass im Haus auch wirklich noch alles schläft.

Ich seufze, als ich darüber nachdenke, was eigentlich mein Ziel ist. Für einen Moment eben vor dem Haus, war ich ›ich selbst‹; habe nicht darüber nachgedacht, was los ist.

Ich war einfach in meiner eigenen Welt, in der etwas ganz anderes Wichtig war und ich gar nicht nachdenken musste.

Und das hielt nur für eine Sekunde an. Dann war es wieder vorbei. Wie wird es später sein?

Jage ich vielleicht einem Hirngespinst hinterher, um ich bleiben zu können? Um nicht verrückt zu werden? Oder bin ich es wirklich bereits?

Aus irgendeinem Grund sammeln sich Tränen in meinen Augen, doch der kühle Wind, der mir entgegenbläst, pustet sie so schnell zur Seite, wie sie erscheinen.

Die Straßen beginnen gerade erst befahren zu werden. Die ersten Frühaufsteher für den Morgenverkehr und dabei ist noch Samstag.

Als ich zuletzt auf die Uhr sah, war es kurz vor fünf.

Und ich weiß nicht, wie lange ich fahren muss, bis ich mein Ziel erreiche. Aber ich kann es nicht einfach *nicht* erreichen.

Denn wenn ich es nicht tue, dann weiß ich, dass ich nach Hause fahren muss. In ein Haus, das irgendwie leer erscheint.

Und dann müsste ich darüber nachdenken, wie ich von jetzt an leben kann.

Wie ich ganz ohne sie weiterleben soll.

Diese Leere kann ich nicht ertragen.

Auf die letzten Meter trete ich etwas schneller in die Pedalen. Den Strand, den ich gesehen habe, kenne ich von früher. Er war es ganz bestimmt.

Ich habe die Hütte erkannt. Und den ganzen Unrat.

Als ich an der Lücke zwischen zwei kleinen Hügeln, ankomme, springe ich vom Rad und werfe es achtlos zur Seite, um los zu rennen. Diese dünenartigen Aufschüttungen waren schon immer hier und versteckten auf natürliche Weise den Sandstrand vor den Augen anderer.

Ich betrete den Ort und starre geradeaus. Es ist so viel weiter, als ich es in Erinnerung habe, doch das macht nichts. So bin ich nur etwas aus der Puste, als die Umgebung den Blick auf das offene Meer frei gibt.

Der Sand knirscht laut unter meinen Sohlen. Er wirkt sofort vertraut. Und ich gehe noch schnell einige Schritte nach links, wo sich die Hütte befindet, an die ich mich noch erinnere.

Damals sind wir dort manchmal hinein geschlichen und haben ›Familie‹ gespielt, bis eines Tages ein Jäger vorbei kam und uns dafür die Leviten gelesen hat.

Wegen unerlaubten Betretens von nicht-öffentlichem Eigentum. Das hat er einer Neun- und einer Zehnjährigen erklären wollen.

Meine Eltern wurden zwar nicht informiert, doch haben unseren kleinen privaten Spielplatz auch so gefunden, womit wir dann ein Verbot auferlegt bekommen haben.

Und eine Strafe dafür, dass wir dort gespielt haben. Wegen all dem Müll, meinte meine Mutter. Dem Normalen, um den sich hier aber niemand zu kümmern scheint, und auch etwas ›außerordentlicherem‹ Abfall, von Leuten die hier herkommen, weil sie *ungestört* sein möchten.

Wegen einer dieser ›besonderen‹ Hinterlassenschaften sind wir überhaupt erst aufgeflogen.

Ich würde über diese Erinnerung lachen, wenn ich könnte.

Doch etwas in mir hält mich davon ab. Ich sehe nach vorn und der Anblick verschlägt mir die Sprache.

Es ist, als hätte ich es schon tausende Male gesehen, dabei war ich um solch eine Zeit noch nie hier an diesem Ort.

Die Dämmerung kriecht am Himmel empor und die Sonne lässt einen ersten Zipfel hinten am Horizont erblicken. Genau wie in meinem Traum.

Sehr langsam, unbewusst, wage ich ein paar weitere Schritte darauf zu, ehe ich endlich den Mut fasse, auch nach rechts zu sehen.

Unsicher einatmend weiß ich für einen Moment nicht, was ich sehe. Man könnte meinen, es würde mich erschrecken oder schockieren. Doch seltsamerweise tut es das nicht.

Ich trete näher, um es mir genauer anzusehen und kann die Tränen, die schon vorhin kamen, wieder nicht zurückhalten. Diesmal sind sie jedoch anderer Natur.

»Liv!«

Die letzten Meter lege ich rennend zurück, ehe ich mich dann in den Sand neben ihrem verfangenen Körper fallen lasse.

Diesmal kann ich meine eigene Stimme hören. So laut, dass es wehtut.

Ich versuche das Fischernetz mit den Händen zu entfernen, doch die linke Hand tut mittlerweile so weh, dass ich sie kaum noch bewegen kann.

So rüttle ich an ihrer Schulter. Sie ist so blass. So leblos.

»Liv«, flüstere ich erneut ihren Namen.

Natürlich reagiert sie nicht. Einen Augenblick lang starre ich sie an.

»Nein«, jammere ich.

Es kann nicht umsonst gewesen sein. Wieso bin ich hier, verdammt?! Irgendwer hat mich doch hier hergeschickt!

Bin ich einfach zu spät? War ich zu langsam?

Kurz davor zu schreien, schlage ich meine Hände vor das Gesicht und sacke in meiner Haltung zusammen, bis meine Nase die Spitzen meiner Knie berührt; fahre mir unsanft durch das Haar und reiße daran.

Dann höre ich etwas. Ein entfernter Laut. Wie ein Rauschen. Ein Zischen? Oder eine sanfte Stimme. Weit entfernt.

Wie ein bloßer Nachhall; ein Echo.

Ich sehe auf und erkenne etwas, das meinen Atem stocken lässt. Kann nichts dazu sagen, sondern nur wie gebannt hinsehen.

Langsam und fahrig erkenne ich eine weiße, surreale Nebelschwade, die sich wabernd von ihren Lippen in die Luft erhebt. Wie das, was ich vorher gesehen hatte.

Doch anders als in meinem Traum angenommen, ist das hier kein Atem. Ich lag falsch. Es ist nicht das, für das ich es gehalten habe. Der Grund für meine Hoffnung war eine Fehlinterpretation.

Die Erkenntnis brennt sich in meinen Verstand. Schmerzhaft.

»Was zur Hölle …?«

Der Anblick beschert mir eine Gänsehaut, weswegen ich vorsichtig beginne mich zu erheben. Ganz langsam.

Nur ein plötzlicher Gedanke lässt mich stocken. Eine Art ›Hauch des Lebens‹, kommt es mir in den Sinn. So besonders. Erschreckend, aber auch erhaben. Eindrucksvoll.

Es erinnert mich an …

Erschrocken weiche ich noch ein wenig zurück, betrachte es jedoch mit Ehrfurcht. Nur langsam beuge ich mich wieder nach vorn zu ihr. Will ihren Puls fühlen.

Ich strecke die Hand aus und drücke meinen Zeigefinger und Mittelfinger gegen ihren Hals. Sie ist eiskalt. So kalt, dass ich zu zittern beginne.

Ich kann nichts fühlen. Gar nichts.

Auf einmal springt sie auf. Und alles was ich tue, ist schreien.

Nein, falsch, sie ist nicht gesprungen. *Ich* bin gesprungen.

Doch ihr Oberkörper hat sich ganz plötzlich bewegt, wie ich realisiere. Ihre offenen Augen sehen sich suchend um.

»Liv …?«, flüstere ich ungläubig.

Meine Stimme ist leise wie Flüstern, doch nicht etwa, um *sie* zu beruhigen, sondern eher, um mich selbst zu beruhigen.

Ist das wieder ein Traum? Ist das echt? Bin ich wirklich hier?

Die Augen sehen mich an. Scheinen mich nicht zu erkennen. Das strahlende, weiß-blaue Licht, das mir aus in ihnen entgegenscheint, bewegt sich nervös von links nach rechts.

Grauen macht sich in mir breit, während ich sie beobachte. Das ist nicht Liv. Das ist sie nicht.

Ihre Lider schließen sich und einen langen Moment, indem ich unschlüssig neben ihr sitze, geschieht einfach nichts. Die Zeit scheint stillzustehen.

Plötzlich bäumt sie sich erneut auf und ich zucke erschrocken zusammen. In einer kleinen Fontäne spuckt sie eine transparente Flüssigkeit auf den Boden neben sich. Wasser.

Mindestens ein halber Liter Wasser, wenn nicht mehr.

Hustend und keuchend, krümmt sich ihr unterkühlter Körper unter der Anstrengung, bis sie zitternd zur Ruhe kommt und ihr Blick auf mich fällt.

Das helle Leuchten ist verschwunden.

Die Verwirrung ebenso.

Sie sieht mich an … und sie sieht *mich* wirklich an, glaube ich.

»Annie«, stellt sie mit kratziger Stimme fest, so leise, dass ich sie kaum verstehe.

»Ja«, antworte ich, da ich nicht weiß, was ich sonst tun sollte.

Erst dann fasse ich den Mut, mich wieder an ihre Seite zu setzen und die bibbernde Gestalt in die Arme zu schließen. Es ist egal. Ich werde später herausfinden, was das war.

Aber das ist jetzt egal.

So hoffe ich zumindest.

»Es wird alles wieder gut. Das hab ich doch gesagt«, versichere ich, obwohl ich eigentlich gar keinen Einfluss darauf gehabt habe, dass sie nun hier ist.

Obwohl ich mein Versprechen gar nicht halten konnte.

Obwohl es nur so daher gesagt war.

Und Gott, ich weiß selbst nicht mehr, was ich hier eigentlich verspreche.

Aber ich weiß, dass ich gerade für diesen Moment damit richtig liege, ganz egal was danach kommt. Was für Fragen aufgeworfen werden. Egal was geschieht, für den Moment wird alles gut werden. Das weiß ich einfach.

Mehr, als ich je irgendwas gewusst habe.

Und das ist alles was gerade zählt.

Die Sonne steht hoch am Himmel. Vier Stunden ist es bereits her, seit ich vom Strand aus den Notruf abgesetzt hatte. Nun sitze ich hier und warte, aber niemand kommt her.

Alle sind zu beschäftigt.

Keiner möchte mir auch nur einen Ton sagen. Es ist zum verrückt werden.

Ich sinke auf der Bank zusammen und starre an die weiße Wand gegenüber. Ich kann nicht vergessen, was da geschehen ist. Es war einfach zu seltsam.

Ohne Ende Fragen musste ich beantworten. Sogar meine Eltern wurden vor kurzem kontaktiert, als herauskam, dass dies noch nicht geschehen ist.

Doch weil Liv nun auf der Intensivstation liegt, kann ich nicht zu ihr. Ich bin nicht mit ihr verwandt. Und selbst wenn – auch ihr Vater darf sie fürs Erste wohl nur aus der Ferne beobachten.

Ich habe ihn kurz gesehen. Einen eiskalten Blick hat er mir zugeworfen, dann ist er verschwunden.

Mein Gesicht in den Händen vergrabend, lehne ich mich weiter nach vorn. Immer wenn ich die Augen schließe, sehe ich dieses blaue Leuchten.

In ihren eigentlich haselnussbraunen Iriden. Wie etwas, das dort aus der Pupille gekrochen kam. Nein, sich von dort aus ausgebreitet hat. Ein Eindringling.

Ein *Alien*?

Oh Gott, ich dreh langsam wirklich durch …

»Annie?«

Mein Name schallt durch den Gang, weswegen eine gerade vorbeistapfende Schwester ein genervtes Zischen von sich gibt, um uns zu bedeuten, dass man hier leise zu sein hat.

Meine Mutter kommt auf mich zugeeilt, kaum auf die Frau achtend, und mein Vater scheint noch zu erklären, warum sie überhaupt hier sind.

Mich könnte das nicht weniger interessieren. Ich stehe einfach auf und renne ihr entgegen, um meine Nase in ihr Schlüsselbein zu drücken. Der vertraute Geruch von Lavendel umgibt mich und ich weiß, dass ich zumindest nicht schon wieder träume.

Erst da wird mir klar, dass ich in einem Traum noch nie etwas gerochen habe. Nicht das Salz des Meeres. Auch nicht den typischen Geruch des Regens.

Ich stecke die Information in eine Schublade, ganz hinten in meinem Verstand. Bewahre sie dort auf, für einen anderen Tag.

Nicht heute.

Stattdessen konzentriere ich mich auf die Frau vor mir. Heute ist sie nicht ganz so ruhig wie sonst.

»Annie, was sollte das?«

Sie wirkt entsetzt und drückt mich ein Stück von sich, um mich direkt ansehen zu können. Ich kann nicht antworten, doch darauf wartet sie auch gar nicht erst.

»Warum bist du heute Morgen einfach weggelaufen? Ich habe gehört, du seist aus dem Fenster geklettert.«

Oh ja, das musste ja rauskommen. Ich dachte nur nicht, dass der Typ der bei meinen Eltern anrufen wollte, mich auch gleich noch verpetzen würde. Dieser alte Sack.

»Ich wusste nicht, wie ich euch erklären soll, warum ich gehen muss … Aber ich musste einfach. Und wenn ich gegangen wäre und ihr hättet es gehört, aber ich hätte nichts dazu gesagt, dann hättet ihr euch nur noch mehr Sorgen gemacht oder mich erst recht aufgehalten«, versuche ich mich zu erklären.

»Hätte, hätte, Fahrradkette. Du *hättest* mich einfach fragen sollen. Und wir *hätten* schon eine Lösung gefunden, wenn du einen guten Grund gehabt hättest.«

»Aber den hatte ich doch nicht, Mom«, entgegne ich, viel lauter als gewollt und dabei klinge ich in meinen eigenen Ohren wie ein weinerliches Kind.

Es scheint auch meine Mutter zu überraschen.

»Ich hatte keinen guten Grund«, wiederhole ich, diesmal leiser. »Du hättest mich nur für verrückt gehalten. Oder für eine Lügnerin. Wie alle anderen auch.«

Sie sieht mich so entsetzt an, als hätte ich ihr gerade gesagt, ich sei schwanger und hätte mich mit HIV infiziert, während ich illegal anschaffen war. Ja. So ungefähr jedenfalls.

»Ich würde dich niemals für verrückt halten und schon gar nicht für eine Lügnerin. Ich kann nicht fassen, dass du mir so wenig vertrauen kannst.«

Wow, sie sollte dringend ihre Prioritäten klären. Ich glaube nämlich, verrückt zu sein ist etwas schlimmer, als eine Lügnerin zu sein.

Doch ich kann nichts erwidern, denn in dem Moment unterbricht uns eine viel gelassenere Stimme aus dem Gang hinter ihr.

»Jetzt beruhigt euch doch erst einmal. Lauren, sie hat *mir* heute Morgen auch nicht vertraut, aber wie wäre es, wenn du dir erst einmal ihre Geschichte anhörst. Vielleicht ist sie ja wirklich so unglaublich, wie sie sagt. Wenn wir das Ergebnis betrachten, *muss* sie eigentlich unglaublich sein, meinst du nicht?«

Im selben Moment legt mein Vater ihr von hinten beruhigend eine Hand auf die Schulter.

Meine Mutter seufzt dazu nur und reibt sich die Augen.

»Okay, machen wir das.«

Zwar bin ich mir selbst nicht ganz so sicher, ob ich ihr davon berichten *will*, doch ich glaube, dass ich sie sonst auch nicht besänftigen kann. Und wenn mich nun auch noch meine Mutter hassen würde, könnte ich das nicht ertragen.

Sie setzen sich zusammen mit mir wieder zurück auf die Bank.

»Also«, beginnt mein Vater. »Nun erzähl uns doch mal von diesem kleinen Abenteuer, bei dem du dir das hier zugezogen hast.«

Er zeigt dabei auf meine Handfläche. Sie musste mit neun Stichen genäht werden und diesmal, glaube ich, wird es nicht so schnell verheilen wie das letzte Mal.

Ich versuche etwas zu sagen und öffne auch den Mund, doch es kommt kein Ton heraus. So sehe ich herab zu meinen Händen.

Das ist nicht so einfach. Ich meine, ich weiß ja selbst nicht genau was da passiert ist, wie kann ich es also anderen erklären?

Und was genau soll ich denn überhaupt erklären? Sollte ich ihnen alles erzählen? Von Anfang an?

Auch das mit den Krähen? Nein, das besser nicht. Dann halten sie mich wirklich für gestört. Wenn sie das nach dem Folgenden nicht so und so schon tun.

Denn irgendetwas muss ich sagen. Wieso sonst, sollte ich einfach so, früh am Morgen, aus dem Fenster klettern um zu einem abgelegenen Strand zu kommen, an dem wie zufällig meine verschollene Freundin liegt? Gott, das klingt so absurd …

»Es hat alles vor ein paar Wochen angefangen«, beginne ich.

Sie sehen mich interessiert an, doch allein der Druck, der dadurch auf mir lastet, schnürt mir erneut die Kehle zu. Ich räuspere mich und setze ein weiteres Mal an.

»Ich höre Dinge die nicht wirklich da sind. Kann fühlen wie jemand hinter mir steht, sogar eine Hand auf meine Schulter legt und wenn ich mich umdrehe, ist weit und breit niemand zu sehen.«

Mein Dad verzieht unsicher das Gesicht, während Mom sich nichts anmerken lässt. Ich schlucke bei dem Gedanken, was sie jetzt wohl gerade von mir halten mögen.

»Dann war da vor einer Weile dieser Autounfall …«

Verwirrt sieht mich der Schwarzhaarige an.

»Was hat der denn damit zu tun?«

»Am selben Morgen, auf dem Weg zur Schule, hab ich an der Kreuzung angehalten. Ich hab ein lautes Hupen gehört. Doch kein passendes Fahrzeug war in der Nähe. Nur ein kleiner Wagen und der war es nicht. Der Fahrer hat mich nicht mal beachtet.«

Ich überlege einen Moment, wie ich die nächsten Worte sagen soll. Es klingt alles doch ziemlich dünn, für mich sehr viel schlüssiger und eindeutiger als für andere.

Himmel, laut ausgesprochen klingt es sogar für mich nicht zusammenhängend genug um einen solch unwirklichen Schluss daraus zu ziehen. Weshalb fühlt es sich dann für mich so eindeutig an?

Und das alles ist so lächerlich.

»Nach der Schule, als ich zurückkam, hab ich ein und dasselbe Hupen gehört, direkt bevor es geknallt hat.«

»Aber das passiert doch mal, oder nicht? Du hörst doch immer Musik, während du fährst, was ich und deine Mutter dir übrigens schon seit Ewigkeiten versuchen abzugewöhnen. Kannst du dich beim ersten Mal nicht vertan haben?«

»Ja, die Möglichkeit hab ich natürlich auch in Betracht gezogen«, entgegne ich viel energischer als geplant. »Aber dann kam Liv wieder. Ich hatte ein komisches Gefühl nachdem ich sie wiedergesehen habe und nach der Schule wollte ich ein Bild malen, wegen der Ausstellung. Ich hab mich hingesetzt und bin eingeschlafen, obwohl ich nicht müde war.«

»Aber das passiert dir doch auch ständig, oder nicht?« Diesmal ist es meine Mutter, die mir ins Wort fällt.

Ich verstehe ja, dass sie das hier hinterfragen müssen, weil was ich sage einfach seltsam klingen muss, aber dass sie alles so schnell abschmettern, tut irgendwie weh. Es ist, als würden sie bloß auf ein passendes Stichwort warten, um direkt zu kontern.

Es ist seltsam, doch es verletzt mich.

Ich schlucke unsicher. »Ja, nur diesmal hab ich dabei geträumt. Ich hab von-«

Einen Moment weiß ich nicht, wie ich es sagen soll, da ich es bisher selbst weder ausgesprochen, noch ausdrücklich zu denken gewagt habe. Bis letzte Nacht, jedenfalls.

»Ich habe von ihrem Sturz geträumt. Danach wollte ich auf keinen Fall mehr zu einer dieser Halloween-Partys, als hätte ich genau gewusst, was geschehen würde. Nein, ich *wusste* es. Ich hab ein Bild gemalt. Ich hab nicht einmal daran gedacht, ich wusste erst nicht einmal mehr, was das für ein Abgrund war, den ich da im Schlaf gemalt habe. Aber es war genau der Punkt den ich gesehen habe, als sie mir weggerutscht ist. Ich hab es gesehen. Bevor es passiert ist. Versteht ihr?!«

Nein, selbstverständlich verstehen sie das nicht.

»Annie, das«, sie ringt nach Worten, bis mein Vater ihr unter die Arme greift.

»Es kann doch ein purer Zufall gewesen sein. Meine Güte, das ist eine Woche her. Ich meine, was willst du uns damit sagen? Dass du sowas wie eine … *Hellseherin* geworden bist?«

Tränen brennen in meinen Augen.

»Natürlich«, stelle ich tonlos fest. »Ich hab heute Nacht übrigens davon geträumt, dass sie da am Strand liegen würde. Und ich habe nachgesehen, weil ich das Gefühl hatte, dass es wirklich so ist.«

Ich springe von meinem Platz auf, um mich ihnen von vorn zuwenden zu können.

»Und ich hab mich dazu entschieden, euch nicht Bescheid zu geben, weil ich genau wusste wie es klingen würde. Hätte ich sie nicht gefunden, wäre sie da draußen erfroren, also durfte ich mich nicht aufhalten lassen, versteht ihr das nicht?!«

Ich versuche mir die fortwährend fließenden Tränen vom Gesicht zu wischen, doch es geht nicht. Das ›ich würde am liebsten heulen‹ trifft es damit wohl nicht mehr so ganz.

Die beiden sehen fertig aus. Es dauert eine ganze Weile, bis meine Mutter aufsteht und mich versucht in die Arme zu schließen. Ich wehre sie zunächst halbherzig ab, lasse es dann jedoch geschehen und beginne erst in diesem Augenblick, wirklich bitterlich zu weinen.

Das ist das erste Mal gewesen, dass ich das hier laut ausgesprochen habe. Dass ich zu denken gewagt habe, was ich die ganze Zeit nicht denken wollte. Ein so abwegiger Gedanke, dass es der einzige sein kann, der der Wahrheit entspricht. Oder ich bin verrückt.

Doch das würde all diese Dinge nicht erklären. Kann ein verrückter Mensch eine verschollene Person finden? So treffsicher? Nein.

Und dabei ist diese Antwort erschreckend endgültig.

Es dauert über zwanzig Minuten, wie die Uhr im Gang zeigt, bis ich mich wieder etwas beruhigen kann.

»Wir kriegen das wieder hin, okay?«

»Ja, vielleicht«, wirft mein Vater ein.

Und es ist das erste Mal in meinem Leben, dass er in meinem Beisein so etwas wie hilflos wirkt.

»Vielleicht passiert sowas ja nur ein oder zweimal im Leben und verschwindet dann, hm? So etwas, das nur passiert, wenn es wirklich nötig ist und das war's. Davon hört man doch ständig – von übernatürlichen Phänomenen die nicht zu erklären sind.«

Ich lache unter den restlichen Tränen. »Ja. Vielleicht«, stimme ich zu, obwohl ich das Gefühl habe, dass dem nicht so sein wird.

»Aber jetzt ist erst einmal wichtig, dass Olivia wieder auf die Beine kommt und ihr euch aussöhnt. Alles andere sehen wird sich mit der Zeit geben, du wirst sehen.«

Ich nicke an ihrer Brust und plötzlich kommt ein Arzt an uns vorbeigehuscht, weswegen mir wieder einfällt, wo wir uns hier eigentlich befinden.

Was mich auch dazu bringt, mich auf meinem eigenen Sitz aufzurichten und meine Tränen, so gut es geht, mit meinen bereits durchnässten Ärmeln zu trocken, von denen einer noch immer kürzer ist, als der andere.

Neben mir zieht meine Mutter ein Taschentuch aus ihrer beinahe vergessenen Handtasche.

»Hier, mein Schatz, so geht es vielleicht ein bisschen besser«, schlägt sie lächelnd vor und zwinkert mir zu.

Wir bleiben noch einige weitere Minuten so sitzen, bis ein anderer Arzt an uns vorbei kommt, welchen wir diesmal jedoch anhalten.

»Entschuldigen Sie«, sagt mein Vater und erhebt sich. »Wir sind wegen der Patientin Olivia Piercen hier, die auf der

Intensivstation liegen sollte. Können Sie mir vielleicht irgendetwas berichten? Meine Tochter hier ist ihre beste Freundin.«

Er sieht uns alle drei an, wobei er mir zunickt, da er offensichtlich davon ausgeht, mein verheultes Gesicht läge rein am Zustand meiner besagten Freundin.

»Keine Sorge, sie ist bereits wieder aus dem Gröbsten raus. Ich kann keine Einzelheiten nennen, doch ich habe gehört, dass sie die Intensivstation schon bald wieder verlassen darf.«

Er verabschiedet sich schnell, da er offenbar erwartet wird, hinterlässt jedoch eine erleichterte Atmosphäre. Wenigstens eine Sache, die heute gutgegangen ist.

Erneut setzt sich mein Vater zu uns. »Es geht also wieder bergauf.«

Ich lächle ihm zu, wenn auch immer noch mit einigen Dämonen im Hinterkopf und versuche all das Schlimme ein wenig zu vergessen; zu *verdrängen*.

Das Auftauchen einer weiteren Person macht dies jedoch etwas schwer.

»Du! Genau dich habe ich gesucht!«

Entgeistert starre ich ihn an, nicht wissend, was er von mir will. Doch allein seine Anwesenheit lässt meine Nackenhaare kerzengerade stehen.

Meine Nerven sind zum Zerreißen gespannt, wartend auf das, was kommen mag.

»Zuerst muss ich dir wohl … Danken«, presst er heraus, als wäre es eine Beleidigung.

Natürlich nicht mir gegenüber, doch gegenüber sich selbst und vermutlich denkt er wirklich so.

»Du hast sie mir zurückgebracht. Obwohl ich mir nicht sicher bin, ob ich dir wirklich dankbar sein sollte.«

Gerade will ich etwas erwidern. Wie, dass ich sie nur zurückgebracht habe, weil sie meine beste Freundin und wie eine Schwester für mich ist, nicht, damit die Leute mir dankbar sind.

Doch da erstickt mein eigener Vater dieses Vorhaben bereits im Keim.

»Warum sollten Sie ihr *nicht* dankbar sein? Sie haben immerhin Ihre Tochter wieder«, ergreift er sofort Partei für mich, während meine Mutter meinen Arm ergreift und sich ein wenig vor mich lehnt.

Beinahe unmerklich, aber doch schützend.

Wie eine Löwenmutter, die jeden Moment nach vorn springen könnte, um einen möglichen Angreifer zu zerreißen.

Es überrascht mich ein wenig, da sie nichts mehr sagten. Nichts darüber, ob sie mir glauben, oder mich für verrückt halten.

»Ja, aber meine Frage ist: wie hat sie sie überhaupt gefunden?«

Mein Vater sieht erst zu mir und meiner Mutter, ehe er sich wieder seinem Gegenüber zuwendet, um ihm eine Antwort zu geben. »Zufall. Was sonst?«

»Morgens um fünf? An einem völlig abgelegenen Strand?« Aus hasserfüllten Augen sieht er mich an.

Doch ich kann den Blickkontakt nicht lange halten.

»Das hab ich mir gedacht. Fast so gut wie ein Schuldeingeständnis.«

Was? Erschrocken sehe ich auf.

»Schuld woran?!«

»Spiel doch nicht die Dumme!«

Wieder ist es mein Vater, der aufspringt. »Moment mal! Was genau wollen Sie meiner Tochter da eigentlich unterstellen? Ein Verbrechen begangen zu haben? Machen Sie sich nicht lächerlich!«

»Wenn ihr keine glaubhaftere Erklärung habt, dann bleibt mir nicht viel anderes übrig, als zu glauben, dass du genau wusstest wo meine Tochter lag. Dass du vielleicht sogar daran schuld trägst, was dort draußen vorgefallen ist!«

»Das stimmt nicht! Ich würde ihr nie wehtun«, versuche ich mich selbst zu verteidigen.

Doch er hört gar nicht zu. »Wenn meine Liv wieder aufwacht, dann werden wir ja sehen, wer Recht hat. Und ich sorge dafür, dass du sie nie wieder zu Gesicht bekommst. Halt dich bloß von ihr fern, du Freak!«

Er zeigt mit dem Finger auf mich und allein seine Worte schmerzen mehr als der Schnitt in meiner linken Hand es je könnte. Schlimmer als mit dieser Verletzung Fahrrad zu fahren.

Der fieseste Schlag, der mich je getroffen hat. Dennoch habe ich gleichzeitig das Gefühl, schon einmal größeren Schmerz empfunden zu haben.

Das macht es ja dann quasi besser, nicht wahr? Lächerlich.

Wahrscheinlich war es gestern Nacht, als ich Liv eine Weile lang ebenfalls für verloren hielt.

Erneut scheint mein Vater Luft zu holen, um ihm irgendetwas entgegen zu werfen, doch diesmal hebe ich die Hand und ziehe kurz an seiner Jacke, während meine Augen am Boden kleben.

»Ist schon gut«, sage ich.

Kann ich ihm denn wirklich verübeln, wütend zu sein? Wo ich doch vermutlich so und so die Person bin, die an dem ganzen Schlamassel die Schuld trägt.

Und diese Erkenntnis ist noch einmal schlimmer als die Anschuldigung, welche ich zu hören bekommen habe – so haltlos sie auch sein mag.

Ich habe dennoch das Gefühl, dass das nicht geschehen wäre, wenn ich am gestrigen Tag nicht existiert hätte. Unfall oder nicht.

Alles hat seine Gründe. Jedes Ereignis auf dieser Welt. Genau wie meine Träume oder dieser Sturz.

Und diesmal bin ich ganz sicher einer davon.

Wir sitzen nun schon eine Dreiviertelstunde stumm auf dieser Bank und starren an eine Wand. Gut, zugegebenermaßen bin ich die einzige, die die ganze Zeit nur an die Wand starrt.

Meine Eltern wirken eher besorgt, als sie mich verschwiegen mustern und dabei hin und wieder vielsagende Blicke wechseln.

Ich seufze, als meine Mutter eine verirrte Haarsträhne aus meinem Gesicht streicht.

»Glaubst du, wir dürfen sie irgendwann besuchen?«

Die Frage klingt wie von einem kleinen Kind gestellt.

Meine Mutter zuckt nur die Achseln und schüttelt leicht schief den Kopf.

»Ich weiß es nicht«, gibt sie zu. »Ehrlich nicht, Schatz.«

»Du hast ihn gehört. Harvey, meine ich«, mischt sich mein Dad von hinten ein. »Wenn es nach ihm ginge, dann sicher nicht in eintausend Jahren. Aber Liv ist schon ein großes Mädchen. Wenn sie es erlaubt, dann sollte es klar gehen, will ich meinen.«

»Ja, dein Vater könnte Recht haben«, stimmt meine Mom ihm zu, »wir werden es sehen, okay?«

»Klar.«

Es bleibt mir auch nicht allzu viel anderes übrig, wenn wir mal ehrlich sind. Ich kann nur hoffen, dass er wirklich Recht behält.

Plötzlich wird unsere Aufmerksamkeit auf die Tür am Ende des Ganges gerichtet. Ehe ich mich versehe, kommen ein kleines Rudel weiß tragender Ärzte und ein paar Krankenschwestern den Gang hinunter und marschieren schnurstracks an uns vorbei, mit einem Bett, das sie mit sich herschieben.

Mein Herz pumpt auf einen Schlag schneller. Ist sie das? Meine Handflächen beginnen zu schwitzen.

Doch ich sage nichts, als sie vorbeiziehen, und halte auch meine Eltern zurück, die verwirrt von mir zu den Ärzten sehen.

Erst nachdem sie weg sind, erhebe ich mich schnell und ergreife einen der Kittelträger, als dieser sich von der Gruppe absetzt, während der Rest weiter von dannen zieht, auf dem Weg an irgendeinen anderen Ort.

»Warten Sie, wo gehen diese Leute hin?«

Passend zu meiner Frage, sehe ich ihn ungeduldig an.

Er wirkt etwas perplex und befreit sich erst einmal aus meinem Griff, ehe er beruhigend seine Hände auf meine Schultern legt.

»Alles ist in Ordnung. Diese Patientin wird nur verlegt. Das ist sogar etwas Gutes.«

Ich überlege einen Moment, mir fällt bei diesen Worten auch wieder ein, was der Andere darüber gesagt hatte, dass Liv vielleicht schon sehr bald von der Intensivstation genommen wird. Ich habe gehört, dass die Station für Notfälle immer nur dann genutzt wird, wenn es wirklich dringende Notwendigkeit hat.

»Es geht ihr also wirklich besser? Olivia?«

Seine Reaktion kommt etwas verspätet, während ich nervös auf meine Bestätigung warte.

»Sind Sie eine Verwandte?«

Für einen absurden Augenblick erwäge ich es, zu lügen, doch leider haben diese meist sehr kurze Beine und so verwerfe ich die Idee schnell wieder.

»Nein, aber ich bin ihre beste Freundin.«

»Naja, sie ist jetzt in einer offenen Station, also seht einfach mal vorbei, ob sie wach ist.«

Ich nicke. »Welches Zimmer?«

»Zimmer 311, wenn ich nicht falsch informiert bin. Den Gang da drüben runter und dann einfach den Zahlen folgen«, weist er an und sieht auf seine Uhr. »Ich hab nun aber Mittagspause, und davon hab ich schon recht wenig, also auf Wiedersehen. Und sprechen Sie zuerst mit einer Schwester, ehe Sie eintreten.«

Mit diesen Worten wendet er sich ab und geht seines Weges. Indes schnappe ich mir meine beiden Eltern, die kaum Zeit haben, zu reagieren, und eile mit ihnen den Gang entlang.

Ich weiß, man sollte in einem Krankenhaus nicht rennen, aber gerade ist es mir leider wahnsinnig wichtig, weswegen ich buchstäblich darauf scheiße und die Beine in die Hand nehme.

»Dreihundert …« Ich bleibe für einen Augenblick stehen. »Zimmer 345.«

Nein, noch nicht wirklich, aber nah dran. Ich sehe von rechts nach links.

Auf der einen Seite steigen die Nummern an, auf der anderen fallen sie wieder ab. Irgendwo dort geradeaus muss es also sein, so wie es der Arzt gesagt hat. Einfach den Zahlen nach.

Meine beiden Versorger versuchen mir dabei zu folgen und halten ein paar Schritte von mir entfernt inne, als ich sie ansehe.

Mein Vater ist bereits ziemlich aus der Puste, als er mich anspricht.

»Wohin genau willst du eigentlich?«

Jetzt verstehe ich, warum meine Mutter immer meint, er sei aus der Form geraten.

»Ach ja, ihr wart ja gar nicht richtig dabei … Der Arzt eben sagte, sie sei in das Zimmer 311 verlegt worden.«

»Okay, dann-«, beginnt mein Vater und atmet einmal tief durch. »Treffen wir uns dann einfach da, okay?«

»Klar«, rufe ich ihm über die Schulter zu, als ich mich bereits wieder in Bewegung setze und ihn noch dabei sehe, wie er den Kopf schüttelt und meine Mutter ihm mitleidig eine Hand auf die Schulter legt.

Ich weiß nicht, was sie sagt, aber ich glaube, sie hat ihm angeboten, einen Rollstuhl für ihn kommen zu lassen. Keine schlechte Idee, wie mir scheint.

Kaum bin ich allein, dauert es nicht lange, da bleibe ich wieder stehen.

»Da bist du ja, 311!«

Ich will am liebsten sofort den Griff betätigen und eintreten, doch etwas hält mich zurück. Meine Hand versteift zitternd über dem Metall, ich kann sogar bereits die kühle Luft spüren, die davon ausgeht. Doch kann ich es nicht berühren.

Dabei weiß ich selbst nicht genau, ob das Problem bei dem liegt, was ihr Vater sagte. Dass er nicht zulassen würde, dass ich sie sehe.

Oder daran, was der Arzt sagte. Dass ich zuerst eine Schwester aufsuchen müsse.

Vielleicht aber auch einfach an dem, was ich mir selbst sage. Dass ich die Verantwortung dafür trage, dass sie jetzt hier liegt.

Die Wahrheit ist, alles davon hält mich ab. Ich kann bloß nicht sagen, was am meisten.

Ich bin so abgelenkt von meinen eigenen Gedanken, dass ich gar nicht bemerke, wie sich jemand hinter mir nähert.

»Kann ich Ihnen irgendwie behilflich sein?«

Die eigentlich leise Frage erschrickt mich so sehr, dass ich mit dem Kopf beinahe Buchstäblich durch die Wand springe und ungewollt gegen die Tür schlage. Irritiert sehe ich mich um, während ich eine Hand an meine Stirn halte und das Gesicht verziehe.

»Äh … Meinen Sie mich …?«

Die ältere Krankenschwester – ihrer Uniform nach zu urteilen, gehört sie zumindest zum Personal – die mich nun mustert, als hätte sie diese verrückte Zuckung eben gar nicht gesehen, seufzt nur.

»Ja. Geht es Ihrer Stirn gut?«

»Also-«, beginne ich, als ich von der Seite Schritte vernehme und dem Geräusch folge.

Meine Eltern kommen mit lahmen Schritten den Gang entlang, direkt in meine Richtung.

Und genau im selben Moment, wird die Tür hinter mir mit Schwung geöffnet.

»Was ist denn?! Ich sagte doch, ich hätte gerne ein bisschen Zeit allein mit meiner-«, er hält inne, als ich mich umdrehe und ihm in sein Wut-verzerrtes Gesicht sehe.

Ich fühle mich wie das Schweinchen in der Mitte; zu allen Seiten belagert. Unschlüssig darüber, auf wen ich nun zuerst reagieren soll, bleibe ich einfach stehen, wie bestellt und nicht abgeholt. Unterdessen starren mich die Leute um mich herum an, als würden sie gleich ein Heilmittel gegen Krebs von mir erwarten.

Nach einigen weiteren verstrichenen Sekunden ist es Harvey, der zuerst das Wort ergreift.

»Du schon wieder?« Wütend erfasst er die Situation. »Ich hab dir doch gesagt, dass du hier nicht aufzutauchen brauchst!«

Ich riskiere einen raschen Blick zur Schwester hinter mir, welche fragend eine Augenbraue anhebt und die Hände in die Hüften stemmt, als sie zu mir sieht.

Sie braucht gar nichts zu sagen, um mir mitzuteilen, was sie von dieser Information hält.

Hoffentlich fungiert diese doch recht korpulente Person hier nicht auch noch als Rausschmeißer, sonst wird das mit Sicherheit nicht besonders spaßig werden. Ich schlucke.

Unsicher mag ich ja sein, doch eines weiß ich ganz genau.

»Das haben Sie nicht zu entscheiden.«

Kaum spreche ich dies aus, bin ich eigentlich schon bereit wieder zurückzuweichen, doch dann vernehme ich eine Stimme, die ich nun wirklich nicht erwartet hätte.

»Lass sie endlich rein, Dad.«

Mehr sagt sie nicht, doch allein diese fünf Worte erleichtern mich unbeschreiblich. Zwar weiß ich nicht, wie sie zu mir steht, doch sie scheint zumindest nicht wütend genug, mich nicht mehr sehen zu wollen.

Und wie angefordert, geht er tatsächlich zur Seite. Zwar sieht er noch einmal zu ihr, als würde er darauf warten, dass sie ihre Ansage wiederruft, doch dies geschieht nicht. Stattdessen setzt sie sogar noch einen drauf.

»Lässt du uns bitte kurz allein?«

Es dauert eine kleine Weile, bis er widerwillig nickt und direkt darauf verschwindet, zusammen mit der Schwester.

Meine Eltern stehen neben uns und sind ebenso fasziniert, wie ich, wie schnell sich das gelöst hat. Doch sie setzen sich einfach auf ein paar Stühle, die vor dem Raum bereitstehen.

»Wir warten«, teilt mir meine Mutter mit.

Obwohl mir jetzt nichts mehr im Wege steht, fühle ich mich noch bedrängter als zuvor. Am liebsten hätte ich gar keine freie Bahn bekommen. Dann wäre dieses Gespräch gleich gar nicht nötig.

Dennoch nehme ich mich zusammen und trete ein, schließe die Tür sanft in meinem Rücken und stehe dann genauso unschlüssig im Raum, wie zuvor zwischen den Fronten.

Eine unangenehme Stille entsteht, die wie eine schwere Decke über uns in der Luft zu hängen scheint. Liv liegt im Bett, das erste Mal in einem Outfit, das ihr so gar nicht steht.

Selbst die Uhr ihrer Mutter … sie ruht angeschlagen auf dem Beistelltischchen.

Ihr Gesicht ist ungeschminkt und blass, außerdem hat sie ein paar blaue Flecken und eine kleine Platzwunde an der rechten Augenbraue, die aber offensichtlich geflickt wurde.

Erstaunlich gut erhalten, wie ich finde. Dennoch kann ich ihr nicht in die Augen sehen.

»Jetzt hör auf mich so anzustarren und setz dich endlich hin«, sie lacht als sie das sagt und deutet mit dem Kopf in Richtung eines Besucherstuhls, der direkt neben dem Bett platziert ist.

Es scheint, als hätte bis eben noch ihr Vater darauf gesessen.

»Hey«, lasse ich nun auch endlich einen Ton verlauten und komme der Aufforderung nach. »Wie geht's dir?«

»Hm«, kommt es wie aus der Pistole geschossen und sofort denkt sie darüber nach, doch braucht eine Weile, ehe sie antwortet.

»Sehr gut, wenn man die Umstände bedenkt. Ich fühl mich etwas ausgelaugt, also, richtig heftig, aber nach 'n paar Stunden Schlaf, geht's mir jetzt eigentlich recht gut. Abgesehen davon, dass sich jeder Muskel in meinem Körper anfühlt, als hätte ich ihn einmal zerrissen und mit Heißkleber wieder zusammengeleimt. Aber die Ärzte meinen, dass ich eigentlich hätte tot sein müssen, also Schwamm drüber.«

»Oh Mann.« Ich sehe zu Boden und ziehe die Augenbrauen ein wenig zusammen. »Sag mal, an was erinnerst du dich denn überhaupt noch?«

Wieder lacht sie kurz auf. »Autsch … Ich sollte nicht lachen. Meine Lunge ist da ein wenig empfindlich, um ehrlich zu sein. Naja, aber mein Vater hat dasselbe gefragt. Und er hat mir erzählt, dass ich wohl später noch ein bisschen mit einem Polizisten plauschen werde, wenn ich nochmal 'ne Runde drüber geschlafen hab.« Sie nestelt ein wenig an der Decke herum, die über ihr ausgebreitet ist. »Aber wenn ich ehrlich sein soll, kann ich mich an verdammt viel erinnern, was ich wieder vergessen will. Als wäre es nicht genug, besoffen von einer Klippe zu kippen. Kann ich dann nicht einfach das vergessen, das mir peinlich ist?«

Die Furche zwischen meinen Augenbrauen wird von Mal zu Mal tiefer. Ich bin sicher, ihr wurde irgendein Medikament gegeben, weswegen sie sich so seltsam ausdrückt.

Doch sie ist dennoch klarer als auf der Klippe, unter Alkoholeinfluss.

»Was meinst du?«

Ihre Reaktion darauf zeugt davon, wie schockiert sie über diese Aussage ist.

»Nicht dein Ernst, oder?«

Ich zucke nur die Schultern.

Wieder herrscht Stille. Bis sie sie ein weiteres Mal bricht, jedoch mit weniger Elan.

»Es tut mir leid, wie ich mich gestern Abend aufgeführt hab. Ich weiß nicht, aber irgendwie fühlt es sich so an, als hätt ich diese zweite Chance nur bekommen, damit ich das hier richtig stellen kann.«

»Quatsch, sag doch sowas nicht! Außerdem tut es mir ja auch leid, dass ich auf dich so wirke …«

»Nein, red doch keinen Scheiß«, fährt sie mir über den Mund. »Ehrlich gesagt hab ich gedacht, ich träume, als ich dich heute Morgen gesehen hab. Ich hatte solche Angst an der Klippe … Und ich war so froh, dass du mich nicht allein gelassen hast, trotz allem was ich da vom Stapel gelassen hab.«

»Als ob ich dich wegen sowas einfach in den Tod stürzen lassen würde, hältst du mich tatsächlich für so kalt?«

Scheinbar treffe ich sie mit dieser Aussage stark genug, dass sie sichtbar zusammenzuckt.

»Ich meinte eigentlich schon vorher. Du wolltest mich da wegholen, damit ich mich nicht verletze, und das sogar noch, nachdem ich richtig fies war. Danke«, stellt sie noch einmal fest. »Das hab ich gestern nicht so gemeint, ehrlich … Ich war zwar nicht so betrunken, dass ich alles vergessen hab oder nur noch lallen konnte, aber ich war auch nicht mehr ich selbst. Ich denke nicht, dass du kaltherzig bist.«

»Naja, im Gegensatz zu dir, bin ich das aber vielleicht.«

»Nein, du bist nur nicht ganz so romantisch veranlagt und warst auch noch nie verliebt in die Idee der Liebe selbst, so wie ich. Das ist etwas anderes, glaub mir.«

Wieder seufze ich. »Oh Mann, was ist das eigentlich für ein Gespräch? Wir sollten doch eigentlich darüber reden, was für ein Wunder du bist. Du hättest ehrlich tot sein müssen und doch sitzt du hier und hast praktisch nicht mehr als einen Kratzer.«

Nun lacht sie doch wieder, diesmal lauter und länger als zuvor.

»Stimmt, ich bin wie ein-«

Kurz stockt sie und sieht etwas zerknirscht an die Decke, ehe sie nickt.

»Wie ein … wie ein *Panzer*. Nicht kleinzukriegen.«

»Der Vergleich hinkt«, halte ich dagegen und lache ebenfalls, als ich es mir bildlich vorstelle.

Es ist, als würden Tonnen von meinen Schultern abfallen.

Leider ist da dennoch … »Aber ich würde wirklich gerne mit dir über etwas reden.«

»Vorher würde ich dich gerne etwas *fragen*«, wirft sie ein und es wirkt, als wäre ihr plötzlich gar nicht mehr allzu wohl.

Wieder nestelt sie an der Decke. Kein gutes Zeichen.

»Ja?«

»Woher hast du gewusst, wo du mich finden würdest?«

Überrascht hebe ich den Blick, der unbemerkt Richtung Boden gewandert ist.

»Was?«

»Mein Vater hat mich gefragt, was gestern geschehen ist, weil er wissen wollte, ob ich wirklich einfach nur einen Unfall hatte. Aber meine Erinnerungen sind klar genug. Ich weiß auch, dass sie echt sind, also ist daran nicht zu rütteln«, gesteht sie. »Jedoch verstehe ich auch seine begründeten Zweifel an all dem, weil du genau gewusst zu haben scheinst, wo du mich finden konntest. Aber das kann nicht sein, nicht wahr? Ich glaube nicht an Zufälle, das weißt du genau. Und schon gar nicht jetzt. Du bist ein Morgenmuffel und musst geschlafen haben, besonders nach so einer Nacht.«

»Was genau willst du denn von mir hören?« Ich fühle wie meine Stimme zittert.

»Ich will nur wissen, was du wirklich an diesem Strand gemacht hast.«

Ich nicke und sehe sie diesmal genau an, weswegen ich auch beinahe vergesse zu atmen.

»Ich hab nach dir gesucht«, entgegne ich beinahe abwesend. »Was ist mit deinen Augen passiert?«

»Was? Bitte wechsle jetzt nicht das Thema, okay?«

Daraufhin schüttle ich nur den Kopf und bedenke sie dann mit einem ernsten Blick.

»Das ist kein anderes Thema. Du wolltest wissen, wie ich dich da gefunden habe, oder nicht?«

»Ja.«

Sie sieht sich verwirrt im Raum um, als würde sie nach etwas suchen. Vielleicht ja nach der Kamera, weil sie sich wie im falschen Film fühlen muss, als ich näher an sie herantrete, um diese perfekten, grauen Ringe zu begutachten, die von den Pupillen in beiden Augen, jeweils bis über die Mitte hinaus in Richtung Rand führt. Das Grau, das so wirkt, als hätte man das schöne, kräftige Braun, einfach ausgesaugt oder weggebrannt.

Wie wenn man einen Wald rodet.

Und weil ich weiß, wie bescheuert mein nächster Satz klingen wird, setze ich mich zuerst wieder hin.

»Okay, du darfst jetzt bitte nicht ausrasten, du musst mich bis zum Schluss anhören. Aber ich denke, ich weiß, wieso du diesen tödlichen Sturz überlebt hast. Nämlich nicht nur, weil du das Glück hattest, bei deinem Aufprall im Wasser die Felsen zu meiden.«

»Öhm«, meint sie unsicher und sieht mich an, als sei ich ein Alien. »Okay? Dann schieß mal los.«

»Liv, ich glaube … Mit uns beiden stimmt etwas nicht. Ich denke, dass wir beide Kontakt zu etwas Übernatürlichem hatten.«

Fast im selben Moment sehe ich, wie ihre Augenbrauen ein Stockwerk nach oben wandern, fast bis in den Haaransatz hinein.

Okay …

Vielleicht hätte ich das jetzt anders formulieren sollen.

Chapter 13:

Your Eyes Will Tell Stories

Vor dem Fenster fährt gerade ein laut hupender Truck vorbei – die Straße vor dem Hof ist viel näher als man meinen sollte. Und doch ist es hier viel zu still.

Die Stille ist beinahe erdrückend, als ich so flach atme, dass ich selbst das Gefühl bekomme, die Luft anzuhalten. Das alles, während sie mich so ungläubig und irritiert ansieht, als hätte ich ihr gerade erklärt, dass ich … okay, wenn wir es genau nehmen, habe ich genau das getan.

Oh Gott, wie komm ich da wieder heil raus …?

Ich sehe mich nervös nach einer Fluchtmöglichkeit um, doch es scheint keine zu existieren.

Zumindest keine normal Greifbare. So werde ich eben erfinderisch und springe von meinem Sitz auf.

»Haha, sowas; ist ja der Wahnsinn. Wie die Zeit vergeht, ich sollte langsam mal nach Hause gehen, glaube ich. Ich besuche dich morgen nochmal, was meinst du dazu?« Oder auch nicht.

»Moment … Hast du was getrunken? Ich kann es irgendwie nicht sagen.«

Seufzend und mich zur Ruhe zwingend, kehre ich mit meinem Hintern zurück zur Stuhl.

»Also gut. Ich muss dir etwas gestehen, und ich sage es nicht gerne, weil ich das heute bereits einmal hinter mir habe und ich wirklich glaube, dass ich diese Farce kein zweites Mal überlebe, wenn ich ehrlich sein soll«, rattere ich etwas weinerlich herunter und bei dem Gedanken an das Gespräch von zuvor zieht sich mein Magen zusammen.

Ich will gar nicht wissen, was los ist, wenn wir heute Abend nach Hause kommen.

Liv nickt zwar dagegen bloß, wirkt aber noch immer etwas skeptisch. Verständlich.

Würde mir wohl genauso ergehen.

»Es gab da ein paar Dinge, die ich meinen Eltern verschwiegen habe, als ich sie mehr oder weniger eingeweiht habe, aber dir muss ich es sagen. Weil ich glaube, dass es dich sehr wohl etwas angeht.«

»Und was könnte das wohl sein?«

Ich atme einmal tief durch und berichte ihr genau das, was ich auch meinen Eltern zuvor erzählt hatte. Von den seltsamen Vorkommnissen, bei welchen ich mir die Gegenwart anderer, bis hin zu eindeutigen Geräuschen und Gefühlen eingebildet habe, was später wiederum manchmal zu Déjà-vus geführt hat.

So wie natürlich den größeren Dingen, wie den detailreichen Träumen und dem Bild. Wie ich sie gefunden habe, abgelegen an diesem unbekannten Stück Strand.

Die Krähe und alles was sie betrifft, lasse ich dabei jedoch erst einmal nicht durchblicken. Ich will zuerst sehen, wie sie hierauf reagiert. Allerdings habe ich mich da geschnitten.

Denn das tut sie gar nicht. Sie sieht mich einfach nur an. Bis sie irgendwann den Kopf regt.

»Hm«, macht sie schlicht, als hätte ich ihr gerade nur davon erzählt, dass die Oma auf der anderen Straßenseite heute ein Haus gekauft hat, obwohl sie bereits eines besitzt und gar keine Familie hat.

Irgendwie skurril, aber auch nicht unglaublich; ›Hm‹ eben.

Was ich ihr aber sagte, sollte durchaus unglaublich sein. Mehr als ein ›Hm‹ wert.

Wo ist der Haken an dieser ruhigen Reaktion?

»Was ist? Hast du gar nichts dazu zu sagen?«

Einen Moment schweigt sie noch weiter. Dann sieht sie mich an, ohne eine Emotion oder einen Gedanken hindurchblicken zu lassen.

»Naja, ich war nicht sicher was ich dazu sagen soll. Ich meine, was wolltest du denn hören? Dass ich dir sofort zustimme? Dass ich dich für *verrückt* halte?«

»Nein, aber … Irgendetwas. Ich würde gerne wissen, was du davon hältst. Das ist alles.«

»Ganz ehrlich?«

Da es wie eine Fangfrage klingt, müsste ich eigentlich nicht antworten, tue es aber sowieso.

»Ja, ganz ehrlich. Bitte.«

»Es klingt verrückt.«

Ich lasse den Kopf sinken. Eigentlich wusste ich es, und hey, es klingt auch in meinen eigenen Ohren verrückt. Besonders, wenn man all das auch noch laut ausspricht.

Aber … für mich ist es so real.

»Hey, ich war noch nicht fertig, klar?«

»Aber natürlich …«, gebe ich zurück.

»Ich finde, es klingt verrückt«, wiederholt sie. »Aber ich glaube dir.«

Bei ihren letzten Worten werde ich hellhörig und schnelle mit dem Blick zurück zu meiner Freundin.

»Was? Wieso?«

Sie scheint verwirrt über meine Reaktion, hebt deswegen jedoch nur wieder fragend eine Augenbraue in meine Richtung, so wie es meine Mutter auch immer tut.

»Weil ich vielleicht nicht unbedingt jemand bin, der sofort jedem Handleser sein Geld in den Rachen schiebt, aber ich durchaus gelernt habe, dass ich dir vertrauen kann und verrückt bist du nicht. Ein bisschen abgedreht vielleicht, aber nicht klinisch verrückt. Und wenn du sagst, dass da etwas ist, glaube ich nicht, dass du dir das ausdenkst«, erläutert sie. »Mal ganz davon abgesehen, dass du auch sagtest, etwas sei mit uns beiden in Berührung gekommen, nicht nur mit dir. Und glaubst du nicht auch, dass ich die bin, die am Wenigsten hinnehmen will, dass sie mitten in einem Sturm, zehn Meter in einen reißenden Strom gefallen ist, stundenlang bewusstlos war und dennoch, nach einigen Meilen des Treibens, um überhaupt an diesen Strand zu gelangen, *nicht* ertrunken ist? Ich bin vielleicht kein Mediziner oder Mathematiker, aber das ist keine Raketenwissenschaft. Das war nicht nur ein Wunder, das war ein unmögliches Ereignis, mein Schätzchen. Das nehme ich nicht so einfach hin.«

»Es gab Leute, die glaubten, ich hätte dich dort hingeschafft und ›gefunden‹. Um als Heldin dazustehen, weil ich vor kurzem eine Heldin war und ›Nachschub‹ brauchte, weißt du?«

»Das ist Bullshit«, dementiert sie auf den Punkt. »Der Arzt sagte mir bereits, was ich denn für ein Wunder sei, denn meine Lunge sei ein Zeichen dafür, sowie meine Haut. Ich habe laut ihm definitiv für Stunden im Wasser gelegen und genau deshalb tut mir meine Lunge gerade auch zu jeder Zeit weh, so wahr ich hier liege. Ich habe Schmerzen. Und die sicher nicht vom Liegen an einem Strand. Ganz davon abgesehen, dass ich mich noch genau an den Schrecken erinnere, als ich plötzlich zu Rutschen anfing«, meckert sie ehrlich genervt.

Doch dann wird sie plötzlich stiller, sieht geradeaus. Wirkt, als sei sie an einem ganz anderen Ort, weit weg von hier. Es dauert, bis sie weiterspricht.

»Und auf einmal war da unter mir nur noch das Nichts. Ich hab dich gesehen, wie du immer weiter in die Ferne gerückt bist und in dem Moment musste ich absurder Weise daran denken, dass ich dich nie wieder sehen würde und das Letzte, was ich zu dir gesagt habe, waren betrunkene Beleidigungen und Anschuldigungen. Ich hab mich geschämt, noch während ich mir sicher war, dass ich sterben würde. Und dann bin ich aufgewacht und hab dein Gesicht gesehen. *Das* war ein Wunder, aber sonst nichts davon.«

»Ich kann mich auch noch daran erinnern, jedenfalls aus meiner Sicht gesehen. Ich hatte das Gefühl, dass da so viel unausgesprochen war und du stirbst, während ich allein zurück bleibe. Es war schlimm. Ich hatte Angst, obwohl es augenscheinlich schon vorbei war. Sowas will ich nicht nochmal erleben müssen.«

Allein bei dem Gedanken, beginne ich zu zittern.

Und sie nickt. »Ich auch nicht. Und ich weiß genau, dass ich gefallen bin. Dass es ein Unfall war, und meine eigene Schuld noch dazu. Meinem Vater habe ich das auch schon erzählt, er hat sofort danach gefragt, weil er fast dasselbe sagte, wie du jetzt. Ich hätte ihn geschlagen, dafür, dass er so einen Schwachsinn über dich erzählt hat, aber ich war zu verwirrt und schon froh darüber, dass er ohne Syl hier aufgetaucht ist …«

»Ich mache dir deswegen sicher keine Vorwürfe, Liv.«

»Aber ich hab auch schon vorher einem Arzt erzählt, was ich noch wusste. Er hat mich nach dem Aufwachen durchgecheckt und ausgefragt, ehe ich endlich aus der Intensiv raus durfte. Da waren letztlich ein ganzer Kader Ärzte die sich um meine Werte und Untersuchungsergebnisse gekloppt haben« Sie scheint kurz zu überlegen. »Und nebenbei: wie kann man sich überhaupt eine solch dumme Geschichte ausdenken? Ich meine, noch ist doch gar nicht genug Zeit vergangen, um schon Tratsch zu verbreiten, oder?«

»Der Polizist hat mir das vorgeworfen, als ich nicht beantworten konnte, wie ich dich gefunden habe. Ich habe ihm zwar gesagt, dass ich dort hinwollte, weil ich dich für tot hielt und das auch einer der Plätze war, an denen wir als Kinder gerne zusammen gespielt haben, aber er wollte mir nicht richtig glauben. Weil ich dafür von zu Hause geflohen bin. Und das eben morgens um fünf.«

»Na und? Warum erzählt er dann so einen Schwachsinn? Was für ein Penner …«

»Exakt«, stimme ich zu und fühle mich dabei wie bei einem unserer Gespräche, die wir früher eben manchmal führten.

Gespräche über Mitmenschen, wenn irgendetwas passiert ist und wir uns einfach nur aufregen wollen. So natürlich und normal.

Abgesehen von der Tatsache, dass an dieser Situation gerade irgendwie so überhaupt gar nichts natürlich und normal ist.

»Außerdem hab ich dir ehrlich gesagt etwas verschwiegen, oder naja, ich habe es eben auch Mom und Dad verschwiegen, da ich nicht wollte, dass sie mich für völlig durchgeknallt halten. Aber wie gesagt, es geht dich etwas an.«

Interessiert sieht sie zu mir herüber. »Na, dann erzählt mal. Viel schlimmer kann's ja nicht werden.«

»Also … Vor ein paar Wochen haben diese seltsamen Vorahnungen, dieses Bauchgefühl, ob etwas gut oder schlecht ist, angefangen. Und immer war es richtig. Aber vor ein paar Tagen dann, als alles erst richtig schlimm wurde, da tauchte noch etwas anderes auf …«

Jetzt scheine ich ihr Interesse *wirklich* geweckt zu haben, so wie sie zu mir herüber schielt.

»Was denn?«

Ich atme einmal tief durch und wäge ein letztes Mal ab, ob es sich lohnen wird, komme dann jedoch zu dem Schluss, dass ich es einfach hinter mich bringen sollte.

»Eine Krähe«, presse ich heraus.

Wieder zieht sie eine Augenbraue nach oben und sieht zu mir herüber, als würde sie in meinem Gesicht nach der Pointe suchen.

»Eine Krähe? Das ist alles?« Sie klingt regelrecht ungläubig.

Autsch. »Naja, nicht einfach nur irgendeine Krähe. Ich sehe sie ständig. Seit dem Morgen vor dem Unfall, als ich das erste Mal eine deutliche, akustische Halluzination, oder meinetwegen *Vorahnung*, wie sich herausgestellt hat, hatte. Immer dieselben Augen und dasselbe Gefühl. Sie sieht mich genau an. Am häufigsten sitzt sie an einem Fenster oder in der Nähe auf einem Baum, einer Mauer oder einer ähnlichen Erhöhung. Es ist dieselbe Krähe, ich schwöre es! Und manchmal ist sie sogar ganz allein, ohne dass auch nur *eine* andere Krähe in der Nähe ist, als würde sie dort gar nicht hingehören!«

»Okay, das ist schon ein bisschen gruselig, zugegeben.«

»Und das ist nicht einmal alles«, füge ich hinzu. »Sie ist immer nur dann da, wenn ich eine wichtige Vorahnung hatte. Das Hupen. Danach hab ich sie das erste Mal gesehen, wenn auch diesmal nicht zur selben Zeit. Während dem Unfall … Ich nehme an, das hab ich noch nie jemandem erzählt, doch als das Feuer im Wagen kühler wurde, sodass ich mich nicht schwer verletzt habe und das Auto nicht in die Luft geflogen ist, hat sie sich plötzlich, direkt vor meiner Nase, auf das heiße Autodach gesetzt. Heute Morgen saß sie vor meinem Zimmerfenster. Als ich das Bild malte, saß sie ebenfalls am Fenster, zu der Zeit im Klassenraum. Und als ich die Bilder im Keller durchsah, sah ich eines von einer Krähe die mir genau dasselbe Gefühl gab, als hätte ich damals schon genau diese Krähe gemalt.«

»Okay, *richtig* gruselig«, gibt sie widerwillig zu. »Aber was hat es denn mit dem Vieh auf sich? Was meinst du?«

»Keine Ahnung. Ganz ehrlich, ich bin ratlos. Ich glaube aber, dass sie für die Träume verantwortlich ist und für alles andere auch. Ich hatte schon immer eine gute Intuition und scheinbar war sie, wenn auch nicht so präsent, schon damals da. Also könnte es doch sein, dass es schlimmer wird, weil sie so nah ist, oder nicht?«

»Das klingt überraschend logisch. Das heißt, bis auf die Tatsache, dass Krähen normalerweise keine übernatürlichen Fähigkeiten verleihen, sondern eher sowas wie Tollwut oder die Krätze oder so.«

»Ja, bis auf *diese* Tatsache«, stimme ich ihr zu, dann sehe ich etwas nachdenklich zu Boden. »Aber nun zu dir.«

»Ach ja, stimmt, da war ja was …« Sie zieht eine Fratze und seufzt. »Und, hab ich auch so einen übernatürlichen Stalker an der Backe? Wär mir zumindest nicht aufgefallen, aber naja …«

»Nein, jedenfalls glaube ich das nicht. Mir wäre auch nichts aufgefallen. Aber zu der Zeit als du zu uns kamst, wurde es bei mir schlimmer mit all den Visionen, es könnte also durchaus zusammenhängen.« Es wäre eine Überlegung wert. »Allerdings wollte ich auf etwas ganz anderes hinaus. Weißt du zufällig, was mit deinen Augen passiert ist?«

Sie zieht die Augenbrauen zusammen und sieht mich fragend an.

»Mit meinen Augen? Was soll denn mit denen sein?«

»Was denn, du weißt es gar nicht?«

Ich schmeiße ihr mein Handy zu. Um das zu sehen, reicht die leichte Spiegelung im Display sicher bereits aus.

»Sieh es dir einfach selbst an.«

Sie tut wie ihr geheißen und ich sehe, wie sie, zunehmend geschockter, in ihre eigenen Seelenspiegel blickt. Immer und immer wieder bewegt sie die reflektierende Fläche, vermutlich um sicherzugehen, dass es wirklich die Spiegelung ist, die sie sieht, und keine Macke im Untergrund. So lange, bis sie das Telefon schließlich sinken lässt.

»Mein wunderschönes Braun ... Was zum Teufel ist damit passiert?!«

»Keine Ahnung. Aber da es vermutlich durch nichts geschehen ist, das einen Schaden hinterlassen hat, weil sie dir offensichtlich nichts davon sagten, unterstreicht das für mich nur, was ich selbst gesehen habe.«

»Was du *wann, wo* gesehen hast?«

Gereizt reicht sie mir mein Telefon zurück und ich packe es schnell weg, bevor sie noch aus Wut hineinbeißt.

»*Danke*«, meine ich schnell. »Zuerst dachte ich, es wäre bloß Einbildung, doch dafür habe ich es zu lange gesehen und nun das ... In der Sekunde, als du die Augen das erste Mal aufgeschlagen hast, heute Morgen am Strand, sahst du aus wie tot. Du warst eiskalt und hattest keinen Puls. Da kam ein seltsamer Nebel aus deinem Mund, noch bevor du das Wasser ausgespuckt hast. Also zu einem Zeitpunkt, an dem das Atmen hätte unmöglich sein sollen. Oder bin ich da etwa falsch informiert?«

»Alter, was heißt ›Nebel‹? Weißt du eigentlich, wie das klingt? Wir reden hier immerhin von *meinem* Körper und du machst mir gerade ehrlich Angst.«

»Nein, nein«, versuche ich sie zu beruhigen. »Ich glaube nicht, dass es dir schaden wollte.«

»Es *wollte*? Was meinst du damit?!«

Ich ignoriere den Einwurf geflissentlich. »*Aber* du hast mich nicht erkannt und es fühlte sich auch nicht an, als würdest *du* mich ansehen. Außerdem war da dieses starke Leuchten …«

»Leuchten?« wiederholt sie mit noch mehr Unbehagen in der Stimme.

»In deinen Augen, genau da wo sie jetzt so farblos, stumpf und grau sind. Deine Regenbogenhäute haben hellblau, fast schon ein bisschen weiß, geleuchtet. Also, nicht nur diese Farbe angenommen, sondern ehrlich *geleuchtet*. Im wahrsten Sinne des Wortes. Und ich würde so weit gehen, zu sagen, es sieht aus, als hätte dieses Leuchten deine Augen *ausgebrannt*.«

»Du willst mir damit also sagen, dass ich mir irgendetwas eingefangen habe, dass meine Augen zerstört, aber mich möglicherweise auch vor dem Ersaufen gerettet hat?«

»Ja, möglicherweise.«

»Na toll, hättest du das nicht für dich behalten können?!«

»Nicht wirklich, nein.«

Sie schließt die Augen, lehnt sich zurück und atmet einige Male tief durch, ehe sie wieder das Wort an mich richtet.

»Okay«, sagt sie anschließend. »Aber warum genau weihst du mich nun ein? Es hätte auch sein können, dass ich dich für verrückt halte. Und nur wegen einer Heterochromie und einem Leuchten, das aber wohl nur du allein bezeugen kannst, ist ja nun nichts entschieden. Besonders *sowas* nicht. Warum erzählst du es mir? Und auch noch in solch einem Moment?«

Ich überlege gut, was ich als nächstes sage und es dauert auch eine Weile, bis ich es sagen kann, doch bringe ich es über mich.

»Weil ich glaube, dass in letzter Zeit mehr als nur das los ist. Weil ich das Gefühl habe, dass ich all dem auf den Grund gehen muss und auch deine Rückkehr kein Zufall, sondern ein Zeichen war«, rede ich drauf los, ehe ich es mir anders überlegen kann. »Weil ich eben all dem auf den Grund gehen will. Aber auch wenn ich es mir ungern eingestehe, will ich das nicht allein machen müssen. Wirst du mir also helfen?«

Die nächsten Minuten starrt sie mich wieder nur an, bevor sie sich rührt.

»Ich muss darüber nachdenken«, lässt sie schlicht in den Raum fallen.

Seufzend nicke ich ab. »Mehr verlange ich gar nicht. Doch erzähl meinen Eltern bitte nichts davon, okay?«

»Sicher. Es würde mir eh niemand glauben. Hölle, selbst für *mich* ist das ein starkes Stück und ich bin ziemlich flexibel.«

Lachend lehne ich mich in den Stuhl zurück.

»Und doch fühl ich mich besser, jetzt, da ich alles einmal ausgesprochen habe. Ich denke nicht, dass ich es noch einmal vor meinen Eltern erwähnen werde, solange ich es vermeiden kann, aber bei dir ist das etwas anderes.«

»Wow, was für eine fragwürdige Ehre.«

»Halt die Klappe.«

»Gleichfalls.«

Sie sieht mich durch ein geöffnetes Auge hindurch an und lächelt.

»Im Übrigen tut es mir leid, dass ich dir deinen Geburtstag ruiniert hab. Ich hab dir eigentlich gratulieren wollen, wenn der Tag fast vorbei gewesen wäre, aber dann kam alles anders als geplant, von Anfang an. Also ... Alles Gute zum Geburtstag. Nachträglich.«

Lachend nehme ich den Gruß in Empfang. »Klar. Aber macht nichts, sagen wir einfach, du hast dein Versprechen wahr gemacht.«

»Was denn für ein Versprechen?«

»Nun, der Abend war definitiv einmalig ... Und ganz sicher unvergesslich, oder nicht?«

Nun lacht sie ebenfalls, wobei sie ehrlich gequält aussieht.

»Sicher ...«

Wir werden unterbrochen, als jemand die Tür öffnet.

»Hallo Ladys, ich störe nur ungern, aber ich würde gerne ein paar Dinge eintragen.«

Er zeigt ein Klemmbrett nach oben und sieht dann auf einen Zettel, der in der Nähe auf einem Tisch liegt.

»Es wird vermutlich auch bald ein Zimmernachbar für Sie eintreffen. Doch wenn Sie sich so halten wie jetzt, werden Sie gar nicht mehr hier sein, wenn er ankommt.«

»Gut zu wissen.«

Ich sehe ihn an. »Sie sind also einer ihrer behandelnden Ärzte?«

Ich zeige auf sie und er nickt, während er weiter etwas auf sein Papier kritzelt und dann den Schreiber wegsteckt.

»So, das war's schon. Nur was vergessen. Noch viel Spaß Ihnen beiden.«

Mit diesen Worten will er sich bereits wieder abwenden, doch ich erhebe mich vorher und stoppe ihn in seinem Lauf.

»Warten Sie bitte noch einen Moment … Ich habe eine wichtige Frage.«

»Wenn ich Sie denn beantworten kann, gerne doch, aber schnell. Ich muss schließlich weiter.«

»Also … Ihre Augen. Etwas hat sich an ihnen verändert.«

Er überlegt kurz, doch scheint ihm schnell klar zu werden, was ich meinen könnte.

Nein, was ich meinen *muss*. »Sie meinen die zentrale Heterochromie, nicht wahr?«

»Ich gehe davon aus, dass sie das meint«, mischt sich Liv von der Seite ein.

Er wendet sich für die Antwort jedoch mehr an sie, als an mich. Vermutlich, da sie die Patientin ist.

»Wenn ich ehrlich bin, hat uns das zuerst auch etwas verwirrt. Ich habe es bei dieser Vorgeschichte noch nie gesehen und kenne auch niemanden, der mir weiterhelfen konnte. Es schien keinen wirklichen Auslöser gehabt zu haben, aber auch keine Auswirkungen, also haben wir es einfach so stehen gelassen. Wir dachten erst, es war vielleicht schon so, doch laut Ihrem Vater ist es wohl doch ein neuer Zustand.«

Und dennoch hat ihr Vater es vor ihr nicht einmal erwähnt. Vermutlich wollte er sie nicht aufregen. Vielleicht hätte ich es auch nicht tun sollen, aber ich war nicht der Meinung, dass sie aussah wie jemand, der jeden Augenblick zusammenbricht.

Da kann man noch weiter bohren. »Haben Sie denn wirklich gar keine Erklärung parat?«

Die ganze Zeit habe ich das Gefühl, dass es ihn unheimlich stört, keine Erklärung zu haben.

»Die am wenigsten wilde Theorie, wäre, dass die Veranlagung schon immer da war, es aber letztendlich erst durch den Sauerstoffmangel und die widrigen Umstände dieser Zeit im Meer ausgelöst wurde. Aber das wäre in etwa genauso wissenschaftlich, wie, wenn ich sagen würde, dass es möglicherweise die Allergie auf irgendein Gewächs im Wasser war, das den Ausschlag gab. Präzise will ich sagen, könnte es alles gewesen sein, daher haben wir leider keine Ahnung, was das angeht, tut mir sehr leid«, gibt er offen zu.

Und jep, man sieht ihm wirklich an, wie sehr ihn dieses Ergebnis fuchst.

»Sicher wissen wir jedoch, wie gesagt, dass es Ihnen nicht schadet. Weder Ihr Gehirn, noch Ihre Augen haben irgendeinen Schaden erlitten, es ist demnach also, wie ebenfalls gesagt, kein Symptom größerer Traumata. Genauso wie es sonst keine Probleme zu geben scheint und ich daher nicht damit rechne, dass es noch etwas nach sich zieht. Herzlichen Glückwunsch, Sie sind kern gesund. Auch wenn ich wirklich keine Ahnung habe, wie so etwas möglich ist.«

Er schüttelt mir einmal knapp die Hand, nickt Liv noch einmal zu und zieht dann mit einem seltsam verkrampften Gesicht von dannen.

Ja, das stört ihn tatsächlich enorm, auch wenn er versucht, es sich so wenig wie möglich anmerken zu lassen.

Wir sehen ihm beide noch nach, als er abdampft.

»Gut, das war … *interessant*«, merkt die Braunhaarige hinter mir an.

»Jup«, gebe ich zurück. »Aber sagte ich ja.«

»Was?«

»Dass es keine Erklärung geben würde. Für gar nichts an deinem Zustand.«

Es stört sogar augenscheinlich die Ärzte, und die sollten sich doch eigentlich freuen, wenn ein Patient nicht großartig verletzt ist.

Hinter mir kann ich sie gähnen hören. Als ich mich umdrehe, richtet sie sich das Bett bereits zum Schlafen her.

»Also gut, du hast mich überzeugt. Wir gehen der Sache nach, wenn ich hier raus komme. So lange, bis sich entweder herausstellt, was los ist, oder aber erwiesen ist, dass du an Hirngespinsten leidest. Eines von beiden, aber für den Anfang gilt noch ›Im Zweifel für den Angeklagten‹.«

»Na da bin ich aber beruhigt«, lasse ich ein wenig ironisch fallen.

»Jetzt frag ich mich nur«, beginnt sie mit einem weiteren Gähnen.

»Wo zum Teufel sollten wir da überhaupt anfangen?«

Chapter 14:

Die Wolken am Himmel über uns treiben langsam Stadteinwärts. Dann weiter, Richtung Norden. Ich sehe ihnen dabei zu und seufze, für einen Moment wäre ich gerne eine von ihnen.

Dort oben hat man vermutlich wenige Probleme, während es hier unten nur so davor strotzt. Mein Kopf schmerzt; die Gedanken kreisen. Keine Konzentration will sich einstellen.

Als ich so die Vögel beobachte, wie sie ganz frei umherfliegen, muss ich an die Krähe denken. Das Wasser im Brunnen erinnert mich dagegen an die Sache mit Liv.

Es ist, als wäre das alles so allgegenwärtig und würde nur darauf lauern, sich auf mich zu stürzen. Ein Gedanke, der mich erschaudern lässt. Es wirft so viele Fragen auf.

Und so viele Probleme.

Wie zum Henker sollen wir überhaupt an Informationen kommen? Über meine Mutter vielleicht?

Nein, das macht absolut keinen Sinn. Sie hat damit erstmal nichts zu tun, doch selbst wenn, wäre es viel zu schwer sie aufzutreiben. Das wäre ja wie ein unmögliches Rätsel lösen zu wollen, indem man dazu erst ein noch unmöglicheres Rätsel löst, weil es mit dessen Antwort möglicherweise möglich ist, das Unmögliche möglich zu machen. Zu viele mögliche ›Möglichkeiten‹ für meinen Geschmack.

Und das auch nur, sollte sie denn überhaupt noch … Ja, vielleicht kann ich sie auch gar nicht finden.

Aber was sollen wir dann tun? Einfach aufgeben, ehe wir überhaupt begonnen haben?

Ich schüttle den Kopf und reibe mir kurz über das Gesicht.

Hilfe können wir auch keine erwarten. Von wem auch? Meine Eltern haben nicht einmal mehr erwähnt, über was wir im Krankenhaus gesprochen hatten, und ehrlich gesagt hatte ich schon zu dieser Zeit das Gefühl, dass sie davon nie wieder etwas hören wollen.

Was sollen wir nur tun …?

Ich seufze schwer und laut, ehe die Spiegelung der Scheibe ein Licht direkt in meine Augen reflektiert, woraufhin ich erschrocken zusammenzucke.

Bei meinem Zucken stoße ich dann auch noch ein Buch von meinem Tisch. Als ich aufsehe, nachdem ich mir die leicht gereizten Augen reibe, starrt mich der halbe Klassensaal an.

Allen voran unser lieber Professor Dura. Der Mann der tausend Geheimnisse und den fünf Haaren auf dem Haupt.

»Ms. Dowell, *Sie* schon wieder«, spricht er in einer solch genervten Tonlage, dass er ganz rot anläuft.

Ich hätte ja Angst, dass er hier und jetzt platzt, wenn ich denn dann nicht eigentlich noch froh sein müsste.

»Erst passen Sie nicht eine Sekunde auf und dann stören Sie auch noch die anderen Schüler, die gerne etwas über ihre Geschichte lernen würden, im Gegensatz zu Ihnen.«

Ich will etwas sagen, doch komme nicht zu mehr, als den Mund zu öffnen, da spricht er bereits weiter.

»Und glauben Sie ja nicht, Ihr erneuter ›Helden‹-Status kann Sie vor der Peitsche bewahren!«

Gruselig, diese Ausdrucksweise.

Seit wann lehrt der denn bitte? Seit dem frühen Mittelalter?

Anhand seines Aussehens, würde es mich gar nicht mal überraschen.

»Nein, Sir. Wird nicht wieder vorkommen«, versichere ich reumütig und bücke mich dann, um mein Buch aufzuheben.

»Nein, nein, diesmal kommen Sie mir nicht so leicht davon, junge Dame!«

Er greift sich das Klassenbuch von seinem Pult und nimmt einen Stift zwischen seine klapprigen Finger. Immer wenn ich ihn sehe, und das obwohl er noch gar nicht so alt sein kann, habe ich das Gefühl, ich spreche mit einem antiken Skelett.

»Ich bin zwar nicht da, doch sie werden einfach mit einer anderen Lehrkraft vorlieb nehmen. Ein wenig Einzelunterricht wird Ihnen sicher nicht schaden. Stimmen Sie mir da nicht zu?«

Geschockt erkenne ich erst jetzt, was er mir damit offensichtlich zu sagen versucht.

»Was denn, Nachsitzen? Aber wieso?«

»Dass sie erst noch fragen müssen, zeigt mir, dass Sie Ihre Lektion gewiss noch lange nicht gelernt haben. Des Weiteren steht diese Sache nicht länger zur Debatte, melden Sie sich nach der letzten Stunde im Raum für das Nachsitzen. Sie werden dort eine Stunde verbringen.«

Ich will gerade etwas erwidern, doch er unterbricht es sofort.

»Noch ein Wort und ich mache drei Stunden daraus.«

»Meinetwegen«, murmle ich und seufze, ehe ich wieder aus dem Fenster sehe.

Und dabei habe ich heute wirklich allen Grund dazu, meinen Kopf über den Wolken zu halten.

Hier unten würde ich doch nur ersticken.

Farbe tropft von meinem Pinsel. Wasser. Erde. Feuer. Luft.

Die Elemente sind in meinem Bild vertreten, doch sie bilden keine Einheit. Kein schönes Ambiente. Es ist, als würden sie Krieg führen. Sich um die Vorherrschaft streiten.

Und dann zu einer dunklen, zähen Masse verschmelzen, die einen förmlich anschreit.

Eine Masse aus Emotionen die von Leid getragen werden und auch Leid verbreiten.

Wut. Hass. Angst. *Schmerz.*

Ich fühle mich müde.

All das sind Gefühle, die ich in mir spüre, wenn ich daran denke. Ich kann mich nicht konzentrieren. Meine Linke liegt in meinem Schoß und schmerzt, die Nähte können erst in ein paar Tagen gezogen werden, wenn die Wunde ernsthaft dabei ist, zu heilen.

Die Ärzte sagten, das kann bei einem solchen Schnitt länger dauern. Aber mindestens neun Tage muss ich es schonen. Danach wird sich jemand das Ganze noch einmal genauer ansehen und beurteilen, ob die Nähte endlich entfernt werden können.

Doch in den meisten Fällen, bei größeren Schnitten, dauert es länger bis die Wunde zuverlässig genug aussieht, um diesen Schritt zu wagen.

Dennoch ist der Schnitt nicht das, was mich am meisten stört. Und dann habe ich auch noch dieses dumme Nachsitzen aufgedrückt bekommen.

Schon in der letzten Pause habe ich meine Eltern deswegen kontaktiert; begeistert waren sie natürlich nicht gerade.

Glücklicherweise waren sie aber auch nicht wütend. Sie haben es mir heute einmal vergeben. Doch da ich ja offensichtlich eine ›Vorgeschichte‹ hatte, weswegen ich heute auch letztendlich dran war, hat Mom verlangt, dass ich in der nächsten Geschichtsarbeit eine super Note abliefere. Sonst macht sie mir die Hölle heiß.

Ich kann das Flüstern um mich herum hören, das meine Aufmerksamkeit ein wenig auf sich lenkt. Diesmal ist es keine seltsame Laune meines Verstands oder was auch immer es sein soll, denn es sind nur meine Mitschüler, die sich das Maul über mich zerreißen.

So kreativ wie man zuerst dachte, war der Polizist wohl entweder nicht oder aber, jemand hat uns im Krankenhaus reden hören und daraufhin Mist erzählt. Wenn es nicht sogar er selbst gewesen ist, hier macht schließlich alles schnell die Runde, es sei denn, keinen interessiert es.

Jedenfalls ist es so, dass seine wilde Theorie, über Livs verschwinden und mein absonderliches Verhalten an diesem Morgen, hier nun ebenfalls ihren Lauf nimmt.

Und *wie* sie ihren Lauf nimmt.

Da Liv erst heute Mittag aus dem Krankenhaus entlassen wird, also vermutlich jetzt gerade, wenn wir es genau nehmen, war bisher keine zweite Stimme da, um meine Seite der Geschichte zu bestätigen.

Daher bin ich aktuell der Freak, der so gerne eine Heldin sein will, dass sie sogar ihre beste Freundin in Gefahr bringt. Natürlich war sie nie wirklich in Gefahr, aber ich habe sie selbstverständlich unter Drogen gesetzt, wie die Gäste von Petes Party bestätigt haben wollen.

Pete persönlich sagte sogar, das ›arme Ding‹ habe Wahnvorstellungen gehabt und dabei sogar beinahe seine tolle Feier gesprengt. Natürlich hat sein neues Betthäschen ihm sofort alles von den Lippen abgekauft, was für eine Scheiße auch immer da rausgepurzelt sein mag.

Aber wer bin ich denn, irgendetwas zu sagen? Ich bin ja nur diese Irre, die ihre Freundin krank gemacht hat, um sie dann ›retten zu können‹ oder sowas.

Warum auch immer ein Mensch so etwas Bescheuertes tun sollte.

Zugegeben, es gibt glaube ich eine Krankheit, die einen zu solch einer Tat veranlasst, aber wirke ich wirklich so verrückt auf sie? Okay, wenn sie von so einigen Dingen wüssten, dann hätten sie wohl einen Grund, aber … nein, das ist nicht der Punkt.

Das ist alles viel zu übertreiben. Wer kommt denn auf sowas?

Natürlich ist es nicht deren Schuld, dass ich meine Gründe nicht offen darlegen kann, aber ihre Geschichte ergibt dennoch in etwa so viel Sinn wie eine gewisse Vampir-Romanreihe, die lange Zeit in Mode war. Die war auch ohne Hand und Fuß und jeder ist drauf abgefahren.

Ehrlich genervt, schlage ich die Farbe beinahe auf die Leinwand vor mir, was mir schon leidtut, direkt nachdem es passiert. Das Thema heute sind die vier Elemente.

Man sollte sie einbringen, wie auch immer man möchte. Stacy Hinkle malt zum Beispiel eine Art Gala. Vier Tänzer im Vordergrund, der Rest nur Schemenhaft dahinter. Und die beiden Paare wurden dargestellt durch Feuer und Wasser; Erde und Luft.

Ich weiß nicht wieso, doch irgendwas erscheint mir falsch an dieser Konstellation, auch wenn die Idee gut ist. Sie sagte, es seien die sprichwörtlichen ›Gegenteile‹ die einander ›anziehen‹ gemeint, wodurch das Wasser mit dem Feuer um Dominanz kämpft, während Erde und Luft sich ausbalancieren.

Bei dieser These fühle ich eine gewisse Gegenwehr. Schon die ganze Zeit kommt es mir komisch vor.

Da sie mir nahe sitzt, nutze ich die Gelegenheit ihr auf die Schulter zu tippen.

Scheinbar ist es ihr nicht allzu angenehm. Sie dreht sich aber dennoch zu mir herum.

»Ist was?« Sie klingt etwas harsch.

»Ich wollte nur fragen, warum du ausgerechnet *diese* Paare gewählt hast, für deine ›Gegensätze, die sich anziehen‹.«

»Was denn? Und dafür störst du mich extra bei meiner Arbeit?«

Diesmal wirkt sie regelrecht bissig, doch ich zucke lediglich mit den Schultern. So rollt sie mit den Augen, da ich nicht gleich aufgebe.

»Ist doch wohl logisch: Erde und Luft sind genau das Gegenteil voneinander. Die Luft treibt über die Erde hinweg, also finden sie gemeinsam ihre Balance. Und dass Feuer und Wasser Erzfeinde sind, muss ich dir doch sicher nicht erklären, oder?«

Ich kneife etwas die Augen zusammen und betrachte mir das Bild noch einmal, unter dem Gesichtspunkt ihrer Erklärungen.

»Nope, immer noch seltsam«, stelle ich fest. »Ich hätte die Luft und das Feuer zusammengestellt. Sie heizen sich gegenseitig auf und kämpfen um Dominanz. Während sich Wasser und Erde vermischen und eine Grundlage bilden, auf der Leben wachsen kann, sofern sie die richtige Balance finden.«

Nun ist sie es, die etwas zerknirscht wirkt.

»So hab ich das ehrlich gesagt noch nie gesehen«, gesteht sie mir zu, zuckt dann jedoch ihrerseits die Achseln. »Aber ist mir auch egal. Das allgemeine Bild ist doch genau so, oder nicht? Das passt schon gut genug. Ich werd's sicher nicht nochmal von vorn anfangen.«

»Naja, wenn du meinst. War auch gar nicht so gedacht.«

Ich wende mich wieder meinem eigenen Bild zu, das eine farbliche Katastrophe in allen Lagen darstellt. Weswegen ich tatsächlich die Letzte sein sollte, die einem anderen in diesem Moment noch Ratschläge erteilt. Dennoch konnte ich mich nicht zügeln.

Besonders seltsam ist das, da ich noch nie über die Beziehung verschiedener Elemente nachgedacht habe. Und mein Prinzip besagt, dass ich mich nicht in die Bilder anderer einmische. Denn jeder hat seinen Stil und seine Träume, da habe ich nichts zu sagen.

Ich bin kein Lehrer, also ist es auch nicht mein Job und mein Recht schon gleich gar nicht.

Ich weiß wirklich nicht, was mich da gerade geritten hat.

Etwas genervt tunke ich den Pinsel neuerlich in die Farbe, um sie anschließend achtlos auf das Bild zu klatschen. So kann ich am Ende vielleicht behaupten, es wäre eine seltsame Form des Impressionismus oder einfach moderne Kunst mit tieferer, gefühlsbetonterer Aussage.

Auch wenn ich glaube, O'Farrell damit nicht wirklich täuschen oder beeindrucken zu können.

Ich schnaube, als ich mein Werk betrachte. Doch der Gong, der das Ende der letzten Stunde, zumindest für die anderen, einleitet, rettet mich davor, diese missratene Kreation mit den Fingernägeln von der Leinwand zu kratzen.

Die anderen sind schnell dabei, ihre Sachen zu packen. Ganz anders als ich. Da ich ja noch in der Schule zu bleiben habe, muss ich mich nicht wirklich beeilen. Im schlimmsten Falle flunkere ich ein wenig und sage, es war wichtig, wenn ich ein wenig zu spät erscheine.

Vielleicht bekomme ich die Zeit sogar erlassen …

Ich lasse den Kopf hängen und stöhne genervt über mich selbst. Oh Mann, ich sollte heute nicht noch damit anfangen, zu lügen und zu betrügen. So etwas artet normalerweise schnell aus und ist später schwer wieder rein zu waschen.

Seufzend erhebe ich mich aus diesem Grund endlich, um mit meinen sieben Sachen ebenfalls klar Schiff zu machen und schließlich zu gehen. Doch als ich die Tür letztendlich ansteure, hält mich etwas am Arm zurück.

Es ist eine Hand, wie ich schnell erkenne, passend zu meinem Lehrer, Mr. O'Farrell.

»Könnten Sie noch kurz bleiben? Ich wollte mit Ihnen sprechen.«

»Ja, sicher … Aber bitte schnell, ich muss noch zum Nachsitzen«, gestehe ich schweren Herzens, in dem Wissen, dass er gleich furchtbar enttäuscht sein wird.

Ich mache mich bereits auf den klagenden Blick gefasst und schließe die Augen, wie aus Reflex, als ich eine Hand auf meinem Haupt spüre.

»Das ist schade. Darf ich fragen, womit Sie sich diese Extrastunde verdient haben?«

Oh … »Ich war mit den Gedanken woanders und Professor Dura hielt das für wenig angebracht, also …«

»Ah, ich verstehe schon. Er ist etwas streng, aber seien Sie bitte nicht so hart zu ihm deswegen. Er ist eben ein alter Mann und es ist schwer einem alten Hund noch neue Kunststücke beizubringen.«

Einen Augenblick starre ich ihn fassungslos an, dann kann ich nicht anders, als laut zu lachen.

Er wirkt dagegen leicht verwirrt.

»Was denn? Hab ich bei dem Sprichwort etwas durcheinander gebracht.«

Noch immer lache ich, jedoch halte ich es zurück und wische mir eine kleine Träne aus dem Augenwinkel. Es ist eigentlich dumm, wegen so etwas zu lachen. Aber vielleicht war es ja ein dummer Satz wie dieser, den ich gerade gebraucht habe, und heute wirkt das Lächeln meines Gegenübers noch ein wenig einladender als sonst.

»Nein, ich denke nicht. Ich weiß es nicht, aber es war … Vergessen Sie's einfach. Ich hab einfach an etwas Bescheuertes denken müssen.«

»Okay«, gibt er etwas zögerlich zurück, lächelt jedoch weiterhin. »Es ist aber schön, Sie lachen zu sehen, nach allem was ich gehört habe.«

Und schon segelt mein kurzer Moment der Glückseligkeit den Bach hinunter, direkt in eine Kloake hinein.

»Sie haben es also gehört?«

»Das kommt drauf an, was genau. Ich habe in letzter Zeit wirklich Vieles gehört. Und Einiges davon über Sie.«

»Naja, eben über das Wochenende. Was an Halloween geschehen ist und was danach kam.«

Er nickt nur langsam. »Ja, ich habe gehört, dass ihre gute Freundin Olivia Piercen, welche erst vor wenigen Tagen hier an die Schule gewechselt ist, eine Klippe hinabgestürzt sei. Sie haben sie dann am nächsten Tag an einem Strand aufgetrieben und sie erfreut sich bereits heute wieder bester Gesundheit.«

Ich nicke zustimmend und hebe dann einen Arm, um meinen anderen damit auf Ellenbogenhöhe festzuhalten.

»Ja, so in etwas fasst es das zusammen.«

»Und ich habe die Gerüchte gehört, über Ihren angeblichen Versuch, neuerliche Berühmtheit zu erlangen.«

Die Aussage versetzt mir einen Stich. Ich wusste es. Mir nervös auf die Lippen beißend, sehe ich zu Boden.

»Ja, das erzählt man sich. Hab ich auch schon gehört.«

Mein Atem stockt eine Sekunde, als er mit unerwartet eine Hand unter das Kinn legt, um meinen Kopf ein wenig anzuheben.

»Sie sollten nicht alles hören, was um Sie herum getuschelt wird. Die Leute reden viel, wenn der Tag lang ist und wenn Sie jedes Wort davon verfolgen würden, würden Sie verdammt schnell wahnsinnig werden.«

Überrascht blicke ich ihn an. Ich blinzle nicht einmal, so perplex bin ich in diesem Moment. Erst nach einigen Sekunden, realisiere ich was geschieht und räuspere mich schnell.

»Ja, verstanden«, stimme ich zu, obwohl ich eigentlich keine Probleme mit den Gerüchten habe.

Oder doch, aber nicht so sehr, wie er zu glauben scheint. Sind es doch im Grunde andere Probleme, die mich nachts wachhalten.

Dinge, die ich erfahren will, aber nicht erfahren *kann*.

Antworten, die mir verborgen bleiben, obwohl ich genau weiß, dass sie irgendwo da oben drin sein müssen. Dass sie es einmal waren und ich wahrscheinlich selbst bewirkt habe, dass sie es nun nicht mehr sind. Zumindest nicht mehr greifbar.

Er zieht die Hand zurück, deren wohlige Wärme mir sogleich fehlt, obwohl es nicht einmal kalt im Raum ist.

»Sie sollten sich nun besser zum Nachsitzen begeben. Vielleicht freut es Sie, zu hören, falls Sie es nicht bereits gehört haben, dass Professor Dura Sie dabei nicht beaufsichtigen wird, sondern jemand anderes.«

»Das habe ich gehört, ja«, gebe ich nervöser zurück als allemal nötig wäre.

So streiche ich verlegen eine Haarsträhne hinter mein Ohr und sehe zu Boden.

»Gut. Wir sehen uns dann im Raum 206.«

Erneut überrascht blicke ich wieder auf. »*Sie* werden mich beaufsichtigen?«

Er reagiert nicht richtig, doch spricht weiter.

»Heute ist niemand sonst aus diesem Teil der Schule für Extrastunden eingetragen, wir können uns also Zeit lassen. Ich habe nicht vor Sie schuften zu lassen, weil Sie begründet von Ihrem Unterricht abgelenkt waren. Es wird jedoch nicht so einfach sein, wenn Sie das noch einmal tun.«

»Natürlich«, beteure ich hastig und nicke schnell.

Dann nehme ich meinen Mut zusammen, welchen ich definitiv brauche, um die nächste Frage zu stellen.

»Warum gehen wir nicht gleich zusammen dorthin?«

Irgendwie wird diese Misere mit den Bildern zu einem leidigen Thema des heutigen Tages. Seufzend lege ich den Pinsel nieder. Ich wusste nicht, was ich malen soll, als ich eine genaue Angabe dafür hatte.

Jetzt lässt er mich malen, was auch immer ich will, doch es geht nicht. Ich weiß einfach nicht, was ich malen soll. Keinen blassen Schimmer. Keine Idee. Keine Vision.

Einfach nur das gähnende Nichts meines mittlerweile müden Verstandes.

»Stimmt etwas nicht?«

Als ich die gelassene Frage des Mannes, der vorn an seinem Pult sitzt, vernehme, horche ich auf.

Er sitzt locker dort; die Füße auf der Tischplatte und einem gebundenen Buch ohne Aufschrift oder Papierumschlag in Händen, sodass ich nicht erkennen kann, was genau er eigentlich die ganze Zeit liest.

»Also … Ich weiß nicht. Irgendwie bin ich blockiert«, gestehe ich und betrachte die Leere vor mir recht nüchtern.

»Wenn Sie ein Problem haben, können Sie mich ruhig fragen, Annie.«

»Ja, ich…« Irritiert breche ich hab. »Sie haben mich ja gerade beim Vornamen genannt. Waren Sie nicht dagegen?«

»Ja, im Prinzip schon. Auf dem Schulgelände und im Unterricht. Aber das hier ist das Nachsitzen und es ist auch sonst niemand hier. Ich sehe es als eine autoritäre Grauzone.«

Ernsthaft?

Aber irgendwie ist es nettes Schlupfloch für solch eine Regel.

»Okay, also … Ich wollte Sie tatsächlich etwas fragen.«

»Ach ja?«

Interessiert sieht er mich über den Rand seines Buches hinweg an, was mich fast im selben Augenblick wieder verunsichert.

»Was denn?«

Nein, eigentlich wohl eher nicht.

Doch ich würde einfach gerne weiter mit ihm sprechen; ihn reden hören. Und das nicht nur, weil ich keine Ahnung habe, was ich malen soll. Obwohl er bereits so großzügig war, mich malen zu lassen, anstatt mir eine langweilige Geschichtsaufgabe aufzudrücken.

Gleichzeitig muss ich nun aber darüber nachdenken, was ich ihn denn sinnvolles fragen könnte, da er mich bereits so erwartungsvoll ansieht. Die Zahnräder in meinem Gehirn rattern, doch ich habe keine Ahnung.

Bis mir plötzlich doch etwas in den Sinn kommt.

»Tja, es ist so«, beginne ich unsicher, »wenn sie versuchen würden, etwas ganz Wichtiges in Erfahrung zu bringen, also Nachforschungen anzustellen und dahinter zu kommen, was es damit auf sich hat, sie jedoch so gar nichts darüber wissen würden, was es ist oder womit Sie es überhaupt ansatzweise zu tun haben … wie würden Sie das Ganze dann angehen?«

Er zieht eine Augenbraue ein wenig nach oben, nicht ganz so wie meine Mutter oder Liv, aber auf seine Weise finde ich es ziemlich ... schwungvoll. Offensichtlich verwirrt ihn meine Frage, doch das wundert mich ehrlich gesagt wenig.

»Wie kommen Sie darauf?«

Nachdem er die Frage stellt, schüttelt er jedoch den Kopf, als hätte er es nun doch nicht fragen wollen.

»Was ich tun würde? Wenn ich, warum auch immer, etwas über eine Sache in Erfahrung bringen wollen würde, über die ich im Voraus rein gar nichts weiß, dann würde ich an einer Stelle anfangen, an der ich normalerweise nicht suchen würde.«

Ich rümpfe die Augenbrauen in einer verwirrten Geste.

»Wie meinen Sie das?«

»Ich meine, dass Sie nach etwas suchen müssen, das Ihnen vorher nicht als tragender Punkt in den Sinn kam. Etwas, das mit dem wonach Sie suchen zu tun hat, jedoch nicht direkt. Also etwas, über das Sie geringfügig mehr wissen, sodass Sie einen Punkt haben, an dem Sie Ihre Suche starten können«, erklärt er sachlich. »Dann finden Sie, wenn diese andere Sache wirklich etwas damit zu tun hatte, notgedrungen irgendwann mehr darüber heraus und finden so Anhaltspunkte, die Sie direkt zu dem Ziel führen könnten, das Sie sowieso verfolgt hatten. Sie brauchen praktisch einen gemeinsamen Nenner.«

Ich starre ihn an, diesmal ist mir jedoch klar, was er meint ... denke ich zumindest.

»Verstehen Sie?«

Ich nicke sofort. »Ja, ich glaube, ich weiß jetzt, was Sie meinen.«

Doch was ist das, was es in meinem Fall wäre? Was ist verbunden, aber doch nicht verbunden?

Meine Mutter vielleicht? Doch das macht auch wieder nicht richtig Sinn und ich habe sie ja bereits als gemeinsamen Nenner sozusagen ausgeschlossen. Was bleibt sonst noch?

Erneut setze ich mich an die Leinwand. Ich schließe einen Moment die Augen, dann setze ich an. Ich *weiß*, was ich male.

Und ich weiß jetzt auch, wo ich beginnen muss. Das erste, das mir wieder einmal in den Sinn kommt.

Meine geheimnisvolle, tiefschwarze Krähe.

Chapter 15

Our Lips Will Spread Legends

Der Wind bläst mir ins Gesicht, als ich in die Pedale trete; heute etwas schneller als sonst und sicher ein wenig eiliger als ich sein müsste. Doch ich bin eben aufgeregt.

Ich würde am liebsten jetzt sofort alles nachschlagen, was es zum Thema ›Krähen‹, ›Raben‹ und ›Luft‹ gibt.

Zugegeben, das klingt verflucht lächerlich. Aber habe ich einen anderen Anhaltspunkt?

Außerdem verstehe ich nicht, wieso ich es nicht vorher bemerkt habe. Doch nun fällt es mir wie Schuppen von den Augen; was ist der gemeinsame Nenner? Zwar haben weder ich noch Liv eine Ahnung, was genau hier los ist, doch diese Krähe taucht immer wieder auf. Und die Luft spielt für Liv auch eine Rolle, auch wenn ich bei ihr nicht weiß, ob es wirklich die *Luft, Wind* oder doch etwas ganz anderes gewesen ist.

Es wird mit Sicherheit eine Menge Mythen dazu geben, im schlimmsten Fall muss man nur tief genug graben.

Im besten Falle finde ich dann bei den Krähen meine Antworten und komme von dort hinter das Geheimnis zu Livs wundersamem Nachtspaziergang im Meer.

Als ich mit einem leichten Federn auf den Bordstein vor unserem Hof auffahre, fackle ich nicht lange, stelle das Rad ab und renne ins Haus.

Meine Mutter steht bereits in der Tür, um mich dort zeternd in Empfang zu nehmen.

»Sag mal, hast du etwa dein *Fahrrad* genommen? Bist du noch ganz sauber? Der Arzt sagte doch, dass sich bei zu viel Bewegung die Nähte lösen könnten!«

Ich verdrehe in ihrem toten Winkel die Augen über diese Reaktion, selbst wenn ich weiß, dass sie es nur gut meint und sich irgendwie auch zu Recht aufregt. Ich kann es ihr nur gerade irgendwie nicht gönnen.

»Aber der Bus ist mir zu langsam. Er fährt einen zu langen Umweg. Dann müsste ich deswegen früher aufstehen.«

Nun verdreht *sie* ihrerseits die Augen, ich sehe es allerdings deutlich.

»Ach Gott, du und deine ewige Faulheit was das Aufstehen angeht ... ich werd' einfach nicht schlau aus dir«, kontert sie resignierend.

Ich verbuche das als kleinen Sieg und beachte sie nicht weiter.

Stattdessen eile ich hastig nach oben, ohne ihr weiter zuzuhören, auch wenn es mir durchaus einen Moment leid tut.

»Sorry, Mom, aber ich muss noch was Wichtiges erledigen«, rufe ich ihr zu und ziehe mein Handy aus der Tasche, auf dem ich schnell eine Nachricht eintippe.

»Ich hab eine Idee wegen unserem neuen Projekt. Komm bitte rüber. ASAP.«

Das wird dauern. Ich ziehe derweil meinen Laptop hervor und schalte ihn an. Das Internet sollte eine erste Lösung sein. Aber die Stadt hat ein Archiv; eine Art Mischung aus Bibliothek und Historienschrein, genau genommen. Es gibt dort alles Mögliche und sie sind hier darauf ähnlich stolz, wie auf die Wolfen Crest Academy.

Das erste was ich in der Suchmaschine versuche, ist das Stichwort ›Krähe‹. Es dauert einen kurzen Augenblick, doch innerhalb dieses Wimpernschlags erscheinen tausende von Suchergebnissen, durch die ich nun suchen müsste.

Prinzipiell erfahre ich hier, was Krähen fressen, wie sie aussehen, was sie so tun, wo man sie findet, wo sie herkommen ... Alles Mögliche. Das habe ich mir ja eigentlich auch gedacht. Doch irgendwie nimmt mir dieses erste Ergebnis ein wenig den Wind aus den Segeln, muss ich zugeben.

Es ist nicht so einfach, wie ich es mir für eine Sekunde falsch vorgestellt habe. *Wann ist es das je?*

Glücklicherweise werde ich in dem Moment von der Klingel gerettet. Diesmal renne ich nicht nach unten.

Da ich höre, wie die Tür auch ohne mich geöffnet wird, mache ich mich darauf gefasst, jeden Augenblick Gesellschaft zu bekommen.

Kurz höre ich von unten zwei Stimmen laut werden, wie sie miteinander reden.

»Es wird erstmal dauern, bis die beiden sich wieder voneinander loseisen können«, vernehme ich dabei.

Derweil tippe ich ein weiteres Schlagwort in die Suchzeile ein. *›Mythen‹.*

Vielleicht ist es ja genau das, wonach ich jetzt suchen muss. Ich weiß nicht, ob es wirklich etwas bringen wird, doch wenn es irgendeine mythische Kreatur gibt, die die Form einer Krähe oder eines Raben annimmt, bringt uns das vielleicht bereits weiter. Zumindest klammere ich mich felsenfest an diesen Strohhalm der Hoffnung.

Und Luft hat doch ebenfalls mit Vögeln zu tun; es wäre jedenfalls ein erster Ansatz und das ist schließlich alles, was wir gerade brauchen.

»»Die Krähe ist ein Zeichen für Weisheit««, lese ich laut aus einem Artikel vor.

Scheinbar waren sie sogenannte ›Vertraute‹ des nordischen Göttervaters Odin. Ich komme nicht umhin darüber nachzudenken, was Weisheit bedeuten könnte. Diese Träume und Visionen von Dingen, die mir oder anderen zum Verhängnis werden … ist das nicht auch etwas, das damit zu tun hat? Wissen? Das Wissen um das, was keiner wissen kann oder sollte.

»Hm …«

Über das Lesen hinweg, bemerke ich nicht einmal wirklich, wie jemand in den Raum tritt, weswegen ich nun hektisch zusammenzucke, als plötzlich eine andere Person das Wort im Zimmer ergreift.

»Was murmelst du da vor dich hin?« Liv sieht mich unbeeindruckt an, während sie die Tür hinter sich schließt. »Und warum wolltest du, dass ich jetzt so dringend rüber komme?«

Ich sehe von meinem Screen auf und blicke sie kurz an, ehe ich auf den freien Platz neben mir klopfe.

»Klar, ich erklär's dir. Komm her.«

Sie tut wie angewiesen und krabbelt zu mir auf das Bett.

»Was hast du da? Du suchst nach Krähen?«

Skeptisch blickt sie auf die Suchanfrage vor mir.

»Ja. Ich hab heute mit Mr. O'Farrell gesprochen, als wir allein waren. Er hat mich auf die Idee gebracht, dass man bei einer Nachforschung auf die Art, wenn man so gar keinen Plan hat, wonach man eigentlich sucht, vielleicht nach etwas anderem, nahegelegenem suchen muss. Etwas, das einen dorthin bringt, wo man hin möchte, über das man aber etwas mehr weiß. Ein *gemeinsamer Nenner.*«

Ich sehe sie aus den Augenwinkeln nicken.

»Also, ich weiß nicht ob ich verwirrt sein soll, dass ihr tatsächlich über solche Dinge sprecht und er solche Ratschläge geben kann oder ob ich lieber sticheln sollte, weil ihr offenbar eine ganze Weile völlig allein wart.«

Irgendwie ertappt, drehe ich den Kopf zur Seite, um sie anzusehen.

»Hey, wir waren nur allein, weil ich bei ihm nachsitzen musste!«

Sie hebt eine Augenbraue, als würde sie mich damit fragen wollen, ob das nun so viel besser ist, spricht es jedoch nicht aus.

Zum Glück.

»Also gut, gehen wir einfach zurück zum Thema.«

Sie sieht auf die Uhr, die sie noch immer trägt, obwohl sie nach der Sache im Wasser nicht mehr zuverlässig ist und ständig nachgezogen werden muss. Sie nestelt schon daran herum, seit sie sich auf dem Bett niedergelassen hat, es wird mir aber erst jetzt wirklich bewusst.

Wenn sie so ist, ist das kein gutes Zeichen.

»Ich bin eigentlich ganz froh darüber, dass du mich herbestellt hast. Zu Hause wär ich beinahe an die Decke gegangen und kleben geblieben.«

»Aber dein Vater war doch endlich wieder ein Vater, dachte ich? Er hat sich doch um dich gekümmert und war ganz liebevoll, dir gegenüber ...«

Für den Moment lasse ich die Suchergebnisse einfach nur Suchergebnisse sein.

»Naja, das war er auch«, bestätigt sie, »zumindest bis gestern, als ich noch im Krankenhaus lag. Heute bin ich wieder zu Hause und schon überzeugt unsere hauseigene Gottesanbeterin ihn davon, dass ich ja nun in bester Ordnung sei und wieder allein zurecht käme. Er hat zwar anfangs noch nach mir gesehen, doch als klar wurde, dass ich wohl keinen Rollstuhl brauche und auch nicht gefüttert werden muss, sah er ein, dass ich wieder auf beiden Beinen stehen kann. Das war's dann.«

Mitfühlend lege ich ihr eine Hand auf die Schulter.

»Sie hat ihn wieder an die kurze Leine genommen, hm?« Sie nickt. »Mach dir nichts draus. Du weißt, dass er dich liebt. Und

Syl kannst du ignorieren. Es ist schwer, ich weiß, aber sie ist es nicht wert, dass du sie gewinnen lässt. Zeig ihr, dass du dennoch geliebt wirst; auch von anderen. Dass du dich nicht zwischen andere Leute drängst, so wie sie. Du hast das nicht nötig.«

Sie nickt einfach weiter. »Ist schon in Ordnung, ehrlich. Ich find es ja schön hier und solange ich hier bin, ist alles okay.«

»Stimmt. Solange du hier bist, ist alles gut«, entgegne ich.

Dann klappe ich unvermittelt den Laptop zusammen und lege ihn beiseite, um nach meiner Tasche zu greifen.

»Allerdings verschwinden wir jetzt von hier, tut mir leid.«

Der verwirrte Blick den sie mir nun zuwirft, ist wirklich Gold wert.

»Bitte, was? Eben wollten wir hier doch noch nach was suchen, oder nicht?«

»Das mag sein, aber irgendwie habe ich das Gefühl, dass das Internet uns nicht das liefern wird, was wir jetzt brauchen. Es sind viel zu viele Ergebnisse, als dass wir alles lesen könnten. Und woher wollen wir wissen, ob wir gefunden haben, was wir suchen?«

»Ja, schön, aber was willst du denn sonst tun? Leute auf der Straße danach ausfragen, wie bei einer Gameshow?«

»Nein, Quatsch«, gebe ich zurück. »Wir gehen in die große Stadtbibliothek. Und dort suchen wir diese ganzen uralten Geschichtsbücher durch. Du weißt schon; in der Abteilung für Mythologie und sowas. Da gibt es antike Wälzer, in denen so ein Kram zu finden sein wird. Wenn wir da auch nicht fündig werden, ist das hier vielleicht doch nicht der richtige Ansatz.«

Außerdem täte ihr ein Tapetenwechsel gut. Ein Haus, das nicht direkt neben ihrem eigenen liegt.

Doch das sage ich besser nicht laut, sonst meckert sie nur wieder, zudem ist es wirklich keine schlechte Idee, selbst ohne den digitalen Mehrwert bei der Suche.

Sie seufzt, erhebt sich jedoch ebenfalls.

»Also gut. Hoffen wir einfach, dass du richtig liegst und wir nicht völlig sinnlos im Staub wühlen.«

»Keine Sorge. Ich habe ein gutes Gefühl dabei«, versichere ich und meine es auch so, was ziemlich besonders ist.

Jedenfalls in letzter Zeit.

Endlich wieder ein gutes Gefühl bei etwas, das ich tue.

Hey, wer würde da nicht sofort losstürzen?

Eine etwas bedrohliche Wolke fliegt vor meinem Gesicht nach oben, als ich aufsehe. Jetzt bloß nicht einatmen. *Bloß nicht.*

Ich höre ein Schlucken und dann ein lautes Husten. Und es hört kaum noch auf.

Meinte ich doch. Bloß nicht einatmen.

»Geht's wieder?«

Ich bin ehrlich besorgt, als sie langsam so klingt, als würde sie ihre Lungenbläschen gleich mit herausschütteln wollen.

»Ja, schon gut«, krächzt die Braunhaarige mit dem leicht grauen Schleier auf dem Haupt und klopft sich dabei auf die Brust, während sie sich räuspert, »doch als du sagtest, manche dieser Bücher seien sowas wie antik, dachte ich ehrlich nicht, dass sie auch seit damals schon hier stehen würden … *unberührt.* Dieser Staub ist doch fast so hoch getürmt, wie die Steine beim Turmbau zu Babel!«

»Übertreib mal nicht«, wende ich ein, »es ist maximal der Mount Everest.«

Ich lache, als sie mir einen mörderischen Blick zuwirft, der mir vermutlich mitteilen soll, dass sie mich tötet, wenn sich das hier tatsächlich als sinnlos entpuppt. Himmel, sie wird mich allein für den weißgrauen Scheiß auf ihrer Lieblingsbluse töten, wenn wir hier überhaupt jemals wieder herauskommen und vorher nicht tatsächlich im Staub versinken.

Aber ehrlich gesagt braucht sie mir das nicht einmal wirklich zu sagen. Ich selbst wäre ja mehr als nur etwas enttäuscht, würde sich dieses Manöver hier als totale Pleite erweisen.

Zischend, als eine Buchkannte sich unangenehm in meine Handfläche bohrt, lasse ich einen Stapel Bücher, den ich gerade in der Hand halte, ganz plötzlich fallen.

Der Schlag lässt meine Begleitung aufschrecken; und nicht nur die. Ein älterer Herr, der uns beim Hereinkommen bereits argwöhnisch gemustert hatte, schielt in diesem Augenblick um die Ecke. Der Bibliothekar, beinahe klischeehaft, mit seiner alten Brille, an der eine Sicherheitskette hängt, dem grün karierten Plunder über dem Hemd, samt Khakihose.

Ich lächle ihn entschuldigend an, woraufhin er sich kopfschüttelnd zurückzieht.

Muss ja nicht sein, dass wir hier am Ende rausgeworfen werden, noch ehe wir überhaupt ein Buch aufschlagen konnten.

»Puh …«

Ich sehe auf den Haufen, den ich gerade verbrochen habe, und mache mich daran, ihn wieder ein wenig zu ordnen.

Dann schlage ich das erste Buch auf, das vor mir liegt; das drängende Gefühl eines Blickes auf meiner Haut, lässt mich jedoch auf sehen.

»Was?«

Liv zuckt nur die Achseln. »Deine Hand.«

»Was ist damit?«

Ich lasse mich auf einen Stuhl fallen und sehe sie fragend an.

Auch sie lässt sich auf einen der Sitze sinken, direkt mir gegenüber, um den Augenkontakt zu wahren.

»Als du das erste Mal im Krankenhaus warst, hab ich es nicht bemerkt, weil ich es gar nicht richtig gesehen hab. Beim nächsten Mal hast du mir dann erzählt, es sei ein kleiner Schnitt gewesen und der große Verband sei nur da, weil Pflaster an der Handfläche nicht halten würden.«

Da ich irgendwie erahne, worum es gerade geht, ist mir ein wenig unwohl. Das sieht man mir vermutlich allein an der Art an, mit der ich ungewollt auf der Sitzfläche unter mir herumrutsche.

»Dann hab ich jemanden gefragt. Also, jemanden der weiß was los ist und der sagt mir, du hättest dich so tief geschnitten, dass es genäht werden musste. Und was glaubst du wie überrascht ich war, als ich gehört habe, dass das passiert ist, als du mich morgens am Strand suchen wolltest? Du sollst dafür extra aus dem Fenster gesprungen sein. Ist das wahr?«

»Also, ›gesprungen‹ ist doch etwas übertrieben«, beginne ich mich herauszureden, »allenfalls ›geklettert‹, mit einem etwas abrupten Abgang.«

Und das ist nicht einmal gelogen. Ich hatte mit Nichten vor abzuspringen, es blieb mir bloß nicht viel anderes übrig.

»*Annie*«, mahnt sie jedoch.

Sie verzieht keine Miene, sieht mich bloß todernst an.

»Verzweifelte Situationen, erfordern eben verzweifelte Maßnahmen«, lenke ich ein. »Das weißt du doch genauso gut wie ich, oder nicht?«

Ich erkenne ihren ungläubigen Blick, trotz dessen, dass ich ihn nur am Rande meines Sichtfeldes wahrnehme, da ich meinen Eigenen auf die Tischplatte hinabsenke.

»Du bist echt einmalig, weißt du das?«

»Immer noch besser als zweimalig«, murmle ich dagegen.

»Stimmt, *dann* wäre die Welt *wirklich* am Ende.«

Ich drücke mich noch ein Weilchen darum, ihr in die Augen zu sehen, doch für sie scheint das Thema wohl erledigt, denn ich höre das prägnante Rascheln von Papier das geblättert wird.

Auch sie hat sich offensichtlich ein Buch geschnappt und beginnt nun darin zu lesen. Ich selbst sehe zwar die Seiten, schaue jedoch nicht einmal richtig hin.

»Also ... wonach suchst du zuerst?«

»Kein Schimmer. Was auch immer zuerst von mir gefunden werden will, schätz ich.«

Meine Hand wandert über eine der großen Seiten. Immer wieder schiele ich dabei zu dem Platz mir gegenüber.

»Ich hatte keine andere Wahl«, lasse ich in den Raum fallen.

Sie sagt nichts dazu, ich weiß jedoch, dass sie mich gehört hat.

»Wie hätte ich es sonst erklären sollen? Glaubst du, irgendwer hätte mir zugehört?«

Nun sieht sie mich doch an. »Ja, deine Eltern. Sie hätten dich vermutlich sogar hingefahren, immerhin wollen Eltern, dass es ihren Kindern gut geht, wenn sie gerade etwas Traumatisches erlebt haben.«

Ich verdrehe genervt die Augen und schüttle den Kopf.

»Das macht keinen Sinn. Ich wollte einfach nicht, dass sie mich aufhalten und ich hatte doch auch Recht, oder etwa nicht? Wenn ich dich nicht gefunden hätte, dann ...«

Ich stocke, bevor ich etwas sage, das ich später bereuen würde.

»*Was* dann?« Ihre Stimme klingt gereizt. »Wäre ich jetzt wahrscheinlich tot?«

Diesmal bin ich es, die nichts dazu sagt.

Sie atmet einmal tief durch und seufzt dann, plötzlich viel ruhiger als zuvor.

»Annie, wenn ich gestorben wäre ... was an sich schon ein unheimlicher Gedanke ist, aber naja, wenn ich es wäre, dann wäre es meine eigene Schuld gewesen. Und ich bezweifle, dass ich dann so glücklich im Jenseits wäre, wenn du dich bei deinem Fensterfall verkrüppelt oder dir gleich das Genick gebrochen hättest. Du bist einfach zu leichtsinnig!«

Nach ihrer etwas lauten Aussage, hören wir ein eindringliches Zischen von der Seite. Es dauert eine Sekunde, ehe wir den grantigen Bibliothekar sehen, wie er uns böse Blicke zuwirft.

Etwas geknickt halte ich mich daher mit den nächsten Worten zurück.

»Ich weiß schon was ich tue, Liv. Ich bin ja nicht verrückt«, verteidige ich mich.

»Ach nein?«

Der bedeutungsschwere Tonfall macht mir etwas zu schaffen und kurz darauf herrscht Stille.

»Was meinst du damit?« Meine Stimme klingt merklich entmutigt.

»Nichts«, weicht sie aus.

»Und das soll ich dir glauben?«

Sie scheint absolut entnervt, als sie ihren Blick, der immer wieder nach unten auf das Buch fällt, wieder komplett auf mich richtet.

»Ja, das sollst du«, versetzt sie harsch, aber mit gedämpfter Stimme, »hör zu, ich bin dir echt dankbar, dass du mich da nicht hast krepieren lassen. Aber ich bin zurzeit noch ein bisschen verwirrt wegen dem Ganzen, kannst du mir damit also bitte meinen Freiraum lassen?!«

Ich sehe davon ab ihr auf die Nase zu binden, dass sie es war, die das Thema angesprochen hat und nicht ich. Aber ich denke auch, dass sie da einen guten Punkt hat, also nicke ich einfach nur.

Sie scheint einverstanden mit meiner wortlosen Antwort und wendet sich erneut dem Buch vor sich zu, also tue ich es ihr diesmal gleich.

Auf die Art verbringen wir endlose Minuten damit, uns durch ein Buch nach dem anderen zu ackern. Seite um Seite, Wort für Wort.

Immer wieder ist vereinzelt ein geschlagenes Seufzen zu hören.

Ständig treffe ich auf weise und kluge Krähen, Vertraute von Gottheiten verschiedener Sagen und Kulturen. Aber keine davon ist so wie *meine*.

Auch Liv scheint nicht mehr Glück zu haben, ich habe sie bis jetzt zumindest keine Luftsprünge machen sehen. Stattdessen gähnt sich auf ihrer Seite ausgiebig und stützt ihren Kopf auf einen Arm, um nicht direkt mit dem Gesicht im Buch zu landen.

Ob wir hier wirklich jemals fündig werden?

Gähnend und mich im Stuhl streckend, schrecke ich plötzlich auf. Ein Vibrieren in meiner Hose bringt mich dazu, mich verwirrt umzusehen, ehe ich realisiere, wo es herkommt.

So schnell ich kann, greife ich mein Handy sehe auf den Display.

»Mom«, melde ich mich sofort, als ich rangehe, »was ist los?«

»Wie ›was ist los?‹ Wo bleibst du?«

Ich höre sie nur gebrochen. Offensichtlich hat man hier drin kein allzu gutes Netz.

»Tut mir leid, ich und Liv sind noch in der Bibliothek, etwas recherchieren«, versuche ich unser Vorhaben so gut es geht zu umschreiben.

Leider etwas lauter als gewöhnlich, denn würde ich leiser sprechen, könnte sie mich nicht verstehen. Als ich bereits den Bibliothekar sehe, wie er sich bereit macht, uns auszuschimpfen, stehle ich mich davon. In eine Ecke, so weit weg vom vorderen Teil der Bibliothek wie möglich.

»Ich will, dass du nach Hause kommst. Es ist okay, dass du viel im Kopf hast und heute Nachsitzen musstest, aber komm bitte nach Hause. Wir müssen später etwas mit dir besprechen.«

»Okay, ich will nur noch ein bisschen…«

»Nein, heute nicht. Du kannst das bestimmt auch notfalls noch an deinem Computer machen, wenn es für die Schule wichtig ist.«

Leider kann ich nichts darauf erwidern, das ihren Einwand widerlegen würde. Also bleibt mir nichts übrig, als zu seufzen.

»Okay, Mama. Ich komme, sobald ich meine Sachen zusammengeräumt hab. Ich kann den Tisch ja nicht voller Bücher zurücklassen.«

Sie bleibt stumm, was normalerweise bedeutet, dass sie nichts einzuwenden hat. Solange ich innerhalb der nächsten Dreiviertelstunde wieder zu Hause auflaufe, sollte es auch kein Nachspiel haben.

»Wir sehen uns nachher, okay?«

Ich warte auf eine Rückmeldung, höre sie jedoch kaum.

»Ich hab dich lieb, Annie«, sagt sie nur noch, ehe sie auflegt. Komisch.

Ich starre das Gerät in meinen Händen noch eine Weile an, bevor ich mein Augenmerk auf mein Umfeld lenke. Wo bin ich hier überhaupt gelandet?

Es ist auf jeden Fall eine recht entlegene Ecke, zu der keiner häufig kommt, wenn man bedenkt, dass sich der Staub hier sogar noch härter ansammelt, als in den Regalen von zuvor.

Die Einbände der Bücher sind dermaßen in Staub gehüllt, dass sie nicht einmal mehr lesbar sind. Und ich dachte immer, das sei ein Witz, den es nur in Filmen gibt.

Doch diese alten Seiten ziehen mich praktisch vom ersten Moment an in ihren Bann, als ich einen der Bände aus dem Regal ziehe und ihn aufschlage.

Ich sehe die Zeichen und erkenne kein Wort wieder, aber es wirkt dennoch so vertraut. Ob ich das Buch wohl schon einmal gesehen habe?

Nein, wohl eher nicht. Aber diese Sprache vielleicht. Obwohl ich sie nicht zuordnen kann.

Schnell stecke ich mein Telefon weg und greife stattdessen nach dem, was mein Interesse geweckt hat, sowie nach dem ähnlich aussehenden Wälzer direkt daneben und einem Weiteren in dieser Reihe. Dann kehre ich damit zu unserem Platz zurück.

Schon fast ist das ›Versprechen‹ an meine Mutter wieder vergessen, doch ich weiß, dass ich das nicht sausen lassen kann. Weswegen ich Liv über den Stapel hinweg ansehe.

»Hey, ich hab noch was gefunden. Das könnte etwas sein.«

Überrascht schielt sie zu mir herüber. »Ach ja? Sicher?«

»Ja«, also, schon irgendwie, denke ich.

Langsam setze ich den Lesestoff endlich ab und werfe dann erstmals einen Blick auf die Uhr, wo sich meine Augen weiten.

»Schon über vier Stunden«, merke ich das Offensichtliche an.

Meine Mutter hat offenbar nicht übertrieben. Ich bin schon etwas länger weg.

Liv sieht bei diesem Kommentar auf und folgt meinem Blick.

»Tja, das ist offiziell die längste Zeit, die ich je in einer Bibliothek verbracht hab. Und kein einziges Ergebnis auf meiner Seite. Wie sieht's bei dir aus? Mal abgesehen von den neuen Schmökern.«

»Nada.«

»Ich geb's auf«, stöhnt sie genervt und lässt sich nach vorn auf den Tisch fallen.

Aber irgendwie bin ich noch nicht dazu bereit, das Handtuch zu werfen.

»Hey, das waren nur fast fünf Stunden und hier liegt relevantes Material für einen Monat voller mehrstündiger Tagessuchen. *Mindestens*«, versuche ich sie aufzumuntern, erreiche jedoch das Gegenteil.

»Ist das dein scheiß Ernst?!« Liv klingt ernsthaft verzweifelt. »Dazu kannst du mich nicht zwingen!«

Als ich sie so sehe, muss ich einfach lachen. »*Ruhig Blut*. Du tust ja gerade so, als würde ich dich ins Gefängnis werfen wollen.«

»Das ist doch wohl dasselbe! Jeden Tag hierher zu kommen oder eingesperrt zu sein; ich sehe keinen wirklichen Unterschied. Du etwa?«

Ich schüttle amüsiert den Kopf, lasse eine Antwort jedoch bleiben.

Tatsache ist, sie hat Recht. Auf mehr als eine Weise. Sie ist nicht für solche Aktionen geschaffen, das war sie einfach noch nie.

Und zum anderen wühlen wir seit fünf Stunden durch stapelweise Wälzer und nichts haben wir zutage gefördert, abgesehen vom Staub vielleicht. Das wirft irgendwann zwangsläufig die Frage auf, ob es überhaupt etwas *gibt*, das man zutage fördern könnte.

Seufzend und noch einmal den Kopf schüttelnd, diesmal auf Grund meiner nicht gerade konstruktiven Gedanken, erhebe ich mich von meinem Stuhl. Fühlte sich vorhin schon beinahe so an, als wäre er mit der Hose an meinem Hintern verschmolzen.

Noch ein bisschen länger und ich wäre vermutlich wirklich an dem unbequemen Holz festgewachsen.

»Also gut, da meine Mom sonst ohnehin ausrastet, werden wir für heute von hier verschwinden. Was meinst du dazu?«

»Ach, ich bleib noch ein bisschen hier und komme erst später nach Hause. Im Gegensatz zu dir, muss ich morgen früh ja nicht raus. Und wenn ich nun schon mal hier bin, kann ich auch gleich bleiben.«

Eigentlich hatte ich in diesem Moment erwartet, dass ich ihr das nicht zweimal sagen müsste. Ihre Entgegnung überrascht daher umso mehr.

Verwirrt drehe ich mich also zu ihr um, als ich meine mitgebrachte Tasche schultere.

»Wieso denn bitte das?«

»Naja, ich bin für morgen noch disqualifiziert, was die Schule betrifft.«

»Oh«, lasse ich verlauten. »Ich hab gar nicht gewusst, dass du noch krankgeschrieben bist. Trotzdem hab ich dich direkt mit hierher geschleppt …«

Leise Schuldgefühle stellen sich praktisch sofort ein, als ich daran denke. Ja, sie dort wegbringen ist gut, aber ich wollte auch wirklich hierher kommen.

Ich hätte sie erst fragen sollen, wie es ihr geht. Sie sah nur bereits wieder so gut aus, abgesehen von ihren Gefühlen wegen Harvey und Sylvia …

Einen Augenblick herrscht Stille unter dem großen Dach, doch dann wird diese durchbrochen … von einem Lachen, das von allen Wänden widerhallt. Es dauert nicht lange, bis ich ein altes Männlein sehe, das ziemlich genervt, aber vor allem verwirrt um die Ecke sieht und uns Streng mustert.

»*Ruhe* dahinten«, ermahnt er uns und zischt dann direkt wieder ab.

Woraufhin sie sich tatsächlich wieder zusammenreißt.

»Tut mir leid, aber sehe ich für dich krank aus?«

»Äh, naja«, stammle ich, komme jedoch auf keinen grünen Zweig.

»Ich hätte heute auch nicht gehen dürfen, selbst wenn ich schon eine Woche zu Hause gewesen wäre. Der Arzt sagte außerdem, dass sie wirklich nichts feststellen können, ich aber morgen selbst entscheiden dürfe, ob ich mich fit für die Schule fühle.«

Sie schlägt sachte das große Buch zu, das noch vor ihr liegt, und greift sich dann das daneben liegende.

»Die Schule sagt dazu jedoch nein. Ich bin für zwei Tage suspendiert worden, für die Sauferei auf deren Gelände.«

»Na, Klasse …«

Stimmt, nachdem die Sache so viel unerwartete und besonders unschöne Aufmerksamkeit erlangt hat, musste es ja früher oder später auffliegen und Konsequenzen haben.

Diese Sache wird nochmal als Paradebeispiel für negative Ausgänge von Sauftouren in die Geschichte eingehen, darauf wette ich.

Ich kann nicht anders, als bei dem Gedanken an diese Blödheit mit den Augen zu rollen.

»Tja, selbst schuld. *Quod erat demonstrandum*, meine Liebe.«

»Hä?«

»›Was zu beweisen war‹«, gebe ich schlicht zurück und wende mich dann ab. »Gute Nacht, Liv. Und ruf an, solltest du noch irgendwas finden.«

Ich glaube ehrlich gesagt nicht wirklich daran. Aber hey, immerhin habe ich es gesagt.

Sie verabschiedet mich ebenso, in dem Moment, als ich gerade einen Schritt in Richtung Ausgang mache. Der Bibliothekar beobachtet mich dabei mit einem argwöhnischen Blick.

Ein seltsamer Gedanke durchzuckt mich, als ich bemerke, wie er zu unserem Tisch sieht, auf dem noch immer die neuen Bücher liegen. Doch wahrscheinlich bilde ich mir das einfach ein, da er uns schon die ganze Zeit so im Visier hat. Wir sind hier heute ohnehin fast die Einzigen.

Wen könnte er also auch sonst auf dem Kieker haben?

Kopfschüttelnd mache ich mich auf den Weg nach draußen. Alles Weitere werden wir morgen in Erfahrung bringen. Wenn nicht, dann übermorgen.

Oder den Tag darauf.

Vielleicht werden wir nie an ein Ziel gelangen, doch diese Möglichkeit blende ich für mich aus.

Ich seufze noch einmal für den heutigen Tag, während ich mir eine Karte für den Bus ziehe und die träge Nachmittagssonne mir dabei den Weg leuchtet.

Was meine Eltern mir wohl sagen möchten?

Tick. Tack. Tick. Tack. Der zähe Klang der Uhr an meiner Wand, ist mir bisher selten so deutlich und unangenehm vorgekommen, wie jetzt gerade.

Gelangweilt sitze ich auf meinem Bett, die Beine hin und wieder wackelnd und mit dem Laptop neben mir. Sie meinte, sie wollte mit mir sprechen. Und nun?

Sie führen nun seit einer guten, halben Stunde, ein Gespräch unter sich und das ist nur das, was ich selbst mitbekommen habe.

Erst das Ertönen eines mir nur allzu bekannten Songs, bringt mich dazu, mich wieder zu rühren. Ich greife nach meinem Mobiltelefon.

»Was denn?« Ich weiß ja bereits, wer es dran ist.

Das Telefon hat es mir gesagt, als ich es zur Hand genommen habe.

Ohne Umschweife, kommt Liv sofort zum Punkt.

»Du musst zurückkommen«, stellt sie fest.

»Hm?«

»Ich hab was Interessantes gefunden«, präzisiert sie das Ganze etwas.

Schlau werde ich daraus aber auch nicht.

»Du weißt schon, dass ich vorhin von meinen Eltern herbestellt wurde, oder? Ich kann nicht einfach wieder abhauen.«

»Ja, aber du bist doch schon öfter unerkannt abgehauen, oder nicht? Mach hin. Ich hab hier was Brisantes, aus diesen ausländischen Schinken die du mir vor deinem Abgang auf den Tisch geklatscht hast.«

»Ich hab sie nicht ›geklatscht‹«, verteidige ich mich und fühle mich direkt dumm deswegen.

Sie lacht nur und besteht weiter auf ihrer Meinung.

»Is' mir egal. Jetzt mach schon. Du wolltest das hier doch!«

Ich seufze genervt und lasse mich schließlich doch erweichen.

»Alles klar, ich komme rüber. Aber wehe du erwähnst das vor meinen Eltern. Egal in welchem Zusammenhang. Dann werde ich dich im Schlaf ersticken.«

»Sicher«, meint sie lachend und schon höre ich das Klicken, das signalisiert, dass auf der anderen Seite soeben aufgelegt wurde.

Langsam öffne ich meine Zimmertür, darauf bedacht, keinen großen Lärm zu veranstalten, nachdem ich meine sieben Sachen beisammen habe.

Ich schleiche an die Treppe um nach oben zu horchen, wo die beiden noch immer sind. Sie stehen in ihrem Schlafzimmer, einen Stock über mir, und diskutieren angeregt über irgendein Thema.

»Aber bist du sicher, dass wir das tun sollten …? Ich weiß nicht recht«, höre ich meinen Vater sagen und er klingt besorgt.

»Ganz ehrlich? Ich weiß es auch nicht. Aber können wir es einfach weiter ignorieren?«

Meine Mutter klingt nicht weniger besorgt.

Ich habe absolut keine Ahnung, worum es bei ihrem Gespräch geht, da mein Vater ihr nicht mehr antwortet. Jedoch glaube ich, dass sie das so noch eine ganze Weile durchziehen können, wenn ich es mit Situationen in der Vergangenheit vergleiche.

Es ist eigentlich eine absolut beschissene Idee, diesen Augenblick für eine sichere Flucht durch die Vordertür zu nutzen, denn sie werden sicher weitaus schneller auf mich zurückkommen, als ich wieder *hierher* zurückkommen kann.

Einmal tief einatmend, gehe ich meine Optionen noch einmal durch. Die Entscheidung fällt weitaus leichter, als man glauben könnte.

Im Moment gibt es für mich einfach so viel Wichtigeres als das hier. Ich weiß, selbst wenn sie wütend sind und mich bestrafen, werden sie mich vermutlich weiterhin lieben.

Das hier ist einfach etwas, das ich tun muss. Dennoch fällt es mir weit weniger leicht, den Schritt zur Tür tatsächlich zu wagen.

Erst, als ich leise die Haustür öffne und mich durch einen kleinen Spalt hinausschiebe, realisiere ich diesen Fakt.

Aber da ist es für mich schon zu spät. Ich habe meine Wahl getroffen.

Ich will endlich eine Antwort.

Chapter 16

While We Stumble Upon History

Das Schlagen meiner Sohlen auf dem glatten Boden ‚hallt erschreckend laut von den Wänden wider, als ich die ersten Schritte in die leere Bibliothek setze. Draußen beginnt die Sonne langsam zu sinken.

Der Abend steht kurz bevor.

Nur wenige Meter trennen mich noch von dem Tisch, welchen ich nur knapp zwei Stunden zuvor mit meiner besten Freundin zurückgelassen habe.

»Ich hoffe, das hier ist wirklich wichtig«, lasse ich verlauten und lenke so die Aufmerksamkeit Letzterer auf mich, die sich daraufhin zu mir herumdreht.

»Ich denke schon«, entgegnet sie schlicht.

Es ist so laut, dass ich plötzlich etwas realisiere.

»Wo ist denn der Bibliothekar?«

Die Frage ist eigentlich eher nebensächlich, als ich mich zu Liv geselle und mich dabei verwirrt umsehe. Vorhin wäre er sicher sofort aus seiner Ecke hervorgekommen, um uns zur Ruhe zu bitten.

»Oh, das ist-«

»Ich denke, das ist das Buch, das ich meinte, junge Dame«, höre ich eine mir nur wenig bekannte Männerstimme von der Seite in unser Gespräch fallen.

Er durchbricht die Stille auf eine Weise, die mir beinahe einen Schrecken einjagt. Doch es ist nur der Mann, von dem ich nicht erwartet hätte, dass er eine von uns einmal komplett normal ansprechen würde.

»Annie«, meint die Braunhaarige und zeigt dann mit einer Handbewegung in Richtung des Bibliothekars, »das ist Hans Jäger. Er ist Deutscher.«

Verwirrt blicke ich von meiner Freundin zu dem Mann hinter ihr.

»Äh, okay? Und du sagst mir das, weil …?«

»*Weil* du mir vorhin drei Bücher auf den Tisch geworfen hast, die ich nicht verstanden hab. Also habe ich ihn um seine Meinung zu der Sprache gebeten, woraufhin klar war, dass diese Bücher deutsch sind. Sprichst du Deutsch, Annie?«

»Nein …?« Zugegeben, das ist ein Problem.

»Genau genommen«, mischt sich der Mann ein, »ist das hier nicht einfach nur Deutsch. Es ist ein auf jeden Fall sehr alter, deutscher Dialekt, den ich nicht bestimmen kann. Verstehen kann ich es, aber es scheint, als sei es vollkommen unüblich und aus verschiedenen Epochen vermischt worden. Ich kann es Ihnen verständlich machen, wenn Sie wollen.«

»Das wäre wirklich lieb von Ihnen«, schaltet sich Liv sofort ein.

Dieses Bild wirkt so surreal. Klar, Liv ist ein umgänglicher Mensch, aber gerade ältere Menschen sind etwas, mit dem sie nicht so gut umgehen kann, auch wenn sie es gut überspielt.

Dieser Moment gerade ist merkwürdig und das auf so vielen Ebenen.

Aber ich ignoriere es einfach mal. »Also gut, Sie können uns dabei also helfen?«

»Genau das will ich damit sagen.«

Ich will noch etwas erwidern, lass es jedoch bleiben. An und für sich ist das schließlich gar nicht so seltsam. Ich hatte zwar nicht erwartet, dass ausgerechnet *er* uns helfen würde, aber es ist doch mehr als ein glücklicher Zufall, dass er ausgerechnet aus diesem Land stammt und daher die Sprache versteht.

Lächelnd umrunde ich also den Tisch und setze mich neben Liv, wo sich der ältere Herr ebenfalls niederlässt und seine Brille etwas zurechtschiebt, ehe er eines der mittlerweile vier Bücher aufschlägt.

»*Schattenschroniken*«, sagt er und man kann praktisch sehen, wie sich über Liv's Kopf ein riesiges Fragezeichen formt.

»Das heißt so viel wie … ›Chroniken der Schatten‹. Selbst auf Deutsch ist es so nicht wirklich korrekt.«

»Aha«, ist alles, was von Liv kommt.

Stattdessen frage ich mich etwas anderes. »Schatten?«

Das Wort löst etwas in mir aus. Dabei ist es nur ein normales Wort, das ich schon etliche Male in meinem Leben gesagt, gehört oder gelesen habe. Vielleicht liegt es an dem Buch selbst.

Es ist das, das ich zuerst gesehen habe. Deshalb ist es vielleicht besonders.

Weil ich vorhin schon unbedingt wissen wollte, was darin geschrieben steht oder was der Titel bedeutet. Bloß meine Neugierde. Das muss es sein.

»Ja, also, bis auf den Titel in Originalsprache, sind wir das Ganze schon ein bisschen durchgegangen. Da drin geht es um so etwas wie Völker. Eine Chronik über jedes einzelne. Aber es scheinen zwei zu fehlen, laut Angabe ...«

»Ja. Es sollte sechs Stück davon geben, wir scheinen aber nur vier Exemplare in unserem Besitz zu haben«, wirft Mr. Jäger von der Seite ein.

»Und von welchen Völkern ist hier genau die Rede?« So richtig schlau werde ich nicht daraus.

»Das ist hier die Preisfrage«, beantwortet die Modebewusste von uns, »hier steht etwas von einem Volk des Wassers. Das könnten die sein, die meinen, Menschen seien alle mal aus dem Meer gekommen.«

»Okay?«

»Aber die Chronik des Wassers ist nicht vorhanden, sie wird bloß erwähnt. Wir haben hier sonst noch Feuer, Erde, Luft ... und Schatten.«

»Und was fehlt?«

»Licht«, entgegnet sie schlicht, »wenn ich das richtig sehe, fehlen Licht und Wasser in der Sammlung.«

»Das klingt wie die Element-Lehre bei Mr. O'Farrell«, merke ich unbedacht an, jedoch kommt mir dann das Bild von heute Morgen in den Sinn.

»Es handelt sich dabei bestimmt nicht um Elemente. Jedenfalls nicht so wie *wir* sie kennen.«

»Wieso denn das?«

Der Mann wirkt so überzeugt von seiner Aussage, dass es mich stutzig macht.

»Weil hier die Rede von Eigenschaften ist. Die Völker werden einem Element zugeordnet, das ist aber alles dazu, was ich der Geschichte entnehmen kann. Dann wird es plötzlich seltsam.«

Was denn, *noch* seltsamer? »Inwiefern?«

»Die Völker. Oder Nationen oder wie sie sich auch immer nennen.«

Jetzt meldet sich auch Liv wieder zu Wort. »Irgendwie waren das keine Menschen.«

»Inwiefern?« Ich wiederhole mich wie ein kaputter Plattenspieler.

»Das steht nicht dort«, wirft der Mann etwas rau ein.

»Ja, irgendwie steht da bloß, dass es einen Krieg gab, den eine Rasse nicht überlebt hat. Da dachten wir, es handelt sich um ... naja, um *diese* Art Krieg. Dazu war das Buch auch noch Deutsch.« Etwas entschuldigend sieht sie zu dem Bibliothekar auf. »Nichts für ungut.«

»Schon klar«, meint dieser nur, »aber darum geht es ohnehin nicht. Auf den Seiten erfahren wir von einer Welt, die gar nichts mit unserer gemein hat. Manches mag ähnlich sein, aber im Grunde ist es vollkommen anders.«

»Im Buch über die Luft wird in einem Kapitel über Monde gesprochen. Ein roter Mond; der sogenannte *Blutmond*, der jeweils einen Monat lang zu sehen ist.«

Ich kann nichts dazu sagen, da ich absolut nicht weiß, was es damit auf sich hat. Doch bei dem Wort ›Blutmond‹ wird mir schlecht.

»Ihr habt recht«, stimme ich mit vor Übelkeit dünner Stimme zu, um mir nichts anmerken zu lassen, »so etwas gibt es bei uns zum Glück nicht.«

»›*Zum Glück*‹? Ehrlich, ich bin vielleicht eher ein Fan von Grün, als von Rot, aber ihr müsst zugeben, dass das echt krass aussähe!«

»Ich glaube nicht, dass das eine große Rolle spielen würde. Ich könnte mich irren, aber ich habe kein gutes Gefühl bei dieser Sache«, ergänzt Jäger erneut ihre Ausführungen. »Leider kann ich nicht sagen, was danach erklärt wird, weil die Sprache sich dann wieder verändert. Ich würde auf Russisch oder Rumänisch tippen, dabei kann ich euch allerdings nicht helfen, ich bin auch bloß ein alter Mann.«

»Nicht doch! Sie haben uns sehr geholfen«, verteidigt Liv sofort.

Ich kann zwar nicht sagen, dass ich wirklich eine Antwort erhalten habe, die mich ansatzweise zufriedenstellen würde, muss ihr jedoch nickend zustimmen, als er zu uns aufsieht.

Immerhin hätte ich nicht so schnell erfahren, was überhaupt das Thema dieser Bücher ist, wäre er nicht hier und würde uns dabei unterstützen.

»Aber ich glaube, ich sollte wieder verschwinden. Dann kann ich meinen Eltern vielleicht noch erzählen, ich hätte mir genervt ein bisschen die Beine vertreten.«

Als Liv mich fragend ansieht, lasse ich bewusst unter den Tisch fallen, wie lange meine Eltern über irgendetwas diskutiert haben, auf eine Weise, wie ich sie so noch nie erlebt habe. Ähnlich, ja, so konnte ich einschätzen, dass sie noch nicht am Ziel waren, als ich gegangen bin.

Aber dass sie es so lange hinausgezögert haben und ich gar nicht wusste, worum es eigentlich geht, das ist neu.

»Okay, aber du musst dir noch was anhören«, sagt sie, statt nach einer Erklärung zu bohren, »es sollte dich interessieren. Immerhin ist das der eigentliche Grund, aus dem ich dich hergerufen hab.«

»Wie? War es das eben noch nicht?«

»Nee, das war sozusagen erst der Vorgeschmack«, betont sie.

Neben ihr kann ich Hans seufzen hören.

Ich dagegen spiele mit dem Gedanken, doch einfach zu gehen, aber ich kann nicht. Es könnte ja die Antwort sein, auf die ich gewartet habe.

»Dann mach bitte schnell.« Immerhin muss ich wirklich nach Hause.

»Es geht um das Buch der Schatten. Du weißt schon, diese Schattenchronik oder wie sie hieß.«

Sie nimmt das Buch zur Hand, das mich von Anfang an am meisten interessiert hatte und schlägt es auf.

»Ich habe nämlich etwas, das dich durchaus interessieren dürfte, glaub mir. Und ich wollte, dass du selbst einschätzen kannst, ob es das ist, was du gesucht hast. Was dabei steht, kann ich zwar nicht lesen und Hans konnte es auch nicht, aber wie sieht das für dich aus?«

Nach ein paar weiteren, umgeblätterten Seiten, schiebt sie mir das Buch vor die Nase.

Ich schlucke unsicher, als ich die vage Zeichnung einer Krähe sehe, die das aufgeschlagene Kapitel ziert.

Als müsse ich erst sichergehen, dass es wirklich vorhanden ist, streichen meine Fingerkuppen über das alte Pergament. Während ich das tue, notiere ich mir im Geiste den Namen des Autors, welchen ist auf einem der anderen Bücher aufzuschnappen glaube.

Jurak N. Degora ... klingt nicht nach etwas, das ich je gehört habe, aber vielleicht bekomme ich so heraus, wer dahinter steckt.

Erst die Stimme des älteren Mannes an unserer Seite reißt mich aus meiner Faszination.

»Was genau recherchieren Sie beide hier eigentlich?«

»Äh ... Mythen«, wendet Liv ein. »Ich sagte ja, meine Freundin sucht da nach einer ganz bestimmten Grundlage für ein ... Schulprojekt. Kreatives Schreiben und so.«

»Ja, genau«, ergänze ich die unsichere, spontane Erklärung.

Wie in einem Anfall von plötzlicher Reizüberflutung, schlage ich die Lektüre zu, zumindest das Meiste, bis nur noch eine der ersten Seiten offen vor mir liegt.

Erst wirkt der Mann etwas skeptisch, nickt jedoch.

»Gut, dann achtet darauf, dass die Bücher wieder an ihrem Platz stehen, wenn sie nicht mehr gebraucht werden.«

Er macht Anstalten zu gehen, als mein Blick auf das Bild fällt, das sich nun vor mir zeigt.

Eine Art ... Wappen? Ein Klassisches, nicht zu prunkvoll, aber schön. Nur ein Schild, mit einem leicht verschnörkelten Rahmen und einem Band über der unteren Hälfte, auf der eine Inschrift zu erkennen ist.

Im Zentrum des Schildes, befindet sich die Silhouette eines Tiers. Eines Vogels. Es ist keine Krähe, dennoch irritiert mich dieses Bild.

Es ist kein gewöhnlicher Vogel ... was ist das?

»*Lutavei*«, lese ich das Wort, das über dem Kopf des Vogels, am oberen Rand des Schildes prangt.

Liv sieht verwirrt zu mir herüber. »Hä?«

»Das steht da«, kläre ich sie auf und zeige auf das abgebildete Wappen auf der ersten Seite, direkt nach der Schmutzseite des Buches.

»Oh ... ja, ich weiß nicht mal, wie man das wirklich ausspricht. Deshalb hab ich es gerade nicht erkannt.«

Neugierig richte ich das Wort an den Bibliothekar.

»Wissen Sie vielleicht, was das bedeutet?«

»Nein«, gibt er zu, »ich kann die Sprache auch nicht zuordnen. Es könnte alles sein, meine Sprachkenntnisse sind mittlerweile ziemlich eingerostet. Wenn ihr mich nun entschuldigen würdet ...«

»Na klar, vielen Dank für die Hilfe.«

Er winkt ab und zieht dann weiter.

Ich sitze noch eine Weile stumm an meinem Platz, während die Minuten verstreichen und Liv scheint nicht recht zu wissen, woran sie ist.

Bis ich auf einmal, wie von der Tarantel gestochen, aufspringe. Ein plötzlicher Impuls durchzuckt mich, der mich wie von selbst auf die Beine stellt.

»Ich sollte jetzt gehen«, sage ich und fühle mich unwohl.

»Uhm ... okay? Soll ich dich begleiten?«

»Musst du nicht«, schiebe ich hinterher, als ich mich nach meiner Tasche umsehe.

Erst dann wird mir klar, dass ich gar keine dabei hatte. Meine Gedanken sind völlig verworren.

Mein hastiges Verhalten wirft wohl Fragen bei meiner Freundin auf, doch ich wimmle sie ab.

»Ich werde es morgen erklären. Ganz bestimmt«, verspreche ich etwas, das ich vermutlich nicht halten kann.

Denn ehrlich gesagt verstehe ich mich selbst kein Stück. In diesem Moment ist es, als müsse ich einfach nur von hier verschwinden. Weg von ihr; weg von dieser Bücherei.

Alles was ich will, ist, hier endlich zu verschwinden und mich zu Hause meinen Eltern zu stellen. Ein Gedanke, der mir seltsam unproblematisch erscheint, wenn man bedenkt, worum es dabei geht.

Ich bemerke selbst kaum, wie ich mich wie ferngesteuert von der verdutzten Liv verabschiede und auf die kühle, abendliche Straße hinaus laufe.

Weg von diesen Büchern.

Die frische Luft tut mir gut, als ich sie einatme und einfach ein wenig die Schultern hängen lasse. Meine noch immer nervöse und angespannte Haltung fällt dabei jedoch nur sehr langsam bis gar nicht von mir ab.

Schnell husche ich die Straßen entlang, zur Bushaltestelle.

Ich weiß wirklich nicht, woran es liegt. Viele Informationen waren das nicht und alles was dort stand, war ja wohl mehr als irrelevant für mich.

Irgendjemand hat, vor Jahren vermutlich, Geschichten über eine andere Welt geschrieben. Ich meine, wovon reden wir hier?

Andere Welten?

Also doch Aliens? Oder ein Fantasy-Roman? Quatsch.

Ich klatsche mir meine eigenen Hände ins Gesicht, versuche mich auf den Boden der Tatsachen zu bringen. Doch das ist schwer, wenn man bedenkt, aus was die Tatsachen bestehen, die ich aktuell verfolge und zu verstehen oder eben nicht zu verstehen glaube.

Alles woran ich bisher geglaubt habe; all meine Überzeugungen davon, eie die Welt funktioniert.

Alles ist irgendwie durcheinander und verschoben worden und ich weiß nicht, wie ich es wieder gerade rücken kann. Vielleicht kann ich das auch gar nicht, wer weiß?

Ausversehen kicke ich einen Stein vor mir her. Das Geräusch lässt schrecken mich auf, ehe ich realisiere, dass ich es selbst verursacht habe. Weswegen es mich sogar dazu bringt, mich suchend umzusehen.

So lange, bis ich mich dabei dumm fühle.

»Toll, jetzt machst du dir schon selbst Angst … *großartig*«, murmle ich beschämt in meinen nicht-vorhandenen Bart.

Endlich ist die Haltestelle in Sicht. Der Weg nach Hause mag nicht weit sein, doch ich will heute nicht noch länger hier umherirren.

Ich will wirklich nach Haus.

Doch als ich vor dem, nur spärlich durch eine alte Laterne beleuchteten, Fahrplan stehe, kann ich meinen eigenen Augen nicht trauen.

Ich prüfe das Gesehene wieder und wieder, bis sich mein Gesicht zu einer verzweifelten Grimasse verzerrt.

»Nein, bitte nicht *heute*«, jammere ich, während ich weiterhin ein ums andere Mal die Ankündigung unten auf dem Plan lese.

›Durch eine baufällige Straße bleibt ein Teil der Buslinien für die Spätabendlichen und nächtlichen Stunden von 19:00 Uhr am Abend bis 4:30 Uhr am Morgen auf unbestimmte Zeit gestrichen.‹

»Diese Regelung gilt für folgende Linien …«, murmle ich.

Ja, ich hasse diesen Tag.

Wieso hab ich diese Anmerkung vorhin nicht bemerkt? Okay, ich sehe selten auf den Plan, wenn ich zu gewöhnlichen Zeiten fahren muss, denn die Zeiten kenne ich auswendig, aber …

Gott, es nervt so sehr.

Da es ja aber doch nichts hilft, setze ich zum Gehen an. Statt dort zu stehen, laufe ich dabei einige Schritte zurück und biege dort in eine Seitengasse ein.

Mir bleibt nicht viel, wenn ich nicht gerade zu Hause anrufen und fragen will, ob mich jemand abholen könnte. Stattdessen greife ich zum Telefon.

»Du solltest deinen Vater anrufen und dich abholen lassen. Busse fahren nicht. Weg ist beschissen«, halte ich mich in einer Textnachricht an Liv so kurz wie möglich.

Eine Minute später vibriert das Gerät und ich sehe auf den Display.

»*Kay, thx. Warum kommst du nicht zurück? Dann bring ich Dad dazu, dich mitzunehmen. Er kann ja auch nich ewig schmollen.*«

Und ob er das kann. »Nein, passt schon. Vielleicht kommt er ja allein, das wäre doch was«, schreibe ich stattdessen zurück.

Kurz darauf vibriert es erneut. »*Hm … kay, g'night. Komm gut heim.*«

»Klar, du auch. Viel Spaß noch«, tippe ich mit langsam frierenden Fingern und setze noch ein kleines, kindisch lachendes Emoticon dahinter.

Ich weiß selbst nicht, was ich damit andeuten will. Aber jede Minute, die Liv mit ihrem Vater unter sich verbringen kann, ist eine gute Minute. Ich mag keine allzu brillante Beziehung zu Harvey haben, doch ich weiß, wie wichtig er in ihrem Leben ist.

Außerdem brauche ich die Zeit gerade ebenso. Obwohl ich sie lieber in einem erwärmten Bus verbringen würde. Man merkt eben doch, dass es bereits November ist, besonders dann, wenn die Sonne maßgeblich untergegangen ist.

Die dünne Jacke um meine Schultern enger ziehend, sehe ich mich um. Der dünne Nebel, zu dem mein Atem vor mir kondensiert, verstreut sich dabei zu allen Seiten.

Ein ekelerregender Geruch steigt mir in die Nase. In dieser Gasse sind auch teilweise die Hintertüren zu verschiedenen, kleineren Restaurants.

Die großen Mülleimer bieten viel Platz für Verdorbenes aller Art und ziehen hin und wieder auch Obdachlose an, welche ihn noch verbreiten. Genauso wie sie Ratten anziehen.

Hin und wieder ein Quieken oder ein Rascheln zu hören, sollte einen da nicht verwundern. Doch auch wenn es nicht gerade angenehm ist, so ist es zumindest der kürzeste Weg durch die Stadt, um wieder an meinem gewohnten Ende herauszukommen.

Wenn alles dunkel ist, ist es hier jedoch noch ungemütlicher als sonst. Nicht einmal der fahle Schein einer Laterne dringt bis hierher durch. Es wirkt so finster, dass ich zeitweise mein Handy aus der Tasche ziehe, um mir den Weg zu leuchten.

Hüstelnd stecke ich es an einem, durch ein Hinterfenster etwas erleuchteten, Ende zurück. In dem Moment wird ein Gestank in meine Richtung geweht; übler als alles zuvor.

»Gott … *widerwärtig*«, entfährt es mir mit einem gesunden Maß an Abscheu in der Stimme.

Es kommt mir vor, als sei dieser Geruch tatsächlich anders als der, den ich gewohnt bin. Viel schlimmer; beißender.

Die penetrante Geruchsnote lässt vor meinem geistigen Auge ein Bild entstehen. Es ist ein paar Jahre alt.

Ich und meine Familie sind zusammen mit Liv in den Urlaub gefahren, während Harvey und Sylvia selbst verreist sind. Selbstverständlich war nicht geplant, dass Liv bei uns mitkommt, so ein Rabenvater war Harvey nie.

Doch dank Sylvia war er auch nicht so schwer davon zu überzeugen, dass Liv lieber bei uns mitfährt, als mit ihm und seiner Flamme auf den Bermudas zu entspannen.

Als wir allerdings alle zurückkamen, ist ein ekelhafter Gestank, irgendwie ähnlich wie dieser hier, aber doch völlig anders, überall in den Hinterhöfen verbreitet gewesen.

Selbst die Nachbarn haben sich beschwert, da sie die Grundstücke rechtlich nicht betreten konnten, aber bei stärkerem Wind ein ekelhafter Geruch zu ihnen gezogen wäre.

Ein Obdachloser, der scheinbar irgendwo in Huntsville von einem Auto verletzt wurde, muss nachts, im Schutz der Dunkelheit, auf unser Grundstück geschlichen sein, das nun einmal sehr Verbunden an dem der Piercens liegt und auch damals schon gelegen hat.

Ich hab es selbst nie gesehen, doch später erfahren, dass der Mann dort wohl verstorben ist. Der Geruch der Verwesung ist bis heute nicht aus meiner Nase verschwunden. Damals hat man uns nicht verstören wollen und eine Geschichte über ein Gas-Leck verbreitet. Eine Lüge, die wie ein eiserner Vorhang in der gesamten Nachbarschaft für uns aufrechterhalten wurde.

Bis ich selbst, mit etwa fünfzehn Jahren, dahinter kam und durch eine alte Zeitschrift auf die Wahrheit gestoßen bin.

Die reine Erinnerung daran, wie wir damals in den Garten gegangen sind und dort etwas liegen sahen, was wir nicht zuordnen konnten, macht auch klar, was wir unbewusst gesehen hatten.

Allein der Gedanke jagt mir einen Schauer über den Rücken und lässt mich erzittern. Die leicht weiter sinkende Temperatur tut bloß ihr Übriges.

Doch heute weiß ich nicht, was ich zu der Tatsache sagen soll, dass der Geruch immer schlimmer wird. Komme ich etwa näher? Ist es ein Tierkadaver?

Bitte sei nichts anderes ...

Aber egal wie oft ich nach links und nach rechts sehe, ich kann nichts entdecken. Gleichzeitig wird der Gestank schlimmer.

So sehr, dass ich eine Hand vor den Mund nehmen muss, um nicht zu würgen.

Erst ein plötzliches Rascheln, macht mich auf etwas hinter mir aufmerksam.

Eigentlich ist es nichts Besonderes. Hier wuseln viele Tiere herum.

Doch das leichte Zucken von irgendetwas, das ich nur ganz leicht aus den Augenwinkeln wahrnehme, bringt mich doch dazu, stehen zu bleiben; mich herumzudrehen.

Ich schlucke unsicher, während ich mich darauf gefasst mache, im Halbdunkel eine fette Ratte zu erblicken.

Was ich jedoch sehe, ist ... nichts. Nichts in meinem Sichtfeld, zumindest.

Erst dann komme ich auf die Idee, den Blick ein wenig zu heben. Ich weiß nicht, wieso, doch es ist einfach eine zufällige Idee. Etwas nebenbei.

Und als ich den knappen Vorsprung des niedrig gelegenen Daches sehe, bleibt mir jedes Wort im Halse stecken, das ich noch hätte äußern können.

Das Ding das ich dort oben sehe, starrt mich von seiner Position aus an. Die Aschfahle, von seltsamen Linien unter der

Oberfläche durchzogene Haut im Zusammenhang mit dem silbernen Mondlicht und der Dunkelheit, lässt es beinahe steinern wirken.

Für einen absurden Moment versuche ich die groteske Fratze für eine Art Statue zu halten, die sich keinen Millimeter bewegt. Doch in derselben Sekunde schnellt der Kopf des Wesens in meine Richtung; offenbart dabei eine Reihe riesiger, unförmiger und vermutlich messerscharfer Zähne, die den Kiefer überragen und in dem wenigen Licht der Gasse schimmern.

Alles um mich herum verstummt ab dem Punkt, an dem es mich anblickt. Man könnte vermutlich eine Stecknadel fallen hören, doch ich denke, dass ich diese Stille bloß für mich selbst erzeuge. Das Rauschen in meinen Ohren ist jedenfalls das Nächste, das ich vernehme.

Und es wird erst durchbrochen, als ein leises Knurren die abendliche Stille durchschneidet; so unmenschlich und verzerrt, dass ich es mit nichts verbinden kann, das ich je in meinem Leben gehört habe. Ein plötzliches Gefühl der Panik umfängt mich; erweicht meine Knie.

Ich könnte schreien, doch kein Laut kommt mir über die Lippen. Viel zu sehr nagt die Angst an mir, ich könnte mich so noch offensichtlicher präsentieren.

Stattdessen spüre ich, wie mir Tränen in die Augen steigen.

Mein nächster Impuls ist es, eines meiner Beine zu bewegen; langsam und vorsichtig zurückzusetzen. Keinen Mucks versuche ich dabei von mir zu geben, was sicherlich Wunschdenken ist.

Ein leichtes Scharren ertönt, als meine Sohle in einigen kleinen Glassplittern hängen bleibt und diese sanft über den asphaltierten Hinterhof kratzen.

Ein weiteres Zucken des ausgemergelt und unförmig, aber doch beinahe menschlich gebauten Monsters ist für mich wie ein Startpfiff. In einer Bewegung drehe ich mich herum und laufe los.

Immer wieder sehe ich über meine Schulter hinweg; nehme schnelle Bewegungen aus den Augenwinkeln wahr. Ich höre nichts. Es ist leise. *Zu* leise.

Es ist, als würde ich nichts anderes hören; nicht einmal den Wind, der an meinen Ohren vorbei pfeift.

Und jeden Moment erwarte ich, eine der scharfen Krallen in meinem Rücken zu spüren, die sich zuvor in die Backsteinmauer des Gebäudes gebohrt haben.

Meine zittrigen Beine fliegen praktisch über die kleinen Steinchen auf dem Pfad, immer darauf bedacht, nicht zu stolpern.

Ich darf nicht fallen.

Es wirkt, als würde ich schon eine Ewigkeit rennen, als ich um eine Ecke biege und langsamer werde. Meine Lungen füllen sich nur mühsam mit Luft.

Ich huste schwer und es brennt so sehr, dass ich am liebsten einfach stehen bleiben würde. Doch jedes Mal wenn ich mich umsehe, kann ich etwas hinter mir erkennen. Ich weiß nicht, was es ist.

Aber wenn ich gar nichts sehe, macht es mir noch mehr Angst.

Mit mittlerweile halb tränenüberströmtem Gesicht komme ich vor einer Wand zum Stehen und sehe mich hastig um.

Wo bin ich?

Panische Angst in meinem Inneren bringt mich zur Verzweiflung; lässt mich die Hoffnung verlieren, hier je wieder lebend heraus zu kommen.

Und in diesem Moment denke ich an meine Eltern, die jetzt gerade zu Hause auf mich warten müssten. An Liv, die jetzt vielleicht bereits mit ihrem Vater in sein Auto steigt und denkt, ich sei auch fast zu Hause oder sogar schon dort.

An all die Leute aus der Schule. Mr. O'Farrell. Die Krähe.

An all diese jetzt eigentlich unbedeutenden Dinge, die mir plötzlich wichtiger als alles andere erscheinen, als ich darauf warte, dass dieses Ding auf mich zukommt.

Doch ich sehe nichts. Eine schnelle Bewegung hinter der Mauer, um die ich gerade herum gelaufen bin.

Die meine Sackgasse eingeleitet hat.

Ein lauter Knall, der mir durch Mark und Bein geht. Ohrenbetäubend. Mächtig.

Ein Knurren und ein Fauchen. Ächzendes Metall ist zu hören und ein Lärm, bei dem ich mir vor Schreck die Ohren zuhalte. Flackerndes, unstetes, warm wirkendes Licht. Ein erhabener Schatten. Ich kann ihn nicht zuordnen.

Und das Schlagen von Flügeln.

Bei einem lauten Kreischen ziehen sich sämtliche Muskeln in meinem Körper zusammen und ein Schrei kommt erstmals über meine Lippen.

Zusammen mit einem hysterischen Schluchzen, lasse ich mich auf den von Geröll und Müll übersäten Boden fallen, wende mich von dem Geschehen ab und kauere mich zusammen. Ich kann einfach nicht mehr.

Noch immer höre ich das Getöse und kann nicht glauben, was da gerade vor sich geht. Nein, ich weiß nicht einmal, was genau dort vor sich geht. Und ich will es auch gar nicht wissen, wenn ich ehrlich sein soll. Allein die Vorstellung davon, was geschehen könnte, flößt mir unwahrscheinliche Furcht ein.

Es soll einfach aufhören.

Ich kann nicht sagen, wie viel Zeit vergangen ist, seit ich meine Lider zusammengepresst und mich beruhigend ein wenig vor und zurückbewegt habe. Doch der Lärm verstummt plötzlich.

Dennoch kann ich nicht den Mut aufbringen, mich aufzurichten und umzusehen. Ich kann es einfach nicht.

Lediglich der Druck meiner Hände auf den Ohren lässt ein wenig nach.

Nach einigen Augenblicken der Stille vernehme ich auf diese Weise noch etwas anderes. Ein Geräusch, das das Blut in meinen Adern gefrieren lässt.

Schritte. Langsame Schritte, welche über das Gestein scharren. Ansonsten nichts.

Keine Stimme. Kein Atmen. Nichts.

Ängstlich bibbernd, kann ich mich nicht dazu bringen, der möglichen Kreatur ins Auge zu sehen. Will ich wirklich so sterben? Mit dem Rücken meinem Angreifer zugewandt?

So ganz ohne Gegenwehr?

Der Gedanke lässt ein plötzliches Gefühl des Stolzes in mir aufkeimen. Nicht des Stolzes über diese Situation.

Sondern die Art Stolz, die mich dazu bringt, mir den Rest der Tränen vom Gesicht zu wischen und die Luft anzuhalten, ehe ich mich langsam umdrehe.

Doch es ist zu spät. Eine Berührung an der Schulter, lässt mich erschrocken herumfahren und ich schlage zu.

Ganz egal was es sein mag, ich ergebe mich nicht kampflos!

Zu meiner Überraschung jedoch, wird mein Schlag aufgehalten. Nein, eigentlich überrascht es mich wenig. Stattdessen überrascht mich, *wie* der Schlag abgefangen wird.

Eine warme Hand hält mich an einem Handgelenk zurück, während die andere an meiner übrigen Schulter verweilt.

Meine schockgeweiteten Augen sind vermutlich nicht das einzige an mir, das gerade ein sehr, sehr seltsames Bild abgibt. Doch ich kann nicht fassen, was hier gerade geschieht.

Er mustert mich eindringlich. »Annie?«

Seine Stimme wirkt sehr besorgt, soweit ich es in meinem von Verwirrung verhangenen Verstand wahrnehmen kann.

»Was ist hier gerade passiert?«

Meine Worte sind nicht mehr als ein weinerliches Flüstern, doch er scheint mich zu verstehen.

Mit der einen Hand nun richtig nach meiner greifend, hilft er mir auf die wackeligen Füße zu kommen.

»Ich weiß es nicht. Geht es Ihnen gut?«

»Kann ich nicht sagen«, wispere ich ungläubig. »Was zum Teufel tun Sie hier überhaupt …?«

In dieser Situation, so absurd und surreal wie alles in letzter Zeit, ist er noch immer der Letzte, den ich hier erwartet hätte.

»Ich war in einem der Restaurants und habe Sie vorbeirennen sehen. Ich bin Ihnen gefolgt, weil Sie etwas … *gehetzt* aussahen. Was ist mit Ihnen passiert?«

Ungeachtet der Tatsache, dass er mein Kunstlehrer ist, falle ich beinahe nach vorn, um ihn in die Arme zu schließen.

Oder eher, damit *er* mich in den Arm nimmt? Ist mir egal.

Schlimmer kann es schließlich auch nicht werden.

Chapter 17:
And See Ourselves Unclouded

Ich kann nicht sagen, wie lange es dauert, bis er mich beruhigen kann, doch als ich das nächste Mal gerade stehe, schmerzt mein halbes Gesicht.

Auch kann ich mir nicht vorstellen, wie ich gerade aussehe. Vom Boden verdreckt, das kurze Haar zerzaust und das Gesicht vermutlich puterrot von der vielen Heulerei. Und da fange ich noch nicht einmal von den sich geschwollen anfühlenden Augen und der immer wieder laufenden Nase an.

Mit einem Taschentuch, das er mir gegeben hat, in der Hand, ist es mir nicht möglich, einen klaren Gedanken zu fassen, der mich nicht noch hysterischer machen könnte.

»Geht es Ihnen langsam besser?«

Seine Stimme trägt auf jeden Fall dazu bei, dass es das tut.

»Ja … vielen Dank. Es tut mir leid. Ich weiß auch nicht, was gerade los war …« Und das ist kaum gelogen.

Ein wenig geflunkert vielleicht, wenn ich sage, dass ich es gar nicht weiß. Aber gleichzeitig kann es wohl kaum eine Lüge sein, wenn ich keinen blassen Schimmer habe, was es war, vor dem ich da gerade geflohen bin.

Und wenn es wirklich da war … weshalb war es nicht schneller als ich? Was war dieser Lärm?

Wieso ist sonst niemand gekommen, um zu sehen, was da los ist? Wieso hat er mich rennen sehen, diesen Tumult direkt um die Ecke aber nicht gehört?

Nein, wenn ich es so bedenke, habe ich keinerlei Ahnung was gerade geschehen ist. Ich könnte nicht einmal so tun, wenn ich wirklich wollte.

Ich verstehe nicht was los ist. Könnte ihm höchstens ehrlich sagen, was ich getan habe.

Ich bin vor einem *Phantom* davongerannt. Vor einem *lebenden* Monster.

Ja. Das macht auf *jeden Fall* Sinn.

Langsam wieder zu Atem und vor allem zur Ruhe kommend, sehe ich mich um.

»Wo sind wir hier überhaupt?«

Eine Frage, die ich mir schon eine ganze Weile stelle, doch im Moment eher äußere, um das Thema auf etwas anderes zu lenken; meine Gedanken abzulenken.

»In der Nähe des Restaurants von einem Freund von mir«, gibt er zu bedenken. »Und Sie sind sich sicher, dass Ihnen nichts fehlt?«

»Ja.« Zumindest körperlich.

»Sie sind doch vor etwas geflohen, nicht wahr? Haben Sie gesehen, was es war?«

Es … Ich denke, er weiß es nicht, aber mit diesem sehr unbestimmten Wort trifft er es sehr viel besser, als ihm lieb sein kann.

»Nein, ich hatte bloß fürchterliche Angst, weil ich allein war und niemand geantwortet hat«, entscheide ich mich schnell für die größte Lüge in der Geschichte meines bisherigen Lebens.

Tja, man sagt doch, jede gute Lüge habe einen wahren Kern. So falsch ist es ja nicht.

Bloß, in der wahren Version habe ich durchaus gesehen, vor was ich geflohen bin. Ich hätte es jedoch lieber nicht gesehen.

Ich sehe ihn nicken. »Natürlich. Für ein Mädchen, allein, um diese Uhrzeit … ich kann verstehen, dass einem da die Sicherung durchbrennen kann. Es ist ja nur gut, dass Ihnen am Ende nicht wirklich etwas passiert ist.«

Leicht zerknirscht und die Zähne aufeinander mahlend, nicke ich seine Aussage ab.

Als ob ich deshalb so durchdrehen würde … ein klein wenig kann selbst *ich* mich selbst verteidigen. Jedoch nicht gegen ein *Monster*.

Der Gedanke, dass er das gar nicht in Betracht zieht, verletzt mich sogar ein klein wenig. Oder eher, dass er mich wie ein kleines Kind betrachtet. Ein Kind, das sofort anfängt zu heulen und schreiend davon rennt, wenn ein Typ unter einem billig verschnittenen Bettlaken ›Buh‹ schreit.

Aber andererseits ist es doch meine Schuld, dass er das denkt. Ich glaube, dass er mir nur gut zureden möchte. Es ist also dumm, ihm daraus einen Strick drehen zu wollen.

»Vielen Dank, dass Sie mir geholfen haben«, sage ich stattdessen und seufze schwer.

»Das ist doch nicht der Rede wert«, entgegnet er, noch immer etwas besorgt klingend, »wollen Sie vielleicht einen Schluck trinken gehen?«

Tatsächlich muss ich den Gedanken, mich mit ihm irgendwo hinzusetzen und etwas mit ihm zu trinken, ziemlich lange ersticken, ehe ich ihn ablehnen kann.

»Nein, ist schon in Ordnung. Vielen Dank, Mr. O'Farrell.«

Bei dieser Entscheidung hilft mir nicht unmaßgeblich ein Vibrieren in meiner Hosentasche, was mich an etwas denken lässt, das ich schon lange vergessen habe.

Verdammt ... verpasste Anrufe.

»Was ist denn?«

Überrascht sehe ich vom Display auf. »Oh, nichts ... meine Eltern. Ich sollte längst zu Hause sein.«

»Stimmt, das macht natürlich Sinn. Soll ich Sie nach Hause bringen?«

»Machen Sie sich keine Umstände.«

Und dabei hat er sich schon eine Menge Umstände gemacht.

»Nein, nein. Ich bitte darum, ich kann schließlich nicht zulassen, dass Sie in Gefahr geraten«, bleibt er stur.

Letztendlich ist es nicht so, als würde ich die Zeit mit ihm nicht schätzen, also was habe ich schon zu verlieren? Zu Hause wird mich bereits die Hölle erwarten.

So nicke ich und sehe ihn an. »Das würde mich freuen, danke.«

Gemeinsam setzen wir einige Schritte in Richtung des eigentlichen Weges.

»Was haben Sie hier draußen eigentlich gemacht?«

Wir laufen gerade gemütlich nebeneinander her, als diese Frage die Stille durchbricht und mich nervös macht.

Eigentlich müsste es das gar nicht, aber es erinnert mich daran, weshalb ich hier bin. Warum ich in letzter Zeit die bin, die ich bin. All das, was ich ihm im Traum nicht sagen könnte.

»Ich war mit meiner Freundin in der Bibliothek, weil wir etwas gesucht haben.«

»Oh, das ist ja interessant«, erwidert er und macht dann ein kleine Denkpause, »aber fahren nicht auch Busse von da ab?«

»Ja, aber wohl nicht um diese Zeit. Oder zumindest nicht aktuell. Kaputte Straße oder so«, erwidere ich und räuspere mich.

Irgendwie wirkt dieses Gespräch gerade seltsam gestelzt.

Als ob keiner von uns so recht wüsste, was er sagen soll, würde sich aber dennoch dazu verpflichtet fühlen.

Es dauert wieder eine Weile, bis einer von uns seinen Mund aufmacht. Er ist wieder der Erste.

»Und dieses … ›recherchieren‹; hatte das etwas mit Ihrer Frage von heute Nachmittag zu tun?«

Die Frage trifft mich beinahe wie ein Schlag ins Gesicht.

Es wirkt so weit entfernt, dass ich eine Sekunde brauche um überhaupt zu verstehen, auf welche Frage er sich damit bezieht. Das war alles vor dem Nachsitzen. An einem Tag, an dem ich eigentlich wirklich früh ausgehabt hätte.

Vor den Stunden in der Bibliothek.

Vor dem Anruf und der dummen Diskutiererei meiner Eltern.

Vor der Sache mit den Büchern über die Elemente …

»Sehr scharfsinnig«, gebe ich daher bloß zurück.

Seufzend beginne ich ein wenig zu schlendern. Ich will nun irgendwie doch nicht mehr nach Hause. Zu viele Fragen, die ich beantworten müsste. Zu viele Dinge, die ich nie und nimmer erwähnen könnte.

Die unangenehme Stille von zuvor stellt sich diesmal nicht ein. Dennoch bemerke ich, wie er mich immer wieder von der Seite betrachtet.

Und irgendwie würde ich sicher sagen, dass es mich stört, das tut es aber gar nicht. Seine schwarze, schmale, eckige Kunstoffbrille hat recht breite Bügel, die seine Augen aus diesem Winkel ein wenig verschleiern. Ich kann den Blick dennoch spüren.

Ein wenig verlegen bin ich zwar, aber es stört mich nicht.

Plötzlich vergeht die Zeit bei weitem schneller, als ich es mir wünsche. Oder der Weg ist einfach kürzer als ich dachte.

Jedenfalls kommt unsere Straße, und somit auch unser Haus, immer näher und näher. Bis ich aus der Entfernung bereits ein wenig erkennen kann, dass unsere Haustür offen steht.

Und das ist nicht alles was dort *steht*.

»Scheint, als würden deine Eltern bereits auf dich warten«, merkt der Schwarzhaarige an.

Überrascht, dass er aus dieser Entfernung genau erkennen kann, dass es meine Eltern sind, die dort in der Tür stehen, halte ich kurz ein. Da er ja nicht wissen sollte, wo genau ich lebe, um bereits zu wissen, welches Haus das meine ist, muss er sie nicht nur gesehen, sondern wirklich erkannt haben.

Ich weiß, ich hatte schon immer verdammt gute Augen; Liv hat sich früher immer darüber lustig gemacht, bis es ihr irgendwann zu langweilig wurde. Aber so etwas bei anderen zu bemerken ist für mich eher neu. Besonders bei Leuten mit einer Brille.

»Gute Augen«, kann ich nichtsdestotrotz neidlos anerkennen.

So viel zum Thema ›Brillenträger sehen auch mit Brille nicht richtig‹, was immer alle sagen ...

Er lacht daraufhin jedoch nur. »Naja, manchmal jedenfalls.«

Meine etwas heitere Laune vergeht jedoch schnell, als ich mich ein wenig an die Seite drücke, um nicht sofort entdeckt zu werden, als mein Vater sich umdreht. Egal wie weit entfernt, meine Haare unter einer Laterne sind nicht schwer zu entdecken oder zu entziffern, wenn sonst kaum noch einer auf der Straße unterwegs ist.

»Ist etwas nicht in Ordnung?«

Diesmal wirkt er eher verwirrt, als um mein Wohlergehen besorgt.

Schuldbewusst entscheide ich mich an dieser Stelle für einen Teil der Wahrheit

»Eigentlich hätte ich längst zu Hause sein sollen und ich denke, dass sie wütend sein werden, wenn ich jetzt auch noch einen Lehrer mit nach Hause bringe.«

Okay, einen kleinen Teil der Wahrheit zumindest. Oder jedenfalls eine wenig detailreiche Ausführung der Wahrheit.

»Also gut, ich denke ... ich werde wohl besser einen anderen Weg wählen und Sie von hier an allein gehen lassen. Immerhin weiß ich, dass Sie sicher zu Hause ankommen werden.«

»Fragt sich nur, ob ich da dann noch mal sicher heraus komme«, rutscht es mir heraus, ehe ich es verhindern kann.

Wieder lacht er nur. Vermutlich hält er es für einen Witz.

Okay, das war es im Prinzip auch, aber ich denke, mir steht weitaus mehr Ärger bevor als er sich vorstellen kann. Was wohl auch damit zusammenhängt, dass ich ihm nicht bloß ›nicht die komplette Geschichte‹ erzählt, sondern auch noch die wichtigsten Problemparts weggelassen habe.

Aber so ist das eben, wenn man keinen allzu schlechten Eindruck von sich hinterlassen möchte …

»Also gut, dann wünsche ich Ihnen noch eine gute Nacht, Annie. Wir sehen uns morgen im Unterricht, in alter Frische, hoffe ich.«

»Ja, das wünsche ich Ihnen auch.«

Ich schenke ihm das beste Lächeln, das ich irgendwie zustande bekomme und sehe ihm noch hinterher, als er von dannen zieht.

Nachdem er zwischen den Schatten der Häuser verschwunden ist, nutze ich die Reflexion in einer der Scheiben des Autos hinter mir, um mich selbst einen Moment zu betrachten.

Ich will nicht mehr erklären müssen, als irgendwie notwendig ist, also sollte ich besser nicht so aussehen, als hätte ich gerade drei Stunden lang geweint.

Zugegeben, so lange habe ich sicher nicht geweint, aber man sollte am besten gar nicht sehen, dass ich geweint habe. Es wirft am Ende doch nur Fragen auf.

Obwohl es eigentlich zu viel verlangt sein sollte, erkenne ich, wie ich im Prinzip recht normal aussehe. Die kühle Luft hat meine Wangen erröten lassen, bis zur Nase, was durch meine sonst so blasse Haut ganz besonders heraussticht, doch meine Augen sind gar nicht geschwollen und die Röte durch die Kälte überdeckt vermutlich den Rest.

Wenn ich mich damit sofort auf mein Zimmer verziehe, fällt es keinem auf.

Einmal kurz durchatmen, dann komme ich auch schon hinter dem Van hervor. Nur langsam, immer näher, trete ich an das Haus heran, Meter um Meter.

Ein flaues Gefühl in meinem Magen wird lauter, als ich mich weiter nähere; immer stärker wird der Drang, umzukehren und O'Farrell nachzurennen.

Er ist mit Sicherheit bessere Gesellschaft als meine Eltern, die aussehen, als könnten sie mit den Augen Laser verschießen, als ich in ihr Sichtfeld trete.

Auf ins Gefecht …

Kaum stehe ich vor ihnen, kommt meine Mutter auf mich zu und schreit mich halb an.

»Wo zum Teufel warst du?!«

»Ich bin ein bisschen um den Block gelaufen …«, entgegne ich kleinlaut.

Es ist die Ausrede, die ich mir vorhin schon zurechtgelegt hatte.

»Ein paar Stunden lang?!«

Für einen Moment suche ich nach einer geeigneten Ausrede, doch dann wird mir klar, dass ich die erste verpasste Nachricht vor gut einer Dreiviertelstunde bekommen habe, wenn ich gerade auf die Uhr sehe, die meine Mutter an ihrem Handgelenk hat. Welches praktischerweise mit ihrem Arm vor der Brust verschränkt ist.

Das heißt, sie haben genau vor einer Dreiviertelstunde bemerkt, dass ich überhaupt weg war.

Sie stellen mich also auf die Probe. Nein, nicht heute. Ich bin aufgeputscht und gleichzeitig kaputt.

Das ist keine gute Mischung.

»Ich war doch nicht einmal eine Stunde weg«, fordere ich sie heraus.

Für einen Moment zuckt sie halb zusammen. Okay, das war hoch gepokert. Hoffentlich liege ich nicht doch daneben.

Und tatsächlich rudert sie zurück. »Okay. Dann eben fast eine Stunde. Und warum bist du überhaupt raus gegangen? Du wusstest, dass wir mit dir reden wollten.«

Mein Vater sagt derweil kein Wort, sondern sieht uns nur stumm zu.

»Weil ihr nur dumm diskutiert habt und ich keine Lust hatte, weiter zu warten. Also hab ich mir ein bisschen die Beine vertreten und die Zeit vergessen«, versuche ich weiter meine Geschichte zu verteidigen.

Ich weiß, es war nicht richtig, einfach so zu gehen. Doch ich tue sonst immer nur das, was sie sagen. Und ja, das ist kein Freifahrtschein, aber ist da nicht ein wenig Raum für Kulanz?

Sie hätten mich locker zwei Stunden dort sitzen lassen, wäre ich wirklich noch da gewesen.

»Und wo warst du wirklich? Bei Liv? Mit Liv weiß-Gott-wo, so wie früher? An gefährlichen Orten wie diesem Strand voller gefährlicher Gegenstände oder an einer gefährlichen Klippe?«

Geschockt sehe ich sie an. »Habt ihr Liv zufällig gesehen?«

Dabei blicke ich zur Seite und erkenne den Wagen ihres Vaters in einer nur leicht veränderten Position. Dazu noch das Licht in Livs Zimmer.

Sie ist schon zurück.

Naja, natürlich ist sie das. »Sie ist zu Hause, wie hätte ich da mit ihr weg sein sollen?«

»Keine Ahnung, vielleicht seit ihr ja zusammen bei ihr gewesen und du bist um das Haus herumgelaufen?«

»Und selbst wenn? Seit wann wird Liv bitte als gefährlich eingestuft?!«

Was sollen diese beschränkten Fragen? Aber immerhin scheine ich mit der letzten Frage einen Nerv getroffen zu haben.

»Das wird sie doch gar nicht! Ich will nur wissen, ob du wirklich einfach nur ›kurz‹ spazieren warst, oder in Wahrheit bei deiner Freundin.«

Entrüstet sehe ich sie an. Ernsthaft?

Dann dränge ich mich an ihr vorbei ins Haus. Die beiden folgen mir auf dem Fuße und ich kann hören, wie endlich die Haustür geschlossen wird.

Wäre ich gerade in der Lage dazu, es aktiv zu beanstanden, würde mich vielleicht stören, wie kalt es mittlerweile hier drin geworden ist.

Genervt davon, nach all dem noch in Frage gestellt zu werden. Nein, genervt davon, nicht sagen zu können, was eben los war.

Mit dieser Angst, dieser surrealen Panik und all den Dingen, die ich gerade nicht verstehe, komme ich nach Hause und werde etwas so Dummes gefragt?! Ich versuche meine Wut herunterzuschlucken, denn sie können nichts dafür. Sie wissen es nicht. Und sie dürfen es auch nicht wissen.

Die Augen geschlossen und mit dem Rücken an sie gewandt, atme ich einmal tief durch. Die Technik, die meine vielen unsortierten Gedanken klären soll. Wenigstens ein klein wenig.

»Wie denn das?« Endlich wende ich mich den beiden zu. »Ist euch entgangen, wie sehr ihr Vater mich neuerdings hasst?«

Meine Mutter ist die Erste, die seufzend zu Boden sieht. Das heißt, sie weiß auch nicht weiter. Sie hat überreagiert und voreilig geschlussfolgert.

Klar, sie kennt die Wahrheit nicht, drum gibt sie mir diesen Vertrauensbonus. Und sofort fühle ich mich schuldig deswegen.

»Stimmt, du hast Recht. Es tut mir leid. Aber du solltest in deinem Zimmer bleiben. Was glaubst du, was wir uns für Sorgen gemacht haben, als du plötzlich verschwunden warst?!«

»Hey, immerhin bin ich diesmal durch die Tür gegangen.«

Die Aussage ist viel schneller herausgerutscht, als ich sie hätte stoppen können. Meine Kontrolle ist gerade auch nicht mehr das, was sie einmal war.

Und sie war in der Vergangenheit schon schlecht.

Ich kann sehen, wie sie das trifft. Nur weiß ich nicht genau, *inwiefern* es sie trifft.

»Ja, immerhin«, stimmt sie zu. »Annie, bist du wieder abgehauen, wegen irgendeiner Vorahnung?«

Absolut perplex starre ich sie an. »Wie bitte, *was*?!«

Ich kann kaum beschreiben, wie vor den Kopf gestoßen ich mich gerade fühle. Besonders, als sie darauf nichts erwidert und mein Vater sich nur teilnahmslos über das Gesicht reibt.

»Was genau soll das hier werden? Dad?!«

Keine Reaktion seinerseits. Bloß ein trauriger Blick, doch der ist nicht neu.

»Ich will wissen, ob du wieder auf irgendeine *Vision* hin das Haus verlassen hast«, verdeutlicht sie ihre Frage nun.

Mein Magen krampft sich unangenehm zusammen.

»Nein«, presse ich zwischen zusammengebissenen Zähnen hervor, »ihr habt die ganze Zeit diskutiert und da ich keine Lust hatte, bei eurem Streit anwesend zu sein, bin ich genervt ein paar Runden um den Block gegangen. Das hab ich doch bereits gesagt.«

Als das Wort ›Streit‹ fällt, zuckt sie auffällig zusammen, doch lässt sich nichts weiter anmerken.

»Also bloß spazieren? So lange?«

»Ja, *spazieren*. So lange«, erwidere ich bissig.

Eine unerklärliche Wut brodelt in meinem Inneren. Eine Wut, welche sich Luft machen will. Plötzlicher Trotz gegenüber meinen Eltern. Wut gegenüber ihrer Reaktion.

Ihrem Unverständnis gegenüber meiner Situation.

Wut, die ich so und so ähnlich bereits gespürt habe, doch noch nie so deutlich wie jetzt gerade. Ich fühle mich … als würde ich sie anspringen, wenn ich nicht ich wäre.

Dann würde ich ihr jetzt den Hals umdrehen, mit bloßen Händen.

Bin das noch ich?

Dieser plötzliche Gedanke, mit dem Hauch von Angst vor mir selbst, ist der Schlag ins Gesicht, den ich vielleicht gebraucht habe. Und diese Erkenntnis trifft mich wie eine kalte Dusche.

Was war das eben? Dieser innere Drang. Etwas, das völlig neu für mich ist.

Geschockt weiche ich zurück.

Meine Mutter scheint völlig verwirrt; ich muss in den letzten Sekunden vollkommen still gewesen sein. Doch ich hoffe, auf meinem Gesicht hat sich dabei nur ein Bruchteil der Emotionen widergespiegelt, die sich soeben in mir abgespielt haben.

»Ich werde jetzt nach oben gehen und schlafen«, teile ich ihnen in nüchternem Tonfall mit.

Selbst in meinen eigenen Ohren, klingen die Worte beinahe experimentell. Als hätte ich versucht zu sprechen, ohne zu wissen, ob man mich auch hören würde.

Es scheint, als hätten sie noch etwas sagen wollen, wie beispielsweise das Thema anschneiden, wegen dem sie eigentlich mit mir sprechen wollten. Das war ihnen ja offenbar doch sehr wichtig.

Aber als sie mich ansehen, bleiben die Worte stecken. Stattdessen nickt meine Mutter bloß.

Mein Vater reagiert dagegen praktisch gar nicht, außer mit einem perplexen Blick.

Wie ferngesteuert erklimme ich die Treppen zu meinem Zimmer und trete ein, während sich mein Gesicht wie eingefroren anfühlt.

Ein zufälliger Blick in den Spiegel an meinem Schrank gewährt mir dann einen Einblick in die Gedanken meiner Eltern, als ich mir mein eigener Ausdruck entgegenstarrt. Beinahe in Stein gemeißelt, wutverzerrt und kalt.

Mein Lächeln scheint weit entfernt. Doch ich kann mich nicht dazu bringen, es zu normalisieren.

Wie bei einer Puppe nehme ich eine Hand und drücke den Mundwinkel auf der rechten Seite mit einem Finger ein wenig nach oben. Es sieht genauso künstlich aus, wie es klingen müsste, wenn man davon jemandem erzählen würde.

Ein Zucken der Mundwinkel bringe ich nicht sonst zustande. Ich weiß nicht, woher diese plötzliche Wut kam, doch so kenne ich mich gar nicht. Ich war kurz davor, die Zähne zu fletschen.

Das bin doch nicht ich ... oder etwa doch?

Geschafft zerre ich ein viel zu großes Oberteil zwischen meinen anderen Sachen hervor und lasse es auf das Bett segeln.

Die Kleidung die ich ausziehe, fliegt in irgendeine Ecke des Raumes, die nicht gerade voller Farbe oder irgendetwas Fragilem ist, das heruntergerissen werden und am Boden zerschmettern könnte.

Nachdem ich endlich umgezogen bin, werfe ich mich bäuchlings auf das Bett und klappe meinen Laptop auf, dessen Tab nach der Eingabe des Passworts noch immer geöffnet ist und die Suchmaschine anzeigt.

Nur ein paar Überlegungen später, ist es der Name von zuvor, den ich als erstes in die Suchzeile eingebe. Sollte mich dies zu irgendeinem Ergebnis bringen, dann will ich das nach dem heutigen Abend so schnell haben, wie ich es bekommen kann.

›Jurak N. Degora‹.

»Kein Ergebnis«, sagt die Suchmaschine.

Ich versuche es erneut, prüfe jeden Buchstaben.

»Kein Ergebnis.«

Schnaubend versuche ich etwas anderes. *Schattenschroniken.*

Doch das meiste, das sich dabei herausstellt, sind Serien mit *Büchern der Schatten,* Büchern *gezählter* Schatten oder Büchern für Leute, die eindeutig einen Schatten *haben.*

Klar ist nur, der Name des Schriftstellers existiert nicht. Und das einzige, das ich zu diesen Büchern finden kann, ist eine Eintragung über das Buch des Windes. Es hat wohl mal in einem Museum gestanden, doch man wusste nicht, was man damit anfangen soll, so landete es mit ähnlichen Sammlungen an einem anderen Ort. Dieser ist jedoch unbekannt.

Tja, mir ist bereits bekannt, wo es sich befindet.

Da der Name des Autors nicht existiert, geht man von einem Pseudonym aus. Dieses konnte man bisher jedoch nicht zurückverfolgen. Viel mehr steht über das Ding auch nicht da drin.

Als mein Handy plötzlich vibriert, sehe ich auf. Es muss noch immer in meiner Hose sein, die in der Nähe des Fensters auf dem Boden gelandet ist.

Mühselig kämpfe ich mich noch einmal auf die mittlerweile müden und schmerzenden Beine. Ich renne nicht oft und das vorhin war etwas mehr als nur zu rennen.

Vermutlich ist es eher mein Gemüt, das sie schmerzen lässt.

In dem Moment, als ich mich nach der Hose bücke, fällt mein Blick aus dem Fenster.

Heute bin ich kaum überrascht, als ich dort sehe, was ich vor kurzem schon einmal auf genau demselben Vorsprung habe sitzen sehen.

»Hey«, sage ich müde und spreche sie damit direkt an.

Nennt mich verrückt, aber ich denke, dass sie mich versteht. Zumindest sieht sie mir in die Augen, als ich das Wort an sie richte und das, obwohl eine Glasscheibe zwischen uns liegt.

»Was willst du eigentlich von mir?«

Chapter 18

With Childlike Naiveté

Nachdenklich starre ich auf meine Füße, während ich so auf dem Gehweg stehe.

»Warum hast du mir gestern Abend nicht geantwortet?«

Erschrocken sehe ich zur Seite und erblicke Liv, die neben mir aus ihrem Haus gelaufen kommt, während ich in Richtung des Busses marschiere. Ich erschrecke sogar so hart, dass ich beinahe meinen Lutscher fallen lasse.

»Hm«, murre ich ein wenig widerwillig, als ich an gestern denke, »ich hatte eine ziemlich bescheuerte Auseinandersetzung mit meinen Eltern. Hab sie seitdem auch nicht mehr gesehen.«

»Wow«, wirft die Angesprochene ein, »du und deine Eltern? Streiten? Ehrlich? Das ist neu.«

»Ja …« Und das ist keine Lüge.

Wir streiten uns wirklich verflucht selten. Vielleicht kommt es daher, dass ich mich selten widersetze. Bei dem Gedanken fällt mir wieder ein, wie ich gestern gefühlt habe. Dieses innere Streben danach, mir nicht gefallen zu lassen, wie sie mich behandeln. Einfach auszurasten und meinen Willen zu bekommen.

So etwas kenne ich von mir nicht und ja, sie haben überzogen reagiert, aber ich war ja auch nicht unschuldig. Wenn ich dann darüber nachdenke, was gestern vorher geschehen ist, muss ich nicht dazu sagen, dass ich tatsächlich in Gefahr hätte geraten können.

Auch wenn die gestrige Situation dermaßen absurd war, dass ich mich sogar weigere, wirklich daran zu denken.

Allein in einer Gasse zu sein, kann für ein Mädchen meines Alters und meiner Statur einfach gefährlich sein und Punkt. Hätte ich mich nicht weggeschlichen, hätte ich meine Eltern rufen und sie bitten können, mich abzuholen.

Das wäre vielleicht umständlich gewesen, sie hätten es aber sicher lieber getan, als zu wissen, dass ich spät am Abend noch allein in dieser vergammelten Gegend unterwegs bin.

An der Bushaltestelle, nur wenige Meter von unseren jeweiligen Häusern entfernt, bleiben wir stehen. Niemand sonst muss in dieser Straße mit diesem Bus fahren, daher sind wir allein hier.

Und in der Nähe ist auch sonst keiner, weswegen ich den Kirschlutscher aus dem Mund nehme und schlucke. Sollte ich es ansprechen?

Nein, wenn ich nicht einmal darüber nachdenken will, werde ich sicher nicht darüber sprechen …

Andererseits ist Liv die Einzige, die bereits so ziemlich alles weiß. Und immerhin kann ich es mit der Recherche von gestern verknüpfen, die ja auch keinem anderen Zweck diente, als etwas Widernatürliches aufzuklären.

Plötzlich kommt mir etwas anderes in den Sinn, das sie gestern in der Bibliothek noch gesagt hatte.

»Warte, es war so natürlich, dass ich es gar nicht realisiert hab, aber … meintest du nicht, du seist immer noch suspendiert?«

Liv zuckt jedoch gleichgültig die Schultern. »Keine Sorge, ich geh schon nicht hin, weil ich unbedingt will. Der Direktor meinte, er würde gerne was mit mir klären, also komm ich eben vorbei, kläre das und verzieh mich dann wieder.«

»Ach so …«

Eine verwirrende Stille bricht daraufhin zwischen uns aus, doch vermutlich bin ich die einzige, die es bemerkt.

Das hat bestimmt gar nichts damit zu tun, dass ich ihr etwas sagen möchte, das ich ihr gar nicht sagen *sollte*; das ich nicht sagen *kann*.

»Du …«, beginne ich unsicher.

Sie bedenkt mich mit einem fragenden Blick von der Seite, während ich noch nach den passenden Worten suche.

»Gestern … hab ich wieder diese Krähe gesehen«, stehle ich mich aus der Situation.

Ihr scheint es wieder nicht aufzufallen, doch das ist wenig verwunderlich, da ich noch bis gestern Abend dachte, die Krähe sei das Schlimmste, das bisher aufgetaucht sei. Ein Wesen, dessen Existenz mir so suspekt wie vertraut ist und die ich mir absolut nicht erklären kann.

Heute wirkt sie dagegen wie das normalste Wesen auf der Welt.

Doch Liv reagiert schockiert. »Echt jetzt? Schon wieder? Was war diesmal los?«

»Also«, versuche ich etwas zu sagen, doch komme ins Stocken, »sie saß vor meinem Fenster und hat mich angestarrt. Wie an dem Morgen, als ich dir an den Strand gefolgt bin.«

»Aha … interessant. Meinst du, es war wirklich dieselbe? Taucht die nicht sonst immer nur auf, wenn irgendwas Seltsames, richtig Absurdes abgeht oder schon passiert ist? Hattest du mir ja so erzählt.«

Wenn du wüsstest … »Ja, da bin ich mir ziemlich sicher.«

»Und sonst? War gestern noch irgendwas los? Ich hab gesehen, wie deine Eltern draußen standen, dachte da aber noch nicht an einen Streit«, wirft sie noch ein. »Allerdings bist du auch verdammt spät gekommen. So weit ist es doch von der Bibliothek aus gar nicht, oder …?«

»Nein, ist es nicht«, gestehe ich, »ich bin nur … aufgehalten worden.«

»Okay?« Ihr fragender Blick spricht Bände.

Ich weiß wirklich nicht, ob ich es ihr sagen sollte, oder nicht. Ich habe ihr alles anvertraut, denke ich. Bisher gibt es nicht viele Dinge in meinem Leben, die sie nicht weiß.

Und die Sache mit den seltsamen Vorfällen weiß sie als Einzige, wenn ich es also ihr nicht anvertraue, werde ich komplett allein damit fertigwerden müssen.

Noch ungefähr eine Minute schlage ich mich mit den beiden Optionen herum und irgendwie gefällt mir keine von ihnen so recht.

Dennoch entscheide ich mich … für sie.

»Liv, ich muss dir was erzählen«, platze ich auf einmal heraus, sehe mich dann jedoch noch einmal unauffällig um, ob wir auch wirklich noch immer allein sind.

»Dachte ich mir. Sag schon.«

Doch als ich sie so ansehe und diese … ›Begegnung‹ von gestern vor meinem geistigen Auge auftaucht, verlässt mich wieder der Mut.

»Meinst du …«

Der Satzanfang ergibt keinen Sinn, so stocke ich wieder.

Es trifft mich ein skeptischer Seitenblick nach dem anderen, während Liv in ihrer Tasche nach irgendetwas zu wühlen scheint.

»Was suchst du denn?«

»Geld für den Bus. Ich fahr ja nicht gerade oft damit.«

»Oh …«

Erst in dem Moment fällt mir auf, dass man die lange Straße, die zu dieser Seite gut einsehbar ist, bereits den recht langsamen Bus anrollen sieht.

Noch während er näher kommt, versuche ich die Gelegenheit zu ergreifen, das Gespräch noch einmal auf gestern zu lenken. Ihr zu sagen, dass ich ihr später etwas erzählen müsste.

Doch wenn ich den Mund öffne, kann ich nichts sagen und dann steht das große Verkehrsmittel auch schon vor uns.

»Gut, dann eben nicht«, meint die Braunhaarige zu meiner Wortlosigkeit nur und steuert die bereits geöffnete Tür an, »kommst du jetzt?«

Unsicher zupfe ich an dem Verband, welcher noch immer meine linke Hand ziert. Ich hasse es, wenn diese Dinge geschehen. Aber kann ich den Moment hier wirklich mit einem anderen vergleichen?

Vermutlich nicht, da er in seiner Beschaffenheit doch eher besonderer Natur ist.

»Klar …«, murmle ich daher.

Von dem ganzen Herumspielen beginnt die vernähte Wunde langsam ein wenig zu pochen. Was mich auch daran erinnert, dass ich die Fäden sicher bald ziehen lassen kann, so weit, wie es bisher verheilt ist.

Es tut kaum noch weh … immerhin eine Sache, um die ich mir keine Sorgen machen muss.

Seufzend steige ich direkt hinter meiner Freundin in den gelben Bus, in der Hoffnung, der Tag wird vielleicht ein wenig besser werden. Zumindest, wenn ich nur endlich in der Schule bin und auch dort alles hinter mich bringen kann …

Und auch ihn wiedersehe.

Das hektische Treiben auf dem Schulflur ist kaum zu überhören, als wir durch die Flügeltür ins Gebäude eintreten. Überall wimmelt es von Schülern, die an ihren Spinds kleben, in Grüppchen beieinander stehen und reden oder aber ihren Weg zum Klassenraum bestreiten.

Alle für sich sehr beschäftigt ... bis ihr Blick auf uns fällt.

Man kann nun nicht von einer plötzlichen ›Stille‹ sprechen, die eintritt, denn das wäre übertrieben. Sprechen wir eher von einer leichten Anspannung, die im Raum liegt.

Eine Art Knistern, das die Atmosphäre so sehr auflädt, dass man meinen könnte, nur ein Funke könnte eine tatsächliche Flamme entzünden.

Es ist der erste Tag an dem Liv wieder hier ist. Sie war vorher neu und kaum einer kannte sie. Sicher, sie war für ihre Arbeiten recht bekannt und die Tatsache, dass sie die Schule noch so spät besuchen durfte, das fiel auf.

Aber wirklich bekannt ist sie erst durch den Abend an Halloween geworden. Seitdem kennt sie wirklich jeder.

Und selbstverständlich interessiert auch jeden, wie es ihr geht. Was sie tut. Wie sie aussieht, falls man sie vorher noch nicht gesehen hat, meist aber auch einfach, weil sie wissen wollen, ob sie wirklich kaum einen Kratzer hat.

Ach ja und dann sind da ja noch diejenigen, die von der Sache mit ihren Augen gehört haben. Ich weiß nicht, wie das sein kann, aber sie war bereits außerhalb ihres Hauses, da wird sie vielleicht einer gesehen haben. Das reicht für gewöhnlich bereits aus.

Aus den Augenwinkeln bemerke ich an ihrem angespannten Kiefer, wie sie genervt mit den Zähnen knirscht. Als ich das so sehe, kann ich nicht anders, als erneut diese Wut zu spüren.

Ich dachte, es sei vorbei, nachdem ich mich gestern abreagiert hatte. Doch der plötzliche Scham gemischt mit dem Hass auf jeden um uns herum, bringt mich einfach dazu, schreien zu wollen. Auf jeden der tuschelt oder dumm aus der Wäsche guckt.

Nein, schreien ist es dann doch nicht.

Eher will ich um mich schlagen. Doch ich tue es nicht. Stattdessen finde ich eine ebenso adäquate Lösung.

»Komm«, fordere ich sie schnell auf und greife nach ihrer Hand.

Ohne dabei irgendwie peinlich berührt oder eingeschüchtert zu wirken, was mich selbst ein wenig überrascht, schleppe ich sie den Gang entlang. Vorbei an der gaffenden Meute.

Es braucht ein paar Meter, bis wir aus dem Kern der Masse in die momentan weniger genutzten Abschnitte des Hauses vordringen. Die Abschnitte, in denen keine Spinde vorhanden sind.

Erst dort halten wir wieder an.

»Ist alles in Ordnung?«

Sie nickt auf die Frage zwar, wirkt jedoch mitgenommener, als ich vorher gedacht hätte.

»Das wird schon wieder. Sie werden sich vermutlich schon morgen nicht mehr für dich interessieren.«

»Nein, es … Es ist eh schon gut. Hab's mir ja selbst zuzuschreiben«, erwidert sie und lacht. »Wie war das noch gleich? Mit dem ›was man beweisen kann‹?«

»›Was zu beweisen war‹«, wiederhole ich meine Worte vom gestrigen Abend noch einmal und fühle mich unglaublich dumm dabei, »aber das hat doch damit nichts zu tun. Du hast getrunken. Na und? Du warst nicht die Einzige die das getan hat, immerhin hast du den Alkohol in erster Linie nicht selbst mitgebracht.«

Nein, im Gegenteil, sie hat ihn hier ja erst bekommen.

»Ja, das mag sein, aber getrunken hab ich doch selbstständig. Und ich war es auch, die zur Klippe rennen musste. Schön genug, dass ich das überlebt habe. Und da fällt mir persönlich auch noch eine andere, lateinische Phrase ein.«

Wieder ein Lachen. Es klingt erwartungsgemäß wenig heiter.

»Sowas wie ›*nomen est omen*‹ vielleicht?«

Der kleine Wink auf ihren ›lebensbejahenden‹ Spitznamen scheint sie jedenfalls etwas zu belustigen. Es entlockt ihr immerhin ein ehrliches Lächeln.

»So in etwa«, bestätigt sie meinen Verdacht.

Tatsächlich bleiben wir noch einen Moment so locker und lachen. Ein paar Schüler, die an uns vorbeischlendern, gucken zwar zu uns herüber, doch sagen dabei kein Wort.

»Ms. Dowell, Ms. Piercen! Schön Sie beide gesund und munter zu sehen«, reißt uns dann jedoch die Stimme eines Dritten aus der etwas aufgelockerten Zweisamkeit an der Wandseite des Schulflurs.

Es dauert eine Sekunde, bis ich verstehe wo es herkommt, doch allein der vertraute Klang lässt die letzten Reste meiner früheren Wut der Vergangenheit angehören.

»Guten Morgen. Schön auch Sie … zu sehen«, erwidere ich schnell, während ich ihn noch immer suche.

Wie ein naives Schulmädchen, wende ich mich in seine Richtung und fühle mich dabei gleichzeitig genauso dumm wie glücklich. Liv scheint diesen Fakt ebenfalls zu bemerken und bedenkt mich mit einem etwas zu zweideutigen Blick.

»Ms. Piercen, schön, dass es Ihnen besser geht«, meint er höflich und nickt meiner Freundin in grüßender Geste zu.

»Ja, das finde ich ehrlich gesagt auch. Vielen Dank.«

»Und auch Sie, Ms. Dowell ...«

Bei seinem Satz fühle ich dieses unbestimmte Gefühl der Enttäuschung. *Ms. Dowell* ... Jaja, ich weiß, in der Schule ist es etwas anderes.

Aber streng genommen, ist das hier auch kein Unterricht. Wir sind bloß nicht allein.

Aber heißt das nicht auch, dass er mich anders sieht, wenn wir allein sind?

Ein Gedanke, an dem ich länger hängen bleibe, als ich eigentlich sollte. Denn da spricht er bereits weiter, ehe ich es verhindern kann.

»Gestern Abend sahen Sie wirklich nicht allzu gut aus. Ich darf doch hoffen, es ist nun alles wieder in Ordnung?«

Verwirrt mischt sich die Brünette von der Seite ein.

»Moment, gestern Abend?«

»Ja, wir ... sind uns über den Weg gelaufen. Als ich auf dem Weg nach Hause war«, lasse ich so zwischendurch fallen, »Ach ja, sag mal, wolltest du nicht eigentlich zum Direktor?«

Autsch. Dieser Einwurf scheint sie jetzt erst recht misstrauisch gemacht zu haben, so wie sie mich ansieht.

Doch sie lässt sich nichts weiter anmerken.

»Stimmt, das ist der Grund, warum ich heute hier bin. Danke. Für die Erinnerung, meine ich«, versetzt sie erneut ziemlich mehrdeutig und lächelt uns beiden dann noch einmal zu, ehe sie sich abwendet.

Immerhin ist es gut zu sehen, dass sie wieder ganz die Alte ist. Schade dagegen, zu welchem Preis.

Von alldem scheint der Mann vor mir jedoch gar nichts zu bemerken. Der Glückliche.

Ich werde nachher wieder Rede und Antwort stehen müssen, aufgrund *seiner* Wortwahl. Böse sein, kann ich ihm deswegen jedoch irgendwie nicht. Er macht sich immerhin bloß Sorgen ...

»Ich war ziemlich besorgt, als ich Sie gestern auf der Straße entdeckt habe. Ist wirklich alles in Ordnung?«

Diesmal nicke ich und antworte auch.

»Ja, alles in Ordnung. Ich war nur kurz verschreckt, wirklich. Es war einfach … neu für mich. In solch einer Situation war ich vorher noch nie gewesen.«

Tja, es ist nicht gelogen. In *solch* einer Situation war ich wirklich noch *nie* zuvor gewesen. Und ich glaube, auch so ziemlich kein anderer Mensch vor mir. Oder etwa doch?

»Sicher, das verstehe ich vollkommen. Sie sollten auch auf keinen Fall mehr in dieser Gegend herumlaufen, da ist es nicht sicher. Und… Oh! Ich habe noch etwas für Sie«, meint er und unterbricht sich damit selbst.

Plötzlich dreht er sich mit dem Oberkörper herum, auf eine ungewohnt desorientierte Art, welche ich so, denke ich, tatsächlich noch nie bei ihm erlebt habe, und fischt etwas aus seiner Hosentasche.

»Ich weiß, es ist vermutlich recht vermessen von mir, aber sollten Sie noch einmal in Schwierigkeiten stecken, einfach unsicher sein oder andere Probleme haben, bei denen ich vielleicht helfen könnte, dann dürfen Sie mich gerne jederzeit kontaktieren.«

Mit einem perplexen »Oh«, wiederhole ich seinen eigens geäußerten Laut, bloß eine Oktave höher. Oder vielleicht drei.

Es dauert eine geschlagene Minute, ehe ich wieder reagiere. Und zu allererst, nehme ich den Zettel entgegen, auf dem eine Nummer geschrieben steht.

Eine Handynummer, würde ich sagen.

»Wie gesagt, sie können jederzeit anrufen und mich um Rat oder Hilfe bitten. Ich werde immer ein offenes Ohr für Sie haben und sehen, was ich tun kann.«

Wow, das … ist das normal? Nein, oder? Wie kann er mir das anbieten?

Ich meine, ich kann nicht wirklich sagen, wie ich das finde, aber ist das nicht falsch? Ich meine, wie find ich das?

Soll ich einfach dankend annehmen? Soll ich ihn fragen, was das soll?

Hält er mich für Hilfsbedürftig? Oder tut er das bei all seinen Schülern, die mal irgendwie auffällig gewesen sind?

Gott, wie muss ich gestern bloß gewirkt haben? Scheiße.

Ohne es aktiv zu beeinflussen, habe ich wohl die dritte Option für meine Reaktion gewählt. Ihn anstarren, bis der Putz aus

Langeweile von der Decke rieselt. Mit offenem Mund. Wie ein Fisch.

Ja … *shit.*

»Natürlich, also-«, eilig versuche ich mich zu fangen, ehe er mich wirklich für bescheuert hält und sein Angebot noch zurückzieht, »vielen Dank, das weiß ich sehr zu schätzen.«

Er lächelt mich so lieb an, dass ich nicht weiß, wohin mit mir. Leider hab ich mein Mundwerk immer noch nicht unter Kontrolle, weswegen ich das erste auf ihn loslasse, was mir in den Sinn kommt.

»Wie komme ich denn zu der Ehre?«

… denn ich *musste* das ja einfach fragen. Warum kann ich es nicht *einmal* einfach nur gut sein lassen?!

Er wirkt tatsächlich ein wenig aus der Bahn geworfen, lässt dies jedoch bloß den Bruchteil einer Sekunde durchblicken.

»Ehrlich gesagt, biete ich das den Schülern an, welchen ich große Chancen im Leben anrechne und die mit Problemen behaftet sind oder von denen man zumindest bereits Auffälligkeiten vernommen hat. Ich möchte denjenigen einfach dabei helfen, ihre Träume zu verwirklichen.«

Und schon wieder dieser Moment. Ein Einschlag der Enttäuschung, wie ein Eimer kaltes Wasser, das sich über deinem Kopf ergießt. Aber hey, ich hab es ja nicht anders gewollt.

Wer wäre ich denn schon, eine Sonderbehandlung zu genießen? Er kennt mich doch kaum und ich bin ihm wohl kaum so sehr aufgefallen, wie er mir.

Nicht, unter all den vielen Schülerinnen, die er hier hat. Mein Gott, es gibt zwar durchaus auch genügend männliche Kundschaft in diesem Laden, aber die Weiber überrunden sie dennoch um Längen in ihrer Quantität.

Wie sollte ich da also in irgendeiner Weise herausstechen? Gute Künstler gibt es hier ebenfalls wie Sand am mehr. Er unterrichtet immerhin den *Kunst*zweig.

Was für ein Pferd hat mich geritten, für nur eine Sekunde eine Sonderbehandlung in Erwägung gezogen zu haben?!

Mein innerlicher Selbsthass, in Verbindung mit der langen Stille, scheint ihm mittlerweile etwas aufzufallen, weswegen er mich, ein ums andere Mal, besorgt mustert. Beim letzten Mal war es noch süß.

Heute ist es einfach nur dumm.

»Ich… *Danke*. Ich komm drauf zurück«, versichere ich.

Mit einem wohlwollenden Lächeln, nickt er mir noch einmal zu und signalisiert mit einer Handbewegung, dass er nun weiter muss.

»Dann bis nachher, Annie«, verabschiedet er sich.

Und erneut trifft mich mein Vorname aus seinem Mund viel mehr, als es sollte. Wie kann er mich in der einen Sekunde noch auf eine Stufe mit jedem anderen Stellen und in der Nächsten ein Gefühl in mir hervorrufen, als sei ich etwas Besonderes?

Naja, vermutlich, weil ich eine Schülerin bin. Wie alle anderen auch.

Nur bin ich definitiv die mit der längsten Leitung.

Seufzend lasse ich mich auf einer Bank im Gang nieder. Toll. Einmal fällt morgens ein Fach aus, dann ist es ein Tag, an dem ich lieber zehn Stunden dem Geschwafel über Weltgeschichte zuhören würde, selbst wenn es vom Professor kommt, als mit meinen Gedanken allein zu sein.

Nach Hause gehen brauche ich nicht, denn meine Eltern sind arbeiten und wieso sollte ich sonst dort sein? Dort wäre ich nur noch mehr für mich.

Glücklicherweise kommt ein rettendes Klackern von zwar flachen, aber dafür auch harten, Absätzen den Flur hinunter, gerade, als ich fast soweit bin, meinen Kopf in den Ofen des Hauswirtschaftsraumes zu stecken.

Wenn ich denn noch wüsste, wo dieser Raum sich befindet, jedenfalls …

»Hey«, grüßt mich meine beste Freundin aus zwei Metern Entfernung, »hast du mich schon vermisst, oder warum hängst du hier wie ein Schluck Wasser in der Kurve? Kein Unterricht, oder was?«

»Freistunde«, gebe ich schlicht zurück, »und du? Das ging ja ziemlich flott.«

Schnaubend lässt sie sich neben mir auf die Bank fallen, sowie auch ihre Tasche neben sich, was auf dem leeren Korridor einen erschreckend lauten Knall erzeugt.

»War bloß 'ne reine Formalität zu der Sache mit dem Alkohol auf seinem Schulgelände. Also nichts Gravierendes, da ich meine Strafe dazu ja mit dem heutigen Tag bereits abgesessen habe.«

»Klar. Sie haben dir ja nicht mal was erlassen. So viel war es ja nicht, sie hätten Gnade vor Recht ergehen lassen können.«

»Er meinte, das geht so nicht. Gerade weil dann etwas passiert ist, muss man an mir ein Exempel statuieren. Auch wenn es nicht die Höchststrafe war, die irgendwie möglich wäre, da ich schließlich sonst noch keinen Ärger bekommen hatte, vor dieser Aktion.«

»Da du noch völlig neu warst, haben sie wohl eher in deine alten Zeugnisse gesehen. Du hast Glück, dass die sich hier bloß für die letzten zwei oder drei Jahre zu interessieren scheinen.«

Lachend reibt sie sich mit einer Hand über das Gesicht.

»Ja, *zum Glück*. Die meiste Zeit war ich in Paris. Ich hab nicht mal einen Streit angefangen, als ich da drüben war. Anders als zu meinen *wilden* Zeiten hier in Florida.«

»Tja … ansonsten hätten sie dich vermutlich im hohen Bogen zurück nach Europa geschossen.«

»Haha, ja, das glaub ich auch … aber sag mak«, beginnt sie in einem etwas beunruhigenden Tonfall, »apropos ›wilde Zeiten‹. Was genau meinte O'Farrell vorhin mit gestern Abend? Was zur Hölle war denn da los? Warum hast du wirklich so lange gebraucht?«

Ernsthaft? Ich wette um meine zehn Zehen, dass sie seit vorhin schon auf die Gelegenheit wartet, mich danach auszuquetschen. Gott, warum hab ich bloß eine so neugierige, beste Freundin?

Besonders, wenn es um solche Themen geht …

»Da war nichts. Zumindest nicht das, was du hier andeuten willst.«

»Was, wer? *Ich?* Ich will gar nichts andeuten, für wen hältst du mich, einen Paparazzi? Alles was ich mich frage, ist, was da gestern wohl vorgefallen ist.«

»Das ist sowas von dasselbe«, erwidere ich tonlos und ohne darüber nachdenken zu müssen.

»Nun sag schon!«

Genervt verdrehe ich die Augen und atme theatralisch hörbar aus.

»Wie gesagt, da war nichts, außer …« Urplötzlich ist der Spaß vorbei.

Das ist der Moment, in dem mir wieder klar wird, dass es genau diese Geschichte ist, die ich ihr heute Morgen erzählen wollte. Nur um dann zu entscheiden, dass ich sie ihr nicht erzählen *kann*.

»*Außer* …‹«, wiederholt sie gedehnt und lässt das Ende gezielt offen stehen, »was?«

Ich sehe mich wieder und wieder um, höre so genau hin, wie ich kann, ehe ich mich ihr zuwende. Es ist niemand da.

Doch das ist auch nicht einmal das größte Problem hier, von daher hilft auch dieser Fakt nur sehr wenig.

»Er hat mich gestern in einer Seitengasse gefunden und nach Hause gebracht.«

Sie sieht mich an, als würde sie auf eine Pointe warten, die jedoch nicht kommt.

»Und?«

»Nichts ›und‹. Er hat mich einfach nur nach Hause gebracht.«

»Okay, Moment, warte mal eine Sekunde«, sagt sie in festem Tonfall und schließt die Augen, während sie beide Hände hebt, »du machst so ein Aufhebens um eine solch kleine Sache?«

»Hey, du warst es doch, die ein Aufhebens darum gemacht hat, dass ich es dir erzählen soll«, verteidige ich mich.

Wobei das eigentlich auch wieder nicht ganz richtig ist. Zumindest der Teil, dass es ausschließlich darum ginge. Diese Aussage allein war es immerhin nicht, die mir solche Schwierigkeiten bereitet hat.

Und je länger ich die Wahrheit so für mich behalte, desto weiter rückt sie in die Ferne. Als wäre all das bloß ein Traum gewesen, den ich mir so zusammengesponnen habe.

»Also gut«, gesteht sie mir zu, »aber was meinte er dann damit, ob es dir gut ginge?«

Wieder bleibe ich eine Weile still. Ich denke, allein das bringt sie dazu, die Situation wieder etwas ernster zu nehmen, als zuvor.

»Was ist denn passiert? Nachdem er gekommen ist, nehme ich an … oder etwa vorher?«

Ich sage nichts dazu. Wieder kommt mir der Gedanke in den Sinn, dem ich eben schon nachhing.

Es ist, als sei es bloß ein Traum gewesen. Mit jeder Sekunde, in der ich das Geschehene in die letzte Ecke meinen Verstandes dränge und dort verbarrikadiere. Mit jedem Gedanken, mit dem ich ignoriere, was vorgefallen ist.

Und mit jedem Mal, bei dem ich mir die Chance entgehen lasse, es der einzigen Person anzuvertrauen, der ich es anvertrauen *könnte*.

Als würde es mir entrissen werden. Doch ich weiß ganz genau, dass es geschehen ist.

Darum sehe ich mich noch einmal um, um sicherzugehen, dass niemand in unserer Nähe ist, als ich mich Liv anvertraue.

»Es war vorher«, beginne ich und erzähle ihr alles.

Von dem Moment, als ich dasselbe gerochen habe, wie damals in unserem Garten, nur noch schlimmer, über den Moment, als ich auf dem Dach dieses Ding gesehen habe, bis hin zu meinem kläglichen Ende auf dem Boden der Gasse.

Sie hört die ganze Zeit bloß zu. Ich kann jedoch nicht wirklich sagen, ob sie das tut, weil sie mir glaubt und geschockt ist, oder ob sie bloß geschockt ist und gar nicht weiß, was sie nun glauben soll.

»Ich weiß, es klingt schwer zu glauben«, räume ich ein und weiß sogar, wie sehr das noch untertrieben ist, doch mehr kann ich nicht beisteuern.

»Tja, das ist noch untertrieben.«

Sag ich ja. »Aber ich kann es auch nicht beweisen. Ich meine, du kannst mit mir dorthin gehen, wo es passiert ist, aber ...«

Und ich habe mich in meinen Befürchtungen und meinem Glauben an das, was hier vor sich geht und dass überhaupt etwas vor sich geht, bisher noch nie so bestätigt gefühlt. Ich habe schon lange nicht mehr so sehr das Gefühl gehabt, nicht verrückt zu sein.

Der Gedanke war wohl immer da, irgendwo im Hinterkopf, aber ich weiß, was ich gestern gesehen habe. Ich *weiß* es.

»Ich habe dieses Vieh *gerochen*, *gesehen* und *gehört*. Es hat mich *angeknurrt* und *verfolgt*, Liv. Es *war da*, glaub mir«

»Okay«, entgegnet sie nur etwas eingenommen.

Viel zu leise, mehr wie ein Flüstern und kaum Stimme kommt über ihre Lippen, als würde sie selbst nicht wollen, dass jemand dieses Zugeständnis hören kann.

Scheinbar war ich ein wenig eindringlicher in meinem letzten Satz, als ursprünglich gewollt.

Weswegen ich nun auch ein Stück zurückrudere und erst einmal kurz nachdenke.

»Wie gesagt, ich weiß wie es klingt. Aber du musst mir einfach glauben.«

»Okay. Ich glaube dir«, wiederholt sie, diesmal deutlicher, »weil ich dich kenne. Ich weiß, dass du mir gerade die Wahrheit sagst, aber gib mir dennoch bitte die Zeit, über das Ganze nachzudenken.«

Es ist keine Frage, sondern eine Feststellung. Dennoch nicke ich, als müsste ich ihr diese Bitte erst bewilligen.

Dabei bin ich doch schon froh, dass sie mir überhaupt zuhört und mich nicht sofort einweisen lässt.

Eine Tatsache, die mir gerade bei weitem bewusster ist, als je zuvor.

Und ich bin dankbar dafür.

Es ist Nachmittag. Die Sonne kriecht am Himmel entlang. Die letzten Stunden haben mich seelisch ausgelaugt.

Eine Sache ist es, wenn dir ein Monster hinterherrennt und dich vermutlich in Stücke reißen will. Eine Andere ist es, wenn du diese Sache auch noch irgendjemandem erklären musst.

Ich dachte ehrlich, es würde mir dann besser gehen. Doch die abrupt beendete Unterhaltung mit Liv, die in ihrem verfrühten Abgang endete, macht mich gerade noch schlimmer fertig, als die ganze ›gejagt‹-Geschichte selbst.

Hinzu kommt noch die Sache mit O'Farrell. Es war fast zu schön um wahr zu sein … Dennoch habe ich seine Nummer am Ende in mein Handy gespeichert. Weshalb auch nicht, möchte man mich da fragen?

Ganz einfach. Weil er mein Lehrer ist. Weil ich das nicht tun sollte.

Weil mein Anhimmeln seiner Person bereits jetzt schon krank genug ist. Okay, ›krank‹ ist ein hartes Wort. Wir sind gar nicht so verschieden, wenn ich ihm beim Reden zuhöre.

Außerdem auch gar nicht *so* sehr voneinander entfernt, was das Alter angeht. Aber er ist und bleibt ein Lehrer. *Mein* Lehrer.

Und das macht es wieder zunichte, was auch immer ich mir da an Luftschlössern zusammenpuste.

»Hallo …«, werfe ich gelangweilt in den Raum, als ich die Haustür öffne und eintrete.

Wie sonst auch. Ist ja ohnehin keiner zu Hause.

»Da bist du ja endlich«, erschreckt mich jedoch entgegen meiner Erwartungen die neutrale Stimme meiner Mutter.

Ich sollte am besten gar nicht mehr davon ausgehen, allein zu sein, wenn ich nach Hause komme. Es erspart mir vielleicht den Herzinfarkt.

Sie wirkt ein wenig kühl, als ich zu ihr aufsehe. Doch das wundert mich kaum.

Es ist nicht so, als wäre sie furchtbar wütend und würde mich hassen. Selbst wenn ich manchmal das seltsame Gefühl hatte, dass es so ist, auch wenn es noch so absurd war. Zumindest als ich noch jünger war, ist es oft so gewesen.

Eigentlich weiß ich jedoch mittlerweile, dass diese Art Ausdruck nur darauf schließen lässt, dass ihr viel durch den Kopf geht. Das ist verständlich.

Dass sie vielleicht gerade nicht weiß, wie sie mit mir umzugehen hat. Hölle, ich selbst weiß nicht mehr, wie ich mit mir umzugehen habe. Gestern habe ich mich buchstäblich in meinem Spiegel nicht mehr richtig wiedererkannt.

Wie sollen *die beiden* es denn dann können?

Wortlos folge ich ihr in die Küche, nachdem ich meine Schuhe im Eingangsbereich zurücklasse. Das alles kommt mir etwas bekannt vor, besonders, als ich den Weg an den Tisch finde, an dem mein Vater bereits sitzt.

Heute ist er jedoch nicht allzu entspannt. Stattdessen lehnen seine Ellenbogen auf dem Tisch und sein Kopf auf den gefalteten Händen.

Kennt ihr das? Das seltsame Gefühl in der Magengegend, wenn man die Muster von etwas erkennt, das man nicht genau zuordnen kann. Etwas, das einfach nicht gut ist. Aber das man so nicht bestimmen kann.

Nicht, bevor man genau weiß, um was es geht. Und dann diese nervöse Neugierde, die eigentlich nicht da ist, weil man unbedingt etwas wissen will, sondern weil man einfach wissen möchte, was genau Schlimmes vorgefallen ist, dass sich die Leute um einen herum so verhalten, als wäre die eigene Großmutter verstorben.

Nun, immerhin ist das keine Option, da ich keine Großmutter habe.

Irgendwie habe ich gerade das dumpfe Gefühl, diesmal nicht dieselbe Art der Intervention vor mir zu haben, wie noch vor einigen Tagen. Ihr wisst schon, als sie mir davon berichtet haben, was ich als Kind scheinbar in meinen Träumen sehen musste. Und ich dachte, zu der Zeit haben sie das Ganze bereits etwas überdramatisiert, wenn man die Folgen des Gespräches bedenkt, die bisher fast gegen null gingen.

Ich schluck etwas schwer, während meine Mutter sich zu meinem Vater setzt und mir mit eine Geste bedeutet, mich ebenfalls zu setzen. Sie wirkt ziemlich müde und kraftlos.

»Wir haben die Nacht fast durchweg diskutiert. Es geht um das, was wir gestern bereits ansprechen wollten.«

»Es ist uns nicht leicht gefallen«, wirft mein Vater ein, der die Arme nun flach vor sich auf dem Tisch ablegt.

»Wir glauben, es wäre das Beste für dich ...«

»Wenn du einen Psychiater aufsuchen würdest.«

Die bedrückende Atmosphäre hängt gefühlt zentnerschwer über uns im Raum; macht uns bewegungsunfähig, zumindest scheint es so.

»Was …?«

Meine Frage verhallt ein wenig im Raum, da niemand etwas sagen möchte, bis mein Vater sich plötzlich räuspert. Bei dem Geräusch zucke ich erschrocken zusammen.

»Wir haben die vergangenen Tage darüber nachgedacht, was du uns da im Krankenhaus erzählt hast«, lässt er die zweite Bombe platzen.

Die Erste war immerhin, dass sie mich zu einem Seelenklempner schicken wollen.

»Ach, darum geht es also«, lasse ich in einem Tonfall verlauten, der anmuten lässt, dass ich vermutlich bald zu weinen anfange.

Doch das entspricht nicht ganz der Wahrheit. Ich weiß nicht, aber weinen will ich nicht unbedingt, obwohl meine Augen verdächtig brennen.

Eher als der Schmerz, der mich normalerweise zum Heulen bringen würde, gesellt sich ein mittlerweile bekanntes Gefühl der Leere zu mir; füllt mich aus.

›Verraten‹, schießt es mir durch den Kopf. Als wäre es das einzige Wort, das ich gerade wirklich einer Bedeutung zuweisen kann.

Mein Vater geht jedoch nicht auf meinen Einwurf ein, stattdessen geht er geflissentlich darüber hinweg.

»Zu der Zeit waren wir geschockt und wussten nicht, was wir damit anfangen sollen. Du sicher ebenso wenig.«

»Wir wissen, wie sehr du diese Art der Ärzte hasst, weswegen wir dich später nie mehr gezwungen haben, einen zu besuchen. Aber du musst verstehen«, meint sie und ringt um die richtigen Worte, »das, was du uns da gebeichtet hast und so, wie du dich die vergangenen Tage und Wochen gegeben hast ... wir können das einfach nicht weiter ignorieren.«

»Aber ihr könnt ignorieren, dass ich einen Grund hatte, euch das zu erzählen?«

Meine Stimme ist zu Anfang leise, beinahe ein Flüstern, wird jedoch mit jedem Wort lauter; *härter*. Sie wird anschuldigender.

»Ihr könnt darüber hinwegsehen, dass ich für alles meine Gründe hatte? Über alles, was sich so nicht erklären lässt? Aber ihr verratet lieber das Vertrauen, dass ich in euch hatte, als dass ihr es einfach vergesst oder hinnehmt?!«

Mit dem letzten Wort erhebe ich mich von meinem Stuhl. Erst das unangenehme Scharren des Stuhls über den gefliesten Küchenboden, das mir unangenehm unter die Haut geht, gebietet mir Einhalt.

Doch die Wut ist wieder zurück. Vielleicht bin ich ja wirklich nicht mehr ganz normal.

Aber ich weiß genau, was ich weiß. Was ich gesehen, gehört und gespürt habe. Und es gibt keine logische Erklärung mehr dafür. Nein, eigentlich gab es die von Anfang an nicht.

Am Anfang war es ›der Stress‹, dann ›die Müdigkeit‹ und nach dem Unfall auch einfach ›der Schock‹.

Aber in Wahrheit erklärt all das überhaupt gar nichts. Nicht, wie ich den Unfall vorhersehen konnte, nicht die Krähe, nicht, woher ich wusste, wo Liv war. Und auch nicht, woher ich vorher wusste, dass sie fallen würde.

Ich hatte nichts damit zu tun. Ich war dabei, aber ich hab ihr nichts getan. Ich hab nicht gelenkt, dass sie fällt. Aber ich hab es vorhergesehen. Ich hätte es verhindern können, hätte ich es verstanden.

Hätte ich nur *versucht* es zu verstehen. Und nicht bloß, es wieder zu vergessen, wie so vieles andere auch.

»Annie, setz dich bitte wieder hin«, mahnt meine Mutter.

Doch erneut setzt dieser dämliche Trotz ein, welchen ich seit gestern in mir spüre.

Ich bleibe stehen. »Nein, jetzt nicht.«

»*Annie*«, beginnt sie in beinahe drohendem Tonfall, wie es bei uns noch nie nötig gewesen war.

Glücklicherweise schaltet sich mein Vater ein. »Ist schon gut, lass sie«, richtet er das Wort zuerst an meine Mutter und sieht dann zu mir, »Annie, wir verstehen, dass du gereizt und vermutlich gestresst bist. Wir wissen, dass du das nicht wollen würdest und wir wissen auch, dass wir dich nicht für etwas verurteilen sollten, das du uns anvertraut hast – besonders, wenn es nicht strafbar ist.«

›Genau‹, stimme ich ihm in Gedanken zu, lasse es jedoch unausgesprochen.

Nicht, weil ich es nicht sagen wollen würde. Sondern weil ich nichts sagen kann. Wenn ich jetzt den Mund öffne, wird etwas dabei herauskommen, das ich bereue. Also lasse ich es.

Scheinbar braucht er die Zustimmung auch gar nicht, da er einfach so weiterspricht.

»Aber was du sagtest wirkt wahnhaft. Deine Taten sind nicht erklärbar und was du sagst, zugegeben, wenn dem wirklich so ist, dann ist das beunruhigend, aber ich glaube…«

»*Wir* glauben«, hält Mom zu ihm und greift nach seiner Hand, als wären sie es, die eine schwere Zeit haben.

»Stimmt, *wir* glauben, du brauchst vielleicht professionelle Hilfe, um all das, was bisher geschehen ist, richtig zu verarbeiten. Nicht nur die Geschehnisse der letzten Tage, sondern auch alles vorher. Wir geben zu, wir haben dir den Freiraum gelassen, den du gebraucht hast und dich auch nach späteren Anzeichen eines Traumas nicht mehr zu einem Arzt geschickt, weil du das nicht mehr wolltest und es schien dir besser zu gehen. Wir haben vernachlässigt, deine Altlasten aufarbeiten zu lassen.«

»Das tut uns auch leid.«

»Ich *will* aber gar nichts ›*aufarbeiten*‹«, wiederhole ich dieses Wort, als müsste ich es zuerst hochwürgen.

Etwas schief sehe ich nach unten zu etwas, das wie eine Zeitung aussieht. › … *gestern tot aufgefunden*‹, lese ich die halb verdeckte Schlagzeile. Es ist die Zeitung von heute, wie mir der restliche Bericht vermittelt. Noch bevor ich mir jedoch die Frage stellen kann, wen es getroffen hat, komme ich zu einer ganz anderen Erkenntnis.

In der Nähe der großen Bibliothek.

Nein. *Das kann nicht sein … oder doch?*

Ungläubig den Kopf schüttelnd, weiche ich aus meiner Position heraus noch zwei Schritte zurück. So langsam, dass ich gerade noch zur Seite treten kann, als mich der Stuhl in meinen Kniekehlen aus dem Gleichgewicht bringt.

Meine Eltern scheint dieses Verhalten noch mehr zu verwirren, da sie sich nun ebenfalls erheben.

Besonders meine Mutter. »Schatz, was ist denn nur los mit dir?«

Gerade in diesem Moment kann ich sogar nachvollziehen, wie seltsam ich gerade wirken muss. Abwesend und am Gespräch plötzlich nicht mehr beteiligt.

Ich schüttle den Kopf und wende mich haareraufend von den beiden ab.

Weiter sprachlos laufe ich zurück zur Haustür. Ich will hier raus.

Ich muss hier einfach nur raus.

Wissend, dass ich ohnehin nicht weit kommen würde, würde ich einfach drauf los laufen, renne ich gedankenlos nach rechts, sobald ich im Vorgarten bin.

Ich kann meine Eltern hören, wie sie mir bis dorthin folgen. Doch sie bleiben stehen, als ich vor dem Haus der Piercens die Klingel betätige.

Es dauert einen kurzen Moment, ehe jemand mit Schwung die Tür öffnet.

»Ja, was-«, beginnt er, doch stockt, als er mich erkennt.

Ich fühle mich sogleich an den unangenehmen Moment im Krankenhaus erinnert, als ich plötzlich vor ihm gestanden habe.

Doch gerade ist es mir egal. Es ist mir nicht einmal unangenehm, obwohl es das doch sein sollte.

»Ich möchte zu Liv«, sage ich in steifem Tonfall, um mir nicht zu viel meines Gefühlschaos anmerken zu lassen.

Meine Mutter beobachtet mich noch immer, während mein Vater schon wieder verschwunden ist – das verrät mir ein hektischer Blick zur Seite. Es ist, als ob sie sichergehen möchte, dass ich auch wirklich zu Liv gehe und nicht einfach an einen anderen Ort verschwinde.

Was ist? Wollen sie mir meinen Freiraum lassen, um mich abzuregen? Aber eben nicht an Orten, an denen ich nicht unter Beobachtung stehe.

Gott, das ist so lächerlich, dass mir schlecht wird.

Wird mir jetzt nicht einmal mehr zugetraut, allein spazieren zu gehen?

Mit dem bitteren Nachgeschmack dieser ganzen Scheiße im Hinterkopf, erwarte ich die Antwort von Harvey, der noch immer unschlüssig vor mir steht.

Er seufzt, wirkt aber auch verwirrt von der Situation. Von meinen Eltern drüben und vermutlich auch meiner gesamten Ausstrahlung. Es könnte mir nicht gleichgültiger sein, was er gerade denkt.

Ich würde ihn einfach zur Seite schubsen, doch besinne ich mich im letzten Moment darauf, dass ich das nicht tun kann. Dass ich das nicht tun *würde*. Schon allein um Livs Willen nicht.

So schlucke ich die Wut herunter und verspüre eine gewisse Erleichterung, als er beiseite tritt.

»Meinetwegen«, sagt er dazu. »Aber nicht zu lange, Liv muss morgen wieder zur Schule und du auch.«

Was übersetzt bedeutet, ich darf hier nicht übernachten. Und das war auch nicht meine Intention, keine Sorge, du sturer Vollidiot.

»Danke«, entgegne ich schlicht, als ich meine Freundin im Gang stehen sehe, wie sie mich zuerst leicht anlächelt.

Als unsere Blicke sich nun jedoch treffen, wirkt sie leicht erschrocken.

In meinem Rücken kann ich hören, wie die Pforte geschlossen wird und ein großes Milchglasfenster, in der Wand neben der Eingangstür, lässt schemenhaft erkennen, dass auch meine Mutter sich gerade zurückzieht.

Es dauert nicht lange, da besteigen wir die Wendeltreppe nach oben, in das Reich meiner Freundin. Ich weiß nicht, wieso, doch dieses ungute Gefühl ist noch immer da.

›Ich erkenne mich nicht wieder‹?

Das ist noch untertrieben. In mir tobt ein Orkan.

Eine Mischung aus Wut, Angst und Trauer.

Wut über den Vertrauensbruch meiner Eltern.

Trauer über den Verlust dessen, was ich bis vor wenigen Tagen noch hatte und von dem ich dachte, dass es mir niemand nehmen könnte: Die Liebe und Geborgenheit meiner Familie.

Selbstverständlich bleiben sie meine Eltern, doch es wird nicht einfach so wieder werden wie zuvor. Das wird es nie wieder werden, denn die Änderung ist bereits eingetreten.

Hinzu kommt die Angst … die Angst, die ich mir nicht eingestehen will.

Als wir in ihrem aufgeräumten, hell und modern eingerichteten Zimmer stehen, kommen mir letztendlich die Tränen.

Liv schließt derweil lediglich die Tür und reicht mir dann wortlos etwas aus einer Schublade.

Überrascht starre ich auf ein Taschentuch und einen Lutscher. Kirschgeschmack. Meine Lieblingssorte.

Ich lache etwas hohl, als ich es sehe. In letzter Zeit war mir oft so unwohl, dass ich nicht einmal Süßes essen konnte, was meine Laune bestimmt noch tiefer in den Keller gezogen hat.

Das Taschentuch lege ich erstmal beiseite und öffne stattdessen die Folie der Süßware, ehe ich sie in den Mund stecke. Es ist zumindest ein Gefühl das mir vertraut ist.

Etwas, das ich am heutigen Tag so oft vermisst habe, dass ich selbst nicht mehr weiß, wie ich es benennen soll.

»Ich dachte mir, dass du das eher brauchst als das Taschentuch«, wirft die Brauhaarige ein.

Erst jetzt fällt mir auf, dass ihr lockiges Haar offen herunterhängt. Das ist so gut wie nie der Fall.

Normalerweise steckt sie sie immer hoch.

Vermutlich wollte sie heute nicht mehr das Haus verlassen. Mich auch nicht besuchen oder treffen.

Vermutlich wegen unserem Gespräch in der Schule. Ein Schuldgefühl macht sich in mir breit, dass ich mir ihr aufdränge, nachdem ich sie heute bereits so sehr verunsichert habe.

Doch ein anderer Ausweg wollte mir nicht in den Sinn kommen.

»Sie wollen mich zu einem Psychiater schicken«, lasse ich in den Raum fallen.

Erst sagt sie gar nichts darauf, sondern beobachtet mich von der anderen Seite des Raumes. Dann kommt sie ein wenig auf mich zu.

»Und was ist so schlimm daran?«

Beinahe physisch trifft mich ihre Aussage. So herunterspielend, als wäre gar nichts dabei.

Ich halte den Lutscher in der Hand, als ich sie ungläubig ansehe.

»Was so schlimm daran ist?«

»Ja. Es ist ja nichts dabei, ein paar Sitzungen zu haben. Viele Leute gehen zum Psychiater oder zu Therapeuten. Wegen Phobien, Probleme in der Vergangenheit, Psychosen …«

Sie lässt den Satz ausklingen, ganz so, als ob eigentlich noch etwas fehlen würde. Etwas, das ich mir selbst zusammenreimen soll. Ich sage nichts darauf, weswegen sie erneut das Wort ergreift.

»Selbstverständlich heißt das nicht, dass du lange dahin musst. Aber offensichtlich ist das für dich gerade verdammt schlimm. Wieso denn?«

»Weil es bedeutet, dass sie mich für verrückt halten«, erwidere ich tonlos, als mir klar wird, dass sie das wirklich ernst meint, »dass sie mir kein Wort glauben.«

»Das stimmt nicht! Ich glaube dir schließlich auch. Deine Eltern auch«, beteuert sie und bleibt dabei nur halb so ruhig wie zuvor, obwohl man bemerkt, dass sie sich um diese Ruhe bemüht.

»Weshalb dann eine Therapie? Sollen sie mich doch gleich einweisen lassen, dann kann ich schon mal nicht mehr ›nein‹ sagen …«

Ein langes Seufzen ist zu hören, dann taucht ihr Lockenkopf plötzlich in meinem Sichtfeld auf, als sie vor mir in die Hocke geht und nach meinen Händen greift.

»Annie, man kann jemandem auch glauben, dass er an etwas glaubt. Das heißt, sie halten dich nicht für eine Lügnerin und auch nicht für verrückt. Sie denken bloß, dass du bisher, und gerade in letzter Zeit wieder, sehr viel durchgemacht hast. Da kann einem der menschliche Verstand auch Streiche spielen. Nicht jedes Phänomen auf der Welt lässt sich erklären, aber deshalb ist noch lange nichts Übernatürliches im Spiel.«

Meine Augenbrauen bilden eine immer tiefer werdende Furche.

Da ist etwas an ihrem Blick, der mir sagt, dass sie meine Eltern gut verstehen kann. Dass sie sie *zu* gut verstehen kann. Und es lässt einen Verdacht in mir aufkeimen, welchen ich eigentlich gar nicht bestätigen möchte. Nicht nach alldem, was heute und gestern los war.

Weil es einfach zu viel wäre.

»Aber … du denkst genau wie sie, nicht wahr? Deshalb kannst du es mir auch erklären.«

Es ist nicht einmal mehr eine Sache der Enttäuschung. In dem Augenblick, als ich die Frage stelle, kann ich die Antwort an ihrem Gesicht ablesen.

»Sieh es doch mal von meiner Seite aus«, verteidigt sie sich, nachdem sie sich erhebt und dann unruhig im Zimmer auf und ab geht, »du kannst nichts von alldem beweisen und alles was du erzählst, hast nur du allein gesehen. Ich habe deine Krähe noch nie gesehen und auch dieses Monster nicht, von dem du mir heute erzählt hast.«

Ich erhebe mich ebenfalls. »Aber du hast gesagt, dass du mir glauben würdest!«

»Ja! Das tue ich auch. Ich glaube dir, dass du daran glaubst und es für wahr *hältst*, aber alles was ich weiß, ist, dass ich verwirrt war und je mehr Zeit nach dem Unfall vergangen ist – je mehr seltsame Dinge du von dir gegeben hast – desto absurder wurde das Ganze«, versucht sie mir einzuschärfen, »Ich weiß genau, was du gerade durchmachst, okay? Aber bitte, mach es dir nicht noch schwerer, als es ist.«

Gott … »Nein, du weißt gar nichts«, werfe ich ihr bitter an den Kopf, »du hast keine Ahnung.«

Ähnlich, wie sie mir; an Halloween, bei der Klippe.

Ich laufe auf die Tür zu, ähnlich wie vor noch nicht allzu langer Zeit in meinem eigenen zu Hause. Und ich flüchte erneut.

Immer laufe ich davon. Doch ich laufe schneller, als ich darüber nachdenke, was ich gegen den Missstand tun sollte, der mir Probleme bereitet.

Als wäre es ein Instinkt, den ich nicht verstehe. Und er kommt in einer Situation zum Tragen, die ich ebenso wenig verstehen kann.

Liv, die nicht einmal Schuhe trägt, kommt mir nicht schnell genug hinterher, während ich davonrenne.

Ich weiß nicht, wo ich hin soll. Was ich tun soll.

Ich will schon wieder nur noch weg.

Ist es das, was man als ›vom Regen in die Traufe‹ bezeichnet? Vielleicht hätte ich anders reagieren sollen. Aber ich war auch verletzt. Und dennoch habe ich überreagiert; sie alle vor den Kopf gestoßen.

Mich selbst vor den Kopf gestoßen gefühlt.

Immer wieder, sogar in diesem Moment, ist da dieses unbändige Gefühl der Wut, das ich nicht nachvollziehen kann. Es ist, als würde es unter der Oberfläche lauern. Darauf warten, hervorkommen zu dürfen, sobald etwas geschieht, das mir nicht so gut gefällt. Dann würde ich am liebsten fauchen, kratzen und beißen.

Vielleicht ist die Klapse ja doch kein so falscher Ort für mich.

Und dabei ist das seltsam, schon allein deshalb, da ich mein ganzes Leben lang nur selten wütend gewesen bin. Ehrlich, ich bin eine eher friedliebende, sanftmütige Person. Eine Frohnatur, sozusagen.

Es ist, als hätte ich mich irgendwie mit einer Krankheit infiziert, die mich nun von innen auffrisst. Und hier leer zurücklässt.

Ich sehe in den Himmel, der immer dunkler wird. Dann sehe ich mich um.

Es ist genauso dreckig wie gestern. Weshalb bin ich überhaupt wieder hergekommen?

Um zu beweisen, dass hier etwas ist? Um nachzusehen, ob ich selbst nicht vollkommen verrückt bin?

Oder weil ich diesen Ort mit dem Gefühl verbinde, gerettet worden zu sein?

Ich sitze auf einem alten, verwaisten Getränkekasten, mit meinem Handy in der Hand und spiele mit dem Gedanken, eine Nachricht zu versenden. Eine Nachricht, die mich sicher nicht glücklich machen wird.

Und dennoch tue ich es. Ohne weiter darüber zu hadern, was nun richtig und was falsch ist.

»Ist doch ohnehin alles egal«, nuschle ich, teilweise lachend, teilweise weinend, während mein Daumen über den Touchscreen fliegt.

Was könnte diesen Tag schon *noch* schlimmer machen? Wirklich.

Plötzlich höre ich Schritte auf dem knirschenden Kies. Erschrocken sehe ich zur Seite, das Schlimmste befürchtend, ohne wirklich zu wissen, was genau das Schlimmste in diesem Moment sein könnte.

Weswegen ich umso schockierter bin, als ich einen braunen Lockenschopf um die Ecke stapfen sehe.

»Da hast du dich also verkrochen«, sagt sie, nun mit Stiefeln, einer Jeans und einem Mantel ausgestattet.

Bereit für die Schlacht, hm?

»Wie hast du mich hier gefunden?«

So als würde es alles erklären, winkt sie mir mit ihrem Smartphone entgegen.

»Schon vergessen? Ich kann dich ›anpingen‹, wenn dein Telefon und GPS eingeschalten sind. Eher gesagt, kann ich dein Smartphone anpeilen, sofern du das Teil auch dabei hast.« Mit diesen Worten deutet sie auf meine Hände. »Was offensichtlich der Fall ist.«

Ich muss tatsächlich schmunzeln. Nur dunkel erinnere ich mich daran, dass ich mal irgendeine App autorisiert habe, die genau solch eine Funktion gehabt haben müsste.

Interessanterweise hätte ich sie dann ebenso einfach beobachten können, als sie in Frankreich war. Ich hätte gewusst, dass sie herkommt und vorher bemerkt, dass sie schon öfter hier war. Sie muss so sicher davon ausgegangen sein, dass ich gar nicht daran denke, das Teil zu nutzen, dass sie sich keine Sorgen gemacht hat.

Und sie hatte Recht. Ich hatte es bis eben vollkommen vergessen. Technik ist nicht meine Welt.

Ziemlich bescheuert.

Langsam tritt sie an meine Seite. »Und? Willst du mir auch meine Frage beantworten?«

Verwirrt sehe ich zu ihr auf. »Du hast keine Frage gestellt.«

»Nein, das hab ich nicht. Aber ich denke, du weißt, was ich dich fragen will«, entgegnet sie schlicht. »Was genau machst du hier?«

»Keine Ahnung«, entgegne ich wahrheitsgemäß und sehe dann wieder geradeaus, zur Mauer gegenüber, so wie die meiste Zeit bevor sie hier angekommen ist.

Ich beginne die darin verbauten Backsteine zu zählen. Es beruhigt irgendwie.

Vielleicht macht es aber auch einfach nur müde, weil es langweilig ist.

»Du willst nicht wieder nach Hause kommen? Ich denke, deine Eltern werden sich verdammt große Sorgen machen. Ihr habt euch doch gestritten, oder nicht?«

»Ja, aber ich möchte noch nicht zurück. Wirklich nicht.« Und das stimmt wieder.

Seufzend bleibt sie eine Weile stumm und sieht abwechselnd zu mir und zu dem Müll um uns herum.

»Es stinkt«, ist das erste, das sie von sich gibt.

»Yep.«

»Das ist ekelhaft.«

»Yep.«

»Bist du gerne hier?«

»Nope.«

»Warum bist du dann hier?«

»Keine Ahnung.«

Wieder ein Seufzen. »Rein von der Beschreibung her würde ich raten, dass du hier gestern von O'Farrell gefunden wurdest, oder?«

»Yep«, diesmal ist meine schlichte Antwort nicht so locker.

Allein bei der Erwähnung des gestrigen Abends, stellen sich mir die Nackenhaare auf.

»Also gut, dann-«

»*Annie?*«

Die unerwartete Stimme lenkt uns ab. Wieder ein bisschen so wie heute Morgen.

Und diese ganze Szene erinnert mich an den Moment an der Klippe. Als würde ich gerade versuchen, jeden miesen Moment der letzten Tage noch einmal zu durchleben, nur an anderen Orten oder mit vertauschten Rollen.

Zugegeben, der Moment heute Morgen war an sich gar nicht mal so schlecht. Doch er leitete eine Menge unschöne Dinge ein, die ich nun gerne ungeschehen machen würde. Worte, die ich lieber niemals laut ausgesprochen hätte.

Sowie Meinungen, von denen ich lieber nichts gewusst hätte.

Doch dazu ist es nun leider zu spät, denn die Zeit lässt sich nicht zurückdrehen.

Stattdessen wende ich mich dem Eindringling zu.

»Sie sind hier …«, merke ich an.

»Ja. Du sagtest, es geht dir schlecht und wo du dich aufhältst, also habe ich …«

Erst jetzt scheint ihm Liv aufzufallen. Seine plötzlich schwankende Formalität wird mir auch bloß am Rande klar. Er sieht aus, als sei er irgendwie gehetzt.

»Guten Abend, Ms. Piercen.«

Man könnte fast meinen, es ginge ihm noch schlechter als mir. So nervös.

Doch auch Liv scheint nun noch verwirrter.

»Wie, du hast ihm das ›gesagt‹?«

»Geschrieben, genau genommen«, korrigiere ich, »in einer SMS.«

Zuerst geht ihr ein Licht auf, dann ist sie sogar noch verwirrter.

»Wer schreibt denn heute noch SMS?«, meint sie pikiert. »Und warte, du hast seine *Handynummer*?«

Das obligatorische ›Was zur Hölle‹ steht ihr besonders bei dieser letzten Frage praktisch auf der Stirn geschrieben.

»Lange Geschichte«, wirft der Lehrer an unserer Seite ein, »wir sollten von hier verschwinden.«

Damit drängt er uns auch schon aus der Gasse. Oder zumindest versucht er es.

Liv ist davon jedenfalls nicht allzu begeistert.

»Es ist doch gar niemand hier. Wo liegt das Problem?«

Und ehrlich gesagt habe ich gerade auch Besseres zu tun, als nach Hause zu gehen. Zum Beispiel weiter die Backsteine zählen.

Der Versuch uns dazu zu bewegen, den Ort zu verlassen, endet ziemlich schnell in einer kleinen Rangelei, bei der O'Farrell versucht uns zu beknien, dass wir doch mit ihm gehen sollen. Gleichzeitig stellt sich der Lockenkopf vehement dagegen und ich weiß solange nicht, was ich überhaupt tun soll, weswegen ich nun dumm daneben stehe. Wie bestellt und nicht abgeholt.

Ein Backstein. Zwei Backsteine. Drei …

Ich wünschte, dieser ganze Tag wäre nur ein einziger, langer Traum. Es würde auch diese unwirkliche Situation erklären, in der ich mich soeben befinde.

Meine Eltern wären nicht so wütend auf mich und ich hätte keinen Streit mit meiner besten Freundin darüber gehabt, was ich mir bloß einbilde und was nicht.

Während die beiden sich in einer verhältnismäßig ruhigen Diskussion wiederfinden, zieht etwas anderes meine an diesem Tag bereits mehr als ausgelastete Aufmerksamkeit auf sich. Eine Bewegung, die ich aus dem Augenwinkel wahrnehme.

Ich gehe, unbemerkt von den anderen, einige Schritte auf die Rückseite eines Geschäfts zu, dessen großes Fenster zu dieser

Gasse hinaus führt. Eines der Fenster, die mir gestern etwas Licht gespendet hatten, hinter denen jedoch niemand zu Hause gewesen zu sein schien.

Noch eine Tatsache, die ich verdrängt habe. Niemand hat den Lärm gemeldet.

Keiner hat sich beschwert und dann gesehen, was los war. Allen voran … Mr. O'Farrell.

Ich sehe, wie sich im Inneren jemand bewegt. Reges Treiben ist zu hören. Ob es wohl eine Küche ist? Oder ein Vorratslager?

Seufzend verfolge ich die Bewegungen weiter. Dabei sehe ich mich immer mal wieder zu den beiden hinter mit um. Ja, vielleicht sollte ich tatsächlich einsehen, dass ich nicht ganz normal bin.

Noch einen Schritt trete ich an das Fenster heran. Irgendetwas erscheint mir seltsam.

Etwas, das ich nicht zuordnen kann. Die Bewegungen hinter dem verfremdenden Glas wirken seltsam unnatürlich. Einfach ungewöhnlich.

Der Schatten bewegt sich immer mal wieder schneller, dann wieder gar nicht. Manchmal fast stockend; roboterartig.

Es ist wohl einer dieser Momente in denen man etwas sieht, das einem aus irgendeinem Grund eigenartig erscheint, man aber die ganze Zeit nicht sagen kann, was es ist. Wenn man sich selbst einredet, dass es schon normal sein wird, da es ja nicht anders geht und darum darüber hinwegsieht, wenn etwas nicht zu erklären ist.

Genau das tun auch meine Eltern. Sowie Liv. Über Dinge hinwegsehen, die sie so nicht erklären können und alles, was unklar blieb, auf mich abwälzen.

Vielleicht ist es die falsche Art, es zu betrachten. Weil sie nur mein Bestes wollen und davon ausgehen müssen, dass ich verrückt bin, nach allem, was ich bisher erzählt habe.

Es ist eigentlich vollkommen gleich, wie ich es sehe. Es ist und bleibt eine verfahrene Situation und wenn ich nicht nach Hause gehe, kann ich sie nicht klären. Doch auch diese Option ist im Moment noch undenkbar.

Ich weiß nicht ein und nicht aus. So drehe ich mich herum, um den anderen mitzuteilen, dass ich wohl nach Hause gehe. Denn ohne eine Konfrontation werde ich gar nicht vorankommen.

Ein plötzliches Scheppern, so laut, dass ich mir einen Augenblick meine Ohren zuhalte, reißt mich dann jedoch aus dem Konzept. Klirren und Krachen ist zu hören; Scherben fliegen in hohem Bogen durch die Luft.

Unsicher was gerade geschieht, weiche ich ein Stück zurück. Die Scheibe, die ich bis eben noch so interessiert beobachtet habe, ist nun verschwunden. *Zerstört*, besser gesagt.

Zusammen mit der nun kaputten Scheibe, kommt mir ein Geruch entgegen, der mir den Atem raubt. Ein Geruch, der mir die Galle hochtreibt und mir die blanke Angst in die Glieder fahren lässt.

Innen kann ich noch immer metallischen Lärm hören, während ich sich Tränen in meinen Augen sammeln, ganz ähnlich wie gestern.

Auf dem Boden neben meinen Füßen rollt ganz langsam ein verbeulter Topf herum. Gusseisern und schwer aussehend. Vermutlich wurde er durch die Scheibe geworfen.

Gerade so kann ich um die Ecke in den Raum schielen. Dort kauert etwas. Gräulich. Groß. Grotesk.

Er kauert über einem Haufen zerfetztem Fleisch und Kleidung. Der weiße Boden ist rot verfärbt.

Ein Anblick, der sich so sehr in mein Gehirn einbrennt, dass ich nichts anderes mehr wahrnehme. Nur dieses Rot. Der Geruch von verwesendem Fleisch und frischem Blut. Blut und Schokolade aus der Küche um ihn herum.

Ein Kontrast den meine Nase seltsam genau erkennt und genau aus diesem Grund, löst sich ein Würgen aus meine Kehle.

»Das ist ein Scherz, oder …?«

Livs Stimme lässt mich so stark zusammenzucken, dass ich beinahe zur Seite umkippe.

Sie scheint nicht ganz so entgeistert wie ich, aber ebenfalls ein wenig. Vermutlich weiß sie nicht, was genau sie da sieht. Doch jetzt, in dieser Sekunde, sieht er das erste Mal in unsere Richtung.

Die blutbeschmierten Zahnreihen öffnen sich einen Spalt, wie um zu atmen; zu *riechen*. Der halbe Kopf dieses Wesens ist zerstört. Krallenspuren sind zu sehen. Ein Auge ist nicht mehr vorhanden … nein, die gesamte *Gesichtshälfte* ist nicht mehr vorhanden.

Scheiße, das ist ein anderer als Gestern.

Heißt das, es gibt mehr als nur einen von der Sorte?!

Wie im Zeitraffer, wende ich mich meiner Freundin zu und greife nach ihrem Arm, um sie mitzuschleifen, als sie sich mir und dem Loch in der Wand noch weiter nähert.

»Komm mit!«

»Was? Was ist da gerade los? Was zum Teufel war das da drin?!«

Ihre hysterischen Schreie gehen in dem Rauschen unter, das ich auch diesmal höre. Mein Herz schlägt dazu so laut, dass ich darüber hinaus nicht einmal mehr meine eigenen Schritte wahrnehmen kann.

Immer wieder sehe ich mich nach hinten um; sehe mich nach O'Farrell um.

Verdammt, keiner von den beiden wäre hier, wäre ich nicht gewesen!

Doch Schuldgefühle bringen mich nicht weiter, stattdessen schiebe ich meine Freundin verzweifelt vor mir her. Diese ist offenbar selbst zu geschockt, um anderweitig zu reagieren.

Alles scheint so schnell zu gehen, doch ich realisiere jeden Schritt um mich herum. Aber ich höre nichts, bloß beständiges Rauschen und Ticken in meinem Kopf, wie das Geräusch einer Zeitbombe.

Als mein Blick zwischendurch nach unten schweift, sehe ich es. Doch ich kann nichts dagegen tun, da es bereits zu spät ist.

Das Gestein unter unseren Füßen wird größer und Liv, die immer langsamer wird, bleibt an einem der Klötze unter sich hängen. Es ist wie bei einem Dominostein.

Mit einem Ruck fällt sie nach vorn und ich hinter ihr ebenso, bis wir nebeneinander im Dreck liegen.

Zwar versuche ich mich so schnell es geht wieder auf die Füße zu kämpfen, doch es geht nicht. Einer meiner Knöchel hält dem Druck nicht stand und Liv bewegt sich ebenfalls nicht mehr.

Ich rüttle an ihrer Schulter, doch keine Reaktion. Dann sehe ich mich das erste Mal um.

Mein Herz stockt für einige Sekunden, als ich O'Farrell sehe, wie er mitten in der Gasse steht. *Schützend.* Vor Liv und mir.

Und da ist dieses Ding. Alles was mir dabei in den Sinn kommt, ist das Bild dieser Leiche. In dem Laden, vor ... keine Ahnung wie viel Zeit wirklich vergangen ist. Ich denke nicht, dass wir es mehr als ein paar Sekunden geschafft haben, vor diesem Ding zu fliehen. Lass es meinetwegen eine Minute gewesen sein, definitiv nicht länger.

Wie armselig.

Schluchzend vergrabe ich mein Gesicht in Livs Rücken, die endlich ein Lebenszeichen von sich gibt, in Form eines Zuckens.

Verzweifelt will ich sie anheben, doch ich kann ja selbst nicht einmal aufstehen. So bekomme ich lediglich ihren Oberkörper zu fassen. Auf der Stirn prangt eine blutende Wunde. Allein das macht mir bereits Angst, aber es ist nichts gegen die drohende Gefahr hinter uns.

Mit einem widerlichen Knacken, höre ich etwas, das wie das Brechen eines Knochens klingt und ich kann mich nicht umsehen. Stattdessen heule ich gegen die Schulter meiner Freundin, die langsam wach wird.

Ob es vielleicht besser wäre, wenn sie nicht aufwacht?

Ein Gedanke, der mir zusätzlich Angst macht. Haben wir bereits verloren? Oder denke ich das?

Ja.

Eine Stimme in meinem Kopf schreit mir derweil immerzu entgegen ›steh auf‹ oder ›sieh dich um‹.

Doch ich kann nicht. Nichts davon.

»Annie …«

Abgelenkt durch Liv, ist das mein einziger Grashalm, nicht völlig den Mut zu verlieren.

Sie rappelt sich nur langsam auf und wischt sich dann über das Auge, in dem sich langsam aber sicher das Blut aus ihrer Stirnwunde sammelt.

Als sie dann auf sieht, fixiert sie sich auf einen Punkt, knapp hinter meinem Rücken. Ich weiß es, ohne hinsehen zu müssen. Als ihre Augen plötzlich leer wirken, tue ich es dennoch.

Und tatsächlich bleibt mein Herz ein weiteres Mal stehen, als ich mich umsehe und die Spitzen von mindestens zwei Krallen aus dem Rücken des Kunstlehrers ragen sehe …

Einen Moment später, höre ich einen gellenden Schrei.

Chapter 20:
Everything Went Down the Drain

Im ersten Moment dachte ich noch, es sei Livs Stimme, die ich höre. Doch dann wird mir klar, dass es meine eigene ist.

Liv selbst ist dagegen noch immer still.

Wie gebannt von der schrecklichen Szene, sieht sie dorthin, wo ich nicht mehr hinzusehen vermag.

Plötzlich zuckt sie zusammen. Im selben Augenblick vernehme ich ein Geräusch. Zuerst ein Rascheln, dann ein Scharren.

Als nächstes ist ein quietschendes Kreischen zu vernehmen, bei dem sich alles in meinem Körper zusammenzieht; der Grund, weswegen ich mich letztlich doch wieder umsehe.

Aus dem Maul dieses Wesens dringt ein gurgelndes Geräusch, doch es rührt sich nicht. Die Kralle hat es zurückgezogen. Ich sehe Blut, das langsam zu Boden tropft. Nur ganz wenig.

Und den Rücken meines Lehrers.

Langsam aber sicher hangelt sich Liv auf die Füße und ich mit ihr.

»Was zum *Teufel* geht hier ab?«

Ihre Frage ist beinahe tonlos; erstickt von Tränen und dem Schock selbst, möglicherweise.

»Ich weiß es nicht, ich hab keine Ahnung«, flüstere ich zur Antwort.

Gemeinsam flüchten wir uns in den Schatten einer Mauer, wobei ich selbst so stark hinke, dass Liv mir bei den wenigen Metern unter die Arme greifen muss. Doch von dieser Position aus, sehen wir endlich was vor sich geht.

Und trauen unseren Augen kaum, als wir sehen, wie dieses Vieh an der Kehle gepackt und festgehalten wird. Sollte er nicht ... verletzt sein?

Nein, nicht einmal wenn er gesund und munter wäre, dürfte er eine Bestie festhalten können, die, einfach mal so, eine zentimeterdicke Glaswand einschmeißen kann; welche – ganz abgesehen davon – mit Sicherheit auch nicht aus normalem Glas bestand.

Es ist so verwirrend, dass ich nicht weiß, was ich tun oder sagen soll, als Liv immer panischer wird. Dabei fühle ich mich selbst doch kein bisschen besser und ich weiß genauso wenig wie sie, was hier gerade vor sich geht.

In Momenten wie diesen, würde ich mich immer am liebsten auf dem Boden zusammenkauern und weinen. Aber ich weiß, dass mir das nichts bringen wird. Gar nichts.

Wie, als würde es mir etwas bringen, wische ich mir die Tränen aus dem Gesicht und trete einen Schritt nach vorn. Der Schmerz durchzuckt mich wie ein Stachel, von meinem Knöchel beinahe bis ins Knie, doch ich bleibe standhaft.

Die plötzliche Wut über diese reine Hilflosigkeit bewirkt, mich dagegen stellen zu können, jedenfalls glaube ich das. Es ist das erste Mal, seit ich sie das erste Mal gespürt habe, dass ich dieses Gefühl in eine Richtung leiten kann; dass ich sie *nutzen* kann.

Das erste Mal, dass ich nicht das Gefühl habe, dass sie mich einfach nur verändert und übermannt, sondern meine Sinne schärft; meinen Willen stärkt.

Das erste Mal, dass sie mich tatsächlich *unterstützt*.

Ich bin nicht mehr weit entfernt, da bücke ich mich ein wenig und greife nach einem Stein auf dem Boden, um ihn dann im nächsten Augenblick direkt in das Gesicht dieses Monsters zu werfen.

Der Aufprall hört sich hart an, würde Stein auf Stein schlagen. Und tatsächlich sieht es mich an … oder er? Oder was auch immer.

Das widerliche Gefühl des Unbehagens wandelt sich daraufhin sogar in eine noch größere Wut. Es ist, als würde ich in Flammen stehen.

Doch gerade als ich die fixe Idee habe, noch weiter zu gehen, dabei jedoch nicht einmal weiß, was genau ich dann tun würde, schubst O'Farrell das Biest von sich. Die Ablenkung durch mich scheint ihm zu Gute gekommen zu sein.

In dem Moment als er sich von der Kreatur befreit hat, hebt er seine nun freie, rechte Hand. Zuerst bin ich mir unsicher was ich nun zu erwarten habe. Ich weiß es nicht.

Kann nur plötzlich Livs Hand auf meiner Schulter spüren und merke, wie sie sich an meinem Arm festklammert. Stimmt. Ich bin nicht allein.

Ein Gedanke, der meine Anspannung zu Teilen etwas löst, sie aber gleichzeitig noch verstärkt. Ich weiß, ich kann im Ernstfall nicht viel tun, doch ich will sie beschützen. Was ist, wenn ich das aber nicht kann?

Was, wenn ich versage? Wenn sie verletzt wird?

Genau darum muss ich darauf achten ... auch *wenn* ich vielleicht nicht viel tun kann.

Statt weiter nach vorn zu gehen, setze ich meine Hoffnung in das, was *er* vorhat. Ich weiß nicht, was es ist, doch ich glaube, dass wir ihm vertrauen können.

Er öffnet seine Hand und sagt etwas. Ich kann nicht verstehen, was es ist. Es klingt, als würden die Worte im Wind verhallen.

Doch nicht einmal das. Es ist eher so, dass ich sie einfach nicht vernehmen kann. Als wären es Worte gesprochen in einer anderen Welt. In einer Art anderen Dimension. Die wir zwar sehen und fühlen können, die aber doch nicht *hier* ist.

Was dann jedoch erscheint, raubt sowohl mir als auch Liv neben mir ein weiteres Mal den Atem. Wie in einer absurden Zaubershow, erscheint eine lodernde Flamme über seinem Arm. So heiß, dass ich sie bis hierher spüren kann.

Und aus dieser Flamme erheben sich zwei tiefschwarze Schwingen.

Für einen sehr langen, seltsamen Augenblick, glaube ich daran, jeden Moment meine Krähe zu sehen. Doch was dann aus dieser Flamme entsteigt, ist alles andere als eine Krähe.

Es sieht mehr aus wie ein Adler. Doch selbst das ... ein schwarzer Adler. Wie aus dem Kern des Feuers geboren. Fast wie ein Phönix.

Die Krallen, die sich beim Aufsetzen auf seinem Arm in eben jenen bohren, sehen mindestens so scharf aus wie die, die sich zuvor durch seinen Unterleib gedrückt haben.

»Wer bist du ...?«

Ich sehe, wie er seinen Kopf auf meine Frage hin ein wenig dreht, doch nicht allzu weit. Ich sehe seine Augen nicht. Doch ich bilde mir ein, im Licht der noch immer leicht überschwingenden Flamme neben seinem Gesicht, einen Reißzahn aufblitzen zu sehen.

Kein kleiner, schmaler Vampirzahn, wie man sie aus Filmen kennt. Definitiv nein. Es ist eher ein großer, scharfer Zahn. Und ich denke, er ist auch nicht ganz allein gewesen.

Das sanfte Grollen, das den Moment begleitet und zu mir und meiner Freundin herübergetragen wird, bestätigt mich in dieser Annahme noch.

Wobei ich keine wirkliche Annahme geäußert habe. Ich könnte es auch gar nicht. Weil ich keinerlei Vorstellung davon habe, was das hier soll. Das alles hier entwickelt sich mehr und mehr zu einer Horror-Show.

Dennoch habe ich das Gefühl, dass ich dieses Monster bei weitem mehr fürchte, als meinen Lehrer. Ich meine, ich kenne ihn doch ein wenig, oder nicht? Er ist der nette, verständnisvolle Kunstkenner … er ist der, in den ich mich verliebt habe, als ich das erste Mal in der Schule war.

Ja … ich weiß eigentlich gar nichts über ihn. Aber ich glaube einfach nicht, dass er ein Monster ist!

Wieder schrecke ich auf, als das Zucken einer neuen Flamme hochschlägt.

Ohrenbetäubendes Kreischen ist zu hören, welches so sehr im Gehörgang schmerzt, dass ich den Laut abzuschirmen versuche.

Scheinbar hat es Angst vor Feuer.

Der schwarze Adler hebt daraufhin von seinem bisher angestammten Platz ab und umkreist das kreischende Ungetüm. Immer wieder hackt es auf ihn ein.

Und jedes Mal, wenn diese Kreatur den Vogel zu erwischen droht, fängt er erneut Feuer.

Es ist wie ein Katz-und-Maus-Spiel, das sie dort treiben. Dabei prescht O'Farrells schwarzer Freund, immer und immer wieder auf das Biest ein.

In diesem Moment, als das Ding damit beschäftigt ist, immer wieder nach dem geflügelten Wesen zu schnappen, ergreift unser Lehrer erneut dessen Kehle.

Nur diesmal geht alles so schnell, dass ich kaum weiß, was da eigentlich geschieht. Alles was ich sehe, ist, wie er mit einer Hand zupackt und dann mit der anderen nach dem Kopf greift, um diesen dann in einer flinken Bewegung vom Rumpf zu reißen.

Allein die Gelassenheit, mit der er diesen brutalen Akt vollzieht, lässt das Blut in meinen Adern gefrieren. Gleichzeitig weiß ich, dass er es auch nicht hätte gehen lassen dürfen. Nicht, wenn er es aufhalten konnte … und das konnte er offensichtlich.

Mein Verstand ist jedoch einfach nicht in der Lage, das Gesehene richtig zu verstehen. Der Ekel, der mich trifft, als er den Kopf zur Seite wirft und der leblose Körper der Bestie mit einem dumpfen Platschen zu Boden geht, kommt ebenfalls spät.

Ich starre noch eine ganze Weile zu diesem Kopf herunter. Diesem Kopf, mit dem einen Auge, das einen noch anzustarren scheint, obwohl es schon lange kein Leben mehr beinhaltet hat. Selbst, als es sich noch bewegen und uns jagen konnte.

Seine Füße, die ein paar Steine vor sich her treten, lösen meine Aufmerksamkeit jedoch wieder von dem Kadaver ab. Zurück zu dem Mann vor mir.

Meine Haare stellen sich spürbar auf, als ich ihm in die Augen sehe. Und auch Liv an meiner Seite zuckt mehr als merklich zusammen, woraufhin sie sogar zu zittern anfängt.

Seine Augen sind ein Gemisch aus Feuerrot, ähnlich aufgeteilt wie damals am Strand, mit Livs blauem Leuchten.

Der Rest des Auges ist jedoch nicht normal, wie bei ihr zu der Zeit, sondern in einem Rot, das an frisches Blut erinnert.

Dasselbe Blut wie das, das gerade von seiner Kleidung tropft.

Das alles mit einem gefährlichen Schimmern unter der Oberfläche. Ein tiefes Rubinrot, das von Flammen eingenommen wird. So sieht es aus. Und so schön es auch ist, so sehr erfüllt es mich mit Ehrfurcht.

Die Brille auf seiner Nase hat einen sichtbaren Sprung, was den Effekt, meines Empfindens nach, irgendwie noch ein wenig merkwürdiger macht.

»Was genau bist du?«

Auch diesmal sieht er mich nur an. Er reagiert nicht richtig auf die Frage, stattdessen hält er eine Hand gegen seinen Unterleib und hebt dort sein Shirt an.

Scheinbar, um nach der Wunde zu sehen, die ihm vor wenigen Minuten verpasst wurde. Doch es sieht eher so aus, als wäre das Ganze bereits Tage oder sogar Wochen her. Wir können praktisch dabei zusehen, wie sich die tiefen Einschnitte schließen und verschwinden.

Ich schlucke nervös, als er noch einen Schritt näher kommt.

»Halt«, meldet sich allerdings meine Freundin zu Wort, »keinen Schritt weiter, du … *Monster!*«

Er dagegen hebt die Hände in kapitulierender Geste. Als würde er sagen wollen, dass er in Frieden käme.

Zugegeben, da er uns gerade gerettet hat, macht das Eindruck. Zumindest in *meinen* Augen.

»Ich will euch nichts tun«, beteuert er, »wirklich nicht. Ich bin nur hier, um euch zu beschützen.«

Den Spruch finde ich dann aber doch etwas dick aufgetragen.

»Also … was ist das? So ne Art Schutzengel-Lebensaufgabe?«

Verwirrt zieht er eine Augenbraue nach oben.

»Nein«, stellt er sachlich fest. »Tatsächlich ist die Gegend hier seit einer Weile nicht mehr sicher. Jemand von hier scheint Wendigos auf diese Welt loszulassen.«

»›Wendigos‹?«

»Diese Monster. So eins, wie das, das du vermutlich gestern schon gesehen hast.«

Liv neben mir wirkt immer ungläubiger, als ich sie betrachte. Doch ich kann sie nur durch eine Hand auf ihrer Schulter zu beruhigen versuchen.

Ich bleibe skeptisch. »Das waren also Wendigos? Wie die aus den Filmen?«

Okay, zugegeben … in so einem Moment *skeptisch* zu sein, ist wie eine Sekunde vor der Achterbahnfahrt nachzufragen, ob es eigentlich Fahrgeschäfte auf dem Rummelplatz gibt.

Es macht irgendwie keinen Sinn.

Ich bin die, die die ganze Zeit schon an Übersinnliches glauben wollte und auch daran geglaubt hat. Ich werde von einem eindeutig nicht-menschlichen Wesen attackiert, nun auch noch gemeinsam mit anderen Leuten und dann frage ich nach, ob das Teil wirklich ein Wendigo sein soll?

Kein Wunder, dass der Mann mich fassungslos anstarrt.

Zur Entgegnung kann ich nur noch seufzen, während er, beinahe belustigt wirkend, den Kopf schüttelt.

»Ich hoffe, es geht euch beiden gut.«

Er macht einen Schritt auf Liv zu, die schließlich eine böse Kopfwunde vorzuweisen hat.

Doch diese weicht zurück. »Nein!«

»Ich will doch nur nach deiner Wunde sehen«, stellt er klar und eigentlich ist das auch vollkommen offensichtlich, doch vielleicht nur für mich.

Vielleicht nur für mich, weil ich keine Angst vor ihm habe. Ja, es erschreckt einen. Doch …

Ich habe keine Angst.

Ehrlich gesagt erschreckt mich dieser Fakt bei weitem mehr, als die Augen und Zähne meines Lehrers.

Obwohl ich auch gestehen muss … ihn aktuell noch als meinen ›Lehrer‹ zu sehen, fällt nicht allzu leicht.

»Mr. O'Farrell, ich glaube-«

»Darren«, unterbricht er mich, »ich denke, es wäre einfacher mich bei meinem Vornamen anzusprechen. Im Moment, glaube ich, sind unsere unterschiedlichen Stellungen an der Schule nicht so wichtig.«

Tja, wo er Recht hat … »Gut, Darren«, sage ich und schmecke das Wort auf der Zunge ab, als würde ich etwas sagen, das sonst niemand sagt; etwas Besonderes.

»Schön, dass ihr euch so gut versteht. Könnte mir jetzt bitte jemand erklären, was hier los ist?«

Diesmal ist es Liv, die mich unterbricht. Na schön, dann eben nicht mehr heute.

»Das ist keine so kurze Geschichte, dass ich sie euch einfach so zwischen Tür und Angel erzählen könnte. Klar ist bei euch beiden, dass ihr in solche Geschichten öfter hineinstolpern werdet, als andere. Schließlich seid ihr prädestiniert dazu.«

Prädestiniert? Wir? »Wieso denn das?«

»Weil ihr nicht von hier stammt«, entgegnet er schlicht.

Viel zu schlicht.

»Was soll das heißen?« Was wohl heißt, Liv sieht es genau wie ich.

»Das hab ich mich eben auch gefragt«, merke ich dennoch an.

»Könnten wir das bitte an einem anderen Tag besprechen? Morgen zum Beispiel? Wenn sich jeder hier beruhigt hat, meine ich.«

Ich atme einmal tief durch und schiele dann ein ums andere Mal zu meiner Freundin hinüber.

»Ich denke, er hat recht«, gebe ich zu, »ehrlich gesagt, würde ich für heute auch lieber von hier verschwinden und eine Runde schlafen.«

Angesprochene wirkt zuerst ein wenig verkniffen, nickt dann jedoch. An der Art, wie sie sich noch immer an mich klammert, kann ich deutlich erkennen, dass noch lange nicht alles in Ordnung ist.

Es ist wirklich die bessere Entscheidung. Und nachdem ich so lange gewartet habe … kann ich auch noch die paar Stunden aushalten, denke ich.

Denn nun weiß ich, dass ich die Antworten, auf die ich so lange gewartet habe, ganz sicher bekommen werde.

Egal was auch geschehen mag.

»Wie zum Teufel hast du es geschafft, so schwer verletzt zu werden?!«

Harvey Piercen, meine Damen und Herren. Harvey Piercen, wie er leibt und lebt.

Zugegeben, wenn die eigene Tochter am Abend noch einmal aus dem Haus rennt und dann mit einem aufgeschürften Knie, kaputter Hose, leichten Schnitten an den Händen und einer Platzwunde an der Stirn zurückkommt, dann kann man das wohl auch nicht gar so leicht verschmerzen.

Besonders, wenn man den Fehler daran nur an einer Person sieht und diese zufälligerweise der Grund für das schnelle Verschwinden war.

Ich denke, ich hab es verdient. Dennoch übertreibt er ein wenig, wenn er von ›lebensgefährlicher‹ Verletzung spricht, so wie vorhin. Die Wunde hat zwar geblutet wie die Hölle, doch einmal gereinigt und verklebt, war sie eigentlich nicht größer als der Nagel eines kleinen Fingers.

Eigentlich mehr ein etwas größerer Schnitt.

An diesem Punkt kann ich also bloß den Kopf schütteln und sie noch einmal umarmen.

»Gute Nacht«, sage ich und sie nickt, »wir werden das morgen klären, versprochen.«

Wieder ein Nicken. Und ein etwas schiefes Lächeln.

Ich denke, sie wird die Nacht nicht ohne Alpträume überstehen, doch ehrlich … wer könnte das auch schon? Nach dem, was heute los war. Zugegeben, ich hatte letzte Nacht keinen Alptraum.

Doch ich denke, das hatte nicht den Grund, dass ich mich nicht gefürchtet hätte, denn das habe ich ganz sicher.

Als ich das Haus verlasse, mit dem hasserfüllten Blick von Livs Vater im Rücken, muss ich daran denken, dass ich dasselbe Problem gleich noch einmal haben werde.

Und zwar mit meinen eigenen Eltern. Und deren Haus kann oder sollte ich diesmal nicht einfach so wieder verlassen.

Ich atme noch ein paar Mal tief durch, ehe ich eintrete. Im Haus herrscht Totenstille.

Doch kaum bin ich durch die Tür, kann ich meine Eltern die Treppe herunterstapfen hören.

Okay, ich bin ja vorbereitet …

»Bevor ihr irgendetwas sagt«, beginne ich, als sie durch den Eingang in die Essnische kommen, an deren anderen Ende ich gerade stehe, »will ich mich entschuldigen. Es tut mir leid, dass ich vorhin so ausgerastet bin. Und gestern Abend auch.«

Dieses leichte Gefühl von Trotz, das wieder in mir aufsteigen will, ersticke ich diesmal sofort im Keim.

Erst dann nehme ich auf dem Stuhl Platz, welchen ich zuvor zurückgelassen habe.

Meine skeptischen Eltern, offensichtlich nicht sicher, was nun wieder in mich gefahren ist, beäugen mich zuerst eine kleine Weile, ehe sie es mir gleichtun.

»Und? Was hat dich zu dieser Entscheidung bewogen?«

Meine Mutter sieht mich an, als würde sie mir kein Wort glauben. Oder es zumindest nicht wahrhaben wollen. Sie kennt mich, also weiß sie auch, wann ich die Wahrheit sage.

Zumindest denkt sie das und es stimmt die meiste Zeit auch. Wenn ich denn mal lüge, nutze ich die Kunst des ›Weglassens‹ und verfremde ansonsten eher wenig. So fällt es einfach leichter.

Das gestern war … in allen Formen untypisch für mich. Wie das passiert ist, weiß ich selbst jetzt noch nicht genau.

Oder was da mit mir geschehen ist. Gerne würde ich sagen und fühlen, dass es mir vollkommen egal ist, solange es nur nicht mehr wieder geschieht. Doch ich habe das Gefühl, dass genau das das Problem ist und in naher Zukunft noch immer sein wird; dass es eben *nicht* vorbei ist.

Selbst in dieser Sekunde spüre ich, wie die Anspannung mich innerlich kochen lässt. Nicht so schlimm wie beim letzten Mal oder, Gott bewahre, so extrem wie gestern Abend, aber …

»Nichts«, gebe ich zu, denn so unwahr ist es nicht, »ich denke nur, dass ich nicht will, dass das hier zwischen uns steht.«

Ich sehe, wie meine Mutter nickt und mein Vater ein müdes Lächeln zustande bringt. Gott, wenn er wüsste, was die letzten Stunden bei mir los war … ich würde jetzt ehrlich gesagt einfach nur gerne schlafen gehen und sonst nichts.

Aber ich muss das hier vorher klären. Es geht nicht anders. Ich kann nicht einfach verschwinden und das hier so stehen lassen.

»Liegt dir daran wirklich viel?«

Verwirrt sehe ich meine Mutter an. »Ja, klar.«

»Willst du dann den Psychiater besuchen, den wir für dich herausgesucht haben?«

Und da ist es wieder. Das P-Wort. Das Wort, auf das ich allergisch reagiere.

»Ganz ehrlich? Nein, will ich nicht«, mache ich deutlich und sehe ihr dabei klar ins Gesicht, »aber wenn es unbedingt nötig ist, damit ihr mir wieder vertraut, werde ich ein paar Stunden über mich ergehen lassen. Aber zu meinen Bedingungen. Nur maximal einmal in der Woche. Und nicht länger als vier Monate.«

Okay, lange habe ich über diese Konditionen nicht nachgedacht, sondern eigentlich einfach nur gesagt, was mir gerade so schien, als würde mir dabei nicht schlecht werden. Trotzdem habe ich es nun gesagt, also stehe ich auch dazu.

Wohl oder übel …

Meine Mutter sieht mich dafür völlig entgeistert an.

Sie hat doch was sie will. »Was ist denn jetzt noch?!«

»Nichts«, erwidert sie überrascht, »nachdem du gestern so seltsam warst, dass wir einen Moment lang nicht sicher waren, ob du überhaupt unsere Annie bist und vorhin wieder so sauer geworden warst … habe ich einfach nicht geglaubt, dass du das sagen würdest. Aber es freut mich. Es freut mich sogar sehr.«

Schande, es scheint sie sogar zu *Tränen* zu rühren.

Jetzt komm ich aus der Nummer ganz sicher nicht mehr raus.

Super.

Letztlich erhebe ich mich mit einem Seufzen, um auf der anderen Seite des Tisches eine Runde Umarmungen zu schmeißen. Eine Geste, die ich ehrlich vermisst habe. Und vermutlich hänge ich auch ein paar Minuten länger an der Schulter meine Mutter, als es unbedingt nötig wäre.

Doch es ist etwas, das ich jetzt einfach gebraucht habe, ehe ich mich wieder allein auf mein Zimmer zurückziehe.

Mit den Worten »Ich bin müde und geh dann mal schlafen«, melde ich mich daher ab.

Die beiden wünschen mir zwar eine gute Nacht, doch das bekomme ich nur noch halb mit, auf dem Weg in mein Zimmer. Erst auf der Treppe realisiere ich, dass mein Knöchel überhaupt nicht mehr wehtut.

Und als ich an Schmerzen denke, kommt mir auch meine Hand wieder in den Sinn.

Oben im Raum, blicke ich verwirrt auf den Verband, bevor ich ihn vorsichtig abziehe. Schmerzen habe ich ja schon seit einer Weile kaum noch welche.

Doch gerade fühlt es sich beinahe so an, als würde ich den Schnitt überhaupt gar nicht mehr spüren.

Als das weiße Band komplett abgewickelt ist, starre ich die Nähte völlig fassungslos an. Keine Ahnung, was ich dazu auch sagen sollte. »Krass«, rutscht es mir daher schlicht heraus.

Wie ferngesteuert, fische ich mit der anderen Hand nach einer Schere in der Schublade meines nahegelegenen Schreibtischs.

»Das«, flüstere ich, als ich eine der Nähte aufschneide und dann mit den Fingern an einem Ende des Fadens ziehe, »ist ja sowas von krank, Mann.«

Es tut verdammt weh, als ich versuche, es zu entfernen. Doch das ist nicht einmal sehr überraschend.

Denn die Wunde scheint in der Zeit, zwischen dem heutigen Morgen und jetzt, auf eine Art und Weise verheilt zu sein, auf der sogar die *Nähte* mit verheilt sind. Sie sind kaum noch lösbar.

Als wäre die Wunde komplett verheilt und mit den Fäden verschmolzen, aber das ist doch gar nicht möglich.

Andererseits habe ich heute eine Menge Dinge gesehen, die nicht möglich sein sollten, was meinen Horizont theoretisch um ein Vielfaches erweitert haben sollte.

Mit Tränen in den Augen, löse ich die einzelnen Bänder aus der geschlossenen Haut. Jedes einzelne fühlt sich an, als müsste ich eine Kette mit Widerhaken aus meinem Fleisch ziehen.

Erst danach falle ich wie gepeinigt in mein Bett und vergrabe das Gesicht im weichen Kissen unter mir.

Scheiße ...

Was zur Hölle ist bloß mit mir los?

Chapter 21

»Now Another Moon is Rising«

Das Ticken der Uhr an der Wand lässt mich leicht mit dem Kopf im Takt wippen. Die ganze Zeit kann ich die Frau vor mir dabei nur von hinten betrachten, wie sie, wie immer zu dieser Stunde des Tages, auf der Anrichte einen Kaffee zubereitet.

»Möchtest du einen Tee?«

Die Frage ist, wie immer, an mich gerichtet, doch ich lehne ab. Meist zu fade. Nicht so sehr mein Fall.

Sie selbst trinkt immer einen Kaffee, doch den mag ich ebenfalls nicht. Zu bitter. Und wenn ich ein Getränk voller Zucker zu mir nehmen möchte, trinke ich eine Cola oder eine Dose eines beliebigen Energy Drinks.

Sie weiß das, daher fragt sie mich zumindest nicht mehr danach.

Statt eine große Antwort zu geben, schüttle ich den Kopf und lutsche weiter auf dem Lutscher, den ich zwischen meinen Zähnen festhalte.

Man sollte meinen, in der Praxis eines Seelenklempners ginge es ganz anders zu.

Tiefenpsychologie, schimpft sich diese Methode.

Aus dem Fernsehen dachte ich immer zu wissen, man liegt dabei auf einem Sofa und lässt eine Menge Fragen über sich ergehen oder sinniert wahlweise über Gott und die Welt oder wie der eigene Alltag so war, wie sehr die Alte zu Hause einen gestresst hat und die Kollegen einem die Ader an der Stirn fast zum Platzen gebracht haben.

Aber hier ist es offenbar so, dass ich mich hinsetzen oder legen darf, wie auch immer es mir am bequemsten ist, wenn ich will, dann sogar mit einem Lutscher, Bonbon oder Kaugummi im Mund.

So gesehen ist es also nicht schlimm. Wenn es nur nicht so abgrundtief bescheuert wäre.

Das ist jedoch nicht ihre Schuld, das muss man ihr lassen.

»Also, Annie, worüber möchtest du heute sprechen?«

Noch während sie spricht, kehrt sie an den kleinen Glastisch zurück, auf dem sie nun ihre Tasse platziert. Die einfache, schwarze Tasse, die ich schon so oft gesehen habe, in den letzten zwei Monaten.

Hm ... »Ich hab meinen Eltern die letzten Tage nochmal ein bisschen auf den Zahn gefühlt. Sie sagten, ich wäre als Kind vermutlich erstmals in der Nähe von einem Steingebilde im Waldstück gefunden worden, das die Stadt umgibt«, erzähle ich so vor mich hin, »sie meinen, ich sei dort vermutlich ausgesetzt worden, jedenfalls hatte ich als Kind immer Angst davor. Davon weiß ich jedoch auch nichts mehr.« Wie von so vielen anderen Dingen.

Ich kann selbst nicht sagen, ob es sinnvoll ist, das hier anzusprechen. Die letzten Tage habe ich lediglich herausgefunden, dass es sich bei meiner Amnesie um keine gewöhnliche ›Verdrängung‹ von Ereignissen handeln kann. Sie sagte, es habe etwas damit zu tun, dass ich weiß, dass ich etwas vergessen habe.

Zwar bin ich mir nicht im Klaren, wie es sein sollte, dass ich das nicht weiß, nachdem ich mich an so viele Jahre überhaupt nicht erinnern kann, an die ich mich im Normalfall erinnern sollte, doch ich habe auch nicht gefragt. Ich meine, sollte ich nicht wissen, dass ich in diesen Jahren irgendetwas getan habe?

Bin schließlich nicht erst mit vierzehn zur Welt gekommen.

Aber wenn das ihr Urteil ist, muss es wohl stimmen. Ich atme derweil einfach nur tief durch und beantworte eine Frage, nach der anderen. So lange, bis endlich die Minute vergeht, auf die ich so lange gewartet habe.

Noch binnen der letzten Sekunden, sehe ich aus dem großen Panoramafenster, das sich zu meiner Linken in der Wand befindet. Dieses hier ist eines der sehr wenigen Hochhäuser in Huntsville.

Kein Wunder, dass eine Therapeutin sich dieses Büro unter den Nagel gerissen hat. Man ist lieber hier, wenn man einen solchen Ausblick genießen kann. Außerdem kann kein Bekannter vorbeikommen und einen Patienten ganz zufällig hier sehen, denn dazu müsste der Passant verflucht lange Beine haben.

Wobei ich mir vorstellen kann, dass sie mit Sicherheit auch hin und wieder Patienten wie mich hat, denen dieser Ausblick nur bedingt etwas nutzt.

Was ich aus der Ferne sehe, hinterlässt das seltsame Gefühl der Vertrautheit. Sie kommt mir nicht mehr näher als auf die Distanz. Nicht, seit ich mehr weiß.

Nicht, seit ich weiß, was genau sie ist. Dass sie mit mir sprechen könnte. Dass sie wissen *muss*, wer ich bin.

Doch ich kann nicht mit ihr reden, wenn sie sich mir nicht mehr nähert. Und ich denke, sie wird ihre Gründe haben, es nicht zu tun.

Seufzend sehe ich zurück zu Dr. Glendale, die noch immer vor mir sitzt.

»Annie«, beginnt sie und atmet hörbar erschöpft aus, »du warst die letzten zwei Monate sehr ehrlich zu mir. Doch irgendetwas scheint dich noch zu blockieren. Wir kommen so nicht weiter und ich dachte, du willst am ehesten wissen, was deine Vergangenheit birgt. Ist dem denn nicht so?«

Einen Moment überlege ich, ihr ganz einfach die Wahrheit zu sagen. Zu sagen, dass ich es nicht mehr wissen muss, weil ich weiß, wie ich die Wahrheit auch so erfahren kann.

Aber das ist vielleicht zu naiv; zu eingebildet. Vielleicht erfahre ich die Wahrheit am Ende nie.

Gleichzeitig nervt es mich, als sie mich so fragt. Selbstverständlich will ich es selbst am ehesten wissen. Und selbstverständlich würde ich mit ihr sprechen, wenn es mir helfen könnte, mich daran zu erinnern.

Jedoch bin ich mir ziemlich sicher, dass es nichts hilft und auch nicht *würde*. Stattdessen keimt jedes Mal, wenn sie eine solch dumme Frage stellt, erneut der Hass in mir auf. Die trotzige Art, ihr einfach nur zu sagen, wie scheißegal mir ihr dummes Gerede ist.

Die Wut darauf, hier zu sitzen und über Dinge sprechen zu müssen, über die ich mit keinem Fremden sprechen möchte, weil sie keinen etwas angehen, solange ich es nicht selbst entscheide.

Doch erstens habe ich meinen Eltern versprochen, das hier für sie zu tun und zweitens, kann diese unbeteiligte Frau nichts für meinen Zorn.

Also nicke ich und schiebe den Lutscher, der während des Gesprächs eben in meiner Hand ruhen musste, zurück zwischen die Zähne. Mit dieser Handlung erhebe ich mich.

»Bis nächste Woche«, nuschle ich so höflich ich kann, höre dabei ganz leises Knirschen, als der gehärtete Zucker unter meinen Zähnen zu brechen beginnt.

Sie seufzt schwer und setzt die Kaffeetasse ab, die sie noch in der Hand hält.

»Also gut. Hab eine schöne Woche, Annie.«

»*Sicher* ... Sie auch, Dr. Helena.«

Mit diesen Worten verlasse ich schnurstracks die Praxis und begebe mich ein paar Stockwerke tiefer, ins Erdgeschoss, von wo aus ich das Gebäude endlich verlasse.

Erst draußen kann ich einen tiefen Atemzug der frischen Luft einatmen und ein wenig entspannen.

»Annie?«

Ich drehe mich zur Stimme herum, die sich hinter mir bemerkbar macht und fühle, wie sich meine Laune um satte einhundertachtzig Grad dreht. Das Lächeln ist mir ins Gesicht zementiert, als ich ihn in der Menschenmenge der stark frequentierten Straße auf mich zukommen sehe.

»Darren«, sage ich, vermutlich freudestrahlend, »was führt dich her?«

Ja, selbst nach zwei Monaten ist dieser sehr persönliche Umgang zwischen uns noch ziemlich fremd für mich. Doch allein die Tatsache, dass ich mich gerade daran zu gewöhnen beginne, ist noch viel erschreckender, als der Umstand unserer Beziehung an sich.

Wobei ›Beziehung‹ wohl eher nicht das richtige Wort ist. Er ist und bleibt ein Lehrer.

Lediglich ist er es nun auch noch auf andere Weise, als dass er mich einfach nur die ›Schönen Künste‹ lehrt.

»Ich dachte, ich sehe mal nach dir«, meint er nur, »nachdem du immer sehr schlecht gelaunt bist, wenn du eine Sitzung hattest, ist das wohl auch keine so schlechte Idee.«

Auf der Stelle ein klein wenig enttäuscht, besinne ich mich jedoch darauf, dass das eigentlich absehbar war.

Warum auch sonst.

»Stimmt. Weil ich mich noch nicht unter Kontrolle habe«, entgegne ich nickend.

Er tritt derweil an meine Seite, sodass wir, dicht nebeneinander, die Straße zurück zu mir nach Hause entlanglaufen. Man könnte nun meinen, es sei schlecht, so offen miteinander Zeit zu verbringen, falls uns jemand sieht.

Doch das macht nichts, da mir die Schule zugestanden hat, ihn als Vertrauensperson hinzuzuziehen, da ich ja nun offiziell eine Psychiaterin besuche und Probleme habe, mit denen ich selbst nicht fertig werde. So ist das Ganze immerhin zu einer Sache gut.

»Es ist völlig normal, dass du das noch nicht unter Kontrolle hast. Es ist ein Wunder, dass es nicht vorher bereits durchgekommen ist«, erwidert er etwas verspätet.

Zumindest, nachdem er sich extra noch einmal umgesehen hat, dass gerade niemand zu wenig mit seinem eigenen Kram beschäftigt ist.

»Ich weiß nicht einmal genau, wie das funktioniert. Es ist schon seltsam genug, dass du ein Mischling und doch ein vollwertiger Beastmaster bist. Es ist, als seist du zwei vollwertige Spezies in einer Person. Dennoch ist es wichtig, dass die Bestie in dir nicht die Überhand gewinnt. Es ist schlimm genug, dass dir die notwendige Entwicklungsphase genommen wurde und du nun unvorbereitet damit konfrontiert wirst. Du hast Glück, dass es bisher nur so wenig ist, sonst wärst du in deinem Zustand mit Sicherheit schon auf eine andere Person losgegangen.«

»Ich weiß, ich weiß. Die hervorstechendste Eigenschaft des Feuervolks ist deren *Temperament*.«

»Ja, vereinfacht ausgedrückt. Ich bin während meiner Pubertät durch die Hölle gegangen. Meine Eltern waren kurz davor, mich mit in die Dimension der Schatten zu nehmen, damit ich hier nicht noch jemanden verletze … oder gar töte. Dann wurde es jedoch besser, also kam es nie so weit.«

Grüblerisch runzle ich die Stirn bei dieser Geschichte. Stimmt … diese andere Dimension.

Wie es wohl dort ist? Ob ich von dort stamme? Dort geboren wurde? Sind meine Eltern vielleicht noch dort?

All das sind Fragen, mit denen ich mich nun seit zwei Monaten quäle. Dieser eine Abend, der mein ganzes Leben völlig verändert hat … liegt nun schon so lange zurück.

Es wirkt wie eine Ewigkeit.

»Warst du wirklich nie in der anderen Welt? Obwohl deine Eltern über alles Bescheid wussten und selbst dort gelebt hatten?«

Die seltsame Normalität die in dieser Frage mitschwingt, verwirrt mich jedes Mal ein wenig mehr. Es klingt beinahe so, als handle es sich bloß um eine Familie von Auswanderern, die ihr Land hinter sich gelassen haben, um schließlich in den Staaten zu leben.

Dabei verbirgt sich dahinter so viel mehr als das.

Und anders als ich oder Liv, sind offensichtlich nicht alle Kinder, die irgendetwas mit dieser anderen Welt zu tun hatten, so unwissend aufgewachsen, wie wir es sind.

»Es tut mir leid, dass ich dir nicht sehr viel weiterhelfen kann. Ich weiß zwar schon ein paar Dinge über die andere Welt, aber mein Wissen ist sehr begrenzt. Maksim ist schließlich auch nicht von der anderen Seite gekommen und wenn, hat er seine Erinnerung daran verloren, nachdem er gestorben ist.«

»Macht nichts. Es ist ja nicht so, als müsste ich all meine Antworten von *dir* erwarten. Du hast mir bereits viel mehr geholfen, als ich es mir je zu träumen gewagt hätte.«

Wie nebensächlich wende ich meinen Kopf ab; sehe zur Seite. Wo eine allseits bekannte Freundin sitzt und mich aus der Ferne schweigend beobachtet.

»Nein, von *ihr* erwarte ich diese Antworten«, präzisiere ich.

Doch er kann dazu nur lachen.

»Wieder etwas, bei dem ich dir nicht weiterhelfen kann. Und was Max gesagt hat, war nun auch nicht das Wahre … tut mir leid.«

Ich schüttle den Kopf und sehe dann wieder zurück nach vorn, während ich weiter mit ihm spreche. Sein Vertrauter, Maksim, mag ein paar Dinge wissen, doch nicht alles. Und das ist ganz normal.

»Was Max gesagt hat, war, dass er noch nie zuvor gesehen hat, dass ein Vertrauter seinem Partner nicht die ganze Zeit treu beisteht. Dass er, wie in meinem Fall, bloß aus der Entfernung beobachtet und hin und wieder hilft, wenn es wirklich brenzlig wird, ist ihm als Fall auch sonst nicht bekannt«, gebe ich das Gesagte wieder. »Das ist schon eine Menge mehr, als ich vorher wusste, glaube mir. Ich wusste ja nicht einmal, was genau ich da sehe oder ob ich nun doch durchdrehe.«

»Er hat auch gesagt, dass sie keine *echte* Vertraute ist. Sie ist mir dir verbunden, ja, aber es besteht kein Vertrag. Das würde ihre Abwesenheit in normalen Situationen zwar sinnvoll machen, gleichzeitig aber auch ihre Anwesenheit generell eher fragwürdig erscheinen lassen. Warum das so ist, kann ich dir wieder nicht erklären. Und das beunruhigt mich extrem, da ich nicht weiß, ob sie nicht irgendwann gefährlich werden könnte. Wir wissen immerhin nicht, was ihr Motiv darstellt.«

Lachend bleibe ich inmitten des Gehweges stehen. Ein Wunder, dass niemand von hinten in mich hineinläuft, doch dazu sind auch wieder nicht genügend Menschen auf dem Abschnitt unterwegs, an dem wir mittlerweile sind.

Darren bringt es jedoch dazu, mir durch seine Brillengläser einige fragende Blicke zuzuwerfen und mich verwirrt zu mustern.

»*Dich* beunruhigt das?«, wiederhole ich belustigt. »Keine Sorge, ich bin viel beunruhigter als du, aber ich lebe trotzdem weiter. Ist doch längst kein Drama mehr.«

Das Traurige ist, es ist gar nicht mal so unwahr. Sollte noch jemand um die Ecke kommen, der mir erzählt, er könne mir sagen, wer ich bin, dann würde ich es nicht glauben.

Und wenn es dann tatsächlich nicht stimmt, wäre ich kaum enttäuscht darüber.

Selbstverständlich erhoffe ich mir ein wenig mehr von meiner Krähe dort hinten, doch bis diese sich mal zu mir durchringt, scheint es noch eine Weile zu dauern.

Ich seufze und will gerade meinen Weg fortsetzen, als ein hastiges »Wartet!« unsere Aufmerksamkeit auf sich zieht.

Beinahe wie eine Person drehen wir uns nach der Stimme um, wo wir eine mit zwei Einkaufstüten bewaffnete Liv auf uns zustürmen sehen.

Ich lächle, als sie sich an meinem Arm einhängt.

»Und, was Schönes für heute gekauft?«

Doch sie verdreht bloß die Augen. »Nein, ehrlich gesagt will ich nicht aussehen, als würde ich das feiern«, meint sie und öffnet dann eine Tüte, sodass ich hineinsehen kann, »ich hab deine Mutter doch gefragt, ob ich in einem der leeren Kellerräume mein Atelier neu einrichten kann. Sie war zwar zuerst unsicher, hat es dann aber genehmigt. Also hab ich mir Material besorgt, weil meins von Paris und Halloween langsam zuneige geht ...«

Stimmt, ich hatte auch nicht gedacht, dass es festlich wird. Aber etwas Besonderes? Nun, das ist es allemal.

Und Besonderheiten hat sie bisher immer ganz besonders durch ihre Kleidung ausgedrückt. Dass es diesmal nicht so ist, zeigt, wie sehr sie die Sache mitnimmt. Und das, obwohl sie cool damit zu sein scheint.

Weil sie in Wahrheit bloß so tut. Es ist ja auch bei *weitem* nicht das Einzige, das sie in letzter Zeit belastet.

Umso mehr Grund, ihr den Freiraum zu lassen, den sie braucht und sie einfach zu unterstützen.

»Also gehen wir schnell nach Hause, damit du dich verabschieden kannst?«

»Ja, scheint so. Außerdem wollte ich mal fragen, ob ihr den Jahrmarkt gesehen habt, der gerade in der Stadt ist. Auf dem großen Feld wird er gerade zusammengezimmert.«

»Ein Jahrmarkt?« Davon hab ich nichts mitbekommen.

»Eher ein Zirkus, der noch ein paar Stände mitbringt«, korrigiert der Lehrer an unserer Seite.

»Oh, es sah aus wie ein Jahrmarkt. Aber sie haben sich auch nicht groß angekündigt, daher ist das schwierig zu sagen gewesen«, verteidigt sie ihre Aussage.

»Ehrlich gesagt haben sie das schon. Wenn ihr mal da rüber sehen würdet.«

»Also …«

Verwirrt blicke ich nach links und rechts, ehe ich realisiere, auf was er da zeigt. An einer Backsteinmauer zu meiner Linken prangt etwas, das tatsächlich wie ein kleines Plakat aussieht.

Ich trete etwas näher heran und erkenne einen Kerl im schwarzen, altertümlichen Anzug, mit einem Gehstock in der Hand, der sich verneigt, sodass man unter dem Zylinder sein Gesicht nicht auszumachen vermag.

»›Willkommen im Zirkus der Schatten, wo sie Illusion nicht mehr von der Wirklichkeit unterscheiden können‹«, lese ich den Aufdruck. »Klingt mehr wie eine billige Zaubershow.«

»Sowas Ähnliches«, bestätigt Darren, »bloß ein bisschen aufwendiger, was andere Vorstellungen betrifft. Es gibt nicht bloß einen Magier, wie es aussieht.«

»Hm …«, vernehme ich von Liv, die mir über die Schulter sieht, »klingt doch eigentlich ganz nett. Warum gehen wir nicht zusammen hin?«

Überrascht blinzelnd, sehe ich sie an, um zu prüfen, ob sie gerade einen Scherz macht.

»Sicher? Seit wann gefällt dir sowas? Sind das für dich nicht immer nur Scharlatane gewesen?«

»Weißt du«, beginnt sie und wendet sich dann ab, um wieder auf den Weg zu kommen, »in letzter Zeit, habe ich so viel Unerklärliches gesehen, dass ich Scharlatane mittlerweile zu schätzen gelernt habe. Das weiß man zumindest, was man kriegt. Billiger Hokus Pokus aus der Büchse und Kunststücke aus dem Fachhandel mit Gebrauchsanweisung. Ganz bodenständige Betrügerei, die einfach nur unterhalten soll. Ist das nicht etwas Gutes?«

Ich muss beinahe lauthals lachen, doch verkneife es mir lieber.

»Okay? Na dann tun wir das. Ich hab jedenfalls nichts dagegen einzuwenden. Du?«

Wie selbstverständlich, verstehe ich unter ›uns‹ mittlerweile auch den Dritten im Bunde. Wobei ich nicht sagen will, dass wir alle nun beste Freunde seien und Pyjamapartys veranstalten.

Eher ist es so, dass ich ihn gerne an meiner Seite habe und das Gefühl, dass er dabei sein sollte, spornt mich noch weiter an.

Sein zustimmendes Nicken ist daher umso erfreulicher.

»Dann wär das ja geklärt«, lässt sie überraschend gut gelaunt verlauten.

Es ist interessant, wie sehr sie sich verändert und doch wieder nicht verändert hat.

Doch dasselbe gilt wohl für mich, als ich in die Tasche greife, welche fast vergessen über meine Schulter baumelt und, aus einer im Inneren befindlichen Tüte, zwei rote Gummistangen hervorzaubere, von der ich eine an meine Freundin weiterreiche, die sie auch dankend entgegennimmt.

Ja, manche Dinge ändern sich nie.

Die Stimmung ist bedrückt, als ich am Eingang unseres Hauses lehne und mir die Szene vor mir so betrachte.

Eine blondgelockte Frau, die ein bisschen zu tief in ihr Schminktöpfchen gegriffen zu haben scheint, beugt sich derweil nach vorn, um Liv in eine etwas roboterhafte Umarmung zu schließen.

Man sieht ihnen an, dass sie darauf eigentlich beide keine Lust haben, doch sie tun es, Harvey zuliebe. Tja, heute ist es wohl soweit.

Sie ziehen weg ... jedoch ohne Liv.

Harvey, der die für ihn vermutlich rührende Szene zwischen seiner Tochter und Syl beobachtet, sieht nur für einen Moment zu mir herüber.

Mir ist klar, dass er sie in Wahrheit nicht hier bei uns lassen möchte. Und ich meine, nachdem es vor einem Monat fest stand, dass sie wegziehen würden, angespornt durch den Vorfall an der Klippe, da dachte er im Traum nicht daran, sie hier zurückzulassen.

Es erforderte vier Wochen Überzeugungskraft seiner Frau und Livs standhafte Überzeugung von der Tatsache, dass sie auf Hawaii sicher nicht glücklich würde, bis er endlich eingewilligt hat.

Am Ende ist es nicht so, als würde Liv ihren Vater nicht lieben. Sie bleibt nicht hier, weil sie uns lieber um sich hat, als ihn an ihrer Seite zu wissen.

Sie tut das, weil sie den Kampf gegen Sylvia nicht an einem Ort fortsetzen möchte, an dem sie keinen anderen Ausweg oder Rückhalt hat. Und das verstehe ich nur zu gut.

Ich würde auch nicht kämpfen wollen, wenn ich wüsste, dass ich vermutlich auf verlorenem Posten stehe.

Langsam gehe ich auf die beiden und deren Wagen zu, als Harvey seine Tochter noch einmal liebevoll in die Arme schließt.

»Wenn du irgendwas brauchst oder in Schwierigkeiten steckst, musst du mich bloß anrufen. Ein Anruf und ich komm her und helfe dir. Was auch immer es ist«, versichert er ihr. »Ich hab dich lieb, mein Hase.«

»Klar, Dad, ich dich auch.«

Sie sieht so traurig aus, als würde sie gleich losheulen und das kann ich ihr nicht einmal groß verübeln. Ich meine, zu allem was ohnehin der Grund für ihr Bleiben ist, müssen die letzten Wochen sie in allem noch bestärkt haben.

Nach all den Dingen, die sie nun erfahren hat, macht es die Beziehung der beiden nur noch schwerer. Dinge, die sie ihm nicht erklären oder erzählen kann. Fragen, auf die er keine Antwort wüsste. Es sind Welten, die zwischen den beiden liegen.

Ich bin froh, nicht damit allein sein zu müssen, doch selbst wenn sie gegangen wäre, hätte ich zumindest noch Darren und sie wäre nicht aus der Welt gewesen. Ähnlich wie mit Paris.

Doch sie hätte niemanden gehabt, zu dem sie einfach so gehen könnte, um mehr über sich und ihre Fähigkeiten zu erfahren. Sie wäre dann auf sich gestellt gewesen, mit etwas, das niemand verstehen hätte können; nicht mit gesundem Menschenverstand erklären könnte.

Der Mann nickt mir noch einmal trocken zu.

»Passt gut auf euch auf«, sagt er.

Ganz klar ist er immer noch nicht über all die Dinge hinweg, die an Halloween und danach passiert sind, doch unser Verhältnis hat sich mittlerweile wieder gebessert. Ansonsten hätte er sich sicher nicht dazu entschieden, uns als vertrauenswürdig genug einzustufen.

Zugegeben, Liv hat ihm angedroht, hier zu bleiben und auf der Straße zu leben, wenn er ihr nicht erlaubt, bei uns zu bleiben. Das hat mit Sicherheit dabei geholfen, seine Entscheidung zu treffen.

Er wird sie finanziell also ein wenig unterstützen, was Lebenserhaltungskosten angeht, damit wir nicht nach ein paar Monaten arm wie Kirchenmäuse sind und sie dennoch weiterhin normal leben kann.

Sie wollte uns nicht auf der Tasche liegen, obwohl meine Eltern sagten, dass es reicht, wenn sie sich für spezielle Dinge ein wenig eigenes Geld verdient, da Strom, Miete und Lebensmittel oder normale Kleidung eigentlich nicht die Welt kosten und wichtig sind. So zumindest ihre Meinung.

Und das Haus gehört uns schließlich so und so, der Gästeraum würde nur endlich auch genutzt werden.

Ich zucke die Schultern. »Sicher doch«, antworte ich verspätet und seufze, »ihr auch.«

Wieder ein Nicken, dann wendet er sich schließlich ab. Doch nicht ehe er noch einmal die Hand seiner Tochter hält und ihr einen Blick zuwirft, bei dem man Zweifel bekommt, ob er am Ende wirklich mit diesem Arrangement einverstanden ist.

Ändern kann er seine Meinung jedoch nicht mehr, da die Entscheidung von Livs Seite aus getroffen wurde und feststeht. Sie hat hier ihre Freunde, ihre Schule und ihre Zukunft.

Das noch mehr dahinter steckt, kann er bloß erahnen, doch das ist seine Sache. Es ist traurig, aber wahr. Wäre er die meiste Zeit über der Vater gewesen, der er ursprünglich einmal war und ganz offensichtlich immer noch sein kann, dann wäre ihr die Entscheidung vielleicht schwerer gefallen.

In solch einem Fall hätte er jedoch vermutlich auch nicht alle Zelte abgebrochen, um, auf den Wunsch seiner Frau hin, einfach so nach Hawaii abzuhauen.

Zusammen sehen wir den beiden noch nach, als sie endlich einsteigen und los fahren, die Straße entlang, bis sie nicht mehr zu sehen sind. Meine Eltern beobachten uns dabei von hinten und verschwinden kurz darauf, als sie merken, dass Liv noch einen Moment braucht.

Ich selbst stehe wieder an der Hauswand, ein paar Meter von ihr entfernt, als sie plötzlich hörbar ausatmet und ihre die letzten Minuten vor der Brust verschränkt gehaltenen Arme nach unten fallen und etwas baumeln lässt.

»Gehen wir an den Strand?«

Wenig überrascht von der Frage, nicke ich matt.

»Klar, gehen wir.«

Es wird immerhin Zeit, denn der Abend bricht bereits an.

Und heute Nacht ist endlich wieder Vollmond.

Chapter 22:

Basking in its Silver Glow

Mit einem dumpfen »Plopp«, fällt Liv vor mir in den Sand. Um uns herum liegt noch immer eine Menge Müll, doch wir waren nicht untätig. Da wir andauernd herkommen, räumen wir immer ein bisschen davon weg.

»Weißt du noch, als wir damals immer hier waren?«

»Logisch«, entgegne ich und lasse mich ein kleines Stück hinter ihr ebenfalls fallen.

Dabei verfolge ich ihren Blick zu einem kleinen Fleck, an dem einige, sehr eindeutige Spuren zu sehen sind. Super.

»Damals haben wir hier was mitgenommen, dadurch sind wir aufgeflogen.«

»Ja, eine Fixernadel. Wenn wir das damals gewusst hätten …«

In Gelächter ausbrechend, krümmen wir uns halb auf dem Boden, bei der Erinnerung an den Blick meiner Mutter.

»Ich glaube, für Lauren ist damals eine Welt zusammengebrochen. Sie ist auf der Stelle mit uns zum Arzt gefahren, hat meinen Vater kontaktiert und uns dann auf absolut alles testen lassen, das es überhaupt gibt und an dem man sich anstecken kann.«

»Tja, aber so ist sie eben«, werfe ich belustigt ein, »und wenn man es so sieht, ist es tatsächlich ziemlich unhygienisch gewesen.«

»Ja«, bestätigt sie noch immer lachend, »stimmt auffallend.«

Sie sitzt im Schneidersitz da, die Hände in einer Art Zen-Pose haltend. Darren hat ihr das beigebracht.

Doch obwohl sie das Ganze bereits seit zwei Monaten macht, hat sich noch kaum etwas verändert.

Der Geist, also, das blaue Licht in ihren Augen, das ich damals genau an diesem Strand gesehen habe, hat sich nur selten gezeigt.

Laut Darren muss er damals all seine Kraft verwendet haben, um Liv zu beschützen. Sie sind einen Vertrag eingegangen, ohne ein richtiges Einverständnis.

Und da Liv zwar offenbar vom Volk des Wassers abstammt, die Magie in ihr jedoch verkümmert ist, muss der Geist sie übertrumpft haben. Zumindest meinte Max, dass es daran läge, dass sie *gezeichnet* wurde.

Das kann wohl zwei Dinge bedeuten. Zum einen ein ausgebranntes Vertragsmal; zum anderen eine ausgebrannte Iris. Was bedeutet, die Augen werden an den ausgebrannten Stellen farblos.

Man könnte auch sagen ›grau‹.

Das bedeutet, es gab kein Gleichgewicht in der Kraft des Vertrauten und der Kraft des Partners, so wurde die Lebensenergie statt Magie verbraucht und das kann tödlich enden, wenn es zu lange andauert.

Da der Ring in ihren Augen aber gerade bis zur Mitte reicht, kann sie sich noch erholen. Zum Beispiel, indem sie ihre magische Energie auffüllt. Den Hintergrund dieser Methode habe ich selbst aber noch nicht so richtig verstanden, also kann ich ihr dabei nicht besonders gut helfen.

Es geht wohl nur darum, das Wasser anzubeten oder so … okay, das vielleicht nicht, aber so in etwa kann man es sich vorstellen.

Durch Ruhe und Offenheit gegenüber der Magie und dem Element dahinter. Oder war es anders herum? Egal.

Alles was uns Darren sagen konnte, war, dass in dieser Welt, die Magische Energie durch Licht abgegeben wird. Irgendwann sind dadurch neben den einfach Elementen die sechs magischen Elemente entstanden und mit ihnen, fünf verschiedene Rassen neben der Menschlichen.

Und alle tragen im Normalfall sowohl Licht als auch Schatten in sich. Wie das gemeint ist, weiß er nicht, aber ich gehe mal davon aus, das ist so eine pseudo-esoterische Ying-Yang-Kiste.

Das Licht ist das Element der Menschen. Feuer ist das Element der Beastmaster und Skinwalker, die wir hier als Gestaltwandler kennen. Werwölfe, wie Darren, aber auch andere Tiere, wie Tiger oder Bären.

Das Volk des Wassers nennt man Najaden. Sie sind sowas wie Meerjungfrauen und die Vorlage für all unsere Mythen, die dieser ähnlich sind.

Überhaupt wurde uns erzählt, dass alle Mythen, egal welcher Natur und welcher Religion, im Grunde ein Fünkchen Wahrheit beinhalten, da irgendein Mensch mit einem Wesen der anderen Welt Kontakt hatte und daraus dann ein Mythos entstand, der sich verändert und gespalten hat.

Bis es heute teilweise etliche Geschichten gibt, über Wesen mit verschiedenen Namen, in denen das Original irgendwo zu finden ist. Manchmal sogar ein bisschen Wahrheit in jeder Geschichte, doch immer etwas anderes.

Faszinierenderweise gibt es so etwas in der anderen Welt wohl auch. Mythen über Dinge, die wir hier haben. Doch wenn man mit der Magie lebt, ist diese andere Welt etwas, das nicht geheim ist. Nur für wirklich sehr unbedarfte Bewohner vielleicht.

Hier ist das anders. Die Menschen glaube nicht an etwas so Phantastisches wie Magie. Warum sollten sie also an andere Welten oder Dimensionen glauben?

Daher wissen wir nichts davon. Es passt nicht in unser Weltbild.

Vielleicht ist es deshalb so spannend. Möglichkeiten, die ein Mensch so nicht erschließen kann. Spannende Geschichten, von denen man sonst nur in Romanen liest. *Abenteuer.*

Ich kann mir ein Grinsen nicht verkneifen, bei dem Gedanken daran, dass ich das vielleicht irgendwann einmal wirklich erleben kann. Vielleicht nicht jetzt, aber … irgendwann.

Vielleicht wurde ich ja hier geboren, aber meine Eltern kommen von dort.

Genau wie die Urgroßeltern von Liv.

Die Frau aus dem Wasser und der Mann, der aus den Schatten kommt, die ein Feuer hinterlässt …

In diesem Kontext macht alles plötzlich einen Sinn. Die Art und Weise, auf die ich Max das erste Mal habe erscheinen sehen, lässt mich allein bei der Erinnerung vor Ehrfurcht erstarren.

Und was mit dem Wasser gemeint ist, ist offensichtlich. Und auch sie wurde damals zur Adoption freigegeben. Im Gegensatz zu mir allerdings, wurde sie immerhin ordentlich an einer Babyklappe abgegeben …

»Hey«, reißt mich Livs Stimme aus meinen Gedanken, »woran denkst du?«

Erst jetzt fällt mir wieder auf, wo ich mich eigentlich befinde.

»Oh … an nichts. Die letzten Wochen und so. Nicht der Rede wert. Was ist denn?«

Dass sie mich während dieser Meditation anspricht, ist ziemlich eigenartig. Normalerweise sitzt sie ewig so da und sagt fast nichts. Ich bin hier, damit sie nicht angegriffen wird oder einfach nur einsam ist.

Und etwas Besseres zu tun hab ich ja sowieso nicht.

»Du hattest Recht«, stellt sie schlicht fest.

Der Mond ist bereits durch das Rot am Abendhimmel zu erkennen, das immer dunkler zu werden scheint. Sie sitzt in diesem übrigen Licht, vielleicht sogar ein wenig Mondlicht und ich habe keinen Schimmer, wovon sie da eigentlich spricht.

Passenderweise ziehen sich meine Augenbrauen wie auf Kommando zusammen, selbst wenn sie es nicht sehen kann.

»Was? Wovon sprichst du?«

Sie dreht den Kopf ein klein wenig, sodass sie mich kaum aus den Augenwinkeln wahrnehmen sollte. Ich sehe auch nur ein kleines Stück ihres Gesichts.

»Du hattest Recht«, wiederholt sie, »du hast gesagt, ich wisse gar nichts. Dass ich keine Ahnung hätte und das hat gestimmt. Es stimmt sogar noch immer.«

Ich bin noch immer etwas überfordert, doch langsam, wie ein Echo in meinem Hinterkopf, erinnere ich mich daran, so etwas irgendwann gesagt zu haben.

»Aber das ist doch jetzt vollkommen unwichtig. Schwamm drüber.«

»*Nein*«, widerspricht sie mit einer Vehemenz, die die Stille des ruhigen Strandes nun endgültig durchbricht, »du magst mir verziehen haben, ohne auch nur einmal mit mir darüber zu sprechen, doch das hast du vorher schon und diesmal lasse ich es nicht zu. Ich habe zu der Zeit keine Ahnung gehabt, was ich denken soll. Ich habe dir geglaubt, aber rückblickend war es nicht dasselbe. Ich wollte nur daran glauben, dass du verrückt bist.«

»Aber ich hab damals auch überreagiert. Es liegt an meiner Beastmaster-Seite. Du konntest nichts dafür, wenn überhaupt, dann müsste ich etwas dazu sagen.«

»Das stimmt nicht«, wiederholt sie ihren Appell, »ich habe damals einfach nur Angst gehabt, etwas verstehen zu müssen, das nicht zu dem passt, was ich vorher wusste. Es war einfacher zu glauben, dass du verrückt bist, als zu glauben, dass ich nicht normal sei. Oder dass es Dinge gibt, die den menschlichen Verstand übersteigen. Wir sind beide nicht menschlich, aber du warst die einzige, die sich darauf eingelassen hat, dass all das einen übernatürlichen Ursprung hat. Ich bin anfangs einfach nur mit deiner Idee mitgegangen und je mehr Zeit nach dem Unfall vergangen ist, desto einfacher habe ich es mir gemacht. Und du hast es mir auch leicht gemacht ...«

»Inwiefern?«

»Indem du immer mehr seltsame Vorschläge und Verhaltensweisen gezeigt hast, die ich so interpretieren konnte, wie ich wollte. Ich konnte es mir leicht machen. Jetzt weiß ich, dass ich dir damit Unrecht getan habe, aber ich hab mich dennoch nie entschuldigt.«

»Okay … Entschuldigung angenommen?«, mutmaße ich eine passende Entgegnung.

Ich weiß nicht, was sie nun von mir hören möchte. Dass ich sauer auf sie bin, weil ich mich fühlen musste, als wäre ich hintergangen worden? Wenn ich völlig klar darüber nachdenke, hätte ich an ihrer Stelle doch nicht anders gehandelt.

Doch wieder schüttelt sie den Kopf, ehe sie sich letztlich komplett zu mir herumdreht.

»Es tut mir leid, Annie. Ich hab bisher nichts gesagt, weil ich nicht wusste, wie ich es sagen soll und wir hatten als Freunde immer mal unsere Differenzen, aber nie einen echten Streit. Die letzten Monate haben so viel zutage gefördert, das jahrelang unausgesprochen zwischen uns stand«, beginnt sie mit einer ziemlich geschwollenen Rede, »und jetzt stehst du mir wieder bei. Bei der Sache mit meinem Vater? Du hast mich nicht hängen lassen. Aber ich hab dich hängen lassen. In meinem Zimmer vor zwei Monaten hättest du meine Hilfe gebraucht und ich war nicht für dich da.«

Es dauert eine geschlagene Minute, ehe ich überhaupt reagiere. Ich weiß nicht recht, was ich darauf erwidern soll. Vielleicht liegt es an meinem sich stetig ändernden Charakter.

Vielleicht aber auch einfach daran, dass es ungewohnt ist.

Statt also viel zu sagen, rutsche ich ein Stück nach vorn und nehme sie in den Arm.

»Ich weiß«, sage ich, »für mich musst du nicht so weit gehen, dich zu entschuldigen, wenn wir beide Schuld waren. Aber danke. Trotzdem.«

Als ich mich von ihr löse, schrecke ich jedoch zurück. Es geht so schnell, dass auch Liv erschrickt und wir beide kurzerhand rücklings am Strand liegen.

Meine Freundin sieht derweil etwas geschockt aus.

»Was ist denn plötzlich?!«

»Deine … deine Augen«, wispere ich beinahe, weil es mich etwas mehr schockiert, als ich angenommen hatte, dass es würde.

Es jetzt wieder zu sehen, in einem Moment, in dem ich vollkommen unvorbereitet bin, kommt jedenfalls definitiv etwas unerwartet. Doch das ist wohl auch der Grund für das unvorbereitet sein …

Das helle Blau in ihren ansonsten braunen Augen, leuchtet mir im Dämmerlicht entgegen.

Doch Liv scheint überhaupt nichts mitzubekommen.

»Ich bin froh«, lässt eine Stimme verlauten.

Eine Stimme, die so weit entfernt klingt, als würde sie einfach zu uns herüberschallen. Über das Meer hinweg.

»Froh?« Liv sieht sich irritiert um.

»Es schien dich zu belasten, darum bin ich froh«, wiederholt die Stimme.

Sie klingt weiblich. Etwas verfremdet, doch kindlich. Freundlich. Und angenehm, wenn auch ein wenig hoch, an manchen Stellen.

»Wer bist du?« Diesmal bin ich es, die spricht.

Obwohl ich mir seltsamerweise denken kann, um wen es sich handelt. Habe ich diese Stimme doch schon einmal gehört.

In einem Traum.

Die plötzliche Erinnerung an dieses Lied, lässt mich in eine Art nostalgische Sympathie verfallen. Ich mag sie, obwohl ich sie nicht kenne.

Denn sie erinnert mich an einen Moment in meinem Leben, der für mich ein Lichtblick war, wie es kaum ein Zweiter je gewesen ist. Das, und ihre Augen, machen es für mich unmöglich, zu glauben, dass sie es nicht ist.

Die, deren Stimme wir noch nicht gehört haben, obwohl sie sich bereits in ihren Augen gezeigt hat. An manchen Abenden wie diesen.

Dreimal, genau genommen.

»Mein Name ist Kinana. Und wer bist du?« Ihre Gegenfrage wirkt beinahe lächerlich. *»Nein, ich weiß schon. Ich kenne dich mittlerweile.«*

Genau *darum* war die Frage eben auch lächerlich.

Doch ich lasse den Kommentar stecken. Da ich es um ein Vielfaches faszinierender finde, dass sie sprechen kann … ohne überhaupt anwesend zu sein.

Andererseits hatte Max bereits angemerkt, dass es sich bei ihrer Vertrauten um ein sogenanntes ›Geisterlicht‹ handelt. Diese befinden sich, wie die Seelen, an die manche Menschen glauben, in ihrem zugehörigen Element. Sie haben keine physische Form, wie Max selbst, da sie sich nie an einen kompatiblen Wirtskörper gehängt haben … was auch immer ich mir darunter vorstellen kann.

Sie leben mit ihrem Partner in einem Körper, wie ein normaler Vertrauter auch, nur können sie sich nicht selbst zeigen. Bloß durch den Körper ihres Partners, also denke ich, genau das ist es, von was wir hiergerade Zeuge werden.

Erst jetzt scheint auch Liv das endlich zu begreifen.

»Also ist es wahr …«, flüstert sie, wobei eine seltsam anmutende Nebelschwade von ihren Lippen aufsteigt. Noch etwas, das ich schon einmal gesehen habe.

»Ja, warum auch nicht? Weil du es nicht glauben wolltest?«

Wie auf Kommando verzieht Liv das Gesicht zu einer genervt aussehenden Fratze und verdreht dabei noch die Augen. So, wie sie es sonst immer nur bei mir oder Sylvia getan hat.

Wow, das Vieh hat irgendwie Humor … oder es weiß einfach, wie man Liv auf die Nerven gehen kann.

Ich kann ein hallendes Lachen aus der Luft vernehmen. Als wäre sie die Brise, die vom Meer zu uns herübergeweht wird.

Hier hat es angefangen. An jenem Morgen, an diesem Strand, habe ich das erste Mal die innere Sicherheit gespürt, dass etwas nicht stimmt. Und sie war Teil des Ganzen.

Außerdem … ohne sie, wäre Liv heute nicht hier. Ein Fakt, den ich gerne vergessen würde.

Doch gleichzeitig ist es dieser Fakt, für den ich ihr alles verdanke.

»Willst du eigentlich immer nur hier sitzen und das Meer anstarren?«

Verwirrt horche ich auf. »Was soll sie denn sonst tun?«

Liv scheint ebenso verwundert. Allerdings nicht allzu lange, denn plötzlich klatscht ein Schwall eiskaltes Wasser auf uns herunter.

Erschrocken und halb eingefroren, in weniger als einer halben Minute, bleiben wir wie versteinert sitzen. Solange, bis wir realisieren was eigentlich gerade geschehen ist.

Meine Freundin ist die Erste, die reagiert.

Sie dreht sich zum Meer herum, das in ihrem Rücken liegt. Vermutlich um zu sehen, was für eine Mörderwelle uns da soeben erwischt hat. Besonders, da heute alles ruhig scheint.

»Was zum Teufel?!« Ihr Ruf bleibt jedoch unbeantwortet.

Klatschnass wie sie ist, erhebt sie sich aus dem Sand und tapert einige Schritte hin und her.

Ich selbst spüre, wie mir bereits wieder wärmer wird. Noch ein Vorteil, kein Mensch zu sein?

Genauso wie meine verwirrende Heilgeschwindigkeit, welche nicht immer funktioniert.

Aus diesem Grund bleibe ich sitzen und sehe ihr bei ihrem beinahe hysterischen Lauf über den Strand zu. Ehrlich, ich weiß nicht, was ich dazu sagen soll. Es schockt mich zu sehr.

Im Prinzip fällt mir spontan nur eins dazu ein. »Hast du uns gerade mit dem Meer beworfen?«

Meine Frage klingt dermaßen ungläubig, als wüsste ich selbst nicht genau, was ich da sage. Aber vielleicht kommt das daher, dass dieser Eindruck auch der Wahrheit entspricht.

Doch kaum ist es raus, beginne ich zu lachen. Ein Lachen, das immer lauter und hysterischer wird.

So lange, bis Liv mich entgeistert von ihrer Position aus ansieht.

»Wie kannst du darüber lachen?«

»Es ist doch lustig«, gebe ich zurück, »gib's zu. Es war lustig.«

Ihr Blick könnte Laser verschießen. »Nein, ich friere!«

»Keine Sorge, ich lass dich nicht erfrieren«, mischt sich die dritte Stimme ein.

Ich bin mir noch immer unsicher, ob ich sie als eine ›sie‹ oder ein ›es‹ ansprechen sollte. Ich glaube aber, sie ist weiblich. Alles andere wäre auch irgendwie unhöflich …

»Das sagt genau die Richtige«, meckert der bibbernde, tropfende Lockenkopf mit allem und doch nichts.

»Würde dich jemand außer mir so sehen, ›dürftest‹ du wahrscheinlich glatt meinen Platz bei Dr. Glendale einnehmen«, lasse ich lachend fallen, als sie endlich stehen bleibt und sich wieder setzt.

Sie setzt sich jedoch ein wenig näher zu mir, auch ein wenig mehr links als vorher, um der nassen Stelle zu entgehen.

Doch anstatt mir für den Spruch einen weiteren Todesblick zuzuwerfen, wirkt sie überrascht.

»Ach ja, das wollte ich dich auch noch fragen«, lässt sie so in den Raum fallen, »will sie immer noch, dass du sie bei ihrem Vornamen nennst?«

Trotz Überraschung aufgrund des Themenwechsels, nicke ich.

»Ja, aber irgendwie wirkt das seltsamer, als O'Farrell endlich ›Darren‹ zu nennen. Und dazu habe ich auch eine Weile gebraucht.«

Diesmal ist sie es, die lacht. »Sie will eben deine Freundin sein«, meint sie dazu, »und was meinst du mit ›endlich‹? Hattest du das etwa schon vorher vor?«

In zweideutiger Geste, wackelt sie mit den nassen Augenbrauen.

Oh, verstehe. Sie will ein bisschen über mich lachen, darum der abrupte Wechsel. Schön, kann sie haben.

»Vielleicht«, gebe ich zu, »na und?«

Mein herausfordernder Tonfall scheint sie etwas zu kneifen.

»Nicht wirklich. Ich dachte nur, ich frag mal.«

»*Klar*«, gebe ich in unüberhörbar ironischem Tonfall zurück.

Sie zittert immer noch ein wenig und beginnt langsam, in der kühlen Januar-Luft ein wenig blau anzulaufen. Wir sollten lieber gehen, solange sie noch nicht tiefgefroren ist.

Dabei kommt mir jedoch ein Gedanke, den ich gerade kurzzeitig wieder verworfen hatte.

»Was sollte das mit dem Wasser nun eigentlich?«

»*Liv könnte lernen, damit umzugehen*«, höre ich die Stimme, leiser als eben; müde.

»Wasser zu kontrollieren? Gehört das zu den Fähigkeiten, die ich erlenen könnte, wenn ich Magie einsetzen kann?«

»*Ja ... vielleicht nicht heute, aber irgendwann.*« Sie klingt sogar sehr müde.

Das Leuchten zieht sich dabei Stück für Stück wieder zurück. Verschwindet einfach hinter dem Schwarz ihrer Pupille und nimmt seinen Schein mit sich.

Schon bald ist alles was bleibt, das silberne Licht des Mondes, das immer prominenter über uns den Himmel erleuchtet. All die vielen Sterne über der Stadt, die sich zwischen den Wolken zeigen.

»Ich glaub sie ist ... weg«, stelle ich nach ein paar Sekunden fest. »Wir sollten auch verschwinden, bevor du doch noch erfrierst.«

Ich selbst spüre die Kälte mittlerweile ein wenig, doch längst nicht so stark wie sie, offenbar.

Liv nickt bloß und wirkt ein wenig neben der Spur, während wir uns erheben.

In dem Moment greife ich in meine Tasche, um meine Eltern anzurufen, dass sie und vielleicht die Heizung hochdrehen sollen. Einfach, damit sie ein bisschen auftaut.

Doch dann der Schock. »Scheiße!«

»Was ...?«

»Ich hab vergessen, dass mein Handy in meiner Tasche ist. Jetzt bin ich völlig nass. Hoffentlich ist es nicht im Eimer ...«

Liv scheint das bei sich nicht so sehr zu stören, was vermutlich daran liegt, dass sie ihr Telefon gar nicht dabei hat. Sie hat es meist nicht dabei, wenn sie hier am Strand ist.

Genervt suche ich all meine Taschen ab. Und somit kommt der nächste Schreck.

»Verdammt ...«, murmle ich.

»Was denn nun wieder?«

»Mein beschissenes Handy ist weg, das ist nun wieder«, gebe ich bissig zurück.

Liv stört es gar nicht wirklich, doch zuckt sie die Schultern.

»Hast du es vielleicht bei Dr. Helena vergessen?«

Ich halte inne und blinzle. Bei dem Gedanken kommt tatsächlich die vage Erinnerung hoch, während der Sitzung eine Nachricht von meiner Mutter bekommen zu haben. Doch was habe ich dann gemacht ...?

Gott, bin ich dämlich.

»Stimmt.« Etwas ernüchtert lasse ich das Suchen sein. »Ich hab das Ding auf dem Sofa liegen lassen. Hoffentlich war ich vorhin wirklich der letzte Termin, sonst schreie ich.«

»Es wird schon keiner weggenommen haben«, beschwichtigt sie mich sofort, »es sei denn, es war ein Kleptomanie-Patient. Dann stehen die Chancen etwas höher, glaube ich.«

Über den Witz kann ich nicht recht lachen.

Sie hebt dagegen die Hände, mit denen sie sich noch selbst umschlingt, um diese beschwichtigend hoch zu halten.

»Hey, das war doch bloß ein Witz! Vielleicht hat sie es ja sogar selbst gefunden und beiseite gelegt. Du kannst es ja morgen abholen gehen.«

»Ja ...«

Als ich nun das erste Mal richtig zu Liv hinüber sehe, scheint sie desorientiert. Es ist nicht wegen der Kälte, denn sie klang eben ganz normal. Eher ist es, als würde ein Schatten über ihren Zügen liegen.

Diesmal bin ich es, die fragen muss.

»Was ist denn los? Stimmt was nicht?«

»Keine Ahnung«, meint sie schnell, »das war eben einfach komisch.«

»Wieso das?«

Zugegeben, normal war es nicht und ich würde auch niemals behaupten, dass ich vollkommen entspannt bin, wenn ich Dinge wie diese sehe. Ich bin auch noch weit davon entfernt, diese Geschehnisse als normal abzutun oder sie auf irgendeine Art gewohnt zu sein.

Dennoch ist es nicht mehr so komisch wie man meinen könnte.

»Einfach dieses ... Gefühl. Nicht mehr allein in meinem eigenen Körper zu sein. Dass da noch jemand anderes ist, den ich nicht kenne. Jemand, der mich beobachtet und immer da ist. Es ist komisch, besonders jetzt, da ich es das erste Mal selbst bemerkt habe.«

»Du meinst, weil ich die Einzige war, die deine Augen bisher leuchten gesehen hat?«

»Ja, unter anderem«, gibt sie zu, schaltet jedoch auch schnell wieder um, »versteh mich nicht falsch. Ich glaube schon lange nicht mehr, dass du dir das einbildest. Dennoch wollte ich es im Grunde weiterhin nicht wahrhaben. Sowas wie eben ist da ein wenig ... erschreckend, um es vereinfacht auszudrücken.«

»Kann ich verstehen.«

Und das ist nicht einfach so daher gesagt. Zu wissen, dass da etwas ist, das man nicht kontrollieren kann ... selbst wenn ich wirklich eine Vertraute habe, diese jedoch nicht bei mir ist, ist da doch etwas in mir, das lange Zeit geschlafen hat. Und weder ich noch Darren können sagen, weshalb dies der Fall war.

Es gibt so vieles, an das ich mich noch gewöhnen muss. Aber ich habe das erste Mal seit langer Zeit das Gefühl, dass ich das auch kann und dass es besser werden wird. Das alles wieder gut ist und ich genau so leben könnte.

Dass das hier alles kein Problem für mich ist.

Ich hatte damals oft das Gefühl, dass mir etwas fehlt. Dass etwas *an mir* fehlt; irgendwie unvollständig ist. Vielleicht war es ja genau das und noch mehr. Doch nun, da ich weiß wo das Problem liegt, kann ich es mir zurückholen.

Egal was mir auch genommen wurde.

Chapter 23:
Look up at the Screaming Sky

Gähnend am Nachmittag, mit einem Blick auf die Uhr, greife ich nach dem Telefon. Mittlerweile sollten nicht mehr allzu viele Leute da sein. Zu schade, dass man keine Entschuldigung von der Schule dafür bekommt, wenn man sein Handy suchen möchte.

Darum ging es leider nicht früher, also muss ich eben sehen, dass ich hingehe, wenn nicht mehr so viele Patienten kommen. Ich kann schlecht einfach in eine Sitzung platzen, so unhöflich kann ich gar nicht sein … denke ich.

Aber wenn ich schon mal da bin, kann ich auch gleich fragen, wie lange sie glaubt, dass ich noch bei ihr vorbeischauen muss. Ich weiß nicht, aber ich hoffe, sie dreht mir aus dieser Frage am Ende keinen Strick. Ich will einfach nur meine Ruhe haben, aber wenn ich abbreche, ohne dass sie ihren Zuspruch gibt, werden meine Eltern das nicht allzu gut finden, glaube ich.

Etwas angesäuert bei dem Gedanken, beiße ich mir unsicher auf die Lippen.

Es dauert nicht lange, die Nummer aus den verzeichneten Adressen am Buch herauszusuchen, das neben dem Telefon an der Wand hängt. So wähle ich die Nummer und warte auf den Freizeichenton – eine schreckliche Fahrstuhlmusik, aber wer es mag …

Überraschenderweise ist bereits nach wenigen Sekunden ein Klicken zu hören.

»Praxis Dr. Helena Glendale, was kann ich für Sie tun?«

Die Stimme der brünetten Sekretärin, die ich schon so oft am Empfang gesehen habe, ertönt in der Leitung und lässt mich kurz nachdenken.

»Hallo, mein Name ist Annie Dowell, ich bin Patientin bei Dr. Glendale.«

»Ja, natürlich«, entgegnet sie, »wir sehen uns doch immer. Was möchtest du denn?«

Ihr immer-freundlicher Unterton irritiert mich ein wenig, ich schüttle das Gefühl jedoch ab.

»Ich«, beginne ich und mache eine kurze Pause, »ehrlich gesagt, hab ich möglicherweise mein Mobiltelefon in der Praxis vergessen. Könnte ich es schnell holen kommen?«

Zugegebenermaßen weiß ich nicht, wie sie darauf reagiert. Wer weiß, vielleicht macht es zu große Umstände? Das wäre ziemlich … unpraktisch, gelinde gesagt.

Es dauert einen Moment, ehe ich wieder etwas von ihr höre.

»Aber sicher«, entgegnet die Frau auf der anderen Seite der Leitung, »der Patient der gerade im Raum ist, wird in etwa fünfundzwanzig Minuten gehen, dann wäre es perfekt. Du solltest vorher aber noch mit Helena darüber sprechen, bevor du danach suchst.«

Ein wenig Erleichterung überkommt mich, bei den gesagten Worten.

»Mach ich, vielen Dank.«

»Bis gleich«, verabschiedet sie sich noch und ich komme kaum dazu, noch etwas zu sagen, da höre ich auch schon das altbekannte Tuten eines beendeten Gesprächs.

Mit einem Seufzen auf den Lippen, hänge ich den Hörer wieder ein und husche dann noch einmal die Treppen hinauf, um dort aus meinem Zimmer meine Geldbörse zu schnappen. Der Weg führt mich an der Tür des Gästezimmers vorbei.

Dem Zimmer, das nun offiziell Liv gehört. Aber seien wir mal ehrlich, das Zimmer war schon immer ihres. Es hatte nie einen Besitzer und da wir keine lebende Verwandtschaft haben, sowie ich keine großartigen Freunde neben ihr hatte oder habe, hat es nie jemand anderes genutzt. Hin und wieder waren sicher mal Freunde meiner Eltern zu Besuch, doch die übernachten hier in der Regel auch nicht.

Also war sie es immer, die hier geschlafen hat, denn nachdem wir mal in einem Alter waren, in dem wie die ein-Meter-dreißig Grenze überschritten hatten, waren wir schon bald nicht mehr kompakt genug, um nebeneinander in mein, zugegebenermaßen breites, Einzelbett zu passen.

Sie hätte sich also entweder zwischen Bett und Schreibtisch auf eine schmale Luftmatratze quetschen oder aber im Gästezimmer schlafen müssen. Sie hat offensichtlich Letzteres gewählt.

Der Unterschied von vorher zum jetzigen Zustand des Gästeraumes, ist, dass er nun eindeutig bewohnt ist. Übrige Bilder die sich hier noch gestapelt hatten, wurden in den Keller verfrachtet, genauso wie anderes Gerümpel. Ausgetauscht durch manches Möbelstück von drüben und aufgepeppt durch Farben, Kissen und einer Steppdecke auf dem Bett, sowie neuen, gerahmten Bildern … und Kartons.

Viele Kartons. Aufeinandergestapelt auf dem Boden, auf dem Tisch und aktuell sogar auf dem Bett. Wo Liv gerade dabei ist, den Inhalt der speziell genannten Kiste in ein Regal zu räumen.

»Schon dabei dich einzurichten, in deinem brandneuen Zimmer?«

Etwas erschrocken zuckt sie aus ihrer gebückten Position zusammen und sieht dann auf, wo sie lachend die Augen verdreht.

»Ja, *sehr* neu«, kontert sie, »ich war echt noch nie hier, wann habt ihr es dem Haus hinzugefügt?«

»Der war schlecht«, merke ich trocken an.

»Halt die Klappe.«

Zur Rache strecke ich ihr kindisch die Zunge entgegen und schlendere dann ein paar Schritte über die Türschwelle in ihre Richtung. Ein paar Dinge stehen wie gesagt bereits in den Regalen. Unter anderem ein Bild, das ich schon sehr lange nicht mehr gesehen habe.

Neben dem aktuellsten Bild ihrer Familie oder zumindest dem, was man als das bezeichnen könnte, sehe ich ein Bild von Liv und einer Frau. Diese Frau habe ich nie kennengelernt, da das noch vor meiner Zeit war. Liv müsste ungefähr vier oder fünf gewesen sein, so wie sie aussieht.

Es muss eines der letzten Bilder sein, die sie von ihrer Mutter hat.

»Du hast einen schönen Platz dafür gefunden«, merke ich an.

Es dauert eine Sekunde, ehe sie realisiert, auf was ich mich eigentlich beziehe, dann zuckt sie die Schultern.

»Es passte auch gut dort hin.«

Hinter ihr kann ich aus dem Fenster sehen, wo ich einen großen Lieferwagen erkenne.

Stimmt ja, der Kaufvertrag sah vor, dass die neuen Besitzer sehr bald nach dem Auszug der Piercens das Haus bewohnen dürfen, was mit Grund war, dass wir den letzten Monat mit dem Ausräumen aller wichtiger Dinge aus ihrem Zimmer und Atelier verbracht haben, damit nichts davon vergessen wird.

Ziemlich traurig, dass sie sich nicht einmal von ihrem eigenen Haus richtig verabschieden kann. Stattdessen muss sie mit ansehen, wie fremde Leute es in Beschlag nehmen.

Erneut seufzend, sehe ich zu ihr herab.

»Sag mal, hast du vielleicht Lust mit mir in die Stadt zu gehen? Ich muss mein Handy bei Dr. Helena abholen und danach ein bisschen durch die Gegend laufen. Vielleicht würde ich mich sogar zum Shoppen überreden lassen.«

Ich habe unseren kleinen Insider über Dr. Glendale eingebracht, um sie ein wenig zum Schmunzeln zu bringen, da sie diesen Namen recht lustig findet. Doch selbst das hilft nur wenig.

Dennoch scheine ich ihr Interesse zumindest ein wenig geweckt zu haben.

Sie überlegt noch ein paar Sekunden, dann nickt sie langsam.

»Ich muss das Zeug ohnehin nicht so schnell einräumen. Solange ich etwas habe, von dem ich leben kann ...«

»Ja, also komm. Ich muss mich ein bisschen beeilen«, sporne ich sie an.

Und sie reagiert wirklich darauf, jedenfalls dauert es nicht lange, bis sie fertig vor mir steht und wir gemeinsam nach draußen verschwinden. Die Leute aus dem Wagen sehen uns vorbeigehen und grüßen uns sogar, was ich jedoch nur sehr moderat erwidere. Liv reagiert dagegen überhaupt nicht.

Es ist einfach noch zu früh. Solange allerdings einige verwirrte Blicke von den neuen Nachbarn wert.

Tja, man kann eben nicht alles haben.

»Wartest du kurz?«

Liv scheint abgelenkt, als ich ihr die Frage stelle, nickt jedoch schnell, als sie kapiert, dass ich sie etwas gefragt habe.

»Ja, aber brauch nicht zu lange, sonst geh ich einfach ohne dich shoppen«, warnt sie vor.

Und das glaube ich ihr sogar aufs Wort, besonders, wenn sie schlechte Laune hat. So wie jetzt, zum Beispiel.

»Ich versuch mich nicht zu sehr mit ihr zu verquatschen«, witzle ich.

Dabei lasse ich unter den Tisch fallen, dass ich durchaus kurz mit ihr sprechen möchte, wenn auch nicht allzu lange. Das würde nur merkwürdig wirken und ich muss es ja nicht breit treten. Besonders heute, da sie selbst genügend eigene Probleme hat.

Auf dem Weg nach drinnen, komme ich an einem Spender für Zeitungen vorbei. Das Tagesblatt sagt etwas von ›Angriffen auf Anwohner – Täter enttarnt?‹ und irgendwas mit Tieren.

Ohne lange darüber nachzudenken, schnappe ich mir ein Exemplar aus der Klappe und sehe hinein.

Da mein Vater heute Morgen nicht zum Frühstück anwesend war, hab ich das Teil ja noch nicht am Küchentisch gesehen.

Vor zwei Monaten hatte ich geglaubt, ich hätte einen Zusammenhang zwischen dem Wesen und einer Leiche entdeckt. Der Tote war jedoch nur ein Typ mit einem seltsamen Herzinfarkt.

Dagegen haben wir, also Liv, Darren und ich, tatsächlich eine Leiche entdeckt. Und einen ruinierten Laden. Am nächsten Tag kam jemand vorbei und hat die Leiche entdeckt, die der *Wendigo* zu Lebzeiten noch schnell hinterlassen hat.

Allein die Vorstellung treibt mir die Gänsehaut über den Rücken.

Ich schüttle den Kopf über den Artikel, während ich durch den Eingangsbereich des Hochhauses laufe, bis ich bei den Fahrstühlen ankomme und den Knopf nach oben drücke.

Noch während ich warte, vergewissere ich mich, dass ich richtig liege und tatsächlich, ich liege nicht falsch.

Sie suchen nun seit zwei Monaten nach Anzeichen irgendeines wilden Tieres. Eine Weile lang wurden die Wälder durchkämmt und die Leute durften nicht mehr zu spät das Haus verlassen. Selbst für Livs Meditation am Strand mussten wir Anfangs immer früher nach Hause gehen. Bis die Panikmache einfach nur noch lächerlich war, selbst aus der Sicht meiner Mutter.

Und das will jetzt wirklich etwas heißen.

Sicher, eine zerfetzte Leiche ist kein Witz und auch nicht von der Hand zu weisen, doch das war kein Tier. Gleichzeitig bestätigt diese Geschichte auf perfekteste Art und Weise die These, wie viel Menschen bereit sind, einfach zu *übersehen*. Wie viel sie wissentlich hinnehmen, ehe sie zugeben würden, dass etwas nicht mit rechten Dingen zugeht.

Dass sie es nicht *erklären* können, es aber auch nicht *wollen*.

Mir wird einmal mehr bewusst, dass ein Mensch nicht gut darin ist, einfach einzusehen, dass er sich auf etwas keinen Reim machen kann, besonders wenn er denkt, er habe schon alles gesehen und wisse eine Menge. Dass er dann nicht einfach die Fakten sieht, sondern sie sogar gezielt ignoriert, wenn es so besser in das eigene Weltbild passt. Dasselbe habe ich bestimmt auch schon oft getan, ohne es zu merken. Es war mir nur nie so klar.

Vorher lügt man sich lieber in die eigene Tasche und verarscht sich und seine Mitmenschen damit.

Es ist ein wenig traurig, aber man kann es nicht ändern und jeder Artikel zu diesem angeblichen *Berglöwen*, *Bären* oder *verirrten Wolf* hier, bestätigt die Tatsache, dass das Verhalten meiner Eltern und Liv am Anfang gar nicht mal so ungewöhnlich war.

Ein Grund, weshalb ich ihnen deshalb nicht böse wäre und weshalb ich von Liv keine Entschuldigung gebraucht hätte. Ich bin einfach nur froh, dass heute alles wieder besser ist.

Das Signal ertönt, das mir sagt, dass der Fahrstuhl nun endlich da ist, sodass ich einsteigen kann. Ehe ich das jedoch tue, lasse ich die gerade erst beschaffte Zeitung in einen bereitgestellten Mülleimer neben der Tür fallen.

Nur schade, dass ich für dieses gebesserte Verhältnis zu meinen Eltern lügen muss, nur damit sie mich nicht für verrückt erklären … oder am Ende sich selbst, sollte ich auf die Idee kommen, ihnen durch Wesen wie Max zu beweisen, dass *ich* nicht die Verrückte in diesem Spiel bin.

Ich seufze, ein weiteres Mal an diesem Tag, als eine Zahl nach der anderen auf der Anzeige auftaucht, bis ich in genau der Etage bin, die ich auch erreichen will.

Die Tür geht auf, doch … nanu? Ich trete aus dem kleinen Raum heraus in den Gang, dort, wo der Empfang ist.

Niemand zu sehen. Normalerweise sitzt hier Christie, die nette Dame vom Telefon, und winkt jedem Neuankömmling mit ihrem gewinnenden Zahnpasta-Lächeln entgegen.

Es ist so freundlich, dass es beinahe schon wieder abschreckt. Aber vielleicht auch nur für mich, ansonsten ist es ja ganz nett. Seltsam nur, dass sie nicht hier ist, ohne dass ein Schild aufgestellt wurde.

»Hallo, hallo?«, lasse ich experimentell in den Gang fallen.

Letztendlich bringt es doch nichts. Da ich hier nicht einfach umherspazieren kann, warte ich einfach ab.

Stattdessen sehe ich der Uhr an der Wand beim Ticken zu. Ich sehe auf meine Uhr. Dann wieder in den Gang. Es ist Mucksmäuschen still.

Es dauert ein paar weitere Minuten, bevor es mir dann doch zu dumm wird und ich anfange, von rechts nach links zu tapern.

Keine Menschenseele scheint auf diesem Stockwerk unterwegs zu sein. Diese Stille macht mich wahnsinnig – sie wirkt so fehl am Platz.

Keine Schritte sind zu hören. Keine Stimmen hallen durch die Gänge.

Es herrscht Totenstille.

Ist das nicht seltsam? Normalerweise hört man hier zumindest *irgendetwas*. Im schlimmsten Falle Straßengeräusche oder wenigstens etwas aus den unteren Stockwerken. Es ist, als wären wir plötzlich akustisch abgeschnitten vom Rest des Gebäudes.

Oder eher abgeschnitten von allem.

Mit einem flauen Gefühl in der Magengegend, gehe ich nun doch in Richtung des Warteraums und der Praxis.

»Hallo?« Mein Ruf bleibt unbeantwortet. »Ich bin's, Annie. Ich wollte nach meinem Handy sehen und habe extra vorher angerufen. Ist jemand da?«

Keine Reaktion. Aus dem Raum ist auch nichts zu hören. Keiner da? Gar keiner?

Aber die Praxis hat doch geöffnet! Alle Türen sind auf, der Schreibtisch voller Utensilien und noch vor nicht einmal fünfundzwanzig Minuten habe ich mit der Frau gesprochen, die eigentlich dort sitzen und Anrufe beantworten sollte.

Ein plötzliches, unglaublich laut wirkendes Klingeln, wie auf Kommando, bringt mich beinahe dazu, vor Schreck an die Decke zu springen.

Das Telefon klingelt, wie ich nach ein paar Sekunden Verwirrtheit realisiere. Niemand rührt sich. Ich gehe etwas näher heran und erkenne eine Handynummer, die mir sehr bekannt vorkommt. Doch ich kann sie einfach nicht zuordnen. Wenn ich jetzt nur mein Adressbuch hätte, könnte ich ja nachsehen, doch leider ist dieses digital und das Gerät auf dem es gespeichert ist, habe ich nicht hier. Genau das ist ja das Problem. Leider.

Ein Blick auf die Uhr verrät, dass ich bereits eine Viertelstunde hier bin. Es wird doch nicht etwa Liv sein, oder? Leider bin ich eben wirklich verflucht schlecht darin, mir Nummern zu merken. Ohne meinen Kontaktspeicher käme ich gar nicht aus.

Ich schüttle den Kopf, da ich eigentlich doch etwas ganz anderes seltsam finde. Das Telefon hallt so laut durch die leeren Räume, doch niemand reagiert. Es scheint wirklich keiner da zu sein.

»Was zum Teufel …?«

Dabei ist doch jetzt Helenas Kaffee-Zeit.

Also gut, es ist nicht nett, aber … ich kann hier ja nicht ewig bleiben. So schleiche ich an die Tür der Praxis, wo ich, der Ordnung halber, noch einmal an die Tür klopfe und mich anmelde.

»Hallo? Ist jemand hier? Ich will nur schnell mein Handy suchen!«, wiederhole ich meine Ankündigung von zuvor.

Wieder keine Antwort, doch die erwarte ich schon gar nicht mehr. Stattdessen prüfe ich nur, ob das Zimmer verschlossen ist, was jedoch nicht zutrifft.

Noch einmal sehe ich mich um. Die Nervosität knabbert an meinen Nerven. Was könnten sie denken, war ich hier tue, wenn ich einfach hineinspaziere? Immerhin lagern da drin einige streng vertrauliche Patientenakten – mitunter meine eigene!

Okay, ich gehe einfach hinein, lasse die Tür sperrangelweit offen, damit ich sagen kann, dass ich nichts Verwerfliches vorhatte und suche dann das Sofa nach dem Handy ab. Genau so mache ich es.

Wenn es nicht da ist, dann muss ich eben warten, bis sie doch zurückkommt.

Kaum habe ich das gedacht, setze ich den Plan auch schon in die Tat um. Als ich jedoch im Zimmer bin und das große Ledersofa absuche, finde ich dort nur die Kekskrümel von letzter Woche, so wie die aussehen.

»Och nö«, jammere ich kindisch vor mich hin, als ich alle Ritzen dreimal abfahre, nur um sicher zu gehen.

Dann stelle ich mich wieder ordentlich hin. War das Ganze eben umsonst, oder was?

Doch als ich mich so aufstelle, fällt mein Blick auf den Schreibtisch, vorn, vor dem großen Fenster, das fast die gesamte Außenwand einnimmt.

Und vermutlich hellt sich gerade meine Miene auf.

»Super«, rufe ich in beinahe triumphierender Tonlage aus, jedoch ohne tatsächlich zu rufen.

Ich husche stattdessen nur schnell nach vorn und greife nach dem Handy, das offen zu sehen auf dem Pult liegt. Auf der Rückseite ist genau das Geschmiere, das ich darauf hinterlassen habe, sowie das einzigartige Kratzmuster. Das, und selbstverständlich das Modell, geben für mich den Ausschlag darüber, dass es mein Telefon sein muss.

So, jetzt aber ganz schnell raus hier …

»Ms. Dowell, schön Sie zu sehen«, lässt eine seltsam kühle Frauenstimme in den Raum fallen.

Ich mache mir beinahe in die Hose, als ich sie vernehme und diesmal mache ich tatsächlich einen Satz in die Höhe vor Schreck.

Eine geschlagene Minute ist es mir zu peinlich, mich herumzudrehen. Ich laufe lediglich rot an, so sehr, dass ich es spüren kann, und stehe mit dem Rücken zu ihr vor dem Tisch.

»A- Also, das … ich kann das wirklich erklären! Christie ist ans Telefon gegangen, als ich angerufen habe, weil ich mein Handy holen wollte, aber dann«, ich stocke und überlege, was ich als nächstes sage.

›Dann bin ich einfach rein gelatscht, weil sie nicht da war und ich nicht so lange warten wollte‹, klingt schon ein wenig dumm.

Das ist als würde man der Person die einem beim Schwarzfahren erwischt hat, sagen, man hätte einfach keine Karte gekauft. Man sagt doch meist, man habe sie verloren oder vergessen oder so, weil die Wahrheit irgendwie uncool klingt.

Als die anfängliche Nervosität langsam nachlässt und einem Gefühl der Scham über meine eigene Dummheit weicht, fällt mir plötzlich etwas auf, das mich verwirrt.

»Seit wann sind Sie denn wieder so formell?«

Ich stelle meine Frage noch während ich mich umdrehe.

Sie steht mit dem Rücken zu mir, nur diesmal eher seitlich; anders als normalerweise, wenn ich auf dem Sofa sitze. Ihre halblanges, dunkelblondes Haar fällt nach vorn, verdeckt ihr Gesicht, während sie sich etwas in ihre Kaffeetasse gießt und mich dann fragt, ob ich etwas davon haben möchte.

Ohne mich anzusehen.

Etwas verwirrt sehe ich sie an. »Ist alles in Ordnung mit Ihnen, Dr. Glendale?«

»Ja, sicher«, entgegnet diese mehr oder weniger tonlos.

Hatte wohl keinen guten Tag, was?

Sie sagte auch gerade das erste Mal nicht, dass ich sie doch bitte ›Helena‹ nennen soll.

Als sie gerade dort steht, versuche ich noch einmal mit einem Gespräch weiterzukommen. Diesmal jedoch über die andere Sache, die ich ansprechen wollte.

»Ich habe eine Frage, Dr. Glendale. Sie ist ziemlich wichtig.«

»Nur zu«, meint sie, »stell sie ruhig. Nimm bitte Platz.«

Ich nicke, obwohl sie das vermutlich nicht einmal sehen kann und tue einfach, wie mir geheißen.

»Es geht darum, dass ich glaube, mehr kann man für mich nicht tun. Aber ich will nicht, dass meine Eltern von mir enttäuscht sind. Könnten Sie nicht vielleicht bescheinigen, dass alles in Ordnung ist? Damit ich nicht mehr zu den Sitzungen kommen muss. Ich weiß, es kommt etwas plötzlich, aber-«

»Kaffee, Liebes?«

Überrascht sehe ich auf. Sie steht noch immer mit dem Rücken zu mir.

»Äh … nein, wieso-«, erwidere ich und breche verwirrt ab.

Wie oft muss ich den denn noch ablehnen, bis sie es versteht? Sie hat mich schon ewig nicht mehr danach gefragt. Genau genommen, nicht mehr seit unserer ersten Sitzung, als ich ihr erklärt habe, warum ich keinen Kaffee trinke.

Und hat sie überhaupt gehört, was ich gerade gesagt habe?

»Dr. Glendale, haben Sie mich gerade ver-«

»Annie«, unterbricht sie mich ungewohnt grob, »ich muss dich ein paar Dinge fragen. Okay?«

»Was? Also … ja? Wieso nicht? Aber meine Frage war-«

»Was weißt du über deine Mutter?«

»Lauren?« Es wird immer verrückter.

»Nein, nein, Liebes«, erwidert sie; der zuckersüße Unterton trieft dabei aus jedem gesäuselten Wort, sodass mir die kalte Kotze hochkommt. »Deine leibliche Mutter, Sonya. Was weißt du über sie?«

Verwirrt schüttle ich den Kopf und erhebe mich von dem Sitzmöbel unter meinem Hintern.

»Sonya? Wer ist das?! Was reden Sie da überhaupt für einen Bullshit?! Ich weiß nichts, darum bin ich doch hier! Wegen meiner Vergangenheit, oder nicht?!«

Doch sie scheint mich wieder nicht zu hören. Jedenfalls antwortet sie nicht.

»Und was weißt du über die Welt aus der du kommst? Wer hat dich hergebracht, Ani?«

Die Art und Weise, wie sie meinen Namen ausspricht, kommt mir sonderbar vertraut vor. Doch es von ihr zu hören, löst ein sonderbares Gefühl des Ekels in mir aus. Der Drang, mir die Ohren zuzuhalten oder zu erbrechen ist so erdrückend und omnipräsent, dass mir beinahe die Haare zu Berge stehen.

Doch ich widerstehe dem Impuls und gebe nicht nach.

Stattdessen schlucke ich und trete beiseite.

»Was meinen Sie? Was meinen Sie mit ›die Welt aus der ich komme‹?«

Erst jetzt dreht sie sich endlich herum.

Und jedes Wort bleibt mir im Halse stecken. Stattdessen werde ich langsam panisch.

»Oh, du weißt genau, was wir meinen, Ana«, sagt sie.

Doch was heißt ›sie‹ hier überhaupt noch? Sie spricht von sich, als wären mehr Leute beteiligt. Allerdings ist es nicht nur das, was sie sagt, es ist auch die Art, *wie* sie es sagt.

Ihre Stimme wirkt sonderbar verfälscht. Als wären es in Wahrheit viele Stimmen, mehrfach überlagert. Alle sprechen gleichzeitig; sagen dasselbe.

Aber eins ist sicher: egal wie viele es auch sein mögen. Keine von diesen Stimmen ist die von Helena. *Das da* ist nicht Helena.

Nein, das ist sie nicht ... »Was ist mir Ihren Augen ...?«

Meine Stimme ist nicht mehr als ein entsetztes Flüstern. Ich habe das Leuchten von Livs Augen gesehen. Die Augen von Darren.

Doch so etwas noch nicht. Sie sind einfach ... schwarz. Völlig schwarz. Ich bilde mir kleine nebelartige Schwaden ein, die von den Augen über die Haut ziehen.

Nein, das ist nicht real ... denn *wäre* es real, hätte ich jetzt verflucht beschissene Probleme.

Denn, *wäre* es real, dann ist das bestimmt *keine* Freundin.

In meinem Kopf schreit mich eine Stimme an, ich solle laufen, doch meine Beine wollen nicht. Irgendetwas hält mich fest.

»Willst du uns nicht antworten, Ana?«

»Wer ist Ana ...? Das ist nicht mein Name. Sie verwechseln mich!«

Der schwache Versuch mich zu verteidigen scheitert erwartungsgemäß kläglich.

In dem Moment holt sie aus und ehe ich reagieren kann, fliegt etwas durch die Luft, das ich viel zu spät als die Tasse identifiziere, die sie sich vorhin eingegossen hat. Daran habe ich nicht einmal mehr gedacht.

Sie kommt direkt auf mich zu, doch ich weich gerade so aus. Der Inhalt, von dem ich annehme, dass er heiß ist, ergießt sich dabei teilweise über meinen Arm. Schon aus Reflex schreiend, reiße ich ihn zur Seite. Doch der Schmerz bleibt aus.

Ich sehe eine dunkelrote Brühe an meinem Arm entlang fließen. Rot, gemischt mit einer zähen, schwarzen Masse.

Stattdessen steigt mir ein Übelkeit erregende Mischung aus der metallischen Duftnote von Blut und dem charakteristischen Gestank eines Wendigos in die Nase. Erst jetzt wird mir klar, was da tatsächlich an meinem Arm klebt.

Und wenn ich dachte, ich hätte vorher geschrien, ist das nichts im Vergleich dazu. Panisch versuche ich das Zeug von meiner

Haut zu wischen, doch es geht nicht ab. Da das nicht hilft, steure ich stattdessen kreischend die Tür an.

Weit komme ich jedoch nicht, ehe ich stockend zum Stehen gezwungen werde. Etwas hält mich unsanft an meinem Bein fest. Einen Moment glaube ich, sie hat mich erwischt, doch das ist es nicht. Sie steht noch immer neben der Anrichte; rührt sich nicht.

Als ich zu meinen Beinen herabsehe, erkenne ich etwas Unförmiges, das mich an Ort und Stelle festhält.

Es ist schwarz, scheint sich teilweise aufzulösen und kriecht unter dem Sofa hervor. Doch egal wie hart ich danach trete, es lässt nicht locker. Erst jetzt erkenne ich, dass es sich um einen Arm handelt.

Eine Hand, die aus dem Nichts nach mir greift.

Panik legt sich um mein Herz, presst die Luft aus meinen Lungen und lässt mich verstummen.

Hilflos sehe ich mich um, als die falsche Helena langsam doch auf mich zukommt und schließlich über mir stehen bleibt, um auf mich herabzublicken. Das Lächeln auf ihrem Gesicht lässt mich erzittern.

»Ana, was tust du hier bloß? Du wirst erwartet. Jemand sucht nach dir«, lässt mich diese immer unerträglicher werdende Stimme wissen.

Flüstern ist zu hören. Wie aus dem Hintergrund. Die Spiegel an der Wand. Fenster.

Überall scheint das Glas zu beschlagen. Doch es wird nicht kälter.

Es beschlägt nicht von außen, sondern von innen. Als würde jemand dagegen hauchen.

Mit Schrecken beobachte ich, wie sich etwas in den spiegelnden Flächen zu formen scheint. Meine Angst wächst mit jeder Sekunde. Ich bin umzingelt. Was soll ich nur tun? Ich hab keine Chance ...

Nein, ich darf nicht aufgeben.

Ich kann nicht weg sehen. Ich muss sehen, was geschieht.

Muss wissen, was gleich passieren wird; der Gefahr entgegenblicken.

Dennoch wende ich den Blick für eine Sekunde ab und für einen Moment atme ich innerlich auf. Meine letzte Hoffnung.

Auf dem Boden, nicht weit von mir, liegt die zerbrochene Tasse. Ich greife nach einer der großen, kantigen Porzellanscherben – so schnell, dass das Monster über mir nicht reagieren kann.

Kaum hebe ich die Scherbe an, fange ich an zu schluchzen, während ich die spitz zulaufende Scherbe in die schwarze Hand ramme.

Schmerz durchzuckt mich, als ich das substanzlose Etwas durchstoße und die Spitze mein eigenes Bein trifft. Ein Schrei löst sich von meinen Lippen. Doch nicht bloß von meinen.

Gellende Schreie ertönen, machen mich für einen Moment taub.

Wieder sehe ich auf und muss auf der Stelle ein Würgen unterdrücken. Zwischen den Scherben der Tassen blickt mir ein Auge entgegen, das ich erst jetzt erkenne.

Ein seelenloses Auge, das ich bisher nur mit einem strahlenden Zahnpasta-Lächeln in Erinnerung hatte. Mit diesem Gedanken kämpfe ich mich auf die wackeligen Beine.

In meinem Kopf dreht sich alles.

Erinnerungen. Erfahrungen. Panik. Entsetzen. *Übelkeit.*

Der Gestank von Blut und der faulige Geruch des Todes. Tränen brennen in meinen Augen und lassen meine Sicht verschwimmen, als ich endlich die Pforte erreiche und hinausrenne.

Zwar sehe ich mich um, doch sehe niemanden mehr. Es ist leer.

Noch während ich durch den Empfangsbereich renne, kann ich einen Luftzug von der Seite spüren. Ich sehe nicht nach.

Kaum etwas erkennend, laufe ich in Richtung der Treppen. *Kein Aufzug.* Zu gefährlich.

Stattdessen laufe ich die Treppenstufen hinunter. Ich drehe mich nicht um. Ich renne.

So lange, bis ich wieder etwas höre. Bis ich Menschen vernehmen kann, wie sie in der Ferne lachen und weinen; wie sie miteinander sprechen oder streiten. Bis ich draußen Vögel zwitschern oder Autos brummen höre und denke, dass es das schönste Geräusch der Welt sein muss.

Mein Bein schmerzt bei jedem Schritt. Ich kann das fühlen wie das warme Blut die Hose durchdringt.

Plötzlich fühle ich eine seltsame Schwäche. Der Fuß gibt eine Sekunde nach und knickt an der Stufe ein. Ein Vorgang, den ich dank der Tränen nicht einmal wirklich verfolgen kann.

Ich spüre nur, wie ich mit einem Mal den Halt verliere und mich dem Boden näher, ohne mich dabei festhalten zu können.

Es kommt mir vor, wie eine Ewigkeit, ehe ich das erste Mal aufschlage. Es tut weh.

Ich will schreien, doch ich kann nicht, als sich eine weitere Kante in meinen Rücken bohrt.

Und plötzlich ist alles schwarz.

Rauschen. Flüstern. Schwärze. Ich kann nicht fühlen, wo ich bin. Weiß nicht, wer ich bin.

Ich weiß nur, dass ich bin.

Aber was kann ich tun? Wo soll ich hin?

Woher komme ich? Und wohin gehe ich?

Wozu bin ich hier?

Dieses vertraute Flüstern erreicht mich. Doch ich kann es nicht verstehen.

Kein Wort.

Mein Schädel schmerzt. In meinem Mund nehme ich den metallischen Geschmack von Blut wahr.

»Was …?«

Mein verwirrtes Krächzen ist so leise, dass ich es selbst kaum hören kann. Eine zittrige Hand wischt fahrig über meine Stirn. Es ist meine Hand.

Ich spüre sie kaum.

Räuspernd, versuchend, meine Stimme wiederzufinden, schlucke ich immer wieder. Was ist passiert …?

Es dauert sicherlich eine geschlagene Minute, ehe ich realisiere, was gerade geschehen ist.

Erschrocken schlage ich endlich die Augen auf und versuche sofort aufzustehen. Doch ich schaffe es nur mit Mühe. Alles tut weh. Manche Knochen fühlen sich fast so an, als wären sie gebrochen. Selbst das Atmen fällt mir schwer.

Dicker Rauch bildet sich über mir. Ich verstehe gar nichts mehr. Verdammt, war das eben ein Traum? Wer war das?!

Mit Hilfe der Wand, an der ich mich abstütze, sehe ich mich um. Niemand … alles ist leer.

Der Rauch über mir, der durch den Gang zieht, wird immer dichter. So sehr, dass ich husten muss. Meine Brust und Lunge schmerzen von der Anstrengung.

Gott, was ist los? Feuer …?

Die Beine lassen sich kaum noch bewegen, egal wie viel Energie und Willen ich auch hineinstecke. Doch zumindest der Schmerz ebbt langsam ab. Gleichzeitig kann ich nicht sagen, ob er wirklich milder wird oder ob mein Körper nur langsam der Taubheit anheimfällt.

Ich höre die Menschen draußen. Ein Tumult.

Die Notfalltür ist in Sicht. Ich muss sie nur erreichen.

So schnell ich kann, hinke ich zum Griff des Ausgangs, atme soweit ich kann ein, sobald er geöffnet ist. Ein Alarm schlägt an, als ich die Klinke drücke, doch ich regiere nicht darauf.

Stattdessen schleppe ich mich weiter nach draußen.

Es dauert so lange. So lange … bis ich endlich eine Stimme höre, die mir erneut die Tränen in die Augen treibt.

Es ist endlich vorbei.

Ich sehe fast nichts mehr, da mein Sichtfeld droht, erneut schwarz zu werden. Doch zwei starke Arme halten mich, noch ehe ich kippe.

»Annie!«

Die Stimme meiner besten Freundin ist zu hören.

»Was ist passiert?!«

Darren … »Danke … Für's Festhalten«, murmle ich fahrig und verschlucke mich an etwas, das mir in den Hals läuft.

»Es wäre besser, wenn du nicht mehr sprichst. Ganz ruhig, ich hab dich«, beschwichtigt er mich.

Doch ich merke ohnehin kaum noch etwas.

Ich kann fühlen, wie ich im Brautstil angehoben und ein Stück weit getragen werde.

Das Schaukeln trägt zu meiner Übelkeit bei und meine Gedanken werden noch verworrener.

Was mich jedoch dazu bringt, die Lider doch noch einmal aufzuschlagen, sind nicht die beiden.

Ich höre das Schreien. Dasselbe Geschrei, das ich drinnen gehört habe. Dasselbe überlagerte Plärren, das in mein Gehör schneidet und meine Gedanken mit einem Mal unterbricht.

Aus Angst, es noch einmal sehen zu müssen, beginne ich zu zittern.

Ein lautes Donnern ertönt. Ein Knall; berstendes Glas. All das hinterlegt das Schreien dieser Biester.

In dem Moment, als es noch einmal kracht, diesmal jedoch viel lauter, öffne ich praktisch von ganz allein die Augen.

Wie die anderen um mich herum offenbar auch, was ich jedoch nur vage aus dem Rand meines Sichtfelds erkenne. Denn meine Aufmerksamkeit wird auf etwas anderes gelenkt.

Ich schaue hoch in den Himmel

Eine wahnhafte Sekunde lang, glaube ich zu sehen, wie sich der Himmel über uns auftut. Der Schrei, der nur noch wie durch Watte an mein Gehör dringt, schmerzt dennoch.

Der Himmel ist unruhig. Ich sehe, wie irgendetwas Glitzerndes auf uns herabrieselt.

Weiß und matt … Schnee? Wieso …?

Ein weiterer Knall dringt weit entfernt an meine Ohren. Der Untergrund bebt und schüttelt mich sanft durch.

Mein Sichtfeld wird immer dunkler und dunkler. Das letzte, das ich mehr oder minder klar erkennen kann, ist Darren.

Darren, wie er sich über mich beugt. Der Lärm verblasst.

Die Unruhe weicht einer homogenen Masse die immer weiter in den Hintergrund rückt.

Es ist … beinahe friedlich.

Statisches Rauschen. Es ist finster um mich herum. Das Einatmen fällt mir schwer. Erneut bin ich hier. Bin hier gefangen.

Da ist wieder dieses Flüstern. Das Flüstern, das ich nicht verstehen kann. Zu viele Stimmen auf einmal, die sich immer wieder überlagern. Weißer Nebel.

Ein eiskalter Hauch benetzt meine Haut und ich erstarre vor Schreck; versuche mich umzusehen.

Doch ich kann mich nicht bewegen. Meine Arme sind wie angebunden. Sie hängen fest.

Jeder Kampf ist zwecklos, ich kann mich nicht befreien; kann mich nicht rühren.

Ich sehe Augen in der Dunkelheit. Augen, schwarz wie die Nacht. Wie diese Augen.

Ein Schrei will sich von meinen Lippen lösen, doch ich mache keinen Mucks. Als könnte ich den Mund nicht öffnen. Zur Stille gezwungen.

Ich höre sie reden. »Was weißt du schon?«

Doch ich kann sie nicht verstehen. Sie reden und reden und ich kann nichts tun.

Und dann, urplötzlich, ist alles wieder still. Das Flüstern ist wieder ein Flüstern. Undeutlich. Kaum zu hören. Nur ein Laut unter Vielen.

Erst das Gefühl einer Hand auf meinem Arm lässt mich erneut aufschrecken.

»Oh mein Gott«, vernehme ich eine erschrockene Aussage von der Seite.

Wie aus Reflex folge ich der Stimme; atemlos. Verunsichert sehe ich mich um. Das ist ... ein Schlafzimmer. Aber nicht mein Zimmer.

Was tue ich hier ...?

»Liv«, wispere ich mit einem Hauch von Angst in der Stimme, »was ist hier los ...?«

»Ähm ... keine Ahnung?«

Ihre Mimik zeigt eine ebenso deutliche Verwirrung, wie ich sie in meinem Inneren spüren kann. Doch da ist noch mehr.

Nervosität. *Erschöpfung*.

Unter ihren Augen liegen tiefe Ringe. Auffällig, wenn man Liv schon länger kennt.

Doch das Brummen in meinem Schädel lenkt mich von einer direkten Frage nach den Umständen dieser Ringe ab. Stattdessen murre ich und halte die Hände zu beiden Seiten an meinen Kopf.

Bei dieser Bewegung spüre ich, wie jeder Muskel in meinen Armen schmerzt. Mir kommen beinahe die Tränen, doch selbst dazu fehlt mir gerade die Kraft, jedenfalls geschieht doch nichts.

Meine Freundin zuckt bei dem Anblick mehr als merklich zusammen.

»Ist alles in Ordnung?!«

Nun bin ich erst wirklich verwirrt.

»Liv ... was ist passiert?«

Die Stimme in der ich diese Frage erneut stelle, mag schwach sein, doch der Wille, eine Antwort zu erhalten, ist dies keineswegs.

Dennoch drückt sie sich einige weitere Momente um eine Bewegung. So lange, bis ich mich erheben will, um dieser Sache selbst auf den Grund zu gehen.

Sie hält mich zurück. »Nein, du kannst nicht gehen! Du bist verletzt.«

»Wieso?!«

»Ich weiß es nicht! Ich weiß nur, dass du verletzt aus dem Gebäude gestolpert bist. Wir konnten nicht rein und du kamst nicht raus … ich hatte solche Angst!«

Bei der Erwähnung eines Gebäudes, taucht vor meinem inneren Auge eine seltsame Szene auf. Ich hab mich auf die Füße gekämpft und nach draußen geschleppt … die Treppe!

»Ja, ich bin eine Treppe hinuntergestürzt! Ich wollte fliehen und bin wohl gestolpert …«

Jetzt, wo ich darüber nachdenke, klingt das alles so dumm und tollpatschig. Ich muss mir auch den Kopf gestoßen haben.

»Eine Treppe?«

»Ja, im Inneren«, stelle ich fest.

Ich habe den Fahrstuhl gemieden. Wieso eigentlich? Vielleicht, weil ich mich nicht sicher gefühlt habe.

Ich weiß es nicht mehr so wirklich.

»… ich hätte doch den Fahrstuhl nehmen sollen«, murmle ich ein wenig selbstironisch und lache tatsächlich leicht, in dieser absurden Situation.

Würde das Lachen bloß nicht so wehtun.

Die Braunhaarige scheint darauf nicht viel erwidern zu können, drum zuckt sie schnell die Achseln.

»Naja, sieh es doch mal positiv: im Brandfall soll man die Teile sowieso nicht benutzen. Es konnte nur besser werden.«

Wieder sehe ich sie an. Diesmal ziehen sich meine Augenbrauen wie von selbst in einer tiefen Furche zusammen.

»Ich verstehe nicht … Feuer?«

Sie will offensichtlich etwas dazu sagen, doch als sie mich ansieht, verstummt sie.

Ja, ich erinnere mich … an immer mehr. Die Momente vor meiner Ohnmacht.

Der Schnee … »Asche«, stelle ich fest und lenke dann den unterbewusst auf die, über meinen Beinen liegende, Decke konzentrierten Blick, mit einem Mal zurück auf die Freundin neben mir, »das Büro ist in die Luft geflogen, nicht wahr?!«

Sie nickt nur langsam. Seltsamerweise beantwortet es nicht die Frage, die mich darauf gebracht hat.

»Aber …«, ich überlege kurz und stocke. »Aber was meinst du dann mit ›Feuer‹? Es ist erst in Flammen aufgegangen, nachdem ich das Gebäude verlassen habe.«

Diesmal ist sie es, die verwirrt die Augenbrauen zusammenzieht. Dazu ein langsames, irritiert wirkendes Kopfschütteln.

»Nein«, kommt es ziemlich schnell, »nein, das stimmt nicht. Es hat schon ewig gebrannt, doch ich durfte nicht rein, also hab ich in der Praxis angerufen. Ich war total in Panik. Am Ende hab ich sogar Darren dazu geholt.«

Sie pausiert ihre Erläuterungen für den Bruchteil einer Sekunde, als ich ihre einen Seitenblick zuwerfe, von dem ich selbst nicht sicher bin, was er aussagt.

»Was offensichtlich auch richtig so war! Aber ich hätte normalerweise nicht im Traum daran gedacht«, stellt sie daraufhin jedenfalls richtig.

Aber ja ... da war ein Anruf. »Alles war so still in dem Büro. Aber das Klingeln des Telefons hallte von allen Wänden wieder.«

Die Erinnerung reißt mich zurück in diesen Eingangsbereich. Alles daran wirkte falsch. Ich hätte sofort umkehren sollen, scheiß auf das Handy. Warum bin ich nicht einfach gegangen?

»Du bist nicht ran gegangen«, bemerkt sie nebenbei.

»Nein«, sage ich leise, »ich war so verwirrt. Es war niemand da. Keine Menschenseele ...«

Ein paar Minuten lang herrscht völlige Stille im Raum. In meinem Kopf geschieht jedoch das komplette Gegenteil. Ganz langsam. Stück für Stück.

Ein Brocken nach dem anderen, kommen die Erinnerungen zurück und schnüren mir die Kehle zu.

»Dr. Glendale ...«, flüstere ich.

»Was?«

»Sie ist tot. Und Christie, die Sekretärin, auch.«

Besorgt legt sie mir eine Hand auf den Rücken.

»Das muss schwer sein. Ich weiß, bisher war nicht alles einfach und ich glaube, allein mit Dingen fertig zu werden, wie eine Leiche zu sehen, wenn auch nicht aus der Nähe, ist nicht leicht. Diesmal kanntest du die Personen. Jetzt diese Explosion und-«

»Nein!«, unterbreche ich sie aufgebracht und packe sie an den Armen, »Sie sind tot, Liv!«

»Ich weiß!« Sie sieht mich an, als wisse sie nicht, was sie tun soll. Völlig perplex.

»Nein, Liv«, bleibe ich dabei, »sie sind nicht bei der Explosion gestorben oder bei irgendeinem ominösen Feuer!«

Ich weiß nicht, ob man eine verwirrte Person noch mehr verwirren kann, doch wenn, habe ich das soeben geschafft.

»Was zum Teufel meinst du?«

»Sie *waren* schon tot als das Gebäude explodiert ist.«

Selbst in meinen eigenen Ohren, klinge ich ausgesprochen trostlos. Doch jetzt scheint sie zu verstehen, zumindest wenn ich ihren Gesichtsausdruck richtig deute.

Doch würde ich irgendetwas anderes tun, würde mir die Galle hochkommen. Bei dem Gedanken an das Auge auf dem Boden, dreht sich mir bereits der Magen um.

Gedanken, die ich vorher verdrängt habe. Der Gedanke, dass das einmal ein lebender Mensch gewesen ist …

Ohne Vorwarnung lehne ich mich zur Seite. Ein Würgen. Und noch eines.

Ich habe nicht allzu viel gegessen, weswegen das meiste das herauskommt, im Endeffekt Magensäure ist. Doch das Gefühl von Übelkeit will einfach nicht vergehen.

Die Bilder von Dingen wie diesen, die mich seit geraumer Zeit verfolgen, wollen plötzlich nicht mehr verschwinden; sich nicht zurückstellen oder überspielen lassen.

»Annie?«, höre ich meine Freundin neben mir, die erschrocken zur Seite gewichen ist.

»Tut mir leid …«

Es dauert eine Sekunde, ehe sie mir mit einem schiefen Lächeln antwortet, als ich zu ihr hinüber schiele.

»Ehrlich gesagt bin ich es nicht, bei der du dich dafür entschuldigen müsstest …«, merkt sie etwas trocken an.

Im selben Moment, hören wir eine Tür ins Schloss fallen.

»Stimmt, eigentlich ist das hier *mein* Schlafzimmer, das du gerade vollgekotzt hast«, meldet sich der offensichtliche Eigentümer dieses mir fremden Zimmers zu Wort, »da bin ich ja gerade richtig gekommen.«

»Ja«, stimmt Liv zu und ich bemerke, wie sie den Blick auf ihn richtet, »du solltest dir anhören, was sie zu dem Feuer zu sagen hat. Du hattest Recht, es war nicht normal.«

Hinter seiner neuen Brille, die lächerlicherweise genau wie die alte aussieht, kneift er die Augen zusammen. Ich sehe sogar, wie er den Kiefer anspannt und vermutlich gerade mit den Zähnen knirscht. Ich setze mich derweil wieder aufrecht hin.

Zumindest so aufrecht, wie ein Turm aus nassen Lappen es ebenfalls sein könnte.

»Sorry«, wiederhole ich meine Entschuldigung verspätet, da es so scheint, als wäre das jetzt der richtige Zeitpunkt dafür.

Aber vielleicht liege ich da auch falsch.

Inzwischen reißt er ein Tuch von einer nahgelegenen Rolle aus dem Schrank ab und beginnt, meinen Dreck zu entfernen. Ja, definitiv der richtige Moment, um sich zu entschuldigen …

Tiefer geht es heute vermutlich nicht mehr, mit dem Sinken.

Ich versuch es dann einfach morgen noch einmal.

»Darf ich jetzt bitte endlich erfahren was los ist?«

Meine gereizte Stimmung scheint mehr als deutlich, auch wenn ein Großteil davon durch reine Scham ausgelöst wird.

»Ich sagte ja«, beginnt Liv, während sie kurz noch Darren nachsieht, der gerade klar Schiff macht, »ich hab dich angerufen, als sie anfingen, alles zu evakuieren, du aber nicht herauskamst. Ich wollte rein, doch alles wurde abgesperrt. Ein Feuerwehrmann hat mich zurückgehalten und gesagt, dass du schon draußen sein musst. Sie haben schon minutenlang ausgerufen, dass keiner mehr drin sein dürfe.«

Was natürlich immer sofort von allen eingehalten wird …?

»Und niemand hat geprüft, ob auch wirklich keiner mehr im Haus ist?« Es erscheint mir so lächerlich.

Sie seufzt bloß und verschränkt dann auf eine etwas nachdenkliche, aber auch müde Art, ihre Arme vor der Brust.

»Zugegeben, es war durchaus seltsam. Aber das Feuer ist in einem geregelten Ausmaß gewesen; im Stockwerk des Brandherds blieb wohl keiner zurück. Und Explodiert ist später ein ganz anderes, höher gelegenes Stockwerk. Keiner wollte glauben, dass du wirklich noch da warst, denn alles war ruhig, niemand an den Fenstern, gar nichts war zu sehen. Die großen Glaswände hätten zeigen müssen, wenn noch jemand im Inneren gewesen wäre.«

Wenn alle Leute zu der Zeit, als Livs Anruf einging, bereits evakuiert wurden, dann …

»Kein Wunder, dass ich niemandem mehr begegnet bin. Ich weiß nicht mal, wie lange ich am Fuß der Treppe gelegen hab, bis ich wieder zu mir kam«, merke ich frustriert an, »aber das erklärt sonst nichts.«

»Nein, tut es nicht«, bestätigt Darren von der Seite, der gerade kurz den Raum verlassen hatte.

»Max hat dich erspäht und wir haben uns nur durch die Lage des hinteren Ausgangs an der Feuerwehr und den Notfallkräften vorbeischleichen können. Die haben sich zwar über die Aktivierung des Alarms an einer Tür gewundert, aber viel zu spät«, erzählt das Mädchen neben mir. »Der Tumult hat das alles irrelevant gemacht.«

»Das war auch gut so. Wir wussten nicht, was mit dir los ist und so und so, in deinem jetzigen Zustand kannst du nicht mehr einfach so ins Krankenhaus gehen.«

Ein Moment der Verwirrung trifft mich und lässt mich zu ihm hinüber blicken.

»Definiere«, fordere ich monoton.

»Deine Heilung. Du kannst nicht einfach mit den regenerativen Fähigkeiten eines Beastmasters in ein Krankenhaus von und für Menschen gehen. Selbst, wenn du nur ein Halber bist und nicht einmal richtig erwacht, kannst du dich in manchen Momenten zu gut selbst wiederherstellen.« Er riskiert einen kleinen Wink zu Liv. »Sonst hätte auch *sie* dir nicht so schnell helfen können.«

»Was?«

Mit fragenden Blicken um mich werfend, warte ich kurz, bis mir irgendjemand präzisiert, was mit dieser Anmerkung gemeint war, doch es folgt bloß Schweigen.

»*Hallo?* Was meint er damit?!«

Wobei ich mir mittlerweile selbst ein Bild der Situation skizziere. Wenn man bedenkt, wie müde sie die ganze Zeit schon aussieht, macht es Sinn.

Das erste Mal, seit meinem Erwachen, suche ich im Raum nach einer Uhr. So schwer ist es gar nicht, eine zu finden, immerhin ist es ein Schlafzimmer. Und in Schlafzimmern stehen normalerweise Wecker.

Nach neunzehn Uhr. Ein paar Stunden muss ich weg gewesen sein. Doch ich glaube nicht, dass es mehr als vierundzwanzig Stunden gewesen sind. Das war alles heute, das weiß ich genau.

Ich wäre nicht schon wieder so klar im Kopf, selbst wenn das relativ sein mag, nur weil ich mich selbst ein bisschen heilen kann.

»Du hast mir geholfen nicht wahr? Aber das kannst du doch noch gar nicht! Wie geht das?«

Die plötzlich erhobene Stimme löst einen stechenden Kopfschmerz aus. Zischend halte ich eine Hand an meine Stirn und reibe grob darüber, als würde es irgendetwas bewirken.

»Es war nur wenig«, gesteht sie endlich. »Kinana hat mir dabei geholfen. Aber diesmal ist nichts passiert, ich bin nur ein bisschen müde. Eigentlich hab ich dich nur ein klein wenig unterstützt, den Rest hast du selbst gemacht.«

»Aber das hättest du nicht tun sollen«, entgegne ich tonlos.

»Wir hätten dich so nicht ins Krankenhaus bringen können, wir wussten ja nicht mal, was du da drin erlebt hast. Sie hat richtig gehandelt«, mischt sich diesmal Darren ein und stellt sich damit schützend vor Liv.

Zumindest im übertragenen Sinne. *Autsch.*

Ich atme einmal tief durch und sehe dann von einem zum anderen. Offensichtlich reagiere ich mal wieder über …

»Ich bin ihr ja auch dankbar, okay?! Nur bin ich nicht damit einverstanden, dass sie für mich ihre Gesundheit aufs Spiel setzt.«

Der Mann seufzt ziemlich hörbar und hebt dann eine Hand.

»Okay, lassen wir das so stehen. Ich war mir nicht sicher, ob es gut für dich wäre, wenn wir dich einfach so lassen und ins Krankenhaus konntest du eben einfach nicht, weil es zu riskant gewesen wäre. Es ging alles gerade noch einmal glimpflich aus, also lasst uns eher darüber reden, wie es überhaupt so weit kommen konnte.«

Das ist ein Wort. »Einverstanden«, kann ich da nur zurückgeben.

Auch Liv nickt die Sache ab und seufzt ihrerseits.

»Du hast da ein paar beunruhigende Sachen gesagt«, lässt sie so in den Raum fallen.

In meine Richtung. »An welcher Stelle?«

Für einen Moment denke ich, sie bezieht sich noch immer auf meinen Ausrutscher eben, doch dann wird mir wieder klar, was ich vorhin gesagt habe. Die Übelkeit kehrt praktisch im selben Augenblick zu mir zurück.

Vermisst hab ich sie nicht gerade …

»Ich war nicht dabei. Würde mich jemand aufklären?«

Es ist Liv, die ihm antwortet.

»Sie sagt, dass die Leute aus der Praxis tot sind. Zumindest die Psychiaterin und ihre Sekretärin«, gibt sie meine vorigen Worte wieder, »und sie seien nicht erst bei der Explosion gestorben.« Ich nehme an, das Letzte war der wichtige Teil.

Doch er sieht mich an. »Was ist da oben passiert, bevor die Praxis in die Luft geflogen ist und zu uns heruntergeregnet kam?«

Etwas in meinem Magen verkrampft sich schmerzhaft, als ich die Erinnerung erneut wach rufe.

»Ich weiß es nicht.«

»Aber irgendetwas musst du doch gesehen haben«, beharrt er.

Unsicher, wie ich beschreiben soll, was dort in dieser Praxis geschehen ist, lasse ich seinen Satz erst einmal unkommentiert.

»Ich weiß nicht, was ich da gesehen habe«, ist letztlich das, was das Schweigen wieder bricht.

Allein diese Worte scheinen Liv so sehr zu beunruhigen, das sie auf dem Stuhl neben dem Bett, auf dem sie schon die ganze Zeit sitzt, unsicher hin und her rutscht. Darren dagegen, legt beruhigend eine Hand auf meinen Unterarm.

»Schon gut. Du kannst uns auch einfach sagen, was du *glaubst* gesehen zu haben«, meint er. »Oder du wartest, bis du dich damit wohler fühlst. Ich muss nur wissen, ob noch Gefahr droht.«

Meine Sicht verschwimmt zunehmend. Einen Moment ist mir schwindelig; ich fürchte bereits, wieder umzukippen.

Stattdessen löst sich eine Träne von meinem Augenlid und fällt ungebremst auf meinen eigenen Arm, zu dem ich mit hängendem Kopf herabsehe.

Ich sehe erst jetzt zu ihm auf, da er mit einer Hand über meine Wange streicht, ein bisschen wie bei einem Kind.

»Ich habe Angst.«

»Kann ich verstehen«, gibt er zurück, »aber ich passe ab jetzt besser auf dich auf.«

»Diese Frau kannte meinen Namen«, sage ich zusammenhangslos, während er mich noch so ansieht, als könne ich ihm sicher alles sagen und er würde mir glauben.

Und mich davor beschützen.

»Welche Frau?«

»Die … Da war eine Frau, die aussah wie Dr. Glendale, aber sie hatte *schwarze* Augen. Völlig schwarz. Und ich glaube, sie hat auch Christie getötet.«

»Die Sekretärin«, wirft Liv erklärend von der Seite ein.

Er nickt bloß und hält den Blickkontakt zu mir weiter aufrecht. Doch mir wird dabei etwas völlig anderes klar.

»Sie kannte den Namen meiner Mutter …«, flüstere ich, halb verwirrt und halb entsetzt; irgendwie tonlos und ungläubig zugleich. Ich kann nicht sagen, wie ich mich dabei fühle.

»Sie kannte Lauren? Was will sie von ihr?!«

Livs Frage wird jedoch nicht von mir, sondern von Darren beantwortet, der mich einige Sekunden mustert und dann die Augen zu schlitzen verengt.

»Ich glaube, sie meint gar nicht … Lauren.«

So richtig überzeugt scheint er davon jedoch ebenso wenig wie ich.

»Sie sagten ›Sonya‹. Und dass sie meine leibliche Mutter sei.«

»Moment, ›sie‹? Waren es mehrere?«

»Nein, nicht direkt, aber …« Wie soll ich das sagen? »Die Stimmen klangen überlagert. Als würden etliche Leute aus einem Mund sprechen. Und sie haben auch geredet, als wären es viele.«

Er streicht mir mit dem Daumen über die Wange, um eine weitere, unbeachtet kullernde Träne beiseite zu wischen, dann erhebt er sich.

Würde ich ihn nicht so oft beobachten, würde mir vermutlich kaum auffallen, wie angespannt er ist; wie er zunehmend nervös wird.

»Ich denke, wir sollten morgen jemanden besuchen gehen«, merkt er an.

»Was …? Wen meinst du?«

»Wir können diese Person nicht einfach so besuchen, aber uns bleibt keine andere Wahl. Sie war eine Bekannte meiner Eltern und hat ihnen hierher geholfen«, spricht er einfach weiter, als hätte er mich nicht gehört.

»Darren!« Diesmal ist es Liv. »Von wem sprichst du? Was geht dir gerade durch den Kopf?«

Unsicher reibt er sich den eigenen Nacken und atmet deutlich aus, als wolle er damit sagen, dass das, was er gleich erklären wird, vermutlich harter Tobak ist.

»Ich hab nur einmal von etwas gehört, das dem was du beschreibst, in irgendeiner Weise ähnelt«, gibt er zu. »Und das war etwas, von dem ein normales Lebewesen am besten nie etwas zu hören bekommen sollte, darum weiß jemand wie ich auch kaum etwas darüber. Alles was ich weiß, ist eine Warnung meiner Eltern.«

Schleichende Panik ergreift mich in einem unaufmerksamen Moment und verschlimmert das Gefühl der Furcht noch weiter.

»Du machst mir Angst.«

»Vielleicht ist es auch besser so«, vereinfacht er die Sache nicht gerade. »Was du da gesehen hast, könnte ein sogenannter Schatten gewesen sein.«

Das Wort löst eine namenlose Gänsehaut auf meinem Rücken aus.

»›Schatten‹?« Die Normalen kann er damit nicht meinen.

»Ja, das sind … Wesen aus dem Zwielicht«, klärt er auf.

»Wesen, denen du niemals begegnen solltest.«

Der Wind wirkt kühl auf meiner Haut. Es ist schattig und kaum Sonne am Himmel zu sehen.

Fröstelnd lege ich den Kopf zur Seite.

»*Ana ...*«, höre ich jemanden nach mir rufen und ziehe die Stirn kraus.

Verwirrt überlege ich, wann ich diesen Namen schon einmal gehört habe.

»*Ana ...!*« Die Stimme klingt immer drängender.

»Annie, wach auf!«

Plötzlich rüttelt etwas an meiner Schulter und ich schrecke mit einem Mal hoch.

»Was?«

Desorientiert blinzelnd, blicke ich in das besorgte Gesicht meiner besten Freundin.

»Sorry«, werfe ich sofort ein, als mir wieder klar wird, dass ich mitten in der Stadt auf einer Parkbank sitze, »du weißt ja, ich hab noch mit Mom und Dad gesprochen und heute Nacht hab ich einfach kein Auge zugetan. Ein Traum nach dem anderen ...«

»Schon klar, ich versteh das. Aber hier draußen ist es zu kühl um zu schlafen. Außerdem müssen wir gleich los.«

»Stimmt.«

Darren meinte, er wolle mich zu dieser Frau bringen, die er erwähnt hat. Weil sie mir die Fragen beantworten kann, die sonst niemand beantworten könnte.

Aber ich bin mir in solchen Dingen schon lange über gar nichts mehr sicher.

Und warum muss es ausgerechnet heute sein? Zugegeben, es sollte so schnell wie möglich geklärt werden, doch mein Schädel macht das nicht mit ...

Ich seufze, erhebe mich, meiner eigenen Interessen zum Trotz, doch endlich aus meiner sitzenden Position.

»Was haben deine Eltern gestern eigentlich noch gesagt?«

Oh, klar, sie war ja nicht dabei. Ich meine, wieso auch? Klar, sie steht nun unter ihrer Aufsicht, doch sie ist auch achtzehn Jahre alt und sah weniger fertig aus als ich.

Und sie muss auch nicht zum Psychiater, der am selben Tag zufälligerweise in die Luft geflogen ist. Außerdem war *sie* auch für die beiden erreichbar, im Gegensatz zu mir.

Eine schöne Überraschung gestern Abend, als ich nach Hause kam und dann erst daran gedacht habe, dass meine Eltern ja auch noch da sind und vermutlich vor Sorge halb gestorben, während ich nicht da gewesen bin.

»Ich hab ihnen erzählt, dass ich mein Handy in der Praxis vergessen hatte. Das wussten sie ja sogar schon ein wenig. Und dass ich es holen wollte; dann geschah das mit dem Feuer«, fasse ich zusammen, »danach war ich so verstört, dass ich mit dir zu Darren gegangen bin, um mich auszuheulen. Danach noch ein wenig spazieren, um den Kopf frei zu kriegen. Es war also nicht *so* weit entfernt von der Wahrheit.«

Ich vernehme ein sehr trockenes Lachen, auf diese Aussage hin, die zugegebenermaßen durchaus ironisch gemeint war.

»Stimmt auffallend«, meint sie, die Stimme triefend vor Sarkasmus, »bis auf die Sache mit dem Auge, von der du mir erzählt hast, der schwarzäugigen Höllena des Todes und deinem Treppensturz. Von der Blitzheilung und der Kotzerei in Darrens Schlafzimmer ganz zu schweigen. Fast genau das, was passiert ist, da kann ich nur zustimmen.«

Selbst in meinem aktuell so desolaten Zustand, muss ich über diese Aussage lachen. Viel mehr, als eigentlich normal wäre. Da manche Leute um uns herum zu gucken beginnen, reiße ich mich mit Mühe zusammen.

Nicht, dass noch jemand ein problematisches Interesse an unserer Unterhaltung entwickelt …

»Ja, leider wahr«, lasse ich dann einfach fallen.

Wir gehen einige Schritte über das hellbraune Kopfsteinpflaster unter unseren Sohlen, zwischen einigen Trauben von Besuchern des Festplatzes hindurch.

»Wow, das Zelt ist ziemlich groß«, höre ich meine Freundin staunen und folge ihrem Blick.

Es ist ein in schwarz weiß gestreiftes, ansonsten aber vollkommen klischeehaftes Zirkuszelt.

»Ja, stimmt. Es ist riesig«, merke ich an.

Dazu muss ich jedoch sagen, dass ich sonst noch nie einen echten Zirkus gesehen habe, also kann ich es schlecht vergleichen.

»Bin ich zu spät?«

Wie in einer Bew9egung, drehen wir uns beide herum, um den zu sehen, der in unserer Runde noch immer fehlt.

»Kann es sein, dass du generell zu spät kommst, um dann einen besseren Auftritt zu haben?«

Auf diesen Kommentar hin, muss ich erneut lachen. Wobei mir ein wenig schlecht wird, was sicherlich noch eine Nachwehe der gestrigen Strapazen darstellt.

Er lacht auf diese Aussage eher verhalten und tritt dann hinter uns, wo er mir eine Hand auf die Schulter legt.

Die Wärme an einem kühlen Tag bringt mir ein bisschen innere Ruhe. Die Ruhe, die ich gerade so dringend brauche.

Gerade als der Wind noch ein wenig mehr auffrischt, gibt er mir Rückendeckung. Buchstäblich.

Es ist vielleicht genau dieser Grund, aus dem mir dieser Mensch in den letzten Wochen noch wichtiger geworden ist. Was mich gleichzeitig nachdenklich macht. Warum hilft er mir noch?

Warum ignoriert er meine Probleme nicht einfach?

Ich kann verstehen, dass er versucht, die Probleme zu beseitigen, die andere Menschen auch sehen könnten. Damit er selbst ebenfalls weiterhin friedlich in dieser Welt leben kann.

Doch vielleicht ist das auch schon der Grund.

Die Erkenntnis setzt ein und haftet an mir, wie ein unangenehmer Kaugummi unter dem Schuh. Der Gedanke, dass er es vielleicht genau darum tut.

Damit die Ursachen für die Unruhen der letzten Monate verschwinden. Damit alles wieder normal ist.

Und dieser Gedanke enttäuscht mich. Er macht mich traurig.

Selbst unbestätigt, hinterlässt er einen recht bitteren Nachgeschmack, als wir endlich zum Gehen ansetzen.

Liv bekommt davon selbstverständlich genauso wenig mit, wie Darren hinter uns.

»Wo gehen wir nun genau hin? Das hast du noch gar nicht gesagt«, fragt sie wie nebensächlich.

»Zu einer Bekannten. Sagte ich das noch nicht?«

»Doch, aber warum sind wir jetzt schon hier?«

An diesem Punkt klinke ich mich ein. »Da hat sie Recht.«

Hinter mir kann ich ihn lautstark seufzen hören.

»Ihr seht es, wenn wir dort sind«, merkt er an. »Die Frau selbst habe ich eigentlich nur zweimal gesehen und ich weiß auch nicht viel über ihren Arbeitsplatz, aber da wir ohnehin versuchen wollen, dich ein bisschen auf andere Gedanken zu bringen, können wir das auch hier.«

»Verstehe«, werfe ich ein, »der eigentliche Grund weshalb wir hier sind, ist also diese Frau, nicht der Zirkus. Wir gehen zwar ohnehin, aber die Frau arbeitet hier, nehme ich an?«

»Ja.«

Wir gehen noch eine ganze Weile um das Zelt herum, kommen an einigen anderen Attraktionen und Ständen für Lebensmittel, hauptsächlich süßer Natur, vorbei, ehe wir langsamer werden.

»Das müsste es sein.«

Verwirrt sehe ich mich zuerst um, folge dann jedoch einem deutlichen Fingerzeig unseres Wegweisers. Das Ziel ist ein kleineres, geschlossenes Zelt, in dunklem Schwarz und Violett gehalten.

Voller seltsamer Ornamente.

»Das sieht schön aus«, merke ich an, während ich nach einer Beschreibung des Ganzen suche.

›Madame Veronda‹, steht auf einem Schild geschrieben. Verwiesen wird dabei auf eine Art Zigeunerin, die einem die Zukunft weissagt.

»Echt jetzt?«

Die Brünette scheint das nicht allzu super zu finden.

Wie war das noch gleich mit dem ›Wertschätzen der Scharlatane‹? So viel dazu.

Dennoch muss ich auf die ein oder andere Weise auch zustimmen.

»Sie hat Recht. Was wollen wir hier?«

»Mit der Frau reden, zu der ich dich bringen wollte? Was ich übrigens getan habe.«

»Zu einer Wahrsagerin?«

Meine unverhohlene Skepsis scheint ihn jedoch zu belustigen.

»Sagt die Person, die selbst Visionen von der Zukunft hat.«

Touché. »Aber was hat das damit zu tun?«

»Sagen wir es einfach, ihre Fähigkeiten und deine Fähigkeiten haben denselben Ursprung. Ihr seid euch also nicht ganz unähnlich.«

Die Aussage überrascht mich, doch ich denke, dass ich schon bald eine Antwort fordern kann. Vorher würde ich lieber etwas anderes klarstellen.

»Zu träumen, dass ein anderer in Gefahr ist oder sogar stirbt und Leuten vorzugaukeln, dass man ihnen ihre Zukunft aus dem Kaffeesatz lesen könne, sind meiner Meinung nach zwei verschiedene Dinge«, merke ich sehr bestimmt an.

»Ja, da hast du Recht, aber das hier ist nun mal ein Zirkus und soll die Menschen unterhalten. Das ändert nichts daran, dass sie tatsächlich Fähigkeiten hat, die deinen gleich kommen. Und dass sie dir das Ganze sicher um einiges besser erklären kann, als ich es je könnte.«

Er geht auf das Zelt zu, doch aus irgendeinem Grund fühle ich mich nicht wohl dabei. Es ist eine Art Unsicherheit, als er den Stoff beiseite zieht und mir mit einer Handbewegung signalisiert, einzutreten.

»Nun kommt schon.«

Letztendlich bewege ich mich zwar, doch mit jedem Schritt wird mir mulmiger zumute.

Jetzt könnte ich die Stärke ganz gut gebrauchen, die sich in letzter Zeit hin und wieder zeigt. Leider lässt sich so etwas nicht beschwören.

Stattdessen schlottern mir beinahe die Knie. *Reiß dich mal zusammen, Annie ... ist doch bloß eine Wahrsagerin!*

Als wir durch den Vorhang treten und dieser hinter uns zurücksegelt, pfeift ein weiterer Windzug an uns vorüber. Er rüttelt an dem eigentlich stabilen Zelt und sorgt für ein Geräusch bei dem sich mir alle Nackenhaare aufstellen.

Hoffentlich bricht das Ding nicht über unseren Köpfen zusammen oder fliegt nachher einfach davon ...

Von Innen wirkt es hier recht groß, weswegen es ein paar Meter sind, bis zu einem offensichtlichen Pärchen, das an einem kleinen Tisch sitzt.

Die Frau auf der anderen Seite des besagten Tisches sieht in genau dem Moment zu uns herüber, als ich den Blick auf sie richte. Ihre Augen verengen sich zu Schlitzen, als sie uns bemerkt.

Beinahe weiche ich einen Schritt zurück, doch Darrens Hände an meinen Oberarmen machen es mir schwer.

Stattdessen flüstere ich in der Stille des Zeltes.

»Woher genau kennst du sie nochmal?« Die Worte klingen unsicher.

»Sie hat meine Eltern damals hierher geschafft und ihnen dabei geholfen, sich einzuleben. Wie gesagt, ich weiß nicht viel über sie, hauptsächlich ihren Namen.«

»Tja, ihren Namen kenne ich auch. Stand draußen auf dem Schild«, rutscht es mir etwas lauter heraus, als ich eigentlich geplant hatte.

Ein kurzes, glucksendes Lachen ist zu hören, für das er meinen Ellenbogen in der Seite zu spüren bekommt, da die beiden Kunden am Tisch sich zu uns herumdrehen.

Dies scheint alles aber auch ein wenig zu verbessern, da sich die beiden nun beeilen und bezahlen, ehe sie an uns vorbei an die Luft huschen.

War ihnen wohl peinlich, hier gesehen worden zu sein, hm? Da frage ich mich, warum man überhaupt hierher kommt.

Kann ja nicht sein, dass einen dabei irgendjemand sehen würde, oder so … naja, wie auch immer. Deren Pech.

Die Dame hebt derweil grazil eine ihrer Hände und winkt uns damit an den kleinen Tisch heran.

Verwirrt ziehe ich die Augenbrauen zusammen.

»Ich dachte, sie wäre älter«, spreche ich meinen Gedanken ausversehen laut aus, als ich sie so dort sitzen sehe.

Glatte, blasse Haut und langes, schwarzes Haar.

»Ist das das Erste, das du mir zu sagen hast? Ist das nicht unhöflich? Willst du dich nicht zuerst vorstellen, Annie?«

Bei ihren Worten zucke ich zusammen, bleibe aber standhaft.

»Nein, offensichtlich kennen Sie meinen Namen ja schon«, versetze ich, statt mich zurückzuziehen.

Ihr zwielichtiges Grinsen richtet sich zuerst an mich, dann an Darren. In ihren Augen liegt ein seltsames Funkeln. Sie erkennt ihn zwar, doch es überrascht sie nicht.

»Wir haben uns sehr lange nicht gesehen. Wie heißt ihr heute? O'Farrell, nicht wahr?«

»Ja, Madame Veronda«, antwortet er, als wäre er ein kleiner Schuljunge an einer katholischen Klosterschule, der vor einer Nonne steht und ihr Rechenschaft schuldig ist.

Das ist etwas paradox, wenn man bedenkt, dass er ein erwachsener Mann, Werwolf und außerdem selbst Lehrer an einer Schule ist.

Dass sie offensichtlich eine sehr starke Wirkung auf ihn hat, muss ich an dieser Stelle wohl nicht weiter hervorheben.

»Und, was bringt euch heute her?«

Ihre Frage wirkt so sinnlos, wenn man bedenkt, dass sie scheint, als wüsste sie bereits alles über jeden in diesem Raum.

Gerade will ich den Mund öffnen, um ihr genau das ins Gesicht zu sagen, doch da hebt sie abwehrend eine ihrer Hände.

»Schon gut. Ich weiß warum ihr hier seid, aber ich weiß bei weitem nicht«, kurz überlegt sie, »›*alles* über jeden in diesem Raum.‹ Nebenbei bemerkt ist das hier kein Raum, sondern ein Zelt, meine Liebe. Das ist ein Unterschied.«

Die reine Demonstration der Tatsache, dass sie offensichtlich meine Gedanken lesen kann, lässt mich zurückschrecken.

Ihr Lachen erfüllt das ganze Zelt. Ja, *Zelt*.

»Falls du nun denkst, ich könne Gedanken lesen, liegst du damit übrigens falsch«, lässt sie mich belustigt wissen.

Aber geraten war das eben auch nicht. Es waren Wort für Wort meine Gedanken!

»Ich habe gesehen, dass du es sagen wolltest. Wenn man erst einmal so alt ist, wie ich es bin und auf diese Art Magie spezialisiert, dann kann man das irgendwann«, erklärt sie und präzisiert: »Sehen, was in den nächsten Sekunden geschehen wird, bevor es geschieht, meine ich.«

»Sie können also tatsächlich dasselbe wie ich«, flüstere ich beinahe.

Und wieder lacht sie, diesmal sogar noch lauter. Es läuft mir eiskalt den Buckel herunter, als ich sie so sehe.

»Oh nein, mein Kind. Ich kann nicht dasselbe wie du«, entgegnet sie, noch immer lachend, »ich kann eine ganze Menge *mehr* als du. Außerdem sind wir grundlegend verschieden, wir haben nur denselben Ursprung.«

Da zu stehen, wie bestellt und nicht abgeholt, kommt mir langsam dumm vor, während ich ihr so zuhöre.

»Das heißt, Sie wissen was ich bin?«

»Du zweifelst noch daran?«

Sie kämmt mit einer Hand ihr leicht lockiges, pechschwarzes Haar zurück und weist dann auf die Stühle, auf denen bis vor einem Moment noch dieses peinliche Pärchen gesessen hatte.

»Setzt euch, ihr beiden, wir haben viel zu bereden.«

Wie auf Kommando sehe ich mich verwirrt um. ›Beide‹ …?

Tatsächlich erkenne ich Liv, wie sie noch immer am Eingang des Zeltes steht und zu uns herüber sieht.

»Ich warte hier«, antwortet sie von dort auf meine unausgesprochene Frage.

Als nichts weiter kommt, nicke ich ihr einmal zu und setze mich dann, was Darren mir gleichtut.

»Was meinten Sie eben, mit ›viel zu bereden‹?«

»Was ich mit dir bereden möchte? Was ich mit dir bereden möchte, ist nichts Geringeres als-« Sie bricht ab und scheint nach den geeigneten Worten zu suchen. »Deine Vergangenheit, deine Gegenwart und deine Zukunft.«

»Aha?« Es klingt ein wenig nach einem Klischee. »Woher wissen Sie überhaupt, was genau ich wissen will, wenn Sie keine Gedanken lesen können?«

»Ist das nicht offensichtlich?«

»Sie haben mit Darren gesprochen?«, mutmaße ich grob.

Meine Mutmaßung scheint jedoch nicht ganz richtig, da Erwähnter bereits den Kopf schüttelt.

»Du kommst hier herein und das erste, wonach du fragst, ist mein Alter.«

Na und?

»Es ist nicht so gleichgültig, wie du meinst. Denn ob du die Info von deinem Freund hier hast«, sie deutet mit einer leichten Kopfbewegung auf den Schwarzhaarigen neben mir, »du es dir denkst, weil ich seinen Eltern ihrer Zeit hier geholfen habe oder ob du einfach das Gefühl hattest, ich müsse älter sein, ist vollkommen gleich. Allein die Tatsache, dass ich eine Hexe war, müsste dir zu verstehen geben, dass ich um einiges älter sein muss, als ich aussehe.«

»Inwiefern das denn?!« Sie ignoriert meine fast aufgebrachte Frage jedoch.

»Dass du keine Ahnung hattest, sagt mir, dass du gar nichts weißt. Nicht wer du bist, nicht wo du herkommst, noch was du kannst. Ich weiß was deine Freundin getan hat. Diese Nachfahrin einer Najade dahinten. Ich weiß, was sie kann.«

Kurz drehe ich mich herum, wo Liv mich etwas entrüstet ansieht.

»Liv ist hauptsächlich normal, halten Sie sie da raus!«

»Ja, ich weiß, du bist die, die besondere Fähigkeiten hat. Du bist die, die in die Zukunft sehen und sich heilen kann. Du bist die, die wirklich einer anderen Rasse entspricht, nicht so wie eine halbe Najade, die auch einfach bloß ein Mensch sein könnte, ohne dass eine große Änderung eintritt, ohne ihren Schutzgeist«, beginnt sie zu philosophieren, »weiß doch jeder, dass Najadenblut dünn wie das Wasser ist, aus dem sie stammen. Nur eine Hälfte des Blutes einer Rasse die nicht menschlich ist, und schon ist das Kind nicht mehr viel mehr als ein Mensch mit der Affinität zum Meer.«

Ich ziehe verwirrt und nun ebenfalls etwas entrüstet die Augenbrauen zusammen.

»Sowas habe ich nie gesagt!«

Meine Verteidigung stößt jedoch einmal mehr auf taube Ohren.

»Du musst es auch nicht sagen. Du musst es nicht einmal denken, denn es ist vollkommen offensichtlich. In einer Gefahrensituation würdest du denken, dass du ihr überlegen bist und sie beschützen musst, nicht wahr? Denn du bist ja die, die nicht normal ist. Die ... *Besondere*.«

»Nein, das ist falsch. Liv und ich, wir ... wir sind beide anders als andere Menschen.«

Okay, ich würde Liv beschützen ... aber doch nicht *deswegen*!

»Dabei ist sie diejenige, die wirklich etwas kann«, schließt sie ihren Monolog ab.

Damit stößt sie mich nun endgültig vor den Kopf.

»Was meinen Sie damit? Liv ist doch eigentlich ganz normal. Ja, sie hat Fähigkeiten, aber ansonsten ist sie normal, oder nicht?«

Ja, sie ist von vornherein nicht komplett normal gewesen, aber sie selbst hatte keine Fähigkeiten. Oder gibt es da etwas, das ich nicht weiß?

Wieder ein Lachen, diesmal nur ganz knapp. Mehr ein ›Hm‹, über meine Reaktion.

»Es gibt keinen Grund, sich ihr überlegen zu fühlen«, wiederholt sie ihren Text in anderer Formulierung, »sie hat dich einmal geheilt, nicht wahr?«

»Ja, aber-«

»Und was kannst *du*?«

Verwirrt sehe ich sie an. »Ich verstehe nicht-«

»*Nein*, tust du nicht. Weil du nichts weißt. Du hast *keine* Ahnung, wer du bist. Du weiß nicht, was du willst oder zu wem du gehörst. Du hast ein paar Fähigkeiten? Das ist toll, aber du kannst nicht damit umgehen. Die Fähigkeiten der Hexen sind beinahe ohne Maß, wenn man sie nur lange genug kennenlernt und daran arbeitet.«

Langsam wütend werdend, bedenke ich sie mit einem zornigen Blick.

»Und ich gehe davon aus, dass Sie mir all das sagen können, was?« Meine bissige Antwort wird erstmals nicht ignoriert oder übergangen.

Stattdessen nickt sie kaum merklich. Vielleicht wippt sie auch nur mit dem Stuhl, es ist schwer zu deuten. Diese Frau macht mich wahnsinnig.

Sie erhebt sich und geht in Richtung des Ausgangs, wo sie zuerst Liv zur Seite schiebt und dann den Vorhang öffnet. Ich sehe bloß noch einen Schatten, der am Eingang vorbeihuscht.

Zu schnell, als dass ich es richtig erkennen könnte und schon ist er wieder weg.

Der schwarze Rauch, welchen ich zu sehen glaube, ruft eine alte Panik in mir wach. Furcht vor dem, was ich in dieser Praxis gesehen habe.

Furcht vor dem, was in der Dunkelheit lauern könnte. Dunkelheit, die über die Schwärze der Nacht noch weit hinausgeht.

Wahre Finsternis und *echte* Schatten. Ein Unterschied, den ich erst jetzt erkenne.

Was sich plötzlich vor mir erhebt, ist keine andere, als meine schöne, pechschwarze Krähe. Diesmal jedoch nicht von weitem, sondern nur wenige Schritte von dem Stuhl entfernt, auf dem ich gerade sitze.

»Lange nicht gesehen«, sage ich, obwohl es eigentlich nicht ganz der Wahrheit entspricht.

Erst in diesem Moment kehrt auch Veronda von ihrem kleinen Spaziergang zurück, lässt den Vorhang wieder herabfallen und zeigt auf dem Weg zurück noch ihr schwarzes, langes Samtkleid, sowie die vielen langen Ketten, die um ihren Hals hängen.

Nachdem sie sich wieder setzt, fixiert sie mich mit ihrem Blick; wieder verengen sich ihre Augen merklich und ich sehe etwas, das mir den Atem raubt.

Schwärze. Nichts als durchdringende Schwärze, die ihre Augen einnimmt.

»Um zu deiner Frage zurückzukommen … Nein. Das kann ich dir nicht sagen«, antwortet sie verspätet, »doch sagen wir es so.«

»Ich weiß, wer dir zumindest weiterhelfen kann.«

Chapter 26

Revealing Secrets of the Past

Es ist seltsam, dass ich noch nicht wütend bin. Dass ich noch nicht das Gefühl hatte, ihr die Kehle herausreißen zu müssen, wie so oft in letzter Zeit.

»Zuerst sollten wir vielleicht klar stellen, was du bist«, sagt sie kühl und greift nach etwas unter ihrem Tisch, das sich als eine Flasche herausstellt.

Die Flasche ist dunkel und irgendeine Flüssigkeit gluckert darin herum.

Sie wird doch nicht etwa …

»Und wir finden das damit heraus?«

Meine Skepsis und vielleicht sogar leichtes Entsetzen schwingen in meiner Stimme mit, als ich mir die verschiedensten Rituale vorstelle, von welchen ich schon mal irgendwann, irgendwo gelesen oder gehört habe. Vielleicht habe ich es sogar in Filmen gesehen.

Glücklicherweise muss man nicht alles glauben, das aus Hollywood kommt.

Unschlüssig sieht sie von der Flasche zu mir und zurück; verfolgt meinen Blick. Dann beginnt sie erneut, schallend zu lachen.

»Was denn, denkst du etwa …? Nein, Kleine, das ist bloß Wein«, stellt sie mehr als belustigt fest.

Selbst Darren schmunzelt neben mir. Wofür er erneut einen Ellenbogen kassiert, zumindest soweit ich ihn auf seinem Stuhl erwische, ehe er ausweicht.

»Und wie sollen wir es dann herausfinden?«

Ich hoffe, man sieht mir nicht so stark an, wie peinlich mir diese dumme Annahme von eben ist.

»Gar nicht«, sagt sie schlicht.

Perplex will ich gerade etwas erwidern, da unterbricht sie mich bereits.

»Weil ich es schon weiß. Es ist doch offensichtlich.«

»Oh.«

»Von Darren wirst du bereits gehört haben, dass du mindestens zur Hälfte die Flamme des Feuers in dir trägst. Doch das ist nicht die einzige Flamme, die da in dir brennt.«

»Flamme?«

Wieder wird meine Frage ignoriert, als sie sich zurücklehnt und mich erneut mustert.

»Wie schon erwähnt, du bist ähnlich wie ich. Das kommt daher, dass du zur Hälfte dem Schattenvolk angehörst.«

»Schattenvolk …?«

Mein ungläubiges Flüstern muss ein wenig atemlos klingen, als ich geschockt auf die Füße springe, da mich dieses Wort wie ein Schlag ins Gesicht trifft.

Und es löst Schrecken aus. »Das stimmt nicht! Das ist nicht wahr«, beharre ich und knalle meinen beiden Hände vor mir auf den Tisch.

Plötzliche Wut durchströmt mich, die ich vorher noch erwartet habe, doch plötzlich wirkt sie überdeutlich.

Wie von allein kralle ich mich automatisch in die Decken, welche dekorativ über das massive Holz verteilt liegen, und spanne dabei jeden Muskel in meinem Körper an. Es geschieht aus Angst.

Der Angst davor, irgendein Teil von mir, könnte nach ihr schlagen; ihr womöglich Schaden zufügen.

»Vergleichen Sie mich nie wieder mit diesen Bestien«, fauche ich ihr entgegen, so ruhig und dunkel, dass ich meine eigene Stimme nicht wiedererkenne.

Doch es fühlt sich richtig an.

Sie dagegen lächelt nur, als wäre das hier keine gefährliche Situation, sondern vollkommen normal.

»Du wirst damit leben müssen«, sagt sie, »denn wir sind beide *Paladi*. Schattenwesen … oder auch *Zwielichtgeborene*. Wobei letzteres ein Begriff ist, der nicht häufig zutreffend ist, also wohl eher ersteres. Das trifft bei Hexen zumindest immer ins Schwarze.«

»Nein«, wehre ich mich weiterhin vehement.

»Armes Mädchen«, meint sie, doch es schwingt kaum ein Fünkchen Mitleid in ihrer Stimme mit, »er hat's dir nicht gesagt, oder?«

Fragend sehe ich von ihr zu Darren. Wen könnte sie sonst schon meinen?

»Nein … was?«

»Offenbar hat er dir ein paar Takte über die Schatten verraten. Doch das hätte er nicht tun dürfen, wenn er dir dann nicht alles erklärt. Wenn er dir ihren *Ursprung* nicht verrät.«

»Mehr weiß ich leider selbst nicht, Veronda«, gibt er zu.

Darauf ist bloß ein abschätziges »Tz« zu hören.

»Gut«, erwidere ich und atme dann einmal tief durch, ehe ich mich wieder zivilisiert auf den Stuhl setze, »dann erklären Sie es mir. Bitte.«

Besonders das letzte Wort kostet mich Überwindung, doch ich muss es wissen. Selbst, wenn mir diese Person aus irgendeinem Grund unsympathisch ist.

Oder vielleicht nicht unsympathisch, aber seltsamerweise auch nicht geheuer.

»Also gut, meine Liebe.«

Sie greift nach der Weinflasche und gießt ein wenig von deren Inhalt in ein bereitstehendes Glas neben sich.

»Dann werde ich dir nun erzählen, was es damit auf sich hat. Und zwar von Anfang an.«

Nickend lehne ich mich ebenfalls in meinem Stuhl zurück und höre, wie etwas hinter mir raschelt. Ein Blick aus dem Augenwinkel verrät, dass auch Liv sich nun gesetzt hat, jedoch hinten, am Ende des Zeltes, neben dem Eingang.

Die Krähe, die zuvor ebenfalls hereingeflattert kam, sitzt wortlos auf einem Schrank an der Seite. Als wäre sie Teil des Inventars.

»Gut, wo fangen wir an?«, fragt sie sich selbst, mehr oder weniger ernst gemeint und seufzt, »Du weißt bereits, dass das spirituelle Element des Geistes auch als ›Licht‹ bezeichnet wird, oder?«

Nein? »Ja, weiß ich«, lüge ich unverfroren, »es ist das Licht zum Schatten, nehme ich an?«

Sie nickt dezent, mustert mich dabei jedoch leicht argwöhnisch.

»Das ist aber nicht der einzige Grund, weshalb wir es so nennen.«

Als ich nichts sage, bittet sie mich mit einer Geste, näher an den Tisch heran, an dem ich ihr schließlich genau gegenüber sitze.

»Vor sehr, sehr langer Zeit, da war das Nichts. Und in diesem Nichts, da gab es das Licht. Licht, das heute nicht mehr von der gelben Sonne, sondern nur noch, Nacht für Nacht, von unserem silbernen Mond gespendet wird«, erzählt sie leise und verwirrend hypnotisch.

Aber das Mondlicht ist doch das Sonnenlicht, bloß reflektiert, also … was zur Hölle redet diese Frau da?

»Und nein, das Mondlicht mag nur reflektiert sein, doch die Energie, die einst die Sonne für uns bereitgestellt hat, kommt nunmehr rein durch den Mond. Die Sonne selbst ist inzwischen *kalt* geworden«, beantwortet sie meine noch ungestellte Frage, »Es war ein Licht des Lebens, das allem Wärme geschenkt hat, das es berührte. Und irgendwann formte sich in dieser Welt das erste Leben. Alles Leben hier entsprang diesem ursprünglichen, unverfälscht weißen Licht. Doch als die ersten Seelen entstanden und lange Zeit später die ersten Menschen auf der Erde wandeln durften, da war klar, dass irgendwann mehr geschehen würde.«

Ich schlucke etwas nervös, als sie sich aus der kürzeren Distanz, aus der sie mich während ihrer Erzählung genau beobachtet hat, zurücklehnt.

Sie nippt an ihrem Wein, während ich noch sinken lasse, was sie mir erzählt hat. Um zu verstehen, was es bedeutet.

Da setzt sie ihre Erzählung bereits fort.

»Die Welt entwickelte sich also vor sich hin und die Gewässer, auf welchen sich immerzu das Licht spiegelte, ebenso. Die erste Seele des Wassers entstand. Und mit dieser Seele des Wassers, gesellte sich auch die erste *Kreatur* des Wassers zu den bestehenden Kreaturen des Lichts. So langsam entstand in der Anderswelt eine große Bürde. Die Magie wurde mehr und mehr Teil des Universums, nicht nur Teil des Gerüsts; und mit jedem Baustein, entstand mehr und mehr eine weitere Dimension, die unabhängig der Anderen leben konnte. Die Schattenseite des Lichts. Die andere Seite der Münze. So anders und doch gleich; das Gegenteil voneinander, doch ohne ein Abbild zu sein.«

»So etwas … wie eine Parallelwelt?«, mutmaße ich.

Doch sie schmettert meinen eingeworfenen Vorschlag mit einem Gesicht ab, als hätte sie gerade in eine Zitrone gebissen.

»Was der Mensch als Parallelwelt ansieht, ist mit der Beschaffenheit unserer Dimension nicht zu vergleichen. Es mag verschiedene Zeiten und verschiedene Orte geben, Kopien der beiden Dimensionen, doch diese sind nicht ›echt‹. Es gibt nur eine Welt und nur eine Zeit von jeder Dimension. Und in der Zwischenwelt, dem leeren Raum, herrscht überhaupt keine Zeit und es gibt auch keinen echten Ort.«

Blinzelnd sehe ich sie an. Die Masse an Informationen überfordert mich, doch ich versuche sie zu verarbeiten.

»Man nennt diese andere Dimension übrigens auch ›Das Reich der Vergessenen‹«, wirft sie ein und trinkt dann einen weiteren Schluck aus ihrem Glas. »So vergessen wie wir wurden, als von uns nicht mehr zurückblieb, als ein Haufen alter Märchen.«

Wieder ein einfaches Nicken.

Sie stellt das Glas ab und seufzt gedehnt. »Lange Zeit brauchte diese Dimension, zu entstehen. Durch das Licht, das in dieser Welt stärker war, ging es schnell voran, doch da die Welt auch aus den Seelen einer *unreinen* Energie entstanden ist, wirkte es wie eine Brechung des Lichts. Die Monde wurden nicht silbrig weiß, sondern blau. Die Luft entstand schon zuvor, nebenbei, ohne dass man es bemerkte, da es das unsichtbare Element war. Die anderen beiden natürlichen Elemente wurden mithilfe der blauen Energie durch Magie korrumpiert. Sie wurden *lebendig*. Sie wurden ebenfalls zu *magischen* Elementen.«

Dieser Moment, in dem man sich ein lebendiges Element vorstellt … wie eine tanzende Schildkröte, die einem vor dem Gesicht herumhüpft.

Gott, ich bin so verwirrt.

»Erde, Feuer, Luft und Wasser waren so wieder vereint. Und aus jedem einzelnen, entstand ein individuell beeinflusstes Geschöpf; die Ursprungskreaturen der vier großen Elemente. Durch die klare weiße Flamme, die jedoch weiterhin, wenn auch nur noch gering, in jedem einzelnen brannte, hatte jeder von ihnen eine natürliche, menschlich anmutende Gestalt und das natürliche Recht, als lebendes Wesen, mit eigener Gestalt, auf unserer Erde zu wandeln.«

Diese Stelle ist tatsächlich die erste, zu der mir etwas einfällt.

»Ach, das ist also der Grund. Ich hatte mich immer schon gewundert, warum die hier scheinbar alle umherwandern können, ohne dass es irgendeinem Menschen sauer aufstößt, und auch ohne, dass es sich dabei um eine Tarnung handelt … Darren hat erzählt, dass er immer so aussähe und ich merke auch, dass ich normal wirke. Also auch in der anderen Welt?« Ich halte kurz inne und denke nach. »Es erscheint so unnütz, wenn sie sich doch gar nicht verstecken müssen, da sie unter sich sind, aber dennoch wie Menschen wirken. Wenn es auch ihre natürliche Gestalt ist, dann macht es jedoch Sinn.«

Sie schüttelt den Kopf. »Nein, das sind gewiss keine Tarnungen. Es ist tatsächlich ebenfalls ihr wahres Gesicht. Doch eben nicht ihr Einziges.« Erneut lautstark seufzend, schließt sie die Augen. »Jedenfalls geschah es, dass sich daraufhin selbstverständlich Seelen aller Elemente in der Welt im Spiegel sammelten. Und irgendwann begannen sie, sich gegenseitig anzugreifen und zerflossen in einer zähen Masse. Jedoch nicht das Licht. Dieses war immer unbehelligt geblieben. Auch, solange nur das stille Wasser dort war. Doch die anderen Elemente reagierten nach ihrem Tod aggressiv aufeinander.«

»Die Seelen greifen sich gegenseitig an? Wieso denn das?«

»Das weiß niemand so genau. Es scheint an der Welt zu liegen. Dieser Punkt ist zwar nicht klar, jedoch ist offensichtlich, dass aus dieser Mischung am Ende der Schatten entstand. Der Schatten ist nichts weiter, als eine Mischung aus allen Elementen, abgesehen vom Licht. Aus diesem Grund sind wir auch so sehr mit allem verbunden. Besonders das Feuer, das in uns brennt, als das aggressivste Element. Auch wenn man sagt, dass wir männlich werden, wenn ausnahmsweise das Luftelement den Kampf gewinnt ...«

»Wow«, stelle ich fest.

Gerade will sie wieder zu neuen Ufern aufbrechen, da wird mir schlagartig etwas klar und ich unterbreche sie, noch ehe sie zu sprechen beginnt.

»Das heißt doch im Klartext, dass wir nichts weiter als tote Seelen sind, die recycelt wurden. Sind wir deshalb das Gegenteil des Lichts? Weil unser Ursprung der Tod ist, nicht das Leben?«

»Nun, Tatsache ist, dass du sicherlich Licht in dir trägst. Um ein Quäntchen Menschlichkeit zu besitzen, sowie eine eigene, menschliche Gestalt, musst du etwas davon in dir tragen.« Wieder wirkt sie recht nachdenklich, während sie plötzlich mit einer Hand mein Kinn ergreift und mich an sich zieht, um sich mein Gesicht zu betrachten. »Böse Zungen behaupten, dass wir Dämonen wären. Schatten, die an ein wenig Licht kamen und so eine menschliche Gestalt erhielten. Eine weiterentwickelte Form, sozusagen.«

»Gott ...«

Auf diesen Ausrutscher meinerseits, lässt sie mich los und lehnt sich zurück in ihren Stuhl. Scheinbar ist mein Kommentar mal wieder so lustig, dass sie zu lachen beginnt. Ich schwöre, wenn ich das noch einmal höre, dann-

»Es gibt keinen Gott, Liebes«, unterbricht sie meine Rachegedanken.

Sie sagt das mit einem etwas verschmitzten Lächeln und ergreift dann meine Hand, die unbeachtet vor mir auf den Tischdecken liegt.

»Wir sind alle unser Glückes Schmied, also lass dich nicht verunsichern. Du bist nicht weniger Wert als andere oder vorher, nur, weil du jetzt die Geschichte unserer Rasse kennst. Alles hier ist irgendwann aus dem Nichts und anderen Zufällen entstanden, nicht nur Hexen, Paladine oder die Schatten, die du offenbar bereits kennengelernt hat. Außerdem birgt jedes Leben auch ein Stück weit den Tod in sich, so wie jeder Tod auch ein bisschen Leben in sich vereint. Wir alle sind doch ein wenig von beidem.«

»Danke«, merke ich ehrlich an.

Und ehrlich verwirrt, da sie scheinbar den Grund meiner unbewussten Kränkung bemerkt und mich aufgemuntert hat. Was mich überrascht.

Dabei wollte ich nie zu einer dieser Personen verkommen, die vorschnell urteilt. Tja, das hier ist aber auch eine etwas absonderliche Situation, würde ich sagen.

Ein erneutes, schweres Ausatmen ihrerseits bringt mich zurück auf Kurs.

»Aber was du vorhin wissen wolltest ... Diese weiße Energie in uns, welche in den Menschen am ärgsten brennt, ist die Energie dessen, was wir heute als Mensch bezeichnen, also dem Ursprung Aller. Die grundlegende Lebensenergie. Andere Energien haben alle ihren eigenen Zweck, doch diese Bestimmte ist lediglich eine Lebensenergie, die unter normalen Umständen keine magischen Fähigkeiten freisetzt. Die beiden ersten Elemente, Luft und Wasser, kommen dieser am Nächsten. So kann eines der Elemente heilen und das andere hat eine Ähnliche, jedoch komplexere Fähigkeit. Ersteres hast du am eigenen Leib erfahren dürfen, das andere steht dir noch bevor. Der Grund aus dem die anderen Elemente, abgesehen vom Schatten, Leuchten und auch die Kreaturen, zumindest deren Augen, ist der, dass sie alle dieses Licht in sich tragen. Und nur ein lebendes Wesen, wie etwa eine Hexe, hat ebenfalls genau dieses Leuchten. Das zeigt deutlich, das auch du dieses Licht in dir trägst«, erklärt sie ein weiteres Mal eindringlich und fixiert mich dann mit einem so ernsten Blick, dass mir das Blut in den Adern gefriert. »Die Schattenwesen, die *du* gesehen hast, waren aber schwarzäugig, nicht wahr?«

Allein der Gedanke jagt mir ein ums andere Mal eine Gänsehaut über den Rücken.

Und scheinbar sagt mein Blick mehr als tausend Worte, da sie sich bereits in ihrer Aussage bestätigt sieht.

»Das waren Schatten aus dem Zwielicht. Sie sollten nicht aus dem Zwielicht entkommen können, doch manchmal schaffen sie es. Wie parasitäre Vertraute fallen sie über Menschen her, um ihre Ziele zu erreichen. Und diese sind selten guter Natur.«

»Parasitär?« Kein guter Klang.

Ein wenig nervös schiele ich zu der Krähe in der Ecke herüber.

»Ein parasitärer Vertrauter zehrt von der eben erklärten Energie, doch er braucht die Energie, die auch sein Element braucht. Ansonsten nimmt er jene, welche er ebenfalls nutzen kann, weil sie neutral ist. Bei uns ist das sogar noch in Ordnung, denn der Schatten ist zwar neutral, jedoch verhält er sich anders als das Licht. Er kann sich regenerieren. Wir altern bloß, wenn wir zu viel auf einmal verbrauchen. Die Energie wird dann aus jeder Zelle entzogen; dadurch die äußere Veränderung. Bei der weißen Lebensenergie ist das jedoch anders.«

»Wenn sie aufgebraucht ist, könnte die Person einfach sterben, nicht wahr?«

Es ist nur zusammengereimt, doch lässt eine ganz andere Angst in mir aufkeimen, die mich vom eigentlichen Thema weiter ablenkt.

»Heißt das, Liv hätte sterben können?!«

Diese bisher nicht angesprochene Geschichte, musste ja irgendwann hoch kommen.

»So ist es«, stellt sie ruhig fest. »Sie wäre zuerst Stück für Stück auseinandergefallen. Die Zähne und Haare hätten sich gelöst, die Nägel wären brüchig geworden, die Haut fahl und die Lippen spröde. Die Augen blind, die Ohren taub, die restlichen Sinne immer trüber ... Bis sie nur noch da gelegen und auf den nahen Tod gewartet hätte.«

Entsetzt springe ich von meinem Stuhl auf. Ich muss ein paar Schritte im Raum auf und ab gehen, um das zu verdauen, während ich mit eine Hand durch mein Haar streiche.

»Das ist ... schrecklich.«

»So ist es«, wiederholt sie, während sie mir mit den Augen folgt. »Doch wie es aussieht, war sie tatsächlich affin. Eine Erbin des Wassers eben. In ihr schlummerte bereits ein starkes, blaues Licht. Das Wasser ist Teil ihres Organismus. Sie war schon immer eine von uns, sie wusste es nur noch nicht. Das war ihr Glück. Außerdem gehören Seelen des Wassers eigentlich so gut wie nie zu dieser Art der Vertrauten. Das ist mitunter ein Grund, warum sie meist Geisterlichter bleiben und keine *Wesen* werden.«

Ich sehe zu Liv nach hinten, die ein wenig geschockt aussieht. Danach sollte ich auf jeden Fall mit ihr sprechen …

»Gut«, merke ich an und bin langsam ziemlich am Ende, »dann weiß ich jetzt, wie in etwa die Welten entstanden sind und habe einen Grundstand an Wissen, nicht wahr? Würden Sie mir dann etwas mehr über die Schattenwesen berichten? Warum sie meine Familie kennen? Mich kennen? Das würde mich jedenfalls ziemlich erleichtern, ehrlich gesagt.«

»Erst einmal solltest du verstehen, was ein Schattenwesen überhaupt ist. Das hast du nun gelernt, zumindest im Grunde. Doch was du gesehen hast, war eigentlich weniger als ein Schattenwesen. Nur eine geballte Ladung dessen, was das Zwielicht heutzutage überflutet. Dass sie hinter dir her waren, allerdings, das ist seltsam. Ich weiß, dass hier vor einer Weile ein Besessener unterwegs gewesen ist. Er ist danach gestorben, so wie alle. Seine Energie wurde aufgezehrt und er erlitt einen Zusammenbruch. Einen Herzinfarkt. Nach allem was ich weiß, war das geplant. Von den Schatten, die in den Schatten etwas zu sagen haben. Sie haben deine Angreifer absichtlich freigelassen.«

»Die etwas zu sagen haben? Wer hat etwas zu sagen? Ich versteh das alles nicht!«

»Ruhig Blut«, entgegnet sie nur und trinkt noch einen Schluck Wein, »ich kann dir heute unmöglich alles erklären, was es in unserer Welt zu wissen gibt und wovon ein Mensch keine Ahnung hat. Doch das Zwielicht ist zu einem Ort geworden, an dem höchste Vorsicht geboten ist. Man sagt, wenn man einmal darin landet, kommt man nicht mehr heraus.«

»Aber dort will ich ja auch nicht hin! Und ich will auch nichts von den Schatten wissen«, stelle ich klar, so bestimmt ich kann, was mich ein weiteres Mal dazu verleitet, aufzustehen.

Der Stuhl, den ich dabei ausversehen zurückschiebe, schlittert laut und unangenehm kratzend über den Boden.

»Nein, das willst du nicht. Doch die, die dort leben, die Schatten … die wollen etwas von *dir* wissen.«

Entmutigt blicke ich sie an. »Okay, was hat es mit diesen Teilen auf sich?«

Ich erinnere mich an den Moment, als mir eine Tasse mit Blut entgegengeschmissen wurde. Blut, und eine undefinierbare, schwarze Brühe … zusammen mit einem Auge.

Christies Auge …

Mein Magen verkrampft sich auch diesmal unangenehm.

»Schatten sind verstorbene Schattenwesen, also Hexen oder Hexer, Zauberer und Zauberinnen, die nicht zu einem Vertrauten oder einem Paladin geworden sind. Oder aber Schatten, die niemals ein anderes Wesen wurden. Sie alle vermischen sich ineinander, doch nur ein bestimmtes Kollektiv – eine Sammlung sehr alter, sehr mächtiger Schatten – hat dort das Sagen. Sie sehen alles, egal wo oder wann es geschieht; ob Vergangenheit, Gegenwart oder Zukunft. Und egal in welcher Welt.«

»Wie …?«

»Die Schatten sind mit jedem Raum und jeder Zeit verbunden. Dabei gibt es nur diesen einen Fixpunkt. Eine Welt von jeder Welt und eine Zeit von jeder Zeit. Doch alle sind weiterhin untrennbar miteinander verbunden – durch das Zwielicht. Den leeren Raum zwischen allem, das nicht verbunden sein kann. Alle anderen Welten, neben den eigentlichen Dimensionen, sind lediglich Spiegelwelten und Trugbilder. Nachwehen, die nebenher existieren, das meinte ich vorhin mit ›nicht echt‹. Sie sind dem, was Menschen unter einer ›Parallelwelt‹ verstehen, am nächsten«, meint sie, »die Schatten sind die Einzigen, die diese Trugbilder miteinander verbinden können und die mit allen Welten verbunden sind, ohne aber selbst gebunden zu sein; an irgendetwas oder irgendwen. Hexen tragen diese Grundlagen in sich, darum können wir auch zwischen den Welten hin und herspringen, wenn wir gut genug dafür sind.«

»Und darum können die Schatten alles sehen?«

»Oh, nicht nur das«, meint sie schnell, »dass wir ›Dinge‹ sehen oder hören, ist ihnen ebenfalls verschuldet. Unsere natürliche Verbindung zu den Schatten lässt uns sehen, was sie wollen, dass wir sehen. Nur manche kleinen Dinge sehen wir einfach so. Weil sie es nicht vor uns verstecken können. Alles andere schicken sie uns, wenn wir es annehmen oder empfänglich dafür sind.«

»Im Traum oder wenn wir gerade unaufmerksam sind«, lasse ich einfließen.

»Genau. Oder aber, wenn wir etwas sehen *wollen*«, gibt sie dazu, »das heißt jedoch nicht, dass wir es auch bekommen.«

Ich schüttle den Kopf und versuche all das noch einmal zu rekapitulieren. Die Monde gaben Licht ab, das dann Leben erzeugt hat, oder wie war das?

Nein, ich denke, ich habe es verstanden, doch was soll ich mit diesen Informationen anfangen? Ich will doch nur wissen, wo ich herkomme und wer ich bin!

Ich weiß nun zwar, dass ich wahrscheinlich aus dieser Dimension der Schatten Stamme und welcher Rasse ich wohl angehöre, doch wo genau sind meine Eltern? Was ist deren Geschichte?

Was ist *meine* Geschichte?

»Ich weiß, du hattest dir vermutlich erhofft, dass ich dir nun erzähle, wer du bist und all die Fragen zu deiner Familie beantworte. Doch das kann ich nicht, wie gesagt«, wiederholt sie, was sie ganz zu Anfang des Gespräches bereits einmal angemerkt hat, »und auch sie kann es übrigens nicht«

Überrascht sehe ich auf, ohne überhaupt gemerkt zu haben, wie ich die ganze Zeit zu meinen Füßen gestarrt habe.

»Aber ich dachte, sie kann es?!«

Sie sitzt entspannt in ihrem Sitz und hält einen angewinkelten Arm in die Höhe. Wie auf Kommando, kommt die Krähe auf uns zu und setzt zur Landung darauf an.

»Wie gesagt, das Mädchen dahinten ist bei weitem besser als du«, sagt sie, als wäre es vollkommen neutral und sieht mich dabei nicht einmal an, »sie ist dir sogar in der Tatsache voraus, dass sie eine Gefährtin an ihrer Seite hat. Außerdem kann sie ihre Fähigkeiten bereits aktiv nutzen.«

Aber das kann ich doch auch!

»Und nein, du kannst das nicht. Alles, was du bisher getan hast, ist einzig und allein der Tatsache geschuldet, dass du eine besondere Art Mischwesen zu sein scheinst. Alles was du bisher getan oder geschafft hast, war entweder deine gefiederte Freundin hier oder etwas, mit dem du geboren wurdest. Du selbst kannst eigentlich … gar nichts. Damit solltest du dich abfinden.«

Nach diesem verbalen Schlag unter die Gürtellinie, sage ich nichts mehr.

»Was denn, hat es dir die Sprache verschlagen?« Kurz sieht sie mich aus den Augenwinkeln an. »Du solltest nicht schmollen. Was nicht ist, kann ja noch werden. Aber du solltest erst einmal trainieren und nicht anfangen, dir auf ein Geburtsrecht etwas einzubilden. Lerne etwas daraus zu machen, damit du wirklich etwas erreichen kannst.«

»Und wie soll ich das bitte tun?«

»Vielleicht, indem du erst einmal einen Vertrag mit deiner Vertrauten abschließt.«

»Aber sie hat bereits irgendeine Art von Verbindung zu dieser Krähe«, merkt der Mann zu meiner Rechten an.

Das erste Mal seit einer Ewigkeit, höre ich endlich eine vertraute Stimme. Gott sei Dank …

»Hm … nein, hat sie nicht. Eine andere Person hat diesen Vertrag geschlossen und er ist auch an dessen Vereinbarungen geknüpft. Will heißen, sie darf vermutlich nicht mit Annie sprechen und da sie eindeutig ein paar Dinge über ihre Herkunft vergessen hat, denke ich, das hat ebenfalls mit diesem Vertrag zu tun.«

»Und was?«

»Das weiß ich nicht«, gibt sie zu und peinlich scheint es ihr nicht zu sein, obwohl sie vorher noch so große Töne gespuckt hat, »wie auch? Ich sagte doch, die Schatten zeigen uns, was wir wissen sollen und selten etwas anderes. Wenn ich hierzu nichts weiß, dann weil *sie* es so wollen. Ich kann nichts daran ändern.«

»Schon wieder diese Schatten …«

»Wie gesagt, es ist offensichtlich, dass da jemand etwas von dir will. Doch was, das weiß ich nicht.«

Ich stehe dort wie ein Vollidiot. Weiß eine Menge mehr als vorher und doch … weiß ich eigentlich gar nichts.

Dann fällt mein Blick zurück auf die Krähe.

»Und?« Meine Frage bleibt unbeachtet.

Aber irgendwo muss ich doch anfangen, wenn ich schon sonst absolut planlos bin.

»Willst du meine Vertraute sein?«

Chapter 27:
A Moonlit Flower on the Stage

In einer Minute der Stille, fühle ich mich sofort ziemlich dumm, nach meiner letzten Aussage. Aber was habe ich schon zu verlieren?

»So einfach ist das nicht. Ein Schutzvertrag ist immer eine Sache der Handhabung. Manche sind leicht zu lösen, andere lassen sich nur wie ein ganz normaler Vertrag brechen, wenn eine Hälfte nicht einverstanden ist«, wirft mein Gegenüber ein.

»Okay, das bedeutet dann was?«

»Dass man ihn ausbrennen müsste, weil die andere Person, neben dem Vertrauten, eben nicht du bist, sondern jemand anderes. In diesem Fall … deine Mutter.«

Bei dem Wort ›Mutter‹ versteife ich mich automatisch.

»Sie wissen, wer meine Mutter ist …?«

Sie würdigt mich zuerst keines Blickes, als dann jedoch nichts gesagt wird, sieht sie mich fragend an.

»Nein? Ich kenne deine Mutter nicht, woher auch? Ich kann sie nicht sehen, aber ich weiß, dass es deine Mutter war. Mehr kann ich nicht sagen.«

»Aber sie kann es«, stelle ich fest, »wenn sie den Vertrag mit meiner Mutter geschlossen hat, dann kann sie es, oder nicht?!«

Immer wütender auf dieses gefiederte Vieh sehe ich von der Frau zu dem Vogel und zurück.

»Du hast die ganze Zeit so getan als würdest du mir helfen, aber du hast keinen Ton gesagt! Du kannst doch auch reden, oder nicht?!«

Nichts. Kein Laut.

»Nein, kann sie nicht«, entgegnet Veronda erst eine Weile später, mit so viel Ruhe in der Stimme, dass es mich erneut ärgert.

»Warum nicht?!«

»Hab ich das nicht gesagt? Ein Schutzvertrag schließt die Bedingungen des eigentlichen Vertragspartners immer mit ein. Sie kann nicht sprechen, solange der Schutzvertrag aufrecht erhalten wird, damit sollte vermutlich verhindert werden, dass sie dir irgendetwas sagt, bevor die Zeit gekommen ist.«

»Welche Zeit? Was meinen Sie?«

»Jetzt«, erwidert sie mit einem schlichten Schulterzucken, »ich weiß nicht, um was es geht. Aber offensichtlich warst du ebenfalls blockiert. Du bist es sogar immer noch ein wenig. Aber deine Fähigkeiten scheinen durch, das sagt uns, dass es sich zu lösen beginnt, was vermutlich auch beabsichtigt war. Irgendwann löst sich so etwas immer auf, wenn man nicht dafür sorgt, dass es aufgefrischt wird.«

»Also hat meine Mutter dafür gesorgt, dass ich sie vergesse? Und das soll ich glauben?«

»Mir ist egal, was du mir glaubst oder nicht«, meint sie, »aber deine Vertraute sollte nur darauf achten, dass du nicht stirbst, dir in Krisensituationen beiseite stehen und durfte kein Wort sagen. Die ganzen Jahre hat sie vermutlich vollkommen stumm verbracht. Sie war viel ärmer dran als du, also sei gefälligst ein bisschen dankbarer.«

Schluckend weiche ich beinahe einen Schritt zurück. Ich weiß nicht, was ich darauf erwidern soll.

Oder was ich mit dieser Information anfangen soll. Um mich herum scheint es still. Selbst der Wind, der zuvor so stark geheult hat, lässt mich hier im Stich. Ich schäme mich tatsächlich.

Und dann diese unangenehme Stille … »Gut«, beende ich diesen verqueren Moment aus eigener Kraft und weiß dabei selbst nicht, was ich eigentlich sage, »dann würde ich gerne wissen, wie ich den Vertrag brechen kann. Ich will ihn auflösen.«

»Hm … dabei kann ich dir helfen«, erzählt sie schlicht und streckt mir ihre freie Hand in darbietender Geste vor die Nase. »Gib mir deine Hand.«

»Was?«

»Gib mir deine Hand«, wiederholt sie.

Ich werfe erst einen Blick zu meiner Freundin hinter mir, die nur die Achseln zuckt und ehrlich beunruhigt wirkt. Danach sehe ich zu Darren.

Dieser bedeutet mir mit einer Geste, ihrer Aufforderung nachzukommen.

»Wirklich?«

»Es sei denn, du hast Angst«, erwidert er darauf nur.

Ich kann erkennen und hören, dass dies nicht als Herausforderung oder Demütigung gemeint ist. Er sagt es einfach nur, weil es stimmt. Wenn ich Angst habe, dieser Frau nicht traue, sollte ich dies auch nicht tun.

Aber ich denke, dass *er* ihr vertraut. Dass sie das tut, was sie sagt, und nichts anderes.

Und darum schließe ich kurz die Augen, um mich zu sammeln; Pro und Contra abzuwägen.

Am Ende weiß ich nichts. Ich kann noch nichts und ich kann mich nicht verteidigen. Zugegeben, ich fühle mich manchmal, als könnte ich jeden töten, der mich nur schief ansieht, doch gegen Monster wie diese Wendigos oder dieses schwarzäugige Ding von gestern habe ich dennoch keine Chance.

Ich glaube, das ist ein Grund warum in meinem Verstand nicht einmal vollständig angekommen zu sein scheint, dass das gestern wirklich geschehen ist. Leider ist es so, dass ich nicht viel daran ändern kann.

Was kann ich, so wie ich jetzt bin, schon groß tun, wenn mich wirklich jemand töten möchte?

Ich weiß ja nicht einmal, weshalb ich gestern so leicht davongekommen bin! Sicher, ich bin gestürzt, doch das hatte nichts mit diesem Wesen zu tun. Es hat mich laufen lassen.

Wenn es mich hätte töten wollen, wäre ich sicherlich tot, davon bin ich überzeugt.

Damit hat sie wohl Recht. Ich *bin* im Kampf weniger Wert als Liv, die zwar noch nicht viel kann, aber zumindest irgendetwas kontrolliert, während mir nur alles zufällt.

Ist das vielleicht das, das gemeint ist, wenn irgendwo von einem ›Scheideweg‹ die Rede ist? Das heißt, ich muss eine Entscheidung treffen. Egal ob richtig oder falsch.

Zögernd, aber doch irgendwie bestimmt, strecke ich eine Hand aus und lege sie in die ihre.

»Gut, und was tun wir jet-«

Mein Satz wird von einem erschrockenen Aufschrei unterbrochen, als sie plötzlich nach mir greift und eine Art schwarzer Rauch, schmerzhaft meinen Arm hinauf kriecht. Zur selben Zeit setzt ein Trommelfell durchschneidender Laut ein; tausend kreischende Stimmen, in weiter Ferne, die in meine Ohren dringen und unbeschreiblichen Druck darauf ausüben.

Aus dem Augenwinkel sehe ich Darren aufspringen, doch irgendetwas stößt ihn zurück. Es geht viel zu schnell, als das ich es verfolgen könnte, da liegt er bereits auf dem Boden.

Ich drehe mich herum, um nach ihm zu sehen, doch der Schmerz in meinem Arm vervielfältigt sich auf eine Weise, die mich beinahe Sternchen sehen lässt.

Mit der freien Hand zerre ich meinen Ärmel nach oben, um zu sehen, was geschieht, dabei bleibt mir ein Schrei in der Kehle stecken. Unzählige schwarze Adern unter der Haut, ziehen sich von meiner Handwurzel über den gesamten Arm, bis zur Schulter.

»Was zum Teufel …?«

Letztendlich schreie ich doch, als ein fürchterliches Brennen unter der Oberfläche einsetzt, als würden sich Parasiten daran machen, die Haut von meinem Arm zu trennen, besonders fokussiert auf einen Punkt an der Außenseite meines Oberarms.

Eine Träne nach der anderen Kullert über meine Wangen, bis eine Taubheit einsetzt, die ich beinahe begrüße und ich langsam auf meine Knie sinke. Die Versuche, meine Ohren zuzuhalten, wollen ebenso wenig etwas nutzen, wie mein Versuch zu fliehen.

Und dann, einfach so, ist es plötzlich vorbei. Der omnipräsente Lärm, den ich nicht einmal mit meiner Hand ausblenden konnte, verstummt.

Mit tränenden, fast blinden Augen blinzelnd, sehe ich mich um, als meine Welt endlich wieder aufhört, sich zu drehen und zu tosen. Der konstante Schmerz in meinem Arm ist nun nicht mehr als ein Echo in weiter Ferne.

Es dauert dennoch eine Weile, ehe ich mich wieder auf meine zittrigen Beine erheben kann.

»W-Was war das gerade?«

Hinter mir kommen plötzlich zwei Hände zur Hilfe, um mich weiter aufrecht zu halten. Ich drehe mich herum, um ihr zu danken.

Doch es ist nicht Liv, wie eigentlich erwartet, die ich sehe.

»Alles in Ordnung?«

Ich blicke in ihre blauen Augen, als sie mich das fragt und würde am liebsten ›nein‹ sagen, doch meine Kehle ist so trocken, dass ich keinen weiteren Ton zustande bringe, abgesehen von einem Krächzen.

»Es muss dich sehr erschreckt haben«, stellt sie fest, »Liv hat es genauso schockiert. Sie wäre beinahe umgekippt.«

Ich schlucke. »Bist du deshalb hier?«

»Unter anderem.«

»Ich denke, sie wollte nicht, dass deine Freundin auch noch etwas abkriegt«, wirft Veronda von der Seite ein, als wäre eben gar nichts geschehen, »so wie die Schlafmütze da drüben.«

Erst jetzt fällt mein Blick zu Boden. »Darren!«

Trotz der aktuellen Geschwindigkeit von einem Zentimeter in der Minute, versuche ich schnell an seiner Seite zu sein.

»Was haben Sie mit ihm gemacht?!«

»Ich? Gar nichts«, meint die Angesprochene dazu jedoch nur und sieht dann zur Krähe hinüber, »nicht wahr? Ich hab ihn nur kurz schlafen gelegt, damit er mir nicht in die Quere kommt.«

»Bei was?!«

Etwas entsetzt versuche ich ihn wachzurütteln, doch er rührt sich keinen Millimeter.

»Was genau haben sie mit mir gemacht?«

»Sie hat den Schutzvertrag aufgelöst«, mischt sich erneut die ruhige Stimme von Kinana in das Gespräch ein.

Es ist befremdlich, sie direkt durch Liv sprechen zu hören. Eine andere Stimme zu hören, wenn das Gesicht, das ich so lange kenne, den Mund öffnet.

»Exakt«, bestätigt die alte Hexe, »ich meinte doch, es geht manchmal leicht und manchmal nicht. In deinem Fall war es einfach zu bestimmen, denn der Vertrag hat sich von selbst aufgelöst, man musste nur noch ein bisschen nachhelfen, um ihn ganz loszuwerden. Hätte ich ihn mit Gewalt brechen müssen, hätte dir das nicht nur ein Andenken hinterlassen, sondern auch sehr viel mehr wehgetan. Glaub mir, das eben war ein Witz dagegen.«

»›Andenken‹ …?«

Wieder ist es Kinana, die mir Rede und Antwort steht, anstelle von Veronda.

»Sie meint das Zeichen des Vertrags«, sagt sie schlicht, »es ist ein Symbol auf deinem Oberarm, das man jedoch nur sehen kann, wenn man die Fähigkeiten des Vertrags nutzt. Das hast du vielleicht bereits unbewusst getan, doch gesehen hat es noch niemand, darum wird es dir kaum aufgefallen sein. Wenn ein Vertrag ausgebrannt wird, brennt sich das Siegel in die Haut. Ich wusste, dass das geschieht, darum habe ich Liv lieber übernommen, ehe sie zu viel mitbekommt und hysterisch wird.«

»Ach ja? Warum wollte Darren dann dazwischen gehen?! Er hat auch einen Vertrauten!«

»Das mag stimmen, doch Maksim ist nicht … nun, er ist nicht wie ich.«

»Ein anderes Element?«

»Nein, du Dummkopf, er ist anders als sie, weil er nicht aus der andren Welt stammt. Neuere Generationen haben es geschafft, hier aufzuwachen und zu bleiben. Sie verbinden sich mit Wesen von hier und haben noch nie etwas von der wahren Welt der Wesen gesehen. In der Dimension der Schatten ist nicht alles so zivilisiert und friedlich wie hier«, meckert die Hexe erneut.

»Was sie damit sagen will, ist, dass er es nicht weiß und darum nichts sagen kann. Niemand weiß Dinge, die ihm nicht gezeigt oder erklärt wurden; auch wir nicht«, erweitert der Wassergeist noch einmal die Ausführungen des Schattenwesens.

Einfach aus Prinzip halte ich daraufhin die Klappe. Ich weiß nicht, was ich sagen oder denken soll und scheinbar nehme ich dauernd das Falsche an, also warum sollte ich überhaupt noch etwas sagen?

Es ist zumindest konsequent.

Etwas wehleidig sehe ich anstelle einer Entgegnung zu meinem Arm hinab und erschaudere. Was war das für ein schwarzes Zeug?

Ich muss unwillkürlich an diesen Moment in der Praxis denken, als ich von diesem *Ding* festgehalten wurde. Vielleicht war es ein Arm, aber Menschlich war er keinesfalls.

Und auf einmal wird mir etwas klar. Ich denke zurück, an den Augenblick, an dem ich damals von Lauren auf der Straße entdeckt wurde. Denke zurück an die Stunden vorher, in denen ich gefroren und ängstlich in irgendeiner Gasse kauern musste.

Ich denke zurück ... bis zu dem alten Steingebilde, im Wald der Huntsville zu großen Teilen umgibt.

Dabei wird mir schlagartig etwas bewusst.

»Ich kann mich nicht erinnern«, spreche ich nun doch wieder.

»An was, Annie?«

»An nichts«, gebe ich Liv zurück ... oder auch nicht Liv.

»Was meinst du?«

Die Stimme erschreckt mich ein wenig von der Seite.

»Du bist wach ...?«

»Erst seit ein paar Sekunden. Tut mir leid, das muss ziemlich armselig aussehen. Ich bin froh, dass alles in Ordnung ist«, plappert der schwarzhaarige Siebenschläfer munter drauf los.

Nur an seiner Stimme bemerkt man, dass er bis eben nicht bei Bewusstsein gewesen ist.

»Kein Ding«, schließe ich daraus, »geteiltes Leid, ist halbes Leid.«

Immerhin sahen wir vermutlich beide ziemlich doof aus, gegenüber dem Teil der Versammlung, der genau gewusst hat, was los ist. Er lacht nur kurz und lässt seinen angehobenen Kopf mit einem ›Klonk‹ zurück auf den Boden knallen.

Solange es ihm nichts ausmacht.

Ich will ihm gerade eine Hand auf die Wange legen, obwohl ich gar nicht weiß, wieso. Vermutlich Erleichterung, weil ich vorhin wirklich erschrocken bin, auch wenn ich dann früh erfahren hab, dass ihm wohl nichts fehlt.

Vielleicht aber auch als stille Entschuldigung dafür, dass ich die meiste Zeit nicht einmal an ihn denken konnte, der ja für mich in dieser Lage steckt, weil so viele andere Informationen meinen Verstand überrannt haben.

»Annie«, reißt mich Kinana jedoch aus diese kurzweiligen Symbiose heraus, »es ist schön zu sehen, dass er wieder wach ist. Doch was meintest du eben?«

Seufzend blicke ich zurück zu Darren, der sich glaube ich wieder schlafen gelegt hat; jedenfalls bewegt er sich wieder nicht mehr. Nur seine Brust hebt und senkt sich gleichmäßig unter ruhigen Atemzügen.

»Ich kann mich an nichts erinnern. Ich dachte, ich wüsste jetzt, wer ich bin und wo ich herkomme. Einige Erinnerungen sind auf einmal viel klarer als vorher, doch sie bringen mir keinerlei Erkenntnisse.«

Ein schallendes Lachen, dessen Klang ich ja fast schon wieder vergessen hätte, innerhalb der letzten … fünf Minuten, erfüllt erneut die Stille des Zelts.

Beinahe zeitgleich ist das Rütteln des Windes an den Stofflagen zu vernehmen, was eine etwas gruselige Wirkung hat.

»Das ist ganz natürlich, Annie. Du hast zwar eine alte Seele, aber so lange eingesperrte Erinnerungen können nur durch Auslöser wieder erweckt werden. Vielleicht bleiben sie auch verschollen«, erwidert unpassenderweise jedoch nicht Veronda, sondern eine angenehme, mir nicht vertraute Frauenstimme, in einem ähnlich entfernt wirkenden echoartigen Tenor, den ich auch von Kinana kenne.

Verwirrt sehe ich mich um. Niemand Neues zu sehen.

Tatsächlich dauert es einige Sekunden, ehe der Groschen fällt und mir schlagartig bewusst wird, von wem die Stimme gekommen sein muss.

»Du!«

Erst weiß ich nicht, was ich sagen soll, doch dann fällt mir so viel ein, dass ich mich nicht entscheiden kann, was im selben Ausgang resultiert: Schweigen.

»Ich bin froh, dass ich endlich mit dir sprechen kann, Annie.«

»Ja … sicher, ich auch«, erwidere ich, aus Mangel an klaren Gedanken.

»Du hast Recht, ich kenne deine Mutter. Aber viel kann ich dir nicht über sie verraten. Es tut mir leid, doch ich werde die gerne erzählen, was ich weiß.«

Ich bleibe stumm, während die Krähe spricht. Nicht, dass das Bild eines sprechenden Tiers mich noch erschüttern würde, da ich schon ein paar Mal mit Max gesprochen habe, aber … es ist irgendwie anders, wenn *sie* es ist.

Sie ist eben nicht Max. Sie kennt meine *Mutter*, verdammt.

»Das, was du dir am sehnlichsten wünschst, kann ich dir so nicht geben, doch ich will dir dabei helfen, es selbst herausfinden zu können und bei dir bleiben, bis du all deine Antworten hast. Der Schutzvertrag ist ebenso Schuld daran, dass du alles vergessen hast, wie der Wunsch deiner Mutter.«

Vielleicht ist es gar keine Leere, die ich gerade fühle, sondern einfach so vieles, das ich es nicht mehr definieren kann. Eine zähe Masse an Emotionen, die nur darauf warten, ausgespien zu werden.

»Okay«, sage ich schlicht.

»Ich kann dir bloß ihren Namen verraten«, gibt sie zu, »doch den kennst du ja bereits.«

»Sonya«, flüstere ich fast, als würde er mir entgleiten, wenn ich ihn zu laut ausspreche.

Ich muss dazu nicht einmal nachdenken. Ohne es bewusst zu tun, hat das leere Bild in meinem Kopf einen Namen erhalten; das Bild, unter dem bisher immer nur das bedeutungslose Wort ›Mutter‹ stand. Ein freier Platz für etwas, das ich immer auszufüllen versucht habe, zu jeder Zeit in meinem Leben.

Und noch nie war ich so nah dran, dies endlich zu schaffen.

»Du weißt, wie sie aussieht, nicht wahr?«

Scheinbar überrascht oder irritiert von meiner Frage, bleibt sie einen Moment still, ehe sie antwortet.

»Ja, aber … was hast du mit dieser Information vor?«

Hinter ihrer Aussage liegt so viel mehr als ausgesprochen wird; die Frage an sich wirkt dumm, doch eine Stimme in meinem Hinterkopf schreit mir entgegen, was sie bedeutet.

Doch ich will es nicht hören. Nicht jetzt. Nicht hier.

Heute will ich es noch nicht wissen, selbst wenn ich es schon weiß.

»Ich will bloß … eine Erinnerung.«

Für eine Weile sitzen wir einfach nur da. Eine Frau mit langem, tiefrotem Haar, hat sie gesagt. Rotes Haar, wie bei einer Kirsche. Eine Farbe, wie sie hier gar nicht möglich wäre. Es reichte bis zur Mitte ihrer Schulter.

Nur ein wenig wellig. Ihr Gesicht so sehr wie meines. Und dazu dunkle, haselnussbraune Augen.

Mehr musste ich auch nicht wissen. Nicht jetzt, zumindest. Für heute ist es genug.

Ein paar Dinge, die mich überfordern. Einige, die mich sogar schockieren. Schmerz und Müdigkeit, sowohl physisch als auch psychisch.

Und doch fühle ich mich plötzlich so zufrieden, als ich mich von dem Stuhl erhebe und den Raum verlassen will. Heute will ich noch keine Vertraute. Für heute ist es genug.

»Komm einfach vorbei, wenn ich dir bei dem Vertrag helfen soll. Du wirst ihn brauchen, glaub mir.«

Ich nicke Veronda noch einmal zu. »Ja. Vielen Dank.«

Diese Worte habe ich in meinem Leben selten so ehrlich benutzt, wie heute. Rückblickend ist für mich sogar ihre unhöfliche Art irgendwie hilfreich gewesen.

»Keine Ursache«, schließt sie das Gespräch, woraufhin ich mich abwende, »du wirst dich an all das schon gewöhnen. Wie sie schon sagte ... du bist eben eine alte Seele. Da dauert das einfach länger.«

Liv steht dabei neben mir und Darren ebenfalls, nur ein paar Schritte weiter entfernt.

Ja, es ist mittlerweile wirklich wieder Liv. Wenn auch etwas verwirrt von der Situation, ist sie während dem weiteren Gespräch wohl wieder aufgewacht. Unbeschadet. Letzteres hat mich jedoch nicht verwundert.

Kinana wirkte bisher nicht eine Sekunde wie ein Wesen, das Liv schaden würde. Im Gegenteil, sie hätte bei ihrem Versuch, sie da im Meer zu retten, selbst sterben können. Und das rechne ich ihr hoch an.

Doch auf dem Weg nach draußen, kommt mir auf einmal eine absurde Idee, die ich noch los werden möchte.

»Moment«, melde ich mich noch einmal zu Wort und bleibe abrupt stehen, »aber wenn diese Zwischenwelt wirklich mit allen Zeiten und allen Orten verbunden ist, müsste es dann nicht auch heißen, dass ich in die Zukunft reisen könnte?«

»Also ... wenn die Schatten dir dabei helfen? Ohne ihre Hilfe, kommst du nur in die wahre Zeit und den wahren Ort. Trugbilder von Zukunft und Vergangenheit, welche nebenher existieren, sind ansonsten nicht mehr als Schall und Rauch.«

»Aber es ginge theoretisch schon, oder?«

»Hm … man könnte auch zum Beispiel aus einem Trugbild der Zukunft stammen und in die Vergangenheit reisen, welche die einzig wahre Zeit ist, oder nicht?«

»Das ginge? Einfach so?«

Zugegeben, es war eine Fixe Idee. Ich dachte nicht, dass es wirklich möglich wäre.

»Ja. Nur, dass du dich auflösen würdest und verschwinden, sobald der Moment gekommen ist, an dem du aus deiner Zeit verschwunden wärst«, lässt sie dann jedoch so im Raum stehen.

»Oh«, ich überlege kurz, komme dann jedoch zu dem Schluss, dass ich das heute wirklich nicht lernen werde und auch gar nicht lernen will, »dann sollte man es wohl doch lieber lassen.«

»Besser wäre es«, sagt sie darauf und winkt mir zum Abschied, »ihr solltet euch wirklich den Zirkus ansehen. Ihr werdet es nicht bereuen, das kann ich euch versichern.«

Mit einem irritierenden Funkeln in den Augen, sieht sie uns nach. Die Krähe bleibt solange im Zelt, bis ich außer Sichtweite bin.

Ich denke mir bei beidem nichts, da sie mir schon so suspekt genug sind, frage mich jedoch, was es für einen Sinn machen würde, sie an meiner Seite zu haben.

Würde es so aussehen, wie bei Liv und Kinana? Nein, vermutlich eher nicht.

Oder so wie bei Max, der in Darrens Schatten lebt? Er ist immer da, doch nicht immer zu sehen.

Himmel, das ist einfach zu kompliziert … und dabei kommt mir ein Gedanke, der so absurd wirkt, dass ich beinahe laut darüber lachen muss. Eine Äußerung, über die man sich als normale Person eigentlich nur wundern könnte.

›Ich wünschte, ich wäre einfach bloß ein Mensch.‹

Genervt stöhnend sehe ich Liv dabei zu, wie sie sich ihren Weg an etlichen Besucherbeinen vorbei durch die Sitzbänke bahnt, die um die Manege herum aufgebaut sind.

»Kommt schon«, fordert sie uns gedämpft auf, »wir sind eh schon viel zu spät!«

Kaum sitzen wir endlich, reicht sie mir die große Popcorn, die sie draußen noch organisiert hat. Ein Wunder, dass bei dem

Wetter, mit hin und wieder fallendem Schnee, überhaupt ein Zirkus stattfindet.

Noch viel verwunderlicher ist, dass solche Stände ebenfalls die Muße besitzen, sich zu dieser Zeit noch draußen hinzustellen und zu warten, obwohl die eigentliche Hauptattraktion bereits begonnen hat.

»Wir haben den gesamten Anfang und die Anmoderation verpasst, glaube ich«, wirft Darren von rechts ein.

»Na und? Die will eh keiner sehen«, meldet sich Liv von links zurück.

Dabei ist sie so laut, dass man aus der Reihe vor uns ein deutlich drängendes »*Psst*!« vernehmen kann.

»Schnauze, das ist doch kein Kino«, gibt sie bloß bissig zurück.

»Also sowas ...«, erwidert der genervte Zuschauer von vorn.

Auf meinen fragenden Blick hin, zuckt sie bloß die Schultern.

»Was denn? Is'so. Es ist ein Zirkus und man hört doch trotzdem alles.«

Sie ist durchaus ein wenig sauer, dass Kinana sie übernommen hat. Doch die meinte es ja nur gut, also will sie es nicht an ihr auslassen.

Daher lässt sie es stattdessen an jedem anderen aus.

Glücklicherweise ist sie allgemein kein allzu nachtragender Mensch, sonst wäre das hier vermutlich sehr viel schlimmer. Und dabei wirkt der Mann mit der Beschwerde jetzt schon so empört, das man meinen könnte, ihm würde jeden Moment das Monokel aus dem Gesicht fallen ... wenn er eines tragen würde, meine ich.

Plötzlich wird unsere Aufmerksamkeit nach vorn gelenkt, wo ein junger Mann mit einem Zylinder nach vorn läuft, mit einer Karte in Händen.

»Meine Damen und Herren, ich hoffe diese kleine Show hat Ihnen gefallen«, sagt er durch sein Mikrofon, »doch lassen Sie sich davon noch nicht zu sehr mitreißen. Staunen Sie lieber über unseren nächsten Künstler ... unsere wundervolle *Moonlight Rose!*«

Wie auf sein Kommando, oder naja, vermutlich tatsächlich auf sein Stichwort, erleuchtet ein Scheinwerfer einen Teil der Bühne; weit über unseren Köpfen hinweg.

In einer Bewegung sehen wir Zuschauer nach oben. Ein hoch in der Luft gespanntes, von hier aus furchtbar dünnes Seil ist zu sehen. Gespannt zwischen zwei Plattformen.

Doch das Besondere daran ist weder das eine, noch das andere. Es ist die Person, die inmitten des Seiles steht und stolz auf uns herabsieht.

Eine zierliche Frau in einem weißen Outfit. Sowohl mit einer Hose, als auch einem halben Rock auf Hüfthöhe. Es wirkt zusammengeworfen, doch schön.

Mehr kann ich aus dieser Entfernung nicht erkennen.

Bloß, dass sie eine seltsame Ausstrahlung hat. Sie zieht mich ebenso in ihren Bann, wie Darren damals … oder *Veronda*.

Eher erinnert sie mich an Veronda. Der Tanz auf dem Seil beeindruckt mich in gewisser Weise.

Es wirkt wie eine Form der Freiheit, die ich noch nicht erreicht habe, jedoch gerne erreichen würde. Ein Ideal, das ich bestrebe, ohne es zu wissen.

Und das ich vermutlich nie erreichen werde.

Voller Ehrfurcht sehe ich mir die Show an. Es muss ein gutes Gefühl sein, so weit oben zu stehen. Über allem anderen zu sein.

Nicht auf die arrogante Art, sondern einfach … entfernt. Mit einem Blick auf alles aus einer gewissen Distanz zu urteilen.

Es ist vielleicht etwas metaphorisch oder bildlich gesprochen, da man ja nicht wirklich von oben über irgendetwas entscheidet, aber allein während man dort oben ist, muss man sich doch fühlen, als sei man weit entfernt. Von allen Sorgen und Problemen am Boden, meine ich.

»Das sieht super cool aus. Und gefährlich«, merkt die Brünette zu meiner Linken an und zieht mich so zurück in den Zuschauerbereich des Zirkuszelts.

Wo ich sie erst einmal perplex ansehe.

»Hä?«

Mit hochgezogener Augenbraue sieht sie mich an, während sie sich eine Handvoll Popcorn in den Mund schiebt.

»Du guckst wie ein Auto. Irgendwas nich' in Ordnung? Abgesehen von allem heute, mein ich«, will sie in trockenem Ton wissen.

Man sollte meinen, man könnte sie nicht hören, doch die Musik in der Manege ist angenehm eingestellt und das Publikum so gefangen von der Künstlerin, dass man beinahe von einer erschreckenden Stille sprechen könnte. Es muss an diesem Zirkus liegen.

Das ›Psst‹ vorhin, am Ende des letzten Acts, war ja schon ziemlich verwirrend. Nun macht es plötzlich Sinn.

Wenn auch nicht für meine Freundin.

»Naja … sagen wir, als wir vorhatten hierher zu kommen, dachte ich nicht, dass ich dermaßen durch den Wind sein würde. Ich meine, ich weiß gar nicht, was ich erwartet hatte. Vielleicht, dass ich wieder gar nichts erfahre. Irgendwie …«

Hatte ich es vielleicht sogar gehofft?

»Und, meinst du, du kannst hier ein bisschen abschalten?«

Die Frage überrascht mich. Scheint jedoch nicht halb so nebenbei gefallen zu sein, wie sie klang, denn Liv sieht mich dabei erwartungsvoll an.

»Ich ...«

Ich sehe nach oben, als die Stimmung sich etwas verändert. Scheinbar ändert die Seiltänzerin ihren Stil und steigt um auf ein extra nah angebrachtes Trapez, um dort ihre akrobatische Show fortzuführen.

Es wird so weit heruntergelassen, dass es trotz des Seils noch weit über unseren Köpfen schwingen kann. Nicht mehr in schwindelerregenden Höhen, dafür aber in überraschender Geschwindigkeit.

Ich verfolge sie mit den Augen, doch lange dauert es nicht, da springt sie mit einem Satz vom höchsten Punkt, auf eine Seite des Zelts. Es wirkt von hier aus so, als wäre es sogar noch höher, als das Seil. Und sie fällt.

Für eine Sekunde bleibt mein Herz stehen.

In einer grazilen Bewegung, dreht sie sich in der Luft, wie eine Turnerin am Reck oder eine Turmspringerin.

Der Unterschied ist bloß, dass sie weder in Wasser landen wird, noch lediglich zwei Meter über dem Boden ist. Und selbst Letzteres ist bereits viel, wenn ich mich da an meine kleine Kletteraktion, von unserem Dach herunter in den Vorgarten, zurückerinnere.

Ich mache mich bereit, zusammenzuzucken. Kann nicht einmal hinsehen.

Doch dann ist Jubeln zu hören.

Unsicher sehe ich auf. Und meine Augen weiten sich.

Nur etwa fünf bis zehn Meter von mir entfernt, auf einem der dicken Außenpfeiler der Bankreihen, balanciert sie wie auf Zehenspitzen. So ruhig und sicher, als würde sie einfach auf einem Gehweg stehen.

Erst jetzt erkenne ich die ungleiche, graue Struktur auf der hellen Maske. Durch die Löcher der Augen sehe ich Grau. Es ist dem Grau meiner eigenen Augen sehr ähnlich.

Doch es leuchtet um ein Vielfaches mehr.

Ebenso das seitlich hochgesteckte, pastellrosa Haar. Es sieht fast genauso aus wie meines, vielleicht sieht sie mich deshalb so an.

Sie mag mir ähnlich sehen, selbst wenn ich ihr Gesicht nicht erkenne. Doch ihre Haltung ist völlig anders.

Sicher und zielgerichtet, läuft sie über die Pfeiler hinweg. Viele sehen ihr nach, einige machen sogar Bilder von ihren Sprüngen.

Ich selbst bewege mich einfach keinen Millimeter. Selbst Liv schubst mich von der Seite an.

»Will die etwa hier rüber kommen?«

Ich kann nichts zurückgeben; starre bloß nach vorn und frage mich, ob sie wohl wirklich hierher kommen wird.

Doch gerade als die Nervosität mich innerlich auffrisst, von der ich nicht einmal verstehe, wo sie herkommt, bleibt sie eine Reihe vor mir stehen. Ich blinzle verdutzt.

Ein kleines Mädchen sitzt dort, auf dem Schoß ihres Vaters.

Sie zieht die rote Rose heraus, die zur Zierde in ihrem hochgesteckten Haar befestigt ist, und reicht sie dem vor lachen glucksenden Kind.

Zugegeben, es enttäuscht mich ein wenig, aber wieso überhaupt? Es ist seltsam, ich kenne diese Person ja nicht. Es ist ihre Anmut, die mich fasziniert. Und die Stärke, die ich unmöglich schätzen kann, da ich sie weder kenne, noch ihr Gesicht sehe, die aber dennoch spürbar ist.

Vielleicht ist es das, das auch die anderen im Zelt so einnimmt, das kann ich jedoch nicht bestimmen.

Es ist diese Art Mensch, die ich werden will. Diese Art Mensch, die ich zu werden versuche.

Doch kann ich das, wenn ich mich ständig selbst bemitleide oder mir wünsche, die Wahrheit nicht sehen zu müssen?

Ich weiß, dass ich vieles noch nicht kann. Ich weiß auch, dass ich es auch morgen nicht ohne Schaden verkraften können würde, erneut gegen ein Wesen wie das gestern zu kämpfen.

Aber ich weiß auch, dass ich nicht mehr so bin, wie ich einmal war. Oder dass ich vielleicht nie so war, wie ich immer dachte.

Ich habe gestern etwas gesehen, das sich die meisten Menschen nicht einmal erträumen würden. Dennoch bin ich hier.

Ich lebe und atme. Und ich bin völlig normal. Klar, ich bin müde, weil ich einen seltsamen Traum nach dem anderen hatte. Auch kann ich nicht sagen, dass mir nicht schlecht wird, wenn ich darüber nachdenke.

Doch ich sitze nicht auf dem Boden und weine oder muss von irgendeinem Therapeuten behandelt werden. Ich kann das schaffen. Ich kann das durchstehen.

Und irgendwann wird alles besser werden, wenn ich daran arbeite. Oder nicht?

Ein einsames Lächeln stiehlt sich auf meine Lippen, als ich es in Erwägung ziehe. Gleichzeitig trifft mich eine Erkenntnis, der ich bisher geflissentlich aus dem Weg gegangen bin.

Vielleicht muss ich diese Dinge ertragen können, weil ich kein Mensch bin. Wie Veronda schon sagte ...

In dieser Welt ist alles friedlich, so ganz anders als in der anderen Welt. Ich denke, dass ich nicht von hier komme.

Dabei muss ich auch daran denken, wie Veronda mich verabschiedet hat. Ich habe es zweimal absichtlich überhört, da ich mir nichts dabei dachte. Doch wenn Alter bei uns nicht viel ausmacht und sie mich eine alte Seele nennt ... was bedeutet das für mich? Was bedeutet das für mein Leben?

Ich erschrecke, als mir etwas gegen die Schulter prallt. Als ich hinsehe, erkenne ich jedoch bloß Liv, wie sie mit erhobener Faust neben mir sitzt.

»Hallo? Noch vorhanden?«

»Ja ... ich hab nur nachgedacht«, antworte ich auf ihre wohl rhetorische Frage.

»Echt? Hab ich gar nicht mitbekommen«, meint sie ironisch und verdreht dabei die Augen, »was meinst du nun zu dem Ganzen hier?«

»Es ist ... interessant.«

Ich habe gar nicht gemerkt, wie die Akrobatin bereits verschwunden und dafür ein anderer Künstler an ihre Stelle getreten ist. Nicht weniger erstaunt als zuvor, beobachte ich eine Person mit schwarzem Haar und einem eher ... interessanten Outfit dabei, wie sie irgendetwas herrichtet.

»Was tut sie da?«

»Du hast echt nicht aufgepasst, was?«

Ich zucke darauf nur die Schultern und sehe sie gleichgültig an.

»Tiere. Raubkatzen, genau genommen. Sie ist Dompteurin.«

Wieder recht überrascht sehe ich nach unten. *Raubkatzen ...* Tiere, die ich liebe.

Mein voriges Lächeln wird breiter, als die Hälfte der Anwesenden vor Schreck die Luft anhalten, da plötzlich einige der genannten Tiere die Bühne stürmen.

Man müsste meinen, so etwas sollte nicht möglich sein. Ohne auch nur einen Peitschenhieb, wie ich es aus dem Fernsehen kenne, tun die Tiere genau das, was ihnen befohlen wird.

Und wieder frage ich mich, wie so etwas funktioniert. So wie der Sprung zuvor.

Wieder eine Person mit einer seltsamen Ausstrahlung. Doch nicht so wie die Frau vom Hochseil.

Anders ... auf eine andere Art besonders.

»Falls du dich das fragst«, flüstert mir Darren plötzlich von der Seite zu, »die Frau da unten ist ebenfalls ein Beastmaster.«

Erneut weiten sich meine Augen.

»Was?!«

Er grinst mich jedoch bloß wissend an.

»Tja, manche Leute die in dieser Branche tätig sind, arbeiten nicht mit Tricks. Doch genau das ist der Trick dabei. Wenn man so tut, als würde man Menschen nur unterhalten wollen, dann glauben sie automatisch, alles sei bloß ein Trick. Ich meine, was auch sonst, richtig?«

»Gott, und da dachte ich, zumindest die guten, alten Scharlatane seien noch normal ...«, stöhnt Liv genervt auch, »jetzt geht dieser kranke Scheiß hier auch weiter, oder was?«

Daraufhin lacht der Mann zu meiner Rechten beinahe laut auf, verkneift es sich jedoch in der letzten Sekunde, wie man sieht. Vermutlich, um nicht zu viel Aufmerksamkeit auf sich zu lenken.

»Das ist nicht krank, das ist ganz normal. Wir existieren wie normale Menschen auch. Du gehörst selbst dazu. Oder eher gesagt, würdest du nicht existieren, wenn wir nicht auch hier wären.«

»Jaja, ich weiß ... aber trotzdem. Man wird sich wohl noch beschweren dürfen.«

Ich für meinen Teil kann nur den Kopf schütteln, kichere dabei jedoch nicht zu knapp, wofür ich letztendlich doch noch einen bösen Blick von dem Mann in der Reihe vor uns ernte.

Die beiden an meinen Seiten scheinen dabei gar nicht so recht zu wissen, was sie tun sollen, weswegen sie einfach stumm sitzen bleiben.

Doch genau das ist es, was mich gerade unterhält. Diese seltsame Normalität in dieser Absurdität, die im Moment zu meinem Alltag zu werden scheint. Ein wenig standfestes Fundament, auf dem ich gerade so stehen kann, ohne zu zittern.

Ohne zu fallen.

Einfach nur lachen zu können oder zu wissen, dass ich es immer noch kann. Dass *wir* es immer noch können. Vielleicht ist es das, das mir die Stärke geben kann, nach der ich gesucht habe?

Die Stärke, die ich brauche, um die zu werden, die ich werden will. Um das zu können, was ich können *muss.*

Weil ich noch nichts kann, wie Veronda so treffend formulierte. Im Moment ist Liv hilfreicher in einem Kampf, als ich es wäre. Und das kann ich so nicht stehen lassen.

Also bleibt mir nicht viel mehr, als genau das zu tun, was sie sagte. Eine Vertraute an meiner Seite zu haben und stärker zu werden.

Und auch, wenn ich eigentlich nicht viel über sie weiß, ja, nicht einmal ihren Namen kenne, so weiß ich doch, das sie immerzu an meiner Seite war. Schon meine frühsten Bilder zeigen sie.

Niemand auf dieser Welt weiß mehr über mich, als sie. Und wer weiß? Es könnte doch sein, dass es genau das ist, was ich an meiner Seite brauche. So wie Liv, die mich kennt und versteht.

Selbst wenn wir bereits unsere Differenzen hatten.

»Ich werde es tun«, sage ich, vollkommen aus dem Zusammenhang gerissen.

Mitunter ein Grund, aus dem ich nun von zwei Seiten, vollkommen perplex angestarrt werde.

»Was ›tun‹?«

Die Frage kommt beinahe wie aus einem Mund, was mich erneut zum Grinsen bringt.

»Ich will, dass die Krähe meine Vertraute wird. Ich hätte sie gerne an meiner Seite.«

»Ähm … okay?«

»Hat das noch Zeit bis nach der Vorführung oder willst du sofort loslegen?«

Noch mehr verwirrte Blicke, passend zu verwirrten Fragen.

»Es hat noch Zeit. Bis nach der Vorführung«, entgegne ich in Richtung meiner Freundin und sehe dann hinüber zu Darren, »wirst du dabei an meiner Seite sein?«

Als er kurz nichts sagt, schüttle ich den Kopf. Ich kann spüren, wie meine Wangen zu glühen beginnen.

»Ich meine, weil Liv ihren Vertrag nicht absichtlich geschlossen hat, du aber denke ich schon. Also ich meine, du weißt bestimmt ein bisschen was darüber, meine ich …«

Ich schließe mein unverständliches Gestammel mit einem Räuspern und knirsche dann mit den Zähnen. Einfach nur um nicht auf die Idee zu kommen, den Mund in den nächsten Sekunden noch einmal zu öffnen.

»Natürlich. Du hättest mich nicht einmal fragen müssen«, gibt er dann zurück und legt eine Hand auf meine – die Hand in meinem Schoß, die sich nervös in mein eigenes Hosenbein krallt.

Als sich von der anderen Seite plötzlich ein Gewicht auf meiner Schulter ablegt, sehe ich überrascht nach links. Dort futtert meine beste Freundin gerade Popcorn, wobei sie nicht zu uns herüber sieht, aber man merkt, dass sie das absichtlich tut.

Ihre normale Haltung für ›nehmt euch ein Zimmer‹ … hey, wir tun doch überhaupt nichts, für das wir ein Zimmer bräuchten!

Sie scheint meinen entrüsteten Gesichtsausdruck aus dem Augenwinkel zu beobachten und grinst hämisch.

»Ich werde natürlich auch da sein, also tut nichts Unanständiges.«

Mein Gesicht läuft derweil vermutlich puterrot an; selbst meine Ohren fühlen sich verdächtig erwärmt an.

Gut, jetzt reicht's. Du warst eine tolle Freundin.

Aber ich werde dich heute Nacht im Schlaf töten.

Viel hektischer als zuvor, drängen wir uns durch die noch immer sitzende Menge. Bei dem Weg durch den Eingang des Zelts, muss ich bereits fröstelnd die Jacke um mich herum enger ziehen.

»Es ist kalt«, merke ich an, als wäre das nicht offensichtlich.

Im Inneren war die Wärme durch etliche Zuschauer gehalten. Doch mittlerweile beginnen wieder vereinzelte, gefrorene Flocken vom Himmel zu fallen, direkt auf uns herab.

Mein heißer Atem wandelt sich sofort zu einer kleinen Wolke, sobald er meine Lippen verlässt und wenn ich einatme, brennen meine Lungen von der eiskalten Luft.

»Willst du da wirklich jetzt sofort hin? Ich hatte vorhin eigentlich bloß einen Scherz gemacht«, mischt sich Liv noch einmal ein.

»Ja, bitte, ich will es jetzt tun.«

Zwar kann ich nicht behaupten, dass meine beiden Begleiter genau wüssten, wie ich mich fühle oder weshalb ich handle, wie ich handle, doch sie nicken beide, trotz Unverständnis für die Situation.

Wobei ›Unverständnis‹ ebenfalls nicht richtig ist. Eher ist es eine Art überraschende Wende für die beiden, würde ich sagen.

Weil ich vorher einfach nicht entschlossen genug war. Und vielleicht bin ich es jetzt auch nicht.

Doch für den Weg, den ich bestreiten will, ist es essentiell, dass ich jetzt etwas wage. Dass ich über mich hinaus wachse. Selbst wenn es das noch nicht gewesen ist.

Es ist ein Anfang und das ist immerhin schon etwas.

Nickend schreite ich also voran.

»Folgt mir oder nicht … ich hätte euch aber schon gerne dabei«, sage ich.

Eine große Hand legt sich auf meine Schulter.

»Hey, ich hab schon gesagt, dass ich dabei sein werde, keine Sorge«, beruhigt mich Darren seinerseits.

»Und ich auch«, wirft Liv von hinten ein, »vergesst mich gefälligst nicht jedes Mal.«

Auf diese Beschwerde hin, lache ich nur herzhaft und drehe mich dann zu ihr herum, wo ich ihr die Zunge herausstrecke.

Sie macht Anstalten, mir tatsächlich in den Hintern treten zu wollen, was für mich nur ein Grund mehr ist, die Beine in die Hand zu nehmen, auf dem Weg zurück zu dem kleinen Zigeunerzelt.

Für diesen Augenblick, fühle ich mich beinahe unbeschwert.

Doch dieser Moment hält nicht allzu lange vor, denn der Weg ist nicht weit. Das unbeschwerte Gefühl von eben wird überschattet von einem aufgeregten Herzklopfen, als ich ein weiteres Mal den Vorhang zur Seite ziehe.

»Hallo?«

Mein leiser Ruf geht in dem leeren Raum irgendwie verloren, ganz ohne sein Ziel zu erreichen.

Einige Schritte in den Verschlag gehend, sehe ich mich um. An der Seite steht ein großer Standspiegel, der mir vorher nicht aufgefallen war.

Vielleicht ist er vorher auch einfach noch nicht hier gewesen, wer weiß?

Ich höre nichts, bis plötzlich ein Rascheln hinter mir laut wird.

»Das bist du ja«, hallt die Stimme der angeblichen Wahrsagerin durch das Innere des Zelts, »wir haben schon auf dich gewartet.«

Zugegeben, ›angeblich‹ trifft hier nicht so ganz zu.

»Wirklich?«

»Ja«, bestätigt sie, »wir sind schon vorbereitet. Du auch?«

»Ja«, wiederhole ich zwar ihre Antwort, doch mit nicht halb so viel Klarheit, wie sie sie hatte.

Mit einer Geste signalisiert sie mir, näher an den Spiegel heranzutreten, der an der Seite steht.

Also ist er hierfür nötig. Ich wusste, dass er vorher nicht dort stand.

Mir den leisen Triumph nicht anmerken lassend, tue ich jedoch schnell wie geheißen. Wobei ich nicht ganz sicher bin, was genau mir eigentlich ›geheißen‹ wurde.

Der Spiegel wirkt vollkommen normal. Wie ein handelsüblicher Spiegel, nur etwas prunkvoller und mit schwarzem Rahmen. Hübsch, aber was soll das?

»Was sieht ein Spiegel wirklich?«

Ihre ruhig in den Raum geworfenen Worte verwirren mich.

Was sollte er schon sehen?

Himmel, es ist ein Spiegel, ein Gegenstand, der sieht überhaupt nichts. Was soll diese dumme Frage überhaupt?

Ist es nicht eher so, dass *ich* etwas sehe? Wenn ich hineinschaue, meine ich.

Allgemein … ist das hier nicht ein wenig merkwürdig?

Brauche ich nicht, keine Ahnung, Wasser? Oder einen Schatten?

Vielleicht einen dunklen Keller oder Dachboden? Ich meine, an solchen Orten will es ja irgendwie nie richtig hell sein, wenn man nicht alles separat ausleuchtet.

Wie beim letzten Mal, will ich gerade meinen Mund öffnen, da tut sie es mir gleich.

»Nein, für das Ritual eines Vertrauten ist so etwas nicht nötig«, entgegnet sie lachend und kommt dann auf mich zu, nachdem sie einen großen Bogen um mich herum geht.

Ich sehe indes zurück in den Spiegel.

»Alles, was du dafür brauchst, ist das Element und eine spiegelnde Oberfläche. Vielleicht ein bisschen Magie zur Unterstützung, doch die kann ich dir geben, dazu brauchst du keinen Mond. Außerdem müsst ihr beide mit dem Vertrag einverstanden sein.«

»Einverstanden?«

»Sicher, dass ihr einen Vertrag eingehen wollt, der sich nicht so einfach lösen lässt; der euch aneinander binden wird, ohne dass ihr euch dem entziehen könnt?«

Blinzelnd starre ich in mein eigenes Gesicht. Will ich das? Bin ich bereit dafür?

Ohne weiter darüber nachzudenken, schüttle ich den Kopf.

»Ja, ich bin einverstanden.«

Ich weiß nicht, ob ich es kann, aber ich werde es versuchen.

»Hoffentlich reicht deine Entschlossenheit aus.«

Ich erschrecke, als im Spiegel plötzlich eine konzentrierte, schwarze Rauchwolke hinter mir zu sehen ist.

Es ist weniger einfacher Rauch, als ein schwarzer Klumpen in der Luft, gesponnen aus schwarzen, sich auflösenden Fetzen. Es dauert nur einen Wimpernschlag, da erhebt sich aus der Schwärze das, was ich schon so oft gesehen habe.

»Ich bin froh, dass du dich dafür entschieden hast«, sagt sie.

»Krähe«, flüstere ich, erst in dieser Sekunde realisierend, dass das hier wirklich ernst ist.

»Yolinova«, gibt sie zurück, »aber du kannst mich Nova nennen.«

»Nova«, wiederhole ich stattdessen, nicht intelligenter als vorher.

»Also dann, da das geklärt ist … wie wär's, wenn wir langsam mal zum Anfang kämen?«

Irritiert fällt mein Blick auf Veronda, dann wieder in den Spiegel.

Und dort erschrecke ich. So sehr, dass ich schreien möchte.

Meine gesamte Entschlossenheit, die ich hierfür gesammelt habe, verfliegt binnen einer Millisekunde.

Im Inneren der Spiegelscheibe bewegt sich etwas. Schwärze. *Dunkelheit.*

Schatten zupfen an der Scheibe; lassen sie beschlagen, als würde etwas von innen atmen.

Wie zu der Zeit in der Praxis, als …

Ich will einen Schritt zurückweichen, als die Panik meinen Verstand ergreift, doch meine Beine fühlen sich an wie in den Boden einzementiert.

Da legt jemand seine Hände auf meine Schultern. Im letzten Stück des Spiegels, das noch immer ein Bild zurückwirft, erkenne ich Veronda.

Schwarze Augen, die mich eindringlich durch das kalte Glas mustern.

»Du musst dich jetzt entscheiden. Es ist deine letzte Chance.«

»Willst du das hier, oder willst du es nicht?«

›Willst du das hier, oder willst du es nicht?‹

Ihre Frage will mir einfach nicht aus dem Kopf gehen. Sie wird immer wieder abgespult und immer wieder sehe ich mir dabei selbst, durch den immer mehr von Schatten verschlungenen Spiegel, in die Augen.

Will ich es? Ja.

Aber woher kommt dann diese Unsicherheit? Von den Schatten?

Ich weiß es nicht. Veronda tritt derweil zurück.

»Wenn du dir nicht sicher bist, können wir das hier nicht tun. Denn das ist das einzige, das hier wirklich zählt. Alles andere ist bloß Schmuck, um es einfacher zu machen.«

»Verstanden«, gebe ich tonlos zurück.

Ich weiß es nicht. Ich wollte es. Ich will es noch.

Und doch bin ich unsicher, jetzt, da ich kurz davor bin, es nicht mehr ungeschehen machen zu können.

Ist das nicht ein bisschen wie bei der Ehe? Direkt davor ist noch alles schön und man ist glücklich.

Aber plötzlich bekommt man kalte Füße; rennt davon.

Es wird einem plötzlich bewusst, dass man es nicht kann. Dass man so noch nicht leben kann.

Und auf einmal möchte man einfach nur noch ausbrechen; weglaufen. Nie wieder zurücksehen.

Man ergreift instinktiv die Flucht, dabei gibt es gar nichts zu fürchten.

Oder doch? Manchmal schon. Manchmal geht es einfach nicht.

Wird es hier genauso sein?

Ich schlucke und will mich umsehen, doch ich kann es nicht. Stattdessen beginne ich zu zittern.

»Annie, du darfst dich Schatten nicht so schwach zeigen. Sie könnten das ausnutzen«, wirft die Hexe von der Seite ein. »Es ist zwar so eher ungefährlich, aber Schatten darf man nicht trauen, vergiss das niemals.«

Nein, keine Hexe … wie nannte sie sich? Paladin? Habe ich dieses Wort überhaupt von ihr? Woher kommt diese Erkenntnis?

Ihre Augen … sie ist anders als ich.

Etwas, dessen Bedeutung für mich erst jetzt an Gewicht gewinnt. So dumm es klingen mag, ich dachte, sie sei einfach nur etwas älter und begabter als ich.

Einfach stärker aufgrund ihrer Erfahrung.

Doch ich weiß nicht, was geschehen muss, dass man so wird, wie sie es ist. Ich will es auch nicht wissen.

Das Zischen und Flüstern aus dem Spiegel wird lauter und lauter. Ich versuche mich zu beruhigen, doch das Zittern lässt nicht nach.

Ich versuche es wirklich.

Ich sehe kaum noch etwas, abgesehen von meinem Kopf. Der Rest ist der Schwärze anheimgefallen und stumpf wie eine schwarze Decke.

Kein Fünkchen Licht wird mehr daraus reflektiert. Stattdessen scheint es alles zu verschlucken, was es berührt.

Ich zucke erschrocken zusammen, als mich jemand von hinten überraschend berührt.

Zwei Arme schlingen sich um meine Taille und Schultern. Die Wärme umgibt mich und noch im selben Moment ist mir klar, wer da hinter mir steht.

»Beruhige dich, es kann dir nichts geschehen«, flüstert er mir zu.

Ich nicke, als ob die Aussage eine Antwort erfordern würde, bleibe dabei aber kerzengerade stehen. Mein Zittern lässt langsam nach, doch meine Muskeln spannen sich dafür an.

Wie gern würde ich mich jetzt einfach fallen lassen? Doch das kann ich nicht. Etwas hindert mich daran.

Nichts von außen. Eher ein drängendes Gefühl aus meinem Inneren. Das Gefühl, das noch nicht alles gesagt ist.

Dass ich das noch nicht tun kann, ohne dass ein paar Dinge geklärt sind.

Und dass ich im Grunde gar nicht weiß, was ich hier überhaupt tue, geschweige denn, was ich eigentlich will.

Doch diese Unsicherheit ist es auch, die mich erkennen lässt, was ich ansonsten will. Sicherheit.

Etwas, auf das ich aufbauen und hinarbeiten kann.

Ich lockere meine Schultern und atme einmal tief ein, wobei ich meine Augen schließe und mir etwas vorstelle, das ich mir nun vorstellen kann.

Eine Frau. So ähnlich aussehend wie ich. Mit rotem Haar.

Eine Frau, die mich immer beschützt haben muss, selbst über ihren eigenen Tod hinaus.

Eine Einsicht, die schmerzt. Sehr sogar. Doch eine Wahrheit, der ich mein Leben lang ins Gesicht geblickt habe, ohne wirklich zu wissen, was los ist. Und dennoch fehlen mir so viele Antworten.

So viele Fragen werden in mir laut. Wie starb sie? Weshalb hat sie mich beschützen lassen?

Wusste sie, dass sie sterben würde? War sie krank?

Antworten, die ich nicht erhalten werde, wenn ich so bleibe, wie ich jetzt bin.

»Ich will diesen Vertrag«, rufe ich aus, doch nicht entschlossen genug, jedenfalls nicht in meinen eigenen Ohren, *»ich will diesen Vertrag!«*

Nachdem ich es erneut gesagt habe, atme ich noch einmal tief durch und öffne erstmals meine Augen.

Beinahe wäre ich wieder erschrocken, doch ich bin plötzlich viel zu ruhig dazu. Das wenige Bild, das ich überhaupt noch erkenne, zeigt nur einen kleinen Teil meines Gesichts.

Es wirkt so fremd und doch weiß ich, dass ich es bin.

Eine Art lila Strahlen überschattet das normal so gewöhnliche Grau meiner Augen. Es ist, als würde es ein Loch in das dichte Schwarz des kalten Glases brennen, während ich hinein sehe.

Die schwarzen flackernden Wesen auf der anderen Seite werden immer unruhiger. Die Masse bewegt sich, ohne Ziel oder Verstand. In irgendeine Richtung; irgendwohin.

›Flucht‹, ist das erste, das mir dazu in den Sinn kommt. Sie wollen weg. Verschwinden.

So wie ich vorhin. Wie so oft.

Es ist ein Gefühl, das ich gut kenne. Daher kann ich sie gut verstehen.

Ein ruhiges, sehr langsames Klatschen ist hinter mir zu hören.

»Bravo«, höre ich Veronda sagen, »das ist das Gesicht, das ich sehen wollte.«

»Du kannst es, Annie«, stimmt ihr die Krähe zu. Nein, *Nova*.

Ein schöner Name. Ob er wohl etwas bedeutet?

Ein seltsamer Gedanke, in dieser Situation.

Aus der warmen Umarmung heraus, erhebe ich einen Arm. Wie ich es bei Ronda und Darren schon so oft gesehen habe. Ich hebe ihn angewinkelt und parallel zu meinem eigenen Oberkörper in die Höhe.

Und es dauert keine weitere Sekunde, da spüre ich die Krallen eines Vogels, die sich sanft in meine Haut bohren und das Gewicht, dass sich gerade etwas darauf niederlässt.

Ein weiteres Mal sehe ich die Schwärze meinen Arm hinauf kriechen. Ich spüre das Brennen, doch es ist nicht so schlimm wie vorher.

Es wirkt eher, wie das Brennen einer neuen Energie. Wie etwas Reinigendes, das auch nur wirklich funktioniert, wenn es ordentlich brennt, beim Auftragen.

Wieder konzentriert es sich auf den einen Punkt an meinem Oberarm. Ich kann durch den Ärmel nicht erkennen, was gerade geschieht, aber ich weiß genau, es ist gut so. Es soll so sein.

Dabei bin ich mir absolut sicher.

Ab jetzt kämpfe ich nicht mehr allein.

Es ist wieder recht ungewohnt. Ein Gedanke, der mir so vermutlich nicht gekommen wäre, wäre ich noch dieselbe wie vor drei Monaten. Ich kämpfe nicht.

Und nun?

Da sind Liv. Darren. Meine Eltern. Nova. Veronda.

Ich weiß, die meisten davon würden mich beschützen, ohne mit der Wimper zu zucken, sollte ein Monster mich zu töten versuchen. Bei mindestens einem davon, habe ich es bereits beobachten können.

Doch will ich das? Will ich die sein, die beschützt werden muss?

Auf keinen Fall.

Darren, der noch immer hinter mir steht und mich festhält, lässt nun langsam von mir ab. Ich kann sein Lächeln in meinem Rücken spüren und es tut gut.

Es erfüllt mich mit dem Gedanken, stark zu sein. Dem kindischen Gedanken, das hier allein zu schaffen.

Wie … das erste Mal allein auf dem Fahrrad zu sitzen, ohne Stützräder.

Selbst wenn das hier nichts ist, im Vergleich zu dem, was ich noch schaffen möchte; selbst wenn ich es allein vielleicht nicht geschafft hätte. Von hier an, komme ich klar.

Den Rest muss ich aus eigener Kraft schaffen.

Die Schmerzen in meinem Arm werden ein wenig unangenehmer.

»Noch kannst du umkehren«, vernehme ich eine Stimme und denke zuerst, es sei Veronda.

Aber das stimmt nicht. Es ist nicht ihre Stimme. Stattdessen höre ich erneut dieses seltsame, entfernte Hallen. Dieses echoartige Geräusch im Klang der Stimme.

»Wer bist du?«

»Ich bin niemand«, antwortet die Unbekannte, *»ich bin einfach nur hier.«*

Klar, wer's glaubt wird selig.

»Okay. Dann sag mir, warum du hier bist.«

»Um dich zu beobachten. Nur, um zu sehen, wer du bist. Die Neue in unserer Mitte.«

»Und wozu?«

»Um zu sehen, wer du bist.«

»Das hast du bereits gesagt«, entgegne ich, noch leise, doch ziemlich genervt.

»Etwas ist anders an dir. Du bist ... ungewöhnlich«, erwidert sie.

Das ist etwas, das ich nicht von einer Kreatur hören will, die ich nicht einmal sehen kann.

Mittlerweile bin ich mir ziemlich sicher, dass die Stimme aus dem Spiegel kommt. Also danke, aber *nein* danke.

»Das könnte ich genau so zurückgeben«, versetze ich stattdessen bloß.

»Annie, wenn sie zu dir sprechen, lass dich nicht auf sie ein.«

Ach, was du nicht sagst?

»Danke, Veronda«, ist alles, was ich dazu sagen kann.

Es fühlt sich immer mehr so an, als würde etwas in meinem Kopf ein Ei legen wollen. Der Druck macht mir zu schaffen, der immer höher und drängender wird.

Meine Zähne knirschen immer härter aufeinander.

»Du bist etwas Besonderes, Ana«, verhöhnt mich dieses Ding wieder, *»willst du nicht wissen, wer du bist?«*

Wieder dieser verfluchte Name. Noch jemand, der mehr über mich weiß, als ich selbst.

»Doch, aber ich finde es selbst heraus«, presse ich durch geschlossene Zähne hervor.

»Dazu musst du erst herkommen. Wir warten auf dich.«

Gerade will ich zu einer Konter ansetzen, dass sie sich bloß verziehen sollen. Allesamt.

Dies wird allerdings von einer anderen Frau im Zelt unterbunden.

»Es reicht«, bestimmt sie mit erheblicher Macht in der Stimme und mit einem Schlag zucken die Schatten zusammen; verlieren sich langsam.

Immer mehr von dem Bild wird wieder klarer ersichtlich. Dabei erkenne ich Darren, nur zwei Schritte hinter mir. Liv, die neben ihm steht.

Veronda, die sich von ihrem Tisch aus nähert.

»Du magst es nicht bemerkt haben, aber du bist fertig«, hängt sie an.

Ich blinzle sie durch den Spiegel hindurch an. Mit jedem Wimpernschlag verschwindet ein wenig mehr das Leuchten aus meinen Seelenfenstern; sie werden immer gewöhnlicher, bis nicht einmal mehr ein Schatten dessen bleibt, was eben noch gut erkennbar gewesen ist.

Mit einem Schlag wirkt alles so fern ... wie ein Traum, nachdem man einmal erwacht ist.

Doch ich spüre, dass es kein Traum war. Kann spüren, dass etwas anders ist.

Und das, obwohl ich weiß, dass ich immer noch dieselbe bin.

Das Gewicht auf mir verschwindet in derselben Sekunde.

Verwirrt blicke ich auf meinen Arm. Eine schwarze Wolke, wie fallender Ruß, geht auf meinen Ärmel hernieder. Beinahe panisch, schiebe ich den Stoff zurück und sehe gerade noch, wie die Schwärze auf meiner Haut verblasst; schwarze Adern über die Länge meines Unterarms hinwegziehen und dann verschwinden, als wäre nie etwas gewesen.

»Sie muss ruhen«, kommentiert die Älteste im Raum das erstaunliche Geschehen.

Es ist so viel unglaublicher, wenn es bei einem selbst geschieht, als es nur so ähnlich zu sehen. Und Max verschwindet in einer Flamme, nicht auf diese Art.

Eine Gänsehaut, doch nicht unbedingt unangenehm, macht sich in meinem Rücken breit.

Ich habe es tatsächlich geschafft.

Kurz lache ich auf, ehe ich plötzlich das Gefühl von Schwäche in meinen Beinen spüre, ähnlich, wie gestern auf der Treppe. Bloß diesmal ohne den Schmerz einer Fleischwunde zu spüren.

Nicht nur meine Beine, sondern mein ganzer Körper fühlen sich mit einem Mal schwer an und mein Verstand wird immer vernebelter.

»Huch?«

Keine Ahnung, weshalb ich noch überrascht bin, doch die Müdigkeit, die meinen Geist förmlich zu erdrücken scheint, lähmt meine Gedanken.

Mein Sichtfeld wird immer dunkler und mein Sinn für Schmerz immer tauber.

Dennoch kann ich den Aufprall wie ein dumpfes Vibrieren spüren, als ich alles von unten sehe. Nein. Ich liege nicht völlig auf dem Boden.

Stattdessen wurde ich kurz davor abgefangen.

Das letzte, das ich sehe, ehe meine Welt schwarz wird, ist etwas, an das ich mich beinahe bereits gewöhnt habe. Jedoch nur beinahe.

»Danke ... für's Festhalten ...«

Müde und langsam schlage ich meine Augen auf. Die weiße Zimmerdecke sieht mir dabei entgegen.

»Hm ...«

Verwirrt und langsam erhebe ich mich, was auch gut so ist, denn kaum bewege ich meinen Oberkörper, beginnt mein Arm zu schmerzen.

»Gottverdammt ...«, murre ich und halte den Arm mit meiner freien Hand, als würde es das Gefühl irgendwie lindern.

»Oh gut, du bist wach«, schreckt mich dann die Stimme meiner Freundin auf.

Als ich nach oben sehe, erkenne ich sie, wie sie in der Tür steht, mit den Armen vor der Brust verschränkt.

Erst jetzt realisiere ich, dass ich in meinem Zimmer liege.

Ich bin zu Hause.

»Liv ... was war?«

»Du bist mal wieder aus den Latschen gekippt, *das* war«, gibt sie bloß zu bedenken, »wir haben Glück, dass deine Eltern heute wieder in der Firma sind, sonst hätte das mal wieder bei Darren geendet. Oder hättest du den beiden erklären wollen, warum wir dich nach Hause *tragen* mussten?«

»›Ihr‹?« Skeptisch ziehe ich eine Augenbraue hoch. »Wohl eher ›Darren‹.«

»Ja, meinetwegen«, gibt sie genervt zu und verdreht die Augen.

»Und sonst?«

Langsam schlendert sie auf mein Bett zu, wo sie sich auf der Kante niederlässt.

»Hm … als ich vorhin die Haare dieser Seiltänzerin gesehen habe, ist mir wieder aufgefallen, dass du endlich mal deinen schwarzen Ansatz entfernen lassen solltest. Das sieht man in Pastellfarben eindeutig zu gut.«

»*Haha*«, mache ich, »sehr witzig, du Scherzkeks.«

Sie bleibt einen Moment still, doch lächelt dann. Merkwürdig ernst.

»Nein, das war ein Witz, tut mir leid«, gesteht sie, als wüsste ich das nicht längst, »ich bin stolz auf dich. Dass du es durchgezogen hast, meine ich.«

Verwirrt ziehe ich die Augenbrauen zu einer tiefen Furche zusammen.

»Aber wieso? Müsstest du nicht eigentlich einen Witz darüber machen, wie sehr ich mich angestellt hätte? Du hast das Ganze immerhin im Schlaf durchgezogen«, witzle ich, doch sie geht nicht darauf ein.

»Nein, ich mein das ernst. Ich hätte es vermutlich nicht gekonnt. Ich konnte nicht einmal näher kommen, als ich diese schwarzen Dinger gesehen hab. Deshalb ist nur Darren zu dir gekommen, um dich zu beruhigen.«

Es dauert eine Sekunde, ehe ich realisiere, dass es stimmt. Dass sie nicht neben mir stand.

Blinzelnd sehe ich sie an, dann lege ich eine Hand auf ihre, die passenderweise neben ihr auf der Matratze ruht.

»Das ist egal. Du bist nicht weggelaufen, oder?«

»Nein, das würde ich dir nicht antun.«

»Siehst du? Dann ist doch alles in Ordnung.«

Mit einem Lächeln lehnt sie sich zu mir herüber und nimmt mich in den Arm.

»Danke.«

Verwundert halte ich inne. »Wofür?«

»Alles«, sagt die Angesprochene darauf schlicht.

Ich erwidere nichts, sehe nur, wie sie einen Moment so wirkt, als würde sie noch etwas sagen wollen, jedoch schüttelt sie bloß den Kopf und lacht auf.

»Abgesehen davon hab ich es wirklich im Schlaf durchgezogen. Also *so* schlimm kann es ja nicht gewesen sein.«

Gemeinsam mit ihr lachend, werfe ich mich in mein Kissen zurück, den Arm geflissentlich ignorierend.

»Ach ja«, unterbricht sie das gemütliche Beisammensein dann jedoch wieder und kramt in einer der Taschen an ihrer langen, grauen Stickjacke nach etwas, »ich hab vorhin etwas Seltsames entdeckt.«

»Was denn?«

Zu meinem Leidwesen muss ich mich ein wenig aufstützen, um zu sehen, was sie da hat.

Mein Lächeln verblasst, als ich es erkenne.

»Das lag im Schnee, mitten auf der Straße. Ich denke mal, da hätten wir wohl nie danach gesucht, hm?«

Ich kann nichts erwidern. Ich weiß genau, dass es dort nicht gewesen sein kann. Ich hatte es gestern in der Hand.

Wie geht das? Das ist nicht möglich.

»Nein«, sage ich schlicht, »das ist nicht meins.«

Obwohl … mein Gekritzel darauf zu sehen ist. Die authentischen Kratzer an genau derselben Stelle.

Und selbstverständlich ist es dasselbe Modell.

»Es lag so offen auf dem Schnee, wir mussten es einfach sehen. Da es vor dem Neuschnee schon nicht mehr bei dir war, war das eigentlich unmöglich, also haben wir dasselbe gedacht, aber sieh mal«, erklärt sie und klickt auf die Taste an der Seite, um den Bildschirm zum Leuchten zu bringen.

Das Bild von mir und Liv vor etwas über zwei Jahren, kurz vor ihrer Abreise nach Paris, lächelt mir höhnisch entgegen.

»Das kann nicht mein Telefon sein.«

Das geht nicht. Es war in der Praxis.

Das kann einfach nicht sein.

Chapter 30:
Hidden in My Memories

Stockend, irgendwie ängstlich, aber doch gespannt, wische ich über den Touchscreen. Musik, Kontakte, Bilder, Videos, Nachrichten … alles genau an derselben Stelle und nichts fehlt.

Es wirkt so seltsam, es jetzt zu sehen. Das alte Bild, das ich nur auf diesem Handy habe. Von dem Straßenfest, zu dem ich mich nur habe überreden lassen, damit Liv eine schöne, letzte Erinnerung an Huntsville vor ihrer Reise nach Paris hat. Dieses besondere Bild, das mein Sperrbildschirm ist.

Keine Datei ist merklich anders, es ist nichts Ungewöhnliches oder Unbekanntes zu sehen; kein Kratzer mehr vorhanden als mir auffallen würde.

Das Gerät war noch Teil der Geschichte, die ich meinen Eltern erzählt habe. Doch wirklich einen Gedanken daran verschwendet, habe ich in keiner Sekunde mehr.

Nicht einmal jetzt … das einzige was ich wollte, waren die Kontaktdaten und Bilder. Es hat mir so viel Ärger eingebracht.

Wie zum Henker kommt es da bitte auf die Straße?

»Es ist nicht möglich«, wiederhole ich zum millionsten Mal innerhalb der letzten zehn Minuten.

»Ich weiß, wir dachten dasselbe, wie gesagt. Der Neuschnee hätte darüber liegen müssen, selbst wenn das Ding aus irgendeinem Grund dort wirklich die ganze Zeit gelegen hätte«, wirft Liv ebenfalls zum wiederholten Male ein, »abgesehen davon funktioniert es noch. Das sollte nicht mehr der Fall sein, wenn es wirklich längere Zeit im Schnee gelegen hätte. Diese Smartphones sind nicht so robust, glaub mir. Ich hatte schon ein paar davon.«

»Ich weiß.«

In diesem Moment kommt mir ein verrückter Gedanke.

Etwas, an das ich vorher nicht gedacht habe. Obwohl es die ganze Zeit ein Teil von allem war; immer Thema gewesen ist, auf die ein oder andere Weise.

»Liv, glaubst du«, beginne ich und stocke, »meinst du, jemand will mir wirklich etwas mitteilen?«

»Inwiefern?«

»Naja … dass er da war, als ich in der Praxis gewesen bin. Dass ich wissen soll, dass, was auch immer da war, noch immer da draußen ist, vielleicht.«

»Aber vielleicht bedeutet es auch nichts. Vielleicht hat es ja … keine Ahnung, jemand gefunden und dann wieder abgelegt, damit es nicht so aussieht, als hätte er es geklaut. Manche Leute ticken so!«

»Aber das Handy war in der Praxis. Es hätte in die Luft fliegen müssen!«

»Und was, wenn es gar nicht dasselbe Handy war?«

Ihre Anmerkung zeigt in meinen fast panischen Gedanken tatsächlich Wirkung.

»Wie meinst du das?«

»Naja, was, wenn du nur etwas gesehen hast, was aber nie da gewesen ist?«

»Wie soll das gehen?«

»Keine Ahnung, aber Darren meinte, die Schattenwesen könnten sowas. Zumindest manche und Schatten … ich meine, die können das mit Sicherheit. So gruselig wie die aussehen«, gibt sie zu bedenken, »er meinte, die könnten Dinge erschaffen. Echte, falsche Gegenstände und sowas. Ich hab es nicht komplett verstanden, aber was ich verstanden habe, ist, dass sie dir vorgaukeln können, dass du etwas in der Hand hast, das du kennst, ohne dass es wirklich da ist.«

»Moment, du meinst also, dass ich in der Praxis gar nicht das Handy gesehen habe, sondern sie nur wollten, dass ich das Handy hole, um mich in eine Falle zu locken?«

»Denkbar wäre es doch!«

Kopfschüttelnd lasse ich meinen Blick sinken.

»Aber das erklärt leider nicht, was sie überhaupt von mir wollten. Das erklärt gar nichts. Ich habe immer noch zu viele Fragen, die ich so nicht beantworten kann. Sag mir, wer, in dieser Welt, kann mir diese Fragen beantworten?«

Stumm wie ein Fisch sieht sie mich einige Sekunden lang an. Vielleicht sind es sogar ein paar Minuten, doch ich kann es nicht zuordnen.

»Was willst du damit sagen?«

Ruhig und gefasst starre ich weiter auf das Telefon in meiner Hand, während ich darüber nachdenke, was ich ihr auf diese Frage hin sagen kann.

»Ich will auf die andere Seite. In die Dimension der Schatten. Ich will wissen, wo ich herkomme, denn auch die Schatten haben es angesprochen. ›Was weißt du schon?‹, haben sie gesagt. ›Du bist etwas Besonderes‹«, zitiere ich die Aussagen, die mir einfach nicht aus dem Kopf gehen wollen, »Doch was sie damit meinen, das weiß ich nicht. Wer ich bin, das weiß ich nicht. Und auch Nova kann mir dabei nicht helfen. Das ist nicht ihre Schuld, doch ich will es wissen.«

Ich will Antworten auf diese Fragen.

»Weißt du überhaupt, wie du dort hinkommen sollst? Und wie zum Teufel willst du zurückkommen, wenn du erst einmal drüben bist? Das macht doch keinen Sinn! Ist ja nicht so, als müsstest du nur in den Bus einsteigen und ein paar Stationen mitfahren. Wir reden hier über *Welten,* Annie.«

»Ich weiß! Aber ich bin auch irgendwie hergekommen, genauso wie Darren und unzählige Andere vor uns wie nach uns. Ich muss einfach. Ich *muss* dorthin, versteh das doch«, versuche ich ihr klarzumachen, »und wenn ich keinen Weg kenne, dann suche ich mir eben einen, bis ich einen finde.«

»Du wirst sterben, wenn du einfach so in eine andere Welt reist. Wie einfach stellst du dir das bitte vor?!«

Aufgebracht erhebt sie sich von der Bettkante und tapert unruhig auf und ab. Das Verhalten erinnert mich an diesen Moment in ihrem Zimmer vor etwa zwei Monaten. Und damals war ich ebenfalls verzweifelt.

Genau wie sie. Genau wie heute.

»Ich stelle mir das kein bisschen einfach vor, Liv«, entgegne ich vollkommen ruhig, »ich glaube sogar, dass es verdammt schwer wird und ich habe absolut keine Ahnung ob ich es überhaupt schaffe, geschweige denn, was mich erwarten würde, wenn ich es erst einmal wirklich auf die andere Seite schaffe.«

Ja, ich habe keine Vorstellung davon, wie es dort aussieht oder was dort vor sich geht. Alles was ich weiß, ist, dass die andere Seite nicht so friedlich ist wie diese hier und das will bei all den kriegswütigen Politikern und Terroristen doch eine ganze Menge heißen. Wir Menschen schlagen uns schließlich dauernd gegenseitig die Köpfe ein, dachte ich immer.

Ich weiß auch nicht, weshalb meine Mutter wohl dachte, dass das hier für mich besser wäre, als die andere Seite. Wieso sie wollte, dass ich nicht weiß, wer ich bin. Oder wer *sie* ist.

Doch die Antworten, die noch so schmerzvoll sein können, werden niemals noch schlimmer sein, als es nicht zu erfahren und einfach weiterhin keine Ahnung zu haben.

»Manchmal ist Unwissenheit einfach nicht besser als eine schmerzhafte Wahrheit.«

Sie sieht mich mit verzogenem Gesicht an.

»Meinst du das ernst?«

»Ja.«

»Ich meine, nicht, dass ich es überhaupt nicht verstehen würde«, beginnt sie noch einmal und macht Anstalten, weiterhin unruhig umherzulaufen, doch bleibt stattdessen stehen und lässt sich wieder auf die Bettkannte fallen.

»Aber«, ergänze ich ihren Satz, »du hast Angst, dass es in die Hose gehen könnte.«

Ihr Blick darauf spricht Bände.

»Soll ich dir was verraten? Ich hab auch Angst. Und wie. Aber so komm ich auch nicht weiter.«

»Ich weiß, du wirst es nicht verstehen, aber ich frage mich … wieso musst du denn überhaupt weiterkommen? Wieso musst du unbedingt herausfinden, wer du bist? Bist du nicht schon jemand? Ist es nicht eigentlich egal, was mal war oder was hätte gewesen sein können? Das hast du doch selbst mal gesagt.«

»Mir ist klar, dass ich das gesagt habe. Und ich weiß auch, warum du so denkst, aber eigentlich will ich wissen, wer ich bin. Damals hatte ich nur keine Chance dazu und ich hatte Angst, mir Hoffnungen zu machen, die dann nicht erfüllt werden. Aber so nah wie heute war ich dem Ganzen noch nie«, versuche ich ihr verständlich zu machen. »Ich war noch nie so nah dran und ich weiß, wenn ich diese Chance jetzt verstreichen lasse, werde ich nie wieder wirklich glücklich und zufrieden sein.«

»Aber welche Chance denn? Du weißt doch nicht mal, ob du wirklich rüber kommst!«

»Ja, das mag sein. Aber wenn Darren und seine Familie herkamen, dann komme ich bestimmt auch wieder rüber.«

»Da hat sie Recht«, wirft eine neue Stimme ein.

Ich erschrecke beinahe, doch erkenne in letztem Moment, um wen es sich handelt.

Ähnlich wie zuvor, taucht Nova aus einem mystisch anmutenden Nebel der Schwärz auf. Einfach so.

Daran werde ich mich erst noch gewöhnen müssen.

»Du bist damals hierhergekommen, doch das hast du dir ja bereits zusammengereimt«, erklärt sie. »Aber du bist nicht allein gekommen. Auch nicht mit deiner Mutter. Ich denke, sie war vielleicht eine Freundin oder Verwandte. Sie war selbst schwanger und hat dich hier abgesetzt. An dem Steingebilde im Wald.«

»Das heißt, jemand hat mich hierher gebracht? Dann muss es einfach einen Weg zurück geben.«

»Den gibt es immer.«

Liv neben mir schnaubt darüber bloß verächtlich, was Nova scheinbar dazu bringt, einen eiligen Rückzug anzutreten.

Aber vielleicht ist sie auch einfach müde, wer weiß.

»Klar, erst noch mehr Flausen in deinen Kopf pflanzen und sich dann vom Acker machen«, merkt sie bissig an.

Es sind keine Flausen. Wenn meine Erinnerungen die Wahrheit in sich tragen, kann ich sie dort vielleicht wieder erwecken, selbst wenn mir niemand helfen kann. Ich selbst bin die Antwort. Denn ich weiß alles, was ich wissen will. Ich habe es nur … vergessen.

»Nova kann nichts dafür. Darren hätte sicher dasselbe gesagt.«

Bei der erneuten Erwähnung dieses Namens, fällt mir auch ein weiteres Thema ein, über das ich mit jemandem sprechen muss. Etwas, das ich klären muss.

Außerdem ist es ein gutes Ablenkungsthema, ehe ich mehr über das weiß, was ich nun wirklich tun möchte.

»Liv, sag mal, wo ist eigentlich Darren?«

Sie scheint etwas verwirrt über die Frage. »Hm?«

»Ich weiß nicht, aber da meine Eltern nicht hier zu sein scheinen, also immer noch nicht, frage ich mich, weshalb er nicht hier ist …«

Es ist vermutlich falsch, aber irgendwie erwarte ich mittlerweile innerlich, dass er da ist, wenn ich ihn brauche.

Wann habe ich angefangen, so abhängig von ihm zu sein? Das ist doch lächerlich.

»Ja, ehrlich gesagt wollte er auch bleiben, soweit ich das verstanden hab. Er passt ziemlich gut auf dich auf, was? Aber ich meine, wenn deine Eltern das sehen würden, würde ihnen vermutlich eine Zacken aus der Krone brechen. Er hätte bei ihrem Eintreffen vermutlich aus dem Fenster springen müssen, oder so«, erzählt sie, beinahe wieder belustigt.

Aber nur beinahe. Ich werde später noch einmal mit ihr darüber reden, nachdem ich mit Darren oder Veronda gesprochen habe. Einer von den beiden wird mir sagen können, wie sinnvoll mein Plan ist.

Gerade stört mich allerdings etwas anderes.

»Und doch ist er nicht hier«, gebe ich zu bedenken.

»Ja, als er dich hier abgesetzt hat, hat er einen Anruf auf dem Handy erhalten«. Als sie das sagt, wirkt ihr Gesichtsausdruck irritiert. »Er hat sich seltsam verhalten, aber wollte nichts dazu sagen. Dann ist er gegangen und meinte, ich solle weiter nach dir sehen. Als hätte ich das nicht sowieso getan.«

»Oh …«

Ich kann nicht viel dazu sagen. Ich weiß nur, dass ich eigentlich kaum etwas über ihn weiß. So wie am Anfang. Dennoch zieht er mich jedes Mal wie magisch an.

Eigentlich könnte ich mich prinzipiell vergraben gehen, wenn dieser Mann das Thema ist.

Den Kopf hängen lassend, starre ich automatisch auf das mobile Endgerät in meiner Hand, der eben noch Grund für so viele Sorgen war. Und wohl immer noch ist.

Ein leichtes Klacken ist zu vernehmen, erst dann fällt mir auf, dass ich es zu hart gepackt habe. Der Schutzdeckel löst sich mit einem Klick vom Rest des Telefons.

Gerade will ich die beiden Hälften wieder zusammendrücken, da fällt mein Blick auf den Rand im Inneren. Den kleinen Rand, der nicht zu sehen ist, wenn das Gehäuse an einem Stück ist.

Zu erkennen ist ein kleiner Rückstand. Der Rückstand von einer Substanz, die einen Fleck hinterlassen haben muss, der jedoch abgewischt wurde.

Ein Fleck, wie von etwas Rotem, das selbst getrocknet einen eindeutigen Gestank hinterlässt. Nur ein kleiner Rückstand zwischen Telefon und Akkuabdeckklappe, doch die Duftnote ist einmalig.

Bilder von dem Moment, als die Tasse mir entgegengeflogen ist, tauchen vor meinem geistigen Auge auf.

Nein, das ist das Handy. Das ist das Gerät aus der Praxis. Und ich weiß ganz genau, dass das hier eine Botschaft ist. Ich kann mir sogar denken, was sie mir sagen soll.

Und es gefällt mir überhaupt nicht.

Nervös und zittrig, stehe ich vor der Haustür. Vor der Tür, hinter der alles ist, das mir im Moment Furcht einflößt. Nicht selbst. Aber durch andere Dinge.

Die Angst davor, keine Antworten zu erhalten. Die Angst davor, allein gelassen zu werden.

Und Angst vor etwas, das ich nicht einmal benennen kann.

All das und vermutlich sogar noch viel mehr, hat der Mann in der Hand, der hinter dieser Tür auf mich wartet. Mein zittriger Finger verharrt über dem Knopf der Klingel.

Mach schon, Annie, klingle endlich ...

Ich schlucke und schließe die Augen, ehe ich dagegen drücke.

Seine Schritte sind innen zu hören, schon einen Herzschlag später. Und ich beginne die Sekunden zu zählen.

»Ja, was-«, beginnt er und bricht plötzlich ab, als er mich sieht und erkennt. »... Annie?«

Sein Gesichtsausdruck wirkt verwirrt. Beinahe außer sich.

»Ist alles in Ordnung?« Offenbar hatte Liv Recht.

Irgendetwas stimmt nicht. Was hatte es mit diesem Anruf auf sich?

Oder geht es überhaupt darum?

Ich kann mir jedenfalls nicht vorstellen, dass jemand wie er mich nicht erkannt hat, ehe die Tür offen war. Er muss ziemlich durch den Wind sein.

»Ja«, entgegnet er jedoch erwartungsgemäß, »alles klar. Komm doch rein.«

Er tritt beiseite, sodass ich an ihm vorbei in die Wohnung komme. Die Kälte von draußen wird mir erst richtig bewusst, als ich in den viel wärmeren Raum eintrete.

»Danke«, sage ich, »aber wir müssen reden.«

»Wegen vorhin? Ich wollte warten, aber-«

»Nein, das ist schon okay. Ich versteh das.«

Ehrlich gesagt ist es bereits peinlich genug, dass er selbst denkt, ich sei so abhängig von ihm, dass er glaubt, ich komme zu einem Gespräch vorbei, mit ernster Miene, nur um ihm zu sagen, dass ich enttäuscht bin. Und das, weil er nicht da war, als ich aufgewacht bin, nachdem ich wieder mal irgendwo das Bewusstsein verloren habe.

Tolle Wurst.

»Also es geht um-« ... was?

Schnell unterbreche ich mich selbst, um nichts Falsches zu sagen. Was wollte ich überhaupt sagen?

Ich wollte ihn wegen dem Übergang fragen. Doch das ist eigentlich zweitrangig. Viel mehr brennen mir andere Fragen auf der Seele. Dinge, die ich klar stellen muss.

Leider ist das so viel leichter gesagt als umgesetzt.

»Um was?«

Scheinbar halte ich schon ziemlich lange die Klappe, weswegen er mich besorgt mustert.

»Ich würde gerne wissen, was das hier ist. Zwischen uns, meine ich«, gebe ich zum Besten, lenke allerdings sofort ein, »wenn man das überhaupt so nennen kann. Ich meine, warum hilfst du mir so sehr? Warum stehst du mir immer bei? Ich weiß praktisch gar nichts über dich, aber ich konnte dir immer vertrauen und ich würde gerne wissen, wieso. Wieso tust du das für mich?«

Nachdem ich einmal angefangen habe, hört mein Redefluss kaum auf. All das, was ich mich die vergangenen Wochen in Bezug auf Darren gefragt habe, kommt zum Vorschein.

Ein ganzer Schwall peinlicher Fragen, die bestimmt niemand gerne beantworten will. Und keiner gerne beantwortet hätte, solange er nicht sicher weiß, was dabei herauskommt.

»Annie, ich …«

Er scheint sich extrem unwohl in seiner Haut zu fühlen. Ehrlich gesagt hatte ich so etwas erwartet, ohne überhaupt irgendetwas wirklich zu erwarten.

Es war klar, dass er nicht so antwortet, wie ich es gerne hätte. Aber scheinbar kann er *gar* nicht antworten.

Im Raum, nein, mitten im Hausflur, bleiben wir einige Augenblicke einfach stumm stehen. Ich kann diverse Unsicherheiten in seinen Zügen erkennen, doch leider nicht, woher sie stammen.

»Das ist nicht leicht zu erklären.«

Seine Hände liegen mit einem Mal auf meinen Wangen. Die Wärme durchströmt mich, so wie sonst. Doch diesmal hat es eine noch tiefere Bedeutung.

»Versuch es zu klären«, sage ich ein wenig verklärt, eingenommen von seinen stahlblauen Augen.

Etwa eine Minute lang rührt er sich nicht. Kein Wort dringt an meine Ohren, dafür kann ich mein eigenes Blut rauschen hören.

Für den Bruchteil einer Sekunde denke ich, er lässt von mir ab, stattdessen kommt er jedoch näher. Ich kann seine Lippen auf den meinen spüren, wohlig und weich.

Doch kaum schließe ich meine Augen und lasse das Gefühl auf mich wirken, ist die Wärme, die er abgab, bereits wieder verschwunden.

Diesmal weicht er wirklich zurück und alles was bleibt … ist die Kälte. Trotz der Wärme um uns herum.

Unsicher sehe ich ihn an. »Und was bedeutet das jetzt?«

»Ich weiß es nicht«, gesteht er.

»Das ist ... schade«, erwidere ich. »Ich denke, ich sollte jetzt gehen. Eigentlich ... hatte ich noch etwas anderes zu klären. Ich werd dich dann anrufen, okay?«

Unsicher verlasse ich die Wohnung auf zittrigen Knien. Ich kann hören, wie er mir noch einmal nachruft, doch drehe mich nicht um. Tränen überströmen mein Gesicht und ich habe keine Lust auf die Demütigung, dass er mich nun auch noch so sieht.

Ich meine, ich habe nichts erwartet. Aber doch *habe* ich am Ende etwas erwartet, oder nicht?

Ein Kuss, dessen Bedeutung ich nicht kenne. Eine Reise ohne Wiederkehr. Unbekannte Feinde.

Der Stoff, aus dem Filme gemacht werden, nicht wahr?

Eine gehässige Stimme in meinem Kopf nennt mich eine Idiotin, als ich den Weg nach Hause eile.

Wieso bin ich nicht geblieben? Habe ihn um eine bessere Antwort gebeten?

Warum bin ich abgehauen, bei einem Wort das mir nicht gepasst hat?

Weil ich Angst hatte, was sonst kommen könnte? Es nervt mich, dass die Angst mein Leben bestimmt.

Mehr noch nervt mich, dass ich nun nicht weiß, was er noch hätte sagen können.

Und vielleicht werde ich es auch nie erfahren.

Chapter 31:
I'm Looking for the Answer

Ein wenig fröstelnd reibe ich meine Arme ein ums andere Mal. Vielleicht ist es weniger Kälte, die mich treibt, als die Angst. Die Nervosität und die Gedanken darüber, was alles schief gehen könnte.

Anmerken lassen, will ich mir dies jedoch nicht; will nicht, dass sie sich Sorgen um mich machen, nach allem, was sie für mich tun und nachdem sie sich endlich damit einverstanden erklärt haben.

Unsicher sehe ich mich um. »Und ihr glaubt, dass das wirklich funktionieren wird?«

Liv sieht mich an, als wäre *ich* es, die verrückt ist.

Oh, das kommt daher, dass sie das auch wirklich glaubt. Stimmt ja.

Etwas entmutigt, sehe ich mich daraufhin um. Darren meinte, dieser seltsame Steinkreis, der ja ein bisschen so aussieht wie ein billiger Abklatsch des berühmten Stonehenge, sei in Wahrheit etwas aus *unserer* Welt. Der anderen Welt, meine ich.

Offenbar wurden vor vielen Jahrhunderten, drei spezielle Spiegel erschaffen. Sie waren im Grunde normal, doch jeder von ihnen war ein Portal.

Zusammen bildeten sie ein Netzwerk zwischen den Welten, über das man sicher reisen konnte. Bis einer dieser drei Spiegel, heute bekannt als der ›Schwarze Spiegel‹, passend zu seinem Namen, schwarz wurde.

Der Grund war, dass viele Seelen in der Zwischenwelt gefangen wurden. Durch Kriege, Seuchen und schlichtes Morden gab es aus beiden Welten immer mehr Tote.

Und mit den Toten stieg die Anzahl an verstoßenen Schatten.

Selbstverständlich war der schwarze Spiegel der Spiegel, der die Verbindung zum Zwielicht darstellte. Ab da gab es keine echten Zwielichtgeborenen mehr. Denn das Zwielicht löschte sich selbst aus.

Es ertrank in den Schatten.

Und der schwarze Spiegel wurde unbrauchbar. Zwei dieser Spiegel gab es jedoch noch immer, allerdings wurden sie versteckt.

Damit man nicht so einfach in die andere Welt kam, nachdem die Menschen langsam zur Bedrohung für sich und andere wurden.

Hier gab es selbstverständlich auch einen dieser Spiegel, doch dieser wurde dann an einen anderen Ort geschafft. Das Stonehenge *war* einst dieser Ort.

Der Ort, welcher hier noch einmal erschaffen wurde.

Mit dieser Information ist Darren vor wenigen Tagen zu uns gekommen. Seit dem wirkt er nervös. Doch das ist zu erwarten.

Er hält von all dem nicht viel, aber in dem Moment, als ich von der Möglichkeit erfahren habe, die andere Welt zu bereisen, war ich nicht mehr von der Idee abzubringen. Es ist also aussichtslos für ihn.

Hilfen, wie etwa Kleidung für die andere Seite, habe ich von ebenfalls von ihm. Er war dafür an einem Weltenbummler-Sammelpunkt – einem sogenannten *Port*.

Einem Haus, Geschäft, öffentlichen Gebäude oder einer Behörde, die Leuten aus der jeweils anderen Welt helfen. Sie sind in dieser Welt versteckt und bieten den Tausch von Waren und Währungen gegen Münzen von der anderen Seite an, sowie Start- und Orientierungshilfe. Außerdem Kleidung, um auf der anderen Seite nicht aufzufallen. Dazu vermitteln sie die Fährmänner und bereiten die Übergänge oder Empfänge der Reisenden durch die Portale vor.

Darüber weiß ich jedoch bloß, dass es diese Art Einrichtung wohl in jeder größeren und etwa jeder dritten kleineren Stadt geben soll. Sie helfen eben den Leuten, die von der jeweils anderen Seite kommen oder dorthin möchten.

In jeder anderen kleinen Stadt wäre ich aufgeschmissen gewesen, denn ich kann weder einen dafür notwendigen Pass besorgen, noch den Fährmann bezahlen. Das übersteigt das Budget für Kleidung um Längen. Außerdem weiß ich nicht, weshalb meine Mutter mich verstecken und vergessen ließ. Wer weiß was passiert, wenn ich auf der anderen Seite über eine offizielle Stelle erscheine? Ich habe kein gutes Gefühl dabei.

Nein, es muss ein Umweg sein. So wie dieser hier. Dieser wäre jedoch reichlich unsicher, wäre es einfach nur ein Portal, wie ich gehört habe, sollen sie schwer zu bereisen sein.

Wie gesagt, in jeder anderen kleinen Stadt, hätte ich hier verloren.

Doch nicht jede kleine Stadt beherbergt diesen Spiegel, den meist nur jene nutzen, die selbst noch nicht viele Fähigkeiten besitzen oder einfach nicht stark genug sind ... *oder eine andere Rasse, die ohne Hilfe kein Portal nutzen kann.* Wie etwa die Frau, die mich damals hierher gebracht hat.

Laut Darren hat mich eine Frau her geschleppt. Der Vermittler konnte sich noch erinnern, das hier irgendwann eine Unbekannte ankam, die noch buchstäblich nach der anderen Seite ›*gerochen*‹ hat und die er selbst nicht hergebracht hatte – ein Beastmaster.

Er hat sie jedoch nur von der Seite gesehen und nicht mehr beachtet, da er nicht in Schwierigkeiten hineingezogen werden sollte. Er sei ›bloß ein Vermittler und kein Sherriff‹, hat er wohl zu Darren gesagt. Mehr ist daher nicht bekannt.

Vielleicht hätte ich selbst mit diesem ›Vermittler‹ sprechen sollen, aber das wollte ich nicht. Und ich will es weiterhin nicht. Ich will meine Geschichte selbst erfahren, jetzt, da ich ihr so nahe bin.

Noch ein Grund mehr, das heute endlich hinter mich zu bringen.

»Also, alles klar?«

Verwirrt drehe ich mich zu Liv herum.

»Was?«

»Vergiss nicht, deine Eltern wissen nur, dass du eine Exkursion in Kunst mitmachen wirst. Leider hast du dein Handy vergessen, und wir können es dir nicht nachschicken, da du ja herumreist. Du hast genau zwei Wochen in dieser Welt, was laut Darren auf der anderen Seite etwa neunmal so lange dauert.«

»Ja, keine Sorge, ich werde rechtzeitig wiederkommen. Und im Falle der Fälle...«

»Kommst du früher«, beendet sie ihre eigene Lehre in meinem Satz, »und wehe du kommst auch nur eine Stunde später, hast du verstanden?!«

»Ja, Ma'am«, bestätige ich und salutiere, wie ein guter Soldat.

Ein kleiner Witz auf die Art und Weise, wie sie es früher immer getan hat. Eine ausgelassene Liv, wie ich sie in letzter Zeit selten gesehen habe. Ich wünschte, das alles wäre vorbei.

Manchmal wünschte ich sogar, es hätte nie begonnen. Doch jedes Mal wenn solch ein Gedanke in mir aufkommt, fühle ich auch Reue.

Reue, weil ich dann nie wüsste, was ich heute weiß. Und weil ich weiß, dass ich das nicht wollen würde, kann ich es mir nicht wünschen, obwohl so viel schief ging.

Ich könnte ihr nie beichten, wie egoistisch meine Gedanken manchmal wirklich sind.

In diesem Moment schließt sie mich plötzlich in die Arme.

»Ich mein das ernst. Wenn du dir bei irgendwas nicht sicher bist, dann mach das, was Darren gesagt hat und komm sofort wieder her. Hier ist dein zu Hause und das wird sich auch niemals ändern.«

»Ich weiß schon. Liv, ich bin auch nervös, aber ich schaff das, ehrlich. Hab ein wenig Vertrauen in deine alte Freundin, ja?«

»Das ist das, was ich schon die ganze Zeit versuche, du Vollpfosten«, entgegnet sie und ich kann eine Träne sehen, die sie aber schneller wegwischt, als sie fallen könnte, »aber du machst es einem schwer, mit deinen ständigen Alleingängen und den vielen bescheuerten Ideen.«

»Tut mir leid, ich werd mir Mühe geben«, erwidere ich lachend und blinzle selbst meine verschwommene Sicht beiseite.

Um nicht noch mehr dummes Zeug zu reden oder schlimmer: es mir doch noch anders zu überlegen, nicke ich mit einem schwerfälligen Lächeln und trete dann von ihr zurück, in den Steinkreis.

»Du musst dich direkt vor den Spiegel stellen«, instruiert unser Lehrer etwas kühl von der Seite.

Ich habe nicht mehr über Privates gesprochen, seit ich vor einiger Zeit wie ein aufgescheuchtes Huhn aus seiner Wohnung gestürmt bin. Seitdem ist alles so ... *schwierig*.

Kopfschüttelnd sehe ich nach vorn, während sich auch die anderen positionieren. Nur Liv und Darren. Wasser und Feuer.

Ehrfurcht steigt in mir auf, als ich den großen Spiegel sehe. Inmitten eines alten Steingebildes, das ich so noch nie betrachtet habe.

Etwas daneben beginne ich mich selbst zu mustern. Ich trage schwarze, altertümlich anmutende Kleidung.

Da ich jedoch keine Kleider trage, wenn nicht gerade ein Kostümball ansteht, ist es eine Hose und ein Oberteil. Der starre Stoff kratzt ein wenig.

Das Oberteil mit einigen Rüschen und die Hose sehr gerade, sehr strack und mit einem etwas veralteten Verschluss, will ich meinen. Ansonsten ist es einfach nur eine Hose.

Dennoch habe ich das Gefühl, mich erst noch daran gewöhnen zu müssen.

Dann fällt der Blick auf mein Haupt. Am Ende bin ich nie zu einem Frisör gegangen, was den pechschwarzen Ansatz nun noch ein wenig deutlicher ersichtlich macht. Eine seltsame Haube soll es richten, denn egal was ich vorher tue, wenn ich Antworten will, muss ich davon ausgehen, eine Weile zu bleiben. Die Haare werden also wieder herauswachsen.

Also besser das Symptom bekämpfen, als das Problem an der Wurzel zu beseitigen … komisch, wenn man bedenkt, dass es normalerweise andersherum sein sollte.

Ich hätte mein Haar auch schwarz färben können. Doch ich wollte nicht.

Es soll mich auch daran erinnern, nicht zu lange zu bleiben. Wenn die Haare zu weit herausgewachsen sind, um von der Kappe verdeckt werden zu können, ist es Zeit für mich, meine Sachen zu packen.

Veronda mag nicht auffindbar sein, um mir ihre Sicht der Dinge zu schildern, doch ich habe dieses seltsame Gefühl, dass das hier richtig ist; dass es genau *so* sein muss.

Also werde ich mich nicht aufhalten lassen.

Ich warte eine Weile. Worauf? Auf den Mond. Auf dass er an die Stelle tritt, an der eigentlich die Sonne stehen sollte.

»Besser wäre es eigentlich gewesen, hätten wir einen Vertreter jedes Elements in unserem Kreis. So lange müssen Feuer und Wasser jedoch reichen«, gibt Darren zu verstehen und fixiert mich dann mit seinem Blick, »vertrau mir, Annie, alles wird gut werden.«

Vertrauen. Es ist ein starkes Wort und ich würde gerne sagen, dass er es sich aktuell nicht verdient hat, doch wie kleinlich wäre das?

So oft hat er mir schon geholfen und mich beschützt. Ich kann ihm nicht vorhalten, dass er ebenso unsicher ist, wie ich. Denn auch er ist am Ende nur ein Mensch.

Selbst, wenn er eigentlich kein *Mensch* ist.

»Ja«, erwidere ich und lache kurz auf, »hey, immerhin hast du mir schon zweimal das Leben gerettet.«

Verwirrt sieht er mich an. Dabei fällt mir dieser absurde Augenblick ein, als er mich damals vor den fallenden Scherben beschützt hat.

»… dreimal sogar, wenn man es genau nimmt«, ergänze ich schließlich.

Sein skeptischer Blick verstärkt sich sogar noch. »Was meinst du?«

Nun bin ich es, die *ihn* skeptisch ansieht. »Naja, zum einen damals bei der Sache mit mir und Liv in der Gasse. Dann die Sache vor der Praxis, immerhin wäre ich ohne dich nie und nimmer davongekommen. Und natürlich das erste Mal, als ich allein auf den Wendigo gestoßen bin …«

Einen kurzem Augenblick herrscht Stille. Er tritt langsam an mich heran und mustert mich dann eindringlich.

»Annie, das erste Mal mit dem Wendigo damals, da habe ich dich nicht gerettet. Als ich ankam, war es bereits vorbei. Ich war viel zu weit weg, um rechtzeitig zu kommen.«

»Was …?«

Mit einem Mal überkommt mich zuerst eine Art Enttäuschung. Diese wird jedoch von einer Welle der Furcht übermannt.

Unsicher weiche ich einen Schritt zurück. Altbekannte Panik ergreift mich.

»Nein, keine Sorge«, beschwichtigt er mich sofort und legt mir, offenbar unbedacht, sogleich beruhigend eine Hand auf die Schulter. Es unterbricht meine nahende Hysterie tatsächlich für einen Moment, doch dann entzieht er mir die Hand sofort wieder.

So, als hätte er sich an mir verbrannt.

Stattdessen räuspert er sich. »Was ich damit meine, ist, dass es vermutlich ein Paladin war. Dieselbe Art Wesen wie Veronda. Sie räumen auch manchmal den Dreck weg, im Auftrag der Schatten. Darum nennt man sie unter anderem auch *Sherriffs.*«

Langsam nickend, räuspere ich mich ebenfalls; den Blick in Richtung des steinigen Bodens geheftet.

Das war es also, das der Vermittler meinte …

»Ach so … okay. Vielen Dank für«, sage ich und stocke eine Sekunde, »für die Hilfe. Und die Information.«

Dann sehe ich auf und bringe mich zu einem schiefen Lächeln.

»Macht dennoch zweimal.«

Die Flügel die ich damals gesehen habe … ich hätte es wissen müssen. Es war nicht Max. Mein erster Gedanke war meine Krähe, doch Nova war es sicher auch nicht.

Aber Max' Flügel sind nicht komplett schwarz. Sie enden in einem tiefen Rot, fast so, als hätte man sie in Blut getränkt. Gleichzeitig war es damals dunkel und ich war etwas …

beschäftigt, gelinde gesagt, also hätte man es eigentlich nicht so genau sagen können.

Heute ist das jedoch irrelevant, solange kein Grund dazu besteht, einmal mehr um mein Leben zu fürchten. Mehr als so schon, meine ich.

»Ich vertraue dir«, merke ich an, dann wende ich mich an Liv, »und dir auch.«

Ich vertraue ihnen. Beiden. Meiner besten Freundin und dem Mann, von dem ich nicht recht weiß, wie ich zu ihm stehe; der mich gerettet hat. Mehrfach ... mehr als nur auf eine Weise. Ganz egal, wie oft es nun gewesen sein mag.

Vielleicht bilde ich es mir auch nur ein. Dennoch ist da auch all das Unausgesprochene.

Aber wenn ich zurückkomme, *werden* wir darüber sprechen. Was geschehen ist. Mit dem Kuss.

Das, was er wirklich bedeutet. Sowohl mir, als auch ihm.

Und was das für uns beide heißen wird.

Ja, mit meinem Leben würde ich ihnen vertrauen und genau das ist es, was ich nun vermutlich auch tue. Das ist okay.

Mit einem Mal erstrahlt die Sonne über uns und lässt meinen Gedankenfluss abbrechen.

»Was zum ...?«

Es ist sehr viel heller, als es zu dieser Jahreszeit der Fall sein sollte. Bilde ich mir das ein?

Sie leuchtet mir entgegen und trifft zuerst die eine Seite des Spiegels. Auf meiner Seite entsteht dadurch ein Schatten.

Aus den Augenwinkeln erkenne ich Kinana. Nur ein Geist. Ein schwacher Schimmer der sich neben Liv erhebt. Doch an ihren Augen erkenne ich es deutlicher denn je.

Genauso Max. Seine schwarzen Schwingen erheben sich in derselben Flammenpracht, die ich zuvor bereits im Kampf bestaunen durfte, nur um sich dann wieder einmal auf Darrens ausgestrecktem Arm niederzulassen.

Und zu guter Letzt ... »Es wird schon gut gehen«, höre ich Novas Stimme in meinem Ohr.

Noch kenne ich sie nicht lange, doch es fühlt sich an, als wäre sie schon ewig an meiner Seite.

Mit ihr fühle ich mich stark; zuversichtlich. Egal wie unsicher ich vorher auch gewesen sein mag, meine Freunde geben mir Kraft.

Ich dachte nicht, dass ich je in einer solchen Situation enden würde ... was zugegebenermaßen nicht allzu schwer ist, bedenkt man die Umstände, doch allein die Tatsache, dass ich mich meiner besten Freundin heute noch näher fühle, als noch vor ein paar Wochen, ist etwas, von dem ich nicht gedacht hätte, dass es je geschehen würde.

Ein plötzliches Gefühl der Hitze durchzuckt mich und lässt mich aufkeuchen.

Mein Schrecken hält an, als ich erkenne, wie sich mein Umfeld, und besonders der Spiegel an meiner Seite, verändert.

Die grauen Steine um mich herum wirken plötzlich lebendig.

Ein Flüstern ist zu hören, laut und unerträglich. Wie ein Brummen in meinem Kopf. Ich bin geneigt, mir die Ohren zuzuhalten, doch widerstehe dem Drang gerade so.

Dann erkenne ich, wie der Spiegel langsam von schwarzen Nebelschwaden eingenommen wird. Der Rauch zupft von innen an der Scheibe, färbt sie tiefschwarz.

Es ist, als würde er sie in ihre Lagen aufteilen und plötzlich sehe ich mich nicht mehr. Das Spiegelbild weicht der alles verschlingenden Schwärze.

Nervös versuche ich mich zu beruhigen, doch es klappt nicht ganz. Stattdessen höre ich erneut Novas Stimme, welche sich in meinen Schatten verzogen hat.

»Jetzt ist es soweit! Du schaffst das«, redet sie mir gut zu, *»einfach hindurchgehen.«*

Ich nicke beinahe unmerklich und sehe noch einmal zu dem Schwarzhaarigen hinüber, der mir am nächsten steht.

Dieser sieht etwas betrübt aus, doch ich weiß nicht, ob ich das nun ebenfalls eher traurig oder vielleicht sogar als Kompliment wahrnehmen sollte.

Die Schultern lockernd, kann ich meinen Blick aber nur mühsam von ihm abwenden und zum Spiegel zurückkehren.

Okay, ich schaffe das …

Einen Schritt auf den Spiegel zugehend, erkenne ich, wie sich die wabernde Dunkelheit ein wenig regt. Sie zuckt und bewegt sich, nur knapp unter der Oberfläche. Es ist irgendwie faszinierend.

Mit einer Hand bewege ich mich darauf zu; nur ganz sachte. Ich tippe mit einer Fingerspitze an das Glas, was die Schatten sofort in Aufruhr versetzt.

Aufgeregtes Durcheinander entsteht. Wie als Antwort darauf, wagen sich erste, schwarze Schwaden aus dem Spiegel ans Licht der Welt.

»Du solltest sie nicht herauslassen, also beeil dich besser«, vernehme ich Novas Warnung und nicke.

Auf einmal erhebt sich ein Teil der Schatten, als ich weiter darauf zugehe. Er schreckt zurück, als er entweichen will.

»Es mögen nur zwei Elemente sein, doch sie reichen aus, um den Bannkreis der Steine zu aktivieren. Sie kommen nicht hindurch, immerhin sind sie aus diesen Elementen entstanden«, erklärt Darren das Phänomen. »Aber es ist wird so auch nicht ewig standhalten, wenn es zu viele werden, also solltest du dich beeilen.«

Wieder nicke ich.

Das ist eine Ansage.

Ich nehme meinen Mut zusammen und wage einen weiteren Schritt, einen kleinen Schritt in den Spiegel. Sofort durchzuckt mich ein gleißender Schmerz, doch ich versuche ihn zu ignorieren.

Und plötzlich erkenne ich eine schwarze Hand.

Kein Schatten wie die zuvor. Eine Frau, die mich aus dem tiefen Schwarz, anzublicken scheint.

Mit Entsetzen beobachte ich, ehe ich reagieren kann, wie die schwarze Hand nach meinem Arm greift, der den Spiegel noch nicht einmal berührt hat.

Was ...?

Und noch bevor ich etwas dagegen tun könnte, spüre ich den Ruck, der mich in die Dunkelheit zerrt; spüre, wie mich die Schatten mit sich vereinen.

Ich höre einen gellenden Schrei. Liv. Sehe ihr Gesicht, wie sie sich nach mir streckt, doch zurückgehalten wird.

Ich sehe Darren ...

Und all das rückt in weite Ferne. Geschieht das hier wirklich?

Ich weiß es nicht.

Es wirkt so vertraut. Diese tiefe, taube Schwärze, welche mich nun umgibt.

Doch genauso, wie diese Schwärze mich unaufhörlich weiterträgt, an einen Ort, den ich nicht bestimmen kann und mit dem Gefühl, dass ich dort nie hin wollte ...

Beginne ich zu fallen.

Epilogue

Fürchterlicher Schmerz durchzuckt mich; lässt mich erschaudern. Der heftige Aufprall mit dem Rücken auf den harten Boden hat mir alle Luft aus den Lungen gedrückt.

Krächzend versuche ich zu Atem zu kommen, doch es ist schwer. Aus diesem Grund dauert es auch eine Weile, ehe ich meiner Umgebung Aufmerksamkeit schenken kann.

Es ist stockdunkel. Für einen Moment ist es sogar so, als könne ich meine Augen nicht einmal öffnen. Sehr langsam gewöhnen sie sich an die Lichtverhältnisse.

Ich erkenne schemenhaft seltsame Gewölbe, die sich über mir und um mich herum erstrecken und staune.

Würden meine Beine nicht so zittern, würde ich mich aufstellen und genauer hinsehen; würde etwas sagen, doch ich kann nicht. Kein Laut will meine Kehle verlassen.

Da höre ich es auf einmal. Das Flüstern. Dieses unbeständige, überlagerte Zischen und Wimmern und mich herum.

Doch etwas ist anders. So anders im Vergleich zu den beiden Malen, in denen ich es gehört habe, als ich vor einem Spiegel stand oder von diesen Schatten attackiert wurde.

Etwas hier ist anders, als in meinen Träumen.

Es klingt plötzlich nicht mehr so weit entfernt. Nicht, wie das Rauschen der Wellen aus weiter Ferne, wenn ich am Hang der Klippe gestanden habe.

Ich verstehe zwar immer noch kein Wort, doch es wirkt erstmals so … *direkt*. Nicht übertragen. Noch immer mit einem Echo, doch plötzlich so, als wäre die Quelle ganz in der Nähe.

Vage erkenne ich die Katakomben um mich herum. Tatsächlich scheint es hier keine Lampen zu geben. Bloß Fackeln, die ihren flackernden, weichen Schein an die Wände werfen.

Immer wieder zuckende Bewegungen aus höhlenartigen Ausbuchtungen an der hohen Wand. Ich sehe demütig auf.

Wie ein riesiges Insektennest …

Er herrscht Stille, überall. Kein Laut.
Kein Straßenlärm; keine Menschen.

Wo zum Teufel bin ich hier überhaupt …?